De VROUWEN van MAXIM

Van dezelfde auteur:

Erfenis van een vrouw
De stem van het hart
De macht van een vrouw
Koester mijn droom
De erfgename
Engel

BARBARA TAYLOR BRADFORD

De VROUWEN van MAXIM

POEMA POCKET

POEMA-POCKET is een onderdeel van Luitingh ~ Sijthoff

Tweede, herziene druk

Oorspronkelijke titel: *The Women in his Life*
Omslagontwerp: Rob van Middendorp

CIP/ISBN 90 245 1317 0

Dit boek is voor Bob, die alles voor me betekent en
zonder wie dit niet geschreven had kunnen worden

Dankbetuiging

Ik zou graag een paar mensen willen bedanken die op verschillende manieren aan dit boek hebben meegewerkt. Ten eerste Joan Butler uit Chicago, al vele jaren een vriendin, die altijd voor me klaarstaat en die net zo van mijn figuren is gaan houden als ik. Dan Jane Ogden uit Naples, Florida, nog een oude vriendin die ook tijdens de oorlog in Engeland is opgegroeid en bevestigde dat mijn herinneringen door het verstrijken van de tijd niet zijn verslechterd.

Enthousiasme is niet te koop; het wordt slechts vrijwillig gegeven. Susan Schuhart Zito, mijn assistente, heeft altijd een niet aflatend enthousiasme voor mijn romans aan den dag gelegd. Ik ben haar heel dankbaar voor haar hulp het manuscript nauwgezet voor te bereiden en voor haar assistentie bij sommige facetten van het onderzoek.

Dan zijn er nog twee vrienden die de tijd en de moeite namen me met bepaalde details behulpzaam te zijn, en daar ben ik hen dankbaar voor: Bernard H. Leser, president van Condé Nast Publications Inc., en Shirley Burnstein uit Londen.

Daarnaast wil ik mijn dank en waardering uitspreken voor Trudi Gold van het Spiro Institute in Londen, die me begrip heeft bijgebracht omtrent de situatie betreffende de Europees-joodse immigranten in Engeland in de jaren dertig en de houding van Engeland ten opzichte van deze immigranten.

Deel 1

MAXIMILIAN

LONDEN – NEW YORK

1989

Een man die zoveel vestingen bestormde en veroverde,
vestingen die hem in zijn jeugd en jongensjaren even
fantastisch en onbereikbaar moeten hebben geleken als
Ali Baba's grot. Een man van vele levens.
(*Rich: The Life of Richard Burton*, Melvyn Bragg)

I

Hij verliet het imposante huis op de hoek van Chesterfield Hill en Charles Street en bleef een ogenblik aarzelend op de stoep staan. Het had geregend en de lucht deed nog guur en vochtig aan op deze kille donderdagavond in januari.

Hoewel hij meestal niet op het weer lette, huiverde hij nu even. Hij zette de kraag van zijn zwarte regenjas op. Het weer droeg nog bij aan zijn sombere stemming en zijn gevoel van eenzaamheid. Hij had al langer last van neerslachtige buien, om de een of andere reden vanavond meer dan anders.

Met zijn handen in zijn zakken dwong hij zichzelf richting Berkeley Square te lopen. In een kwiek tempo liep hij Charles Street door, met vastberaden stappen, rechte rug en opgeheven hoofd. Hij had donker haar en donkerbruine ogen; hij was groot en slank en zag er goed uit. Zijn lichaam was gespierd als van een atleet, en dat zette zich voort in zijn benige gezicht waarvan de magere hoekigheid verzacht werd door een diepgebruinde kleur. Hij was een buitengewoon knappe man van midden vijftig, en zijn naam was Maximilian West.

Zachtjes binnensmonds vloekend vroeg hij zich af waarom hij zich zo zwaarmoedig voelde, en het speet hem dat hij had toegestemd in een vergadering op zo'n laat tijdstip. Dat had hij impulsief gedaan – hij die zelden impulsief handelde – uit respect voor zijn oude schoolvriend Alan Trenton. Alan had laten blijken dat Maxims aanwezigheid die avond van vitaal belang was. Maar kwart voor negen was laat, zelfs voor Maxim West – hoewel hij erom bekendstond elk uur van de dag of nacht, elke dag van de week zaken te willen doen – vooral omdat hij die avond nòg een afspraak had. Gelukkig lag Alans kantoor op niet meer dan een steenworp afstand van het luxueuze restaurant waar hij om halftien een tafel had gereserveerd.

Hij liep om Berkeley Square heen, ontweek handig het verkeer bij het oversteken, en vroeg zich af waarover Alan hem wilde spreken. Toen deze hem eerder die avond thuis had opgebeld, had zijn stem getrild van opwinding, hoewel hij vreemd terughoudend was geweest. Nieuwsgierig had Maxim beloofd te komen, maar nu was hij zich maar al te zeer bewust van de tijd die dat zou kosten. Hij realiseerde zich dat Alan nogal een prater

was die bij gelegenheid zelfs wat breedsprakig kon zijn. Hij zou de klok in de gaten moeten houden, de bespreking wat vaart moeten geven om op tijd weg te kunnen.
Ach, wat doet het er ook toe, dacht hij toen hij de hoek van Bruton Street bereikte. Tenslotte heb ik het grootste deel van mijn leven een bijzondere band met Alan gehad en ik heb veel aan hem te danken... We kennen elkaar al zo lang, hij weet zo veel en hij is mijn beste vriend.
Bij het oversteken viel zijn blik op de Jack Barclay-showroom op de hoek aan de overkant en bij de etalage bleef hij even staan om de glanzende Rolls-Royces en Bentleys te bewonderen die daar in het heldere licht stonden te glanzen. Hij beloofde zichzelf voortdurend een van die super-de-luxe auto's, maar hij kwam er nooit toe er een te kopen. Aan de andere kant had hij niet meer zo'n behoefte aan een auto voor privé-gebruik. Zakenjets die met hoge snelheid rond de wereld vlogen, waren tegenwoordig meer zijn stijl en als hij weer op de grond was, stonden er bedrijfslimousines tot zijn beschikking.
Hij liep verder langs Henley's autoshowroom en de bank van Lloyds en ging Berkeley Square House binnen. Hij knikte tegen de bewaker die met een blik van herkenning tegen zijn pet tikte. Dit was het beste zakenadres in de stad en een gebouw waar een stuwende kracht van uitging. Hier zetelden op elke verdieping grote internationale corporaties en multinationals, zaken met meer financiële invloed dan wereldmachten. Maxim dacht aan het vaalgele gebouw als aan een krachtige financiële bron, want er gingen jaarlijks honderden miljarden dollars om. En toch zag het er niet opmerkelijk uit; het vormde allang een harmonieus geheel met de rest van dit aardige, lommerrijke plein in het hart van Mayfair. De meeste Londenaren die er dagelijks langsliepen, waren zich er nauwelijks van bewust. Maar het gebouw was de Britse basis voor een verbazingwekkend aantal reusachtige ondernemingen en de plaats waar het grote geld bleef hangen.
Maxim liep over het luxetapijt in de witmarmeren hal naar de lift en begaf zich naar Alan Trentons kantoor op de zesde verdieping. Op zijn kloppen deed de secretaresse, die al vele jaren voor Trenton werkte, open en ze verwelkomde Maxim met een warme glimlach. 'Goedenavond meneer West. O hemel, neem me niet kwalijk, ik bedoel sir Maximilian!'

Hij wuifde haar verontschuldiging weg en schonk haar een verblindende glimlach. 'Hallo Evelyn,' zei hij terwijl hij zijn jas uittrok. Ze ging hem voor naar Trentons heiligdom. 'Hij zit al op u te wachten.'
Alan Trenton stond bij een bewerkt mahoniehouten Chippendale drankmeubel en schonk Roedere Cristal-champagne in een zilveren kan. Hij was van Maxims leeftijd, maar zag er ouder uit. Hij was gezet, van gemiddelde lengte, met lichtblond haar dat boven zijn blozende gezicht al wat dunner werd.
'Maxim!' riep hij uit, en uit het oplichten van zijn bleekblauwe ogen sprak duidelijk genoegen. Hij zette de fles Cristal met een klap neer en haastte zich de kamer door. Terwijl hij Maxims hand greep, omhelsde hij zijn bijna oudste en beste vriend. 'Fijn je te zien,' zei hij.
'Jou ook, Alan. Het is te lang geleden, en dat ligt aan mij.'
'Helemaal niet, ik begrijp het best,' zei Alan stralend. 'Ik weet dat ik het al via de telefoon gezegd heb, maar ik vind dat ik het toch nog eens persoonlijk moet zeggen. Gefeliciteerd Maxim, met de grote eer die je te beurt gevallen is.'
'Dank je, Stubby,' zei Maxim, die verviel in zijn oude bijnaam voor Trenton uit hun schooltijd. 'Wie had dat gedacht, hè?'
'Ik wel Duke, ik wel,' kaatste Alan terug, met de naam die hij Maxim zo'n dertig jaar daarvoor had gegeven. 'En bedankt dat je op zo korte termijn kon komen. Ik weet hoe druk je het hebt.'
'En waarom bèn ik hier?' Maxims blik werd plagerig, met één wenkbrauw opgetrokken.
Trenton antwoordde niet meteen. Hij liep terug naar het drankmeubel en hield de fles omhoog. 'Een slok bubbeltjes, ouwe jongen?'
'Dank je, liever niet,' zei Maxim, maar opeens realiseerde hij zich dat de champagne te zijner ere was en hij voegde er snel aan toe: 'Ach, waarom ook niet? Maar dan wel een klein beetje.'
Maxim keek hoe Trenton de champagne inschonk, terwijl hij wachtte tot hij over de vergadering zou beginnen. Toen dat niet gebeurde, liep Maxim naar het midden van de kamer en keek om zich heen.
Alan had zijn kantoor onlangs opnieuw ingericht, en Maxim vond het heel aardig. Het was smaakvol en het straalde warmte uit door de grenen wanden, het mooie Engelse antiek en de rustieke En-

gelse landschapjes in fraai bewerkte, vergulde lijsten die er hingen. Uit alles bleek Trentons levenslange voorliefde voor antieke voorwerpen en kunst die zich had ontwikkeld tot een serieuze en tijdverslindende hobby. Hij was een bekend verzamelaar geworden, een enthousiast bieder op veilingen. Al dat oliegeld dat hij kon uitgeven, zei Maxim bij zichzelf. Geld uit Noordzee-olie en een heleboel geld uit Texaanse olie. Hij had Alan aangemoedigd zijn eigen weg te gaan, het familiebedrijf uit te breiden toen hij dat van zijn vader had overgenomen, en hij had altijd volledig achter hem gestaan met morele en financiële steun. De combinatie was succesvol gebleken en Alans grote succes in de afgelopen vijftien jaar deed Maxim geweldig veel plezier.

Even later overhandigde Trenton de champagne en ze dronken elkaar toe. Alan zei: 'Op je titel. Dat je er in goede gezondheid van mag genieten, ouwe jongen.'

Maxim moest erom lachen. 'Bedankt Stubby, op je gezondheid.'

Maxim proefde de ijskoude Cristal die hij lekker droog vond. Hij nam nog een teug en zei toen: 'Zo Alan, waar gaat het over?'

Trenton nam hem berekenend op. 'Zou je ervoor voelen als geldschieter te fungeren?'

Maxim staarde hem aan. Dit was wel het laatste dat hij had verwacht.

'Om het Lister-krantenconcern te hulp te komen, veronderstel ik,' zei Maxim uiteindelijk, en nu was het Trentons beurt om verrast te kijken. 'Je bent al door iemand anders benaderd!' riep hij uit, en hij slaagde erin zijn woorden tegelijkertijd als bewering en als vraag te laten klinken.

Maxim schudde zijn hoofd. 'Helemaal niet. Maar het is het enige bedrijf in Londen dat bedreigd wordt door overname, voor zover ik weet tenminste. Trouwens, hoe komt het dat jij daarbij betrokken bent?'

'Dat ben ik eigenlijk niet,' zei Trenton snel. 'Ik ben een soort' – hij zocht een passend woord – 'tussenpersoon. John Vale, mijn bankier, is degene die erbij betrokken is. Zijn financieringsbank behartigt de belangen van het Lister-concern. John heeft nauwe banden met de voorzitter, Harry Lister, en hij probeert hem te helpen. Hij weet dat we oude vrienden zijn en vroeg me deze bijeenkomst te arrangeren.'

'Maar dat zijn zaken waar ik nauwelijks iets van afweet, ik ben niet geïnteresseerd in...' Maxim stopte midden in zijn zin toen hij de deur zag opengaan.
'Ha, daar ben je, John,' zei Trenton, en hij liep haastig met uitgestoken hand op de nieuwkomer af om hem te begroeten. 'Kom binnen! Kom binnen!'
'Hallo Alan,' zei John Vale toen hij Trenton de hand schudde. Hij was achter in de dertig, van doorsnee lengte, pezig, en hij zag er erg Engels uit met zijn lichte huid, streperig blonde haar en lichtgrijze ogen achter dikke vertekenende brilleglazen. Hij liet zich door Trenton meetronen naar Maxim.
'Maxim, mag ik je voorstellen aan John Vale van Morgan Lane,' zei Trenton. 'En dit is natuurlijk sir Maximilian West, John.'
'Prettig kennis met u te maken,' zei Maxim.
'Het genoegen is geheel aan mijn kant, sir Maximilian,' antwoordde John Vale, terwijl hij probeerde zijn nieuwsgierigheid niet al te erg te laten blijken. Maximilian West was een van 's werelds meest briljante magnaten, en een avonturier van het kaliber van sir James Goldsmith en lord Hanson, allebei gewiekste speculanten op de overnamemarkt. Wat John Vale betrof, was West de slimmere partij.
Alan liep naar het drankmeubel en liet de twee heren even alleen, terwijl hij riep: 'De champagne komt eraan, John!'
'Dank je,' antwoordde Vale. Hij wendde zich tot Maxim en begon over koetjes en kalfjes te praten terwijl hij hem opnam. West was de personificatie van macht, en die straalde hij ook uit. Vale had echter niet verwacht dat hij zo'n knappe vent was. Die brede, innemende glimlach, die prachtige witte tanden, die donkere ogen vol levendige intelligentie hadden iets spectaculairs. En dan zijn kleur! Hij was zongebruind als een playboy in een of andere exotische wintersportplaats, en zag er niet uit als een aan werk verslaafde zakenman die het merendeel van zijn tijd doorbrengt in directiekamers of die de wereld rondreist in zijn privé-jet. Zijn kleding was al even verrassend, nauwelijks het normale saaie kostuum dat dit soort mensen altijd draagt, maar meer de kleding van een filmster, dacht Vale terwijl hij een blik wierp op het grijze overhemd van pure zijde, de parelgrijze zijden das, het buitengewoon goed gesneden gabardine kostuum dat West zó goed zat

dat het ongetwijfeld voor zeer veel geld door 's werelds beste kleermaker vervaardigd was. Maar John Vale zag onmiddellijk dat er een intense uitstraling van Maxim West uitging die meer met zijn eigen persoonlijk magnetisme te maken had dan met de keuze van zijn kleermaker.

Trentons plotselinge stemgeluid onderbrak Vales gedachten en het gesprek met Maxim West over het slechte Engelse weer en dergelijke.

'Op je gezondheid John, hier is je champagne, en nu kunnen we het over zaken hebben. Dat wil zeggen, jullie beiden. Want hoewel ik jou en sir Maximilian met elkaar in contact heb gebracht, ben ik niet van plan actief aan het gesprek deel te nemen.'

Maxim grinnikte. 'De dag dat je dat lukt, zal het broodjes goud regenen. Je hebt je mond niet meer gehouden sinds je leerde praten,' zei hij, maar er klonk geen kritiek door in zijn stem, alleen hartelijkheid en warme genegenheid.

Alan gooide zijn hoofd achterover en lachte. 'Ik denk dat er wel waarheid schuilt in wat je zegt. En jíj kunt het weten – per slot van rekening kennen we elkaar al meer dan vijfenveertig jaar.'

De drie mannen dronken en Trenton gebaarde naar een paar stoelen rond een bijzettafeltje. 'Zullen we erbij gaan zitten?'

Toen ze zaten, keek Trenton naar John Vale en zei: 'Ik heb Maxim verteld waarom ik hem vanavond heb uitgenodigd. Ik denk dat jij het maar moet toelichten.'

Vale knikte en richtte zijn aandacht op Maxim. 'Ten eerste zou ik willen weten of u ervoor zou voelen het Lister-krantenconcern over te nemen.'

Maxim fronste. 'Ik zou het eerlijk gezegd niet weten. Toen u binnenkwam, zei ik net tegen Alan dat ik niet genoeg van het krantenbedrijf afwist.'

'Maar waarom zou je het niet doen?' vroeg Trenton dwingend, zijn zoëven gedane belofte om zijn mond te houden vergetend. 'In deze fase van je carrière is het beslist een prima aankoop. Bedenk eens hoeveel meer macht en invloed je zou hebben als je Lister bezat. Een landelijk dagblad, een landelijke zondagskrant en een uitgelezen verzameling prestigieuze tijdschriften.'

Maxim wierp Alan een snelle blik toe maar antwoordde niet. In plaats daarvan richtte hij zich tot John Vale. 'Waarom denkt u dat de aandeelhouders mij zullen accepteren?'

'Harry Lister is ervan overtuigd, evenals de andere leden van de raad van bestuur. Ik ben het met ze eens, evenals de bestuurders van Morgan Lane.' Vale zat gevaarlijk op het randje van zijn stoel; hij leunde voorover en keek Maxim door zijn brilleglazen ernstig aan. 'U heeft een goede naam, een formidabele reputatie en een buitengewoon leven achter de rug. U bent niet iemand die overgenomen bedrijven uitbuit, integendeel, veel bedrijven zijn onder uw goede leiding opgebloeid. Dat zijn enorme punten in uw voordeel. Eerlijk gezegd bent u heel imponerend, en daarom zijn we er absoluut zeker van dat de aandeelhouders u zullen accepteren. Dat is trouwens ook de mening van Birch en Rider, de effectenmakelaars van het Lister-krantenconcern. Zij zijn minstens zo enthousiast over u als wij.'

'Dat heeft u aardig gezegd, dank u,' mompelde Maxim, en hij wachtte even. Bedachtzaam zei hij: 'Arthur Bradley's International Publishing Group heeft een bod van vijfhonderd miljoen pond op het Lister-krantenconcern uitgebracht. Als geldschieter zou ik er ten minste tweehonderd miljoen boven moeten gaan zitten.'

'Niet noodzakelijk,' kaatste Vale terug. 'Het zou minder kunnen.'

'Tweehonderd miljoen, honderd miljoen, wat maakt het uit – het is nog steeds een heleboel,' merkte Maxim koel op.

'Dat is waar,' knikte John Vale instemmend. 'Maar bekijk het eens van deze kant, u kunt er heel veel geld mee verdienen.'

'Ik ga er niet altijd direct van uit hoeveel ik zou kunnen verdienen,' antwoordde Maxim rustig. 'Ik vraag mezelf eerder af hoeveel ik kan verlíezen.'

'O, ik ben er zeker van dat u er niet op verliest,' verklaarde John vol vertrouwen. 'Ik zou u graag wat relevante informatie willen geven over het Lister-concern, wat feiten en cijfers.'

'Ga uw gang.' Maxim ging achteruit zitten om te luisteren, en op dat moment stond Alan Trenton op. 'Als jullie het niet erg vinden, ga ik even wat aan mijn eigen zaken doen,' mompelde hij en hij liep naar de andere kant van het kantoor waar hij achter zijn bureau ging zitten. Hij bekeek de faxen en telexen uit New York die eerder die dag waren binnengekomen, en las andere urgente papieren door, waar hij wat aantekeningen op maakte.

Op een gegeven ogenblik keek hij naar Maxim en John Vale die nog diep in gesprek waren, en besloot ze nog maar even aan hun lot over te laten. Hij had niets toepasselijks te zeggen of toe te voegen, dus kon hij zich er maar beter niet mee bemoeien.
Alan draaide zijn bureaustoel om en staarde uit het raam dat uitkeek op Berkeley Square. Zijn gedachten dwaalden even doelloos rond en richtten zich toen op Maximilian West, wat meestal gebeurde wanneer Maxim in de buurt was. Het was moeilijk om je aandacht niet op hem te vestigen, zo krachtig waren zijn uitstraling en zijn persoonlijkheid.
Hij vond het fijn Maxim in zo'n prima conditie te zien. Als je op zijn uiterlijk moest afgaan, leidde hij een gemakkelijk en plezierig leventje in een van zijn vele prachtige huizen of op zijn jacht, dat iets weghad van een drijvend paleis. Maar Alan wist dat niets minder waar was. Maxim werkte vierentwintig uur per dag, hij zat altijd en eeuwig in een vliegtuig, en hield een moordend tempo aan, en toch slaagde hij er op de een of andere manier in er opmerkelijk ontspannen uit te zien. Alan dacht wel eens dat Maxim die spanning juist nodig had. In de afgelopen negen jaar had hij onder buitensporige druk gestaan. Hij was voor vrienden niet gemakkelijk bereikbaar door de manier waarop hij over de hele wereld zwalkte. Londen was voor hem tegenwoordig niet meer dan een halteplaats, hoewel hij er zijn hoofdkantoor en zijn huis in Mayfair had. Graziger weiden, in de vorm van Manhattan, waren aanlokkelijker voor hem.
En Alan miste Maxim vreselijk.
Hij wilde dat hij hem wat vaker zag. Ze voerden vaak lange telefoongesprekken en ze aten af en toe snel een hapje of dronken wat samen, maar dat was niet hetzelfde als op je gemak lunchen of dineren, zoals vroeger. Als jongens waren ze onafscheidelijk geweest, in hun tienerjaren stonden ze elkaar even na, en hun vriendschap was meegegroeid met het volwassen worden.
Boezemvrienden tot de dood, hadden ze op kostschool gezworen en vreemd genoeg deden ze die jongenseed nog steeds gestand. En dat is het enige dat op den duur telt, dacht Alan. Diep in je hart te weten dat je er altijd bent voor elkaar, dat je altijd op elkaar kunt rekenen, wat er ook gebeurt.
Toen hij zijn stoel weer terugdraaide van het raam, vestigde Alan zijn blik op Maxim en nam hem een paar seconden scherp

op. Het leek of zijn oude vriend John Vale aan een verhoor onderwierp, en ongetwijfeld bestookte hij hem met pittige vragen. Vale reageerde alert en hij leek behoorlijk onder de indruk van zijn ondervrager. Maar daar was niets vreemds aan. Iedereen was onder de indruk van Maximilian West. Meestal was men ook verrast als men hem voor het eerst ontmoette. Hij was nooit wat iemand verwachtte dat hij zou zijn, en hij deed nooit wat mensen verwachtten dat hij zou doen. Hij was altijd een nonconformist geweest.

In gedachten zag Alan Maxim plotseling zoals deze op zijn vijftiende was geweest. Hij herinnerde zich die afschuwelijke dag toen twee jongens van een andere school, twee pestkoppen, Maxim te pakken hadden genomen, hem hadden bespot, uitgescholden, immens wreed waren geweest zoals alleen kinderen dat kunnen. Maxim, lijkbleek, zijn donkere ogen laaiend van woede, had zich meteen strijdlustig opgesteld en hij had zijn vuisten gebald als een bokser om tot de aanval over te gaan. Bereid om voor zijn beste vriend te vechten, had ook Alan zijn handen opgeheven. En toen was er iets onverwachts gebeurd, iets dat niemand had kunnen voorzien en dat de andere jongens had verrast, en hem nog het meest. Maxim had zijn armen langs zijn lichaam laten vallen en was zonder een woord te zeggen weggelopen, met opgeheven hoofd, zijn immense trots en ongewone waardigheid als een onaantastbaar schild om zich heen. De groep jongens die had staan kijken en joelen was stil geworden, was uit elkaar gegaan om hem door te laten, geïntimideerd door zijn hooghartige houding en door de koude, onverbiddelijke uitdrukking op zijn gezicht.

Alan herinnerde zich hoe hij achter Maxim was aangehold, hoe hij hem had willen troosten. Maar Maxim had geen sympathie nodig gehad; hij had zelfs geweigerd erover te praten, en hij was de rest van de dag somber en humeurig geweest. Pas later, 's avonds, toen de lichten in de slaapzaal uit waren, had Maxim eindelijk over het incident gesproken. Als om Alans onuitgesproken vraag te beantwoorden had hij hem in het donker toegesist: 'Ik liep weg omdat die lafaards het niet waard waren dat ik met ze vocht! Ik wilde mijn handen niet eens aan ze vuil maken!' Toen was hij doorgegaan: 'Op een dag ligt de wereld aan mijn voeten, dat zul je zien, Stubby.' En op heftige fluistertoon

had hij eraan toegevoegd: 'Nu ben ik nog niemand! Ik heb nog niets! Maar hoelang het ook zal duren, geloof maar dat ik heel belangrijk zal worden en dat ik alles zal krijgen wat ik wil!'
En zo was het gegaan. Hij had alles gekregen wat hij wilde. Het was allemaal uitgekomen, misschien nog meer dan in zijn stoutste dromen.
Maximilian West was een man die de wereld aan zijn voeten had.
Het gevolg hiervan was dat hij door de meeste mensen werd benijd. Maar Alan benijdde hem niet, hij had alleen maar bewondering voor zijn vriend. Hij kende de moeilijke weg die Maxim was gegaan, de obstakels die hij uit de weg had geruimd, de risico's die hij had genomen. Zijn verhaal was een uitzonderlijk succesverhaal, een fantastisch epos eigenlijk. Hij was een groot magnaat; met zijn naam moest in de zakenwereld werkelijk rekening worden gehouden en de afgelopen vijftien jaar was hij opgeklommen van miljonair tot multimiljonair en toen tot miljardair.
En pas een paar weken geleden, eind december, was de lijst van personen die door de koningin met een onderscheiding waren bedacht, bekendgemaakt. Bij deze lintjesregen, voorgesteld door de premier en ter goedkeuring voorgelegd aan de koningin, was ook Maxim een titel toegekend als erkenning voor de enorme bijdrage die hij had geleverd aan de Britse economie, zowel in binnen- als buitenland. Hij was nu sir Maximilian West en mocht als zodanig worden aangesproken, hoewel zijn huldiging in Buckingham Palace pas over drie maanden, in maart, zou plaatsvinden.
De wereld aan je voeten, hè, dacht Alan glimlachend. Het was een warme glimlach, uit diepe trots en tevredenheid. Hij genoot van Maxims successen en triomfen, en hij was altijd een juichende toeschouwer. Op school al was Maxim zijn held geweest en in zekere zin was hij dat nog. Alan dacht dat dat altijd wel zo zou blijven.
Hij wierp nog een blik op Maxim, vol bewondering. Hoe fantastisch zag zijn dierbare oude vriend eruit, dacht hij. Maar ineens besefte hij dat dat niet helemaal waar was en van schrik ging hij overeind zitten en tuurde wat intenser naar Maxim. De imponerende façade was er nog wel, maar Alan voelde nu instinctief dat er iets heel erg mis was. Je kon nu eenmaal niet bijna zevenen-

veertig jaar goede vrienden zijn zonder iemand heel goed te kennen. Er lag een schaduw achter Maxims ogen die Alan daar jaren niet had gezien en hij vroeg zich af waarom het hem niet meteen was opgevallen toen Maxim binnenkwam. Misschien omdat hij te druk bezig was geweest hem te feliciteren met zijn onderscheiding. Maxim heeft problemen, ernstige problemen, besloot Stubby. Zou het een vrouw zijn? God, ik hoop van niet, hij heeft voor zijn hele leven genoeg problemen met vrouwen gehad. Maar wat het ook is, en er ìs iets, ik zal aanbieden hem te helpen. Daar ben je tenslotte vrienden voor.
Alan keek snel even op zijn gouden Patek Philippe-horloge dat Maxim hem vorig jaar voor zijn vierenvijftigste verjaardag had gegeven. Hij zag dat het precies kwart over negen was. Eerder die avond, aan de telefoon, had Maxim gezegd dat hij rond tien voor half tien weg moest, dus Alan wist dat Maxim binnen een seconde, zeker niet veel langer, zou opstaan, afscheid zou nemen en vertrokken zou zijn. Hij was in veel opzichten een nauwgezet man.
In afwachting van Maxims vertrek voegde Alan zich bij de twee mannen, net toen Maxim zei: 'De cijfers die u me heeft gegeven zijn interessant, maar ik weet nog niet of ik me in de strijd wil mengen en een tegenbod op Lister zal doen. Ik moet er echt nog even over nadenken.'
Vale vermande zich, probeerde niet te laten merken dat hij teleurgesteld was dat de bespreking geen beter resultaat had opgeleverd. 'Ja, natuurlijk, dat begrijp ik. En ik weet zeker dat u begrijpt dat snelheid uiterst belangrijk is. Het Lister-concern ligt nu wijd open, het is in vele opzichten kwetsbaar. Het is een gemakkelijk doel voor andere geïnteresseerden. Dat baart ons de meeste zorg, dat iemand anders, een ander bedrijf, gaat meebieden en Lister overneemt.' Vale zuchtte. 'U weet wat dat zou kunnen betekenen.'
'Maar al te goed. Een overname-oorlog.' Maxim stond op. 'Als u de papieren vanavond nog bij me thuisbrengt, zoals u heeft voorgesteld, zal ik ze meteen bekijken.'
Vale stond eveneens op en knikte. 'Ja, dat zal ik doen. En hartelijk dank voor uw komst en dat u naar me heeft willen luisteren.' Hij stak zijn hand uit en voegde eraan toe: 'Ik waardeer het buitengewoon, sir Maximilian.'

Maxim nam Vales hand. 'Ik hoop dat u het niet erg vindt, maar ik moet nu echt weg.' Hij wierp Alan een samenzweerderige blik toe, knipoogde en zei: 'Ik heb een afspraak voor het diner en wil de dame niet graag laten wachten.'
'Ik loop even mee naar de lift, Duke,' zei Alan terwijl hij Maxims arm pakte en met hem de deur uitliep. Hij wilde even met Maxim alleen zijn om hem te vragen wat er aan de hand was en wat hij kon doen om hem te helpen.

Toen Trenton even later in zijn kantoor terugkwam, staarde John Vale hem met halfdichtgeknepen ogen aan en vroeg nadrukkelijk en met bezorgdheid in zijn stem: 'En, wat zei hij?'
'Niets. Tenminste niet over het Lister-concern of over wat hij van plan is. Dat zou hij zelfs mij niet vertellen, weet je. Hij doet heel geheimzinnig over zijn zaken, dat deed hij vroeger ook altijd al. Ik kan je verzekeren dat hij elk document dat door zijn handen gaat vernietigt. Bang voor een lek, veronderstel ik.'
'Niemand kent hem beter dan jij, Alan. Hoe schat jij het in? Hoeveel kans maken we, denk je?'
Trenton tuitte zijn lippen en dacht even na. 'Ik zou het eerlijk gezegd niet weten.' Hij liet zich in zijn stoel vallen en keek met een peinzende uitdrukking op zijn gezicht in de verte. John Vale volgde zijn voorbeeld; hij ging tegenover Alan Trenton zitten en wachtte geduldig. Uiteindelijk zei Trenton: 'Als hij er een goed gevoel over heeft, zal hij het doen.'
'Wat bedoel je daar precies mee?'
'Dat is wat Maxim me altijd heeft gezegd, dat hij er een goed gevoel over moet hebben. Hij gaat op zijn instinct af. Hij negeert analyses, rapporten, beoordelingen en adviseurs. Puur instinct, dat is het enige waardoor hij zich laat leiden.'
'Geloof je dat echt?' Vale klonk twijfelachtig.
'O ja, zeker! Sterker nog, Maxim gelooft erin. Maar het betekent natuurlijk in feite dat hij afgaat op zijn ervaring, zijn deskundigheid, zijn ruime kennis. Plus zijn instinctief gevoel over een bepaalde zaak of een bepaalde situatie.'
Trenton pakte zijn glas champagne en goot het laatste beetje achterover met een peinzende blik in zijn ogen.
'Je vroeg me naar mijn inschatting, John,' ging hij uiteindelijk verder, 'en dat is de volgende: als Maximilian West een goed

gevoel heeft over het Lister-krantenconcern zal hij een bod doen. Als hij dat niet heeft of er helemaal niets voor voelt, dan doet hij het niet. Zo is hij nu eenmaal. Nogal onwrikbaar, nauwgezet. Dat is zijn aard, altijd geweest ook. Hij houdt je beslist niet lang in onzekerheid. Hij zal op heel korte termijn een beslissing nemen en je een antwoord geven.'
'Dat is in elk geval plezierig om te weten. En trouwens, Alan, hoe het balletje ook rolt, ik sta bij je in het krijt. Ik weet niet hoe ik je moet bedanken voor het regelen van dit gesprek.'
'Heel gemakkelijk, ouwe jongen. Trakteer me maar op een etentje. Nu meteen. Ik ben uitgehongerd.'
John lachte. 'Ik ken er nog een. Ik heb een reservering in de Marks Club. Laten we erheen lopen, dan breng ik na het eten de papieren naar Maxims huis in Chesterfield Hill. Hij zei dat jij me zijn adres wel zou geven.'
'Natuurlijk.' Alan stond op. 'Even mijn bureau leegmaken, dan gaan we.'
Vale volgde hem de kamer door, hij bleef bij hem in de buurt. Op een gegeven moment merkte hij op: 'Ik had niet verwacht dat hij zo'n knappe vent zou zijn. Ik heb zijn foto's in kranten en tijdschriften gezien, maar die doen hem geen eer aan.'
'Dat doen ze zeker niet. Maar veel van Dukes aantrekkingskracht komt door zijn persoonlijke uitstraling. Ik geloof niet dat je dat op een foto kunt vastleggen.'
'Waarom noem je hem Duke?' vroeg Vale nieuwsgierig.
'Naar aartshertog Maximiliaan van Oostenrijk die in 1864 keizer van Mexico werd,' legde Alan uit. 'Op school gedroeg Maxim zich op een dag nogal hooghartig tegen me, en toen gaf ik hem die bijnaam. Hij vond het een goeie mop... Maar de naam is gebleven.'
'Juist. En is het waar wat ze over hem zeggen?'
'Ze zeggen zoveel. Wat bedoel je precies?'
'Dat Maximilian West maar vier dingen belangrijk vindt: de premier, de Verenigde Staten, geld verdienen en vrijen.'
Alan keek op en begon te lachen. Daarna zei hij: 'Ik weet dat hij mevrouw Thatcher heel hoog aanslaat en dat hij een groot bewonderaar van haar politiek is, vooral als het op zakendoen aankomt. En eerlijk gezegd, ouwe jongen, het gaat hem onder haar regime voor de wind. Ze heeft hem net een onderscheiding toe-

gekend. En hij is beslist dol op de Verenigde Staten; hij staat al een jaar of tien met één voet aan beide kanten van de Atlantische Oceaan. Hij brengt daar evenveel tijd door als hier.'
Er kwam een ondeugende glans in Alans ogen: 'En zolang ik me kan herinneren is Maxim voortdurend bezig geweest met geld verdienen èn dames versieren. O ja, Maxim is een echte rokkenjager. En wat de dames betreft, die vinden hem gewoonweg fantastisch. Ze liggen aan zijn voeten.'
'Al die echtgenotes, al die maîtresses,' mompelde Vale met iets van ontzag in zijn stem. 'Hoe speelt hij het in 's hemelsnaam klaar om ze zo handig te manipuleren?'
'Ik zou het niet weten.'
'Heb je het hem ooit gevraagd?'
'Hemel nee, natuurlijk niet. Dat heb ik nooit gedurfd.'
Maar dat was niet waar. Hij had er alleen geen zin in om het onorthodoxe privé-leven van zijn beste vriend verder met John Vale te bespreken. Hij had al genoeg losgelaten. Er zijn nu eenmaal dingen die je niet met een ander bespreekt. Er gingen al jaren heel wat geruchten over Maxim en daar zou hij niet nog eens wat aan toevoegen. Dat zou de ergst denkbare soort verraad zijn.
Ik weet veel te veel, dacht Alan terwijl hij de bovenste la van zijn bureau op slot deed. *Al die vertrouwelijkheden die Maxim jarenlang met hem had gedeeld en nog steeds deelde. Maar bij mij zijn z'n geheimen veilig. En dat weet hij, hij weet dat ik zal zwijgen als het graf.*

2

Toen hij Berkeley Square overstak, moest Maximilian West voor de tweede keer die avond een gevoel van zwaarmoedigheid onderdrukken.
Hij liep dezelfde weg terug, maar nu met een andere bestemming. Recht tegenover het kantoorgebouw van Alan Trenton, achter de bomengroep in het park midden op het plein, bevond zich op nummer 44 in het souterrain van een prachtig oud huis een van de meest exclusieve nachtclubs van Europa, de beroemde Annabel.
De club was geopend in de zomer van 1963 door Mark Birley,

en genoemd naar zijn vrouw lady Annabel, van wie hij nu gescheiden was. Het was een van de meest chique gelegenheden voor de betere kringen, waar de internationale jetset in gezelschap verkeerde van filmsterren, zakenlui en leden van het Britse koninklijk huis. De afgelopen zesentwintig jaar was de club absoluut ìn geweest, maar nu was hij meer dan alleen maar in de mode, hij was legendarisch. Daar ging Maxim het liefst eten wanneer hij in Londen was.
Slechts een paar minuten nadat hij Alans kantoor had verlaten, knikte Maxim tegen de geüniformeerde portier buiten, dook onder de groene luifel door en haastte zich de trap af, de club in.
Hij werd begroet door een schare bekende glimlachende gezichten, en nadat hij zijn regenjas had uitgetrokken, liep hij naar de receptie waar Ted de meeste dagen van de week de gasten verwelkomde.
Maxim liet zich Teds met zachte stem uitgesproken felicitaties welgevallen, maakte even een babbeltje, zette zijn naam in het boek en slenterde de bar-zitkamer in. Toen hij zag dat het er nog tamelijk leeg was, ging hij aan een hoektafeltje zitten, naast het lustig brandende houtvuur.
Er stond meteen een kelner naast hem; hij bestelde wodka met ijs en citroen en ging toen op zijn gemak achterover zitten op de zachte sofa, blij met het comfort, de warmte en het gevoel van welbehagen dat hem hier altijd bekroop.
Hij was lid geweest vanaf het moment dat de club zijn deuren had geopend. Hij hield van de sfeer, de intimiteit van het laaiende vuur, het zachte licht en de diepe sofa's. De massa's verse bloemen in antieke vazen, de donkerrode oosterse kleden, en de oranjekleurige muren, behangen met een veelheid aan schilderijen, wekten een vrolijke indruk. Naast elkaar hingen er prachtige hondekoppen, cartoons van Landseer, Munnings en Bateman, olieverfschilderijen van elegante vrouwen, sommigen naakt, anderen gekleed. Op het eerste gezicht leken de schilderijen achteloos bijeengegaard, maar als je goed oplette, merkte je dat ze bepaald niet lukraak waren opgehangen. Hij vond ze altijd plezierig om naar te kijken, en amusant; ze vormden een voortdurende bron van genoegen en ontlokten hem dikwijls een glimlach.
Voor Maxim was de Annabel meer een verlengstuk van Mark Birley's eigen huis dan een restaurant en nachtclub, en dat was

misschien wel de sleutel tot het enorme succes ervan. Het bargedeelte had iets weg van een zitkamer in een landelijk buitenhuis en het kon ook beslist nooit voor iets anders worden gehouden dan een *Engelse* huiskamer met zijn mengeling van sits, schilderijen en bloemen, met zijn aangename warmte en charme. Naast de unieke en uitnodigende sfeer, was hij ook tevreden over het hoffelijke personeel, de uitstekende service en uiteindelijk het eenvoudige soort eten – hoofdzakelijk de Engelse keuken op haar best met een paar continentale schotels – waar Maxim het meest van hield.

Naar zijn mening was er nergens ter wereld zoiets als de Annabel en het was een van de dingen in Londen die hij vreselijk miste als hij er niet was. Hij was al een paar weken niet in de stad geweest en hij was blij terug te zijn in deze geliefkoosde verblijfplaats. Zodra hij bij de Annabel binnenstapte, vielen de zorgen van de dag steevast van hem af. Hij voelde zich hier afgeschermd van de wereld, ingesponnen in de bekende, prettige omgeving, bediend door de discrete en sympathieke staf. Een thuis ver van huis, dacht hij, en voegde er voor zichzelf wat smalend aan toe: behalve dat ik hier liever ben dan thuis. Want eigenlijk heb ik geen thuis meer, geloof ik.

Hij pakte zijn glas, nam snel een slok, leunde achterover in de kussens en dwong zijn gedachten terug naar de bespreking die hij zoëven in Stubby's kantoor had gevoerd.

Zijn gevoelens om achter het Lister-krantenconcern aan te gaan, waren nogal tegenstrijdig en hij vroeg zich af waarom. Voor hij de kans had over de redenen na te denken, zag hij Louis, de manager, die met een brede glimlach naar hem toe kwam. Louis' gezicht was een en al glimlach. Ze waren oude vrienden; ze kenden elkaar al meer dan dertig jaar, sinds de tijd dat Louis nog *maître d'* was in het Mirabella-restaurant in Curzon Street, net om de hoek van de Annabel. Er bestond een bijzondere kameraadschap tussen de twee mannen door de vele dingen die ze in het verleden samen hadden meegemaakt en door de warme genegenheid die ze voor elkaar voelden.

Maxim sprong glimlachend overeind.

Ze begroetten elkaar hartelijk en Louis feliciteerde hem met zijn onderscheiding. Ze stonden even te praten en brachten elkaar op de hoogte van de dingen die over en weer gebeurd waren. Na een paar minuten werd Louis in de eetkamer aan de telefoon geroepen en hij verontschuldigde zich. Maxim ging weer op de sofa zitten en pakte zijn drankje. Maar hij zat amper of hij moest alweer opstaan toen zijn persoonlijke assistente in een wolk van parfum de bar kwam binnenschrijden.

Graeme Longdon was een Amerikaanse van zevenendertig jaar. Ze was lang en mager en had bruin krullend haar, doorschoten met een zweempje kastanjekleur, en prachtige heldergroene ogen. Hoewel geen klassieke schoonheid in de absolute betekenis van het woord, was ze toch een heel aantrekkelijke en boeiende jonge vrouw met een breed voorhoofd, hoge jukbeenderen boven ronde wangen en een volle, brede mond die altijd lachte. Ze kwam uit Richmond en was onafhankelijk, uitbundig en niet op haar mondje gevallen.

Maxim vond haar een van de intelligentste vrouwen die hij kende en ze was een prima assistente.

Vanavond droeg ze een buitengewoon mooi zwartfluwelen ensemble dat zijn opmerkzame blik onmiddellijk herkende als een produkt van de Parijse haute couture. Het prachtig gesneden jasje boven de strakke rok was langs de schouders en heupen afgezet met een borduursel van glittertjes en zijden kwastjes. Haar lange, welgevormde benen staken in ragdunne zwarte kousen en ze droeg een paar elegante zwartsatijnen pumps. Haar enige sieraden waren grote diamanten oorbellen in de vorm van bloemen en om haar pols een smal, met diamanten bezet horloge dat in de jaren dertig door Cartier was ontworpen.

Maxim ging haar tegemoet, nam haar bij de elleboog en begeleidde haar naar het hoektafeltje.

'Je ziet er beeldschoon uit.' Hij had altijd waardering voor een mooie vrouw en was altijd oprecht hoffelijk en complimenteus.

'Dank je, Maxim,' zei ze, en wendde zich tot hem met een breder wordende glimlach die haar gelaatsuitdrukking verlevendigde. 'Ik heb altijd het gevoel dat ik me vreselijk moet optutten om hier te komen, dus ben ik teruggehold naar de Ritz om me te verkleden. Daarom ben ik zo laat. Sorry, baas,' zei ze met haar gebruikelijke opgewekte en nonchalante manier van doen.

'Je hoeft je niet te verontschuldigen,' zei hij glimlachend, zoals gewoonlijk lichtelijk geamuseerd door haar weinig respectvolle houding en omdat ze hem hardnekkig báás bleef noemen. Toen ze pas kort voor hem werkte en hem zo was gaan aanspreken, had hem dat geïrriteerd en had hij geprobeerd haar daarvan af te brengen. Maar ze had zijn protesten naast zich neergelegd of ze waren haar ene oor ingegaan en haar andere weer uit, en sindsdien was het báás gebleven. Hij was er nu aan gewend en vond het niet erg meer. Hij vond het eigenlijk niet echt belangrijk. Hij bewonderde haar omdat ze zichzelf bleef, omdat ze haar persoonlijkheid niet ondergeschikt wilde maken aan de ideeën die een ander had over een correct bedrijfsimago. Ze was eerlijk en recht door zee en tamelijk openhartig, waardoor ze soms mensen nogal van hun stuk bracht. Daar had hij heimelijk plezier om. Graeme had voor iedereen in het bedrijf wel een bijnaam, tenminste voor de mensen met wie ze dagelijks omging. De meeste namen waren zeer toepasselijk, sommige zelfs onthutsend toepasselijk.

'Wat maken een paar minuten voor ons uit,' zei Maxim toen ze gingen zitten. 'Je bent in ieder geval het wachten waard, Graeme. Je ziet er vanavond beslist adembenemend uit. Ga lekker zitten, ontspan je en laten we een drankje nemen voor het eten, dan kun je me even vertellen wat er gebeurd is nadat ik van kantoor ben weggegaan. Wat wil je hebben? Een glas champagne, zoals gewoonlijk? Of iets anders?'

'Champagne graag, Maxim.' Graeme legde haar zwartfluwelen avondtasje op tafel, maakte het zich gemakkelijk in de stoel tegenover hem, sloeg haar benen over elkaar en streek haar rok glad. Ze zag eruit of ze zat te tintelen van opwinding, alsof ze zich nauwelijks kon inhouden.

Toen haar drankje besteld was, boog ze zich voorover op een plotseling vertrouwelijke manier, haar heldere ogen levendiger en enthousiaster dan anders, met op haar stralende, intelligente gezicht een blos van opwinding. 'Na uren heen en weer getelefoneer met Peter Heilbron in New York ben ik tot een conclusie gekomen over de Winonda Group,' zei ze met een hoge stem van opwinding. 'Ik vind dat we erin moeten stappen, baas, dat we een bod moeten doen! Het is een màkkie voor ons! Een perfect bedrijf voor overname, ondanks bepaalde problemen die er lijken te bestaan. Ik heb de laatste twee faxen van Peter nog eens goed bekeken en...'

'Als het gevoelig ligt, neem ik aan dat je ze vernietigd hebt,' onderbrak Maxim haar snel.

'Natuurlijk! Hoe kun je denken dat ik dat zou vergeten.' Ze klonk verbaasd en keek hem achterdochtig aan. 'Ik ben toch je kloon, baas?'
Maxim beet op zijn lip om niet te lachen, maar hij gaf geen antwoord.
Graeme ging snel door: 'Winonda heeft een aantal verliesgevende onderdelen, maar die zijn gemakkelijk af te stoten. We zouden de winstgevende afdelingen natuurlijk kunnen houden en ze eenvoudig reorganiseren, ze een beetje stroomlijnen à la West International.'
Ze zweeg even toen de kelner haar een glas champagne bracht en ze wachtte tot ze alleen waren voor ze verder ging: 'Wat die overname voor mij zo aantrekkelijk maakt, is het onroerend goed dat Winonda net buiten Seattle heeft. Op het eerste gezicht ziet het er waardeloos uit, vooral op papier. Ondergewaardeerd, eigenlijk. Het is verlopen en het ligt op een slechte locatie. Maar ik weet dat het van grote waarde is, dat het een waardevol bezit is.'
Maxim fronste.
Graeme legde uit: 'Het is een waardevol bezit omdat er een Japans bedrijf is dat het wil kopen. Ze zijn in feite bezig het hele gebied op te kopen, en ze willen het onroerend goed van Winonda zodat ze de bestaande gebouwen kunnen afbreken en de grond kunnen opwaarderen door er een hotel, een winkelcentrum en kantoren op te zetten.'
'Waarom heeft Charles Bishop het dan niet aan hen verkocht?' Maxim trok een diepe rimpel in zijn voorhoofd. 'Dat vind ik buitengewoon vreemd. Hij is behoorlijk slim, en hij neemt meestal snel beslissingen.'
'Hij heeft ze zeer beslist afgewezen, hij wilde kennelijk niet eens weten wat ze boden, en niet omdat het niet genoeg was. Ik geloof dat ze tot tweehonderdzeventig miljoen dollar zijn gegaan.'
'Wat is het addertje onder het gras?'
'Dat is er niet, tenminste niet voor ons. Als we Winonda bezaten, zouden we het onroerend goed morgen kunnen verkopen, en wel aan dezelfde Japanners. Ze staan in de coulissen te wachten. Ze wachten natuurlijk tevergeefs zolang Bishop president van Winonda is. Weet je, zijn vader stierf in een Jappenkamp, daarom wil hij geen zaken met ze doen.'
Toen Maxim niets zei, ging Graeme met zachte stem verder:

'Eenvoudig gezegd laat hij zich er door zijn persoonlijke gevoelens van afhouden.'
Maxim keek bedenkelijk. Even later keek hij haar van opzij aan. 'Jij hebt een goed gevoel over deze transactie, hè?'
'Absoluut, baas!'
'Ik ook, steeds gehad trouwens, eigenlijk al sinds je Winonda als mogelijkheid naar voren bracht. Bel Peter morgen maar, en zeg hem het aankoopteam meteen in beweging te brengen. Goed zo Grae, ik ben onder de indruk. Je moet heel wat research gedaan hebben.'
Graeme schudde haar hoofd. 'Een beetje, maar niet zoveel als jij denkt. Door een stom toeval woont mijn nicht Sara tegenwoordig in Seattle. Ze werkt daar bij een bank. Ik vroeg haar naar Winonda toen jij me het groene licht had gegeven om in die zaak te duiken. Ze vertelde dat er een Japans bedrijf aan het rondsnuffelen was geweest. Van een vriendje, die partner in een accountantskantoor is, had ze van hun belangstelling voor het onroerend goed van Winonda gehoord. Ik veronderstel dat er ergens een flink lek zat.'
Ze grijnsde naar Maxim. 'Ik denk dat je gelijk hebt met die papierversnipperaars, baas. Je kunt niet voorzichtig genoeg zijn. In ieder geval heb ik de informatie die Sara me gaf nagetrokken. Het klopte.' Graeme stopte en schraapte haar keel. 'De aandeelhouders van de Winonda Group konden wel eens niet al te blij zijn als ze er achter komen dat hun president miljoenen dollars liet lopen op een onroerend goed-transactie waar verder niemand in geïnteresseerd schijnt te zijn. Geen beste beurt van Bishop, vind je niet?'
'Nee, hoewel ik zijn argumenten tot op zekere hoogte wel kan begrijpen. Maar ik denk dat je uiteindelijk wel gelijk hebt.'
'Als president en eerste man van een naamloze vennootschap had hij zijn persoonlijke gevoelens opzij moeten schuiven,' zei ze met een stem die verrassend koel en vastberaden klonk.
Maxim wierp haar een snelle blik toe. Hij wist hoe onverzettelijk, hoe meedogenloos ze soms zelfs kon zijn, en haar oordeel over Bishop leek hem dan ook wat hardvochtig. Er trok even een vage schaduw over zijn gezicht. Hij fronste. 'Ja,' zei hij laconiek. Opeens wilde hij dit gesprek niet verder voortzetten en hij nam zijn glas op.

Graeme ontspande zich en zat hem taxerend op te nemen. Er trilde een spiertje in zijn kaak; plotseling zag hij er gespannen uit, en ze vroeg zich af waarom. Ze stond op het punt hem te vragen of er iets was, maar veranderde toen direct weer van gedachten. Hij was zo'n gesloten man, hij gaf zichzelf of zijn gevoelens nooit erg bloot, en hij had er een hekel aan als iemand nieuwsgierige vragen stelde of probeerde informatie los te peuteren om door zijn sterke pantser heen te breken.
Ze hief haar glas champagne op. 'Proost,' zei ze. 'Op de Winonda Group. Dat die weldra van ons mag zijn.'
Maxim zei: 'Op Winonda.'
Ze nam nog een flinke slok Dom Perignon en begon zich voor het eerst die dag te ontspannen. Ze waren even stil, beiden verzonken in hun eigen ingewikkelde gedachten. Graeme was de eerste die de korte stilte verbrak en zei: 'Hoe ging de vergadering met Alan Trenton?'
'Die was niet met Alan. Nou ja, hij was er natuurlijk wel, maar hij wilde dat ik zijn bankier ontmoette, John Vale van Morgan Lane. Die wilde me een voorstel doen.'
'Wat voor voorstel?' vroeg ze, terwijl haar ogen onmiddellijk oplichtten. Net als Maxim vond ze zakendoen spannend en het vooruitzicht op een nieuwe transactie gaf haar net zo'n kick als hem.
'Om het Lister-krantenconcern te hulp te komen,' zei hij.
Graeme floot lang maar zachtjes door haar tanden, zodat alleen Maxim het kon horen. 'Zo, dat is nogal wat,' zei ze met lage stem. 'En?'
Maxim begon te vertellen wat er eerder die avond was gebeurd, zonder iets weg te laten.
Graeme luisterde geboeid, een en al aandacht, zonder hem te onderbreken omdat ze wist hij daar een hekel aan had, maar ze vroeg zich tegelijkertijd af wat hij zou gaan doen, of hij echt achter het Lister-concern zou aangaan. Ze dacht hard na. Hij was nuchter en onbevreesd als het op zakendoen aankwam, maar hij was geen echte gokker. Daar was hij te voorzichtig voor. Lister zou best eens een gok kunnen blijken. Maxim was vóór alles eerlijk en voorzichtig en deze eigenschappen bewonderde ze in hem. En toch had hij, in de zeven jaar dat ze nu voor hem werkte, wel eens een gokje gewaagd en nu ze erover na-

dacht, waren dat best behoorlijk grote gokken geweest. Zou hij het Lister-krantenconcern het risico waard vinden? Met hem wist je 't nooit, hij was zo moeilijk juist te beoordelen – of te doorzien. Met hem kon je altijd twee kanten op. Hij noemde haar weliswaar zijn rechterhand, maar de moeilijkheid was dat ze meestal niet wist wat zijn linkerhand deed.

Misschien waren het de tegenstellingen, het onverwachte in hem dat ze zo fascinerend vond – en onweerstaanbaar. Ze onderdrukte een zucht. Ze was altijd een klein beetje verliefd op hem geweest, hoewel hij nooit ook maar een greintje interesse in haar had getoond, in ieder geval niet als vrouw. Hij gaf haar aardige complimentjes over haar uiterlijk, hij zei vleiende dingen over haar werk, maar verder ging het nooit. Ze was zijn naaste medewerkster, en daarom verboden terrein. Zijn zaak lag hem te na aan het hart om er ooit iets wat maar zweemde naar plezier, seks of liefde in toe te staan.

Bovendien was hij – natuurlijk – getrouwd. En er werd gefluisterd dat er nog een vrouw in het spel was.

Maar soms, zoals nu, als ze niet in een zakelijke omgeving waren, als ze naar hem zat te kijken, naar zijn warme stem luisterde en van zijn gezelschap genoot, kwam ze als vrouw geheel in zijn ban en was ze hopeloos gevoelig voor hem. Hij was de gevaarlijkste aantrekkelijke man die ze ooit had ontmoet. Het kwam niet alleen door zijn gezicht, door zijn krachtige, donkere blik of zijn verfijnde en voorname manieren, het lag ook aan zijn uitstraling. Want er was iets heel geheimzinnigs aan Maximilian West.

Daarbij was hij natuurlijk zeer charmant. Maxim had een fataal soort charme, van het soort dat vrouwen tot vreselijk indiscrete dingen verleidt. Hij was een geboren rokkenjager die de vrouwen, zonder dat hij er iets voor hoefde te doen, maar voor het uitzoeken had. Op weer een ander niveau waren er zijn intellect, zijn hersenen, zijn wilskracht, zijn energie, zijn ambitie en zijn succes. Het was een combinatie die maar één ding betekende: macht. En macht vond ze opwindend, als een sterke liefdesdrank, sterker dan iets wat ze ooit gekend had.

'Je ziet eruit of je met Peter Pan en Wendy aan het afdwalen bent naar Dromenland,' zei Maxim, voor zijn doen nogal scherp, en hij keek haar streng aan.

'Ik ben er wel degelijk, en figuurlijk gesproken sta ik in de houding,' zei ze, altijd rap van tong en klaar met een kwinkslag. 'Als ik er glazig uitzie, komt dat omdat ik me zit te concentreren, baas. En ik heb heus alles gehoord wat je zei.' Ze gaf hem een brede, geruststellende glimlach.
'Laat ik het voor je samenvatten – John Vale van Morgan Lane wil dat jij in de bres springt voor Lister. Iedereen die erbij betrokken is, wil dat graag.'
'Dat is zo,' zei hij op mildere, vriendelijkere toon.
Maar jij bent niet geïnteresseerd, hè?' ging ze verder, in de hoop te bewijzen dat ze wel degelijk had geluisterd, dat de nuances in zijn stem haar niet waren ontgaan. Ze liet zijn blik niet los.
'Nee,' gaf hij toe, 'dat geloof ik niet.'
'Zien de cijfers er zo slecht uit?'
'Integendeel, die zijn behoorlijk indrukwekkend. Het bedrijf is eigenlijk in prima conditie.' Hij zuchtte diep. 'Het ligt aan míj, Grae. Ik kan er gewoon geen enthousiasme voor opbrengen, denk ik. Niet genoeg in ieder geval. Geen sikkepit in mijn hele lijf. Ik geloof niet dat ik er zin in heb het zwaard op te nemen in een gevecht om een krantenconcern. Dat is meer in het straatje van Rupert Murdoch. Nu ik eraan denk, John Vale had Rupert moeten vragen, niet mij.'
Maxim zweeg en hij lachte quasi-zielig. 'Vale komt me vanavond nog de Lister-papieren thuisbrengen, en ik zou ineens willen dat dat niet zo was. Ik geloof niet dat ik de energie kan opbrengen om naar die vervelende stukken te kijken, laat staan ze te bestuderen.'
'Zal ik het voor je doen, Maxim?'
'We zien wel.'
Hij gebaarde naar een van de kelners en bestelde nog twee drankjes; toen wendde hij zich tot haar en legde een hand op haar arm. 'Ik geloof dat ik het weekend toch maar niet in Londen blijf, Grae.'
'Geen punt hoor, ik kan zó weg. Ik heb de helft al gepakt. Wanneer gaan we? Morgen of zaterdag?'
'*Ik* ga morgen. Met de ochtendvlucht.'
Door de nadruk op het eerste woord wist ze dat hij alleen ging. Dat deed hij zelden als ze samen voor zaken ergens waren, en

niet in staat haar verrassing te verbergen, staarde ze hem aan. 'O,' was zo ongeveer het enige dat ze kon uitbrengen.

'Normaal zou ik zeggen, kom met me mee terug met de Concorde, maar ik zou graag willen dat je in Londen bleef om nog een paar dingen voor me te regelen, Grae. Daar zou je morgenavond mee klaar kunnen zijn. Je kunt naar New York terugvliegen met de bedrijfsjet wanneer jou dat schikt, morgenavond, zaterdag, zondag of zelfs maandag. Het vliegtuig staat tot je beschikking.'

'Londen trekt me niet bijzonder in het weekend,' mompelde ze, 'maar misschien blijf ik wel in Europa. Ik zou een paar dagen naar Parijs kunnen. Dat zou wel leuk zijn.' Ze aarzelde even voor ze zich over de tafel boog en zei met een diepe, samenzweerderige stem: 'Toch geen problemen op het kantoor in New York, hoop ik, baas?'

'Nee, nee, natuurlijk niet. Als dat zo was, zou jij het als eerste weten. Ik ga wat eerder terug dan ik van plan was omdat ik iets persoonlijks moet regelen en dat wil ik dit weekend doen.'

Ze dacht meteen: het is een vrouw en hij zit in moeilijkheden. Maar ze zei: 'Wat moet ik in Londen voor je doen?'

'Er zijn wat bankzaken die geregeld moeten worden. En ik zou graag willen dat je in mijn plaats naar die vergadering met Montague Reston en Gerald Sloane ging, zodat ik dat niet hoef af te zeggen. Dat is geen punt, dat kun je prima aan.' Er speelde een vage glimlach om zijn mond. 'En je kunt hen ook prima aan, zou ik zeggen.'

'Oké, je zegt het maar, baas. Maar dan moet je me wel even op de hoogte brengen van die transactie met Reston.'

'Natuurlijk. Daar zullen we het zo over hebben. Zullen we eerst wat bestellen? Ik zie Louis deze kant uit komen.'

3

Het was kwart over een in de nacht toen Maxim bij zijn huis op de hoek van Chesterfield Hill en Charles Street terugkwam.

Hij had Graeme naar de Ritz teruggebracht na hun etentje in de Annabel, en daarna was hij naar huis gelopen, dwars over Piccadilly en door Half Moon Street richting Mayfair. Niets wees erop dat het nog zou gaan regenen, de lucht was fris en droog en

normaal zou hij genoten hebben van de korte wandeling. Maar nu had hij zich de hele avond moeten verzetten tegen een gevoel van beklemming, van neerslachtigheid bijna.
Hij ging naar binnen, deed de deur achter zich op slot, hing zijn zwarte regenjas in de garderobekast en stond even stil om te luisteren.
Niets bewoog. Het huis was stil, volkomen geluidloos. Het personeel was naar bed, ongetwijfeld al vast in slaap, en het enige geluid was het holle tikken van de antieke staande klok in de imposante marmeren hal.
Toen hij het licht had uitgedaan, liep Maxim langzamer dan anders de gebogen trap op naar de eerste verdieping. Hij liep schuin over het trapportaal de grootste slaapkamer in waar hij zich van zijn kleren ontdeed en een pyjama en kamerjas aantrok. Hij deed dit alles snel voor hij gehaast doorliep, de studeerkamer in, die deel uitmaakte van de suite waar ook de slaapkamer toe hoorde. Hij wilde dat hij zich wat beter voelde.
Marco, de butler, die wist dat Maxim de gewoonte had 's avonds laat te werken en tot in de kleine uurtjes documenten en balansen door te nemen, had de lampen aangedaan en het vuur aangestoken voor hij zich had teruggetrokken voor de nacht. De lampen met de zijden kappen zetten het vertrek in een rozig licht en achter de mazen van het haardscherm gaven de helder vlammende blokken in de haard een welkome en verwarmende gloed af. Maxim ging achter het Franse *bureau plat* zitten, keek vluchtig de telefonische boodschappen door die Marco onder een glazen presse-papier had gelegd en schoof ze terzijde. Er was er niet één echt belangrijk, en ze konden afgehandeld worden voor hij over een paar uur of zo naar het vliegveld vertrok. Met een briefopener met paarlemoeren handvat opende hij de grote gele envelop die John Vale eerder die avond had afgegeven en haalde er de bundel documenten uit.
Hij kon maar een klein sprankje interesse opbrengen voor de financiële verslagen van het Lister-krantenconcern die hij voor zich op het bureau had uitgespreid. Een van Maxims grootste vaardigheden was zijn vermogen financiële verslagen juist te interpreteren en een bedrijf snel te taxeren met het zakelijk inzicht dat hem eigen was. Dit deed hij nu ook en hij besefte onmiddellijk dat het Lister-concern naar algemene maatstaven inderdaad

een goede aankoop zou zijn, een voortreffelijke aankoop zelfs. En toch gaf de gedachte aan het opvolgen van deze zaak hem geen versnelde polsslag, deed het zijn bloed niet sneller stromen, en gaf het hem geen enkele kick. Het leed geen twijfel dat zijn opvatting niet veranderd was sinds de bespreking in Alan Trentons kantoor. Hij was gewoon niet geïnteresseerd in een poging dit bedrijf in handen te krijgen. Gold dat soms voor ieder bedrijf?
Opeens werd Maxim zich er pijnlijk van bewust dat hij ook niet echt geïnteresseerd was in de Winonda Group, en met een lichte schok van verbazing ging hij rechtop in zijn stoel zitten om te proberen er achter te komen waarom hij plotseling van gedachten was veranderd.
Er was een aantal redenen waarom hij Graeme eerder die avond had gezegd dat ze haar gang kon gaan. Het was een van haar grotere transacties, hij wist hoeveel het voor haar betekende, en hij wilde haar niet teleurstellen of ontmoedigen. Bovendien had hij al in het begin gezien dat Winonda een belangrijke aanwinst zou blijken, een enorm waardevolle toevoeging aan West International als het ging om het totaalbeeld van het concern. Maar hij moest toegeven dat hij liever had dat zij de transactie afhandelde, met behulp van Peter Heilbron en het financiële team van het kantoor in New York. Hij wilde in geen geval de voornaamste strijder in de eigenlijke slag zijn, en hij wilde niet met zijn neus vooraan staan. Hij zou advies geven vanuit de loopgraven. Zijn troepen zouden het man-tegen-man moeten uitvechten.
Maxim fronste gespannen zijn wenkbrauwen, verbaasd over zijn tegenzin zich in de strijd te werpen. In het verleden had hij er altijd een belangrijk aandeel in gehad en was hij de spil geweest. Het zakendoen begon hem toch niet te vervelen? Hoe kon dat? Commercie was immers zijn leven? Dat had Anastasia altijd gezegd. Hij huiverde bij de gedachte aan zijn eerste vrouw.
Een vermoeide zucht ontsnapte hem en hij haalde verstrooid zijn handen door zijn haar, zich ervan bewust dat hij de laatste tijd van slag was. Hij hield natuurlijk wel de schijn op, de schijn van charme en aantrekkelijkheid die de wereld van hem verwachtte. Maar van binnen, diep in zijn hart, voelde hij zich leeg. Het was alsof er een steen op zijn hart lag; hij voelde zich voortdurend somber, en hij kwam steeds meer in de ban van een vreselijke

melancholie die hij niet goed kon begrijpen. En evenmin kon verklaren.
Er kwam een vreemd gevoel over hem, een gevoel van claustrofobie. Nee, van beklemming. Hij had een gevoel of hij moest kokhalzen, of hij zou stikken, en hij voelde een toenemende drang om de kamer te ontvluchten, een onweerstaanbaar verlangen om weg te rennen en pas te stoppen als er een flinke afstand tussen hem en dit huis lag. Hij wilde er heel ver vandaan zijn.
Hij kreeg het koud en huiverde, alsof er iemand over zijn graf liep. Bij die vreemde gedachte kreeg hij kippevel op zijn armen en zijn gezicht, en hij schrok van zichzelf, onbekend als hij was met gevoelens van frustratie en onbehagen.
Maxim draaide zijn hoofd om; hij keek de studeerkamer rond en vroeg zich af waarom hij uit dit vertrek wilde ontsnappen. Hij begreep het niet. Het was zijn lievelingsplekje in dit huis, en het stond vol schatten waar hij altijd enorm veel plezier aan had beleefd. Ieder stuk was hier met veel liefde door Anastasia en hemzelf neergezet, en hij herinnerde zich de voldoening die het uitzoeken van de antiquiteiten, de kunstvoorwerpen en de schilderijen, zowel in Engeland als op het vasteland, hun had gegeven.
De oude eiken *boiserie* waarmee de wanden bekleed waren hadden ze gevonden in een oud herenhuis in Normandië. Het Franse bureau waar hij nu aan zat, hadden ze tijdens een weekendtrip in Parijs ontdekt in een antiekzaak in de Rue du Bac. De muurkandelaars hadden ze opgepikt tijdens een reis door Toscane, en de opmerkelijke paardenportretten van Stubbs hadden ze gekocht van een lid van het Hogerhuis die een landhuis bezat in Yorkshire.
Al met al was het een nogal uiteenlopende verzameling waarvan de stukken toch bij elkaar pasten, voornamelijk omdat ze goed te combineren waren en een belangrijke eigenschap gemeen hadden: ze waren allemaal uitmuntend.
Hoewel de bezittingen in de studeerkamer prachtig waren, waren niet alle stukken erg waardevol. Toch hadden ze altijd veel voor hem betekend. Nu waren ze klaarblijkelijk niet zo belangrijk meer, want hoewel hij zelf niet begreep waarom, bekeek hij ze met verbittering.
Boos op zichzelf en verward stond Maxim op en liep naar een

mooie ingelegde kist uit de tijd van Willem en Mary die onder het raam stond, maakte een fles spuitwater open en schonk zichzelf een glas in. Hij nam een flinke teug, nam het glas mee naar een stoel voor het vuur, en staarde met een afwezige blik in de vlammen.

Na een tijdje, alsof het heldere licht in zijn geest was doorgedrongen, bcgon hij de dingen te zien zoals ze werkelijk waren. En opeens begreep hij de verandering in zichzelf, begreep hij zijn dilemma.

Hij verkeerde in een crisis.

Deze plotselinge zelfkennis kwam uit het duisterste, diepste deel van zijn ziel en gaf hem een bittere schok. Hij ging overeind zitten, met gloeiende ogen, en toen sloot hij ze krampachtig, even verdoofd.

Maar het was wáár. Het had geen zin het nog langer te ontkennen. Hij had een uiterst cruciaal punt in zijn leven bereikt... hij kon zo niet langer doorgaan... hij kon op deze manier niet verder... en toch wist hij niet wat hij ermee aan moest... of met zijn leven.

Hij werd verlamd door onzekerheid, zijn besluiteloosheid maakte hem machteloos; hij was gefrustreerd door de omstandigheden die hij zelf had geschapen, en hij verkeerde in tweestrijd door de mensen die deel uitmaakten van zijn leven.

Maxim zette het kristallen glas met water dat hij krampachtig vasthield op het tafeltje naast zijn stoel en liet zijn hoofd in zijn handen zakken. Hij zat boordevol wanhoop en wist absoluut niet wat hij moest beginnen. Dit keer had hij geen oplossing voor zijn problemen. Na een paar minuten hief hij zijn hoofd op, streek met één hand zijn haar glad en dwong zichzelf tot kalmte. Toen begon hij na te denken over zijn leven.

Zijn toegewijde oude vriend Stubby geloofde werkelijk dat hij alles had. Jan en alleman geloofde dat hij alles had. Maar in werkelijkheid had hij niets. O ja, hij had geweldig veel succes, heel veel macht, een zekere mate van roem. Hij zwom in het geld en had meer dan genoeg huizen, een luxueus jacht, een glanzende privé-jet en alle andere bijkomstigheden van macht en grote rijkdom. En hij stond op vriendschappelijke voet met anderen die net zo rijk en beroemd waren als hij. En dan die ridderorde, een grote eer die hem door de hoogste instantie in het land was toegekend, een eer die hij nooit had gezocht of had geprobeerd te kopen, maar die hem door eigen verdienste was verleend. En hoewel hij het belang dat hij eraan hechtte nooit zou bagatelliseren en er zelfs trots op was, vulde het in feite niet de vreselijke leegte in zijn leven.

Hij was alleen. En eenzaam.

Hij was vervreemd van de vrouwen met wie hij een verhouding had en bij wie hij geen greintje vreugde meer vond. Zijn kinderen was hij kwijtgeraakt, misschien slechts tijdelijk, maar desondanks was hij ze op dit moment kwijt. En nu moest hij de mogelijkheid onder ogen zien dat zijn werk, toch altijd zijn hartstocht en zijn grootste genoegen, hem begon tegen te staan. Dat denkbeeld was onverdraaglijk. De gedachte alleen al deed hem terugschrikken. Heel eerlijk gezegd joeg die hem de stuipen op het lijf.

Als hij al die punten bij elkaar optelde, was de uitkomst wel heel veelbetekenend. *Ellendig.* Hij stond rood in elke persoonlijke betekenis... hij was emotioneel failliet.

Hij was een ongelukkig man die zich wentelde in een overvloed aan narigheid. Daar kwam het op neer. Maar was geluk eigenlijk het grootste deel van zijn leven niet een ongrijpbare onbekende geweest, op z'n best van voorbijgaande aard?

Een cynische lach welde op in Maxims keel, maar hij drong hem terug en dacht: wat een cliché is dat, geluk. En wie is er verdorie gelukkig? Tenminste lang achter elkaar? Sommige geluksvogels kenden wel tevredenheid, anderen bereikten een zekere vrede. Maar dat was het dan wel. Jammer genoeg was hij niet gezegend met een van deze gemoedstoestanden.

Hij stond op en begon rusteloos heen en weer te lopen, terwijl zijn gedachten in verwarde cirkels rondtolden.

Uiteindelijk slaagde hij erin zichzelf zover onder controle te krijgen dat hij de dingen weer wat helderder ging zien. Hij ordende zijn gedachten en concentreerde zich, zijn aandacht richtend op de vrouwen in zijn leven.

Twee vrouwen om precies te zijn.

Adriana, zijn vrouw, en Blair, zijn maîtresse.

Blair drong aan op een huwelijk. Adriana wilde niet eens het bestaan van het woord echtscheiding erkennen. En hij zat klem tussen die twee, als een vlieg die gevangen zat in barnsteen.

Hij was er nog niet zo zeker van of hij wel bij Adriana wilde blijven. Aan de andere kant, wilde hij wel echt van haar scheiden? Wat voelde hij eigenlijk werkelijk voor Blair? En zou het zijn problemen oplossen als hij met haar trouwde? Hij herinnerde zich iets waar hij hard om moest lachen. Een beroemde, wijze man had eens gezegd dat als een man met zijn maîtresse trouwde, hij een vacature veroorzaakte. Als hij met Blair trouwde, zou hij dan in de verleiding komen die opengevallen plaats weer op te vullen? Een nieuwe maîtresse te zoeken om degene te vervangen die zijn vrouw was geworden?
Dàt was nog eens een cynische gedachte. Hij lachte nog eens, maar nog steeds zonder een zweem van vrolijkheid. Was hij het soort man dat altijd een maîtresse nodig had, ongeacht de omstandigheden in zijn huwelijk? De gedachte alleen al, voegde hij er fluisterend aan toe.
In gedachten zag Maxim de mensen voor zich die zijn leven beheersten, die belangrijk voor hem waren. Hoe zagen zij hem? Daar hoefde hij maar een fractie van een seconde over na te denken.
Voor Adriana ben ik de trouweloze echtgenoot die aan de huwelijksbanden wil ontsnappen.
Voor Blair ben ik de minnaar die volledig in beslag wordt genomen door zijn bedrijf en daardoor ambivalent en verstrooid is geworden en zich minder om haar bekommert.
Voor Anastasia ben ik haar beste vriend, maar ook niet meer dan dat.
Voor mijn kinderen ben ik de drukbezette zakenman die geen tijd voor hen heeft. Ik heb de rol van schurk toebedeeld gekregen. Ik ben belangrijk omdat ik hun rekeningen betaal, maar in hun ogen ben ik niet langer de liefhebbende vader die ze eens aanbaden.
Voor mijn moeder ben ik de zoon op wie ze het meest trots is, haar lievelingszoon misschien, maar desondanks heeft ze de helft van de tijd kritiek op me omdat ze me mijn privé-leven, mijn persoonlijk gedrag niet kan vergeven.
Maar ik ben níet de persoon die zij denken dat ik ben, zei hij bij zichzelf. Ze hebben geen van allen een juist beeld van me. Ze kennen me niet echt. Aan de andere kant, ken ik mezelf ook niet. Niet meer tenminste. Ik ben mijn identiteit kwijt. Ik weet

niet meer wie ik ben, wat ik hier doe, wat mijn doel op deze planeet is, of waar het uiteindelijk allemaal om gaat. Ik ben in de war, verdwaald, losgeslagen, de draad kwijt.
Deze erkenning was voor Maxim zo onthutsend, zo onaanvaardbaar, dat zijn adem stokte en hij het ijsberen onderbrak, terwijl hij trachtte die gedachten te onderdrukken. Hij wilde er niet aan toegeven door er ook maar op enigerlei wijze geloof aan te hechten.
Uiteindelijk was hij echter niet in staat deze ongehoorde en ontredderende zelfonthullingen uit zijn hoofd te zetten. Het was de onontkoombare waarheid. En hoe hij dat alles in gedachten ook wendde of keerde, uiteindelijk moest hij bij zichzelf toegeven dat hij het onder ogen zou moeten zien, en dat hij dit vroeger of later stevig zou moeten aanpakken.

Tegen de tijd dat Maxim naar bed ging was het drie uur.
Hij sliep niet echt, maar een paar uur lang sukkelde hij af en toe in slaap. Om zes uur stond hij ten slotte maar op en verdween in de badkamer om zich te douchen en te scheren. Toen hij was aangekleed, bracht Marco hem een pot koffie met toost en tijdens dit lichte ontbijt schreef hij een uitgebreid memo aan Graeme, waarin hij haar uitlegde wat ze in Londen voor hem moest doen, en waarin hij haar richtlijnen gaf voor haar bespreking met Montague Reston.
Om precies halfnegen verliet hij het huis met zijn zwarte regenjas en een attachékoffertje, zijn enige bagage, en werd hij met een van de limousines van West International naar Heathrow gebracht. Zijn registratie op het vliegveld nam weinig tijd en hij liep meteen door naar de vertrekhal voor de Concorde, waar hij de ochtendbladen ging zitten lezen tot hij en de andere passagiers om tien uur aan boord konden.
Toen hij zich in zijn stoel had laten zakken en zijn veiligheidsriem had vastgemaakt, keek Maxim om zich heen en hij voelde zich opgelucht dat het vliegtuig niet zo stampvol zat als de laatste paar keer dat hij was meegevlogen. Voor de reis naar New York had hij de Concorde verkozen boven zijn eigen Grumman Gulfstream-jet omdat de Concorde er veel korter over deed, slechts drie uur en vijfenveertig minuten, en soms zelfs minder als ze geen sterke tegenwind hadden.

Maxim opende zijn attachékoffertje, nam er een bundel documenten uit en verdiepte zich daar het eerste uur van de vlucht in. Hij nam een kop thee, weigerde alle andere drankjes en hapjes, en vestigde zijn aandacht volledig op zijn zakelijke documenten, zo geconcentreerd dat hij nauwelijks op- of omkeek. Toen hij zoveel mogelijk werk had gedaan, borg hij de mappen weer op in zijn koffertje dat hij onder zijn stoel schoof, ging lekker achterover zitten en deed zijn ogen dicht. Hij kon niet slapen, maar hij slaagde er wel in zich genoeg te ontspannen om zijn vermoeide lichaam tot rust te laten komen. Een halfuur later deed hij zijn ogen weer open, ging rechtop zitten en keek uit het raampje.

Ze vlogen net door een reusachtige bank stapelwolken, terwijl ze hoger en hoger boven de Atlantische Oceaan uit klommen. Hij staarde de oneindige ruimte in en dacht aan Alix, zijn dochter. Zíj was de reden waarom hij had besloten een paar dagen eerder naar New York terug te gaan dan hij oorspronkelijk van plan was geweest. Hij wilde haar ontmoeten, met haar praten, het weekend met haar doorbrengen. Hij had er enorm veel behoefte aan het weer goed te maken met zijn oudste kind. Ze hadden allebei schuld, zij in meer opzichten dan hij. Maar hij was volkomen bereid alle schuld op zich te nemen voor de kloof die tussen hen was ontstaan. Hij zou zijn excuses maken, en als dat nodig was zelfs om vergeving vragen. Eigenlijk zou hij bijna alles willen doen om haar vertrouwen terug te winnen, om haar in zijn leven terug te krijgen.

4

Een hem onbekende vrouwenstem beantwoordde de telefoon.
'Met het kantoor van Alix West. Kan ik u helpen?'
'Mag ik mevrouw West van u?' zei Maxim.
'Het spijt me, maar mevrouw West is er vandaag niet,' liet de jonge, ietwat hese stem hem weten. 'Mag ik vragen met wie ik spreek?'
'Met haar vader. En met wie spreek ik?'
'O goedemorgen, sir Maximilian,' zei de stem op een toon waarin nu enig ontzag doorklonk. 'U spreekt met Geraldine Bonnay,

haar nieuwe assistente. Alix is vanmorgen naar Californië gevlogen. Voor zaken.'
'O. Wanneer komt ze in New York terug?'
'Hopelijk maandag, sir Maximilian. Het is een korte trip. Ze heeft morgen een bespreking met een cliënt in Beverly Hills en zondag vliegt ze alweer terug. Als er tenminste geen onverwachte problemen zijn. Ze zou me morgen wèl even bellen. Kan ik haar een boodschap geven?'
'Nee, eigenlijk niet,' begon Maxim en zweeg even, terwijl hij snel nadacht. 'Om u de waarheid te zeggen, mevrouw Bonnay, wil ik liever niet dat u zegt dat ik vandaag gebeld heb. Ik heb iets bijzonders voor haar... een verrassing,' improviseerde hij. 'Dus mondje dicht alstublieft, anders zou dat het alleen maar bederven.'
'Natuurlijk zeg ik niets,' verzekerde Geraldine Bonnay hem, en door de telefoon klonk dat oprecht gemeend. 'Als u van gedachten mocht veranderen en haar vanavond of zaterdag toch wilt spreken: Alix logeert in het Bel-Air Hotel.'
'Dat denk ik niet... dan is de grap eraf, weet u. Maar evengoed bedankt voor de informatie.'
'O, graag gedaan. Ik vond het leuk met u te praten, sir Maximilian.'
'Dat is wederzijds, mevrouw Bonnay. Nogmaals bedankt. Tot ziens.'
'Tot ziens.'
Maxim liet zijn hand nog even op de telefoon rusten, en verbeet zijn teleurstelling dat Alix New York uitgerekend had verlaten op dezelfde dag dat hij er aankwam. Hij had zich er zo op verheugd haar te zien en samen wat tijd door te brengen. Hij had haar moeten vragen wat ze van plan was, veronderstelde hij, hij had zich ervan moeten overtuigen dat ze het weekeinde in de stad zou zijn. Dat zou duidelijk het slimste en verstandigste geweest zijn. Anderzijds, als hij uit Londen had gebeld, had ze geweten dat hij zou komen, en tien tegen één had ze dan de benen genomen, of een of ander smoesje verzonnen waarom ze hem niet kon ontmoeten. Lang geleden had hij al ontdekt dat de verrassingstactiek bij haar het beste werkte.
Hij zuchtte zachtjes. Hij was ervan overtuigd dat Alix nog altijd allerlei grieven tegen hem koesterde, ook al bleef ze dat hard-

nekkig ontkennen. En hij was er evenzeer van overtuigd dat haar broer zeer waarschijnlijk probeerde haar smeulende ongenoegen over hem aan te wakkeren tot een laaiende bosbrand. Michael had altijd, al sinds ze kinderen waren, op talloze manieren een enorme invloed op haar gehad, meer dan wie ook. Bovendien had zijn zoon daar tegenwoordig belang bij, omdat hij zelf vol wrok en haat en flink wat woede zat. Maxim was zich duidelijk bewust van die woede en de frustraties van Michael, hoewel ook hij ontkende dat er iets mis was, net als zijn zuster. Kinderen, mopperde Maxim. Waarom moeten ze alles toch altijd zo moeilijk maken? Alsof het leven nog niet gecompliceerd genoeg is zonder dat zij er nog problemen bij gaan verzinnen en van een mug een olifant maken.

Maxim ging even verzitten op de stoel achter zijn bureau en wendde zijn hoofd af om zijn blik te laten rusten op de foto van Alix die in een zilveren lijstje op de ebbehouten tafel bij het raam stond, samen met de foto's van zijn andere familieleden. Die van haar was zes jaar geleden genomen ter gelegenheid van haar eenentwintigste verjaardag, en het trof hem weer hoe zijn wildebras van een dochter was opgegroeid tot een prachtige jonge vrouw met haar blonde haar en zachte huid, het teergevormde gezicht met onveranderlijk zo'n heldere en kalme uitdrukking dat het hem de adem benam. Maar het mooist en meest opvallend waren haar ogen: ver uiteenstaand en enorm groot, van een ongewoon lichte grijsgroene kleur en stralend. Alix was lang, net als hij, en gracieus; ze had een mooi lenig lichaam, en bewoog zich bevallig en elegant. Naast haar fantastische uiterlijk had zijn dochter ook een scherp en helder verstand en ze was buitengewoon slim, vooral als het om zaken en financiën ging. Eigenlijk was ze net zo bijdehand als haar broer, misschien zelfs nog wat scherpzinniger dan hij, en dat was veel gezegd, want Michael was briljant.

Al vanaf haar tienertijd wilde Alix bij hem komen werken. Hij vond het een opwindende gedachte zijn dochter in de zaak te hebben, en alles was zeer zorgvuldig gepland. Toen, vier jaar geleden, net voor ze in het Newyorkse kantoor zou beginnen, hadden ze een hevige ruzie gehad. Het ging over een affaire die ze had met een man die hij buitengewoon onfatsoenlijk vond, en over nog een paar dingen die nu te onbelangrijk leken om zich nog te herinneren. Ze had verongelijkt de benen genomen en was een eigen zaak begonnen.

Zonder blikken of blozen had ze midden in Manhattan een kantoor geopend, en zich gevestigd als makelaar in kunst en antiek, vanwaar ze voornamelijk met Engelse en Europese handelaars en toonaangevende galeries werkte.

Ze kocht en verkocht alleen de meest gewilde objecten, het soort zeldzame, kostbare en dure voorwerpen en schilderijen die over het algemeen bij Christie's en Sotheby's op een veiling terechtkwamen. Een paar jaar daarvoor had ze bij Sotheby's in Londen diverse cursussen gevolgd, en haar kennis van schilderijen en *objets d'art* was aanzienlijk. Bovendien was ze gezegend met de scherpe, kritische blik van een ware expert die iets uitmuntends onmiddellijk herkent en een vervalsing er net zo snel en gemakkelijk uitpikt. Deze eigenschappen, plus haar buitengewoon goede smaak en aangeboren talent voor zaken, waren een onschatbaar waardevolle combinatie gebleken. Ze had vanaf het begin succes gehad en hij was mateloos trots op haar. Toch hunkerde hij nog steeds naar haar aanwezigheid op zijn kantoor, en hij wilde dat ze aan zijn zijde werkte.

Misschien was het nog niet te laat. Misschien kon hij haar nog verleiden voor West International te komen werken... als ze eenmaal vrede hadden gesloten. En dat was hij vast van plan. Hij hoorde nog de echo van zijn moeders stem: 'Het is nooit te laat om leed goed te maken, Maxim. Het is nooit te laat om opnieuw te beginnen, om terug te komen bij iemand van wie je houdt door een ruzie bij te leggen.' In de loop der jaren had zijn moeder hem dat talloze malen voorgehouden, en hij had haar altijd geloofd. Dat deed hij nog steeds. Hij moest wel, omdat dat geloof zijn hoop versterkte dat hij Alix kon terugwinnen, dat ze elkaar weer net zo na zouden staan als voor die afschuwelijke ruzie.

Nog nooit had hij iemand zo hevig gemist als zijn dochter.

Hij voelde Alix' afwezigheid in zijn leven zo scherp dat het een echte lichamelijke pijn in zijn borst veroorzaakte, een hevige pijn die zelden of nooit verdween. Hij leed pijn als nooit tevoren. Nee, dat was niet helemaal waar. Ooit, heel lang geleden, had hij ditzelfde soort verlangen gevoeld, deze hunkering naar iemand.

Toen was het Ursula geweest.
Opnieuw dwaalden Maxims ogen naar de foto van Alix.
Ze had hetzelfde fijne blonde haar en dezelfde gave huid als Ursula, dezelfde prachtige, heldere ogen vol dromerigheid en kalmte.
Ursula. Hij had de laatste tijd zo vaak aan haar gedacht, en hij begon zich af te vragen waarom ze tegenwoordig zo vaak in zijn gedachten was. Was het omdat zijn pijnlijke gevoelens over Alix een echo waren van zijn gevoel voor háár, die andere vrouw die hij zo intens en zo compleet had liefgehad? Deze gevoelens waren zo lang en zo diep begraven geweest dat hij er een paar weken geleden even van was geschrokken toen haar gezicht hem voor het eerst in jaren helder voor de geest kwam. Zijn herinneringen aan Ursula waren heel helder... heel zuiver.
Maxim ontsloot de bovenste la van zijn bureau en pakte uit het achterste deel een zwartleren portefeuille die hij daar uit veiligheid bewaarde. Hij deed hem open en keek een hele tijd naar de foto van Ursula die erin zat. Het was een zwartwit kiekje, wat vervaagd, maar de tijd had de stralende ogen en de heldere, opgewekte glimlach vol hoop en vertrouwen niet vervaagd.
De portefeuille was versleten; het leer was hier en daar gebarsten. Hij streek er met zijn hand over, herinnerde het zich. Hij was van Sigmund geweest...
Ten slotte schoof hij hem weer terug in de la, verbaasd dat hij een brok in zijn keel had en dat zijn ogen prikten en ongewoon vochtig waren.
Maxim schoof de onverwachte opwelling van diepe emotie van zich af, stond op en liep over het crèmekleurige tapijt naar het raam. Daar bleef hij door de metalen zonwering voor de spiegelruiten van zijn kantoor, hoog boven in het Seagram-gebouw, naar beneden staren, naar Park Avenue ver onder zich, maar hij was zo in verwarring dat hij hem nauwelijks zag. Om de een of andere reden scheen hij de sombere stemming die hem in de vroege uurtjes van die ochtend in Londen had overvallen niet kwijt te kunnen raken, en tot overmaat van ramp merkte hij nu dat hij ook nog over het verleden stond te piekeren. Maxim scheurde zijn gedachten los van Ursula en concentreerde zich op het heden. Hij was het weekend naar New York gekomen in de hoop zijn dochter te zien. Maar Alix was er niet tot maandag,

misschien dinsdag. Het was nu vrijdag. Hij had het hele weekeinde nog voor zich.
Wat moest hij doen? Of beter gezegd: waar kon hij heen?
Hij had een aantal mogelijkheden die hem geen van alle aantrokken. Hij kon naar zijn prachtige appartement aan Fifth Avenue gaan. Maar als hij daarheen ging, vroeg hij gewoon om een confrontatie met Adriana, die tegenwoordig nog maar één doel in haar leven had: ruzie met hem maken. Verder kon hij naar zijn huis in Sutton Place gaan waar hij Blair geïnstalleerd had, maar dan zou hij het hele weekeinde blootstaan aan Blairs gezeur en haar verholen dreigementen, die tegenwoordig niet zo verholen meer waren. Dan was er nog de boerderij op het platteland in Connecticut, maar het was niet onmogelijk dat Adriana er lucht van zou krijgen als hij in New Preston aankwam en zou komen aanhollen... om buiten met hem te ruziën in plaats van in de stad. Daar was ze op het moment beslist strijdlustig genoeg voor.
Eigenlijk wilde hij het liefst alleen zijn.
Helemaal alleen.
Dan bleef er maar één oplossing over, en die was ideaal: zijn huis aan zee in East Hampton. Hoewel het voor de winter was gesloten, werd het altijd min of meer in gereedheid gehouden voor als hij onverhoeds toch kwam. Het huis was geschikt voor permanente bewoning, bestand tegen de kou, en in de wintermaanden werd het altijd vorstvrij gehouden. Elias Mulvaney, zijn tuinman en manusje-van-alles, zorgde voor het huis; hij ging er elke paar dagen even kijken. En mevrouw Mulvaney ging er eenmaal per week stof afnemen. Hij hoefde Elias alleen maar te bellen en hem op te dragen er 's middags heen te gaan om de verwarming hoger te zetten en ervoor te zorgen dat mevrouw Mulvaney zaterdag een paar huishoudelijke karweitjes voor hem kwam doen. Eenvoudiger kon het niet.
Met een ruk wendde Maxim zich van het raam af en liep terug naar zijn bureau, blij met het idee om een paar dagen naar East Hampton te gaan. Daar kon hij naar hartelust genieten van die zeldzame ervaring: eenzaamheid. Met niets anders te doen dan naar muziek luisteren en lange strandwandelingen maken. Maar voornamelijk zou hij eens lang en ernstig nadenken om te proberen enige orde te scheppen in de chaos in zijn hoofd.

Hij leidde een onconventioneel leven waarin hij allang eens orde had moeten scheppen. Toch had hij er niet toe kunnen komen actie te ondernemen. Misschien was nu de tijd gekomen om dit eens te doen, om de dingen te normaliseren. En hij moest ook beslissen wat hij met Adriana en Blair aan moest. Pas dan zou hij zichzelf kunnen aanpakken, pas dan zou hij kunnen doordringen tot de kern van de persoonlijke crisis die hem dreigde te overweldigen, en zo zijn eigen innerlijke conflicten kunnen oplossen.

Het besluit om het weekeinde naar Hampton te gaan stimuleerde hem, verloste hem van de zelfbespiegeling die hem sinds de vorige avond in haar greep hield.
Hij sloeg zijn adresboekje open, nam zijn privé-telefoon van de haak en draaide Elias Mulvaney's nummer in Long Island. Hij liet hem lang overgaan, maar er werd niet opgenomen. Maxim keek naar de klok op zijn bureau en zag dat het net elf uur was. Elias was waarschijnlijk zijn dagelijkse ronde aan het doen, waarbij hij andere huizen controleerde en klusjes opknapte voor de permanente bewoners van het dorp bij wie hij ook op part-time basis in dienst was. En mevrouw Mulvaney was waarschijnlijk de weekeindboodschappen aan het doen.
Geeft niet, mompelde Maxim in zichzelf. Vroeg of laat krijg ik een van beiden wel te pakken. Hij drukte de intercom in. 'Douglas, wil je even komen?'
'Ik kom eraan.'
Binnen een paar seconden kwam Douglas Andrews, Maxims privé-secretaris in zijn Newyorkse kantoor, haastig binnen met een stapel paperassen. Douglas was een geboren en getogen Newyorker van drieëndertig jaar, klein, met een fris gezicht, donker haar, en een prettig, hartelijk karakter, die bereid was dag en nacht voor Maxim te werken. Hij had die baan al vijf jaar en was toegewijd, loyaal, en hij nam Maxim altijd vurig in bescherming.
'Hier zijn de juridische stukken van de Mystell-zaak waar u om vroeg. Peter Heilbrons secretaresse kwam net deze memo brengen. Over de overname van Blane-Gregson,' zei Douglas. Hij legde de papieren in een leeg, glanzend metalen postbakje op de rechterhoek van het bureau en ging in de stoel tegenover Maxim zitten met zijn schrijfblok gereed en zijn potlood in de aanslag.

'Dank je,' zei Maxim met een blik op de stapel in het bakje. 'Ik zal er zo naar kijken. Je moet een paar dingen voor me doen, Dougie. Huur een auto voor me, wil je, en zorg dat die om vier uur hier voor de deur staat. En stuur een van de secretaresses naar de supermarkt van Bloomingdale om wat te eten voor me te halen. Koude kip, aardappelsla, een stuk brie, wat stokbrood en een pak melk. Dat zal wel genoeg zijn. Oké?'
'Ja, dat zal ik meteen doen.' Hoewel hij het wel probeerde, lukte het Douglas niet helemaal zijn stem niet verrast te laten klinken. Hij keek nieuwsgierig naar Maxim. 'Gaat u ergens heen?'
Een haast onmerkbaar glimlachje trilde even om Maxims mond. 'Zeker, Dougie. Naar mijn huis aan zee in East Hampton, om precies te zijn. Voor het weekend. In mijn eentje. Ik wil even wat rust, wat stilte om na te denken. En níemand mag weten waar ik zit. Begrepen?'
Douglas knikte. 'Jazeker. Absoluut. Ik zal de auto bestellen en Alice naar de winkel sturen, maar weet u zeker dat u dan genoeg te eten heeft? Misschien kan ze beter iets meer meebrengen.'
'Nee, nee, aan kip met salade heb ik voor vanavond genoeg. En zaterdagochtend kan ik in East Hampton best zelf nog wat boodschappen doen.'
'Moedig hoor, om om vier uur weg te gaan,' zei Douglas spontaan, maar met een frons. 'Straks zit u op de snelweg naar Long Island mooi tussen de forenzen in de file. Kunt u niet beter wat later naar Hampton rijden, om een uur of zes?'
'O, 's winters valt dat wel mee, Dougie.'
'Misschien wel, maar toch...' Douglas' stem stierf weg. Hij zag wel dat Maxim al aan iets anders zat te denken, dus stond hij op en liep naar de deur.
Maxim pakte de documenten uit het postbakje en riep Douglas na: 'Wil je Peter vragen of hij met me kan lunchen? Als hij vrij is, laat dan de Four Seasons even weten dat ik vandaag mijn gewone tafeltje wil, als dat kan. Om een uur of één.'
'Jawel, sir Maxim,' mompelde Douglas toen hij de deur opendeed. Hij deed hem zachtjes achter zich dicht en vroeg zich af of Maxim echt van plan was het weekend alleen door te brengen. Of had hij soms een rendez-vous met een nieuwe vlam? Geluksvogel! dacht Douglas, die heeft ook alles wat zijn hartje begeert. En hoe! Wat zou ik graag in zijn schoenen staan.

Hoewel, zou ik dat echt willen? vroeg Douglas zich af toen hij even later aan zijn eigen bureau ging zitten. Zou ik dat kreng van een Adriana als vrouw willen? En dat vriendinnetje in Sutton Place was al niet veel beter. Meer dan eens had hij in Blair Martins onschuldige blauwe ogen een blik gezien die hem onmiddellijk had gewaarschuwd voor haar intrigerende maniertjes. Graeme Longdon noemde haar achter haar rug Sletje Slokop. Graeme kon de dingen zo raak zeggen.

Hoe kon zo'n aardige vent, zo'n droomprins van een vent als Maxim West, zich toch aan de haak laten slaan door twee van die haaibaaien? Douglas zat er verbijsterd zijn hoofd over te schudden. Zoals zo vaak in het verleden, kwam hij tot de conclusie dat mannen die briljant waren in zaken niet noodzakelijk even slim waren als het op de vrouwen in hun leven aankwam. Bezint eer gij begint, dacht hij.

Nog steeds hoofdschuddend pakte hij de telefoon en belde Peter Heilbron, hoofd van het aankoopteam van West International.

De telefoon ging maar één keer over. 'Met Heilbron.'

'Met Dougie. De baas wil weten of je straks tijd hebt om even met hem te lunchen. Beneden, om één uur. Ik hoop dat je kunt, want hij lijkt me nogal neerslachtig.'

'Ik kan wel... tenminste, ik zorg wel dat ik kan,' zei Peter snel. En wat bedoel je precies met neerslachtig, Dougie?'

Douglas hoorde de bezorgdheid in Peters stem, de opkomende ongerustheid. Hij zei: 'Toen de baas vanmorgen binnenkwam, na die vlucht met de Concorde, vond ik dat hij er beroerd uitzag, afwezig. Nee, verontrust is een beter woord, en verdrietig, tenminste dat vond ik. En dat is niets voor hem. Je weet hoe goed hij zijn gevoelens kan verbergen.'

'Ja, dat weet ik. Zakelijk? Of privé, Dougie?'

'Geen idee... waarschijnlijk privé.'

'Dat moet haast wel. Er zijn hier geen problemen, en op het Londense kantoor ook niet voor zover ik weet... en ik zou het moeten weten...' Peter slikte het eind van zijn zin in. Ik hoop in godsnaam dat die twee vrouwen niet weer zo tekeergaan, dacht hij met toenemende verontrusting. Hij schraapte zijn keel en zei voorzichtig: 'Wat het ook is, al te ernstig kan het niet zijn, Dougie. Anders zou hij het me wel verteld hebben, al was het maar terloops. Hij is vast alleen maar moe.'

'Ja,' beaamde Douglas, die discretie het verstandigst vond als het om de baas ging. Hij was niet van plan er met Peter in een kletspraatje over door te gaan. 'Je zult wel gelijk hebben,' vervolgde Dougie. 'Hij heeft inderdaad heel wat afgereisd de laatste paar weken. Tussen haakjes, niemand weet dat hij in de stad is, behalve jij en ik en je secretaresse. Ik heb het gevoel dat hij dat zo wil houden.'
'Ik begrijp wat je bedoelt, Douglas, kerel,' antwoordde Peter. 'O, ik krijg een gesprek op de andere lijn. Zeg de baas maar dat ik hem tegen enen van zijn kantoor kom halen.'

5

Het kostte Maxim tweeëneenhalf uur om van Manhattan naar East Hampton te rijden.
Tegen de tijd dat hij het aardige oude dorp op Long Island bereikte, was de bleke januarihemel, zo kil en hoog en kleurloos, allang vervaagd tot een klonterig grijs en toen was het snel pikdonker geworden. Ver weg boven de zwarte, eindeloze zee flonkerden een paar sterren aan de horizon, en de ronde maan die helder, hoog en zilver aan de hemel hing, werd voortdurend verduisterd door voortjagende donkere wolken.
Toen hij van Ocean Avenue afsloeg, Lily Pond Lane in, keek Maxim op zijn dashboardklokje en zag dat het bijna kwart voor zeven was. Niet gek, dacht hij terwijl hij de weg naar Georgica Beach afreed, waar zijn huisje stond.
Hij had het huis twaalf jaar geleden gekocht, en het was zijn geheime kleine schuilplaats. Tenminste, zo beschouwde hij het en zo sprak hij erover, en die boodschap was kennelijk duidelijk overgekomen bij zowel Adriana als Blair, die er wel voor uitkeken hem ongenood op zijn dak te vallen, en hij nodigde hen er zelden uit. Hij verbleef er meestal alleen of met zijn collega's van West International.
Een paar minuten later stopte hij voor de deur.
Het huisje had een grijs dak, witgeschilderde luiken, een zwarte voordeur en fraaie vierkante schoorstenen. Het stond een eindje van de weg met aan de voorkant glooiende gazons die nu overdekt waren met een dun laagje rijp. Er stonden een paar reusach-

tige eiken die het hele jaar door voor privacy en 's zomers, wanneer het heet was, met hun bladeren ruimschoots voor verkoelende schaduw zorgden.

Hoewel het volgens Maxims normen geen groot huis was, voldeed het prima aan zijn behoeften, aan het soort vrijgezellenbestaan dat hij leidde wanneer hij naar het eiland kwam. Het was ruim zonder een al te grote oppervlakte te beslaan en de indeling was weldoordacht: aan de voorkant de hal, een grote eetkeuken, eetkamer en studeerkamer, en aan de achterkant de woonkamer die overging in een bibliotheek. Deze twee aangrenzende vertrekken keken uit over het zwembad, een klein tuinhuisje en de bloementuin; aan het eind van het gazon in de achtertuin, achter de bloemperken, stond wat struikgewas dat het huis en de tuin aan die kant nog een beetje extra privacy gaf.

Boven waren nog twee verdiepingen. Op de eerste bevond zich Maxims slaapkamer en zijn bad- en kleedkamer, op de tweede twee logeerkamers met hun eigen badkamers. Dan was er nog een derde, grotere slaapkamer die als kantoor was ingericht met twee moderne bureaus, een schrijfmachine en een computer plus fax, kopieerapparaat en papierversnipperaar, alsmede een batterij telefoontoestellen.

Omdat Maxim de beschikking had over dit superefficiënte kantoor, dat hij als een commandopost beschouwde, kon hij naar het huisje gaan wanneer hij maar wilde en toch in verbinding blijven met zijn industrieel imperium over de hele wereld. Vaak bracht hij Douglas Andrews en Graeme Longdon mee en soms Peter Heilbron, om aan lopende transacties te werken, vooral in de zomermaanden als ze blij waren voor een paar dagen aan de verstikkende hitte van de stad te kunnen ontsnappen.

Toen hij tegen de stoeprand geparkeerd stond, zette Maxim de motor af en doofde de lichten, pakte de Bloomingdale-tas van de achterbank en stapte uit de gehuurde Jaguar.

Het was een bitterkoude avond, met een ijzige wind uit de Atlantische Oceaan. Hij keek om zich heen. Het weggetje lag in volslagen duisternis; er was geen glimpje vriendelijk licht uit een van de andere huizen te zien. Maar toen hij snel het pad tussen de gazons opliep, kwam de maan te voorschijn vanachter de stapelwolken en zette het huis en het pad in een zilveren gloed. Even leek het wel dag.

Uit zijn ooghoek zag Maxim de stationcar die een eindje verderop geparkeerd stond en hij vroeg zich af van wie die was, maar zette die gedachte meteen weer uit zijn hoofd toen hij snel om het huis heen liep naar de zijdeur. Hij deed de keukendeur open, pakte de zak levensmiddelen die hij achter op het stoepje had gelegd en knipte het licht aan. Met zijn voet duwde hij de deur dicht en droeg de zak naar de ronde tafel die midden in het vertrek stond.

De blauwwit betegelde keuken was brandschoon. Alles glom helder en stond op de juiste plaats, en de keuken zag eruit alsof mevrouw Mulvaney hem net had schoongemaakt.

Misschien hàd ze dat vandaag wel gedaan, dacht Maxim. Hij was er niet in geslaagd een van de Mulvaneys te pakken te krijgen voor hij van kantoor wegging, en omdat hij zich bewust was van hun toewijding en betrouwbaarheid, kwam het bij hem op dat ze misschien wel hier waren geweest toen hij naar hun huis belde.

Maxim huiverde, hij werd zich ervan bewust dat het kil was in huis. De verwarming brandde weliswaar, maar hij besefte dat die op een dergelijke koude avond hoger gezet moest worden. Nog steeds huiverend liep hij naar de hal aan de voorkant van het huis, waar het bedieningspaneel van de verwarming in een kast onder de trap zat.

Toen hij de deur naar de hal opende, bleef Maxim plotseling stokstijf staan, met één voet op de drempel. Er klonk een vaag geluid, een gerinkel als van metaal op metaal. Het was nauwelijks hoorbaar, maar omdat Maxim een uitstekend gehoor had, ving hij altijd het minste geluid op, waar hij ook was.

Verbaasd stapte hij de gang in.

Hij stond in het licht van de keuken en hij moest het televisietoestel wel zien dat op de grond stond, met ernaast diverse apparaten uit het kantoor boven.

Weer hoorde hij dat vreemde metalige geluid, gevolgd door een zachte bons en een gesmoorde vloek.

De geluiden kwamen uit de woonkamer, en Maxim besefte onmiddellijk dat er iets aan de hand was. Er was kennelijk nog iemand anders in huis, ongetwijfeld een inbreker.

Geruisloos sloop Maxim de hal door en opende de deur op een kier. De woonkamer was donker, net als de aangrenzende bibliotheek. Dit vertrek kon hij precies inkijken en hij zag onmiddel-

lijk het smalle kegeltje licht van een zaklamp dat door de kamer gleed.
Omdat hij dacht dat hij de beste kans had als hij de inbreker kon verrassen, drukte Maxim op de knop van het licht zodat er zes schemerlampen tegelijk aangingen die de twee kamers volop in het licht zetten.
Geschrokken draaide de indringer zich om en zag Maxim. Hij was niet erg lang en lichtgebouwd, en helemaal in het zwart. In zijn hand had hij een grote, uitpuilende zwarte nylon waszak die kennelijk boordevol buit zat.
De inbreker stond Maxim aan te staren.
'Laat die zak los!' schreeuwde Maxim kwaad, met een uitdrukking van razende woede. De man deed niets, hij stond daar maar te staren. Hij zag er verbluft uit en was kennelijk even verlamd van schrik.
Met een snelle beweging stormde Maxim de kamer door, recht op de indringer af, ervan overtuigd dat hij hem kon vloeren en overmeesteren voor hij de politie belde om hem te arresteren.
Net voor Maxim hem bereikte, trok de inbreker een pistool en vuurde.
Maxim hoorde het schot en voelde de kogel in zijn borst inslaan. Hij sloeg met een klap tegen de grond, languit tussen de woonkamer en de bibliotheek. De verbazing op zijn gezicht maakte plaats voor verbijsterde schrik.
Maxim dacht: *Dit kan mij niet overkomen... zo kan het toch niet aflopen... niet na alles wat ik heb doorgemaakt... ik kan toch niet doodgaan door de hand van een kruimeldief...*

De inbreker stond stokstijf te luisteren.
Hij vroeg zich af of iemand het schot had gehoord, maar hij verwierp dat idee onmiddellijk. Er was niemand in de buurt. Deze huizen waren zomerverblijven, daarom was hij al eerder in de avond naar deze buurt gegaan. Verderop had hij al twee kraken gezet. Een makkie, allebei. Maar in die andere huizen had hij niemand hoeven doodschieten. Dat kwam omdat daar niemand was komen binnenlopen die hem had verrast. Jammer van die vent die dat nou net wel had gedaan, maar hij had zich moeten verdedigen. Die vent was groot en sterk en had hem makkelijk te pakken kunnen nemen.

De inbreker liep naar het lichaam en keek er onbewogen op neer. De man die hij had neergeschoten, lag op zijn zij. Hij bewoog zich niet. De voorkant van zijn lichtblauwe hemd zat vol bloed dat al in het grijze tapijt drong, waardoor er een vlek ontstond van een vreemde roestkleur.

Hij stak het pistool weer in zijn broekband, draaide zich abrupt om en liep terug naar de bibliotheek waar hij nog een paar zilveren snuisterijen meegraaide die hij in de waszak gooide. Er klonk een metaalachtig geluid toen ze de voorwerpen raakten die hij uit andere huizen in de buurt had gestolen. Met een blik om zich heen, voldaan dat hij hier het beste van dat kleine spul had gestolen, verliet hij de kamer en deed het licht achter zich uit. Hij ging naar de keuken om die te controleren, deed ook daar het licht uit en liep terug naar de hal.

Daar bleef hij weer staan luisteren.

Het donkere huis was zo stil als een graf. Net als de straat. Er bewoog zich niets. Er reden geen auto's langs. Methodisch begon hij de kantoorapparaten en het televisietoestel naar de stoep te dragen. Toen alles eenmaal buiten stond, zette hij de pal van het slot om en trok de deur stevig in het nachtslot. Nog steeds snel en bedreven liep hij het pad op en neer tot hij al zijn buit in de stationcar had gestouwd. Vervolgens gleed hij achter het stuur en reed zonder om te kijken weg.

Toen hij Lily Pond Lane uitreed, zag hij geen enkele voetganger en totaal geen verkeer. Hij wist dat hij veilig was. Hier kwam midden in de winter, wanneer het zo ijskoud was, nooit iemand. Het zou weken duren voor het lichaam werd gevonden. Ze konden hem trouwens toch niet in verband brengen met de dood van die man. Hij was slim geweest en rustig gebleven. Hij had geen enkele vingerafdruk achtergelaten, of wat voor ander spoortje dan ook. Daar zorgde hij wel voor. Hij droeg altijd handschoenen als hij een kraak zette.

Elias Mulvaney zat aan de keukentafel in zijn kleine, gezellige huis achter het station van East Hampton. Op deze ijskoude avond zat hij te genieten van de warmte van het laaiende vuur en van zijn tweede kop koffie met een donut met jam, en hij dacht terug aan de middag die hij en Clara in het huis van hun dochter in Quogue hadden doorgebracht.

Ze hadden een dag met een sterretje gehad; ze waren op bezoek geweest bij hun eerste kleinkind en ze hadden met genot gezien hoe ze blaakte van gezondheid en hoe knap ze wel was, en ze waren blij geweest om Lola's geluk. Lola en Mickey, met wie ze al tien jaar was getrouwd, hadden lang op deze baby moeten wachten. Ja, het was een geweldige dag geweest, dacht Elias, en Clara was er echt van opgeknapt, het had haar haar reumatiek even doen vergeten. Clara was het weekend in Quogue gebleven. Elias wist zeker dat ze zou lopen tuttelen en als een moederkloek in de weer zou zijn voor Lola en haar kind, maar hij dacht niet dat het kwaad kon. Helemaal niet. Het zou haar goed doen, besloot hij, en hij pakte zijn beker en dronk de rest van zijn koffie op.
De stilte in de keuken werd verbroken door het gerinkel van de telefoon, en Elias schoot met een lichte schok overeind. Hij stond op en kuierde de keuken door om hem op te nemen.
'Met Mulvaney.'
'Goedenavond, Elias, met Douglas Andrews.'
'Hallo, meneer Andrews!' riep Elias hartelijk. Zijn grauwe, verweerde gezicht lichtte op. Douglas Andrews was al jaren een van de mensen op wie hij gesteld was. 'Hoe gaat het met u?' vroeg hij oprecht belangstellend.
'Prima, dank je Elias. En met jou?'
'Mag niet klagen,' antwoordde Elias.
'Ik bel je omdat ik heb geprobeerd sir Maximilian in zijn huis te bereiken, maar er wordt niet opgenomen. Ik vroeg me af of je vanavond iets van hem hebt gehoord?'
'Nee, dat heb ik niet.' Elias klonk verrast. 'Ik ben de hele dag in Quogue geweest en was pas om zeven uur thuis. Ik wist niet eens dat sir Maxim hier was.'
'Hij heeft vandaag verschillende keren geprobeerd je te bellen. Dat is hem duidelijk niet gelukt, omdat je in Quogue was. Sir Maxim is om ongeveer kwart over vier de stad uit gegaan. Ik had een Jaguar voor hem gehuurd en hij reed zelf. Ik dacht dat hij er een uur of drie over zou doen en ik ben hem om ongeveer halfacht gaan bellen. Ik heb een aantal boodschappen voor hem. Ik snap niet waarom hij er niet is, want het is nu al acht uur geweest.'
'Ja, sir Maxim zou nu toch wel in East Hampton moeten zijn,' beaamde Elias. Omdat Douglas Andrews zo ongerust klonk,

probeerde hij hem gerust te stellen. 'Misschien zit er een of andere storing in de verbinding, het is hier al een paar dagen allemachtig koud en winderig, en we hebben heel wat regen gehad.'
'Ja,' zei Douglas, en zweeg even. Hij haalde diep adem en ging toen verder: 'Ik moet toegeven dat ik me zorgen begin te maken. Ik hoop dat hij onderweg geen ongeluk heeft gehad.'
'O, vast niet! riep Elias uit. 'Sir Maxim rijdt altijd voorzichtig, dat weet u. Maakt u zich nou maar geen zorgen, er is vast een goede verklaring voor.'
'Het is heel belangrijk dat ik hem vanavond nog te pakken krijg, Elias. Zou je het erg vinden om even voor me bij het huis te gaan kijken?'
'Natuurlijk niet, ik ga meteen. Geef me uw nummer maar, dan bel ik u zodra ik daar ben.' Elias pakte intussen het potlood dat bij het notitieblok lag, likte aan de punt en krabbelde snel Douglas' nummer neer.
'Bedankt, Elias. Ik ben je zeer erkentelijk,' besloot Douglas het gesprek.
'Graag gedaan, meneer Andrews. Denk nou maar aan wat ik heb gezegd, en maakt u zich geen zorgen. Oké?'
'Ik zal het proberen,' antwoordde Douglas, wetend dat hem dat niet zou lukken.
Ze hingen op en Elias liep snel naar de gang. Hij trok de bovenste la van de kast open, pakte zijn bos huissleutels en liet die in zijn broekzak glijden. Aan de kapstok bij de voordeur hingen zijn donzen parka, een wollen sjaal en een muts met oorkleppen, die hij vervolgens aantrok. Hij pakte zijn handschoenen en vertrok meteen, omdat hij zo snel mogelijk naar Maximilian Wests huis wilde.
De open bestelwagen die Elias gebruikte voor zijn rondjes door het dorp stond voor het huis geparkeerd, en hij klom er behendiger en sneller in dan hij gewend was en reed met gierende banden de straat uit.
Zodra hij de spoorrails over was, reed hij snel door het dorp in de richting van Lily Pond Lane, door straten waar vanavond haast geen verkeer was. East Hampton lag er verlaten bij en het leek wel of met de zomergasten ook de plaatselijke bewoners vertrokken waren. Enkele minuten later stopte Elias voor het huisje met het grijze dak.

Hij stapte uit zijn bestelwagen, liep kwiek naar de Jaguar die vlak voor hem geparkeerd stond, scheen met zijn zaklamp door de ruiten en gluurde naar binnen. De auto onthulde niets.
Elias draaide zich om en begon het pad tussen de berijpte gazons op te lopen. Toen hij het huis naderde, overviel hem plotseling zo'n vreemd voorgevoel dat hij geschrokken bleef staan, van zijn stuk gebracht. Hij was in East Hampton geboren en getogen en in al die vijfenzestig jaar dat hij er had gewoond, had hij zich nooit onbehaaglijk of bang gevoeld. Maar nu werd hij bevangen door een zekere ongerustheid en hij begreep niet waarom. Het was griezelig.
Elias keek naar het huis.
De maan stond hoog, een groot brok helder schijnend zilver dat zijn lichte gloed over de contouren van het dak, de schoorstenen en de hoge bomen wierp. Het huis stond scherp afgetekend tegen de donkere achtergrond van de lucht en het kreupelhout, en het zag er onnatuurlijk duister en somber uit, bijna sinister. Achter de ramen scheen geen gastvrij licht zoals gewoonlijk wanneer Maximilian West er was.
Als sir Maxim binnen is, waarom brandt er dan geen licht? vroeg Elias zich af terwijl hij bezorgd naar het huis stond te staren. Hij wist dat sir Maxim was aangekomen, omdat de Jaguar naast zijn bestelwagen geparkeerd stond. Hij vroeg zich af of sir Maxim soms een hartaanval had gehad of was getroffen door een beroerte en ergens in huis lag, niet in staat om om hulp te bellen. Sir Maxim was een jonge kerel en hij zag er gezond genoeg uit, maar dat wist je tegenwoordig van niemand zeker. En misschien was hij alleen maar een eindje gaan wandelen. Maar Elias zette die gedachte meteen weer uit zijn hoofd. Wie ging er nou een ommetje maken op zo'n ijzige, bitterkoude avond als deze? Toen kwam het bij hem op dat iemand sir Maxim met zijn eigen auto kon hebben opgepikt om met hem te gaan eten.
Deze laatste theorie was tot dusverre de meest logische verklaring, en Elias voelde zich opeens geweldig opgelucht. Hij haastte zich het pad op, liep doelbewust naar de zijkant van het huis en stopte bij de keukendeur.
Hoewel hij er nu van overtuigd was dat sir Maximilian West met een vriend was gaan dineren, drukte Elias toch een paar keer op de bel. Toen er niet werd opengedaan, haalde hij zijn

sleutelbos te voorschijn, zocht de juiste sleutel en ging naar binnen. Hij deed het licht aan en trok de deur achter zich dicht, en terwijl hij naar het midden van de keuken liep, riep hij: 'Hallo, is er iemand thuis?'

Zijn vraag werd gevolgd door een volslagen stilte, maar dat verbaasde hem eigenlijk niet. Hij liet zijn blik door de keuken gaan, kreeg de Bloomingdale-tas in het oog, liep erheen en zag toen dat die vol weekendboodschappen zat. Hij knikte begrijpend en liep toen naar de gangdeur, vastbesloten om even verder te neuzen voor het geval sir Maximilian misschien toch ziek was geworden.

Toen Elias de deur opendeed, werd hij weer overvallen door zo'n sterk voorgevoel dat zijn nekharen recht overeind gingen staan en hij huiverde. Hij hield zich voor dat hij zich gedroeg als een onnozele oude gek en verzette zich krachtig tegen dit onverwachte angstgevoel dat hij zelf belachelijk vond, dus deed hij het licht aan, keek rond en zag in de hal niets ongewoons.

Gerustgesteld liep Elias door naar de openslaande deuren van de zitkamer, duwde die open en deed het grote licht aan. Het eerste wat hij zag, was het lichaam op de vloer.

Hij snakte naar adem en riep luidkeels: 'O, mijn god!' Zijn hart trok samen en even bleef hij als vastgenageld staan, niet in staat zich te verroeren, met een starre blik en met een uitdrukking van afschuw en ontzetting op zijn gezicht.

Na enkele ogenblikken slaagde Elias erin zichzelf in bedwang te krijgen en hij liep naar het lichaam toe. De schok die hij voelde, was te vergelijken met een harde stomp in zijn maag, en met knikkende knieën staarde hij ongelovig op Maximilian West neer. Hij dacht dat hij van zijn stokje zou gaan en greep een stoelleuning; toen haalde hij een paar keer diep adem en probeerde te kalmeren.

Uiteindelijk werd hij wat rustiger en hij kwam dichterbij; hij zag het bloed, de schotwond, en de angst greep hem om het hart. Het was een ernstige verwonding. Hij knielde neer en staarde bezorgd naar Maxims gezicht. Dat zag er doodsbleek uit en had een kleur als van gebleekt ivoor. Elias zocht naar tekenen van leven en bracht zijn hoofd naar Maxims borst. Hij ademde nog wel, maar heel licht. Elias voelde zijn pols. Die was zwak, maar hij was er tenminste nog.

Elias kwam met een grimmig gezicht en glazige ogen van schrik overeind. Wie had dit gedaan? En waarom? Hij werd woedend en wilde onmiddellijk het huis onderzoeken op aanwijzingen. Maar op hetzelfde moment bedacht hij zich. Degene die sir Maxim had neergeschoten, was ongetwijfeld gevlucht zonder sporen na te laten. Bovendien was het van vitaal belang dat hij onmiddellijk hulp inriep en snel handelde als hij sir Maxim nog wilde redden. Hij liep naar het bureau, pakte de telefoon en draaide een nummer.

'Politiebureau East Hampton. U spreekt met agent Spank.'

'Norman, met Elias. Ik zit in het huis van West aan Lily Pond Lane. Sir Maximilian is neergeschoten,' zei hij met een stem die zowel beverig als geschokt klonk. Hij haperde even toen hij vervolgde: 'Ik heb hem net gevonden. Bel het Southampton-ziekenhuis om een ambulance. Hij leeft nog maar hij ziet eruit of hij een boel bloed heeft verloren. Zeg dus dat ze opschieten. En jij kunt ook maar beter zo snel mogelijk komen.'

'Ik kom eraan zodra ik het ziekenhuis heb gebeld,' zei Norman Spank. Op het laatste moment voegde hij er bruusk aan toe: 'Nergens aankomen, Elias,' en hij hing abrupt op.

Elias plofte neer in de stoel bij het bureau, graaide in zijn zak en haalde het papiertje eruit waarop hij het nummer van Douglas Andrews in Manhattan had geschreven. Hij draaide het en toen de telefoon overging, zette hij zich schrap om de jongeman het vreselijke nieuws te vertellen.

Maxim zweefde in de ruimte... in een grote witte leegte... in een reusachtig niets.

Hij wilde zijn ogen opendoen, maar dat lukte niet. Het voelde aan alsof ze voorgoed zaten dichtgeplakt, alsof zijn boven- en onderwimpers met lijm aan elkaar zaten.

Waar was hij?

Hij wist het niet. Het kon hem ook nauwelijks iets schelen. Zijn lichaam, dat een moment geleden nog gewichtloos had geleken, voelde nu loodzwaar aan en hij kon geen vin verroeren.

Langzamerhand werd hij zich bewust van stemmen. Een duidelijke, diepe mannenstem, een stem die hij nog nooit had gehoord. De man zei iets over bloedtransfusies, een kogel die in de buurt van het hart was blijven steken.

En toen hoorde Maxim een vrouw praten. Haar stem vulde de

kamer... het was een lichte stem... muzikaal... het klonk vertrouwd, maar hij kon haar toch niet helemaal thuisbrengen.
'Hij gaat toch niet dood, hè, dokter Morrison?' vroeg de vrouw.
'We doen alles om zijn leven te redden,' antwoordde de man. Zijn toon was somber. 'Door die schotwond heeft hij heel wat bloed verloren, en zoals ik al heb gezegd, het was een moeilijke en zware operatie om de kogel te verwijderen. Zijn toestand is wèl bijzonder ernstig, dat moet u goed beseffen.'
'Maar hij maakt toch wel een kans?' drong de vrouw aan.
De dokter antwoordde niet direct. Toen zei hij: 'Sir Maximilian is gelukkig een gezonde vent, sterk en robuust. Dat is een belangrijke factor. En hij is hier in Mount Sinai in prima handen. Hij krijgt de best mogelijke verzorging en behandeling, en hij wordt dag en nacht in de gaten gehouden.'
Met uiterste krachtsinspanning slaagde Maxim er eindelijk in zijn oogleden van elkaar te krijgen. Hij knipperde tegen het sterke licht.
De kamer waarin hij lag, was behoorlijk groot.
Hij zag een man in een witte jas. Dat moest de dokter zijn.
Toen werd hij zich bewust van de anderen die aan de voet van het bed stonden.
De vrouwen.
Ze stonden in een halve cirkel. Hij werd zich bewust van vijf paar vrouwenogen die in gespannen afwachtig naar hem keken.
Zijn moeder. Zijn eerste vrouw. Zijn derde vrouw. Zijn maîtresse. Zijn dochter Alix.
Alle vrouwen uit zijn leven stonden hier bij elkaar, waakten hier over hem.
Snel sloot hij zijn ogen weer. Hij wilde hen niet zien, zich niet met hen inlaten.
Plotseling kwam alles weer bij hem boven. Hij herinnerde zich hoe hij naar Long Island was gereden in de gehuurde Jaguar, hoe hij het huis in East Hampton was binnengegaan en de indringer had verrast. Toen had de man een pistool getrokken en had hem neergeschoten. Hij kon zich niet herinneren wat er daarna was gebeurd.
De dokter in de kamer had net Mount Sinai genoemd. Hij was dus naar New York gebracht. Hoelang was hij hier al? Hij had er geen idee van.

Hij vroeg zich af of hij doodging. Maar hij wilde niet sterven, hij wilde leven.
Teddy, waar was Teddy?
Maxim probeerde zijn ogen te openen, maar de inspanning was hem te veel.
Hij wilde Teddy. Zij kon hem redden. Dat had ze in het verleden ook altijd gedaan.
Hij kon nu niet sterven. Hij moest leven. Hij had nog zoveel te doen. Zoveel goed te maken.
Maxim probeerde iets te zeggen, maar de woorden wilden zijn mond niet uit.
Teddy. O, Teddy, waar ben je? Help... help... me...
Hij voelde zich weer wegglijden in dat grote witte niets, die grote ijle leegte die hem al eerder had verzwolgen, en hij verzette zich ertegen, maar in zijn verzwakte toestand was hij er niet tegen opgewassen en hij dreef weg...
Uiteindelijk gaf hij eraan toe en opnieuw zakte hij weg in een diepe bewusteloosheid.

Deel 2

URSULA
BERLIJN
1938

Gij hebt niet te vrezen voor de verschrikking van de nacht, voor de pijl die des daags vliegt, voor de pest die in het duister rondwaart, voor het verderf dat op de middag vernielt: Al vallen er duizend aan uw zijde, en tienduizend aan uw rechterhand, tot u zal het niet genaken.

(*Psalm* 91)

6

De vrouw stond voor de grote staande empire-spiegel in de slaapkamer en keek aandachtig naar haar spiegelbeeld.
Ze draaide zich langzaam om en bestudeerde de japon. Ze had hem drie jaar geleden tijdens een reis naar Parijs gekocht en hij was gemaakt door Jean Patou, haar favoriete couturier. Sinds die tijd had ze hem pas één keer gedragen en ze zag nu dat hij nog net zo stijlvol en elegant was als de andere Patou-creaties die ze bezat.
Vanavond had ze een eenvoudige japon willen dragen, daarom had ze speciaal deze uitgekozen, een smalle, rechte jurk tot op de grond die in soepele plooien van de schouders tot de zoom neerhing. De mouwen waren lang, het lijfje was eenvoudig met een hoge halslijn terwijl de plooien op de rug als bij een pij naar beneden hingen. Het was een crèpe-japon die buitengewoon vakkundig was gemaakt, maar wat het meest opviel, was de kleur. Die werd Patou-blauw genoemd en was bijna, maar net niet helemaal, violet.
Deze levendige kleur was de ideale contrastkleur voor de vrouw met de Noordeuropese teint. Haar haar was als glanzend zilver, haar huid was roomkleurig, haar ogen waren van een nevelig grijsblauw, helder tussen lange blonde wimpers. Ze was van een gemiddelde lengte, maar haar ranke figuur en lange slanke benen deden haar langer lijken. Ze had slanke, welgevormde voeten en enkels en aristocratische handen, smal en met spitse vingers. En die combinatie van haar fysieke eigenschappen, haar gave om zich goed te kleden en haar aangeboren goede smaak, maakte haar tot een buitengewoon elegante verschijning. Ze was vriendelijk van aard, en over het algemeen straalde ze een mengeling van vrouwelijkheid, uitstekende opvoeding en intelligentie uit. Haar naam was Ursula Westheim en ze was vierendertig jaar.
Tevreden dat de japon niet alleen geschikt was voor de receptie en het diner op de Britse ambassade waar ze die avond heen ging, maar ook paste bij haar gereserveerde stemming en haar gevoel voor soberheid, liep ze langzaam naar de toilettafel. Maar toen ze bij de witmarmeren open haard kwam, bleef ze even staan om haar handen te warmen aan het enorme houtvuur dat

hoog oplaaide en dat de kilte van deze koude winteravond verdreef.

Even later merkte ze dat ze stond weg te dromen, dat ze verzonk in talloze gedachten, zoals dat de laatste tijd wel meer gebeurde. Hoewel ze van nature in zichzelf gekeerd was, was deze karaktertrek het laatste jaar sterker en meer uitgesproken geworden. Ze moest zichzelf streng in de hand houden, vooral bij sociale gelegenheden, omdat ze de gewoonte had af te dwalen, zich op haar gedachten te laten meedrijven naar een plaats die alleen zij kende en waar niemand haar kon volgen. Haar echtgenoot Sigmund deed zijn best dat te begrijpen; hij was lief voor haar en oneindig geduldig maar ze was zich ervan bewust dat zijn familie, en vooral zijn moeder en zijn zuster Hedy, haar afstandelijk en ondoorgrondelijk vonden. Daar kon ze niets aan doen. Haar gedachten zaten als embryonale monstertjes in haar hoofd, altijd aanwezig maar nog niet helemaal ontwikkeld en daardoor des te verwarrender.

Tegenwoordig leefde ze voortdurend met een knagende angst die haar niet meer scheen los te laten. Bovendien voelde ze zich nergens meer veilig, behalve misschien in dit huis. Het was haar veilige haven, haar mooie plekje, haar bastion tegen de dreiging van de wereld daarbuiten, haar sterke vesting. Er waren tijden dat ze werkelijk wilde dat ze het niet meer hoefde te verlaten, en in zekere zin bestond er buiten deze muren erg weinig voor haar. Het Berlijn waarin ze was geboren en opgegroeid bestond niet meer. Tegenwoordig was het een stad van angst, van wreedheid en gewelddadigheid, van ontrouw en verraad, van meedogenloosheid en kwaadaardige geruchten. Het krioelde er van de Gestapo, de geheime politie die rondwaarde in de straten, de bierlokalen en de cafés. Waar je ook keek, overal zag je SS'ers met starre blik, Hitlers verdorven misdadigersbende, aanmatigend en bespottelijk in hun operette-uniformen, met hun schelle geschreeuw en opvallend theatrale houding, als speelgoedsoldaatjes die voor het oog van de wereld oorlogje speelden. Maar wel met het verschil dat hun spelletjes dodelijk gevaarlijk waren en dat het natuurlijk niet ging om speelgoedsoldaatjes, zelfs niet om soldaten, maar om moordenaars met boze opzet in hun hart.

Vorig jaar was ze op een receptie in de Franse ambassade aan de Pariserplatz geweest toen Hitler plotseling was binnengekomen, geflankeerd door Goebbels en Göring en nog een paar van zijn makkers. Geschokt had ze gezien hoe klein ze waren: weinig indrukwekkende, nogal gewone mannetjes die er in werkelijkheid heel anders uitzagen dan op hun foto's in de kranten, waarop ze onoverwinnelijk leken. Ze had gevonden dat ze er nogal belachelijk uitzagen in hun gala-uniformen en heel even, toen ze zich voorbijhaastten, pompeus, arrogant, vulgair en gezwollen van eigendunk, leek het moeilijk om hen serieus te nemen. Maar dat moment was snel voorbij en ze nam hen wel degelijk serieus, héél serieus zelfs. De macht die zij belichaamden was maar al te echt. En het was een beangstigende macht.

Ze vroeg zich onophoudelijk af hoe zo'n groot aantal mensen zich bij de neus had kunnen laten nemen door een man als Hitler, een vroegere vagebond en misdadiger, niet eens een Duitser maar een omhooggevallen, ongeschoolde Oostenrijkse korporaal die de Duitse taal niet eens behoorlijk beheerste. Verbazingwekkend genoeg geloofden velen dat hij slechts het welzijn van de Duitse natie voor ogen had en ze waren in zijn ban geraakt, door hem voor de gek gehouden. Ze vonden hem buitengewoon intelligent en bekwaam, om nog maar te zwijgen over zijn grote aantrekkingskracht, en ze waren gebiologeerd door zijn demagogie. Waren ze zich niet bewust van de beangstigend wrede kanten van zijn verschrikkelijk credo? Hoe konden ze in 's hemelsnaam denken dat hij hun redder was? Hij leidde hen regelrecht naar de hel.

Onlangs had ze deze gedachten geuit tegen haar beste vriendin Renata von Tiegal, en Renata had gezegd: 'De Duitsers hebben de neiging valse goden te aanbidden, achter waandenkbeelden aan te jagen. Laten we dat geen van allen vergeten.'

En Renata's man Reinhard had toen op spijtige toon opgemerkt: 'Hitler had jaren geleden tegengehouden moeten worden. De westerse geallieerden hadden dat kunnen doen. Maar ze hebben het niet gedaan, en ik ben bang dat het nu te laat is. Voor ons en voor hen.' Kurt von Wittingen, die er die avond ook was, had als laatste op gedempte toon gezegd: 'De Engelsen, de Fransen en de Amerikanen hebben één fundamenteel beginsel helaas niet begrepen: de nazi's wilden geen macht omwille van de economische situatie, ze wilden alleen maar macht.'

Nou, en dat hadden ze, nietwaar? Absolute macht. Onwillekeu-

rig huiverde Ursula; ze greep de schoorsteenmantel vast, leunde met haar voorhoofd op haar handen en sloot haar ogen. *Wat moest ze doen? Wat moest ze doen?* Deze vraag hield haar voortdurend bezig, maalde voortdurend door haar hoofd. Paniek overspoelde haar, maar ze had zichzelf al snel weer in de hand. Wat ze kon doen, wat ze allemaal moesten doen, was gewoon doorgaan. Dat was het enige antwoord. Er was geen alternatief. Eén dag tegelijk, hield ze zichzelf voor, ik moet bij de dag leven.
Even later hief ze haar gezicht op en liet haar ogen door het vertrek gaan. Het zag er zo normaal en daarom zo geruststellend uit. Haar slaapkamer was werkelijk prachtig, zo'n vredige omgeving, met moiré-zijde die in een mengeling van bleekgroene tinten op de wanden uiteen leek te spatten, die ook voor de gordijnen gebruikt was en waarmee de stoelen en de chaise-longue bekleed waren. Het meubilair was Frans, fijngeschubd antiek uit haar favoriete Louis XVI-periode, en hier en daar stonden sierlijke en prachtige snuisterijen en kleine voorwerpen die ze door de jaren heen had verzameld of van haar familie had geërfd: doosjes van roze kwarts, waterverfminiatuurtjes, antieke porseleinen snuifdozen en reukflesjes, figuurtjes van Meissner-porselein en foto's in zilveren lijstjes van familie en vrienden die haar het naast stonden en van wie ze het meeste hield.
En overal stonden pullen vol bont gekleurde verse kasbloemen zoet te geuren in een kamer die op dit uur van de dag gehuld was in de gloed van kristallen lampen met kappen van roze zijde.
De prachtige slaapkamer werd nog verfraaid door kunst. Uiteindelijk bleven haar ogen rusten op de schilderijen van Auguste Renoir en weer bleef ze ze staan bewonderen, zoals altijd met ontzag. Wat hingen ze daar toch prachtig tegen die bleekgroene wanden. Twee ervan waren naakten, het derde was een portret van een moeder met haar twee dochters, en het vierde stelde een zomertuin voor. Ursula vond hun kleuren adembenemend: zachtroze en parelmoer, dieproze en glanzend goud, zachtblauwe en -groene pasteltinten en het allerschitterendste geel. Ze waren alle vier vol licht, warm en levendig, een absoluut wonder om naar te kijken. Ze maakten deel uit van de Westheim-collectie waarmee Sigmunds grootvader Friedrich aan het eind van de

negentiende eeuw was begonnen, direct na de historische eerste impressionistische tentoonstelling in Parijs in 1874, en ze beschouwde het als een voorrecht ze hier in haar huis te hebben hangen.
Met een lichte zucht vermande Ursula zich, zich ervan bewust dat Sigmund al enige tijd geleden van de bank was thuisgekomen en dat hij al in avondkleding beneden op haar zat te wachten. Ze moest nu opschieten. Omdat ze zelf punctueel was, hield ze er niet van als anderen te laat waren. Ze liep naar de toilettafel met de Venetiaanse spiegel, die tussen de twee ramen stond die helemaal tot aan het plafond reikten, opende de zwartleren doos die erbovenop stond en bekeek een paar van de prachtige juwelen die op het zwarte fluweel lagen te schitteren.
Werktuiglijk, bijna ongeïnteresseerd, deed ze een paar eenvoudige diamanten oorbellen in, schoof haar diamanten verlovingsring naast haar gouden trouwring en deed toen de doos weer dicht en op slot. Ze zou geen andere sieraden dragen, geen van haar kostbare stukken. Zelfs in goede tijden had ze een hekel aan praalzucht, en dit waren zeer slechte tijden. En waarom zou je de afgunst van anderen wekken? voegde ze er in stilte aan toe.
Ursula deed een stap achteruit, wierp een laatste vluchtige blik in de spiegel en streek met één hand over haar korte, golvend blonde haar voor ze zich omdraaide om naar de kast te lopen waar haar jassen en capes hingen.
Er werd op de deur geklopt en voor ze kon antwoorden, vloog die open en kwam haar kleedster Gisela haastig de kamer in.
'Bent u klaar, Frau Westheim? Welke bontjas trekt u aan?'
Ursula's glimlach was even lief als haar gezicht toen ze met haar lage, beschaafde stem zei: 'Ik trek geen jas aan. De fluwelen stola is voldoende, Gisela. Zou je die voor me willen pakken? O, en een paar witte glacé handschoenen. Als je me even wilt excuseren, ik ben zo terug.'
'Ja, Frau Westheim.'
Ursula stapte de gang tussen de slaapkamers op, duwde de deur recht tegenover de hare open en ging naar binnen. Op het nachtkastje in de schemerige kamer vol schaduwen gloeide een zwak nachtlampje. Ze liep op haar tenen naar het bed en keek neer op de kleine jongen die daar zo vredig lag te slapen met een van zijn kleine mollige handjes onder een roze wang. Ze boog zich

over hem heen, streek zijn blonde haar glad en gaf hem zacht een zoen.
De jongen bewoog zich. Twee oogjes gingen open en een slaperige stem mompelde: '*Mutti?* Ik heb op u gewacht, *Mutti*.'
Ursula voelde zich helemaal warm worden en inwendig glimlachte ze. Ze voelde zo'n mateloze vreugde als ze bij dit kind was! Naast het bed stond een stoel die ze naar zich toe trok. Ze ging zitten en nam zijn andere hand in de hare. 'Ik was me aan het omkleden, *mein Schatzi*. Papa en ik moeten vanavond uit.'
'Papa kwam me gedag zeggen. Hij gaat volgende zomer een pony voor me kopen,' vertrouwde haar zoontje haar toe, plotseling klaar wakker. Zijn bruine ogen die recht in de hare keken schitterden van opwinding.
Ursula boog zich voorover om hem nog een zoen te geven. Hij vlijde zijn warme gezichtje tegen haar wang terwijl een paar zachte jonge armpjes om haar hals gleden en hij klampte zich stevig aan haar vast. Ze hield hem dicht tegen zich aan en streelde met één hand zijn hoofd. Ze hield zo vreselijk veel van deze vierjarige jongen, haar enige kind. Haar lieveling. *Ze had zo'n angst om hem. Er mocht hem niets overkomen. Al zou dat haar het leven kosten.*
Ze schoof de zorgelijke gedachten die haar dagelijks kwelden van zich af, haalde diep adem en zei: 'Je pony staat op je te wachten als we volgende zomer naar de villa in Wannsee gaan. Papa zal hem daar naartoe laten brengen.'
'*Mutti?*'
'Ja, Maxim?
'Gaat papa me dan leren rijden?'
'Natuurlijk,' zei ze glimlachend.
'Hoe heet de pony?'
'Dat weet ik niet. We hebben er nog niet een gevonden die geschikt voor je is, maar dat komt nog wel. Vooruit, het is tijd om te gaan slapen.'
Met het kind nog in haar armen boog ze zich voorover en legde hem in de hagelwitte linnen kussens, maar hij wilde haar nog niet loslaten en klampte zich steviger dan ooit, bijna wild, aan haar vast. Zachtjes maakte ze zijn armpjes los, rechtte haar rug en ging weer zitten. Terwijl ze met haar vingertoppen zacht langs zijn gezicht ging zei ze liefhebbend: 'Je bent een fijne jon-

gen, Maxim, een lieve jongen en ik houd heel, heel erg veel van je.'
'Ik houd ook van u, *Mutti*.'
'Welterusten, *Mäuschen*, droom maar lekker,' mompelde ze tegen zijn wang.
'Trusten.' Hij gaapte, zijn oogleden begonnen dicht te vallen en Ursula wist dat hij al diep in slaap zou zijn voor ze bij de deur was. Op haar tenen sloop ze de kamer uit en liep terug naar haar slaapkamer waar ze haar stola, handschoenen en avondtasje van haar kleedster aanpakte.
'Dag, Gisela,' zei ze terwijl ze zich in de deuropening nog even omdraaide. 'Je hoeft niet op te blijven, hoor.'
'Maar Frau Westheim, ik help u altijd met...'
'Nee, dat is echt niet nodig,' onderbrak Ursula haar zacht. 'Ik red me wel, maar ondanks dat bedankt.' Met deze woorden liep ze de gang uit naar de trap.
Die liep met een indrukwekkende bocht omlaag naar de enorme, statige hal van het huis van de Westheims, een herenhuis aan de Tiergartenstrasse, vlak bij de Tiergarten, in een aantrekkelijke Berlijnse villawijk.
Halverwege de trap bleef Ursula doodstil staan luisteren, met haar hoofd schuin.
Sigmund zat in de muzieksalon piano te spelen en de melodische klanken van Beethovens *Mondscheinsonate* dreven op de warme lucht naar haar toe. Het was prachtig... gevoelig... maar zo onuitsprekelijk triest. Ze kreeg plotseling een brok in haar keel en opeens sprongen de tranen haar in de ogen. Ze realiseerde zich dat dit speciale stuk muziek haar vanavond om de een of andere reden meer scheen te ontroeren dan ooit tevoren.
Ze bleef nog even staan om zich te vermannen, en verbaasde zich over Sigmunds spel. Het was betoverend. Ze was ervan overtuigd dat als hij geen bankier was geweest, hij best concertpianist had kunnen worden, zoveel talent had hij. Maar bankieren zat hem in het bloed, al eeuwen. Dat was overgegaan van vader op zoon, al sinds Jacob Westheim, de grondlegger van de dynastie, in 1690 in Frankfurt de eerste handelsbank had geopend. Ruim een eeuw geleden was de hele familie naar Berlijn verhuisd, en de Westheim-investeringsbank aan de Gendarmenmarkt, het financiële district van Berlijn, dateerde uit 1820. Net

als zijn vader en hun illustere voorvaderen had ook Sigmund een briljant gevoel voor cijfers, en hij hield van de bank en van zijn werk, maar als hij in een andere familie dan de Westheims was geboren, had hij ook heel goed musicus van beroep kunnen worden.

De klok in de hal begon te slaan en liet zes slagen horen, en gaf daarmee niet alleen de tijd aan, maar onderbrak ook haar gedachten. Ze haastte zich de trap af, legde haar spullen op een antiek tweezitsbankje onder een gobelin en liep over de zwart-wit marmeren vloer naar de muzieksalon. Ze bleef even in de deuropening staan kijken en zag hoe knap haar man eruitzag in zijn smoking met zijn vlinderdasje.

Zodra hij haar in het oog kreeg, onderbrak Sigmund zijn spel, sprong overeind en liep snel op haar toe. Hij was een knappe man met een sterk en krachtig gezicht en hij had bruin haar en helderblauwe ogen en een warme, eerlijke glimlach. Hij was ruim één meter tachtig, slank, met brede schouders. Hij was zesendertig jaar en al vijftien jaar met Ursula getrouwd.

Ursula liep naar hem toe.

Ze troffen elkaar in het midden van de kamer.

Hij pakte haar handen, trok haar naar zich toe, sloeg zijn arm om haar heen en drukte zijn lippen op haar wang. Ze kenden elkaar al hun leven lang; hun ouders hadden altijd gehoopt dat ze zouden trouwen en toen ze dat inderdaad deden, waren twee vooraanstaande Duitse families met elkaar verbonden. Maar het was geen verstandshuwelijk geweest, ze waren uit pure liefde getrouwd. Ze waren als kinderen al verliefd geworden en hadden nooit een ander dan elkaar gewild. Ze pasten perfect bij elkaar.

Sigmund maakte zich los uit hun omhelzing, hield haar een eindje van zich af en keek haar aan. 'Je ziet er weer beeldschoon uit vanavond, Ursula.'

Er kwam een vage glimlach om haar mond en haar ogen verrieden haar grote liefde voor hem, maar ze gaf geen antwoord en boog alleen sierlijk haar hoofd.

Met zijn arm om haar middel liepen ze terug naar de hal. 'Ik was van plan nog een glas champagne met je te drinken, maar ik ben bang dat we daar geen tijd meer voor hebben. We moeten weg. Ik heb Irina beloofd dat we haar op de receptie zouden ontmoeten, en ik wil haar niet laten wachten omdat ze er alleen naar toe gaat.'

Ursula knikte. 'Natuurlijk, dat begrijp ik.'
Haar stem klonk zo zacht dat hij haar nauwelijks kon verstaan, en Sigmund stond stil, wierp haar een snelle blik toe en hief haar gezicht naar zich op. Hij fronste toen hij de bezorgdheid in haar ogen las en de plotselinge ernst op haar gezicht zag. 'Wat scheelt eraan? Wat is er?'
'Ik wou dat we er niet heen hoefden, Sigmund.'
'Maar je was zo enthousiast toen we de uitnodiging kregen. Hoe komt het dat je zo plotseling van gedachten bent veranderd?' Hij klonk verbaasd.
'Zó enthousiast was ik nou ook weer niet,' antwoordde ze. 'Niet echt.'
'Het is belangrijk dat we ons gezicht laten zien, dat weet je. De ambassadeur verwacht ons ook.'
Ze zweeg even en zei toen langzaam: 'Er zullen nazi's zijn.'
'Ja, dat is waar. Maar er zijn nu eenmaal overal nazi's tegenwoordig. Daar moet je je niet druk om maken.'
Weer was ze even stil voor ze, heftiger dan hij van haar gewend was, zei: 'Maar ik maak me er wel druk over, Sigi. We zijn joden.'
'En Duitsers, Ursula. *Echte* Duitsers, net als onze voorvaderen dat eeuwen voor onze geboorte al waren. Bedenk wel dat we allebei uit een vooraanstaand en oud geslacht stammen, en bovendien ben ik als bankier uiterst belangrijk en nuttig voor de regering en de staat, dat heb ik je al zo vaak gezegd. Je weet dat ze me nodig hebben om de economie op poten te zetten, zowel vanwege mijn buitenlandse connecties, de bankiers en zakenlieden die ik ken, als vanwege de buitenlandse valuta en het goud waarin de bank handelt.' Hij sloeg zijn arm weer om haar heen, drukte haar dicht tegen zich aan en besloot vol zelfvertrouwen op geruststellende toon: 'We lopen geen gevaar, Ursula, dat moet je geloven.'
Ze boog zich van hem af, sloeg haar ogen naar hem op en keek hem doordringend aan. 'Ik ben doodsbang voor die nazi's. Ik heb er een hekel aan bij ze in de buurt te zijn, of zelfs maar dezelfde lucht te moeten inademen.'
'Ja, dat weet ik wel. Maar Ursula, er zullen vanavond veel goede vrienden van ons zijn, en dan ben je bij hèn. Renata en Reinhard, Kurt en Arabella von Wittingen, en Irina…' Zijn stem

stierf weg. Hij wist niet goed hoe hij haar op dit moment moest opbeuren.
'Ja, je hebt gelijk Sigi, er zullen veel vrienden van ons zijn,' beaamde ze zachtjes, 'inclusief degenen die nu lid zijn van de nazi-partij. Bij hen voel ik me tegenwoordig ook niet meer op mijn gemak.'
Zijn korte knikje gaf aan dat hij de waarheid van haar woorden erkende, en hij vertrok zijn gezicht en schraapte toen zijn keel.
'Maar ik ben bang dat we het op dit moment niet meer kunnen afzeggen, en we moeten nu echt gaan. Nú, lieverd. Behalve dat ik Irina niet wil laten wachten, wil ik ook sir Nevile Henderson niet beledigen door laat te zijn.'
'Ja, natuurlijk,' zei ze meteen, en probeerde ogenblikkelijk haar houding te veranderen door een glimlach te voorschijn te toveren en een opgewekt gezicht te zetten. Ze zou niets bereiken door hem nog meer van streek te maken. 'Het gaat wel, Sigi, maak je over mij maar geen zorgen.'
Opgelucht keek hij haar glimlachend aan, gaf haar een kneepje in haar arm, en samen liepen ze vlug de muzieksalon uit en de hal in, waar Sigmund haar stola opraapte. Hij legde hem om haar schouders toen Walter, de butler, uit de bediendenverblijven aan de achterkant van het huis te voorschijn kwam. Toen hij zijn werkgevers – aan wie hij verknocht was – in het oog kreeg, boog hij eerbiedig zijn hoofd en liep onmiddellijk naar de garderobekast waar hij Sigmunds overjas pakte en daarmee op hem toeliep.
'Dank je, Walter, maar ik neem hem wel over mijn arm,' zei Sigmund.
De butler knikte, vouwde de jas zorgvuldig op, gaf hem aan Sigmund en liet hen uit.

7

De auto stond voor de deur te wachten.
Karl, de chauffeur, groette hen hoffelijk, hield de deur voor hen open en hielp hen in de auto. Sigmund vertelde hem dat ze naar de Britse ambassade moesten, en even later reed Karl weg van de stoeprand, langs de Tiergartenstrasse in de richting van de Hofjägerallee.

Ursula keek vluchtig uit het raam toen de auto de Tiergarten voorbijreed, dat aardige openbare park dat eens, een paar honderd jaar geleden, het persoonlijk jachtgebied van de prinsen van Brandenburg was geweest. Wat ziet het er vanavond onaantrekkelijk uit, dacht ze, met haar neus tegen het glas. De bomen waren kaal, beroofd van hun blad, net zwarte geraamten die stonden afgetekend tegen de koude verblekende avondhemel. Ze voelde zich plotseling koud worden en nestelde zich dieper in haar fluwelen stola.

In gedachten stelde ze zich voor hoe het park er in de zomermaanden uitzag. In die tijd van het jaar was de Tiergarten adembenemend mooi, de golvende uitgestrektheid van de grasvelden, de weelde aan treurwilgen, de linden en paardekastanjes welig groen, de borders langs de paden barstensvol bloemen in alle mogelijke kleuren, de bloeiende struiken in volle glorie. Zelf hield ze het meest van de seringen, met in mei hun overvloedige dikke bloemtrossen in roze, wit en mauve, die de lucht vulden met een subtiele geur die herinneringen opriep aan vroeger.

Aangelegd als een Engels natuurpark, deels landschappelijk verfraaid met hier en daar kunstmatige vijvers en beekjes, was de Tiergarten indrukwekkend en rustgevend, en ze had er veel gelukkige herinneringen aan. Als kind en jong meisje had ze er paardgereden; ze deed dat nog wel als het mooi weer was, en ze was er altijd gek op geweest over de kronkelende paden te lopen in de koele beschutting van schaduwrijke bomen. Vroeger ging ze met Sigmund, nu ging ze er met Maxim en zijn kindermeisje heen, en af en toe maakte ze wel eens op eigen houtje een wandeling door die vriendelijke groene enclave, als ze alleen wilde zijn of wilde nadenken. Voor haar was het nog steeds een vredige en veilige plaats te midden van het turbulente leven van het hedendaagse Berlijn, nog altijd een toevluchtsoord. De schoonheid en eenvoud van de natuur hadden een kalmerende invloed op haar, en ze waren balsem voor haar gekwelde geest.

Sigmund maakte een opmerking over zijn moeder, en ze draaide zich meteen naar hem toe; ze zocht zijn gezicht in het duister van de auto en legde liefdevol een hand op zijn arm in de wetenschap dat hij bezorgd over haar was. Ze praatten even over de oude Frau Westheim die sinds de dood van haar man twee jaar geleden een zwakke gezondheid had. Ze praatten verder over

zijn zusters Hedy en Sigrid en hun relatie tot hun moeder, en babbelden over de gebeurtenissen van die dag. Toen werden ze weer stil.
Ze bleven beiden even steken in het warrige net van hun eigen gedachten.
Ursula, die Sigmund aanbad en respecteerde, wilde wanhopig graag geloven dat zijn geruststellende beweringen over hun situatie juist waren voor zover ze het nazi-regime betroffen. Maar aan de andere kant vertelden haar verstand en haar vrouwelijke intuïtie haar precies het tegenovergestelde. Díe waren het er totaal niet mee eens; ze maakten haar integendeel attent op allerlei problemen. Haar diepste instinct zei haar dat er iets afgrijselijks stond te gebeuren, maar wat het was, wat voor vorm het zou aannemen, kon ze niet zeggen. Ze ging wat meer rechtop zitten in haar hoekje van de auto en verstijfde enigszins. Was dit akelige voorgevoel de oorzaak van haar angst en vrees? Daar was ze van overtuigd. Ze had een overweldigend gevoel van vertwijfeling en dat deed haar het bloed in de aderen stollen. Ze trok zich in zichzelf terug en richtte haar blik naar binnen.
Wat Sigmund betreft, ook hij had zijn sombere gedachten. Het was volkomen waar dat hij zich in Berlijn redelijk veilig voelde, ondanks het huidige klimaat, want hoewel er maatregelen tegen joden waren genomen, was de hele familie Westheim met rust gelaten. Hetzelfde gold voor andere prominente en rijke joodse families die belangrijk waren en nuttig voor het land. Bovendien was het hele familiebezit nog onaangeroerd en de bank was niet opgeheven. Ook waren hem geen Arische partners opgedrongen zoals dat bij sommige joodse zakenlieden wel het geval was. En toch was hij de laatste tijd ten prooi aan ongerustheid, was hij een verontrustend wantrouwen gaan koesteren dat de situatie voor elke jood onder het bewind van het Derde Rijk zou gaan veranderen.
Nog maar een paar minuten geleden had hij zijn vrouw gerustgesteld, haar moedig toegesproken om haar sluimerende angst niet te vergroten. Maar híj moest de mogelijkheid dat ze binnenkort in gevaar zouden kunnen verkeren wel degelijk onder ogen zien. Het zou heel dwaas zijn dat te ontkennen. Misschien zou het verstandig zijn Berlijn te verlaten, Duitsland de rug toe te keren, zoals zovelen dat al hadden gedaan. Hij was een vermo-

gend man. Het was denkbaar dat hij zich met geld een uitweg kon verschaffen door uitreisvisa en nieuwe paspoorten te kopen. Maar daar zou hij hulp voor nodig hebben, een kruiwagen naar de mensen die hem de noodzakelijke documenten konden verschaffen. Hij was zich er volkomen van bewust dat omkoperij, knoeierij en corruptie in het Derde Rijk aan de orde van de dag waren; het ging er alleen om precies te weten wíe je moest benaderen om te krijgen wat je nodig had. Hij had vrienden die hem waarschijnlijk wel op weg konden helpen, die het hem gemakkelijk konden maken. Maar zouden ze dat ook willen? En wie kon hij vertrouwen? Hij liet een paar namen door zijn hoofd spelen, ze zorgvuldig overwegend.

Karl zwenkte de Hofjägerallee af, reed de auto rond de cirkel van de Grosser Stern, langs de Siegessäule, de van vleugels voorziene triomfzuil die het midden ervan domineerde, en reed richting Brandenburger Tor.

Ursula staarde voor zich uit toen ze onder de triomfboog doorreden en richtte haar blik op Unter den Linden voor hen. De nazi's hadden deze brede en statige laan, de luisterrijkste en allermooiste boulevard van Berlijn, verminkt door in het midden en langs de zijkanten rijen hoog oprijzende zuilen te bouwen. Op elk van deze zuilen stond een gigantische nazi-adelaar, en omdat de zuilen door schijnwerpers verlicht werden, staken ze indrukwekkend af tegen de donker wordende avondhemel.

Typisch effectbejag van de nazi's, dacht Ursula die verafschuwde wat ze zag. Voor haar waren de zuilen torenhoge herinneringen aan de overheersing, de tirannie en de dreiging die het Derde Rijk vertegenwoordigde, en ze wendde haar ogen af.

Nu reden ze langs de Pariserplatz. Aan dit elegante plein hadden haar ouders een huis gehad en daar was ze opgegroeid; vanuit dat huis was ze met Sigmund getrouwd en daar was haar moeder in 1935 gestorven en toen haar vader, nog pas vorig jaar. Het plein had zo'n belangrijke rol gespeeld in haar leven: het riep een beeld op van het verleden, van het Berlijn waar ze van hield en dat, tragisch genoeg, nu voor altijd was verdwenen.

Ze zuchtte zachtjes en probeerde haar vertwijfeling van zich af te schudden. Karl was naar rechts afgeslagen en reed de Wilhelmstrasse in waar op nummer zeventig de Britse ambassade was gevestigd. Ze waren bijna op hun bestemming, dus paste ze

haar gelaatsuitdrukking aan en toverde een glimlach op haar gezicht zoals ze dat had geleerd.
Er stond een hele rij auto's voor die van hen. Sommige waren er van regeringswege, van diverse ministeries, andere waren van diplomaten met stijve kleine vlaggetjes op hun motorkap, en ze herkende de kleuren van Italië, Amerika en Spanje.
Even later stapte Ursula uit de auto en in het korte moment dat ze stond te wachten tot Sigmund om de auto was gelopen, keek ze de Wilhelmstrasse in. Slechts een paar deuren verder stond de Duitse kanselarij waar Hitler dag en nacht veilig verstopt zat met zijn sinistere beulen en ze vroeg zich onwillekeurig af wat voor duivelse plannen ze nu weer zaten uit te broeden. Ze voelde haar maag samentrekken bij de gedachte en er liep een rilling langs haar rug.
Toen stond Sigmund naast haar en keek haar glimlachend aan; ze probeerde te reageren, maar kwam niet verder dan een weifelende glimlach. Als hij dat al zag, liet hij het niet merken, hij nam haar ferm bij de elleboog en leidde haar door de enorme deuren waarboven in de koude wind de Engelse vlag wapperde.
Het zien van de rood-wit-blauwe vlag monterde haar op. Het was niet zomaar een lap gekleurde stof, maar een nationaal symbool van vrijheid, democratie en gerechtigheid.

Sir Nevile Henderson, de Britse ambassadeur in Berlijn, stond in de hal tussen de beide receptieruimten boven aan de brede trap zijn gasten bij aankomst te begroeten. Hij glimlachte zoals gewoonlijk, en hij was goedgehumeurd en charmant.
Sigmund en Ursula schoven langzaam achter de andere gasten aan, tot sir Nevile uiteindelijk haar hand schudde en haar warm welkom heette, voor hij zijn aandacht op Sigmund richtte. Ursula stond erbij te wachten. De twee mannen wisselden even een paar plezierige opmerkingen uit, en toen liepen zij en Sigmund verder en stevenden op een van de twee kamers af waar voor het diner de drankjes geserveerd werden.
De receptie was al in volle gang.
De kamer was barstensvol en er ging een bekoring uit van het gezelschap; er hing een gevoel van spanning en opwinding in de lucht zoals tegenwoordig meestal in Berlijn bij dit soort gelegenheden. En vooral bij de feesten in de buitenlandse ambassa-

des die meestal internationale gelegenheden waren en bevolkt werden door interessante personages.
Aan het plafond schitterden glinsterende kristallen kroonluchters en er stonden massa's bloemen langs de wanden die bijdroegen aan de feestelijke stemming, en in een hoek speelde zachtjes een klein strijkkwartet. Witgehandschoende kelners in jacquet gingen op lichte voeten door de menigte, deskundig balancerend met immense zilveren bladen vol glazen champagne of met een assortiment opgemaakte toastjes. En aan de muur, boven dit alles, hing het levensgrote olieverfportret van koning George VI, vorig jaar pas gekroond, die in de bres was gesprongen toen zijn zwakke en triviale broer Edward afstand had gedaan van de troon om te kunnen trouwen met mevrouw Simpson, een Amerikaanse avonturierster.
'Een flinke opkomst vanavond,' mompelde Sigmund in Ursula's oor toen hij haar het vertrek in leidde en tegelijkertijd om zich heen keek.
Er stond onmiddellijk een kelner met champagne voor hen. Sigmund bedankte hem, pakte twee glazen, gaf er een aan Ursula en toostte met zijn glas tegen het hare. Hij keek rond. 'Ik zie Irina niet, jij?'
Ursula volgde zijn blik, en overzag het gezelschap snel. 'Nee, ik ben bang van niet, Sigi. Misschien is ze in de andere ontvangstruimte. En je hebt gelijk, er zijn inderdaad veel mensen vanavond.'
Ze merkte op dat het corps diplomatique in groten getale aanwezig was, en ze zag diverse ambassadeurs die ze van gezicht kende, evenals de bekende gezichten van twee Britse buitenlandse correspondenten die met hun Amerikaanse collega William Shirer stonden te praten. In de menigte ontdekte ze bovendien ministers, officieren, hooggeplaatste nazi's, leden van de Duitse aristocratie en prominente Berlijners.
Er waren ook wat jongelui van verschillende nationaliteiten die in Berlijn woonden. Ze wist van Irina dat die populair waren bij de staf van de Britse en Franse ambassades omdat ze charmant en onderhoudend waren en er goed uitzagen, waardoor ze deze formele diplomatieke feestelijkheden wat fleur gaven. De meesten hadden een titel en er waren niet alleen Hongaren, Slaven, Litouwers, Oostenrijkers, Polen en Roemenen onder, maar ook

Witrussen zoals Irina. Met hun familie waren ze uit hun vaderland verdreven door de grillige veranderingen in politieke macht in een Europa waar zich verschuivingen voordeden, een Europa dat twintig jaar geleden meedogenloos was veranderd, eerst door de Russische revolutie en toen door het instorten van het Hongaars-Oostenrijkse keizerrijk.
Ursula liet haar ogen door het vertrek dwalen en het viel haar op hoe goed iedereen gekleed was. Elégance was die avond voorschrift, leek het wel. De heren in smoking of militair uniform, de dames uitgedost in hun mooiste kleren, van wie de meeste konden bogen op een zekere chic, een elegantie die frappant was. Een paar vrouwen die aan de arm hingen van een nazi zagen eruit of ze hier niet thuishoorden, protserig in opzichtige japonnen, bezaaid met lovertjes en glitter, hun handen, armen en hals overladen met sieraden die getuigden van slechte smaak.
Ze zag een bekend prachtig opgemaakt kapsel in de menigte, een pittig, lachend gezicht met dansende, helderblauwe ogen en een kleine hand die groetend wuifde.
Ursula's gezicht lichtte dadelijk op. 'Sigi, daar is Irina!'
'Ja, ik zag haar ook net. Ga mee, lieverd.'
Hij nam Ursula bij de arm en ze haastten zich naar hun vriendin. Irina kwam hen halverwege tegemoet in een zwartkanten japon die zo lang was als die van een ballerina en die om haar slanke enkels golfde, en even later kusten ze elkaar lachend ter begroeting.
Irina had een vrolijke, bruisende persoonlijkheid en zat vol *joie de vivre*, en het trof Ursula weer dat ze nauwelijks enige, misschien zelfs helemaal geen littekens had overgehouden aan de tragedie, de ontreddering en de beroering die haar buitengewone leven hadden gemarkeerd. Prinses Irina Troubetzkoy en haar moeder, prinses Natalie, waren Rusland ontvlucht nadat de bolsjewieken prins Igor Troubetzkoy in 1917, bij de val van de Romanov-autocratie, hadden vermoord. Irina was toen zes jaar, haar moeder vijfentwintig. De Troubetzkoys hadden als vluchtelingen in Litouwen, Polen en Silezië gewoond voor ze naar Berlijn kwamen, waar ze tien jaar geleden waren neergestreken en waar Ursula en Sigmund hen voor het eerst hadden ontmoet. Onlangs was prinses Natalie in het huwelijk getreden met een Pruisische baron, een weduwnaar, en voor het eerst in hun een-

entwintigjarige ballingschap hadden de twee vrouwen weer een echt thuis.
Irina, Sigmund en Ursula stonden te praten over haar moeder en de verandering ten goede die hun was overkomen, toen Irina begon te grinniken.
Sigmund staarde haar met een opgetrokken wenkbrauw aan en vroeg perplex: 'Wat is er? Heeft een van ons iets amusants gezegd?'
Irina schudde haar hoofd. 'Nee. Ik bedacht net dat mijn moeder door haar huwelijk met Herrn Baron nu een zeker aanzien heeft verworven.' Ze keek om zich heen en zei toen wat zachter: 'Tenminste wat de nazi's betreft. Wat belachelijk als je bedenkt dat ze altijd een oprechte vrouw is geweest, onberispelijk kuis van aard en van onbesproken gedrag, nog afgezien van het feit dat ze van koninklijken bloede is en een nicht van wijlen de tsaar.' Irina boog zich naar hen toe en zei vertrouwelijk: 'Trouwens, Goebbels heeft ons buitenlandse ballingen net van een aardig etiket voorzien. *Internationaal uitschot* noemt hij ons.'
'O ja, doctor Goebbels...' begon Sigmund en slikte de rest van zijn zin in.
Een paar SS-officieren, karakteristiek voor hun soort, met kille gezichten, kortgeknipt blond haar en kaarsrechte ruggen, kwamen voor hen tot stilstand. Ze klikten hun hakken tegen elkaar, bogen overdreven en vestigden hun doordringende blik op Irina. Ze lachten haar allebei toe en een van hen zei: '*Guten Abend, Prinzessin.*'
'Goedenavond,' groette Irina beleefd terug, en ze toverde zelfs een glimlach te voorschijn. Maar haar ogen die de kleur van viooltjes hadden, werden bijna zwart en stonden ijskoud.
De officieren knikten hoffelijk en liepen verder, precies in de maat als zorgvuldig geprogrammeerde robots.
'En dat is *nazi-uitschot*,' fluisterde Irina. 'Een paar van Heydrichs gangsters. Ik had ze het liefst in hun gezicht gespuugd.'
Ursula legde een kalmerende hand op haar arm en mompelde zachtjes: 'Wees alsjeblieft voorzichtig met wat je zegt, Irina, je weet nooit wie er meeluistert.'
'Ja, er zitten overal verklikkers,' mompelde ze instemmend. 'Je weet tegenwoordig niet meer wie je kunt vertrouwen.' Irina sprak nu zo zachtjes dat de Westheims dichter bij haar moesten

komen om haar te kunnen verstaan toen ze eraan toevoegde: 'Maar een smerig regime als dat van hen heeft verklikkers nodig om te kunnen functioneren, om succes te hebben.'
Renata von Tiegal, die vanuit de deuropening de ontvangstruimte had staan afspeuren, zag hen staan en kwam snel naar hen toe. Ze zag er altijd indrukwekkend uit en vanavond meer dan ooit in een scharlakenrode zijden japon, waarvan de heldere kleur prachtig contrasteerde met haar gitzwarte haar en haar blanke huid.
'Hallo!' riep ze. 'Ik zocht jullie al. Hoe gaat het met iedereen?' Haar donkere ogen en brede glimlach straalden genegenheid uit.
'Met ons gaat het prima,' antwoordde Sigmund voor alle drie. 'Je ziet er vanavond schitterend uit, liefje.'
'O, dank je, Sigi,' zei ze.
Ursula stak haar arm door die van Renata en vroeg: 'En waar is Reinhard?'
'In de andere ontvangstruimte.' Renata keek snel om zich heen en vestigde haar blik toen weer op haar vrienden. 'Het ziet er vanavond uit als een gelukkig gezelschap.'
'Maar iederéén is toch gelukkig in Berlijn,' zei Irina heel, heel zachtjes, met een stem waar het sarcasme afdroop. 'Ze zijn buitengewoon opgelucht dat Hitler een oorlog heeft weten af te wenden toen hij in september in München dat verdrag sloot met de Britse en de Franse premier.'
'De Berlijners zitten met hun kop in het zand,' antwoordde Renata en trok een lang gezicht. 'Hoe kan iemand nu denken dat dat weerzinwekkende mannetje een oorlog heeft voorkomen?' vroeg ze op nog zachtere toon, met minachting in haar stem. Toen Irina stil bleef, wendde ze zich tot Sigi. 'Geloof jij het?'
'Ik hoop tegen beter weten in,' antwoordde Sigi.
Irina keek over haar schouder om er zeker van te zijn dat niemand hun gesprek afluisterde, zag dat ze helemaal alleen stonden en merkte kalm op: 'Hitler mag Chamberlain en Daladier dan hebben beetgenomen en hen hebben wijsgemaakt dat hij net als zij vrede wil, maar mijn moeder en mij heeft hij niet overtuigd, en de baron ook niet. Helmut denkt dat hij van plan is om het 't volgend jaar tegen de westerse democratieën op te nemen.'
Renata zei: 'Ik denk dat je stiefvader niet ver van de waarheid zit.'

'Ik hoop dat Helmut ongelijk heeft.' Sigmunds stem klonk net zo somber als zijn gezicht eruitzag.
Renata stond haar hoofd te schudden. 'Ik huiver bij de gedachte aan de arme Tsjechoslowaken. Toen Hitler vorige maand Sudetenland binnenviel, betekende dat voor hen het einde.'
'Alsjeblieft, laten we het vanavond niet over politiek hebben,' fluisterde Ursula. 'Zelfs niet hier in de betrekkelijke veiligheid van de Britse ambassade. Dat maakt me nerveus.'
'Je hebt absoluut gelijk,' stemde Sigmund in. 'Dat is tegenwoordig trouwens overal een gevaarlijk spelletje.' Uit een ooghoek zag hij de Von Wittingens die net waren aangekomen, en omdat hij dit gesprek wilde beëindigen en ook omdat hij een smoes nodig had om een ogenblikje alleen met Irina te praten, zei hij: 'Kom mee, Irina, liefje, laten we even met Kurt en Arabella gaan praten en kijken of er ergens nog wat champagne te vinden is.'
Irina knikte instemmend, en ze verontschuldigden zich en drentelden weg in de richting van de prins en de prinses.
Samen achtergebleven stond Renata met een lichte frons op haar gezicht tegenover Ursula. 'Voel je je wel goed, Ursi?' vroeg ze, en keek haar vriendin onderzoekend aan. 'Je ziet zo bleek vanavond.'
Ursula was even stil, toen keek ze Renata recht in het gezicht, en omdat ze plotseling haar gemoed wilde luchten, gaf ze toe: 'Ik ben voortdurend verlamd van angst, Ren. Het is ook zo afschuwelijk. En zo slopend. Hoewel ik mezelf wanhopig onder controle probeer te krijgen, zit ik steeds vol bange voorgevoelens.'
Op Renata's gezicht stonden sympathie en begrip te lezen. 'Dat hebben we allemaal, en met reden. We zijn in handen van misdadigers. We moeten onder ogen zien dat de Duitse regering wordt aangevoerd door een troep gangsters.'
'Niet zo luid,' waarschuwde Ursula fluisterend, 'de Gestapo is overal. Zelfs op dit feest, denk ik.'
'Ja, je hebt waarschijnlijk gelijk,' antwoordde Renata mat op eenzelfde fluistertoon.
Automatisch schoven ze allebei verder de hoek in, en Renata staarde Ursula met wanhoop in haar blik aan en slaakte een vermoeide zucht. 'Ik vraag me af waarom we eigenlijk de moeite hebben genomen hier vanavond naar toe te komen, terwijl we

wisten dat het hier vol zou zitten met die lui en de ss en god weet wie nog meer?'
'Ik denk om bij elkaar te zijn in een vriendschappelijke sfeer in een bevriende ambassade waar nog een paar beschaafde mensen zijn om een gesprek mee te voeren en om samen een prettige avond door te brengen,' prevelde Ursula en gaf haar vriendin een geruststellend kneepje in de arm.
'Hallo, jullie tweeën,' zei een hese, zeer gecultiveerde, erg Engelse stem, en in de wetenschap dat Arabella von Wittingen achter hen stond, draaiden ze zich om en begroetten haar hartelijk.
Ze was een Engelse aristocrate, de vroegere lady Arabella Cunningham en de zuster van de graaf van Langley. Arabella was lang en slank en ze zag er die avond elegant uit in een diner-ensemble van flessegroen brokaat dat bestond uit een lange rok en een getailleerd jasje. Ze had lichtblauwe ogen en een huid zo zacht als een perzik.
Ze had een onverschillige manier van doen, en haar mooie mond vertrok van plezier toen ze zei: 'Ik kan mijn ogen nauwelijks geloven! Een lid van de staf hier moet lichtelijk geschift zijn geworden! Wie ze allemaal niet uitgenodigd hebben! Er zijn hier vanavond een paar van de markantste dames uit Berlijn, om nog maar niet te spreken van die schatjes daar, die zich helemaal over die nazi-officieren heen gedrapeerd hebben.' Ze lachte luidruchtig. 'Die drie zien eruit alsof ze zo bij Madam Kitty vandaan komen,' ging ze verder, met een toespeling op het beroemdste bordeel van Berlijn. 'Uit verschillende bedden bij Madam Kitty vandaan, had ik moeten zeggen,' voegde ze er bij nader inzien aan toe, en lachte weer.
Renata lachte ook. 'Je bent gemeen.'
Ursula grinnikte mee en riep zachtjes uit: 'En jij bent nog net zo oneerbiedig en afschuwelijk eerlijk als altijd, maar daarom houden we ook zo van je, Belle, lieverd.'
Ursula sprak de waarheid.
Deze drie vrouwen hielden inderdaad van elkaar; ze waren al achttien jaar hartsvriendinnen. Ze hadden elkaar in 1920 ontmoet toen ze zestien waren en op Roedean zaten, de beroemde Engelse school voor meisjes in de buurt van Brighton. In de twee jaar dat ze die school bezochten, werden ze beschouwd als een indrukwekkend trio – intelligent, zelfverzekerd, zelfbewust,

onafhankelijk en bij tijden opstandig. Toen ze van school waren, had hun vriendschap standgehouden. Renata en Ursula hadden vaak bij Arabella op Langley Castle in Yorkshire, het familielandgoed, gelogeerd, en Arabella was verscheidene keren naar Berlijn gereisd om de beide anderen te bezoeken. In 1923 waren zij en Renata bruidsmeisje bij Ursula's huwelijk met Sigmund geweest. Na de trouwerij was Arabella met Renata meegegaan voor een verblijf in het huis van Renata's verloofde, graaf Reinhard von Tiegal, in zijn Schloss aan de rand van de bossen van de Spree in de Mark Brandenburg, een gebied buiten Berlijn. Daar had ze prins Rudolf Kurt von Wittingen ontmoet, en ze waren verliefd op elkaar geworden. Een jaar later waren ze getrouwd, waarna Arabella voorgoed in Berlijn was komen wonen. De vriendschap tussen de drie vrouwen had zich verdiept en sinds die tijd waren ze weer net zo onafscheidelijk als in hun tienertijd in Engeland.

Hun onbedaarlijk gelach brak de spanning die Ursula en Renata even tevoren hadden gevoeld, voor Arabella's aankomst. Nu gebaarde Renata naar een kelner. 'Laten we nog een glas champagne nemen,' stelde ze haar dierbaarste vriendinnen voor, met een gezicht dat behoorlijk opgeklaard was.

'Dat is een goed idee,' zei Ursula, en toen ze een glas champagne had gepakt, ging ze verder: 'Het is eeuwen geleden dat we weer eens rustig bij elkaar zijn geweest zonder de kinderen. Waarom gaan we daar niet even zitten praten?'

'Prima idee,' zei Arabella en Renata was het met haar eens. Ze slenterden naar een paar stoelen bij het raam, waar ze het zich gemakkelijk maakten en begonnen over minder belangrijke zaken te praten. Ze wilden alle drie wanhopig graag hun leven weer een ogenblik iets gewoons geven in deze zeer ongewone tijden; ze zochten troost bij elkaar en door hun samenzijn hadden ze weer even een gevoel van veiligheid.

Daar bleven ze zitten tot hun echtgenoten hen kwamen halen voor het diner. En later waren ze het erover eens dat dit korte intermezzo voor hen het beste deel van de avond op de Britse ambassade was geweest.

8

'Ik ben blij dat je tegen Henrietta hebt gezegd dat we weg moesten,' zei Theodora Stein en keek naar haar vriend Willy Herzog die aan de andere kant van de kleine hal zijn jas aantrok. 'Ik moet morgen vroeg op.' Ze trok een lelijk gezicht bij de gedachte alleen al.

Willy knikte en stak zijn hand uit naar zijn hoed. 'We zullen maar een paar uur kunnen slapen, dat is zo, want ik moet ook vroeg op. Het was een enig feest en ik vond het erg leuk, maar het gaat een beetje te lang door.'

'Ja, dat vind ik ook, Willy.'

Theodora keek naar de deur van de woonkamer waarachter diverse geluiden te horen waren – uitgelaten vrolijke stemmen, gelach en grammofoonmuziek. Ze haalde haar schouders op. 'Nou ja, hoe vaak wordt iemand eenentwintig, Willy?' Omdat dit een retorische vraag was, verwachtte ze geen antwoord, en ze ging snel door: 'Ik denk dat Henrietta zoveel mogelijk van deze bijzondere verjaardag wilde maken. En ik kan het haar niet kwalijk nemen. Ik weet wel dat ìk dat ook wil als ik eenentwintig word. Dan ga ik ook een geweldig feest geven.'

Willy grijnsde. 'Word ik ook uitgenodigd?'

'*Als* je nog in de buurt bent, Willy Herzog. *Als* je nog niet naar Amerika bent vertrokken, waarmee je steeds dreigt,' kaatste ze met een flirtende blik terug. 'Ben je nog steeds van plan om naar je oom Nathan in Brooklyn te gaan, om voor tandarts te gaan studeren?'

'Dòkter,' verbeterde hij. Hij fronste. 'Het zit hem in het krijgen van een Amerikaans visum, Theodora. Daar is vreselijk moeilijk aan te komen, ik geloof dat ik je dat al eens heb verteld. In ieder geval heeft mijn vader een vriend in Frankfurt die weer een vriend heeft die iemand kent op het consulaat die ons misschíen kan helpen. Als we genoeg betalen. Daarom is mijn vader gisteren naar Frankfurt gegaan, om te proberen die man om te kopen en de drie visa los te krijgen die we nodig hebben. Voor hemzelf, voor mijn zus Clara en voor mij.'

Willy schraapte zijn keel. 'Ik wil graag naar Amerika... heus wel... maar...' Hij aarzelde en schraapte zijn keel nog eens, terwijl hij naar de grond keek en zijn schoenen bestudeerde. Toen

hij weer opkeek, vestigde hij zijn zachte, lichtbruine ogen op Theodora. 'Ik wil niet bij jóu weg,' kondigde hij aan. Hij was er zelf verbaasd over en zij keek geschrokken. Zo, nou weet je het, dacht hij. Hij had het eindelijk gezegd, hij had eindelijk de moed gevonden haar te vertellen waar hij al weken over liep te piekeren. Er ging een gevoel van opluchting door hem heen en hij keek Theodora liefdevol aan.
Verdoofd en niet in staat ook maar iets te zeggen, staarde ze hem aan, haar gezicht een en al verbazing.
Willy smeet zijn hoed neer, vloog de hal door naar haar toe, trok haar in zijn armen en drukte haar stevig tegen zich aan. 'Ik houd van je, Teddy,' zei hij tegen haar kruin en kuste haar zijdezachte blonde haar. 'Echt, ik houd van je.'
'O... O... Vraag je me ten huwelijk?'
Er viel een korte stilte.
Toen zei hij: 'Of ik met je wil trouwen? Ja... ja... en nog eens ja, ik vraag je ten huwelijk.'
'*O Willy!* Ik weet niet wat ik zeggen moet, ik ben pas negentien en jij ook. We zijn nog zo jong en...'
'Hou je dan niet van me?'
Nu wist Theodora even niet wat ze moest zeggen.
Ze vroeg zich af of ze echt van hem hield. Ze wist het niet zeker. Misschien wel. Hij was knap om te zien en rustig en vlijtig, hij wilde echt medicijnen gaan studeren en hij had heel goede manieren. Mevrouw Mandelbaum, Henrietta's moeder, zei altijd dat Willy een echt *Mensch* was. En dat was hij ook, hij was een *haimisher Mensch*, zo gemakkelijk in de omgang, zo gezellig. Ja, Willy was een goed mens, hij ging regelmatig naar de *sjoel*, en in het jaar dat ze hem nu kende had hij nooit iets gedaan dat haar van streek had gemaakt, had hij nooit iets verkeerds gezegd. Maar tróuwen? Daar had ze nog niet aan gedacht. Maar ze had het slechter kunnen treffen, veel slechter. Bovendien vond ze het niet erg als hij haar kuste. Ze vond het eigenlijk wel prettig. Hij had zachte, warme lippen en een zoete adem en hij rook altijd fris en schoon, naar zeep en eau de cologne. En hij gedroeg zich hoffelijk, probeerde haar nooit tot iets te dwingen of haar iets verkeerds te laten doen. Als hij haar kuste, kreeg ze altijd zo'n vreemd gevoel van binnen, dan begon haar hart te bonzen, en werd ze helemaal warm en opgewonden. Ja, Willy was

heel bijzonder nu ze er goed over nadacht. Ze wilde hem niet kwijt. En plotseling wist ze dat ze nooit iemand zou vinden die beter was dan Willy.
Ze zei langzaam: 'Ik dènk dat ik van je hou, Willy.' Ze weifelde even, toen zei ze met overtuiging: 'Ja, ik hou van je.'
'O Teddy! Wat maak je me gelukkig! En wil je met me trouwen?'
Ze aarzelde nog heel even voor ze toestemde. 'Ja, Willy Herzog, dat wil ik wel.'
Met zijn hand onder haar kin tilde hij haar hartvormige gezichtje naar het zijne, kuste haar bekoorlijke wipneusje, haar oogleden en ten slotte haar frisse mond. Ze hielden de kus zo lang mogelijk vol in een stevige omarming tot ze hem moesten afbreken om op adem te komen.
Willy hield haar hoofd stevig tegen zijn schouder aan en streelde haar haar. Zich één voelend rekten ze hun omhelzing nog even. Ze wisten dat ze over en weer een verbintenis hadden aangegaan en dat het een belangrijk moment was, heel gewichtig en kostbaar voor hen beiden, en wilden dat nog even vasthouden.
Eindelijk duwde Theodora Willy zachtjes van zich af en maakte zich los uit zijn omhelzing. 'Kijk eens op de klok, Willy, het is bijna middernacht. We moeten weg. Ik zal nauwelijks nog een oog dicht kunnen doen voor ik weer op moet om voor Maxim te zorgen. Die kleine wordt altijd zo vroeg wakker.'
'Ja, we kunnen maar beter gaan. Kom mee.'
'Laat me even mijn muts opzetten. Het is koud vannacht, en achter op je motorfiets is het nog kouder.'
Theodora pakte haar groen met blauwe Schotse baret van de kapstok, bekeek zichzelf in de Biedermeier-spiegel terwijl ze hem opzette en knoopte toen de bijpassende sjaal om. Ze viste uit allebei de zakken van haar marineblauwe winterjas een wollen handschoen en zei: 'Klaar.'
Ze verlieten het appartement van de Mandelbaums en Willy trok de deur achter hen dicht; op de overloop pakte hij Theodora bij haar schouder en draaide haar zachtjes met haar gezicht naar zich toe. 'Dus we hebben een afspraak, Theodora? Wil je echt met me onder de *chuppa* staan en mijn vrouw worden?'
Ze knikte plechtig en haar gezicht stond ernstig, maar haar lichtgroene ogen glansden en tintelden van geluk. 'Ja, Willy. Já op

allebei je vragen en ik zal aan tante Ketti schrijven om het haar te vertellen. Als mijn enige nog in leven zijnde familielid zal ze willen weten dat ik... verloofd ben... ga trouwen.'

'Zo is dat. En ik zal het mijn vader vertellen als hij uit Frankfurt terugkomt, en ik zal hem ook zeggen dat ik niet naar Amerika kan. Niet zonder jou. We zullen moeten zorgen dat je een visum krijgt, Teddy. Ik zal in Berlijn blijven tot we allebei naar Brooklyn, naar mijn oom Nathan kunnen.'

Ze knikte glimlachend en pakte zijn hand en samen liepen ze de steile trap af en de vestibule van het flatgebouw door.

Toen Willy de buitendeur opende, verstijfde Theodora terwijl ze stond te luisteren en greep hem bij de arm. 'Hoor eens! Is dat geen brekend glas dat ik hoor?'

'Je hebt gelijk. Ik hoop dat het geen inbreker is die meneer Mandelbaums juwelierswinkel probeert binnen te komen. Ik kan maar beter even gaan kijken. Blijf hier.'

'Nee, niet doen Willy! Dat is gevaarlijk!' riep ze.

Maar hij schonk geen aandacht aan haar waarschuwing en haastte zich de smalle straat in, waar hij onmiddellijk in botsing kwam met een SA'er die voor het huis omhoog stond te kijken.

De man greep Willy bij zijn schouder en sleurde hem opzij: 'Hé, jij! Kun je niet uitkijken? Kijk toch uit je doppen, sukkel!'

'Neem me niet kwalijk, meneer,' zei Willy beleefd en probeerde uit de greep van de man los te komen, maar dat lukte hem niet. 'Wilt u me loslaten?'

Op dit verzoek greep de man hem nog steviger vast en tuurde naar Willy in het zwakke licht dat uit de vestibule door het raam boven de deur naar buiten viel. 'Waarom zou ik je laten gaan? Misschien ben je wel een jood. *Is* dit soms een joods huis? Bèn je een jood?'

Theodora die in groeiende paniek achter de deur had staan luisteren, kon zich niet langer beheersen. Ze rende naar buiten voor Willy een kans had om antwoord te geven – en misschien onbewust iets totaal verkeerds zou zeggen.

'Laat hem los!' schreeuwde ze, terwijl ze vlak voor de SA'er bleef staan. 'Laat hem onmiddellijk los!' herhaalde ze op schelle, hoge toon. 'We hebben niets gedaan.'

'Wel als jullie joden zijn. Zijn jullie van die vuile rotjoden?' Hij

grijnsde sarcastisch en verdraaide Willy's schouder zo dat Theodora ineenkromp en haar adem stokte.
Willy onderging het gelaten. Hij zette zijn tanden op elkaar en gaf geen kik, ondanks de scherpe pijn.
'Kom op, geef het nou maar toe,' snauwde de SA'er, 'dit ìs een joods huis en jullie zijn allebei joden.'
'We zijn geen joden! Hoe kunt u dat zeggen!' riep Theodora uit. En met een formidabele arrogantie richtte ze zich in haar volle lengte van één meter vijfenzestig op en keek hem dreigend aan. Ze gedroeg zich onverschrokken en ze overbluft hem hondsbrutaal.
'Mijn naam is Theodora Marie-Theresa Schmidt en dit is Wilhelm Braun en we zijn beiden goed katholiek en goede Duitsers.' Ze slikte even en haalde diep adem. 'En goede nazi's, ja, dat zijn we ook. *Heil Hitler!*' Ze stak haar arm recht vooruit in de nazi-groet. '*Heil Hitler!* Lang leve onze luisterrijke Führer! Lang leve het Derde Rijk!' Ze groette nog eens.
De SA'er stond haar stomverbaasd aan te gapen.
En dat gold ook voor Willy. Toen ze de straat was opgerend, had hij zijn hart vastgehouden en was hij doodsbang geweest, meer voor haar dan voor zichzelf. Maar nu wist hij dat het haar zou lukken, dank zij haar brutaliteit, haar agressie en haar onbeschaamdheid. Hij zal haar geloven, dacht Willy, omdat hij zeker weet dat geen enkele jood een dergelijke confrontatie aandurft of tegen een SA'er tekeer durft te gaan zoals zij dat doet. Haar woede en arrogantie waren perfect gespeeld, en ze sprak met zoveel overtuiging dat niemand eraan zou twijfelen dat ze de waarheid sprak. Ze gaf een schitterend stukje toneelspel weg. Willy stond er versteld van, en ook van haar dapperheid.
Theodora stond nog steeds tegen de man tekeer te gaan. 'Je hebt toch een zaklamp,' schreeuwde ze. 'Schijn die dan eens in ons gezicht, doe dat eens bij Willy. Vooruit, toe dan! Dan zul je zien dat hij geen jood is!' Voor de man haar kon tegenhouden, boog ze zich voorover en griste hem de zaklamp uit zijn hand, deed die aan en richtte hem op Willy.
Willy hield zijn adem in, verstijfd van angst voor haar, voor hen beiden.
'Zet je hoed af, Willy!' Ze sprak zo autoritair dat hij deed wat ze zei en met zijn vrije hand zijn hoed afzette, maar intussen deed hij wel een schietgebedje.

‘Kijk dan!’ beval ze de SA’er. ‘Kíjk dan naar hem! Willy heeft rossig haar en meer sproeten dan je ooit van je leven hebt gezien, en lichtbruine ogen. Is dat een joods gezicht? Nee, dat is een Arisch gezicht.’
Dramatisch richtte ze de zaklamp op zichzelf.
‘En kijk eens naar mij. Ik ben het perfect Noordeuropese type.’
Ze trok haar lange haar over haar schouder. ‘Zie je, ik heb blond haar en groene ogen en een roze huid. Zie ik er semitisch uit? Natúúrlijk niet, omdat ik dat niet ben.’
Eindelijk had de SA’er zijn stem terug. ‘Schijn kan bedriegen,’ snauwde hij. Maar toch scheen hij wat van zijn wreedheid en poeha kwijt te zijn en hij leek onzeker onder haar woede en de stortvloed van woorden die op zo’n arrogante en zelfverzekerde toon werden uitgesproken. Maar hij liet Willy niet los, hij verstevigde zijn greep zelfs.
Theodora kwam dichterbij en zei op ijzige toon: ‘Het is waar wat je zegt. Schijn kan bedriegen. En misschien ben jíj wel niet wat je zegt te zijn. Ik zei net *Heil Hitler*. Waarom beantwoordde je die groet niet zoals het hoort? Ik hoop voor jou dat je een trouw partijlid bent.’ Ze trok trots haar schouders naar achteren, gooide haar hoofd in haar nek en zei op nog arrogantere toon: ‘Mijn vader is SS-Gruppenführer Schmidt. Hij is een goede vriend van Reichsführer Himmler. Hij kent hem heel goed.’ En terwijl ze al haar moed verzamelde, zwaaide ze de zaklamp voor de neus van de verbaasde SA’er heen en weer en staarde hem aan alsof ze zijn gezicht goed in haar geheugen wilde prenten. ‘Hoe heet je, korporaal?’ vroeg ze, terwijl ze haar ogen half dichtkneep.
De SA’er reageerde zoals ze had verwacht en duwde woedend haar arm weg. ‘Haal dat licht uit mijn ogen!’ schreeuwde hij en boog zich naar haar toe, terwijl hij haar ruw de zaklamp uit handen griste.
Totaal niet van haar stuk gebracht, zei Theodora: ‘Heb je me gehoord, korporaal? Mijn vader is een vriend van *Himmler* en hij is een hoge piet in de SS. Hij zal het niet leuk vinden als hij hoort dat we op deze manier door jou zijn vastgehouden. Ik vroeg je je naam, korporaal. Dus hoe heet je?’
Het was duidelijk dat de SA’er heilig geloofde wat Theodora zei, en toen ze weer over Himmler begon, die het hoofd van de SS

was, leek hem dat schrik aan te jagen en tot actie aan te sporen. Hij liet Willy abrupt los.
Theodora pakte meteen Willy's arm en trok hem dicht naar zich toe. 'Kom, ga mee,' zei ze.
'Ja, jullie kunnen beter ophoepelen,' riep de SA'er schril, en hij deed een stap terug. 'Vooruit, ga naar huis! Er staat heel wat te gebeuren. Dadelijk is het niet veilig meer op straat. Vannacht gaan we achter de joden aan.' Hij lachte schor en sloeg met zijn hand op zijn dijbeen, alsof het een geweldige mop was. Zonder nog iets te zeggen of naar hen te kijken draaide hij zich onverschillig om, liep de smalle straat uit en liet het licht van zijn zaklamp over andere etalages spelen.
Willy snakte naar adem: 'Kijk eens wat hij met de winkelruit van meneer Mandelbaum heeft gedaan...'
'Schiet op, Willy! Schiet òp!' siste Theodora terwijl ze Willy's hand greep, zich omdraaide en hem meetrok, en samen renden ze de andere kant op, weg van het appartementengebouw en de juwelierswinkel van Mandelbaum, de Kurfürstendamm op.
Toen ze daar aankwamen, zagen ze direct dat er overal geplunderd werd, en dus renden ze zo snel mogelijk door, hun voeten dreunend op de stoep, tot ze bij de lantarenpaal kwamen waar Willy eerder die avond zijn motorfiets had neergezet. Ze waren blij en opgelucht dat hij er nog net zo bij stond, maar ze wisten dat ze er maar net op tijd bij waren. Ze stapten op en gingen buiten adem op het zadel zitten.
'Hou je goed vast!' beval Willy en ze sloeg haar armen om zijn middel toen de motor vooruitsprong en met razende snelheid de Kurfürstendamm afscheurde.
Langs de volle lengte van de brede laan met aan weerszijden winkels, cafés en appartementengebouwen, kwamen bestelwagens en vrachtwagens tot stilstand. Aan alle kanten sprongen SA'ers, herriemakers en relschoppers eruit te voorschijn, die dreigend met bijlen, geweren, knuppels en wapenstokken zwaaiden. Als overspannen maniakken renden ze alle kanten op, sloegen de etalages van joodse winkels in, gooiden de inhoud op straat, vernielden de voorgevels van cafés en hakten in op de deuren van appartementengebouwen. Door het oorverdovende lawaai van brekend glas heen waren de geluiden van versplinterend hout en de bloedstollende triomfkreten van de razende,

door SA'ers geleide bende te horen.
Theodora zat te beven. Ze klemde zich zo stevig mogelijk aan Willy vast en schreeuwde in zijn oor: 'Snèller! Snèller! We moeten hier weg!'
Hij gaf geen antwoord, maar schoot met gierende banden weg en even later lieten ze de Kurfürstendamm achter zich. Willy reed naar de Stülerstrasse die uitkwam op de Tiergartenstrasse, waar het huis van de Westheims stond. Daar werkte en woonde Theodora; ze was het kindermeisje van kleine Maxim.
Ze reden nu door de Fasanenstrasse.
Vlak voor hen stond de prachtige, oude grote synagoge, en toen ze dichterbij kwamen, werden ze vervuld van afgrijzen. Relschoppers en SA'ers waren het gebouw volledig aan het slopen: ze sloegen alle ramen in en staken het met vlammende fakkels in brand.
Willy verhoogde zijn snelheid aanzienlijk, hoe gevaarlijk dat ook was, en schoot vooruit, door de verwarring heen en weg van dit tafereel van gewelddadige, algehele verwoesting. Maar niet nadat ze de torarollen en de ark des verbonds tussen het puin op straat hadden zien liggen, met daarnaast gescheurde gebedenboeken en sjaals die allemaal werden vertrapt door de wilde bende die hysterisch stond te gillen van het lachen en die over en weer schunnige opmerkingen over joden riep.
'Het is niet te geloven dat ze de synagoge in brand steken,' huilde Theodora in Willy's oor en drukte snikkend haar gezicht tegen zijn jas.
Willy wilde wanhopig graag stoppen om haar te troosten, maar hij durfde niet, niet voor ze deze wijk uit waren en een veiliger deel van Berlijn hadden bereikt. Meedogenloos dreef hij de motorfiets tot het uiterste en ten slotte stak hij de Kantstrasse over en scheurde door de Budapesterstrasse, een lange, bochtige laan die direct op de Stülerstrasse uitkwam. Tot zijn grote opluchting zag hij dat deze straat rustig was, zelfs volkomen verlaten toen hij er inreed; het was er zo vredig dat hij zich wel op een andere planeet had kunnen bevinden. Dus nam hij snelheid terug en toen hij uiteindelijk volkomen stilstond, zette hij de motor aan de kant van de weg in de schaduw van een paar bomen en sprong eraf.
Theodora zat nog te huilen en haar hoofd heen en weer te schud-

den, haar handen tegen haar betraande ogen gedrukt. 'God vergeve me! God vergeve me dat ik mijn erfgoed verloochend heb, dat ik mezelf verloochend heb en alles wat ik ben!'
Willy drukte haar tegen zich aan en ze snikte hartverscheurend in zijn armen, stevig tegen hem aangeklemd. Hij streelde haar rug in een poging haar te kalmeren.
Ten slotte zei hij met grote tederheid: 'God zal het je vergeven, dat weet ik zeker. Je hebt ons immers gered door je snelle optreden en je brutaliteit. Je hebt een goede joodse kop op je schouders, Teddy. En *gotspe*. Een boel *gotspe*. Dat was onze redding.'
'Maar ik had niet mogen ontkennen dat we joden zijn,' jammerde ze. 'Dat was verkeerd, Willy.'
'Het was onze redding. En dat is het enige dat telt.'
Ze boog zich wat van hem af, keek op naar zijn ernstige gezicht en vroeg huilend: 'Waarom, Willy? Waaròm? Waarom doen ze dat? En waarom steken ze de synagoge in brand?'
Hij was even stil, toen zei hij met een stem vol pijn: 'De nazi's hebben vooroordeel omgezet in haat, en vanavond waren we getuige van een uitzinnige nazi-hetze tegen ons en onze huizen, onze zaken en onze godshuizen. Ze verbranden, vernielen en onteren alles wat aan joden toebehoort omdat ze ons haten met een vreselijke, verschrikkelijke wraakzucht.'
'O, Willy.'
Hij drukte haar weer dicht tegen zich aan, zodat ze de tranen die plotseling in zijn ogen kwamen niet zou zien.
Theodora probeerde haar snikken te bedwingen, hijgend en bevend. Even later was ze wat rustiger, beheerster. 'Willy?'
'Ja, Teddy?'
'Ze willen ons allemaal vermoorden,' fluisterde ze tegen zijn schouder.
Hij gaf geen antwoord. Hij wist dat ze gelijk had. En hij was bang.

9

Theodora voelde zich heel wat veiliger toen ze eenmaal in het huis van de Westheims aan de Tiergartenstrasse stond.
Ze deed de deur achter zich op slot en op de knip en leunde er

een ogenblik tegenaan in een poging tot zichzelf te komen. Ze stond niet meer zo onbeheerst te snikken en de tranen op haar gezicht waren opgedroogd, maar ze was nog wel vreselijk angstig en in de war. Het geweld buiten waar ze zojuist getuige van was geweest, en de heftigheid van de aanval op de synagoge, stonden onuitwisbaar in haar geheugen gegrift. En net als Willy was ze bang.

Ze zuchtte een paar keer diep om tot rust te komen en liep toen snel de zwart-wit marmeren hal door, waar het metalige geklik van haar hakken op de marmeren vloer het enige geluid in het grote stille huis was. Iedereen lag kennelijk al in bed, niets vermoedend van de ongeregeldheden buiten. De oproerige menigte was weggebleven uit deze exclusieve villawijk die voor het grootste deel door vermogende, niet-joodse gezinnen werd bewoond, en de aanval had zich kennelijk op de wijk rond de Kurfürstendamm geconcentreerd, voor zover zij wist tenminste.

Op een kastje naast de gobelin was een antiek porseleinen lampje voor haar aangelaten, ongetwijfeld door Frau Westheim toen ze van het diner in de Britse ambassade kwam. Het verlichtte haar weg naar boven.

Toen ze de overloop boven aan de trap bereikte, deed ze het licht aan en liep de lange gang door. Ze stopte voor Maxims deur, stond even te luisteren, deed hem toen voorzichtig open en gluurde naar binnen.

Het kleine nachtlampje op het nachtkastje verspreidde een vaag licht en het deed haar goed te zien dat het kind zo vredig lag te slapen. Toen ze de deur zachtjes had dichtgedaan om hem niet wakker te maken draaide ze zich om, en in plaats van naar haar eigen kamer te gaan die naast die van Maxim lag, liep ze naar de slaapkamer van zijn ouders. Ze klopte zachtjes aan.

Ze wachtte even en wilde net nog eens kloppen toen de deur werd geopend door Sigmund, die een pyjama en een donkere zijden kamerjas aan had.

Verbaasd dat zij het was en niet een van de bedienden staarde hij haar fronsend aan. 'Theodora! Wat is er? Wat is er aan de hand? Je ziet zo wit als een doek.' Hij tuurde haar bezorgd aan in de slechtverlichte gang.

Hij wilde nog iets anders zeggen toen Theodora een vinger op haar lippen legde, haar hoofd schudde en in de richting van

Maxims kamer keek. 'Ssst,' fluisterde ze, 'anders wordt Maxim wakker.'
Sigmund knikte begrijpend, deed de deur verder open en liet haar binnen.
Ursula was uit bed gekomen en stond een peignoir aan te trekken; haar blauwe ogen stonden ongerust.
Toen ze Theodora's witte gezichtje en de schrik in haar ogen zag, sloeg het verdriet van het meisje meteen op haar over. 'Teddy, wat is er aan de hand? Hé, je hebt gehuild. Waar ben je zo van in de war?'
Theodora stond midden in de schitterende slaapkamer met de groenzijden wanden en de vele prachtige snuisterijen en fantastische kunstwerken, en ze vroeg zich af waar ze moest beginnen, hoe ze deze beschaafde en aristocratische mensen moest vertellen over het afgrijselijke geweld en de vernieling waar ze zojuist midden in de stad getuige van was geweest. Een ogenblik kon ze geen woorden vinden.
Met trillende mond staarde ze Ursula aan.
Ursula keek strak in de starende ogen van het meisje, met een verwonderde blik en een bezorgde uitdrukking op haar gezicht. Theodora was haar pupil; ze had haar drie jaar geleden in huis genomen na de dood van Frau Rosa Stein, Teddy's moeder en de weduwe van dokter Johann Stein. Tot zijn dood in 1933 was de dokter jarenlang de toegewijde huisarts van de Westheims geweest. Toen Teddy op zestienjarige leeftijd bij hen in huis was gekomen, had Ursula daarmee de belofte ingelost die ze Teddy's moeder op haar sterfbed had gedaan om voor Teddy te zorgen tot ze volwassen werd of trouwde. Ursula nam deze belofte serieus en hoewel Teddy Maxims kindermeisje was, werd ze uiterst vriendelijk en attent behandeld en was ze bijna een lid van het gezin. Haar welzijn ging Ursula en Sigmund aan het hart.
Nu zei Ursula zachtjes: 'Teddy, lieverd, vertel ons eens wat er is gebeurd.'
Teddy knikte en haastig vertelde ze het, een beetje buiten adem en struikelend over haar woorden. 'Buiten, op straat. De nazi's zijn gek geworden. Ze doen vreselijke dingen. Vernielen joodse eigendommen. Slaan winkelruiten in, voorgevels van cafés. Rammen de deuren van appartementengebouwen in. En ze heb-

ben de grote synagoge in brand gestoken. Tot de grond toe afgebrand. Ik heb het met eigen ogen gezien!'
'O lieve god! Lieve god!' riep Ursula. Alle kleur trok uit haar gezicht weg. Ze werd bleek en begon over haar hele lichaam te beven. Ze greep de achterkant van een stoel om steun te hebben, en het gevoel van angst dat ze al weken probeerde te onderdrukken kwam weer opzetten en bleef als een steen op haar hart liggen. Bezorgd keek ze naar Sigmund. Ze staarden elkaar ongelovig aan. Ze waren ontzet en verbijsterd over wat ze net hadden gehoord, en behoorlijk geschrokken.
Ursula richtte zich weer tot Teddy: 'Goddank ben je niet gewond. Dat ben je toch niet, hè?'
'Nee hoor, Frau Westheim.'
'Je was vanavond toch niet alleen uit, Teddy?' kwam Sigmund tussenbeide.
'Ik was met Willy, Herr Westheim.'
'Willy?' herhaalde hij met een vragend gezicht.
'De zoon van professor Herzog,' antwoordde Ursula snel. 'Hij studeert aan de universiteit en sinds een jaar neemt hij Teddy mee uit op haar vrije dagen.'
'O ja, nu weet ik het weer.' Sigmund vestigde zijn helderblauwe ogen weer op Teddy. 'Hoe ben je thuisgekomen? Hoe ben je ongedeerd door de demonstraties heen gekomen?'
'Op Willy's motorfiets. Hij reed als een gek, maar dat moest hij wel. Het was afschuwelijk, heel beangstigend, vooral op de Ku'damm en in de Fasanenstrasse.'
'O Teddy, Teddy,' zei Ursula met een zachte stem waarin de spanning doorklonk, 'ik heb je nog zo gewaarschuwd 's avonds niet laat thuis te komen. We leven in een vreselijk gevaarlijke tijd.'
'Dat weet ik. En het spijt me, Frau Westheim. Ik weet dat u zich zorgen over me maakt. Maar Henrietta's verjaardagsfeest duurde veel langer dan we hadden gedacht. We probeerden al steeds om weg te gaan. Uiteindelijk zijn we tegen middernacht vertrokken. Toen was de ellende net begonnen.'
Ursula fronste en bedacht dat hun onbelemmerde tocht door de stad een waar wonder mocht heten, en ze vroeg verder: 'En zijn jullie niet lastig gevallen? Heeft niemand geprobeerd je tegen te houden? Of op je geschoten?'

'Nee, niet toen we op de motor zaten. Maar... nou ja... er was wel een incidentje toen we er weggingen. Willy liep per ongeluk tegen een SA'er op voor het huis van de Mandelbaums, en die greep Willy in zijn kraag en begon hem te ondervragen...'
'Een SA'er! Ursula's ogen vlogen wijd open en ze bracht een hand naar haar mond. Burger oproerkraaiers waren heel vervelend, maar als de SA zich ermee ging bemoeien, was dat heel wat anders – en veel bedreigender.
'Ja, een SA'er,' zei Theodora, en ze vertelde snel en duidelijk wat er tussen haar en de nazi was voorgevallen toen ze de straat was opgerend om een confrontatie met hem aan te gaan. En ze liet geen detail achterwege.
Ursula zat het verhaal verbluft aan te horen, en toen Teddy klaar was riep ze uit: 'Maar wat je deed was ontzettend, verschrìkkelijk gevaarlijk! Het had voor jou en Willy afschuwelijke gevolgen kunnen hebben. Afgríjselijk. Die vent had je wel in elkaar kunnen slaan, of kunnen vermoorden. En wat misschien nog erger is, hij had jullie allebei kunnen meeslepen naar het Gestapohoofdkwartier voor een verhoor. Mensen die mee moesten naar de Prinz Albrechtstrasse zijn er niet altijd levend uitgekomen. En àls hen dat al lukte, waren het vaak wezenloze wrakken als gevolg van de martelingen die ze hadden ondergaan.'
Teddy voelde haar bloed stollen toen ze besefte dat alles wat Frau Westheim zei, waar was. Ze beet op haar lip en antwoordde ernstig, met verdriet in haar stem: 'Ik reageerde alleen maar... zonder na te denken. Ik wist zeker dat mijn brutaliteit en arrogante houding hem ervan zouden overtuigen dat ik niet joods was. Daar had ik gelijk in, Frau Westheim, hij geloofde echt dat mijn vader bij de SS zat en dat hij een vriend van Himmler was.'
'Ik weet zeker dat Teddy deed wat ze dacht dat het beste was, en ze heeft in ieder geval haar verstand gebruikt,' zei Sigmund tegen Ursula. Toen keek hij naar Theodora en hij schudde zijn hoofd. Zijn vriendelijke ogen stonden ernstig toen hij even later mompelde: 'Ik geloof niet dat je het noodlot nog een keer moet tarten. Een tweede keer werkt het misschien niet.'
'Ja, dat besef ik nu wel,' bekende Teddy. 'Willy was bang toen ik tegen die man stond te schreeuwen. Bang voor ons allebei, zei hij later.'

'En waar is Willy?' vroeg Sigmund. 'Is hij beneden?'
'Nee, hij is naar huis gegaan. Zijn vader is er niet en hij maakte zich zorgen omdat zijn zuster Clara alleen thuis was.'
'Maar het is gevaarlijk buiten,' reageerde Sigmund ongerust. 'Je had erop moeten staan dat hij vannacht hier bleef.'
Ursula zei: 'Ik weet zeker dat Willy goed is thuisgekomen, Sigi. Hij woont hier niet ver vandaan, net achter ons, bij het Landwehrkanal.'
'Willy is beslist al veilig thuis,' beweerde Teddy, en legde uit: 'Het kost hem maar een paar minuten op zijn motorfiets, en toen hij me afzette, was alles rustig in de buurt.'
Sigmund liep naar een van de ramen, schoof de zijden gordijnen van elkaar en keek ongerust de Tiergartenstrasse in. Hij zag dat de straat onder het raam inderdaad leeg was en dat gaf hem het geruststellende gevoel dat de jongen vast veilig en zonder problemen was thuisgekomen. Desondanks gebaarde hij naar de telefoon op Ursula's schrijftafel en zei: 'Ik denk dat we toch allemaal liever hebben, Teddy, dat je Willy even belt.'
'Ja, Herr Westheim,' antwoordde Teddy, en ze deed wat hij vroeg. Ze liep naar het kleine bureau en draaide het nummer. De telefoon in het appartement van de Herzogs ging maar twee keer over en toen was Willy al aan de lijn. 'Ja?' zei hij op zijn hoede.
'Met Teddy,' antwoordde ze. 'Herr Westheim vroeg me je te bellen, Willy, om zeker te weten dat je goed bent thuisgekomen.' Hij vertelde haar dat er onderweg niets was gebeurd en dat hij helemaal niemand had gezien, en toen namen ze afscheid.
Teddy legde de hoorn weer op de haak en wendde zich tot Sigmund. 'Hij is veilig, hij zei dat hij binnen een paar minuten thuis was. De straten hier in de buurt zijn echt rustig, Herr Westheim.'
Sigmund knikte. Aan zijn gezicht was te zien hoe opgelucht hij was.
'SA'ers,' zei Ursula terwijl ze naar Sigmund keek, en toen zei ze tegen Teddy: 'Dus het lijkt erop dat de regering niet langer alleen maar een oogje dichtknijpt bij deze antisemitische demonstraties. Het begint er nu op te lijken dat ze er actief aan deelneemt.'
'Daar ziet het wel naar uit,' antwoordde Teddy. 'Ik heb onderweg naar huis heel wat SA'ers gezien. Zij voerden de bende aan...' Theodora stopte toen ze plotseling werd overvallen door

een golf van misselijkheid. Ze bracht haar hand naar haar ogen, stond even te zwaaien op haar benen en vroeg zich af of ze ging flauwvallen.
Ursula ging onmiddellijk naar haar toe en sloeg een arm om haar heen om haar te steunen. 'Kom, *mein Kind*,' zei ze zacht, 'kom maar, doe je jas uit en ga even zitten tot je je beter voelt.'
Ze hielp Teddy uit haar jas en deed haar baret af, en ze bemoederde haar zoals ze dat bij Maxim zou doen. Toen nam ze haar bij de hand en bracht haar naar de open haard waar het hout nog nagloeide. Over haar schouder keek ze naar Sigmund en zei: 'Ik denk dat een glas cognac Teddy goed zou doen. Ze heeft ijskoude handen.'
'Natuurlijk. Ik zal het even halen.'
Sigmund liep de kamer ernaast binnen. Het was zijn studeerkamer waar hij soms werkte, en waar een kleine maar welvoorziene drankkast stond.
Intussen gingen Ursula en Teddy op de sofa zitten terwijl Ursula nog steeds de handen van het meisje vasthield en die tussen haar eigen handen probeerde warm te wrijven.
Theodora keek haar plotseling aan en riep uit: 'Het was zo gemeen om de synagoge te vernielen en hem in brand te steken. Ik kan niet geloven dat zoiets vreselijks echt gebeurd is.' Het beeld stond haar zo afschuwelijk helder voor de geest dat ze begon te huilen en de tranen onbelemmerd over haar wangen stroomden.
Ursula bracht haar hand naar Teddy's gezicht, veegde de tranen voorzichtig met haar vingertoppen weg en probeerde haar te troosten.
Sigmund kwam alweer terug met een zilveren blad met drie likeurglazen met cognac. 'Ik denk dat we allemaal wel een slokje kunnen gebruiken,' zei hij toen hij naar de sofa liep en zijn vrouw en Teddy het blad voorhield.
Theodora nam een grote slok cognac en voelde die warm door haar keel lopen. Ze nam nog een slok, zette het glas op een tafeltje naast zich en keek van Ursula naar Sigmund. 'Dank u,' zei ze zachtjes. 'Dank u dat u altijd zo lief voor me bent.'
Sigmund had zijn glaasje cognac in één snelle teug achterovergeslagen, en hij zei: 'Ik moet een paar telefoontjes gaan plegen... naar Hedy om zeker te weten dat zij en mijn moeder het goed maken. Daar ben ik eigenlijk wel zeker van, daar in Grüne-

wald. Sigrid is natuurlijk in Hamburg met Thomas die daar voor zaken is, dus om hen hoeven we ons geen zorgen te maken. En dan moet ik de nachtwaker op de bank te pakken zien te krijgen om erachter te komen hoe de situatie aan de Gendarmenmarkt is.'
'Ja, dat moest je maar doen,' stemde Ursula in.
Sigmund knikte en verdween in zijn studeerkamer.
Theodora die in de zak van haar blauwe wollen jurk had zitten grabbelen, trok een zakdoek te voorschijn en snoot haar neus. 'Sorry dat ik moest huilen, Frau Westheim. Ik kon er echt niets aan doen. Het was allemaal zo griezelig. Maar ik weet één ding zeker... de negende november zal ik nooit meer vergeten... Henrietta Mandelbaums eenentwintigste verjaardag en de nacht dat de nazi's de grote synagoge in brand staken. Nee, dat zal ik nooit vergeten,' zei ze heftig. 'Mijn leven lang niet.'
'Ik denk dat dat voor ons allemaal geldt,' antwoordde Ursula.
Ze stond op en liep naar het raam waar ze de gordijnen openschoof en naar buiten, naar de lucht ging staan kijken. Die was gitzwart en bezaaid met sterren, maar aan de horizon kon ze een puntige, rood vlammende vlek zien. *Brand*, dacht ze. *Ze hebben nog iets in brand gestoken in een ander deel van de stad. Misschien nog een synagoge. Of iemands huis. Of allebei. Waar moet dit heen? Lieve god, waar moet dit heen?* Ze voelde zich koud tot op het bot, ijskoud.
Sigmund bleef niet erg lang aan de telefoon en kwam al snel weer in de slaapkamer terug, en hij zei opgelucht: 'Ik heb Hedy gesproken. Grünewald slaapt vredig als altijd, en de nachtwaker op de bank zegt dat er in het financiële district niets aan de hand is. Dus misschien zijn de demonstraties op de Ku'damm en de Fasanenstrasse alleen maar incidenten, begonnen door de rouwdouwers en misdadigers, waarbij het zo vaak uit de hand loopt...'
'Dat geloof ik niet,' merkte Ursula zachtjes op. 'Niet als de SA zich ermee bemoeit. Dit is het ernstigste dat ooit is voorgevallen.'
'Misschien.' Sigmund hield zich op de vlakte. In zijn hart was hij het met haar eens, maar hij wilde haar paniek niet vergroten en hij wilde Theodora, die voor één nacht wel genoeg had meegemaakt, niet nog banger maken.

Plotseling zei Ursula: ‘Dit is het begin.’
‘Het begin van wat, Frau Westheim?’ vroeg Theodora.
Ursula was even stil voor ze antwoordde: ‘Het begin van het einde voor de joden in Duitsland.’

Toen Theodora naar bed was zaten Ursula en Sigmund samen rustig te praten op de sofa; ze vertrouwden elkaar hun gedachten toe en probeerden de dramatische gebeurtenissen van die avond te analyseren, en te voorzien wat dit alles voor de toekomst zou kunnen betekenen.
Op een gegeven moment wendde Ursula zich naar hem toe en zei langzaam: ‘Probeer me niet langer te beschermen door me niet te vertellen wat je wèrkelijk denkt, Sigi. Ik ben veel te slim om me te laten beetnemen, vooral door mijn eigen man, een man die ik al ken sinds mijn kinderjaren.’
‘Ja, dat ben je zeker,’ zei hij met een lichte zucht. ‘En ik bedoelde het nog wel zo goed.’
Ze probeerde te glimlachen maar dat lukte niet best. ‘Dat doe je toch altijd, liefste Sigi.’
Ze nam zijn hand stevig in de hare en na een tijdje zei ze met een stem vol emotie: ‘We moeten weg, Sigi… weg uit dit huis… weg van de villa in Wannsee… weg van de bank… we moeten de kunstcollectie achterlaten… al onze bezittingen achterlaten… en weggaan. We moeten uit Berlijn weg, Sigi. We moeten Duitsland uit.’
‘Ja, ik weet het,’ zei hij gelaten. ‘Ik weet het eigenlijk al een hele tijd, maar ik denk dat ik het nog niet onder ogen wilde zien.’
Hij zuchtte opnieuw. ‘De hele familie moet het land uit en Theodora ook. We kunnen haar niet achterlaten, dat zou ondenkbaar zijn. Ze gaat met ons mee en ik moet voor iedereen uitreisvisa zien te krijgen, en inreisvisa voor een ander land.’
‘Hoe?’
Ja, hóe, dacht hij, maar hij zei: ‘Eerlijk gezegd weet ik dat niet, Ursula… nog niet. Maar daar kom ik wel achter. En heel binnenkort. In ieder geval heb ik één groot voordeel.’
‘Wat dan, Sigi?’
‘Ik heb geld.’

10

'*Entschuldigen Sie, gnädige Frau,*' zei de butler verontschuldigend omdat hij haar stoorde.

Ursula keek op van het Louis XVI-schrijfbureau aan de andere kant van de slaapkamer waar ze aan wat paperassen zat te werken. 'Dat geeft niet Walter. Wat is er?'

'*Die Gräfin von Tiegal ist da, gnädige Frau.*'

Ursula schrok even op. 'De gravin von Tiegal is hier?' herhaalde ze, alsof het een vraag was.

Walter knikte. '*Ja, gnädige Frau.*'

'Laat haar maar in de bibliotheek, wil je, ik kom zo beneden. Vraag of ze koffie wil, en zet voor mij ook maar een kopje neer. Dank je, Walter.'

'*Gnädige Frau,*' mompelde hij. Hij boog het hoofd, liep achteruit de kamer uit en trok de deur zachtjes achter zich dicht.

Ursula liet de paperassen in de bovenste la van het bureau glijden, deed die op slot en stopte de sleutel in haar zak. Ze stond op, streek de rok van haar donkergrijze wollen japon met beide handen glad en liep naar de toilettafel waar ze vluchtig in de spiegel keek. Haar gezicht stond strak, haar mond was bleek en gespannen en ze had donkere kringen onder haar ogen. Dat verwonderde haar niet na de gebeurtenissen van gisteravond. Ze had niet kunnen slapen en had wakker gelegen tot het licht werd; ze was ongerust geweest en had liggen piekeren over hun hachelijke situatie en over hun toekomst. Sigmund had ook niet geslapen; hij was om zes uur opgestaan en heel vroeg naar de bank gegaan. Sinds hij het huis had verlaten, hadden ze al een paar keer telefonisch contact gehad, omdat hij had beloofd haar voortdurend op de hoogte te houden van alle ontwikkelingen na de verwoestingen die die nacht in de stad hadden plaatsgevonden.

Ze haalde snel een kam door haar korte blonde haar, streek er afwezig met een hand over en liep toen naar de deur, onderhand op haar horloge kijkend. Het was nog vroeg, nog voor negenen. Ze hoefde zich niet af te vragen waarom Renata beneden was en haar wilde zien. Ze was gekomen omdat ze bezorgd om hen was, en Ursula was oneindig geroerd door dit gebaar.

Even later haastte ze zich de trap af, liep de enorme hal door en duwde de dubbele deuren naar de bibliotheek open.

Renata stond uit het raam te kijken, maar ze draaide zich om toen Ursula binnenkwam en vloog naar haar toe. Ze pakte haar bijna ruw vast, omhelsde haar stevig en zei een paar keer: 'O, Ursi, Ursi,' voor ze haar weer losliet. 'Sorry dat ik zo onaangekondigd bij je binnenval,' ging Renata verder, 'maar ik wilde je beslist spreken en onze telefoon werkt niet. Om de een of andere reden schijnt hij het vanmorgen niet te doen.'
'Lief van je dat je bent gekomen, Ren, ik ben blij je te zien. Als jij er bent, voel ik me altijd beter. Walter komt zo met de koffie. Kom.'
Gearmd liepen de twee naar de Biedermeier-sofa waar ze gingen zitten. Renata ging wat achterover zitten en bekeek Ursula eens goed en zei toen: 'Je weet natuurlijk dat de ongeregeldheden van vannacht niet alleen in Berlijn plaatsvonden, maar in heel Duitsland en ook in Oostenrijk. Ja, ik zie aan je gezicht dat je dat al wist.'
'Het hele voorval is ongelooflijk. Ik kan er met mijn verstand niet bij.'
'En het is nog moeilijker te verwerken. Heb je de kranten gezien? De radio gehoord?'
'De kranten wel, maar ik heb niet naar de radio geluisterd.' In rap tempo legde Ursula uit hoe Theodora hen midden in de nacht over de demonstraties had verteld en ze vertelde wat het meisje overkomen was.
Renata verbleekte onder het verhaal en ze riep uit: 'Teddy en haar vriend hebben ontzettend veel geluk gehad, ze hadden wel dood kunnen zijn. Er zijn heel wat mensen omgekomen.'
Ursula staarde haar aan. 'Er zijn jóden omgekomen.'
'Ja.' Renata boog zich naar haar toe. 'Luister, Ursula, je moet...'
Ze brak haar zin af toen Walter klopte, de deur opende en geruisloos binnenkwam met de koffie.
'*Danke schön*, Walter,' zei Ursula.
De butler zette het zilveren blad op een bijzettafeltje voor de sofa en trok zich discreet terug.
Op kalmerende maar toch dringende toon ging Renata verder: 'Je moet plannen maken om Duitsland te verlaten. Je bent hier niet veilig meer.'
'Dat is het geloof ik allang niet meer. We hadden vorig jaar moeten gaan, of misschien al het jaar daarvoor. Maar we geloof-

den in Duitse orde en gezag, en dachten dat we veilig waren. En we troostten ons met de gedachte dat Hitler geen blijvertje was, dat hij beslist niet aan de macht zou blijven. Dat dachten heel wat Duitsers, en niet alleen maar joden, jij en Reinhard ook. Maar we zaten er allemaal naast. Nu geloof ik niet dat er nog een weg terug is. Dit betekent het einde. In ieder geval voor de joden.'

'Voor ons allemaal.' Renata keek haar gespannen aan, haar helder glanzende, donkere ogen gloeiend van plotselinge woede. 'Die verdomde Hitler met zijn grootheidswaan stort ons regelrecht in een donkere afgrond van gewelddadigheid en moord. Duitsland wordt door hem en zijn verloederde bendes van binnenuit kapotgemaakt. Het is verdorie gewoon een stel terroristen!'

'Ik las in de krant dat de nazi's beweren dat de demonstraties van gisteravond spontaan waren. Dat ze waren uitgelokt,' zei Ursula. 'En dat allemaal vanwege een zeventienjarige Duits-joodse in Parijs wonende vluchteling, Herschel Grynszpan, die Ernst von Rath, de derde secretaris van de Duitse ambassade in Parijs, zou hebben doodgeschoten. Je ziet het, Renata, ze schuiven de schuld weer op de joden.'

'Ik heb dat verhaal gelezen, maar Reinhard is ervan overtuigd dat de opstandjes niet spontaan waren en dat ze knap en kundig door Heydrich en de SS op touw gezet zijn. En ik weet zeker dat hij gelijk heeft. We geloven zelfs dat er beslist nog meer demonstraties zullen komen en nog heel wat meer gewelddadigheden tegen de joden.' Renata schudde haar hoofd en zei ten slotte op ongeruste toon: 'We denken dat Hitler elke jood in dit land wil vermoorden, Ursi.'

'Maar dat is onmogelijk,' stamelde Ursula. 'Hoe kan Hitler een heel volk uitmoorden? Miljoenen mensen? Dat zou toch niemand kunnen...' Machteloos stierf haar stem weg.

'Hij is wel van plan het te proberen.' Renata's stem klonk bezorgder dan ooit. 'Lees er *Mein Kampf* nog maar eens op na. En geloof het dit keer maar wel.'

'Maar we zijn Duitsers,' begon Ursula, en stopte abrupt.

Ze kneep haar handen samen en haalde diep adem. 'Onze families, die van Sigi en mij, hebben hier honderden en honderden jaren gewoond...' Weer zweeg ze toen haar stem het begaf; ze

draaide haar hoofd af en probeerde zichzelf weer onder controle te krijgen. 'Maar we moeten het land uit... ja... we moeten dit land waar we van houden, verlaten... als we willen overleven...'
Renata werd overweldigd door een gevoel van medeleven en liefdevolle vriendschap; ze stak haar hand uit en legde die troostend op Ursula's arm. Ursula draaide zich naar haar toe en staarde haar aan, en ze wisselden een innige blik die heel direct en oprecht was.
De tranen sprongen Renata in de ogen toen ze Ursula's gekwelde blik zag, de diepe droefheid die haar zachte, grijsblauwe ogen verduisterde. 'Ik wil niet dat jou iets overkomt!' riep ze heftig met een door emotie verstikte stem. 'Ik houd van je en ik ben bezorgd om jou en Sigi en kleine Maxim. En Reinhard ook. We zullen alles doen om jullie te helpen, alles om jullie veilig Duitsland uit te krijgen. Want jullie moeten hier weg, lieverd, dat weet je... om jullie hachje te redden.'
'Ja.' Ursula zat in de verte te staren, haar blik gericht op de vaalblauwe lucht achter het hoge raam, en in een onverwachte vlaag van helderheid begreep ze eindelijk wat het was dat haar zo lang had achtervolgd. Even was ze sprakeloos, geschokt en geschrokken als ze was, maar ten slotte draaide ze haar hoofd om en keek Renata nog een keer diep in de ogen.
Renata had het gevoel dat Ursula tot in haar ziel keek. Ze huiverde licht en zei: 'Waarom kijk je me zo aan? Wat is er?'
'Net nog zei ik dat het ongelooflijk was... dat Hitler geen heel volk kan uitmoorden. Maar dat kan hij wel. O ja, dat kan hij wel. Nú weet ik het. Die kennis zit heel diep in me, in mijn botten, tot in de poriën van mijn huid. Al maandenlang word ik door zo'n wanhopig gevoel achtervolgd... daar heb ik je over verteld. En ik dacht dat het een bang voorgevoel was of angst, maar dat was het niet. Waar ik al die tijd mee zat, is een overweldigend noodlotsgevoel. We zijn ten dode opgeschreven, mijn gezin en ik.'
'Mijn lieve, lieve Ursi...' Renata vond geen woorden, overweldigd als ze was door de pijn die ze voor haar liefste vriendin voelde. Wat ze onder ogen moest zien, was onmenselijk: ontreddering, vlucht, ballingschap. Maar als zij en Sigi en kleine Maxim bleven, zouden ze worden opgejaagd, vervolgd, en uit-

eindelijk zou hun kwaad worden gedaan. Dat kwaad en de onrechtvaardigheid ervan maakten Renata woedend, en overstelpt door die woede riep ze hartstochtelijk: 'Die nazi-schoften! Dit mag niet gebeuren! Dit kan niet! Het is verkeerd!'

'Niet doen, lieverd. Alsjeblieft niet doen. Het komt wel goed. Heus.'

Renata stak haar hand uit naar die van Ursula en nam die stevig in de hare, en zo bleven ze een poosje stil zitten, geen van beiden in staat iets te zeggen.

Uiteindelijk schraapte Ursula haar keel en zei met een vreemd kalme stem: 'Sigi heeft een plannetje, zie je. Hij is er nu mee bezig. Hij schijnt een goed contact te hebben. Hij hoopt dat hij uitreisvisa voor ons kan kopen. En nieuwe paspoorten.' Ze zweeg even en ging toen verder: 'Weet je, vorige maand moesten we onze paspoorten laten afstempelen… met een J… voor jood.'

Geschrokken en geschokt keek Renata haar ontzet aan. 'Wat belachelijk! Wat een boosaardige flauwekul!'

'Ja, maar de nazi's hebben dat tot wet gemaakt, en we hadden maar te gehoorzamen.'

Renata deed een geweldige poging haar intense woede te onderdrukken, haar plotseling opkomende emoties te bedwingen met de gedachte dat als Ursula zo dapper kon zijn, zo beheerst, zij het ook moest kunnen. Ze slaagde er zelfs in zich tot een glimlach te dwingen toen ze zei: 'Reinhard en ik willen dat je in de Mark Brandenburg op het Schloss komt logeren. Tot je Duitsland uit kunt, zul je op het platteland veel veiliger zijn dan in Berlijn.'

Toen Ursula niet meteen antwoord gaf, zei Renata: 'Luister eens,' en ze pakte haar bij de arm en bracht haar gezicht dichter bij dat van haar vriendin, 'het kan Sigi weken kosten om de benodigde documenten bij elkaar te krijgen en om alles te regelen voor jullie vertrek.'

'Het zou kunnen, dat is waar. En dank je voor de uitnodiging om naar het Schloss te komen. Dat is heel lief en attent van je. Maar ik kan Sigi niet alleen laten. Je weet hoe hij me nodig heeft. Sinds we kinderen waren, zijn we nooit meer echt gescheiden geweest, behalve toen ik in Engeland met jou en Arabella op school zat.'

'Hij kan je in de weekends opzoeken. Hij kan elke vrijdagmid-

dag met ons meerijden naar de Mark. Zeg alsjeblieft dat je het doet.'
Ursula aarzelde. 'Laat me er even over nadenken en het met Sigi bespreken.'
De telefoon begon te rinkelen en Ursula liep er snel naar toe om hem op te nemen, omdat ze er eerder bij wilde zijn dan de butler.
'Hallo?' zei ze, omdat ze verwachtte de stem van haar man te horen, maar het was Arabella von Wittingen die belde. Ze luisterde even en mompelde toen: 'Dank je Belle, het gaat wel, heus.' Ze luisterde weer en legde toen vlug uit: 'Hun telefoon doet het niet. Ren is hier. Wil je haar even spreken?' Ursula stond met de hoorn tegen haar oor gedrukt en knikte een paar keer voor ze zei: 'Ja, Arabella, dat is goed. Dàg!'
'Ze komt zeker hierheen?' zei Renata toen Ursula de telefoon neerlegde.
'Natuurlijk. Ik denk dat we dat allebei al wisten. En je hebt zeker al begrepen dat ze probeerde jou te bellen.'
Renata knikte.
'Arabella is vanmorgen in haar meest dwarse en opstandige bui,' zei Ursula vertrouwelijk tegen Renata. 'Ze staat erop dat we met ons drieën gaan lunchen. In het Adlon Hotel.'
Terwijl Renata wat rechterop ging zitten, keek ze vragend naar Ursula: 'Kun je dat aan? En denk je dat we daar goed aan doen?'
Ursula stond zich peinzend af te vragen of het wel zo'n goed idee was, maar plotseling had zij, die de laatste tijd soms bang was geweest om uit te gaan, geen enkele bedenking meer. Haar eigen opstandigheid en haar trots deden haar zeggen: 'Natuurlijk kan ik het aan. Waarom zouden we niet in het Adlon Hotel gaan lunchen? Daar hebben we toch net zoveel recht op als ieder ander?'
'Dat hebben we zeker,' beaamde Renata. 'Laten we het dan maar doen.'
Ursula liep terug naar de sofa en stond hoofdschuddend naar het zilveren blad te kijken. 'We hebben zo druk zitten praten dat we helemaal niet meer aan de koffie hebben gedacht. Die is nu waarschijnlijk koud geworden. Zal ik Walter vragen om nieuwe te zetten?'
'Nee, dank je. Laten we maar wachten tot Arabella er is. Je weet

hoe moeilijk ze 's morgens altijd doet over thee. Ze vraagt er vast om, en dan kunnen we net zo goed een kopje meedrinken.'
Renata stond op, slenterde naar het raam dat uitkeek op de Tiergartenstrasse, en draaide zich toen om naar Ursula. 'Ik hoorde vanmorgen op de radio dat de nazi's de gebeurtenissen van gisternacht ook al een naam hebben gegeven. Ze noemen het de *Kristallnacht*... kristalnacht. Vanwege al dat gebroken glas, neem ik aan.' Renata huiverde en vertrok vol walging haar gezicht. 'Wat zijn die nazi's toch verachtelijk! Om zo'n mooie poëtische naam te gebruiken om zo'n onbeschrijflijk gewelddadige nacht te beschrijven!' Ze huiverde weer. 'Het gaat mijn begrip te boven.'
'Alles wat er gebeurt gaat ons begrip te boven,' zei Ursula.

II

De Tiergarten lag er verlaten bij.
Toen Sigmund het pad afliep, besefte hij dat het er alleen maar verlaten kòn zijn met zulk bitterkoud weer als ze dat deze decembermaand in Berlijn hadden. En dat was precies de reden waarom het als plek voor een rendez-vous gekozen was. Een park zonder mensen was een veilig park.
Hij had er geen idee van wie hij ging ontmoeten.
Irina had hem twee avonden geleden een briefje toegespeeld tijdens een drankje in het huis van de Von Tiegals, waar hij en Ursula een dineetje bijwoonden. Zodra hij het in zijn zak had, had hij zich geëxcuseerd en was haastig naar het toilet gegaan om het te kunnen lezen, ongeduldig om te weten wat erin stond.
Het briefje was kort en beknopt.
Tiergarten. Zaterdag elf uur. Hofjägerallee-kant. Ter herkenning zal uw contact zeggen: de blauwe gentiaan staat vandaag niet in bloei. Vernietig dit bericht.
Nadat hij het een tweede keer had gelezen, had hij zijn aansteker eronder gehouden en het papiertje vastgehouden tot het bijna was verbrand; toen had hij het in het toilet laten vallen en doorgespoeld. Terug in de woonkamer vond hij Irina in gesprek met Reinhard en hij had even haar elleboog aangeraakt, als per ongeluk, om haar te laten weten dat hij het briefje had gelezen en

vernietigd. Hij wist dat je er in aanwezigheid van anderen beter niet over kon spreken, zelfs niet als die anderen je beste en betrouwbaarste vrienden waren. Een verspreking kon anderen ernstig in gevaar brengen.
Sigmund had prinses Irina Troubetzkoy om hulp gevraagd op de avond dat hij en Ursula de receptie en het diner in de Britse ambassade bezochten, die noodlottige nacht met nazi-rellen: de *Kristallnacht*.
Zonder dat hem dat verteld was, wist hij intuïtief dat Irina nauw verbonden was met een van de geheime organisaties die joden, katholieken, protestanten, dissidenten en allerlei zogenaamde 'politieke misdadigers' hielpen, die probeerden Duitsland en de vervolgingen van het Derde Rijk te ontvluchten. Uit een paar dingen die hij her en der en op verschillende tijdstippen had opgepikt, had hij begrepen dat er in Berlijn verscheidene van die operaties werkzaam waren, voornamelijk geleid door Duitse aristocraten, hoewel er kennelijk ook jonge internationale *émigrés* bij waren betrokken. Zij verzetten zich tegen Hitler en zijn regime, en waren fel anti-nazi.
Toen hij Irina vier weken geleden had benaderd, had hij niet gezinspeeld op de verschillende verzetsbewegingen, omdat hem dat verstandiger leek, en hij had haar alleen maar gevraagd of ze hem in contact kon brengen met iemand die hem aan uitreisvisa zou kunnen helpen. Ze had geantwoord dat ze zou kijken wat ze kon doen, en een week later had ze hem te eten gevraagd bij haar moeder Natalie en de baron, in het huis van de baron aan de Lützowufer. Ze had hem even terzijde genomen, had gemompeld dat de zaak in behandeling was en dat hij niemand anders hoefde te benaderen. 'Geduld, Sigi. Je kunt me vertrouwen,' had ze zachtjes gezegd voor ze wegglipte om met een andere gast te praten. Er waren nog drie weken voorbijgegaan voor ze hem donderdag eindelijk dat briefje had gegeven. Hij was ontzettend opgelucht en had zich tot vandaag nauwelijks kunnen beheersen.
Toen hij langs hetzelfde pad dat parallel liep aan de Hofjägerallee, verder liep in de richting van de Siegessäule, zag Sigmund een man op zich afkomen. Hij was lang en mager, droeg een donkergroene loden jas en een Tirolerhoedje en hij liep doelbewust, met lange passen, zwaaiend met een wandelstok. Hij kwam Sigi vreemd bekend voor, en even later was hij ontzet

toen hij de man herkende. Het was Kurt von Wittingen. De laatste persoon die hij wilde tegenkomen bij zo'n gevoelige missie, was wel een vriend met wie hij een gesprek moest aanknopen waardoor hij zijn contact waarschijnlijk zou afschrikken. Maar Sigmund wist dat hij daar niets aan kon veranderen. Hij zat in de val. Hij kon zich niet omdraaien en weglopen, omdat Kurt hem al had gezien en groetend met zijn stok zwaaide. Er zat niets anders op dan zich zo normaal mogelijk te gedragen, even te blijven praten en dan door te lopen. Gelukkig had hij het weer mee. Het was zo ijskoud dat hij zeker wist dat Kurt niet zou blijven treuzelen.

Even later bleven de twee mannen staan, begroetten elkaar hartelijk en schudden elkaar de hand.

Toen zei Kurt: 'Het is veel te koud om hier te blijven staan praten.'

Blij dat hij hem dat hoorde zeggen, beaamde Sigmund direct: 'Ja, dat is het zeker. Leuk je gezien te hebben, Kurt, doe de groeten aan Arabella en we zien je volgende week wel. Ik moet nu weg.'

Kurt zei: 'Ik loop een eindje mee.'

Sigmunds ontzetting sloeg om in alarm. Als zijn contact hem met een vriend zou zien, zou hij of zij hem niet durven benaderen maar eenvoudig verdwijnen, daar was hij van overtuigd. Heel even was hij sprakeloos van paniek. Hij stond Kurt aan te staren en hij vroeg zich wanhopig af hoe hij hem netjes kon kwijtraken zonder hem te beledigen.

'Het is in orde, Sigi,' zei Kurt. 'Ontspan je. *De blauwe gentiaan staat vandaag niet in bloei*.'

Sigmund kon zijn oren niet geloven en hij bleef Kurt aanstaren, volkomen van zijn stuk gebracht.

'Ga mee lopen,' zei Kurt snel en liep in stevig tempo door.

Zich onmiddellijk herstellend regelde Sigi zijn passen naar de zijne. 'Waarom heeft Irina me niet verteld dat jíj mijn contact zou zijn?'

'Ze wist niet zeker dat ik het zou zijn. Dus waarom zou ik me onnodig blootgeven, zelfs tegenover een heel oude en betrouwbare vriend?'

'Ik begrijp het.'

'De acht uitreisvisa die je nodig hebt, zijn voor Ursula, Maxim

en jouzelf en je naaste familie. Plus Theodora. Dat is juist, hè?'
'Ja, en ik zou ook nieuwe paspoorten willen hebben. Paspoorten waar geen J in staat.'
Kurt wierp hem een snelle blik toe en fronste. 'Ik weet zeker dat ik je geen nieuwe paspoorten kan bezorgen, Sigi. Is het echt zo erg als er een J in staat?'
'Nee, waarschijnlijk niet.' Sigmund schraapte zijn keel. 'Maar ik had gehoopt dat àls je ze kon krijgen, dat onder een andere naam zou kunnen. Tenminste voor de Westheims.'
'Waarom een valse naam, Sigi?'
'Kijk, tot dusver ben ik met rust gelaten, en ook de bank hebben ze nog niet overgenomen, omdat ik bij diverse financiële transacties nogal van nut ben geweest voor de regering, met name toen er vreemde valuta en dergelijke aan te pas kwamen. En ik ben nog steeds heel bruikbaar voor ze. Eerlijk gezegd denk ik niet dat ze het leuk zouden vinden als ik Duitsland nu probeerde te verlaten. Ze zouden zelfs kunnen proberen me tegen te houden als ze erachter kwamen. Het is dus duidelijk dat ik onder een andere naam niet zo gemakkelijk in de gaten zou lopen.'
Ja, natuurlijk, ik begrijp wat je bedoelt. Maar ik weet zeker dat ik je die nieuwe paspoorten niet kan bezorgen. Het spijt me, maar dat is iets wat mijn contactpersoon niet voor elkaar kan krijgen.'
'Oké, niets aan te doen.'
'Volgens Arabella komen jij en Ursula maandagavond eten. Dan moet je de acht paspoorten meebrengen. Die heb ik nodig voor de uitreisvisa. Stop ze in de binnenzak van je overjas, dan zal ik ze 's avonds op een gegeven moment eruit halen.'
'Dat is geen probleem. Ik zal de paspoorten van mijn familieleden morgen verzamelen.'
De twee mannen liepen nog even in stilte verder en toen zei Sigmund ongerust: 'Weet je zeker dat je uitreisvisa kunt krijgen?'
'Ik wil je niets wijsmaken, Sigi, ik weet niet óf het lukt,' zei Kurt. 'Het zal niet gemakkelijk zijn. Maar ik heb een goede bron en ik ben vol goede hoop. Laten we zeggen dat ik er voor negentig procent zeker van ben.'
'Ik heb geld bij me, in de zak van mijn overjas. Veel geld. Wil je dat nu hebben?'
'Nee, maar dank je voor het aanbod.'

'Hoe staat het met inreisvisa voor een ander land?'
'Die zullen ook niet makkelijk te krijgen zijn.'
'Heb je enig idee naar welk land we zouden kunnen?'
Kurt schudde zijn hoofd. 'Op het ogenblik niet. Maar ik betwijfel of het Amerika zal zijn. Het Amerikaanse Congres is er niet erg happig op de immigratiewetten bij te stellen om meer joodse immigranten uit Duitsland in het land toe te laten. En Roosevelt lijkt ook niets te willen doen.'
'Hoe zit het met Engeland?'
'Ik denk dat dat je beste kans is, omdat de Britten al een poos een milde houding innemen tegenover joodse immigranten uit Europa. En daarbij komt dat mijn invloed bij de Britse diplomatieke dienst veel groter is en ik daar de beste contacten heb. Wees maar niet bang, ik zal hemel en aarde voor je bewegen.'
'Ik weet dat je je uiterste best zult doen. Waar zullen we eigenlijk heen gaan als we uit Berlijn vertrekken?'
'Ofwel naar Lissabon, of naar Parijs. Maar waarschijnlijk zal het Parijs worden, en daar kun je dan naar de Britse ambassade gaan om inreisvisa te halen, als je die niet al hebt wanneer je uit Duitsland vertrekt.'
'Heb je enig idee wanneer dat kan zijn?' vroeg Sigi.
'Ik durf niets te beloven en je geen precieze datum te noemen. Maar ik denk niet dat het veel langer zal duren dan een maand om de documenten te krijgen. Laten we zeggen begin januari.'
Sigmund knikte. 'Ik kan het Ursula toch wel vertellen, hè? Alleen maar om haar ongerustheid over Maxims veiligheid wat weg te nemen.'
'Ja, maar waarschuw haar wel je plannen met niemand buiten de familie te bespreken. En vertel haar niet van wie je hulp krijgt. Hoe minder je zegt en hoe minder je feitelijk weet, des te veiliger het voor mij, Irina en onze vrienden is. En voor jou ook, op den duur,' zei Kurt.
'Je hoeft je geen zorgen te maken, Kurt. Ik zal heel discreet zijn, en Ursula ook. En geen enkel lid van mijn familie zal iets van de details te weten komen, alleen dat we van plan zijn te vertrekken. Ik besef dat er forse bedragen mee gemoeid zullen zijn, en ik wil er alleen maar aan toevoegen dat geld geen rol speelt.'
'Dat weet ik, Sigi. Ik weet ook dat het nu voor joden verboden is om ook maar enig bezit mee naar het buitenland te nemen. Ik

hoop dat je daar een tijd geleden al voor gezorgd hebt?' Kurt keek hem vragend aan.
Sigmund knikte. 'Het is me gelukt wat geld het land uit te krijgen.'
'Maar misschien niet genoeg. Je moet Ursula haar kostbaarste juwelen in de voering van jullie reiskleding laten naaien, bijvoorbeeld in het jasje van een mantelpak en de bijpassende rok, zelfs in de voering van haar hoed. Dat is de beste manier om kostbaarheden ongemerkt het land uit te krijgen. En laat je moeder en je zusters dat ook doen.'
'Zal ik zeggen.'
'O, en nog iets, ze moeten dat wel zelf doen. Ik twijfel er geen moment aan dat je bedienden loyaal zijn, maar het is verstandig om op je hoede te zijn. Je weet het tegenwoordig maar nooit. Zelfs broers verraden elkaar, dus wees voorzichtig waar de bedienden bij zijn. Je zou toch niet willen dat de nazi-grenswachters weten dat je kostbaarheden bij je hebt. Ze zouden alles in beslag nemen.'
'Ik weet heel zeker dat onze bedienden te vertrouwen zijn, ze zijn al jaren bij de familie. Maar ik zal je advies natuurlijk ter harte nemen,' beloofde Sigi.
'En wees ook voorzichtig met wat je door de telefoon zegt... thuis en op de bank. Het afluisteren van telefoons is een favoriete nazi-hobby geworden,' merkte Kurt minachtend op.
'Denk je dat mijn telefoons worden afgeluisterd?' vroeg Sigmund prompt.
'Dat weet ik niet zeker. Misschien op de bank. Wees alleen op je hoede, dat is alles.'
'Dat ben ik al een hele tijd.'
'Goed. Dat is het dan. Nu gaan we ieder een andere kant op. En als we elkaar in gezelschap ontmoeten, zullen we het natuurlijk niet over deze bespreking hebben of over ook maar iets wat ermee te maken heeft.'
'Natuurlijk niet,' beaamde Sigi.
'Als ik de documenten eenmaal in handen heb, zal ik een rendezvous regelen. We zullen elkaar ergens treffen waar het bijzonder veilig is,' zei Kurt en ging door met uitleggen: 'En je moet er natuurlijk op voorbereid zijn onmiddellijk af te reizen. Zorg dus dat je klaar bent. En niet te veel bagage. Als het kan ieder maar één koffer. Als dat niet kan, dan beslist niet meer dan twee.'

'Ik begrijp het.' Sigi bleef staan en draaide zich naar de ander toe. 'Ik weet niet hoe ik je moet bedanken, Kurt, echt niet. Ik ben je buitengewoon dankbaar voor wat je voor mij en mijn gezin doet. De woorden dànk je schieten hier vreselijk te kort.'
'Dank is niet nodig, mijn beste ouwe vriend. Ik ben blij dat ik je kan helpen. En in je eigen belang ben ik blij dat je gaat. Na de *Kristallnacht* is het duidelijk dat dit land in handen is van massamoordenaars.' Kurts gevoelige, vriendelijke gezicht vertrok van verdriet en hij zuchtte diep. Er viel even een stilte voor hij rustig verder ging: 'Blijf kalm. Probeer je geen zorgen te maken. Alles is onder controle. Met een beetje geluk ben je Duitsland binnenkort uit. Ga intussen zo gewoon mogelijk door met je werk.' Hij stak zijn hand uit.
Sigi greep die en drukte hem stevig. 'Nogmaals bedankt, Kurt, met heel mijn hart. Ik zal dit nooit vergeten, mijn leven lang niet. Je bent een ware vriend.'
De twee mannen gingen ieder huns weegs.

Sigmund bleef Kurts kleiner wordende gestalte even staan nakijken. Toen zette hij de kraag van zijn overjas op, stak zijn handen in zijn zakken, draaide zich om en liep terug in de richting waar ze net vandaan waren gekomen. Hij popelde om terug te gaan naar zijn huis aan de Tiergartenstrasse om Ursula het goede nieuws te vertellen.
Terwijl hij in stevig tempo over het pad liep, gingen zijn gedachten terug naar prins Rudolf Kurt von Wittingen. Hij vertrouwde Kurt onvoorwaardelijk. Als iemand het voor elkaar kon krijgen, was hij het wel.
Kurt was al een paar jaar senior consultant bij Krupp, de Duitse wapenkoning. In die positie zwierf hij heel Europa door en reisde hij vaak naar Engeland en Amerika voor onderhandelingen op hoog niveau, waar hij als gastheer optrad voor buitenlandse hoogwaardigheidsbekleders en als een soort reizend ambassadeur voor het Krupp-concern fungeerde.
Sigi realiseerde zich dat deze baan voor Kurt een perfecte dekmantel was. Hij kon naar believen komen en gaan. Hij had toegang tot allerlei soorten belangrijke mensen die op hun beurt weer buitengewone bronnen van informatie vormden, waarschijnlijk nog vertrouwelijke informatie ook.

Afgezien hiervan wist Sigmund zeker dat Kurt een anti-fascist was, een idealist die toevallig ook realist was, en dat hij een heldere, onbekrompen blik op de Duitse totalitaire dictatuur had. Door zijn innerlijke overtuiging was het logisch dat hij betrokken zou raken bij een of andere verzetsbeweging.
Sigmund vroeg zich af waarom hij hier nooit eerder aan gedacht had. Misschien door de relatie met Krupp, die er ongetwijfeld in de eerste plaats de ware reden voor was. Het was een afleidingsmanoeuvre om mensen zand in de ogen te strooien. Een vrijgeleide voor Kurt. Als afgezant van Krupp stond hij boven iedere verdenking.
En dan was er graaf Reinhard von Tiegal, een andere goede vriend aan wie Sigmund nu dacht. De graaf was ook een aristocraat, uit een oud Pruisisch *Junkers*-geslacht, de conservatieve landeigenaren die afstamden van de Teutoonse ridders. Door zijn afstamming en opvoeding verafschuwde Reinhard dientengevolge alles waar de nazi's voor stonden, en hij beschouwde hen als eersteklas misdadigers.
Was Reinhard ook betrokken bij het verzet tegen Hitler? vroeg Sigi zich af. Dat was zeer waarschijnlijk, concludeerde hij na even nadenken. En hoewel hij wist hoe gevaarlijk dat voor beide mannen was, kwam de wetenschap dat ze de nazi's bevochten met de middelen die ze ter beschikking hadden, hem zeer geruststellend voor.
Zolang er in Duitsland nog eerbare en fatsoenlijke mensen waren, zouden Hitler en zijn kwade regime uiteindelijk overwonnen en verslagen worden.

Ursula keek snel op toen Sigmund de bibliotheek in kwam en smeet de krant die ze had zitten lezen kwaad op de grond.
'Ik weet niet waarom ik die rotzooi eigenlijk nog lees!' riep ze uit met een gebaar naar de stapel afgedankte kranten aan haar voeten. 'Ze staan alleen nog maar vol met Hitlers smerige leugens en propaganda, met instemming van Goebbels!'
Sigmund ging naast haar op de sofa zitten. 'Ik veronderstel dat we tegen beter weten in de kranten allemaal blijven lezen in de hoop dat we toch een heel klein beetje echt nieuws bij elkaar kunnen sprokkelen.'
'Ja, lieverd, je hebt gelijk,' beaamde ze.

Sigmund nam haar hand in de zijne en glimlachte tegen haar strakke gezicht. 'Ik heb groot nieuws, Ursula,' zei hij zachtjes. Hij kroop dichter naar haar toe, kuste haar op de wang en fluisterde met zijn mond tegen haar haar: 'We gaan weg. Hopelijk binnen vier of vijf weken, als alles goed gaat.'
'Goddank! O, goddank!' hijgde ze, en kneep stevig in zijn hand. 'Dan zal Maxim veilig zijn. Onze kleine jongen zal veilig zijn, en dat is het enige wat telt, Sigi.'

12

Maxim stond buiten de bibliotheek te luisteren.
De deur stond op een kier en hij gluurde erdoorheen. Zoals hij al vermoedde, zat zijn grootmoeder bij het vuur in haar favoriete stoel, die waar ze altijd in zat als ze op visite kwam. Ze vond de rechte rug prettig, had hij haar vaak tegen *Mutti* en papa horen zeggen. Ze staarde in het vuur, met haar handen op de zwarte stok met de glanzende zilveren knop die helder glom in het licht van de vlammen.
Hij vond haar stok mooi. Die was van zijn grootvader geweest. Zijn grootvader Westheim was twee jaar geleden gestorven. Hij wist zich nog veel van hem te herinneren en miste hem heel erg. Als zijn grootvader Westheim op visite kwam tilde hij hem altijd op zijn knie en dan vertelde hij verhaaltjes, en soms mocht hij mee uit rijden in zijn grote zwarte auto met Manfred, de chauffeur, achter het stuur. Zíj zaten dan samen op de achterbank over een heleboel Belangrijke Dingen te praten, zoals De Bank, waar hij later als hij groot was met zijn papa zou werken en die op een dag van hem zou zijn. Na hun ritje stopten ze altijd bij grootvaders favoriete *Konditorei* en dan kreeg hij een ijsje en soms ook cake, en zijn grootvader Westheim rookte een sigaar en dronk een kopje sterke koffie, heel sterk en heel zoet, en dat kreeg híj nooit.
Hij wou dat zijn grootvader terugkwam. Maar gestorven mensen kwamen nooit terug. No-ooit. Als je dood was, dan was je naar de hemel om bij God te wonen, had zijn papa hem verteld. Zijn grootvader Neuman was ook dood. Hij was vorig jaar gestorven, en *Mutti* was heel verdrietig geweest en ze had veel gehuild en

hij had ook gehuild, gedeeltelijk omdat zij huilde en dat maakte hem verdrietig. Maar hij had net zoveel van zijn grootvader Neuman gehouden als van zijn grootvader Westheim.
Opeens vroeg hij zich af of de grootvaders elkaar ooit zagen in de hemel en dan hun sigaar rookten en cognac dronken en praatten over Belangrijke Dingen, zoals toen ze nog niet dood waren. Hij hoopte van wel. Hij zou niet willen dat ze in de hemel eenzaam waren. Zijn grootmama Neuman was ook dood, maar die had hij nooit gekend. Hij wa nog maar een jaar toen ze stierf, een baby nog, niet groot zoals nu hij vier was, en dus kon hij zich niet veel van haar herinneren, niet echt. Nu was alleen grootmama Westheim er nog. 'We moeten zuinig op haar zijn,' zei zijn moeder vaak.
Maxim bukte zich en trok zijn sok op die langs zijn enkel was gezakt.
Toen hij weer overeind kwam hoorde hij het geruis van zijde en een lichte zucht; hij lachte stiekem en wachtte. Toen hoorde hij het... een zacht gefluit als van een vogel in de Tiergarten. Hij tuitte zijn lippen en floot zachtjes terug, en wachtte weer.
Het kwinkelende antwoord kwam bijna meteen en hij duwde de grote, dubbele deuren met twee handen open, sprong lachend de kamer in en holde naar haar toe: 'Hier ben ik, grootmama, hier ben ik!'
Ze lachte ook toen hij voor haar tot stilstand kwam, en ze boog zich voorover en hield hem haar wang voor.
Hij gaf haar een dikke zoen, deed vervolgens een stap terug en stond haar toen, wiebelend op zijn hakken, te bekijken. Zijn grootmoeder droeg zoals meestal een zwartzijden japon, afgezet met kant; om haar hals hingen glanzend witte parels aan een lang snoer, als dikke doperwten, en in haar oren droeg ze sprankelende oorbellen. Ze had een heleboel zijdezacht wit haar boven op haar hoofd, met aan weerszijden schildpadkammen om het op zijn plaats te houden. Haar huid zag er raar uit, helemaal gerimpeld als verkreukeld papier, maar ze had zachte, roze appelwangen en helder glanzende ogen die hem aan ronde, blauwe kiezels deden denken.
Hij was dol op haar.
'Niet doen, Maximilian. Sta niet zo heen en weer te wiebelen,' berispte zijn grootmoeder hem, maar haar stem was vriendelijk.

'Sorry, grootmama.'
Ze pakte de doos die op haar schoot lag en gaf hem die. 'Dit is van tante Hedy. Ze kon vanavond niet komen, maar ze stuurt je dit, met een heleboel kusjes.'
'O, dank u, grootmama!' riep hij, en pakte de doos aan. Opgewonden scheurde hij het bontgekleurde papier eraf, tilde het deksel op en keek erin.
'Oooo!' riep hij toen hij naast elkaar zes marsepeinen varkentjes zag liggen. Ze waren dik en roze, met zwarte kraaloogjes; ze hadden een gele strik om en ze zagen er verrukkelijk uit. Het water liep hem in de mond.
'Ze zijn gemaakt van je favoriete amandelspijs,' zei zijn grootmoeder goedig glimlachend. 'Maar voor het eten mag je er zelfs niet eentje. Anders wordt je moeder boos, op ons allebei.'
'Dat doe ik niet, dat beloof ik, grootmama,' zei hij, beleefd en gehoorzaam als altijd. Toen hij het deksel weer op de doos had gelegd, zette hij hem op een tafeltje vlak bij, raapte het gescheurde papier van de grond, frommelde het in elkaar tot een bal en gooide die in het vuur.
Toen ging hij dicht bij zijn grootmoeder staan, legde een van zijn kleine, mollige handjes op de hare en begon die te aaien. 'Gromo,' zei hij, terugvallend op zijn babynaampje voor haar, 'mag ik u wat vragen?'
'Wat je maar wilt, Maxim.'
Hij hield zijn hoofd scheef en trok zijn neus op tot er rimpeltjes in kwamen. 'Hoe weet u wanneer u moet fluiten?'
'Wat bedoel je?'
'Hoe weet u dat ik daar sta, achter de deur?'
Haar mond vertrok van plezier, maar ze hield haar gezicht in de plooi en zei: 'Nou, eigenlijk weet ik niet echt dat je daar staat, maar ik hoop het wel... Ik denk dat ik een beetje vóel dat je er bent... omdat ik van je hou.'
Hij knikte ernstig. 'Ik vind het een leuk spelletje, grootmama.'
'Ik ook.' Margarete Westheim leunde achterover in haar stoel en bekeek haar enige kleinkind eens goed. Ze had hem zo lief dat ze weleens dacht dat haar hart ervan zou breken. De wetenschap dat ze hem moest achterlaten was ondraaglijk. Haar enige spijt dat ze sterven moest, en die gebeurtenis lag onvermijdelijk in het niet al te verre verschiet, was dat ze al die jaren dat hij op-

groeide, die hele prachtige tijd zou moeten missen. Hij was zo'n heerlijke jongen, zo vol levenslust, vrolijkheid en kattekwaad, en zo pienter, zo intelligent voor zijn leeftijd. Ze bad God elke avond dat Sigmund erin zou slagen de jongen Duitsland uit te krijgen. Net als haar zoon en schoondochter was ze vreselijk bang om hem. Er waarde een verschrikking door dit land. Margarete huiverde en ze vroeg zich af waar God was in dit goddeloze land. Maar wat zou Híj kunnen doen? Het kwaad was een vinding van de mens, niet van God.
'Heeft u ergens pijn, grootmama?'
Margarete schrok op uit haar gedachten door zijn schelle kinderstem en keek hem snel aan. 'Nee. Waarom vraag je dat, lieverd?'
'U keek zo raar, zo gekreukeld, net of u moest huilen.'
'Nee hoor,' stelde ze hem met een snelle glimlach gerust, zich plotseling bewust van de bezorgde blik in de ogen van het kind. Ze maakte haar met zwarte kraaltjes versierde avondtasje open, stak haar hand erin en haalde er een klein in zilverpapier gewikkeld pakje uit dat ze hem gaf. 'Hier, Maxim, hier is je vrijdagse zakgeld.'
'O, grootmama, dank u, dank u wel.'
Met glinsterende ogen maakte hij het zilverpapier open en staarde naar de munten in zijn hand. Víer mark. Zijn Gromo gaf hem er nu vier. Vorig jaar kreeg hij er drie. Volgend jaar zou ze hem er vijf geven. Dat had ze gezegd. Een mark voor ieder jaar. Hij boog zich naar haar toe, kuste haar wang en keek haar stralend aan toen hij de munten in zijn zak liet glijden, waar hij er even mee speelde omdat hij vond dat ze zo leuk rinkelden.
De deur ging open en Maxim keek om. Toen hij zijn vader in de deuropening zag staan, vloog hij dadelijk op hem af: 'Papa! Papa!'
Zijn vader ving hem op, zwaaide hem rond, gaf hem een zoen en droeg hem toen de kamer door.
'Goedenavond, moeder,' zei Sigmund.
'Goedenavond, Sigi,' antwoordde ze, en haar helderblauwe ogen die zo op de zijne leken, lichtten op toen ze hem zag. Hij was haar jongste zoon, de derde die ze het licht had doen zien. Zijn twee oudere broers waren beiden al twintig jaar dood. Gesneuveld in de loopgraven tijdens de Grote Oorlog toen ze nog maar

kinderen waren. Twee zoons had ze geofferd voor het vaderland. Sigmund zette Maxim op de sofa en ging zijn moeder een zoen geven voordat hij naast zijn zoontje ging zitten. Hij zei tegen haar: 'Ik hoor van Ursula dat Hedy vanavond niet komt omdat ze zich niet lekker voelt. Toch niets ernstigs, hoop ik?'
'Een koutje, Sigi, dat is alles.' Frau Westheim zuchtte. 'Hedy mankeert tegenwoordig altijd wel íets. Ik geloof dat ze in een warmer klimaat beter af zou zijn.'
'Zouden we dat niet allemaal?' mompelde Sigi, en ging verder: 'Ik geloof dat ze zich al niet goed voelt sinds ze haar verloving met Paul heeft verbroken.'
'Daar heb je gelijk in,' beaamde Frau Westheim; ze draaide haar hoofd om en staarde met een afwezige blik in het vuur.
Terwijl hij naar haar keek, dacht Maxim: Gromo ziet er verdrietig uit. Ik vraag me af waarom? Hij keek op naar zijn vader, zijn fantastische vader, en lachte hem vol aanbidding toe.
Sigmund staarde in het opgeheven, pientere snoetje, lachte terug en zei: 'Weet je nog wat ik je vorige vrijdagavond vertelde? Toen ik het had over de normen waarvan ik wil dat je die hebt als je een grote jongen bent, en later als je een man bent?'
'Ja papa, u zei dat een heer nooit liegt.'
'Dat is juist, Maxim, maar ik ben bang dat ik die bewering toch moet rectificeren.'
'O.' Maxim keek verbaasd. Hij was er niet zeker van wat rectificeren betekende, maar dat wilde hij liever niet toegeven, dus hield hij zijn mond.
'Ik denk niet dat je weet wat rectificeren betekent, hè?' zei Sigmund alsof hij Maxims gedachten kon lezen.
'Nee.'
Sigmund pakte teder de hand van zijn kind. 'Dat dacht ik al. Het betekent veranderen of terugdraaien. En ik wil terugdraaien wat ik vorige week tegen je zei, ik wil van mening veranderen... Ik geloof dat een heer best mag liegen, als het maar een zaak van leven of dood is... als hij het moet doen om zijn leven te redden. Of het leven van anderen natuurlijk.'
Maxim knikte.
'Begrijp je dat?'
'Ik geloof het wel, papa.'
'Goed zo, Maxim. Je bent een pientere knaap, dat weet ik, en je

leert snel. Nou… dan is er nog iets wat ik je vertellen wil, en dat is dit. Een man moet moed, eer en adeldom hebben als hij een sterk karakter wil krijgen. Ik wil dat je daar goed aan denkt als je later groot bent.'
'Ja papa, ik zal eraan denken.'
Zijn grootmoeder zei: 'Je vaders broers Heinrich en Peter waren moedig… ze waren heel dapper… ze gingen voor hun land vechten in de Grote Oorlog en ze waren niet bang. Dat is wat moed betekent.'
'De overleden ooms… díe waren moedig,' zei Maxim met een frons.
'Ja, dat waren de overleden ooms,' antwoordde zijn grootmoeder. 'En je grootvaders waren allebei mannen van eer omdat ze nooit iets deden dat wreed of slecht, onrechtvaardig of oneerlijk was…'
'Het eten is klaar,' kondigde Ursula vanuit de deuropening aan. 'Marta wacht tot ze kan opdienen.'
'We komen er aan, lieverd,' zei Sigmund, die direct opstond. 'Kom, Maxim, ga maar met je moeder mee. Wij volgen wel.' Hij tilde hem van de sofa, greep toen in zijn zak en haalde er een papiertje uit. 'Hier. Ik heb de nieuwe woorden voor je opgeschreven, met hun betekenis.'
Maxim pakte het aan en stopte het veilig in zijn zak. Hij bewaarde al die papiertjes die zijn vader hem de laatste paar weken had gegeven. 'Dank u papa, en ik zal eraan denken. Altijd.'
Sigmund staarde op hem neer, verwonderd over de schoonheid en intelligentie van de jongen. Hij was werkelijk uitzonderlijk, zeer intelligent en welbespraakt voor zijn leeftijd, een bijzonder kind. Hij streek met zijn hand over Maxims blonde bolletje, toen ging hij zijn moeder uit haar stoel helpen en aan zijn arm liep ze langzaam naar de deur.
Maxim rende naar Ursula die in de deuropening stond te wachten. Ze gaf hem een hand en samen liepen ze door de statige marmeren hal naar de eetkamer.
'En wat heeft papa je vandaag verteld, lieverd?'
'Hij zei dat ik als ik groot ben, een man met moed, eer en adeldom moet zijn.'
'Als je dat bent, dan ben je precies je vaders evenbeeld,' zei Ursula heel zacht.

Maxim hield zijn ogen stevig dicht en luisterde hoe zijn moeder de sabbatkaarsen ritueel zegende.

'*Baruch-ata Adonai Elohaynu, melech ha-olam asher kid'shanu b'mitsvotav v'tsivanu l'hadlik nayr shel shabbat*,' zei ze langzaam met haar lichte, heldere stem waar hij altijd zo graag naar luisterde, en vooral als ze Hebreeuws sprak. Ze liet de woorden als muziek klinken.

'Amen,' zong hij samen met de anderen toen ze klaar was. Toen deed hij zijn ogen open.

Ze zaten allemaal rond de grote tafel met het sneeuwwitte tafelkleed en de zilveren kandelaar, terwijl de kristallen glazen fonkelden in het kaarslicht. Papa zat aan het hoofd, *Mutti* aan de andere kant tegenover zijn vader, en hij en Theodora zaten samen tegenover grootmama.

Nu was het zijn vaders beurt om het ritueel te vervullen.

Hij zegende de rode wijn in de kleine zilveren beker en sprak de *Kiddusj* uit in het Hebreeuws, en toen mompelde hij nog een zegening, dit keer boven de *gallen*, de twee gevlochten broden in het zilveren mandje onder het geborduurde linnen servet.

Toen de zegeningen voorbij waren, tilde zijn vader het servet op, maakte het breken van het brood nog tot een kleine ceremonie en gaf het door aan iedereen aan tafel. Toen mocht Marta eindelijk het eten opdienen dat Frau Müller de hele middag in de grote keuken had staan klaarmaken. Marta diende altijd op vrijdag op omdat dat Walters vrije avond was; dan ging hij naar zijn dochter en haar kinderen. Híj wist heel wat over de kleinkinderen van de butler. Walter vertelde hem een heleboel als hij stiekem in de keuken kwam op de dagen dat er gebakken werd. Dan zat Walter aan de baktafel van Frau Müller en gaf hij hem *Berliner Pfannkuchen* waar de jam uitdroop, en een glas melk; dan praatte hij met hem, en als er dan niemand keek, kreeg hij nog een donut met jam. Alleen Frau Müller had het altijd in de gaten. 'Je verwent dat kind,' zei ze dan tegen Walter, die gelukkig nooit naar haar luisterde. Walter en hij waren héle dikke vrienden.

Maxim ging eens lekker op zijn stoel zitten, en wachtte.

Alles gebeurde altijd precies zoals hij wist dat het ging gebeuren, en zoals het al gebeurde zolang hij zich dat kon herinneren. 'Het ritueel van de sabbat is belangrijk voor ons allemaal, en het moet op de juiste manier worden nageleefd,' had zijn moeder hem vaak verteld. Hij vond rituelen leuk en hij keek ernaar uit. Op de een of andere manier waren ze bijzonder.

Vrijdag was voor hem de fijnste avond van de week, om een heleboel redenen. Om te beginnen mochten hij en Teddy dan met zijn moeder en vader meeëten in de grote eetkamer in plaats van samen in de kinderkamer te eten zoals gewoonlijk, behalve op Teddy's vrije dag. Daarnaast was hij dan bij *Mutti*, papa, Teddy en grootmama, de vier mensen van wie hij in de hele wereld het meest hield, en hij mocht laat opblijven, en ten slotte kwamen er dingen op tafel waar hij dol op was. Gloeiend hete kippesoep, dan een gebraden kip, helemaal goudbruin en knapperig van buiten en sappig van binnen, of ribstuk, of misschien gestoomde karper met kleine aardappelpannekoekjes met appelsaus, of reepjes zoete wortel met aardappelballetjes. En als dessert was er altijd iets heerlijks, zoals Apfelstrudel die smolt op je tong.

Ja, vrijdag was de beste avond van de week. Het was net het begin van een vakantie. Zijn vader ging op zaterdag en zondag niet naar De Bank en dan deden ze een heleboel dingen en hadden zoveel pret samen. Vrijdagavond was... was... féestelijk. Ja, dat was het goede woord. Alleen, vanavond deed niemand erg feestelijk. Zijn moeder was stil, veel te rustig. Dat was ze al heel lang en hij vroeg zich maar steeds af waarom. Hij had het pas nog aan Teddy gevraagd, en die had hem niet echt antwoord gegeven. Ze had alleen gezegd dat zijn moeder over díngen piekerde, en hoewel hij was blijven zeuren, had ze verder niets gezegd.

Mutti lachte niet zo vaak meer, en haar mooie gezicht stond verdrietig, net als toen grootvader Neuman doodging. Hij dacht dat ze boos op hèm was, maar Teddy zei dat dat niet waar was, en hij geloofde wat Teddy zei. Ze sprak altijd de waarheid. Bovendien was hij niet stout geweest. Eigenlijk was hij de laatste tijd een engeltje geweest, dat zei Teddy tenminste.

Het rook zo heerlijk naar kippesoep dat het water hem in de mond liep en Maxims neusvleugels trilden toen Marta een van de dampende porseleinen kommen voor hem neerzette.

'*Danke schön*, Marta,' zei hij en nam zijn zilveren lepel op. Hij doopte hem in de heldergouden vloeistof, lepelde een schilfertje wortel en een kronkeltje noedel op en nam zijn eerste hap. Het

smaakte heerlijk. Dit was absoluut de soep die hij het lekkerst vond. Hij wilde wel dat ze die elke dag aten.
Zijn vader en zijn grootmoeder praatten maar door over van alles en nog wat, en af en toe zei zijn moeder iets, maar hij en Teddy waren zo stil als muisjes, net als altijd, en ze spraken alleen als er iets tegen hen werd gezegd en ze wel antwoord moesten geven.
Toen iedereen de soep op had, kwam Gerda, het andere keukenmeisje, de kommen weghalen en toen kwam Marta geruisloos uit de keuken met een zilveren blad waarop een grote gestoomde karper lag.
Als Maxim helemaal rechtop in zijn stoel ging zitten en zijn hals uitrekte, kon hij de vis net zien. Marta liet de vis zien aan zijn moeder, die knikte en zei: 'Hij ziet er prachtig uit, Marta. Mijn complimenten aan Frau Müller. Dien hem maar op, wil je?'

'Het lijkt me een leuke afwisseling voor je als je een paar dagen bij Renata op het Schloss zou gaan logeren,' zei Sigmund toen het dessert werd opgediend tegen Ursula die aan het andere eind van de tafel zat. 'En ik weet zeker dat Maxim en Teddy het ook wel leuk zouden vinden.'
Toen hij zijn naam hoorde, ging Maxim rechtop in zijn stoel zitten en keek gespannen van zijn vader naar zijn moeder. Zijn donkere ogen glommen, en voor hij zich kon inhouden, riep hij uit: 'O, ja, *Mutti*, laten we alstublieft gaan!'
Ursula wierp hem een blik toe. Er speelde een vage glimlach om haar mond. 'Zou je dat echt graag willen, *mein Schatz*?'
'Nou en of, *Mutti*, en Teddy ook. Ja toch, Teddy?' Hij draaide zich met een vragend gezicht naar Theodora.
Teddy zei: 'Ik denk dat het Maxim goed zou doen, verandering van lucht, een paar dagen op het platteland.'
Sigmund glimlachte. Hij vond het prachtig dat hij zijn zoon en Teddy als bondgenoten had. Hij was er zeker van geweest dat Ursula bezwaar zou maken, dat ze niet weg zou willen, hoewel hij vond dat ze echt een poosje uit Berlijn en de spanning daar vandaan moest. Maxims enthousiasme zou haar ongetwijfeld overhalen, daar was hij van overtuigd.
Precies zoals Sigmund had gedacht, knikte Ursula instemmend. 'Goed, Maxim, dan gaan we midden volgende week, laten we

zeggen woensdag.' Ze vestigde haar blik op Sigmund en vervolgde: 'Maar alleen als je belooft om vrijdag ook te komen, Sigi.'
'Natuurlijk beloof ik dat,' zei Sigmund direct. 'Ik begrijp van Reinhard dat als jij komt, Renata Arabella en de kinderen ook wil vragen, zodat Maxim iemand heeft om mee te spelen.'
'Ja, leuk,' beaamde Ursula. Het idee van een reisje naar de Mark Brandenburg en een verblijf met haar twee beste vriendinnen vrolijkte haar op, en ze voelde zich plotseling niet meer zo bezwaard. Ze wendde zich tot Maxim en zei met een liefdevolle glimlach: 'Het heeft er gesneeuwd, dus dan kun je met de andere kinderen buiten spelen. Dan gaan we sleetje rijden en misschien kunnen we zelfs schaatsen op het meer.'
Maxim knikte opgewonden. Het vooruitzicht van dit tochtje deed zijn hartje sneller kloppen en de opwinding stond op zijn gezicht te lezen. Vrolijk lachend riep hij: 'En ik zal een prachtige sneeuwman voor u maken, *Mutti*, en ook een voor jou, Teddy.' Hij keek van de een naar de ander, en zijn moeder lachte naar hem terwijl Teddy zachtjes bedankte, en hij werd er helemaal warm van.
Toen hij zijn vork opnam om aan zijn Apfelstrudel te beginnen, dacht hij dat hij zou barsten van geluk. Deze week was vrijdagavond extra bijzonder geweest. Ze gingen naar het grote oude kasteel waar hij altijd lol had met Gretchen, Diana en Christian, en zijn moeder lachte weer, en dat was nog het allerbelangrijkste.

13

De bossen van de Mark Brandenburg, eens domein van de zegevierende Teutoonse ridders, strekken zich mijlenver uit over de moerassige landstreek Pruisen. Het gebied loost zijn water in drie rivieren: de Havel, de Spree en de Oder, en het is bezaaid met meren en wordt doorkruist door talloze kanalen en kleine waterwegen die de verbinding vormen tussen de schilderachtige dorpjes.
Aan de rand van een van die oude en charmante dorpjes staat het grote Schloss van graaf Reinhard von Tiegal. De achtergevel

van dit oude en schilderachtige kasteel kijkt uit over glooiende gazons en geometrisch aangelegde tuinen, en daarachter liggen de dennewouden die deel uitmaken van het enorme landgoed van de Von Tiegals, dat al vanaf de zestiende eeuw in het bezit van de familie is.

Op deze zondagmorgen in begin januari 1939 zagen deze bossen er betoverend uit, geheel in wit gehuld. De bomen waren overdekt met sneeuw en op sommige plaatsen waren de takken overladen met druipende ijspegels; op de grond waren de smalle kronkelpaden bedolven onder een dikke laag sneeuw die 's nachts gevallen en toen bevroren was. In het heldere gouden zonlicht dat door de bomen viel, glinsterde alles of het met zilver was bestoven.

Het enige geluid in dit uitgestrekte en stille witte wonderland was het kraken van zware laarzen in de bevroren sneeuw toen Sigmund en Kurt zich op hun ochtendwandeling door het bos heen worstelden. Beide mannen waren voor het weekend naar het Schloss gekomen om bij hun vrouw te zijn; Sigmund was vrijdagavond vanuit Berlijn naar de Mark gereden, Kurt zaterdagmiddag.

Hoewel ze warm waren ingepakt in een dikke groene loden jas en met een Tirolerhoedje op, een wollen sjaal om en handschoenen aan, en ze hun broek in hun skilaarzen hadden gestopt, liepen ze toch in een behoorlijk tempo omdat er een ijzige, snijdende wind stond.

Een tijdlang spraken ze beiden niet, maar liepen in gedachten verzonken en toch volkomen tevreden met hun wederzijdse stilte, zoals dat vaak met oude vrienden het geval is.

Het was Kurt die de stilte ten slotte verbrak toen hij zei: 'Ik heb nieuws voor je, Sigi.'

Sigmund keek hem gespannen aan. 'O ja? Vertel het me dan maar gauw.'

'Morgen of dinsdag krijg ik je uitreisvisa. Maar er is wel een klein probleem. Ik kan er maar drie krijgen.'

'O nee!' zei Sigmund ontzet. Hij bleef abrupt staan en staarde Kurt aan, niet in staat de wanhoop van zijn gezicht te houden. 'Wat is er gebeurd? Wat is er misgegaan?'

'Er is niets misgegaan. Mijn contactpersoon vindt eenvoudigweg dat hij heel voorzichtig moet handelen. Tenminste op het

ogenblik, om geen argwaan te wekken.' Kurt nam Sigmund bij de arm. 'Kom op, laten we doorlopen. Anders vriezen we hier nog dood.' De twee mannen liepen verder en de prins vervolgde: 'Acht visa is veel voor één keer, Sigi, vooral omdat mijn contactman nog maar een week of twee geleden, na steeds maar weer uitstel, een grote familie heeft kunnen helpen het land uit te komen. Negen mensen, om precies te zijn. Maar nog afgezien van zijn eigen voorzichtigheid, is zijn connectie bij Buitenlandse Zaken op het moment ook wat nerveus. Maar mijn vriend belooft je binnen een paar weken nog drie uitreisvisa, en de laatste twee tegen het eind van de maand. Niet later. Maak je maar geen zorgen, het komt best in orde. Nu moeten we weten wie de eerste drie visa gaan gebruiken. Ik neem aan dat je Ursula en Maxim onmiddellijk wil laten vertrekken. Ga jij met hen mee?'
'Ursula en Maxim moeten meteen het land uit. Maar ik kan niet weg,' zei Sigmund zonder aarzelen. 'Ik moet blijven tot de anderen allemaal zijn vertrokken.'
'Ik dacht al dat je dat zou zeggen,' mompelde Kurt. 'Dus wie gaat er dan met Ursula en Maxim mee? Je moeder?'
Sigmund schudde zijn hoofd. 'Mijn moeder zou niet gaan, niet zonder mijn zusters. Ze zou haar dochters nooit achterlaten, dat kan ik je verzekeren. Ze zal me zeggen dat ze een oude vrouw is, dat haar leven toch al bijna voorbij is, en ze zal weigeren, ijskoud weigeren. Dus ik denk dat het het beste zal zijn als Theodora met Ursula en Maxim meegaat. Als je dan over twee weken het tweede stel visa hebt, kunnen Sigrid met haar man en Hedy vertrekken. Dan ga ik aan het eind van de maand met mijn moeder.'
'Ik dacht wel dat je er niet over zou piekeren Duitsland te verlaten voor de hele familie veilig in een ander land zou zijn,' zei Kurt. 'Ik moet de drie betreffende paspoorten dinsdag, uiterlijk woensdag toch wel in handen hebben. Dan zal ik ze bij je thuisbrengen.'
'Heel erg bedankt, Kurt. Ursula is er klaar voor, ze kan onmiddellijk vertrekken. Jouw connectie...' Sigmund stokte, aarzelde even en zei toen: 'Je connectie is er toch wel redelijk zeker van dat hij de andere visa kan krijgen, hè?'
'Ja.' Nu was het Kurts beurt om te blijven staan, en hij draaide zich naar Sigmund om en keek hem zeer direct aan. 'Hij weet het absoluut zeker, daar ben ik van overtuigd, Sigi.'

Sigmund wendde zijn ogen niet van zijn vriend af.
Hun blikken kruisten elkaar en ze keken elkaar diep in de ogen.
Eén vluchtig moment dacht Kurt dat hij in Sigmunds ogen een sprankje twijfel of ongerustheid, of misschien een mengeling van beide zag, en hij zei: 'Je moet me geloven, mijn bron is uiterst betrouwbaar. Hij zou niet zeggen dat hij de visa kon krijgen als hij dacht dat het hem niet zou lukken, als hij er ook maar enigszins aan zou twijfelen.'
Er viel even een stilte en uiteindelijk knikte Sigmund. 'Zolang jij hem maar vertrouwt, Kurt, dat is goed genoeg voor mij.'
Hoewel ze nu diep in het woud waren, liet Kurt zijn stem nog een toontje dalen, meer uit gewoonte dan uit noodzaak, en hij zei: 'Kijk eens, als dat maakt dat je je zekerder voelt, zal ik je vertellen wie me helpt. En jou. Het is admiraal Canaris.'
Sigmunds mond viel open. Als door de bliksem getroffen staarde hij Kurt aan. '*Wilhelm Canaris!* Maar hij is hoofd van de Abwehr.'
'Ja. Als hoofd van de Duitse Militaire Inlichtingendienst is hij voor mij van onschatbare waarde. En op veel meer manieren dan ik je ooit kan vertellen.'
'Canáris,' herhaalde Sigmund verbaasd.
Het was Kurt overduidelijk dat Sigmund werkelijk met stomheid geslagen was door wat hij hem zojuist had verteld, en hij zei: 'Door geboorte, opvoeding, traditie, instinct en overtuiging verafschuwt admiraal Canaris Hitler en alles waar hij voor staat, en dat geldt voor veel van de mensen die onder hem werken. En trouwens, er is niet één ministerie in de hele regering waar niet twee of drie mensen, soms zelfs meer, er net zo over denken.'
'Zoals de contactpersoon van de admiraal bij Buitenlandse Zaken?'
'Precies.'
'Ik moet toegeven dat je me deed schrikken, dat je me perplex deed staat toen je de admiraal noemde,' zei Sigi. 'Wie zou vermoeden dat hij anti-nazi is?'
'Zijn haatgevoelens jegens hen zijn welbekend... in kleine kring. Je zou kunnen zeggen dat het een soort... een soort publiek geheim is, eigenlijk. En er is toevallig een aantal generaals dat er precies zo over denkt. Maar het zou vruchteloos zijn als ze openlijk tegen Hitler ageerden, om niet te zeggen buitengewoon

roekeloos. In dat geval zou elk van hen zo aan het eind van een touw bengelen.'
'Dus Canaris en de anderen bevechten Hitler van binnenuit... aan de binnenkant,' bevestigde Sigi.
'Dat is juist. Canaris gelooft dat Hitler uiteindelijk de totale ineenstorting van Duitsland teweeg zal brengen. Daar ben ik het toevallig mee eens,' zei Kurt met een diepe zucht. 'En hij en ik zijn er beiden van overtuigd dat Hitler dit jaar beslist een oorlog met Engeland zal beginnen... in feite zijn er een heleboel mensen die dat geloven. Hij wil het Westen helemaal in zijn macht krijgen.'
'Je klinkt onheilspellend, Kurt.'
'Ik voel me ook erg onheilspellend.' De prins schudde zijn hoofd. 'De toekomst ziet er ontmoedigend uit, diep droevig; een oorlog is onvermijdelijk. En die oorlog moet Duitsland verliezen als het als natie wil blijven bestaan en zijn menselijkheid wil terugkrijgen.'
'Ja,' zei Sigi laconiek en heel zachtjes.
Ze liepen samen verder, elk kortstondig verzonken in trieste gedachten, maar na een paar seconden bracht Sigi te berde: 'Als Hitler Chamberlain tot handelen dwingt en Engeland verklaart ècht de oorlog, zal Frankrijk mee ten strijde trekken als Engelands oude bondgenoot en medeondertekenaar van het verdrag van München.'
'Ongetwijfeld.' Kurt schudde zijn hoofd, vloekte zachtjes en riep toen uit: 'Die stomme Chamberlain! Die slikt Hitlers geruststellende praatjes altijd als zoete koek... maar het zijn woorden zonder betekenis... van nul en generlei waarde. Er is maar één politicus in Engeland die Hitlers oorlogsplannen werkelijk begrijpt, die beseft wat hij eventueel hoopt te bereiken en die de situatie in het algemeen overziet, en dat is Winston Churchill.'
'Maar hij is een roepende in de woestijn, Kurt. Naar hem luistert niemand,' bracht Sigmund naar voren.
'Helaas. Het is heel jammer dat Churchill geen premier is.' Weer slaakte Kurt een gefrustreerde zucht en hij ging nogal snel door: 'Maar om terug te komen op Ursula's reisplannen, ik denk wel dat het een goed idee is dat ze tegen het eind van de komende week vertrekt. Ik wil dat je treinkaartjes naar Parijs koopt, Sigi. Retourtjes.'

'Ja, dat zal ik doen. Maar hoe zit het met inreisvisa voor Engeland?'
'Wij vonden dat het echter zou zijn als het lijkt of Ursula Maxim voor een vakantie mee naar Frankrijk neemt, vandaar de retourtjes. Daarom kan ze geen inreisvisa voor Engeland in haar paspoort hebben als ze Duitsland verlaat, en Maxim en Theodora natuurlijk ook niet. Ursula kan de benodigde documenten bij de Britse ambassade in Parijs ophalen. Dat heb ik allemaal al geregeld en ze krijgt de inreisvisa onmiddellijk en zonder problemen, wees daar maar gerust op.'
Sigmund knikte. 'Ik heb alle vertrouwen in je, Kurt, en ik dank je nogmaals voor alles wat je voor me doet, en voor je vertrouwen dat je me over Canaris hebt verteld. Ik besef natuurlijk heel goed dat de admiraal en zijn activiteiten geheim moeten blijven.'
'Ik weet dat je discreet zult zijn en na al die jaren dat we bevriend zijn, spreekt het vanzelf dat we elkaar vertrouwen. Nu kunnen we misschien maar beter naar het Schloss teruggaan en ons bij Reinhard voegen. Ik geloof dat hij Adam von Trott verwacht voor de lunch. Die logeert bij vrienden in de buurt. Je kent Adam von Trott toch?'
'Niet erg goed. Ik heb hem een paar keer bij Reinhard ontmoet. Zijn ze niet samen naar Oxford gegaan?'
'Ja, Adam ging naar Rhodes.'
'Hij is half Duitser, half Amerikaan, hè?'
'Dat klopt. Hij had zelfs een nogal beroemde Amerikaanse voorvader: John Jay, de rechter bij het Hooggerechtshof die de eerste opperrechter van de Verenigde Staten werd, was zijn betovergrootvader en een vermaard diplomaat.'
'Dat wist ik niet. Het zal leuk zijn Adam weer te ontmoeten,' zei Sigmund. 'Als ik het me goed herinner, zit hij bij Buitenlandse Zaken.'
'Ja,' zei Kurt.

14

Het was een grillig, eeuwenoud kasteel dat op een lage helling stond, met spitsen, torens en uivormige koepeltjes die glinsterden in het heldere zonlicht. Donkergroene met rijp overdekte dennenbossen rezen in een halve cirkel achter het witstenen Schloss als een gigantische kraag omhoog. Kinderen in bonte kleren speelden in de sneeuw onder een hemel die zo kristalhelder was dat hij wel van gepolijst blauw glas leek.

Dat was het decor dat Sigmund en Kurt aantroffen toen ze uit de onderrand van het bos, waar ze het laatste half uur hadden lopen praten, te voorschijn kwamen. En het was zo'n eenvoudig, vriendelijk en onschuldig tafereel dat beide mannen stopten om ernaar te kijken en zich een ogenblik lieten meeslepen door herinneringen aan hun eigen jeugd, voor ze elkaar aankeken en beiden hetzelfde dachten.

Sigi zei zacht, alsof hij tegen zichzelf sprak: 'Die kinderen mag niets gebeuren, Kurt. Er mag hun niets overkomen.'

'Dat gebeurt ook niet. Niet als ik er iets aan kan doen,' verklaarde Kurt krachtig. Zijn eigen kinderen, de dertienjarige Christian en de negenjarige Diana, waren samen met Maxim een grote sneeuwman aan het maken die de kleine jongen nog kleiner deed lijken, maar dat leek hem niets te kunnen schelen. De achtjarige Gretchen von Tiegal duwde een kruiwagen vol sneeuw naar haar kindermeisje, Irmgard. Die stond bij Teddy, en de beide jonge vrouwen waren voor Gretchen een ijskasteel aan het maken. Ze waren ingespannen bezig, volkomen in beslag genomen door wat ze aan het doen waren.

'Joehoe allemaal!' riep Kurt. Hij en Sigmund zwaaiden naar de groep toen iedereen keek.

'Joehoe!' riepen de kinderen en de kindermeisjes in koor en wuifden lachend voor ze weer verder gingen met hun kunstwerken van sneeuw.

'Dat willen ze voor de lunch nog klaar hebben,' lachte Sigmund. 'Zodat we hun werk kunnen komen bewonderen.'

Kurt grinnikte en knikte, en de twee mannen sloegen linksaf en namen een pad dat naar een zijvleugel van het kasteel liep; het pad was pas door een van de tuinlieden van sneeuw ontdaan en ze konden flink doorlopen.

Toen ze eenmaal in de kleine hal met zijn betimmerde muren en blauw met wit betegelde vloer waren, trokken ze hun jas uit, verwisselden hun sneeuwlaarzen voor schoenen en klommen de smalle wenteltrap op die naar boven, naar Reinhards studeerkamer leidde.
De deur stond op een kier. Sigmund duwde hem open en ging naar binnen, op de voet gevolgd door Kurt.
Adam von Trott zu Solz was er al en hij en Reinhard stonden voor het laaiende vuur champagne te drinken. Er klonken begroetingen over en weer en toen zei Reinhard tegen de nieuwkomers: 'Ook een glaasje hiervan? Of willen jullie liever een wat pittiger hartversterking?'
'Champagne voor mij graag,' zei Sigmund. 'Wat wil jij, Kurt?'
De prins knikte. 'Hetzelfde voor mij, dank je.' Hij pakte een gouden sigarettenkoker uit zijn tweed jagersjasje en hield hem Sigi en Adam voor. Sigi nam er een, Adam sloeg het af.
Terwijl hij zijn sigaret opstak, keek Sigi naar Adam von Trott. Hij was vergeten dat Adam zo'n knappe vent was. Hij was lang en nogal mager, maar hij zag er heel aantrekkelijk uit en hij had een flinke dosis natuurlijke charme, herinnerde Sigi zich.
Reinhard daarentegen was korter, met donkerbruin haar en ogen van dezelfde kleur in een nogal rood, verweerd gezicht, als van een man die veel van zijn tijd in de buitenlucht doorbrengt. Hij was van nature geestdriftig en hartelijk en hij lachte vaak en veel, hoewel dat lachen er het afgelopen jaar nogal eens bij ingeschoten was.
Toen hij de kristallen glazen sprankelende wijn naar Sigmund en Kurt bracht stond zijn gezicht heel ernstig. Ze bedankten hem en hij liep naar de enorme stenen schouw om zijn eigen glas te halen. Hij hief het, '*Prost!*'
'*Prost!*' zeiden de anderen.
Na een paar teugjes champagne zei Reinhard: 'Ik geloof dat Hitler zijn zelfbeheersing aan het verliezen is. Uit bepaalde bronnen heb ik vernomen dat er de laatste tijd nogal wat krankzinnige uitbarstingen zijn geweest in het allerheiligste van de rijkskanselarij. En laten we de *Kristallnacht* niet vergeten. Ik houd hem volledig verantwoordelijk voor die ten hemel schreiende gewelddadigheid. Niemand zal mij er ooit van overtuigen dat hij dat niet heeft goedgekeurd, en de ongeregeldheden zelfs niet

heeft aangemoedigd. En het komt mij voor dat zijn grootheidswaanzin uit de hand begint te lopen. Eerlijk gezegd geloof ik dat die hem volledig in zijn greep heeft, en wie weet wat het volgende is, wat voor monsterachtigheden hij gaat bedrijven als hij niet wordt tegengehouden.
Kurt fronste. 'Waar wil je naar toe, Kurt?'
'*Tirannenmoord.* Uit zichzelf gaat hij niet, dus moet hij omgebracht worden.'
'Wees toch voorzichtig,' siste Kurt zachtjes en hij liep naar de deur, die nog op een kier stond, om de gang in te kijken. Tot zijn opluchting was die verlaten en hij trok de deur stevig dicht voordat hij zich bij de anderen rond het haardvuur voegde. 'Onvoorzichtig gepraat kan heel wat mensen kwaad doen,' zei hij met een waarschuwende blik naar Reinhard. 'Ik weet wel dat je nu gaat zeggen dat je de bedienden en iedereen die verder nog onder dit dak woont, vertrouwt, maar we moeten allemaal voorzichtig zijn met wat we zeggen, ongeacht waar we ons bevinden.'
'Ik ben niet aan het samenzweren om Hitler te vermoorden. Ik theoretiseer alleen maar,' verduidelijkte Reinhard. 'Maar je hebt natuurlijk volkomen gelijk, Kurt.' Hij zweeg even en ging toen met veel zachtere stem verder: 'Zijn jullie het er niet allemaal mee eens dat moord op die tiran de enige oplossing is?'
De andere mannen zwegen.
Sigi zei ten slotte: 'Het is niet genoeg Hitler te vermoorden. Dan moet je zijn kwade medestanders ook om zeep helpen.'
'Dat is juist,' beaamde Kurt snel. 'Een tiran vermoorden is prima, maar daarna krijg je nog met de hele regering te maken. Elk komplot om Hitler uit de weg te ruimen zou een zeer grote reikwijdte moeten hebben. Er zouden plannen moeten klaarliggen om ogenblikkelijk de macht over te nemen, op het moment dat hij sterft. Er zou van tevoren een lijst moeten worden opgesteld van mensen die de regering zouden moeten vormen, en die zouden onmiddellijk de touwtjes in handen moeten nemen.'
'Ja,' zei Reinhard peinzend. Hij liep naar het raam, stond even naar buiten te kijken en draaide zich toen weer om naar zijn gasten. 'Ik wil democratie voor Duitsland, geen dictatuur.'
'Natuurlijk, dat willen we toch allemaal,' zei Adam.
'Dat weet ik.' Reinhard schudde zijn hoofd. 'En we zullen het

nooit krijgen zolang de nazi's de macht in handen hebben. Om daadwerkelijk van de nazi's af te komen, moeten we eerst het hoofd van het beest afhakken, de leider van het gespuis ombrengen. En dat brengt me weer bij mijn uitgangspunt… er lopen heel wat overtuigde anti-nazi's rond… iemand moet een plan opstellen om Hitler te vermoorden.'

'Ja, maar…' begon Kurt en stopte abrupt toen er werd geklopt.

De mannen keken elkaar geschrokken aan toen de deur openvloog… en Renata op de drempel stond.

'Je liet ons schrikken,' riep Reinhard uit.

'O, neem me niet kwalijk, dat was niet de bedoeling,' zei Renata verontschuldigend. 'Mogen de dames bovenkomen voor een glas champagne voor de lunch, of komen jullie beneden bij ons?'

'We komen zo beneden,' zei Reinhard.

'Goed, schat.' Ze glimlachte, verdween weer en deed de deur zacht achter zich dicht.

'Begrijpen jullie nou wat ik bedoel? Dat had iedereen kunnen zijn,' verduidelijkte Kurt. 'Ik denk dat we dit onderwerp beter even kunnen laten rusten, tenminste voor het ogenblik.'

Reinhard knikte instemmend, draaide zich om, keek nog eens uit het raam en riep uit: 'Wie kan dat nou zijn, die daar aankomt, precies op tijd voor de lunch? Een vent op een motorfiets nog wel, en hij ziet er in de verste verte niet uit als iemand die ik ken.'

'Een motorfiets,' herhaalde Sigi die meteen aan Willy Herzog dacht. 'Het zou Theodora's vriendje kunnen zijn. Als we in Berlijn zijn, is zondag haar vrije dag,' mompelde hij en liep haastig naar het raam. Hij keek naar beneden en zag dat de jongeman zijn motor al neerzette. 'Ja, dat ìs Willy,' zei Sigi. 'Ik neem aan dat hij zijn gewone zondagse bezoek komt afleggen.'

'Teddy, Teddy! Kijk eens, daar is Willy!' schreeuwde Maxim haar toe, en hij begon te zwaaien naar de jongeman die op het brede tegelterras stond dat langs de achtergevel van het Schloss liep.

Theodora keek eerst naar Maxim en toen naar het terras, en riep vervolgens uit: 'Hemel, het is Willy ècht, en ik dacht dat je me stond te plagen, Maxim.' Ze stak het tuinschepje in de berg

sneeuw en klom de helling op, terwijl ze onderweg haar baret zorgvuldig rechtzette.
Willy nam haar in zijn armen toen ze hem bereikte, omhelsde haar stevig en kuste haar wang, haar geen kans gevend ook maar iets te zeggen. Toen hij haar eindelijk losliet, riep ze uit: 'Hemel, Willy, wat kom jij hier doen?'
'Ik kwam voor jou.'
'Ja, dat snap ik... maar het is zo'n eind, Willy.'
'Dat valt wel mee. Het was maar een paar uur op de motor. Toen je me gisteren aan de telefoon vertelde dat Frau Westheim van plan is nog een paar weken op Schloss Tiegal te blijven, vond ik dat ik naar je toe moest. Ik moet iets met je bespreken, en dat kun je altijd beter persoonlijk doen, vind je niet?'
'Is er iets?' Ze keek hem bezorgd aan.
Hij schudde zijn hoofd. 'Denk je dat ik even naar de wc kan, en kan ik misschien een kop koffie of thee krijgen? Ik heb het wel een beetje koud gekregen op dat ding.'
'Natuurlijk. Wat onbeleefd van me. Ik zal je eerst de wc wijzen, en dan de kok om iets warms vragen. En je moet blijven lunchen. Ik weet zeker dat Frau Westheim en Gräfin Von Tiegal daarop zullen staan... Ik hoop dat je het niet erg vindt met de kinderen en Irmgard te eten, en met mij natuurlijk?'
'Nee. En dank je, ik blijf graag eten. Wie is Irmgard?'
'Dat is het kindermeisje hier,' legde Teddy uit, en terwijl ze naar de rand van het terras liep, riep ze: 'Maxim!'
'Ja, Teddy?' antwoordde hij dadelijk en keek langs de helling naar boven, met zijn hand boven zijn ogen tegen de zon.
'Ik ga even met Willy naar de keuken... om iets warms te drinken te halen.'
'Mag ik mee?'
'Nee Maxim. Blijf jij hier maar spelen.'
'Maar ik wil Willy gedag zeggen!'
'Dat kun je straks doen. Hij blijft bij ons eten.'
'Hoera! Hoera!' riep Maxim en zwaaide met zijn schep. Willy was zijn vriend. Hij vond hem heel lief.
'Maak je maar geen zorgen,' riep Irmgard. 'Ik houd wel een oogje op Maxim voor je.'
'Ik ook, Teddy,' bood de negenjarige Diana von Wittingen aan.
'Ik ben geen baby!' riep Maxim.

'Welbedankt allebei!' riep Teddy en draaide zich snel om; ze rende naar Willy en pakte zijn arm. 'Kom op, laten we nu koffie voor je gaan halen. Je kunt het in Irmgards kamer opdrinken, dat is nu ook een beetje mijn kamer. Er brandt een flink vuur waar je je kunt warmen. Je zult het wel koud hebben.'
'Dat heb ik zeker,' gaf Willy toe.
Theodora keek hem doordringend aan. 'En dan kun je me vertellen wat je zo vreselijk dwars zit dat je helemaal hiernaar toe moest komen om er met mij over te praten.'

'Het zit zo,' zei Willy terwijl hij Theodora aankeek. 'Je weet dat het mijn vader niet is gelukt een inreisvisum voor Amerika te bemachtigen. Maar een joodse organisatie in Berlijn heeft hem er een beloofd voor Palestina, en ze kunnen ook aan een uitreisvisum komen. Die krijgt hij allebei met een week of twee.'
'En nu wil hij dat jij gaat, Willy. Ja toch?'
'Ja,' mompelde Willy, en keek net zo miserabel als hij zich voelde.
'Dan moet je dat doen.'
'Dat kan ik niet,' riep Willy uit. 'Snap je dat dan niet, ik kan niet zonder jou, Teddy!'
'Je móet wel, lieverd. Je hebt geen keus,' zei Teddy heel teder, en ze boog zich voorover en legde een hand op zijn arm.
'Maar ik wil je niet in Berlijn achterlaten,' protesteerde hij met een stem die plotseling trilde.
Het huilen stond hem nader dan het lachen, dacht Teddy. Maar ze was voorbereid op een dergelijk moment, volkomen voorbereid met de juiste woorden – en leugens, als dat nodig was. In november, toen Herr Westheim haar om haar paspoort had gevraagd en had uitgelegd dat hij hoopte zijn gezin en haar Duitsland uit te krijgen, had ze geheimhouding moeten beloven. 'Niemand mag er iets van weten,' had hij gezegd. Als de nazi's achter hun plannen kwamen, zouden ze de Westheims kunnen tegenhouden omdat hij belangrijk was voor het ministerie van financiën en voor de staat, had hij gewaarschuwd. Ze had alles goed begrepen en had hem haar woord gegeven.
Dat was op dezelfde zaterdagmiddag dat ze de Westheims had verteld over haar onofficiële verloving met Willy, dat ze hun had toevertrouwd dat Willy hoopte dat ze uiteindelijk beiden

naar Amerika zouden kunnen, samen met zijn vader en zuster. De Westheims hadden elkaar dadelijk ongerust aangekeken, en Frau Westheim had gezegd: 'We kunnen je natuurlijk niet dwingen met ons mee te gaan, Teddy, en dat zullen we ook niet doen. Maar vergeet niet dat je mijn pupil bent. Ik heb je moeder beloofd dat ik voor je zou zorgen, en ik zou het vreselijk vinden je achter te laten. Heel eerlijk gezegd vind ik dat je weg moet gaan als je kunt. En dat geldt ook voor Willy als hij de kans krijgt, zelfs als dat betekent dat hij zonder jou moet gaan. Er is in ieder geval geen garantie dat het professor Herzog zal lukken.'
Toen was Herr Westheim tussenbeide gekomen: 'Het is niet erg waarschijnlijk dat het hem lukt, Theodora. De Verenigde Staten laten geen Europese joden meer toe. Hun quota zijn vol.' Toen ze dit akelige nieuws hoorde, had ze van Herr Westheim naar Frau Westheim gekeken en uitgeroepen: 'Maar ik kan niet zomaar verdwijnen! Willy zou ongerust worden.' Ursula Westheim had haar hand genomen en gezegd: 'Ja, dat kun je wel, Teddy. En als we op onze bestemming aankomen, kun je Willy bellen om hem alles uit te leggen. Hij zal opgelucht zijn als hij hoort dat je veilig bent. Dat weet ik zeker.'
Ze had zich plotseling gerealiseerd dat het waar was wat Frau Westheim zei. En Willy had in ieder geval veel meer kans om in zijn eentje Duitsland veilig uit te komen, zonder dat zij hem daarbij hinderde. Er was die middag meteen nog iets anders bij haar opgekomen, en ze had zich hardop afgevraagd wat ze tegen Willy moest zeggen als hij om haar paspoort zou vragen. 'Dat doet hij niet,' had Herr Westheim haar verzekerd, 'de Amerikanen geven geen inreisvisa meer af. Maar als hij het toch mocht vragen zeg je gewoon dat je je paspoort hebt opgestuurd om het te laten verlengen. Zeg niet dat ik het heb, en denk erom, vertel niets van onze plannen, wat je ook doet.' En voor de tweede keer had ze geheimhouding beloofd.
Uiteindelijk waren de Westheims er natuurlijk in geslaagd haar ervan te overtuigen zich naar hun wensen te schikken. Tenslotte had haar moeder zoveel vertrouwen in hen gehad dat ze haar welzijn aan hen had toevertrouwd tot ze eenentwintig was, en dat moest ze respecteren. Ze waren ouder en wijzer dan zij, en zij wisten het beste wat goed voor haar was.
En toen de weken langzaam voorbijgingen, had ze moeten toe-

geven dat ze inderdaad gelijk hadden gehad. Het was Chanoeka geworden, en toen Kerstmis, en uiteindelijk nieuwjaar. Toen was het ineens 1939 en professor Herzog had nog steeds niets van zijn vriend in Frankfurt gehoord, die een vriend had die een Amerikaan kende die op de ambassade werkte. Op een avond had Willy haar moeten bekennen dat hij alle hoop had opgegeven dat het visum voor Amerika ooit nog zou worden afgegeven. Ze had een paar keer op het punt gestaan hem toe te vertrouwen dat haar tante Ketti in Londen probeerde een Engels inreisvisum voor haar te bemachtigen, maar ze had altijd haar mond gehouden, omdat ze om een vreemde, onverklaarbare reden als het over dit onderwerp ging altijd met een mond vol tanden leek te staan.

En nu stond Willy hier in het Schloss met zijn laatste nieuws.

Toen ze naar zijn bleke, verdrietige gezicht keek, had ze met hem te doen. Hij was bezorgd dat hij haar moest achterlaten, maar ze kon zijn ongerustheid niet wegnemen door hem de waarheid te vertellen. Ze kon Willy beslist niets vertellen over de plannen die Sigmund Westheim voor hen had. Niets ter wereld zou ervoor zorgen dat ze de familie in gevaar bracht. Ze vertrouwde Willy Herzog, ze zou hem zelfs haar leven toevertrouwen. Maar aan de andere kant mocht ze kleine Maxim en zijn ouders op geen enkele manier gevaar laten lopen.

En dus moest ze Willy ervan overtuigen dat hij gebruik moest maken van het visum dat zijn vader kon krijgen en dat hij Duitsland moest verlaten, wat voor leugens ze ook moest vertellen om dit gedaan te krijgen.

Ze stond op en ging naast hem op de sofa voor het vuur zitten. Ze pakte zijn hand en kneep erin; toen bracht ze hem naar haar gezicht en streek hem zachtjes langs haar wang met een gebaar waar tederheid en liefde uit spraken.

Na een ogenblik zei ze: 'Ik wil dat je naar Palestina gaat, Willy. Ik sta er zelfs op dat je gaat. Luister naar me. Frau Westheim is van plan voor onbepaalde tijd op het Schloss te blijven. Toen je gisteren belde, zei ik dat we een paar weken zouden blijven, omdat ik je niet van streek wilde maken. Maar in werkelijkheid duurt het heel, heel lang voor we naar Berlijn teruggaan. De Westheims denken dat het hier op het platteland veiliger is, en dat is het ook. We zullen het hier prima hebben bij de Von Tie-

gals. Als je eenmaal in Palestina bent, kun je proberen inreisvisa voor je familie te bemachtigen, en voor mij. En zodra je die hebt, zal ik naar je toe komen.'
'Het baart me zorgen je achter te laten, en...'
'In Palestina zul je een veel betere kans op die visa hebben dan hier,' onderbrak ze hem snel.
'Dat weet ik nog zo net niet,' zei Willy met een weifelende uitdrukking op zijn gezicht.
'O ja, heus. Eerlijk, Willy. Herr Westheim heeft me verteld dat het makkelijker is om een visum te krijgen voor een land als je daar in feite al bent. Ik bedoel een visum voor iemand anders. Hij weet een heleboel van die dingen af. Vergeet niet dat hij bankier is.' Teddy wachtte, en ze haalde eens diep adem. 'En mijn tante Ketti in Londen probeert een inreisvisum voor Engeland voor me te bemachtigen,' flapte ze er eindelijk uit in de wetenschap dat ze dit nu moest aangrijpen om hem te overtuigen.
Werkelijk gealarmeerd door deze laatste mededeling staarde Willy Theodora aan. 'Waarom heb je me niet verteld dat je tante Ketti dat aan het proberen is?'
Teddy beet op haar lip. 'Sorry Willy, dat had ik wel moeten doen.' Ze zuchtte. 'Ik denk dat ik je niet wilde vertellen dat ik misschien eerder uit Berlijn weg zou kunnen dan jij, en ik houd er niet van over dat soort dingen te praten, omdat ze misschien niet eens gebeuren. Ik ben nogal bijgelovig, zie je. Maar tante Ketti's pogingen zijn hoopgevend, veelbelovend zelfs.' Die laatste bewering was niet helemaal waar, maar Theodora gaf hem een brede glimlach, en toen ze eenmaal begonnen was, ging ze door: 'Voor je vanmiddag weggaat, zal ik je tante Ketti's adres geven, voor het geval dàt. Joh, tegen de tijd dat jij in Tel Aviv of Jeruzalem zit, of waar je ook heen gaat, ben ik misschien al in Belsize Park Gardens bij mijn tante. Denk daar maar aan, Willy. Daar word je wel vrolijker van.' Ze leunde achterover en lachte hem vol vertrouwen toe, een toonbeeld van oprechtheid en eerlijkheid.
Willy keek haar een hele tijd bezorgd aan, met half dichtgeknepen ogen. 'Weet je heel zeker dat je tante Ketti een Brits visum voor je kan krijgen?'
'Absoluut. Ze heeft precies de goede connecties,' loog Teddy handig. 'Dus je ziet dat je wel naar Palestina moet, lieve Willy.

Als deze ellende achter de rug is, zien we elkaar weer... Herr Westheim zegt dat er oorlog komt.' Toen hij geen antwoord gaf, riep ze vrolijk: 'Hoor eens, Willy, of jij komt naar Londen, of ik kom naar Palestina, en dan gaan we samen naar Amerika!'
Voor het eerst sinds hij op het Schloss was aangekomen, glimlachte Willy. 'Amérika! O, Teddy, daar ligt onze toekomst. En het is een heerlijke droom om je aan vast te klampen... iets om naar uit te kijken en ons beiden op de been te houden zolang we gescheiden zijn.' Hij legde zijn arm om haar heen en trok haar dicht tegen zich aan. 'Je zult me toch schrijven, hè?' vroeg hij bezorgd, en hield haar nog steviger vast.
'Elke week,' beloofde Theodora, opgelucht dat ze hem had kunnen overhalen zonder haar naar Palestina te gaan. En ze was gelukkig omdat ze wist dat Willy Herzog veilig zou zijn als hij daar eenmaal was.

15

Maxim zat op de bank in de treincoupé en keek op naar zijn vader.
'Waarom ga je niet met ons mee, papa,' vroeg hij met een onvast stemmetje. Tot dit moment van vertrek had hij niet geweten dat Sigmund in Berlijn zou blijven. Zijn jonge snoetje stond teleurgesteld en zijn bruine ogen hadden een bezorgde uitdrukking.
'Omdat ze me volgende week op de bank nodig hebben, Maxim. Maar zodra ik klaar ben met mijn werk kom ik ook naar Parijs,' legde Sigmund uit die het kind erg graag wilde geruststellen.
'Wanneer, papa?'
'Met een week of twee, en als ik kom gaan we meteen weg voor onze vakantie aan zee.'
'Waar, papa?'
'In Zuid-Frankrijk... Monte Carlo of Cannes. Of misschien gaan we naar San Remo in Italië, of zelfs naar Corsica. Maar ik ga zeker een warmer klimaat kiezen zodat *Mutti* kan uitrusten, en jij en ik zullen samen een heerlijke tijd hebben.'
Er kwam een glimlach om de mond van de jongen, maar slechts even. Treurig zei hij: 'Komt u alstublieft gauw, papa, Alstublíeft.'

'Ja hoor, dat beloof ik,' zei Sigmund. 'Nou, laat me je helpen je jas uit te doen, want het is nogal warm in de coupé.' Hij tilde Maxim op, trok hem zijn jas uit en gaf die aan Teddy die hem op hun drie koffers in het bagagerek boven hun hoofd legde.
Sigmund boog zich voorover en tilde Maxim op; hij hield hem dicht tegen zich aan en drukte zijn hoofdje stevig tegen zijn schouder; hij hield zo zielsveel van hem. Even later liet hij hem los en lachte hem toe terwijl hij hem op de bank liet zakken; toen stak hij zijn hand uit om Maxims blauwe dasje recht te trekken, waarna hij hem met dezelfde liefhebbende hand over zijn blonde bol streek.
Nog steeds met een glimlach zei Sigi: 'Je moet me beloven dat je lief zult zijn, Maxim, en je moet voor mij op *Mutti* passen, en ook op Teddy, tot ik er ben.'
Maxim knikte heel ernstig. 'Ja, papa, dat zal ik doen. Maar blijf je niet te lang weg?'
'Nee hoor.' Sigmund boog zich voorover en kuste Maxim, die zijn armen om zijn vaders hals sloeg en zich aan hem vastklampte. Hij was nooit langer dan een dag of twee van hem gescheiden geweest, en de wetenschap dat zijn vader in Berlijn bleef, verontrustte hem en maakte hem bang, hoewel Teddy en zijn moeder bij hem in de trein waren.
Sigmund gaf zijn zoon nog een knuffel, liet hem toen los en keerde zich van hem af; hij schraapte zijn keel en knipperde even snel met zijn ogen. Die waren opeens nat en hij had een ogenblikje nodig om zich tot kalmte te dwingen. Toen wendde hij zich tot Teddy en gaf haar een hand. Ze greep die stevig vast, en impulsief trok Sigmund haar van haar zitplaats omhoog en sloeg zijn armen om haar heen in een warme, vaderlijke omhelzing.
'Zorg goed voor ze, Teddy, en pas goed op jezelf,' zei hij zachtjes toen hij haar losliet.
'Dat zal ik doen, Herr Westheim, maakt u zich maar geen zorgen.'
Sigmund knikte en keek neer op zijn zoontje wiens ogen zo aandachtig op hem waren gevestigd. 'Je zult het leuk vinden in de trein, Maxim. Het is net een avontuur, en voor je het weet ben je in Parijs... op vakantie. *Mutti* en Teddy zullen je meenemen naar de Eiffeltoren en alle andere bezienswaardigheden.'

'Ja... Papa, komt Gromo met u mee?'
'Jazeker.'
Maxims gezicht lichtte op met een blijde glimlach. Hij vond het fijn te weten dat zijn grootmoeder met hen meekwam op vakantie. Weldra zou iedereen van wie hij het meeste hield, bij hem zijn. Hij ging achteruit zitten en pakte het houten paardje op dat zijn papa hem gisteren had gegeven. Het zag er net zo uit als de pony die hij voor hem ging kopen. Dat had hij gezegd. 'En die krijg je al heel gauw, dat beloof ik,' had zijn papa er nog bij gezegd. Hij kon nauwelijks wachten. Het zou heerlijk zijn om een pony te hebben. Hij wilde er al zo lang een. Van de zomer zou hij er in de tuin in Wannsee op rijden.
Sigmund zag dat Maxim bezig was met het uit hout gesneden paardje, en hij ging snel het rijtuig uit omdat hij dit langdurige afscheid dat voor hem en alle anderen pijnlijk was, zo kort mogelijk wilde houden. Hij had een brok in zijn keel en zag dat Ursula bijna in tranen was. Ze liep achter hem aan het rijtuig uit, het perron op, waar ze samen bleven staan praten.
Maxim duwde zijn neus tegen het raam en keek naar zijn ouders. Maar hij kon niet horen wat ze zeiden, dus richtte hij zijn aandacht weer op het houten paardje en schopte met zijn hakken tegen de onderkant van de banken in de coupé tot Teddy hem nogal streng zei dat hij daar onmiddellijk mee moest ophouden. Dat deed hij.

Ondanks het gedrang en het lawaai op het drukke perron sprak Ursula met zachte stem, omdat ze niet wilde dat iemand hen zou horen. Ze nam Sigmunds hand in de hare. 'Ik wou dat ik er niet mee had ingestemd. Ik vind het vreselijk om je achter te moeten laten. Ik denk dat we beter allemaal tegelijk kunnen gaan. Alsjeblieft Sigi, laat me Maxim en Teddy uit de trein halen nu het nog kan.'
'Nee, beslist niet,' antwoordde hij zachtjes maar meelevend. 'Ik heb je gezegd dat ik niet wil dat je wacht tot het eind van de maand. Ik denk dat het beter is om met twee en drie tegelijk te gaan, al was het alleen maar omdat het minder opvalt. Met een dag of tien komen Hedy, Sigrid en Thomas naar Parijs, en daarna kom ik met moeder.'
'Ja Sigi, dat weet ik wel. Maar ik vind het afschuwelijk om je zo

achter te laten, werkelijk. Ik maak me zorgen over je. Dat begrijp je toch wel? Er kan van alles gebeuren,' fluisterde ze.
'Er gebeurt helemaal niets. Ik wil jou en Maxim Berlijn uit hebben. Ik zal me een stuk rustiger voelen als ik weet dat jij en het kind veilig zijn.'
De trein begon luid te fluiten, met wolken stoom en rook waarin ze haast verdwenen, en over het perron kwam een conducteur met een rode vlag aanhollen die op zijn fluitje blies. De trein Berlijn-Parijs ging vertrekken en passagiers die op het nippertje waren aangekomen, wrongen zich langs hen heen om snel te kunnen instappen.
Sigmund en Ursula werden tegen elkaar aan geduwd en hij nam haar in zijn armen en kuste haar. 'Ik houd van je, Ursula.'
'Ik houd ook van jou, Sigi, met heel mijn hart.'
Hij hoorde haar stem beven van emotie en hij legde zijn hand onder haar kin en tilde haar gezicht op zodat hij in haar blauwe ogen kon kijken. 'Kop op, lieverd, niet huilen. Ik zal weer heel gauw bij jou en Maxim zijn. Jullie zijn mijn leven, en niets kan ons gescheiden houden. Niet erg lang tenminste.'
'Ja,' zei ze, en ze probeerde zich te beheersen terwijl ze zich onstuimig aan hem vastklampte. Ze hadden elkaar hun hele leven liefgehad, ze waren hun hele leven bij elkaar geweest en waren bijna nooit gescheiden, behalve toen ze op school zaten. Hem zo te moeten verlaten gaf haar het gevoel of er een deel van haar lichaam werd afgerukt.
'Je kunt maar beter instappen,' zei Sigi, en hij voegde er zachtjes aan toe: 'En wees voorzichtig onderweg. Wees op je hoede, lieverd. Houd je ogen en oren open en praat zo min mogelijk met anderen. Wees beleefd, maar ook niet meer dan dat. Geen ingewikkelde conversatie.'
'Ja,' mompelde ze.
'Het ziet ernaar uit dat de trein wemelt van de SS-officieren, legermensen en Gestapo, maar dat is niets bijzonders, dus maak je daar maar geen zorgen over. Er zijn er die gewoon met verlof zijn, en anderen volgen gewoon hun orders.'
Ze knikte.
Sigi ging snel door, met dezelfde gedempte stem: 'En denk eraan, aan de grens zal zowel politie als immigratie- en douanepersoneel zijn. En Gestapo. Maar dat is tegenwoordig heel nor-

maal, routine. Zolang je je gebruikelijke rustige houding bewaart, is er niets aan de hand.'

'Ja Sigi, dat begrijp ik.' Ursula had een brok in haar keel en kon geen woord meer uitbrengen. Ze draaide zich snel om en liep naar de trein.

Sigmund volgde haar, nam haar arm en hielp haar de treden op. 'Toe maar,' zei hij, 'ga nou maar naar de coupé.' Hij sloeg de deur dicht, maar ze duwde onmiddellijk het raampje naar beneden en stak haar hand naar hem uit. Hij greep hem vast.

De wielen begonnen langzaam te draaien, knarsend en piepend op de ijzeren rails, eerst nog met een slakkegang. Hij liep mee over het perron, nog steeds met haar hand in de zijne, en keek omhoog in dat gezicht dat hij had gekend sinds hij een jongen was en waarvan hij altijd had gehouden. Haar lieve gezicht zag bleek, maar de glimlach die ze hem ten afscheid gaf was dapper en hij glimlachte terug. Maar ze hield het niet vol, haar gezicht vertrok en de tranen die ze steeds had ingehouden, biggelden over haar wangen.

'Niet doen, lieverd, niet doen,' zei hij en drukte haar hand bemoedigend, geruststellend, maar toen de trein sneller ging moest hij haar vingers loslaten.

Hij stak zijn arm op in een laatste groet toen de trein het station uitgleed en hij stond hem onbeweeglijk op het perron na te staren tot hij uit het gezicht was verdwenen.

Toen pas draaide hij zich om en liep de Schlesischer Bahnhof uit, naar de Westheimbank aan de Gendarmenmarkt.

16

Ursula bleef uit het raampje hangen tot ze Sigmund niet meer kon zien. Maar toen de trein een bocht nam en hij uit het gezicht raakte, deed ze het dicht en draaide zich af.

Snel liep ze de gang door tot ze een toilet vond. Daar ging ze binnen, deed de deur op slot, leunde ertegenaan en drukte haar zakdoek tegen haar natte ogen. Maar al heel snel had ze zichzelf weer onder controle, omdat ze wist dat Maxim en Teddy zich zouden afvragen waar ze bleef en vooral Teddy zich ongerust zou maken.

In de spiegel boven de wastafel zag ze dat haar gezicht streperig van de tranen was en dat haar neus glom. Ze rommelde in haar handtasje, pakte haar poederdoos, poederde haar neus, bracht een tipje rouge aan en werkte haar mond bij met roze lippenstift. Daarna legde ze haar hoedje samen met haar tasje in de wastafel, haalde een kam door haar korte blonde haar, zette het hoedje weer op en deed een stap naar achteren om het resultaat te bekijken.

Ze knikte zichzelf toe, er volkomen van overtuigd dat ze er op een rustige manier elegant, waardig en gewoon uitzag, en dat was precies wat zij en Sigi hadden gewild.

Onderweg naar Frankrijk kwam het erop aan geen aandacht te trekken. Daarom had ze haar keus laten vallen op een op maat gemaakt paarsblauw tweed mantelpakje met een eenvoudige witzijden blouse, het donkergrijze hoedje en een tweed overjas in de kleur van haar mantelpak. Haar sieraden waren sober; het enige dat ze droeg waren haar gouden trouwring, een functioneel horloge en eenvoudige paarlen oorknopjes.

Ursula had Theodora geholpen haar kleren net zo zorgvuldig te kiezen en samen hadden ze een marineblauw wollen pakje, een bijpassende trui en een marineblauwe overjas uitgezocht. Zoals gewoonlijk droeg Teddy haar donkergroen-met-blauwe baret waar ze niet van wilde scheiden.

‘Weet u nog, Frau Westheim, die heb ik drie jaar geleden van tante Ketti gekregen toen ik met vakantie in Londen was. Ze heeft hem gekocht bij Scotch House, en het is mijn gelukspetje,’ had Teddy uitgelegd toen ze aan het pakken waren. En ze had geantwoord: ‘Natuurlijk lieverd, draag hem maar gerust.’ En dat deed Teddy dan ook.

Ursula pakte haar handtasje, hing het aan haar arm en ging het toilet uit. Ze liep wat onvast de gang door, zwaaiend van links naar rechts, en af en toe moest ze een arm naar de muur uitsteken om haar evenwicht te bewaren terwijl de over de rails denderende trein aan vaart won.

Toen ze de coupé had verlaten om Sigmund naar het perron te volgen, waren zij, Maxim en Teddy er de enige passagiers geweest. Toen ze de deur opende en naar binnen stapte, zag ze dat hij nu vol was. Ja natuurlijk, Sigi had haar verteld dat de trein stampvol zat. Hij had geen eigen coupé voor hen kunnen krijgen, ook geen slaapcoupé. Eigenlijk was hij blij geweest dat er nog drie kaartjes te krijgen waren voor de dag die hij had gewild.

Ursula schoof zich verontschuldigend tussen de andere passagiers door en ging tussen Maxim en Teddy zitten.

Maxim was verdiept in een van zijn prentenboeken, maar toen ze ging zitten, keek hij op. 'Waar bent u geweest, *Mutti*?' vroeg hij.

Ze boog zich naar hem toe en fluisterde: 'Ik moest even mijn neus poederen, lieverd.'

Teddy zat met een boek op schoot, maar ze las niet. Ze keek vreselijk opgelucht dat Ursula er was, en glimlachte haar mat toe.

Ursula lachte terug.

Teddy knikte haast onmerkbaar, nam de roman op, sloeg hem open en begroef haar gezicht erin.

Ursula liet haar blik discreet de coupé rondgaan.

In de hoek bij het raam, pal tegenover Maxim, zat een officier van middelbare leeftijd in het grijze uniform van het Duitse leger. Aan het embleem op zijn uniformjas met opstaande kraag zag ze dat hij kolonel was. Hij had een open attachékoffertje op zijn knieën en zat geconcentreerd een stapel papieren te bestuderen, waar hij helemaal in op scheen te gaan.

Naast hem zat een magere jonge vrouw die eruitzag of ze begin dertig was. Ze had een smal gezicht en een nietszeggend uiterlijk, op haar ogen na die opvallend blauw waren, en ze had een buitengewoon doordringende blik. Ze zat stokstijf op haar plaats, met een star gezicht, en staarde Ursula strak aan zonder met haar ogen te knipperen.

Ursula huiverde onwillekeurig onder die ondraaglijk kille en berekenende blik en keek meteen weg, maar ze vroeg zich wel af of de vrouw bij de kolonel hoorde. Als dat zo was, besteedde hij nauwelijks aandacht aan haar.

Toen richtte Ursula haar blik op de SS-officier die in de hoek tegenover Teddy zat. Hij had een staalhard gezicht met een wrede mond en hij keek vol minachting. O, wat een typische nazi, dacht ze. Misschien hoorde de jonge vrouw wel bij hem. Die passen goed bij elkaar, dacht ze. De SS-officier zat ook met een open attachékoffertje en las documenten door, maar toen keek hij plotseling op en staarde haar met een lichte frons aan, alsof hij had gevoeld dat zij haar blik op hem liet rusten.

Ze ontweek zijn blik snel en keek naar buiten. De trein minderde vaart en liep de Friedrichstrasse-Bahnhof binnen, de tweede halte in Berlijn waar passagiers konden instappen. Binnen een paar minuten tufte hij het station weer uit, maar hij moest nog een keer stoppen, bij het station Zoologischer Garten, voor hij richting Hannover, Keulen en verder ging.
Ze liet haar hoofd tegen de bank rusten en sloot haar ogen in een poging haar spieren te ontspannen, die helemaal stijf waren. Ze kon maar moeilijk geloven dat ze echt in deze trein zaten, die vandaag en vannacht midden door Duitsland naar het westen reed, naar Frankrijk. Alles was zo snel gegaan dat ze er nog van in de war was en buiten adem leek. Nog geen week geleden, op het Schloss in de Mark, had Sigmund haar 's zondagavonds verteld dat ze de volgende ochtend terug moesten naar Berlijn omdat ze binnenkort het land zouden verlaten. En woensdagavond, toen hij nog niet zo lang terug was van de bank, had hij haar gevraagd of ze bij hem in de bibliotheek een cocktail kwam drinken. Ze had niets in de gaten gehad en was een paar minuten later naar beneden gegaan waar ze Kurt von Wittingen had aangetroffen, die buitengewoon ernstig keek, en een even ernstige Sigi.
Zonder veel omhaal had Kurt haar volledig in vertrouwen genomen en hij had haar alles verteld. Toen had hij haar de drie paspoorten gegeven, maar ze had hevig geprotesteerd toen ze zag dat dat van Sigmund er niet bij was, en ze had geweigerd zonder hem te vertrekken. Maar ondanks haar heftige weerstand tegen het idee was Kurt er uiteindelijk in geslaagd haar ervan te overtuigen dat ze moest gaan, hoewel hem dat verscheidene uren had gekost.
Gisteravond had ze geprobeerd Sigi over te halen haar te laten blijven tot de hele familie samen kon vertrekken, maar hij had voet bij stuk gehouden; hij wilde niet eens naar haar argumenten luisteren. En dus had ze uiteindelijk geen keus gehad dan maar te doen wat haar man zei. Ze wilde wanhopig graag dat hij hier bij hen in de trein zat, en dat…
'Mag ik even uw kaartjes, paspoorten en andere reisdocumenten zien.' Een luide, bruuske mannenstem verbrak plotseling de stilte in de coupé.
Ursula's ogen vlogen open en ze schoot overeind op haar plaats,

haar aandacht op de deur gericht. De conducteur stond in de deuropening en pal achter hem stonden twee officieel uitziende mannen met een donkere jas aan en een jagershoedje op.
Ze trok haar paspoort en dat van Maxim uit haar handtas, samen met de treinkaartjes, en stak die de conducteur toe. Teddy deed hetzelfde.
De conducteur keek eerst naar de kaartjes en sloeg toen Ursula's paspoort open. Hij liet zijn blik er even op rusten en staarde haar toen doordringend aan voor hij het zonder commentaar aan de man gaf die het dichtst bij hem stond. Toen bekeek hij dat van Maxim, gaf ook dat door terwijl hij het kind kritisch opnam, en sloeg toen dat van Teddy open dat hij net zo nauwkeurig bekeek. Ook dit werd dadelijk doorgegeven.
Terwijl de man de documenten bestudeerde, verzamelde de conducteur de reispapieren van de andere passagiers, bladerde ze vluchtig door en stak ze zijn metgezellen toe. Deze papieren werden maar oppervlakkig bekeken voor ze werden teruggegeven aan de conducteur, die ze onmiddellijk aan hun eigenaars uitdeelde.
Ursula keek naar de conducteur omdat ze verwachtte dat ook hun papieren zouden worden teruggegeven.
Hij staarde haar ijzig aan en de twee mannen stapten de gang in, waar ze met elkaar gingen staan praten. Ze draaiden hun hoofd een paar keer om om naar haar te kijken, bekeken de paspoorten die ze in handen hadden en bleven met elkaar staan praten.
Gestapo, dacht Ursula. Ze was doodnerveus.
Ze kneep stevig in de beugels van haar handtas om haar handen niet zo te laten trillen. Ze werd overspoeld door een gevoel van blinde paniek. Maar ze mocht niet in paniek raken, onder geen enkele voorwaarde, en dus probeerde ze ogenblikkelijk om dat van zich af te zetten, om haar zenuwen in bewang te houden. Niet je hoofd verliezen, Ursula, kalm blijven, hield ze zichzelf voor, met Sigi's instructies in haar achterhoofd. Ze probeerde zich te troosten met de gedachte dat hun paspoorten en uitreisvisa in orde waren en dat hun kaartjes, van Berlijn naar Parijs en terug, geldig waren. Het enige was dat hun paspoorten waren afgestempeld met een J voor jood. En wat dan nog, dacht ze. Het enige wat de nazi's in de trein kunnen doen, is me treiteren en vernederen. Daar kan ik wel mee leven. Ik breng mijn kind in

veiligheid en naar de vrijheid en daarnaast is al het andere onbelangrijk.
Ze kunnen veel meer doen dan alleen maar treiteren, dacht ze en verstijfde op haar plaats. Ze werd gegrepen door paniek en die paniek maakte plaats voor plotselinge angst. Ze konden haar en haar kind en Teddy overal onderweg uit de trein halen en arresteren, als ze dat in hun hoofd kregen. De *Kristallnacht* had voor zovelen bijkomende akeligheden en gewelddadigheden, wreedheid en pijn ontketend. In heel Duitsland waren joden naar concentratiekampen gestuurd. Dat gebeurde nog steeds, en confiscatie van bezit, zaken en eigendommen was in het Derde Rijk aan de orde van de dag.
Ze dacht aan de juwelen die in haar kleren genaaid zaten en kneep harder in haar tas, zich ervan bewust dat haar handen weer begonnen te trillen. God wist wat de nazi's met haar zouden doen als ze haar arresteerden en de diamanten in de zoom van haar rok en in de voering van haar jasje vonden. De gevolgen waren niet te overzien, maar ze overdacht ze toch: *gevangenschap, zeker. Marteling en dood, misschien.*
Die mannen deden veel te lang over het bekijken van hun papieren. Haar hart sloeg een slag over. O lieve God, lieve God, laat ze ons niets in de weg leggen, laat ze me niet meenemen. Ik moet Maxim en Teddy naar Frankrijk zien te krijgen, waar ze veilig zullen zijn. Dat is het enige dat telt.
Ze slikte en keek strak naar de muur tegenover zich, zichzelf dwingend aan Arabella en Renata te denken en aan hun schooltijd op Roedean. 'Concentreer je op goede dingen, positieve gedachten zullen maken dat je je sterk voelt,' had Sigi gisteravond gezegd. 'En vooral als je nerveus bent,' had hij er nog aan toegevoegd.
En dus deed ze dat, en ze dacht aan die dagen uit haar jeugd en aan haar liefste vriendinnen met de grootst mogelijke liefde en genegenheid. Gisteren had ze nog met Ren en Belle gepraat, maar alleen over onbelangrijke zaken. Ze hadden het niet over haar reis gehad; zij drieën wisten tegenwoordig wel beter. Er werden zoveel telefoons afgeluisterd door de Gestapo. In ieder geval zouden Ren en Belle wel van hun mannen hebben gehoord dat ze wegging. Ze hoefden elkaar verder niets te zeggen.
Ursula bleef met een uitdrukkingsloos gezicht naar de muur sta-

ren. Ze was vastbesloten geen enkel teken van zwakte te tonen en ook niet meer in de richting van de mannen van de Gestapo te kijken, die nog steeds krijgsraad hielden. Want dat ze van de Gestapo waren, daar twijfelde ze geen moment aan.
Parijs. Dat was ook een positieve gedachte en daar klampte ze zich aan vast. Als ze in het Plaza-Athénée Hotel aankwamen, zou ze allereerst Sigi in Berlijn bellen. De afgelopen vierentwintig uur had hij haar dat niet eenmaal, maar wel zesmaal op het hart gedrukt. Maar dat zou ze heus niet vergeten, had ze hem gezegd. Wat zou hij opgelucht zijn als ze eindelijk in *la belle France* waren. Haar allerliefste Sigi. Ze hield zoveel van hem.
De conducteur stond voor haar neus.
Ze schrok op toen hij daar plotseling stond. Haar hart sidderde in haar borst en ze gaapte hem sprakeloos aan, bang voor wat er komen zou, voorbereid op het ergste.
Zonder een woord gaf hij haar de kaartjes en paspoorten terug.
'*Danke schön*,' hoorde ze zichzelf zeggen, en ze was verbaasd dat haar stem zo vast klonk.
De conducteur knikte kort en wendde zich tot Teddy, die hem ook beleefd bedankte toen ze haar papieren terugkreeg.
En toen was hij weg; hij beende de gang uit met de mannen van de Gestapo op een holletje achter zich aan.
Teddy en Ursula keken elkaar aan, en toen sloeg Ursula haar arm om het kind heen, ze boog haar hoofd en staarde naar de tekeningen in zijn prentenboek zonder ook maar iets te zien.
Ze kon nog niet helemaal helder denken van angst en ze besefte dat het een poosje zou duren voor ze haar evenwicht helemaal had hervonden. Ze zou vreselijk graag een zucht van verlichting hebben geslaakt, maar ze durfde niet omdat ze dacht dat zelfs dat haar op de een of andere manier zou kunnen verraden. Een golf van misselijkheid sloeg door haar heen en ze voelde plotseling dat haar knieën knikten. Ze realiseerde zich dat de laatste paar minuten een beproeving waren geweest. Maar haar ontreddering zou na een tijdje wel weer overgaan, en ze hoefde alleen maar rustig te blijven zitten tot het zover was.
Alles zou goed komen. Plotseling wist ze dat heel zeker. *Ze zouden het halen*. Ze moest deze gedachte stevig vasthouden. Die maakte haar extra sterk.
Ongeveer een uur nadat de conducteur was vertrokken, schoof

de deur weer open. Dit keer stond er een steward in een wit jasje die de inzittenden van de coupé met rustige stem meedeelde dat er plaatsen vrij waren voor diegenen die aan de lunch wilden deelnemen.
Ursula stond onmiddellijk op, nam Maxim zijn prentenboek af en tilde hem van zijn zitplaats. 'Kom mee,' zei ze zacht, en nam hem bij de hand. Teddy stond op en ze liepen met z'n drieën de coupé uit.
Zwaaiend liepen ze de gang door in de richting van de restauratiewagen en stopten toen ze bij het eerste vrije toilet kwamen. Teddy deed de deur open, duwde Maxim naar binnen en zei dat hij zijn handen moest wassen.
'Ja, Teddy,' zei hij en deed de deur achter zich dicht.
Zodra ze alleen waren, draaide Teddy zich om naar Ursula en pakte haar bezorgd bij de arm. Ze ademde zwaar uit en staarde Ursula aan. 'Ik was zo bang, Frau Westheim,' fluisterde ze. 'Ik dacht echt dat we problemen zouden krijgen met die mannen. Denkt u dat ze van de Gestapo waren?'
Ursula knikte bevestigend en bracht haar vinger naar haar mond om het meisje te waarschuwen er absoluut niet over te praten.
Teddy boog haar hoofd ten teken dat ze het begreep.
De lunch ging zonder incidenten voorbij.
Toen Ursula en Teddy hun koffie op hadden, gingen ze allemaal naar de coupé terug. Maxim dommelde al gauw in, slaperig als hij was na de lunch en door de wiegende bewegingen van de trein. Teddy las haar boek en Ursula ging zitten mijmeren. Geen van de andere inzittenden van de coupé richtte het woord tot haar, en zij zei ook niets. Het was een opluchting niet te hoeven praten en met rust gelaten te worden.
Hoewel het gedrag van de conducteur en de twee Gestapo-agenten haar eerder die ochtend behoorlijk bang had gemaakt, had ze zichzelf weer onder controle en was ze verder heel kalm gebleven, een toonbeeld van zelfbeheersing. Ze had zichzelf naarstig zitten voorhouden er niet aan te denken wat er zou kunnen gebeuren als ze de volgende morgen in alle vroegte de grensplaats Aken bereikten, en daar was ze tot dusverre aardig in geslaagd. Ze concentreerde zich gewoon op toekomstplannen door, zoals Sigi haar had aangeraden, alleen aan positieve dingen te denken.

17

Later die avond, om zeven uur, verscheen dezelfde steward in de deuropening van de coupé en kondigde aan dat het diner werd opgediend.

Ursula, Maxim en Teddy liepen de gang uit, alle drie blij dat ze even hun benen konden strekken en dat ze konden ontsnappen aan de beslotenheid van de coupé en de kille en waakzame blikken van hun medepassagiers.

Tegen de tijd dat ze bij de restauratiewagen arriveerden, werd die al aardig vol, maar er was nog een grote tafel voor vier personen vrij. De aardige kelner met de vriendelijke lach die hen ook aan de lunch had bediend, bracht hen ernaar toe, maar zei wel dat ze hem waarschijnlijk met iemand anders moesten delen.

Ursula, Maxim en Teddy waren nog maar net gaan zitten toen er inderdaad een andere passagier naar hun tafel werd gebracht. Het was een in het zwart geklede vrouw van middelbare leeftijd met grijs haar.

'*Guten Abend*,' zei de vrouw toen ze ging zitten.

Zowel Ursula als Teddy wensten haar ook een goedenavond, en richtten toen hun aandacht weer op het menu. Voor Ursula de kans had iets aan Maxim voor te stellen, trok die aan haar mouw. 'Ja, lieverd, wat is er?' vroeg ze en keek hem aan.

'Ik wil graag kippesoep, *Mutti*.'

'O, lieverdje, ik geloof niet dat ze dat hebben.' Ze keek het menu nog eens vluchtig door. 'Er is wel linzensoep.'

'Ik heb veel liever kippesoep.'

'Dat weet ik. Maar als het niet op het menu staat, kan ik het niet voor je bestellen. Neem de linzensoep maar. Dat doe ik ook, denk ik.'

Maxim knikte. 'Goed.'

Teddy zei: 'Die wil ik ook graag.'

'Die is vast heel lekker,' mompelde Ursula. 'Nou, Maxim, wat wil je na de soep? Er is...'

'Kip of karper, *Mutti*.'

Ze schudde haar hoofd. 'Ik vrees dat dat niet kan, lieverd, dat staat alle twee niet op het menu. Maar er is *Wiener Schnitzel*, *Bratwurst* of...'

'Maar we hebben toch altijd karper of gebraden kip op vrijdag. En waar zijn de sabbatkaarsen, *Mutti*? Je moet ze zegenen!' riep hij met zijn hoge kinderstem.
Ursula verbleekte en keek snel en ongerust naar de vrouw die naast Teddy zat. Ze had steels naar hen zitten kijken en luisteren.
Hulpeloos staarde Ursula over tafel naar Teddy, die net zo geschrokken was als zij en lijkbleek was geworden. Ze begonnen allebei tegelijk te praten om Maxim te overstemmen toen hij weer argeloos over de sabbatkaarsen begon te babbelen.
Toen zijn moeder noch Teddy naar hem luisterde en geen aandacht aan hem schonk, hield hij uiteindelijk zijn mond.
Ursula zei: 'Sorry Teddy, ik verstond je niet.'
'Ik zei dat ik de *Bratwurst* wel graag zou willen. En dat Maxim misschien ook de kalfsworst maar moet nemen, omdat het het meest lichtverteerbare is dat op het menu staat.'
'Dat is een goed idee.' Ursula wierp nog een blik in de richting van de vrouw, die nu ijverig het menu zat te bestuderen.
'Maxim zei: 'Maar ik wil geen...'
'Luister eens, lieverd, er staat één ding op het menu waar je heel dol op bent. *Apfelstrudel*. Dat mag je voor toe,' zei zijn moeder.
Zijn gezicht lichtte op en hij knikte enthousiast. 'Maar waar zijn de kaarsen...'
'Maxim toch!' riep Ursula uit en snoerde hem meteen de mond. Ze draaide zich zo naar hem toe dat haar lichaam hem aan het zicht onttrok, boog zich naar hem over en zei zachtjes: 'Ssst, *mein Schatz*, ik wil niet dat je praat over dingen die we thuis doen. Dat zijn privé-dingen en daar wordt in het openbaar niet over gesproken. Begrepen?'
'Ja, *Mutti*.' Hij keek naar haar op met dat rare kleine lachje van hem dat altijd een gevoelige snaar raakte.
Ursula lachte naar hem en zei: 'Goed zo.' Ze ging rechtop zitten en wisselde een blik van verstandhouding met Teddy. Vervolgens keek ze reikhalzend de restauratiewagen door en ving uiteindelijk de blik van hun kelner, naar wie ze gebaarde. Hij kwam direct naar hun tafel, met zijn potlood in de aanslag om hun bestelling op te nemen.
Ursula zei hem dat ze allemaal de linzensoep wilden, de *Bratwurst* met aardappelpuree en rodekool, en dat twee van hen

Strudel als dessert wilden. 'Voor mij geen dessert, dank u,' zei ze. 'Alleen een kop zwarte koffie.'
De kelner knikte, zei dat ze een goede keus hadden gedaan en wendde zich toen tot de vierde persoon aan hun tafel. De vrouw vroeg hem iets over de *Kasseler Rippchen*, een varkensvleesschotel, en hij begon uit te leggen dat die met *Sauerkraut* werd geserveerd.
'Praat eens wat harder, alstublieft,' riep de vrouw, en leunde naar hem toe met een hand achter haar oor.
De kelner boog zich onmiddellijk naar haar toe en begon zorgvuldig en op luide toon de schotel toe te lichten.
Voor Ursula en Teddy was het duidelijk dat de vrouw doof was. Teddy wierp een blik ten hemel en keek Ursula toen veelbetekenend aan.
Ursula haalde opgelucht adem. Ze was blij dat de vrouw Maxim niet over de sabbatkaarsen had horen praten. Veel Duitsers waren antisemitisch en waren door de nazi's gehersenspoeld en ze geloofden dat de joden verantwoordelijk waren voor al hun problemen. De vrouw was kennelijk een gewone passagier, met voor zover zij wisten geen speciale bevoegdheid. Aan de andere kant, als ze wist dat zij joden waren zou ze er mogelijk drukte over kunnen maken, zou ze misschien liever een andere tafel willen hebben en zo ongewild de aandacht op hen vestigen. Als ze tenminste bevooroordeeld was, en dat waren niet alle Duitsers. Even goed was het een geluk dat ze doof was. Nu hadden ze een kans zich even te ontspannen, al was het alleen maar tijdens het diner. Ursula was niet bepaald hongerig, maar Maxim en Teddy hadden hun voeding nodig, en ze wilde dat ze rustig konden eten.
Plotseling kwam er een gedachte in Ursula op en ze keek peinzend voor zich uit. Stel dat de vrouw helemaal niet doof was en alleen maar deed alsof? Maar waarom zou ze dat doen? Daar was geen reden voor. Ze was een vreemde in de trein, die hen niet kende. En dus zette Ursula die gedachte meteen weer uit haar hoofd, zo abnormaal achterdochtig wilde ze niet worden.
Ze begon met Teddy en Maxim over Parijs te praten, een onschuldig en volkomen veilig onderwerp.
Ze waren een en al oor.

Ursula liep met Maxim stevig aan één hand het perron af. In de andere hand had ze haar koffer.
Teddy liep naast haar met haar eigen koffer en die van Maxim. Omdat het zo vroeg in de morgen koud was, liepen ze in stevig tempo achter de andere passagiers aan naar de Duitse douane- en immigratieloods aan de andere kant van het perron. Ongeveer tien minuten geleden waren ze aangekomen op het station van de grensplaats Aken. De conducteur was in de trein de gang doorgelopen en had de coupédeuren geopend om de overgebleven passagiers erop te wijzen dat ze al hun bezittingen moesten meenemen als ze uitstapten, en dat ze hun papieren gereed moesten houden. De groep mensen voor hen was niet erg groot en het was Ursula duidelijk dat er 's nachts, in de verschillende steden waar de trein was gestopt, veel mensen waren uitgestapt.
Ze bleef abrupt staan. Teddy volgde haar voorbeeld onmiddellijk en keek haar vragend aan.
'Geef mij je kaartje en paspoort, Teddy,' zei Ursula. Ze zette haar koffer neer en stak haar hand uit. 'Ik denk dat het makkelijker is als ik onze papieren afhandel. Dan kun jij op Maxim letten.'
'Ja, Frau Westheim,' zei Teddy. Ze zette de twee koffers op het perron, opende haar tas, haalde haar paspoort en haar kaartje eruit en gaf ze aan Ursula, die haar bedankte en ze in haar eigen tas stopte. Ursula keek Teddy over Maxims hoofd heen aan en vormde met haar mond geluidloos de woorden: 'Kalm blijven.'
Teddy knikte.
Toen de twee vrouwen en het kind doorliepen, werden ze zeer haastig ingehaald door de SS-officier die ook in hun coupé had gezeten; hij liep naar links en rende de uitgang door. Ursula was blij dat ze hem kwijt waren. Hoewel hij geen aandacht aan hen had besteed, was hij toch de hele reis op een sinistere manier aanwezig geweest.
Toen ze de douane- en immigratieloods inkwamen, zag Ursula dat er drie tafels waren. Achter elke tafel zat iemand van de grenspolitie, herkenbaar aan zijn uniform. Maar op de achtergrond, onder de ramen hoog in de muur, hing een aantal mannen in burger rond. Ze was er zeker van dat die van de Gestapo waren.
Sigi had haar gezegd dat de geheime politie overal was en dat ze

zich daar geen zorgen om moest maken, dus haalde ze diep adem en stapte vastberaden naar voren. Haar gezicht stond onbewogen, met een neutrale uitdrukking, maar haar lichtblauwe ogen stonden behoedzaam en misten niets toen ze achter een jong stel bleef staan. Ze keek over haar schouder naar Teddy en gaf haar een warme glimlach, waarvan ze hoopte dat hij geruststellend overkwam.

Toen ze eindelijk aan de beurt was, stapte Ursula op de tafel af, keek de geüniformeerde politieman onbewogen aan, maakte haar handtas open en gaf hem de drie stel papieren.

De politieman legde ze uitgespreid voor zich op tafel en bekeek ze even, hief zijn hoofd op en keek haar kil aan. 'Wat is het doel van uw reis naar Frankrijk, Frau Westheim?'

'Ik ga met mijn kind en zijn kindermeisje, Fräulein Stein, op vakantie.'

'U heeft retourtjes naar Berlijn. Wanneer bent u van plan naar Duitsland terug te gaan?'

'Over een paar weken. Een week of vier, om precies te zijn.'

Hij zei niets toen hij zijn blik over hen alle drie liet gaan en hen een minuutlang kritisch opnam. Ten slotte vroeg hij: 'Neemt u soms kostbaarheden mee uit Duitsland?'

'Nee. Nee, absoluut niet,' zei Ursula met heldere, vaste stem. 'Zeker niet. Nee.'

'Legt u de koffers hier op tafel. Ik wil zien wat erin zit,' beval de politieman.

Ursula deed wat hij zei en tilde eerst de hare op tafel. Die doorzocht hij zorgvuldig; hij snuffelde tussen haar kleren en bevoelde de zijkanten en de bodem. Hij ging de andere twee koffers door en vroeg toen naar hun handtasjes. De inhoud werd uit haar tas gekiept en nauwkeurig bekeken, en dat gold ook voor die van Teddy, voor alles weer werd teruggestopt.

De agent van de grenspolitie bekeek hun paspoorten nog eens goed, stempelde ze ten slotte met een scherpe plof af, overhandigde ze weer en gaf toen met een kort knikje te kennen dat ze konden gaan.

'*Danke schön*,' mompelde Ursula, en pakte haar eigen koffer en die van Teddy. Ze draaide zich naar haar om en zei: 'Kom mee. Let jij maar op Maxim dan neem ik deze wel.'

'Ja, Frau Westheim.' Teddy nam Maxim bij de hand, tilde de

derde koffer op en samen liepen ze achter zijn moeder aan, hoewel ze haar maar net konden bijhouden. Ursula liep zo haastig dat ze de douane- en immigratieloods bijna uit holde.
Goddank, goddank, het ging gemakkelijker dan ik had gedacht, dacht Ursula. Ze kon wel dansen van opluchting. Ze waren vrij! Nou ja, bíjna. Toch kon ze een gelukkige lach niet onderdrukken.
Toen ze de loods uitkwam en naar rechts ging om over het perron terug naar hun coupé te lopen, stond Ursula plotseling oog in oog met de kolonel die vanaf Berlijn tegenover Maxim had gezeten.
Hij versperde haar de weg.
Ze ging wat opzij in een poging om hem heen te lopen, maar hij ging ook opzij en versperde haar opnieuw de weg. De lach bevroor op haar gezicht. Ze keek snel om naar Teddy en Maxim. Die liepen slechts een paar passen achter haar, maar Teddy stond nu doodstil, onzeker naar haar kijkend, en hield Maxims hand heel stevig vast. Ze zag er bang uit, met donkere ogen in een wit gezichtje.
Ursula keek weer naar de officier en ze zei haperend: 'Alstublieft. We moeten de trein halen. We zijn al door de douane. En de immigratie. Laat me er alstublieft door.' Ze was doodsbenauwd dat deze man haar zou verhinderen Duitsland te verlaten.
'Frau Westheim,' zei de kolonel.
Ursula kon hem alleen maar verbijsterd aanstaren. Mijn god, hij kende haar naam! Wie was hij? Wat wilde hij? Ze deed haar mond open, maar er kwamen geen woorden uit.
Op zachtere toon zei hij: 'Geen paniek. Mijn naam is Oster. Kolonel Oster van de Abwehr. Ik ben een vriend van Kurt.'
Eén tel begreep Ursula niet wat de kolonel zei en bleef hem nietszeggend aanstaren.
'U gaat zo dadelijk de Belgische grens over, en binnen een uur bent u in Frankrijk,' ging hij zachtjes verder. 'U bent veilig, Frau Westheim. Veel geluk.' Hij glimlachte vaag en sloeg toen zijn hakken tegen elkaar, en met zijn arm omhoog zei hij op normale toon: 'Heil Hitler!'
'Heil Hitler,' antwoordde Ursula, die het plotseling allemaal begreep, automatisch. Ze keek om, gebaarde Teddy mee te komen en keek toen weer naar de kolonel. Tot haar verbazing stond hij

er niet meer. Haar ogen zochten het perron naar hem af, maar hij was verdwenen. Opgegaan in lucht.
'Is alles in orde, Frau Westheim?' vroeg Teddy die zich naar haar toe haastte met Maxim achter zich aan.
'Ja,' zei Ursula. 'Heel goed zelfs. Nou, laten we zien dat we in de trein komen die ons naar Luik brengt, en vandaar naar Parijs.'
'Wat wilde die man, *Mutti*?' vroeg Maxim.
'Dat vertel ik je later wel eens.'
Pas toen ze weer in de coupé zaten en langzaam het station uitreden, realiseerde Ursula zich dat de kolonel die Oster heette en die haar had gelukgewenst, dat in het Engels had gedaan.

18

De trein Berlijn-Parijs denderde het Gare du Nord binnen en kwam sidderend en met knarsende wielen op de rails tot stilstand toen de machinist remde.
Ursula keek op haar horloge. Het was half zeven in de ochtend. Met typische Duitse doelmatigheid was de trein precies op tijd aangekomen. Toen ze opstond, realiseerde ze zich dat de spanning die ze tijdens de reis had opgekropt nu langzaam begon te verdwijnen.
Maxim was veilig. Teddy was veilig. Zij was veilig. En weldra zou de hele familie in veiligheid zijn. De anderen zouden tegen het eind van de maand naar Parijs komen en dan zouden ze samen naar het zuiden gaan voor een vakantie in warmere streken. Daarna zouden ze zich inschepen naar Engeland om daar een nieuw leven te beginnen. De toekomst zag er heel zonnig uit en ze voelde zich gelukkiger en optimistischer dan ze in jaren was geweest.
Met een snelle beweging trok Ursula hun koffers uit het rek en duwde Teddy en Maxim het perron op; ze gaf Teddy één voor één de koffers aan en stapte zelf ook naar buiten.
Een kruier was snel gevonden en met hun bagage op een gammel karretje voor hen uit bracht hij hen het immense en donkere holle, oude station uit naar een taxistandplaats.
Even later zaten ze met z'n drieën op de achterbank van een oude taxi geperst en reden ze door Parijs naar het Plaza-Athénée Hotel aan de Avenue Montaigne.

Parijs, dacht Ursula, Paríjs. Ik kan nauwelijks geloven dat ik er echt ben. Ze keek uit het raam, alleen maar om zich ervan te overtuigen dat het waar was. Zelfs in het koude, winterse vroege ochtendlicht had de stad een heel eigen schoonheid – gedempt, vriendelijk, mistig, een mengeling van vaalgrijze en donkere antracietkleuren met zwarte vlekken. Net een schilderij in grijstinten, dacht ze.

Maxim zat met zijn hoofd tegen haar arm en nestelde zich tegen haar aan. Ze keek op hem neer. Mijn arme knulletje, dacht ze, hij moet uitgeput zijn na die lange nachtelijke reis. Zelf voelde ze zich afgemat en smoezelig en ze vermoedde dat Teddy zich net zo voelde.

Ursula keek opzij en betrapte Teddy op een gaap. 'Ik weet hoe je je voelt,' zei ze, 'maar we zijn zo bij het hotel. Ik denk dat we een licht ontbijt moeten nemen en dan een paar uur naar bed moeten. We hebben rust nodig na die hele nacht opzitten in de trein.'

'Ja,' beaamde Teddy, en gluurde naar Maxim. Ze zag dat hij zijn ogen dicht had en voegde er zachtjes, vertrouwelijk aan toe: 'De spanning was het ergst, Frau Westheim. We waren allebei zo ongerust dat er iets mis zou gaan, hè?'

'Ja.'

Teddy ging met dezelfde zachte stem door: 'Die legerkolonel die u aan de grens aansprak, bezorgde me kouwe rillingen. Ik dacht even dat er iets akeligs zou gaan gebeuren, dat hij er op de een of andere manier voor zou zorgen dat we Duitsland niet uit mochten.'

'Dat dacht ik ook.'

'Ik durfde het er in de trein niet over te hebben,' gaf Teddy nu toe, 'zelfs niet toen we de Belgische grens over waren. Maar ik vond het wel gek, Frau Westheim. Ik bedoel, het was toch raar, hè? De hele weg had hij geen woord gezegd en dan spreekt hij u opeens aan op het station van Aken.'

'Maar pas toen we al door de douane en immigratie waren, Teddy, vergeet dat niet. Misschien durfde hij zich voor die tijd niet bekend te maken, zeker niet in de trein onder het oog van die SS-officier en die vreemde jonge vrouw. Hij is een vriend van een vriend, en ik weet zeker dat hij in de trein zat om een oogje op ons te houden.'

'O!' riep Teddy verrast uit. 'Bedoelt u dat hij tussenbeide had kunnen komen als we... problemen hadden gehad?'
'Dat weet ik niet zeker. Misschien niet precies. Maar wie weet, misschien ook wel. Hij zei dat zijn naam Oster was en dat hij bij de Abwehr zat.'
Teddy keek haar snel aan. 'Hij was onze beschermengel.'
'Misschien wel.'
De twee vrouwen deden er het zwijgen toe, en niet lang na hun gesprek kwam de auto tot stilstand voor het Plaza-Athénée. Ursula had maar een paar tellen nodig om de chauffeur te betalen en een regeling te treffen voor hun bagage, en toen duwde ze Maxim en Teddy de hal in. Hier werd Ursula onmiddellijk begroet door de eerste portier, die haar al jaren kende van vorige bezoeken, en door de manager die zich haastte haar te begroeten. Hij begeleidde haar vriendelijk pratend naar de receptie en zodra ze zich had ingeschreven, bracht hij hen naar hun kamers op de zesde verdieping.
Toen ze de lift ingingen, vertelde hij haar dat ze in haar gebruikelijke suite zou verblijven, maar dat er een aangrenzende slaapkamer was bijgetrokken om hen drieën te huisvesten. Ursula vond het fijn dat ze haar oude suite kreeg, en het bracht een, zij het vluchtige, glimlach op haar gezicht te voorschijn.

'Ja, ja, Sigi, met ons is alles in orde!' riep Ursula nog iets harder om boven de ruis op de lijn uit te komen, want de verbinding met Berlijn was slecht. 'Er is onderweg niets bijzonders gebeurd.'
'En heb je je plezierig geïnstalleerd?' riep Sigi terug.
'Ja hoor,' antwoordde Ursula, die op haar woorden lette in de wetenschap dat ze erg op haar hoede moest zijn bij alles wat ze zei, voor het geval de telefoon in het huis aan de Tiergartenstrasse inderdaad werd afgeluisterd. 'Ik zit in onze oude suite,' voegde ze eraan toe, omdat ze dacht dat het geen kwaad kon hem dat te vertellen.
Ze hoorde het genoegen in zijn stem toen hij zei: 'Daar ben ik blij om. Een vertrouwde omgeving is belangrijk. En nu moet je je ontspannen en van een fijne vakantie genieten.'
'Ja. Is alles bij jou in orde, Sigi?'
'Alles is nog net zo als toen je gisteren vertrok. Doe Maxim de

groetjes, lieverd, en geef hem een pakkerd van me, en doe je de groeten aan Teddy?'
'Dat zal ik doen.'
'Dan hang ik nu op. We spreken elkaar over een paar dagen weer.'
'Dag Sigi, pas goed op jezelf.'
Langzaam legde Ursula de hoorn neer. Ze bleef even bij het toestel staan, met haar hand op de hoorn. Voor ze wegging hadden ze afgesproken dat het noodzakelijk was hun gesprekken kort en bondig te houden, maar ze had nu pas ontdekt hoe vreselijk onbevredigend dat was. Ze had hem willen vertellen over kolonel Oster in de trein, hun beschermengel zoals Teddy hem noemde, en ze had ook nog over een paar andere dingen willen praten. Geeft niet, dacht ze, als ik hem zie kan ik hem alles vertellen.
Ursula liep snel de zitkamer door en ging de tweede slaapkamer van de grote suite in. Teddy had Maxims koffer open neergelegd op een van de dubbele bedden die naast elkaar stonden met een klein nachtkastje ertussenin en was zijn kleren aan het uitpakken; Maxim stond in de buurt van de wastafel in de aangrenzende badkamer zijn handen aan een handdoek af te drogen.
'Ik heb net Herr Westheim gesproken, Teddy. Je moet de groeten van hem hebben.'
Teddy lachte en knikte en haalde intussen het ondergoed en de truien van het kind uit de koffer en legde die in nette stapeltjes op het bed.
Maxim rende naar zijn moeder toe. Ze boog zich voorover, kuste hem op de wang en gaf hem een stevige knuffel. 'Die is van papa. En hij stuurt veel lieve groetjes,' zei ze.
'Komt hij gauw?' vroeg Maxim en keek naar haar op.
'Ja, *mein Schatz*.'
'Ik heb trek, *Mutti*.'
'We gaan zo ontbijten. Zachtgekookte eieren en brood met boter en jam en hete chocola. Wat dacht je daarvan?'
'Lekker, *Mutti*.'
'En jij, Teddy? Wat wil jij?'
'Graag hetzelfde, Frau Westheim.'
'Als ik het ontbijt heb besteld, wil je misschien Willy Herzog in Berlijn even bellen,' ging Ursula verder, en keek haar aan. 'Om hem te laten weten dat je hier in Parijs bent.'

'Hij moest donderdag met zijn vader en zijn zus naar Frankfurt,' legde Teddy uit. 'Ze blijven een week weg. Ik denk dat ik hem beter vandaag of morgen kan schrijven, dan vindt hij de brief wanneer hij terugkomt.'
'Goed. Maar denk eraan, de rest van onze familie is nog in Berlijn, dus wees heel voorzichtig met wat je zegt.'
'O, natuurlijk!' riep Teddy uit. 'Ik wilde hem alleen maar vertellen dat ik onderweg naar mijn tante ben. Dan begrijpt hij precies wat ik bedoel. Hij weet dat ik maar één tante heb en dat die in Londen woont. Ja, dan begrijpt hij vast wel dat ik Duitsland voorgoed verlaten heb en dat ik in veiligheid ben, Frau Westheim.'
'Dat denk ik ook. Hij is intelligent genoeg.' Ursula nam de telefoon op en belde room service, en toen ze het ontbijt had besteld, nam ze Maxim bij de hand en ging met hem naar de zitkamer.
'Papa en ik logeerden hier altijd als we in Parijs waren, en er is iets wat ik je wil laten zien,' zei ze terwijl ze naar de balkondeur liep. Ze liet zijn hand los om hem open te doen en stapte een klein balkon op dat uitkeek over de bomen van de Avenue Montaigne, waarop zij en Sigi in voorbije zomers zo vaak hadden ontbeten. 'Kom eens,' zei ze, en gebaarde naar Maxim.
Het kind klom het balkon op en ze tilde hem op en draaide zich toen om zodat ze samen over de Seine uitkeken. 'Kijk daar, Maxim! Zie je wel? De Eiffeltoren.'
Het zeer bijzondere bouwsel van onderling verbonden stalen balken rees hoog en dominant de lucht in en blonk glanzend in het heldere licht van de ochtendzon dat nu achter de grijze wolkenbank vandaan kwam.
Maxim hield verrast zijn adem in. 'Wat is hij hoog, *Mutti*, de hoogste toren die ik ooit heb gezien!'
'Als je wilt, kunnen we helemaal naar boven.'
'Hélemaal naar boven!' riep hij en keek haar aan met zijn enorme, donkere, gevoelige ogen.
'Ja, en vandaar kun je heel Parijs zien. Ik ben eens met papa helemaal boven geweest, en we hadden een prachtig uitzicht.'
'Wanneer gaan we?' vroeg hij met groeiend enthousiasme.
'Morgen, Maxim, dat beloof ik.'
Ze zette hem op het balkon en gaf hem een klein duwtje. 'Voor-

uit, naar binnen, lieverd. Het is kil buiten en ik wil niet dat je kouvat.'

Ursula zat aan het *bureau plat* in de zitkamer en staarde naar de lijst die voor haar lag. Het leek haast onmogelijk, maar toch was het zo. Ze had alles gedaan wat ze zich had voorgenomen.
Ze waren nu zes dagen in Parijs en het grootste deel daarvan had ze zich als een dansende derwisj gedragen. Ze had geen moment stilgezeten en was van hot naar haar gerend om haar zaakjes te regelen. Zondag, de dag na hun aankomst, had ze zich natuurlijk met Maxim beziggehouden. Ze had hem en Teddy meegenomen naar de top van de Eiffeltoren, want dat had ze hem beloofd, en daarna hadden ze een paar andere beroemde bezienswaardigheden bekeken. 's Middags hadden ze door het Bois de Boulogne gereden voor ze in een aardige bistro op de *Rive Gauche* vroeg waren gaan eten. Maandagochtend vroeg was ze naar de Britse ambassade aan de Rue Faubourg St.-Honoré gegaan, waar ze een ontmoeting had met Mr. Stiles, een consulair attaché die haar al verwachtte. Toen ze op de afgesproken tijd verscheen, had hij drie inreisvisa voor Groot-Brittannië voor haar klaarliggen, die hij haar meteen overhandigde. Hij was een aardige man die haar had gezegd dat ze contact met hem kon opnemen als ze nog iets nodig had tijdens haar verblijf in Parijs.
Diezelfde middag was ze na de lunch naar een lederwarenzaak gegaan waar ze extra koffers had gekocht. Ze had Teddy uitgelegd waarom ze zo weinig hadden meegebracht en dat ze later die week kleren zouden gaan kopen.
Dinsdagochtend had ze een afspraak die ze al eerder had gemaakt met monsieur André Mallet, die aan het hoofd stond van de Banque Mallet, in een zijstraat van de Place de la Madeleine. Nadat ze uitgebreid een aantal financiële zaken met hem had doorgesproken, had ze een flink bedrag van de Westheim-rekening opgenomen om haar lopende onkosten te dekken. En met de zakelijke afspraken achter de rug, was ze twee dagen gaan winkelen. Ursula had Maxim en Teddy meegesleept naar een groot aantal winkels en warenhuizen, waar ze leuke en warme winterkleren voor hen had gekocht en stevige schoenen die hen in het natte Engelse klimaat beslist droog zouden houden.
En vanmiddag was ze van plan ook voor zichzelf een paar nieu-

we dingen aan te schaffen. Maar het was niet de bedoeling een bezoek te brengen aan Jean Patou of een van de andere beroemde haute couture ontwerpers, want dat soort kleding was een verkwisting die ze zich niet meer kon veroorloven, maar daar zat ze absoluut niet mee. Ze had tegenwoordig dringender en belangrijker zaken aan haar hoofd: het overleven van haar familie, om maar iets te noemen.

De telefoon naast haar op het bureau begon luid te rinkelen en ze nam hem meteen op. De hoteltelefonist zei dat er een gesprek uit Berlijn doorkwam en vroeg of ze even aan de lijn wilde blijven. Even later had ze Sigi aan de telefoon, die haar vroeg hoe het met haar ging.

'Wat een heerlijke verrassing!' riep ze uit en haar hart sprong op bij het horen van zijn lieve, vertrouwde stem. 'Ik dacht dat je morgen pas zou bellen, of zondag. Met mij gaat het goed, met ons allemaal trouwens. Hoe gaat het met jou?'

'Goed. En op de bank ook prima, net als altijd.'

Ze wist onmiddellijk en instinctief dat het helemaal niet goed ging, dat er iets vreselijk mis was. Zijn stem was vlak, heel gespannen, en die spanning was duidelijk hoorbaar.

'Sigi, wat is er?' riep ze uit, stokstijf rechtop in haar stoel.

'Het is moeder. Ik ben bang dat het niet goed gaat. Ze heeft...'

Zijn stem vervaagde en er was veel ruis op de lijn en een raar, hol, echoënd geluid alsof ze door een lange tunnel praatten. Het was weer eens een slechte verbinding.

'Sigi! Sigi! Ik kan je niet verstaan! Wat zei je?'

'Ik... moeder... een hersenbloeding... heel vroeg... donderdag...' Zijn stem verdween, kwam toen weer terug. 'Ik ben gisteren bijna de hele dag bij haar geweest... Sigrid... Hedy...'

'O mijn hemel! Je arme moeder! O nee! Niet Margarete! O, Sigi, wat vind ik dat vreselijk! Ze kneep heel hard in de hoorn. Haar hart klopte in haar keel, ze kon nauwelijks een woord uitbrengen, zo geschokt en ontzet was ze. Ze slikte moeilijk en vroeg toen dringend: 'Wat zeggen de doktoren? Hoe is de prognose?' Ze hield haar adem in en deed een schietgebedje terwijl ze op antwoord wachtte.

'... niet zeker... kan niet worden vervoerd... ze kan niet naar de jongen toe...'

'Sigi, je klinkt steeds verder weg. Kun je mij horen?'

‘Ja… ik hoor je.’
‘Wordt ze wel weer beter?’ schreeuwde Ursula in de telefoon.
‘We denken van wel. We hopen het althans.’ Zijn stem klonk nu heel duidelijk en heel dichtbij, alsof hij in de kamer naast de hare stond. De verbinding was eindelijk ongestoord. ‘Maar ze kan op dit moment niet met vakantie. *Begrijp je me?*’
‘Ja, dat snap ik. De anderen wel?’
‘… willen niet…’
‘En jíj? Jij wel, Sigi?’
‘Ik… hopelijk… volgens plan. Ik moet nu ophangen, lieverd. Ik…’ Door de ruis verdween zijn stem helemaal.
‘Veel liefs voor je moeder!’ schreeuwde Ursula. ‘Voor iedereen. Ik wacht tot je weer belt. En Sigi…’
In Berlijn werd de verbinding abrupt verbroken.
Ursula bleef achter met een verbroken verbinding. Ze legde de hoorn op de haak en zat een tijdlang naar de muur te staren en aan haar schoonmoeder te denken, van haar stuk gebracht door Sigi’s slechte nieuws, zo onverwacht, zo schokkend. Arme Margarete. Wat tragisch en verdrietig dat ze juist nu een attaque moest krijgen. Sigi’s moeder had zich nooit helemaal hersteld van de dood van haar man, en de laatste tijd liet haar gezondheid te wensen over. En deze attaque zou de frêle oude dame vast te veel worden. Ursula was heel erg gesteld op Margarete en haar medeleven en liefde gingen naar haar uit, en naar Sigi. Haar man had altijd een heel hechte band met zijn moeder gehad…
Ursula verstijfde in haar stoel.
De vreselijke waarheid drong tot haar door. Zolang zijn moeder ziek en uitgeschakeld was en niet vervoerd kon worden, zou Sigi Berlijn niet verlaten. Niet de Sigmund Westheim die zij kende. Hij was te integer, te verantwoordelijk en te toegewijd om zijn moeder, van wie hij zoveel hield, aan haar lot over te laten, en hij zou nooit zonder haar de vrijheid en veiligheid tegemoet vluchten.

19

Ursula stak het ronde verkeersplein op de Champs-Elysées over en liep de Avenue Montaigne af, licht huiverend hoewel ze een dik, crèmekleurig wollen pakje droeg met een bijpassende geruite, zware wollen mantel en een strakke, crèmekleurige vilten clochehoed die haar zilverglanzende haar helemaal bedekte.
Het was een buitengewoon koude middag in begin februari. Er stond een bijtende noordenwind vanuit de Oosteuropese vlakten en ze versnelde haar pas, want ze hunkerde naar de warmte van het hotel na haar lange wandeling vanaf de Banque Mallet bij de Madeleine.
Toen ze eerder die dag was vertrokken, had Maxim met haar mee gewild, maar ze had erop gestaan dat hij vandaag binnen bleef. Ze was er nu blij om dat ze zo onvermurwbaar was geweest en zich niet door zijn vleien en smeken had laten ompraten. Hij had een kou in zijn hoofd en het weer was grimmig, ondanks de stralende zon en de helderblauwe hemel, en een ziek kind was wel het laatste dat ze kon gebruiken.
Ze vond het buitengewoon verontrustend en angstaanjagend dat de Westheims juist nu door ziekte werden achtervolgd. Margarete was nog verlamd door de attaque die haar midden januari had getroffen, en nog geen week geleden was Hedy, Sigmunds jongste zus, op de stoep voor het huis in Grünewald gevallen waarbij ze haar schouder had gebroken. Door deze gezondheidsperikelen was er nog niemand van de familie naar Parijs gekomen, en hoe langer ze op hen moest wachten, hoe ongeruster, nerveuzer en gefrustreerder ze werd. Ze dwong zich voortdurend geduldig te zijn, maar onder de huidige omstandigheden viel haar dat heel moeilijk. Ze was altijd actief en doortastend geweest en de laatste tijd had ze gemerkt dat het wachten haar ondermijnde, omdat het tegen haar natuur inging.
Toen ze in de buurt van het hotel kwam, zuchtte ze inwendig en ze probeerde de sombere gedachten die haar het grootste deel van de dag hadden beziggehouden en die zich nu in haar hoofd op de voorgrond drongen, van zich af te zetten. Ursula vond dat het haar plicht was zich positief op te stellen en zich in de buurt van haar kind en Teddy opgewekt te gedragen. Niet dat Teddy op het ogenblik opgebeurd hoefde te worden. Haar ongerustheid

over Willy Herzog was volkomen weggenomen door de komst van Willy's brief uit Palestina, die tante Ketti uit Londen aan haar had doorgestuurd.

'Hij is eruit! Hij is veilig! Hij zit in Tel Aviv!' had Teddy met haar gebruikelijke enthousiasme gejubeld, zwaaiend met de brief voor ze haastig naar haar kamer ging om hem meteen te beantwoorden. Toen ze het goede nieuws hoorde, was Ursula net zo blij geweest als het meisje. Ze vond het altijd bemoedigend te horen dat er weer iemand aan de nazi-tirannie was ontsnapt en vanuit Duitsland de vrijheid van een ander land had bereikt.

De portier tikte tegen zijn pet en knikte haar vriendelijk toe toen ze het hotel naderde. Hij hield de deur voor haar open en ze haastte zich de hal in, waar ze snel doorheen liep.

Ursula stopte bij de balie waar Charles, de eerste portier, haar met een brede glimlach begroette. 'Er was hier net een heer naar u op zoek, madame Westheim,' zei Charles. 'Hij is naar de Relais Plaza gegaan om thee te drinken. Hij vroeg me u te zeggen dat hij daar op u zou wachten.'

Ursula fronste geschrokken: 'Heeft hij zijn naam genoemd?'

'Nee, madame.'

'Dank je, Charles,' mompelde ze, en terwijl ze haar handschoenen uittrok, liep ze meteen door naar de Relais Plaza, op zoek naar de geheimzinnige bezoeker van wie ze zich afvroeg wie het in 's hemelsnaam kon zijn. Ze opende de deur van het kleine restaurant dat door een korte gang met het hotel verbonden was, en bleef in de deuropening staan om de kamer rond te kijken.

Hij zag haar voordat ze hem in de gaten had.

Hij stond op en liep snel naar haar toe.

Ursula's adem stokte van blijde verrassing en haar gezicht lichtte op toen ze de lange, magere, blonde man in het donkere kostuum, die breed naar haar lachte, in het oog kreeg. Daar was hij dan, levensgroot, hun lieve vriend, prins Kurt von Wittingen.

'Kurt!' Ze liep met uitgestoken handen op hem toe.

Hij nam haar beide handen in de zijne. 'Hallo, Ursula,' zei hij, zich naar haar toebuigend, en kuste haar op de wang. 'Kom meisje, laten we gaan zitten.' Al pratend leidde hij haar naar zijn hoektafeltje en nadat hij naar de kelner had gebaard en een pot Chinese thee had besteld omdat hij wist dat ze daarvan hield, ging hij verder: 'Sorry dat ik je niet van tevoren kon laten weten dat ik naar Parijs zou komen. Ik ben vanmorgen vroeg uit Berlijn gekomen en op het Gare du Nord opgepikt door een collega, die me meteen naar een vergadering bracht. Daarna was er een lunch en nog een vergadering, en ik ben nog geen moment alleen geweest. Het is me niet gelukt je even te bellen.'

'O Kurt, dat geeft toch niet. Dat is absoluut niet belangrijk. Ik ben blij dat ik nu in het hotel terug ben, ik zou vreselijk teleurgesteld zijn geweest als ik je was misgelopen, dat zou echt afschuwelijk zijn geweest.'

'Ik zou wel op je gewacht hebben, hoor. Ik zou heus niet zijn weggegaan zonder dat ik je had gezien.'

Ze knikte en gaf hem een mager glimlachje. 'Hoe gaat het met Sigi?' vroeg ze terwijl ze hem ongerust aankeek. 'Heb je hem gezien?'

'Ja, een paar dagen geleden. En hij maakt het goed. Ik heb hem gezegd dat ik waarschijnlijk deze week in Parijs moest zijn en hij stuurt jou en Maxim alle liefs. Ursula, hij vroeg me je vooral te zeggen dat je je niet ongerust moet maken. Hij doet wat hij kan, en hij hoopt dat zijn moeder weldra zover hersteld is dat ze kan reizen. Ze is goed aan de beterende hand, schijnt het. Hij wilde dat je dat wist.'

'Goddank! Ik ben zo ongerust over hem geweest, en hier zitten wachten is dodelijk voor je zenuwen, dat kun je je vast wel voorstellen. En de telefoongesprekken zijn natuurlijk uiterst frustrerend. We zijn allebei bang te veel te zeggen uit angst dat de telefoons in Berlijn werkelijk worden afgeluisterd, zoals je had gesuggereerd. Maar afgezien daarvan is de verbinding altijd afschuwelijk slecht. De helft van de tijd kunnen we elkaar nauwelijks verstaan. En toch leef ik naar die telefoontjes toe.'

'Sigi ook. Ze hebben hem op de been gehouden.'

'Dat hebben ze mij ook, Kurt. Neem me alsjeblieft niet kwalijk dat ik zo onbeleefd ben, ik heb nog helemaal niet naar Arabella en de kinderen gevraagd. Hoe gaat het met ze?'

'In prima conditie, en Arabella stuurt je liefs, evenals Renata en Reinhard. We missen je heel erg, weet je.'

Haar mooie heldere ogen vulden zich met tranen. 'O Kurt, ik mis jullie allemaal,' zei ze zachtjes, haar stem hees van emotie.

Hij nam haar hand stevig in de zijne; zijn vriendelijke gezicht stond meelevend en uit zijn ogen sprak innerlijke goedheid. 'Dat weet ik, dat weet ik. Het is in zoveel opzichten vreselijk moeilijk voor je, maar dit is echt de beste plaats voor je op dit moment. Dat kun je rustig aannemen.'

'Ja.' Ze tilde de theepot op die de ober had gebracht toen ze zaten te praten en schonk zichzelf een kop in. Er viel een korte stilte, toen keek ze naar Kurt en vertrouwde hem zachtjes toe: 'Ik had gehoopt dat Sigrid en Thomas tenminste zouden komen, maar ik veronderstel dat Sigrid haar moeder niet in de steek wil laten, en Thomas gaat natuurlijk niet zonder zijn vrouw.'

'Daar heb je volkomen gelijk in, en Sigrid heeft natuurlijk het gevoel dat ze op het ogenblik meer dan ooit in Berlijn nodig is door Hedy's gebroken schouder.'

'Arme Hedy, ze is altijd al een pechvogel geweest, en haar blessure is vast vreselijk pijnlijk. Maar ik kreeg van Sigi de indruk dat ze aan de beterende hand is.'

'Dat heb ik ook begrepen.'

Ursula zei op nog zachtere toon: 'Hoe zit het met de uitreisvisa voor de familie?' Haar grijsblauwe ogen lieten de zijne geen moment los.

Hij keek rustig terug. 'De drie die ik midden januari verwachtte, heb ik toen ook gekregen en die heb ik doorgegeven. En de laatste twee heb ik eind vorige maand ontvangen, en die heeft Sigi al in zijn bezit.'

'Dus iedereen zou nu kunnen afreizen?'

'Ja, als het zou kunnen met Frau Westheim.'

'Er gleed een opgeluchte glimlach om haar mond. 'Nou, dat is in ieder geval fijn om te weten.' Ze raakte even hartelijk zijn arm aan. 'Dank je, Kurt, voor alles wat je voor ons hebt gedaan. Je bent zo zorgzaam geweest, een echte vriend.'

'Je weet dat ik altijd alles zou doen om jou en Sigi te helpen.'

Ursula boog zich naar hem toe en zei: 'Er zat een man in de trein... een kolonel Oster. Hij zei dat hij een vriend van je was...' Haar stem stierf weg en ze keek hem vragend aan.

'Ja, dat klopt.'

'Jíj hebt er dus voor gezorgd dat hij in die trein zat. Dat was geen toeval, hè?'

'Nee, maar ik heb er niet echt voor gezorgd, hoor. Ik heb mijn connectie alleen maar gevraagd of er iemand in jouw coupé kon

meereizen, of in ieder geval bij je in de buurt, om een oogje op je te houden tot na de grenscontrole.'
'En dat vond admiraal Canaris goed?'
Kurt von Wittingen knikte.
'De admiraal is echt geweldig voor ons geweest,' zei Ursula. 'Ook hij is iemand die we nooit genoeg zullen kunnen bedanken. Ons hele leven niet.'
'Maar je hebt hem al bedankt, en op een heel bijzondere manier.'
'Hoe dan?'
'Sigi heeft me flink wat geld gegeven voor een fonds dat de admiraal beheert... een fonds dat hij gebruikt om mensen die geen geld hebben Duitsland uit te krijgen... joden, katholieken, politieke vluchtelingen. Dus je hebt zogezegd je steentje al bijgedragen. De admiraal was Sigi erg dankbaar.'
Ik ben blij dat we met zo'n positief gebaar behulpzaam konden zijn. Het is heel belangrijk andere mensen die in moeilijkheden zitten te hulp te komen, vooral als ze minder fortuinlijk zijn dan je zelf bent.'
Kurt lachte haar toe en keek toen op zijn horloge. Hij schudde met een treurige grijns zijn hoofd. 'Ik ben bang dat ik niet veel tijd meer heb, Ursula. Ik heb nog een laatste afspraak aan de andere kant van Parijs voor ik met de nachttrein naar Zürich moet.'
'O Kurt, het is zo snel gegaan, zo kort maar...' Haar stem brak en ze keek van hem weg zodat hij niet zou zien dat de tranen haar in de ogen sprongen. Ze had hem zo graag nog even willen vasthouden, omdat ze zijn begrip, zijn warmte en zijn vriendschap op dat moment zo hard nodig had. Door haar relatie met Arabella had hij een belangrijke rol in haar leven gespeeld, en zijn aanwezigheid had haar vooral gerustgesteld en was haar vanmiddag zo tot troost geweest.
Kurt vroeg naar de rekening en toen die werd gebracht, legde hij het geld op tafel en hielp haar van het bankje waarop ze zaten. Hij nam zijn attachékoffertje en zijn overjas van de stoel ernaast en liep met haar naar de hal.
Daar stopten ze even en keken elkaar aan.
Kurt zei: 'Ik heb nog een momentje tijd, Ursi. Mag ik even naar boven om Maxim te zien?'

'Dat zou enig zijn, Kurt.' Ze glimlachte breed. 'Maxim zal zo blij zijn je te zien.'
'Ga mee dan,' zei hij en nam haar bij de elleboog, waarna ze samen naar de lift liepen.

'Oom Kurt! Oom Kurt!'
Maxim liet zich van dc sofa glijden waar hij met Teddy een van zijn boeken zat te lezen en stormde de zitkamer door.
Kurt legde snel zijn koffertje en overjas op een stoel in de kleine hal, ving de jongen in zijn armen op en omhelsde hem stevig.
Even later zette hij hem weer op de grond, vouwde zijn lange, magere lijf dubbel tot hij op zijn hurken tegenover hem zat en keek naar Maxims uitgelaten snoetje. 'Hallo Maxim, ik ben helemaal uit Berlijn gekomen om je op te zoeken.'
'Is papa er ook?' vroeg Maxim opgewonden en keek langs hem heen naar de deur. 'Heeft u mijn papa meegebracht?'
Kurt schudde zijn hoofd. 'Nee knul, dat heb ik niet,' zei hij vriendelijk. 'Maar ik heb wel een heleboel liefs en heel veel kusjes meegebracht en hij heeft gezegd dat ik je moest vertellen dat hij nu echt heel gauw komt.'
Maxim straalde van blijdschap toen hij dat nieuws hoorde. 'Gauw? Komt papa echt gauw?'
'Ja echt.' Kurt richtte zich op en ging staan; hij pakte Maxims hand en samen liepen ze de zitkamer in. Toen hij Teddy had begroet, ging Kurt op een stoel zitten en trok de vierjarige jongen op zijn knie, waarna die lekker tegen hem aan ging zitten. Maxim keek hem onderzoekend aan. 'Is Christian meegekomen? En Diana? Zijn ze hier?'
'Nee, nog niet, Maxim. Ze zijn nog bij hun moeder in Berlijn.'
'Ik wou dat ze hier waren, dan kon ik met ze spelen, hè?'
'Ja, inderdaad. En vertel me nu maar eens wat je allemaal gedaan hebt in Parijs, mannetje.'
Maxim, die een welbespraakt kind was, begon zijn verhaal met uit te leggen dat hij met zijn moeder en Teddy boven op de Eiffeltoren was geweest, en somde daarna één voor één de andere bezienswaardigheden op die ze hadden bekeken, waarbij hij alles opnoemde wat ze hadden gedaan sinds ze in Parijs waren aangekomen. De prins was een en al oor en zat met een hartelijke glimlach tegen de jongen te knikken.

Ursula stond in de deuropening naar hen te kijken, met glanzende ogen van blijdschap. Kurt von Wittingens onverwachte bezoek was een enorme oppepper voor haar afnemende mentale veerkracht. En wat misschien nog wel belangrijker was, zijn nieuws uit Berlijn over haar schoonmoeders verbeterde conditie had haar weer hoop gegeven dat zij en Sigi weldra zouden kunnen afreizen. Ursula was er nu zeker van dat ze binnen een paar weken bij haar zouden zijn, en haar stemming werd weer wat beter.

20

'Hoe gaat het met je tante?' vroeg Ursula aan Teddy toen die na haar wekelijkse telefoongesprek met Ketti Berners in Londen terugkwam in de suite van het Plaza-Athénée.

Teddy lachte haar levendig en blij toe en ging tegenover haar zitten. 'Tante Ketti maakt het prima, en ze kan nauwelijks wachten tot we naar Londen komen, Frau Westheim. Ze ziet ernaar uit u en Maxim te leren kennen, en ze heeft me nog weer een keer gezegd hoe dankbaar ze u is voor alles wat u voor me heeft gedaan, en vooral dat u me Duitsland uit heeft weten te krijgen.'

'Ik ben nooit van plan geweest om je achter te laten,' antwoordde Ursula. Ze wachtte even voor ze verder ging: 'Je hebt me niet erg veel over je tante verteld, behalve dat ze een zus van je vader is en weduwe.'

'Ja, oom Harry is twee jaar geleden overleden. Tante Ketti is een jaar of eenenzestig en ze heeft een dochter, nicht Rachel, die in Brighton woont. Rachel is getrouwd en heeft een baby die Harriet heet.'

'Je tante woont al heel lang in Londen, hè, Teddy?'

'Al meer dan dertig jaar. Ze is in 1904 met mijn oom getrouwd, toen ze eenentwintig was, en daarna is ze naar Engeland verhuisd. Ze is nu Engelse, dat wil zeggen, Engels staatsburger.'

'En was je oom een Engelsman?'

'Ja, maar van Duitse afkomst. Oom Harry heeft me ooit verteld dat zijn ouders omstreeks 1860 uit Berlijn kwamen; er was toen kennelijk een grote toevloed van Asjkenazim in Engeland, en hij en zijn twee broers zijn in Londen geboren. U zult tante Ketti

beslist aardig vinden wanneer u haar ontmoet, Frau Westheim, ze is een geweldige vrouw.'
'Zelfs als ze maar een beetje op je vader lijkt, moet ze al heel bijzonder zijn.' Ursula stond op, liep naar haar slaapkamer, deed zachtjes de deur open en glipte naar binnen. Op haar tenen liep ze naar het eenpersoonsbed naast het hare, waar Maxim onder de dekens lag opgerold. Ze overtuigde zich ervan dat hij sliep als een roos en ging meteen weer naar de zitkamer.
Toen Ursula de kamer uit was, had Teddy haar borduurwerk gepakt en zonder haar hoofd op te heffen zei ze: 'Hij is toch vast in slaap, hè?'
'Ja,' mompelde Ursula, terwijl ze achterover in haar stoel ging zitten, en sloot haar ogen.
Teddy keek op van haar handwerk en wilde iets over Maxim zeggen, maar toen ze zag dat Ursula Westheim zat uit te rusten, zag ze ervan af. In rust zag Ursula's gezicht er vermoeid en kwetsbaar, en wat verdrietig uit. Ze is moe, dacht Teddy, moe van al die weken wachten tot haar familie eindelijk komt, moe van het aftellen van de dagen sinds januari. Het ligt gewoon niet in haar aard zo afwachtend te zijn. Maar ja, er is erg weinig wat ze kan doen, behalve zitten wachten. Ik heb tenminste Maxim nog om me bezig te houden met zijn lessen en zijn wandelingetjes, en door gewoon voor hem te zorgen. Die arme Frau Westheim heeft het zwaar. Als we nou nog in Londen waren, dan kon ze op zoek gaan naar een woning, een flat of een huis. Dan kon ze dat inrichten en klaarmaken voor Herr Westheim en de rest van de familie, en had ze iets om handen. Dit akelige wachten en nietsdoen is slopend voor haar.
Teddy zuchtte, haar blik op haar handwerk gericht, en maakte keurige steekjes terwijl ze nadacht over de manier waarop Ursula in Berlijn had geleefd. Daar had ze twee huishoudens moeten bestieren, het herenhuis aan de Tiergartenstrasse en de grillige oude villa aan de Wannsee, en er het personeel moeten leiden. Dan waren er de diverse liefdadigheidsorganisaties geweest waar ze heen moest, de vrienden die ze regelmatig opzocht en een sociaal leven waar ze aan moest deelnemen. Het viel Teddy in dat er nooit een moment in het leven van Ursula Westheim was geweest dat ze het niet druk had gehad. Wat een verschil met haar leven in Parijs…

Ursula kwam plotseling in beweging, deed haar ogen open en ging rechtop zitten. 'Teddy?'
'Ja, Frau Westheim?' zei Teddy en keek haar aan.
'Wat voor huis heeft je tante in Londen? Is het groot?'
'Behoorlijk ruim. Ze verhuurt het souterrain, evenals de zolderverdieping die ze pas heeft laten verbouwen. Maar ze heeft zelf nog twee verdiepingen en een prachtige achtertuin met een gazon en een rotstuintje en een appelboom. Ze woont in Belsize Park Gardens, een mooie wijk bij Hampstead.
'Dat klinkt heel aardig. Teddy...' Ursula zweeg even, aarzelde kort en waagde toen de sprong: 'Denk je dat je tante jou en Maxim een paar weken te logeren zou kunnen hebben?'
Teddy keek op van haar borduurwerk, en hoewel ze van de vraag geschrokken was, knikte ze. 'Natuurlijk wel. Maar waarom wilt u dat wij bij haar logeren?'
'Omdat ik jou en Maxim vast naar Londen wil sturen. Ik zou jullie dan later deze maand achternakomen.'
'O,' was zo ongeveer het enige wat Teddy kon bedenken, en ze keek Ursula strak aan, met ogen vol vragen. Even later vroeg ze: 'Waarom gaat u niet meteen met ons mee, Frau Westheim?'
'Ik heb onlangs een besluit genomen,' begon Ursula en zweeg. Even later ging ze langzaam, zachtjes door: 'Ik ga terug.'
Teddy fronste. 'Terùg,' herhaalde ze, met een verwonderde blik. 'Sorry, maar dat kan ik niet volgen.'
'Ik ga terug naar Berlijn.'
Teddy was zo overdonderd dat ze sprakeloos was. Maar al gauw vond ze haar stem terug en riep op heftige fluistertoon: 'Maar dat kan niet, Frau Westheim! Dat kunt u niet doen!'
'Jawel, Teddy, dat kan ik wel.'
'Maar het is niet veilig in Berlijn,' riep het meisje ongerust.
'Misschien niet. Maar ik moet toch terug, om Herr Westheim te helpen. Hij heeft me nodig. Intuïtief weet ik dat hij me nodig heeft. Samen moeten we zijn moeder het land uit zien te krijgen. En zijn zusters. Dat is de enige manier. *Op de een of andere manier* moeten we dat voor elkaar krijgen.'
Teddy was niet alleen geschrokken door die plotselinge en dramatische aankondiging van Ursula, maar het maakte haar ook vreselijk bang. Dat kwam door de herinneringen aan de *Kristallnacht* die waren blijven hangen. Die waren buitengewoon sterk,

stonden nog levendig in haar geheugen gegrift en vervulden haar nog steeds met angst wanneer ze terugdacht aan die afgrijselijke nacht die ze zich met tegenzin voor de geest haalde. En sindsdien waren de zaken in het Derde Rijk er beslist niet beter op geworden. Nee, eerder slechter. Ze vroeg zich af hoe ze haar angstgevoelens op Ursula kon overbrengen, hoe ze haar kon overhalen daar niet naar terug te gaan, maar ze wist niet hoe ze dat moest aanpakken. Teddy kende Ursula Westheim goed en ze wist hoe koppig ze kon zijn, hoe moeilijk ze ergens van te weerhouden was als ze zich eenmaal iets in het hoofd had gezet.

Ursula leunde voorover en keek Teddy strak aan.

Ik begrijp best dat je je afvraagt hoe je mij hiervan kunt weerhouden, maar dat lukt je niet. Kijk, het is al maart en straks wordt het voorjaar, en ik kan hier niet gewoon blijven zitten wachten en de dingen op hun beloop laten. Ik ben gek van ongerustheid over de familie, ik heb er geen flauw idee van wat daar gebeurt. Je hebt me wel gehoord aan de telefoon met Herr Westheim. Die telefoontjes zijn hopeloos frustrerend omdat we allebei niet openlijk met elkaar durven praten. Maar van één ding ben ik heel zeker – hij heeft hulp nodig met zijn moeder. Zijn zusjes zijn schatten van vrouwen, maar helaas zijn ze niet erg doortastend en ik geloof niet dat hij onder de huidige omstandigheden veel aan hen heeft. Maar aan mij wèl. En ik weet dat de prins en prinses von Wittingen zoveel mogelijk zullen helpen... Zij zullen alles doen wat nodig is om ons het land uit te krijgen, met behulp van admiraal Canaris en kolonel Oster van de Duitse geheime dienst.'

Toen Teddy niets zei, ging Ursula snel door: 'En er is nog iets. We weten allebei uit de Franse kranten dat een oorlog tussen Duitsland en Engeland onvermijdelijk is, en dat Frankrijk dan wel moet meedoen. We weten niet wanneer dat gaat gebeuren... De situatie wordt met de dag gevaarlijker en het ligt voor de hand dat ik niet wil dat de familie in Berlijn blijft steken... Ik móet iets doen nu het nog kan.'

Achteroverzittend in haar stoel wachtte Ursula op een reactie van Teddy. Maar Teddy kon nog geen woorden vinden, dus ging ze snel door, op nog dringender toon: 'Ze hebben me nodig in Berlijn! Begrijp je dat niet?'

'Ja, ik geloof van wel,' zei Teddy binnensmonds terwijl ze wan-

hopige pogingen deed haar angst te onderdrukken, zonder veel succes overigens.
'Ik wist wel dat je me zou begrijpen. Ik zou het zeer op prijs stellen als je morgenochtend je tante zou willen bellen om haar te vragen of je twee weken bij haar kunt logeren. En ik zal zelf natuurlijk ook even met haar spreken, Teddy.'
'Ze zal proberen het u uit het hoofd te praten!'
'Nee hoor, dat zal ze niet, want ik ga haar niets vertellen over mijn reisje naar Duitsland. Ik zal alleen zeggen dat ik voor zaken naar Zwitserland moet en dat ik vind dat jij en mijn zoon beter naar Engeland kunnen gaan. Dat is toch het verstandigst om te zeggen, denk je ook niet, Teddy?'
'Ja, Frau Westheim,' zei Teddy op trieste toon en met een klein stemmetje.
Ursula sprong op, onverwacht levendig en vol energie na dagen van lethargie en wanhoop. Ze liep snel naar het bureau, trok de bovenste la open en nam er twee enveloppen uit. Die nam ze mee naar Teddy, en toen ze ze haar had laten zien, ging ze op dezelfde montere en zakelijke toon door: 'Op de dag dat je naar Londen vertrekt zal ik je deze brieven geven, en tot die tijd liggen ze in de afgesloten bureaula. De eerste is gericht aan de heer Henry Rossiter van de Rossiter Merchant Bank in Londen. Ik heb hem al aan de telefoon gehad, en hij verwacht dat je iets van je zult laten horen zodra je bij je tante intrekt. Je moet hem opzoeken en hem mijn brief geven. Het is een schriftelijke bevestiging van mondelinge instructies die ik hem heb gegeven, die erop neerkomen dat hij je geld moet geven wanneer je dat maar nodig hebt. Onze gelden hier in Frankrijk worden van de Banque Mallet naar de Rossiter Merchant Bank overgeheveld. Dat heb ik een paar dagen geleden al geregeld. Ik wil dat je goed weet dat je tot wij aankomen over dat geld kunt beschikken, voor jezelf en voor Maxim.'
'Ik heb helemaal geen geld nodig, Frau Westheim,' protesteerde Teddy. 'Mijn tante zal wel voor ons zorgen zolang we bij haar logeren.'
'Dat weet ik wel, Teddy. Maar ik vind het prettiger, het maakt het voor mij gemakkelijker te weten dat je in geval van nood over dat geld kunt beschikken.'
Teddy knikte, wel wetend dat het geen nut had tegen haar in te gaan.

Ursula ging snel door: 'De tweede brief is aan jou gericht. Maar je mag hem niet openmaken, tenzij er iets met mij en mijn man gebeurt. Als ik zou sterven en hij me overleeft, dan geef je hem de brief. Ik heb meneer Rossiter gevraagd te zorgen voor een kluis bij de bank en daar moet je de brief veilig in stoppen.'
'Ja natuurlijk. Maar er gaat niets met u of Herr Westheim gebeuren!' kondigde Teddy nadrukkelijk aan, en ze dwong zich tot een glimlach terwijl ze een schietgebedje deed dat het de waarheid mocht zijn.
'Er is nog iets wat ik je moet vertellen,' ging Ursula verder. 'Toen we Duitsland verlieten, zat een deel van mijn juwelen in mijn kleding genaaid. Hoofdzakelijk mijn diamanten en saffieren. Toen we in Parijs kwamen, heb ik de juwelen naar monsieur André Mallet van de Banque Mallet gebracht die ze voor me heeft bewaard. Morgen zullen die op weg zijn naar de Rossiter Merchant Bank in Londen. Monsieur Mallet stuurt ze per speciale bode. De juwelen moeten bij de brief in de kluis worden opgeborgen, en voor je vertrekt zal ik een lijst van alles voor je maken.'
Teddy knikte.
'Ten slotte nog iets. Ik weet dat je heel flink bent, Teddy, en dat je goed Engels spreekt, maar meneer Stiles van de Britse ambassade hier zorgt dat er iemand van het Britse ministerie van buitenlandse zaken op je staat te wachten wanneer je in Engeland door de douane komt. Voor het geval je hulp nodig hebt bij de formaliteiten daar.'
'Dank u,' zei Teddy, en keek Ursula scherp aan. 'U heeft meneer Stiles toch niet verteld dat u terugging naar Duitsland?'
'Natuurlijk niet!'
'Als u dat wel had gedaan, zou hij bezwaar gemaakt hebben en dan zou hij misschien hebben geprobeerd u tegen te houden!' riep Teddy op haar eigen opgewonden manier uit.
Ursula zweeg in het besef dat dit waar was.
Na een ogenblikje stond ze op en ging bij Teddy op de sofa zitten.
Ze nam haar hand, drukte die en zei toen rustig, maar met een houding van intens vertrouwen: 'Probeer je geen zorgen te maken, alles komt prima in orde. Dat weet ik gewoon, lieverd.'
'Ja,' antwoordde Teddy snel. 'Ja, dat zal wel. Ja, ik weet het, Frau Westheim.'

Vier dagen na dit gesprek waren alle noodzakelijke regelingen getroffen zodat Teddy en Maxim naar Engeland konden reizen. Tante Ketti Berners had er onmiddellijk in toegestemd dat ze bij haar konden logeren tot Ursula en Sigmund in Londen kwamen.
'Ik zal op het Victoria Station de boottrein uit Parijs opwachten,' zei ze tegen Teddy, en dat had ze herhaald tegen Ursula, voor ze zei hoe opgewonden ze was en hoe verrukkelijk ze het vond dat ze kwamen, en dat ze er erg naar uitzag hen in haar huis te ontvangen.
Desondanks wist Ursula dat het geen zin had zichzelf wijs te maken dat ze haar kind niet zou missen, want dat zou ze wel. Aan de andere kant was dit de juiste gang van zaken, en de enige.
Ursula had al een paar weken met het probleem geworsteld wat ze voor hun aller welzijn moest doen, en ze verkeerde in een verschrikkelijke tweestrijd die haar innerlijk verscheurde. Ze hield evenveel van haar kind als van haar man, en het was geen zaak van kiezen tussen beiden, maar meer van besluiten welke maatregelen ze het best kon nemen, maatregelen die er uiteindelijk toe moesten leiden dat ze weer bij elkaar zouden zijn.
Sigi zat kennelijk vast in Berlijn, maar ze wist niet waarom. En daar kon ze ook niet achter komen, tenzij Kurt von Wittingen weer voor zaken naar Parijs kwam om haar nieuws te brengen. Maar dat was erg onwaarschijnlijk; dat had hij haar al verteld toen hij zo onverwacht was komen binnenvallen voor de thee, nu al meer dan een maand geleden.
Vorige week had ze een keer op het punt gestaan Arabella of Renata te bellen, maar ze had dat idee meteen weer verworpen. Hun telefoons werden waarschijnlijk al veel langer afgeluisterd, en ze wilde haar twee dierbaarste vriendinnen niet in de problemen brengen. Ze wist niet eens zeker wat ze haar hadden kunnen vertellen, zelfs als ze had gebeld. Vast niet meer dan Sigi zei als hij belde, want net als hij zouden ze bang zijn vrijuit te spreken.
En daarom besloot ze uiteindelijk om terug te gaan naar Berlijn. Haar doel was Sigi te helpen de familie op zo kort mogelijke termijn en met de grootst mogelijke snelheid in beweging te krijgen. Ze twijfelde er geen ogenblik aan dat zij en hij dat samen konden. Ze waren altijd een goed team geweest, zelfs als kinderen.

Sigi had al vijf uitreisvisa van admiraal Canaris, en zodra ze er was, zou ze Sigrid en haar man, Thomas Mayer, letterlijk dwingen onmiddellijk te vertrekken. Ze had het van tevoren al in haar hoofd uitgewerkt, en het was een goed plan: de Mayers moesten hun bedienden zeggen dat ze voor zaken naar Hamburg gingen, zoals zo dikwijls, en ze moesten Hedy meenemen, zogenaamd als gezelschap voor Sigrid. Zodra die drie in Hamburg waren, moesten ze passage boeken op de eerste de beste boot naar Engeland, desnoods op een vrachtboot als er niets anders was. Hamburg was een drukke Noordzeehaven en het zou niet moeilijk zijn een of ander vaartuig te vinden.
Intussen zouden zij en Sigi zijn moeder naar Zwitserland brengen, zogenaamd om medische redenen. Haar plan was met de auto van Berlijn via Frankfurt en vandaar naar Stuttgart te gaan. Vandaar naar Mannheim en Konstanz, waar ze indien nodig zouden overnachten, en eventueel onderweg stoppen om Margarete even bij te laten komen van al dat reizen. Vervolgens konden ze bij Konstanz de Duitse grens naar Zwitserland oversteken, dan zaten ze tamelijk dicht bij Zürich waar ze Zwitserse bankrelaties hadden die hen konden helpen als dat nodig was.
Ursula was ervan overtuigd dat admiraal Canaris hen nog een laatste keer zou willen helpen, en dat hij misschien het passeren van de grens zou kunnen vergemakkelijken. Hopelijk zonder een al te nauwkeurig onderzoek door de Duitse grenspolitie.
Ze was er zeker van dat Maxim veilig zou zijn terwijl Sigi en zij hiermee bezig waren, en die wetenschap gaf haar troost. Ze stelde een onvoorwaardelijk vertrouwen in Theodora Stein. De jonge vrouw had verantwoordelijkheidsgevoel en was betrouwbaar, en omdat ze van Maxim hield als van haar eigen kind, zou ze ervoor zorgen dat hem niets overkwam. Teddy zou haar leven voor hem geven, net zoals ze dat zelf zou doen. Dus zag ze er niet tegenop hem met Teddy naar Engeland te sturen, en Engeland was de beste plaats voor hem, een democratisch en beschaafd land waar gerechtigheid en eerlijkheid normale alledaagse zaken waren, een land waar de joden altijd minder streng en veel toleranter waren behandeld dan in de meeste andere landen ter wereld.
Verder was ze ervan overtuigd dat Ketti Berners een betrouwbare, eerlijke vrouw was. De telefoongesprekken die ze de laatste

paar dagen met haar had gevoerd, hadden het gevoel dat ze net zo'n voortreffelijk mens was als haar overleden broer, alleen maar versterkt. Ursula twijfelde er niet in het minst aan dat deze vrouw, die ongewoon liefhebbend en als de vriendelijkheid zelve klonk, goed voor Maxim en Teddy zou zorgen.

En toch voelde Ursula zich op de ochtend dat ze weggingen vreselijk neerslachtig worden. Ze had een afschuwelijke pijn in haar hartstreek en een brok in haar keel toen ze na het ontbijt Maxims jasje dichtknoopte om hem klaar te maken voor de reis. Hij was nog maar zo klein, pas viereneenhalf, en in zoveel opzichten nog een baby.

Even aarzelde ze, en bijna veranderde ze van gedachten in het besef dat ze hem eigenlijk geen ogenblik kon missen, laat staan een paar weken. Maar toen bedacht ze wat er in Berlijn op het spel stond, en ze slikte om haar emoties in bedwang te houden.

'Kom eens bij me op de sofa zitten, *Schatzi*, ik moet met je praten,' zei ze vriendelijk, met een liefhebbende glimlach.

'Waarover, *Mutti*?' vroeg hij en keek naar haar op met die grote, vochtige bruine ogen die haar hart altijd deden smelten, en vandaag helemaal.

'Over de reis naar Engeland,' antwoordde ze terwijl ze het zich naast elkaar op de sofa gemakkelijk maakten. Uit haar ooghoek kon ze Teddy zien die in de aangrenzende slaapkamer stond te telefoneren, ongetwijfeld met de portier om hem te vragen of een van de piccolo's kon komen helpen met de koffers.

Ursula schraapte haar keel en zei: 'Teddy gaat je naar Londen brengen, Maxim. Jullie gaan daar bij haar tante Ketti logeren. Ik kan vandaag niet mee, maar ik kom jullie heel snel achterna.'

Op zijn kleine snoetje stond onmiddellijk paniek te lezen. Zijn ogen vlogen open en hij riep gealarmeerd: 'Maar waarom komt u niet met ons mee, *Mutti*? Ik wil dat u meegaat!'

'Ssst lieverd, je hoeft niet zo van streek te raken.' Om hem te kalmeren en gerust te stellen nam ze zijn handje stevig in de hare. 'Ik moet morgen naar Berlijn, om papa te helpen. We moeten je grootmoeder naar Engeland brengen. Weet je nog dat ik je vertelde dat ze ziek was, en papa kan niet alles in zijn eentje doen. Hij moet onderweg op grootmama passen; ze is al een oude dame en we moeten goed voor haar zorgen, dat weet je toch.'

'Maar ik wil niet zonder u!' jammerde Maxim. Zijn bovenlip begon te trillen, hij gooide zich tegen haar aan en begon prompt te huilen terwijl hij zich stevig aan haar vastklampte.

Ursula sloeg haar armen om hem heen en hield hem dicht tegen zich aan; ze aaide hem over zijn bol en bracht hem zachtjes tot bedaren. Ze vond het vreselijk moeilijk om van dit kind te scheiden, zelfs voor zo korte tijd. Ze had zo lang op hem moeten wachten, zoveel jaren van haar huwelijk, en ze hield zo vreselijk veel van hem. Hij was een deel van haar… haar hartedief.

De tranen sprongen haar in de ogen en ze kon een ogenblik geen woorden vinden, dus bleef ze daar maar stilletjes zitten en wiegde haar zoontje in haar armen heen en weer terwijl al haar liefde naar hem uitging.

Toen ze ten slotte haar evenwicht hervonden had, zei ze: 'Ik ben over tien dagen bij je, *Mäuschen*, veel langer duurt het niet, en dan zijn we weer bij elkaar… jij en ik en papa… net als vroeger in Berlijn.'

Het kind trok zich van haar terug en staarde haar aan, legde toen een mollig handje tegen haar wang en streelde die. 'Belooft u dat, *Mutti*?' fluisterde hij, met een stemmetje vol tranen.

'Natuurlijk. Dat beloof ik.' Ursula pakte een zakdoek uit de zak van haar jasje en veegde zijn natte wangen af. 'Zo, dat is beter, lieverdje,' zei ze lachend. 'Geen traantjes meer. We zijn niet lang van elkaar weg, en je hebt die lieve Teddy om voor je te zorgen tot ik er weer ben.'

Maxim knikte en lachte flauwtjes terug. 'En als u komt, brengt u papa en Gromo dan mee, *Mutti*?'

'Natuurlijk. Daarvoor ga ik toch… om ze op te halen.'

Hij staarde haar peinzend aan, hield toen zijn hoofd scheef en zei: 'U gaat me toch niet kwijtraken, hè, *Mutti*?'

Hoewel ze door die vraag van haar stuk gebracht was, zag ze de ongerustheid in zijn gezichtje en ze riep uit: 'Hoe kan ik je nou kwijtraken! Hoe kom je daar nou toch bij, schatje?'

'Teddy heeft me eens een verhaaltje voorgelezen… over een jongetje dat Hans heette… zijn moeder raakte hem kwijt… en ze kon hem niet meer vinden… nooit meer. Ik wil geen kwijtgeraakt jongetje zijn. Raak me *alstublieft* niet kwijt, *Mutti*.'

'Natuurlijk niet, schatje! Nooit, nooit, nooit! Ik houd veel te veel van je.' Ze sloeg haar armen weer stevig om hem heen en omhelsde hem, en hij klampte zich uit alle macht aan haar vast.

Plotseling werd er op de deur geklopt en Ursula liet hem los en stond op. Op dat moment kwam Teddy haastig de zitkamer in en zei: 'Daar zul je ze hebben om de koffers te halen!' Ze liep het halletje in, deed de deur open en vroeg de twee piccolo's die voor de deur stonden om binnen te komen.
'Maxim, wil jij ze even in de slaapkamer laten zien welke koffers mee naar beneden moeten?' stelde Ursula voor om hem af te leiden, en omdat ze even alleen met Teddy wilde praten.
'O ja, natuurlijk!' riep Maxim. Hij sprong van de sofa af en holde naar de piccolo's.
De twee vrouwen keken hoe hij hen meenam naar de slaapkamer, en wendden zich toen tot elkaar.
Ursula zei heel zacht: 'Ik ga pas naar Berlijn als ik weet dat jullie zijn aangekomen. Ik wacht hier in het hotel tot ik wat van je hoor.'
'Ik zal bellen zodra we bij tante Ketti zijn.'
'En je weet nog precies wat we hebben afgesproken, hè, Teddy?'
'Ja, alles... al uw instructies. De twee brieven zitten in mijn handtas, samen met het geld dat u me heeft gegeven en de lijst met juwelen.'
'Ik heb het volste vertrouwen in je, Teddy, en in je kunnen. Als er iets mis mocht gaan...' Er schoot een brok in Ursula's keel en ze keek een ogenblik de andere kant uit omdat ze opeens niets meer kon zeggen. Maar weldra ging ze met dezelfde zachte stem door: 'Als we Engeland niet halen, zul je dan in mijn plaats voor Maxim zorgen? Zolang dat nodig is?'
'Dat weet u best!' Teddy pakte met een geruststellend gebaar Ursula's arm beet. 'Maar u gaat zelf voor hem zorgen hoor. U zult binnenkort bij ons zijn. Alles gaat zoals u zich dat heeft voorgenomen.'
'Dat hoop ik.' Ursula deed een stap naar Teddy toe en omhelsde haar warm. 'Pas goed op jezelf, en op Maxim,' zei ze.
'Dat zal ik doen, Frau Westheim, en denk eraan, er is niets om u zorgen over te maken.'
'Ik weet het. Nou, ik denk dat we maar naar het Gare du Nord moeten gaan. Hoewel ik jullie allebei afschuwelijk zal missen, ben ik blij dat ik jullie op die boottrein naar Londen kan zetten.' Ze zweeg en staarde Teddy met een dapper lachje aan. Ten slotte zei ze zachtjes: 'Daar zullen jullie veilig zijn, allebei.'

Deel 3

THEODORA
LONDEN
1944

… geen onheil zal u treffen, en geen plaag zal uw tent naderen; want Hij zal aangaande u zijn engelen gebieden, dat zij u behoeden op al uw wegen; op de handen zullen zij u dragen, opdat gij uw voet niet aan een steen stoot.
(*Psalm 91*)

21

Het was een perfecte zomeravond, die laatste dag van augustus. De stralende zon was ondergegaan en had met de laatste trillende zonnestralen de rand van de hemel beschilderd met vloeibaar karmozijn, dat overging in saffraan en amethist en in het allerbleekste lila, voor hij achter de vervagende horizon verdween. De zonsondergang was zo adembenemend mooi geweest dat Theodora verrast en verrukt haar adem had ingehouden. De hemel werd nu diep pauwblauw; er kwamen schemerige wolken opzetten en de snel vallende schemering zette het welig groene gazon, de oude appelboom, de geurende rozestruiken en het rotstuintje vol lieflijke alpenbloemen in een paarlemoeren en opaalachtige gloed.

In de tuin die zich uitstrekte voor het met stenen geplaveide terras waarop ze zat, leek alles als verlamd. Niets bewoog. Geen grasspriet of blaadje of enig levend wezen verroerde zich, alles was overdekt met stilte, alsof de kleine tuin onder een grote hoeveelheid bleek, doorzichtig, roerloos water lag.

Teddy leunde met haar hoofd tegen de achterkant van de canvas ligstoel, luisterend naar de stilte, en genoot van de vrede om haar heen. Er zat iets drukkends in de lucht, maar dat vond ze niet onprettig; het was eigenlijk iets zwoels en het droeg bij tot de kalmte die ze voelde.

Theodora had zo'n drukke dag gehad dat ze blij was met deze korte onderbreking voor ze het eten moest klaarmaken. Maxim en zijn schoolvriendje Alan Trenton die een paar dagen bij hen logeerde, hadden haar al vanaf de vroege morgen beziggehouden. Wandelen op de heide bij Hampstead – verkennen noemden ze dat – dan tegen koffietijd op een holletje naar de tearoom Two Blues in het dorp Hampstead voor thee met koekjes, daarna weer terug naar de heide om hun bootjes op de Whitestone Pond te laten varen en uiteindelijk terug naar huis voor de lunch.

Ze had worstjes met chips en witte bonen in tomatensaus voor ze gemaakt, op het moment hun lievelingskostje, en er waren twee verse eieren, een ongekende weelde die ze de dag daarvoor van de kruidenier, Sam Giles, had gekregen. Ze had een halfuur geduldig met de andere vrouwen voor de winkel in de rij staan wachten om de weekendboodschappen te doen. Toen ze aan de

beurt was, had meneer Giles een blik op haar drie bonboekjes geworpen, hij was over de toonbank gaan hangen en had samenzweerderig gefluisterd: 'Je hebt genoeg bonnen over voor twee eieren, juffrouw Stein,' en toen had hij stiekem een bruinpapieren zak te voorschijn gegoocheld en haar die snel toegestopt. 'Doe maar gauw in je mandje, liefje, en hou er alsjeblieft je mond over. Ik wil geen herrie, want ik heb maar negen eieren in de hele winkel en wel twintig vrouwen die ze willen hebben.'
Teddy had hem uitbundig bedankt en de kostbare eieren voorzichtig naar huis gedragen, dankbaar dat Sam Giles haar aardig vond en dat ze door de jaren heen zo'n bevoorrechte klant was geweest. Alles was tegenwoordig schaarser dan ooit, vooral verse eieren, suiker, vlees en geïmporteerd fruit. Er waren al jaren geen sinaasappels, bananen of grapefruits meer te krijgen, en voedseldistributie betekende doorgaans maaltijden zonder veel afwisseling. Iets zeldzaams was daarom een buitengewone traktatie en het had haar intens plezier gedaan de ogen van de jongens te zien oplichten toen ze de borden met voor ieder een ei voor hun neus zette.
Tante Ketti had 's middags voor nog een traktatie gezorgd. Ze had hen meegenomen naar een matinée in de plaatselijke bioscoop om Claude Rains te zien in *Het spook van de opera*, die voor de derde keer gedraaid werd sinds de première vorig jaar. Ze hadden er alle vier enorm van genoten. De kleurenfilm was net angstaanjagend genoeg geweest om tienjarige jongens in verrukking te brengen, en onderweg naar huis hadden ze voor Teddy en Ketti uit lopen springen, rare bekken trekkend en Claude Rains' theatrale spel diep onder het Parijse operagebouw naäpend.
Tien jaar, peinsde ze. Wat was de tijd omgevlogen sinds ze vijf jaar geleden naar Engeland waren gekomen. Ze betreurde het alleen dat de Westheims zich nog steeds niet bij hen hadden kunnen voegen. Ze dacht er voortdurend aan waar ze konden zijn, hoe ze het maakten en of ze wel veilig waren. Er ging geen dag voorbij dat ze niet aan hen dacht, en elke nacht voor ze ging slapen bad ze voor hen, voor hun bevrijding. Soms vond ze het moeilijk te geloven dat Maxim al tien was, maar toch was het zo, en hij was in zoveel opzichten al echt een grote jongen. Ze dacht dat dat wel zou komen doordat hij van huis was, op kost-

school met jongens van zijn eigen leeftijd, in zekere zin zelfstandig. Hij was dit laatste jaar veel onafhankelijker geworden. Maar dat was alleen maar goed voor hem. Hoewel hij de spil was waar haar leven om draaide, wilde ze niet dat Maxim een moederskindje werd die eeuwig aan haar rokken hing en altijd op haar zou steunen. Ze had hem vastberaden aangemoedigd op eigen benen te staan, en zeer tot haar tevredenheid had hij dat ook gedaan.

Op school was Maxim briljant.

Op achtjarige leeftijd was hij met het grootste gemak geslaagd voor het toelatingsexamen voor Colet Court, en wel met zulke hoge cijfers dat zelfs tante Ketti er behoorlijk van onder de indruk was geweest. Teddy was vooral trots op de manier waarop hij de examens zonder een spier te vertrekken had aangepakt, vooral omdat de onderwijsnormen van die beroemde oude school buitengewoon hoog waren, en ook omdat ze hem zelf had lesgegeven.

Nadat ze in maart 1939 in Engeland waren aangekomen, had ze hem op aanraden van haar tante naar de kleuterschool in Belsize Park gestuurd, vlak bij het huis van haar tante. Hij was er in september heen gegaan, een paar maanden na zijn vijfde verjaardag op 12 juni. Hij had zich er meteen thuisgevoeld en had zich als een kameleon aangepast aan de Engelsen en hun vreemde manieren. Ook op de plaatselijke lagere school en op Colet Court waren er tot dusverre nooit problemen geweest.

Tijdens de eerste vijf maanden dat ze bij tante Ketti hadden gewoond, had ze hem Engels geleerd, voor hij naar de kleuterschool ging, en toen was al gebleken dat hij een talenknobbel had. Hij sprak nu vlekkeloos Engels, met een fantastisch Engels accent, en hij begon al vloeiend Frans te spreken, wat hij op de lagere school had geleerd.

Hoewel hij pas vijf was toen hij naar de kleuterschool ging, had Teddy direct beseft dat het onderwijsaanbod voor hem niet genoeg uitdaging inhield, want hij was een buitengewoon knap ventje dat snel leerde en zijn leeftijd ver vooruit was. Dus was ze begonnen hem in de weekeinden zelf les te geven, in Engelse geschiedenis, aardrijkskunde en wiskunde, op een hoger niveau. Dat laatste was zelfs op die leeftijd al zijn lievelingsvak geweest; getallen trokken hem bijzonder aan en hij kon er bijzon-

der goed mee overweg. Sinds hij op Colet Court was, was wiskunde zijn sterkste punt en zijn leraar beschouwde hem als een wiskundig genie, waarmee hij alleen maar bevestigde wat zij allang had vermoed.
Het plotselinge snerpende, doordringende geloei van de luchtalarmsirene verstoorde de vredige stilte in de tuin. Het onderbrak haar overpeinzingen over Maxim en deed haar opspringen uit haar ligstoel; het maakte haar weer op een indringende manier bewust van de oorlog, zoals dat iedere dag wel een keer gebeurde.
Achter zich hoorde ze lawaai en toen ze omkeek zag ze dat haar tante, Maxim en Alan haastig door de openslaande deuren van de achterkamer de tuin in kwamen.
'Daar zullen de zandkevers wel weer komen, Teddy!' riep Maxim die dat als bijnaam gebruikte voor de V1's, de vliegende bommen die de Duitsers systematisch op Engeland afvuurden vanaf de lanceerbasis aan de overkant van Het Kanaal. Intussen was hij vol aandacht voor tante Ketti, die hij voorzichtig de stenen stoep afhielp.
'Ja, dat weet ik wel zeker!' riep Teddy, zich omdraaiend, nadrukkelijk terug, en ze gebaarde heftig. 'Op naar de veilige schuilkelder. Schiet op, jullie drieën! Vooruit!'
'We komen meteen achter je aan, liefje,' verzekerde tante Ketti haar.
Teddy holde vooruit naar de schuilkelder achter in de tuin, waar zoveel zandzakken op het dak van golfplaten en aarde lagen dat het wel een uitgegraven schuilplaats in een loopgraaf aan het front leek.
Ze rende de drie treden af, rukte de deur open, raapte de zaklamp op die ze altijd op de grond vlak achter de deur had liggen, knipte hem aan en liep naar de tafel die vlak voor haar stond. Hierop stonden drie lange witte kaarsen in jampotten en twee kerosinelampen, en toen tante Ketti met de jongens binnenkwam, had ze die net aangestoken.
Ketti deed de deur stevig achter zich dicht en liep naar haar stoel, terwijl ze zacht zuchtte. Vijf jaar oorlog, bombardementen, gevaar en angst, allerlei ontberingen, plus het dagelijks in een schuilkelder moeten duiken, hadden haar op verschillende manieren uitgeput.

De schuilkelder was redelijk van afmetingen en er was genoeg ruimte voor hen vieren. Het plaatselijke blokhoofd, Jock Philips, had met twee van zijn helpers de kelder voor tante Ketti gebouwd. Dat was in september 1939 geweest, enkele dagen nadat de Britse regering, tot het uiterste getergd door Hitlers meedogenloze invasie van Polen, Duitsland eindelijk de oorlog had verklaard, evenals Frankrijk.
De drie mannen hadden een prima karwei verricht met het neerzetten van de schuilkelder, die gedeeltelijk geprefabriceerd was en in onderdelen aankwam. Voor een optimaal effect moest de tunnelvormige schuilkelder gedeeltelijk worden ingegraven. De muren, de vloer en het gewelfde plafond bestonden uit ijzeren golfplaten die aan elkaar werden vastgemaakt. Daarna moest er aarde op het dak worden gestort, dat als extra beveiliging werd afgedekt met zandzakken.
Tegen een wand stond een stapelbed met twee slaapplaatsen boven elkaar, en langs een andere wand stond een veldbed. Naast de tafel met de kandelaars en de lampen zorgden twee stoelen en een oud oosters tapijt voor een beetje huiselijkheid. In een hoek stond een paraffinekachel die bij koud weer voor de noodzakelijke warmte zorgde.
Tegen de derde wand stond hun zo bijzonder belangrijke provisiekast. Tante Ketti en Teddy hadden die volgestouwd met een voorraad blikjes zoals corned beef, gekookte ham, tomatensoep, witte bonen, en potten fruit, blikjes cacao, ovomaltine, melkpoeder, eipoeder en een grote hoeveelheid flesjes waar vroeger prik in had gezeten en die nu waren gevuld met water voor het geval de waterleiding geraakt zou worden en er een tekort aan water zou ontstaan. Er was een primus om op te koken, en boven op de kast stonden pannen, een fluitketel, borden, bekers, bestek en een thermosfles, terwijl in een theekist ernaast een eerstehulpdoos en extra gasmaskers zaten, voor het geval de Duitsers toch gifgas zouden gaan gebruiken. In een tweede theekist zaten zeep, tandpasta en andere toiletartikelen, plus handdoeken, kruiken, dikke wollen dekens, truien, sjaals, wollen mutsen en handschoenen.
De twee vrouwen hadden getracht de schuilkelder te voorzien van het allernoodzakelijkste. Het waren de onontbeerlijke dingen waarvan ze wisten dat ze die nodig zouden hebben als hun huis tijdens een van de vele bombardementen door een voltreffer

geraakt zou worden en ze permanent in de schuilkelder zouden moeten wonen. Of tenminste tot ze een andere regeling hadden getroffen.
Maxim, die met Alan naar het veldbed was gelopen, zei: 'Ga hier maar zitten, Stubby, ouwe jongen, ik heb een nieuwe legpuzzel die we kunnen proberen, als je daar zin in hebt.'
'Ik plof hier wel neer, Duke!' riep Alan uit, en hij liet zich zonder plichtplegingen aan één kant op het veldbed neervallen. Hij hing achterover op één elleboog, keek omhoog naar Maxim en vroeg: 'Wat staat er op deze?'
'O, dit is een goeie,' antwoordde Maxim, terwijl hij de puzzel uit de theekist pakte. 'St.-Joris en de Draak, en hij ziet er lekker moeilijk uit.'
'Voor jou is het nooit moeilijk, genie,' kaatste Stubby grinnikend terug. 'Kom op, treuzel niet zo! Maak open, dan kunnen we hem in elkaar zetten.'
'Maak jij hem maar open, Stubby.' Maxim liet de doos op de deken vallen en zei: 'Ik zal het tinnen blad vanonder het bed pakken, dan kunnen we de puzzel tenminste behoorlijk uitleggen, op een stevige ondergrond.' Toen Maxim het blad eenmaal had gepakt, bogen de jongens zich erover en weldra waren ze zo verdiept in het uitzoeken van de honderden puzzelstukjes dat ze zich totaal niet meer bewust waren van Teddy en tante Ketti, of zelfs van het bombardement buiten.
Terwijl de jongens zaten te praten, was Teddy in de stoel tegenover tante Ketti gaan zitten en ze zei zachtjes: 'Ik hoop niet dat dit weer zo'n lange nacht wordt.'
'Je weet het maar nooit met die V1's. Het hangt ervan af hoeveel ze er de komende uren op ons gaan afschieten,' antwoordde Ketti somber. 'Hitlers geheime wapen is nogal onaangenaam gebleken, hè, Theodora?'
'Ja, inderdaad... er zijn de afgelopen paar maanden zoveel mensen door gedood, honderden alleen al in Londen. De gedachte eraan doet al pijn.' Ze schudde haar hoofd. 'Ik weet nog wat meneer Churchill in juli op de radio zei... dat er door die vliegende bommen onder de burgerbevolking meer doden zijn gevallen dan sinds de Blitz. Het is afschuwelijk zoals die dingen plotseling onverwacht overkomen, en iedereen is er zo bang voor. Ik ben tenminste iedere keer verlamd van angst, tante Ketti.'

Ketti huiverde en gaf geen antwoord, ze knikte slechts. Maar toen ze haar breitas pakte die ze in de schuilkelder bewaarde, vertrok haar gezicht van woede en ze vervloekte stiekem die krankzinnige Oostenrijker, zoals ze Hitler noemde, en de nazi's. Met een lichte zucht trok ze de trui die ze voor Maxim aan het maken was te voorschijn, en even later zat ze ijverig met haar breipennen te tikken.
Met haar zesenzestig jaar was Ketti Stein Berners een heel knappe vrouw die er veel jonger uitzag. Misschien kwam dat omdat ze in Engeland een goed en beschut leven had geleid en door haar man in het verleden was omringd met liefde, tedere zorg en steun. Hoewel haar haar sneeuwwit was, had ze nog altijd een mollig gezicht met een roze teint, en bijna geen rimpels. Dat deed haar jonger lijken, evenals haar slanke figuur en haar grote energie en levenslust. Ze had sympathieke bruine ogen, een warm, hartelijk karakter en een opgewekt humeur. Het enige verdriet in haar leven was dat haar geliefde Harry veel te jong aan een hartaanval was gestorven. Harry Berners, de enige man van wie ze had gehouden, had haar goed verzorgd achtergelaten; zijn twee broers, zijn partners in het confectiebedrijf dat hij had gesticht, bleven haar zijn volle salaris en zijn deel van de winst uitkeren, en dat zouden ze tot haar dood blijven doen. Daarna zou haar dochter Rachel een deel van de winst krijgen zolang de gebroeders Berners hun zaak voortzetten.
Ketti stopte plotseling met breien, hief haar hoofd op en luisterde gespannen.
Net als Ketti en de jongens.
Ze hoorden een oorverdovend bulderend geraas dichterbij komen. Omdat het precies boven hun hoofd was, schrokken ze daar behoorlijk van, en ze keken elkaar bezorgd aan. Ze wisten dat het een vliegende bom was en de angst stond op hun gezicht te lezen. Het gebulder van de motor bereikte een hoogtepunt, en toen hij afsloeg, viel er heel even een plotselinge doodse stilte, gevolgd door een klap en een dreunende explosie.
'O, lieve god, het huis!' schreeuwde Ketti in paniek, met opengesperde ogen. 'We zijn geraakt! Het huis is geraakt door een voltreffer!'
'Welnee, tante Ketti,' zei Maxim. 'Als die zandkever op ons huis was gevallen, was de explosie tien keer zo hard geweest. Ik

denk dat hij een paar straten verder is neergekomen.'
'Maxim heeft gelijk, mevrouw Berners,' viel Stubby hem bij, die het zoals altijd met Maxim eens was. 'Ik wil wedden dat hij een flinke krater heeft veroorzaakt. Dat is altijd zo.'
'Arme schepsels. Arme, arme schepsels,' mompelde Ketti en ze schudde heel verdrietig en meelevend haar hoofd. 'Iedere nacht... alleen maar dood en vernietiging. En ellende voor zoveel mensen...' Haar stem stierf verdrietig weg en ze keek somberder dan ooit.
Ze dacht aan haar dochter Rachel en aan haar kleindochtertje Harriet in Brighton en ze bad God dat ze veilig in hun eigen schuilkelder zaten. Ze bad ook voor haar schoonzoon Gerald, die met generaal Alexander en het Britse leger ergens in Italië was. Laat hen veilig zijn, lieve God, zei ze stilletjes in haar hart. Laat mijn familie niets overkomen... waak over al onze jongens, waar ze ook mogen zijn.
'Een vliegende bom is wel zo groot als een Spitfire,' merkte Maxim zo plotseling op dat Ketti ervan schrok en met een schok rechtop ging zitten.
Ze keek met een lichte frons over tafel naar hem toen hij verder ging: 'Het is een vliegtuig zonder piloot, tante Ketti, en het is heel groot. Daarom maakt het zo'n reusachtige krater als het neerstort.'
Stubby knikte, zijn lichtblauwe ogen en zijn sproetengezichtje stonden heel ernstig. 'Maar mijn vader zegt dat we ze toch wel zullen krijgen, hoor, die moffen en die spaghettivreters. Onze gevechtsvliegtuigen en ons luchtafweergeschut halen heel wat vliegende bommen naar beneden en langs het hele Kanaal wordt nieuw luchtafweergeschut geplaatst.'
Stubby zei dit met zoveel overtuiging dat Ketti verrast naar hem keek. 'Wat weten jullie kinderen toch veel!' riep ze uit, en er klonk oprecht afgrijzen in haar stem. 'Zó afschuwelijk veel... over geschut en gevechtsvliegtuigen en dood... Ach...! daar kan ik niet tegen! Deze afschuwelijke oorlog kan me niet snel genoeg voorbij zijn, zodat onze kinderen de vliegtuigen, de bommen, de tanks, de geweren en de kogels kunnen vergeten en ze weer kind kunnen zijn en kinderspelletjes spelen.'
Teddy knikte. 'Ik begrijp precies wat u bedoelt, tante.'
'Mijn vader zegt dat de oorlog gauw over zal zijn,' kondigde

Stubby aan. 'Hij zegt dat we volgende zomer de overwinning kunnen vieren.'
'Laten we hopen dat je vader gelijk heeft, Alan,' mompelde Teddy kortaf. Ze stond op en liep naar de voorraadkast. 'Wat denkt u van een lekker kopje thee, tante Ketti, goed voor de zenuwen?'
'Mijn zenuwen hebben niets nodig, Theodora. Maar tegen een beetje vrêe zeg ik geen nee.'
'Ik wil zelf ook wel een kopje.' Teddy pakte een fles water, goot de ketel vol en zette hem op.
'Een beetje vrêe, een kopje thee. Zingt als een sijsje, een meisje. Jongens en jool, schóól. Fluitje van een cent, vènt,' citeerde Stubby vrolijk en grinnikte tegen Maxim.
Maxim barstte in lachen uit. 'Ik ben dol op rijmen in cockney-jargon. Je hebt beloofd me er nog meer te leren, dus zeg er nog eens een paar op.'
'Liefde en ontrouw, vróuw,' begon Stubby en stopte omdat zijn repertoire al uitgeput raakte.
'En verder?' drong Maxim aan, en staarde zijn boezemvriend doordringend aan, met één wenkbrauw vragend opgetrokken.
Stubby trok een grimas, haalde zijn schouders op en gaf toe: 'Meer weet ik er niet, Duke.' Hij lachte een beetje schaapachtig en zei toen: 'Ik zal proberen er volgende week nog een paar te weten te komen, voor we weer naar school moeten. Ik zal het mevrouw Threscoe vragen, je weet wel, onze werkster. Ze is een echte cockney, geboren onder de klokken van Bow Church, midden in Londen… alleen als je daar bent geboren ben je een cockney, voor het geval je dat nog niet wist.'
'Dat wist ik wèl, want jij vertelt het me iedere keer. Zeg, mevrouw Threscoe had beloofd om ons mee te nemen naar de straatventers, voor het standwerkersconcours. Maar dat heeft ze nooit gedaan, hè?'
'Dat komt omdat de kampioen standwerker bij de marine zit, ergens midden in de oorlog. Maar we mogen mee als de moffen zich hebben overgegeven en hij weer in East End terug is. Dat is waar alle straatventers wonen, langs de Mile End Road, Duke. Maar kom op, laten we doorgaan met de puzzel, die is hartstikke leuk.'
'Goed,' vond Maxim, en rommelde tussen de berg op het veldbed op zoek naar het laatste stukje van de kop van de draak.

‘Willen jullie ook wat drinken?’ vroeg Teddy terwijl ze kokend water op de theeblaadjes in de grote bruine theepot goot, de pot waarvan tante Ketti volhield dat je daar de lekkerste thee ter wereld in zette.
‘Ja, graag,’ zei Maxim en keek naar zijn vriend. ‘En jij, Stubby? Zin in paardebloem-met-klis-prik?’
‘Steengoed! Hartstikke lekker!’ barstte Stubby los, maar toen dacht hij plotseling aan zijn manieren en zei zachtjes, met een beleefd stemmetje: ‘Heel graag, Teddy, alsjeblieft.’
Ze knikte. ‘Goed, maar niet meer dan één glaasje. Ik wil niet dat jullie te veel van dat prikspul drinken. Dat is niet goed voor jullie.’

22

Teddy zat met kleine teugjes haar thee te drinken en probeerde het luchtalarm dat buiten woedde, te negeren.
Maar dat was erg moeilijk, want het voortdurende bombardement en de explosies, het luchtafweergeschut, de loeiende sirenes van de ambulances en de luid rinkelende bellen van de brandweerauto’s vormden een kakofonie van geluid dat gemakkelijk door de golfplaatwanden van hun schuilplaats doordrong en dat haar op de zenuwen werkte.
Ze moest maar liever niet denken aan de verwoestingen op straat, aan de doden, de stervenden of de gewonden, of aan de mensen die hun naasten of hun thuis kwijtraakten. Het was iedere avond hetzelfde, dan werden er levens verwoest door deze afschuwelijke en onzinnige oorlog.
Toen ze om zich heen keek, bedacht ze hoe goed deze schuilkelder tot dusverre voor zijn doel geschikt was gebleken. Gedurende de hele strijd om Engeland, tijdens al die lange en vreselijke maanden van 1940 toen Engeland er na de val van Frankrijk alleen voor stond. Londen en de meeste grote provinciesteden waren in een puinhoop veranderd door de duizenden bommen die erop waren gegooid, en duizenden mensen waren gedood of verminkt. Iedereen had vreselijk geleden in al die lange dagen en nachten dat de Dornier- en Heinkel-bommenwerpers van de Luftwaffe gestaag hun bommen lieten vallen, waarbij je nooit wist of je de volgende dag wel zou halen.

Maar uiteindelijk hadden die dappere jongens van de Royal Air Force, stuk voor stuk helden, de Luftwaffe, die door journalisten werd beschreven als 'de grootste luchtvloot aller tijden', teruggeslagen. De zomer was overgegaan in de herfst, het was winter geworden en na de winter, begin 1941, waren de Britten nog steeds in leven en ze hadden het nog drie jaar overleefd.
Wat hadden zíj een geluk gehad dat ze nog geen schrammetje hadden opgelopen. Nu zaten ze weer veilig in hun schuilkelder, dit keer beschut tegen de dodelijke vliegende bommen die vanaf juni in een nooit aflatende stroom uit de lucht waren komen vallen, die het hele land hadden overvallen en waarvoor iedereen voortdurend in angst leefde.
Teddy bad voortdurend dat Maxim, tante Ketti en zij het einde van de oorlog zouden halen. Zij en de rest van Engeland waren nog niet buiten gevaar, maar aan de andere kant was ze geneigd het eens te zijn met de voorspelling van Stubby's vader dat de geallieerden tegen de volgende zomer de overwinning zouden behalen. De nederlaag van het Derde Rijk, die ze ooit voor onmogelijk had gehouden, leek nu wonderbaarlijk genoeg naderbij te komen. Er was de laatste tijd zoveel gebeurd wat hun hoop deed opleven, wat hen opbeurde en hun vermoeide hart goed deed.
Twee maanden geleden, op 6 juni, was er een enorme vloot van Engeland naar Frankrijk gevaren en hadden Britse en Amerikaanse troepen de stranden van Normandië bestormd. D-day was voor de geallieerden een bijzonder groot succes geworden. En nog maar een week geleden, afgelopen vrijdag 25 augustus om twaalf uur 's middags, was het leger van de vrije Fransen onder generaal Leclerc, gesteund door Amerikaanse infanterie, in een eindeloze stroom de Seinebruggen overgestoken. Franse tanks waren de stad binnen gedaverd, de soldaten hadden de straten bezet en een paar uur later had generaal Leclerc Parijs bevrijd van de Duitse bezetters en hun overheersing. Later die avond was de bevelvoerende Duitse generaal Dietrich von Choltitz gevangengenomen en hadden de laatste Duitse troepen zich eindelijk overgegeven.
Daarna had generaal Von Choltitz de Franse hoofdstad weer aan de Fransen overgedragen.
De volgende morgen was generaal Charles de Gaulle aan het

hoofd van een triomfantelijke parade over de Champs-Elysées van de Arc de Triomphe naar de Place de la Concorde getrokken, onstuimig toegejuicht en gefêteerd door de uitbundig met vlaggen zwaaiende Franse burgers.
Ze had samen met Maxim, tante Ketti en Stubby op dinsdagavond deze verheugende en gedenkwaardige gebeurtenissen op het Movietone-nieuws in de plaatselijke bioscoop gezien, en ook de Britse kranten hadden vol gestaan van de bevrijding van Parijs. Teddy had het oorlogsnieuws op de voet gevolgd door elke dag de *Daily Express* en nog een paar andere kranten te lezen, en zij en tante Ketti luisterden altijd naar de dagelijkse nieuwsuitzendingen op de radio, vooral als Winston Churchill het land toesprak.
Teddy aanbad Winnie, zoals hij liefhebbend werd genoemd door het hele Britse volk sinds hij op 10 mei 1940 premier was geworden. Ze herinnerde zich die datum nog heel goed, want dat was toevallig de dag na haar eenentwintigste verjaardag.
Voor Teddy was Churchill een respectabel en moedig man en de zuivere belichaming van de beste eigenschappen van dit ras van Britse eilandbewoners... hij was robuust, stoïcijns, sterk, vastberaden en rechtvaardig. Zowel zij als de gewone man in Engeland werden door hem bezield, en iedereen in de troepen gaf hij stuk voor stuk een beetje van zijn geweldige moed; hij doordrong hen van zijn eigen wilskracht om ondanks alles door te vechten.
Ten dele deed hij dit door zijn buitengewone welsprekendheid en zijn indrukwekkende spreekvaardigheid die haar altijd weer aanspraken en ontroerden. Zijn woorden fascineerden haar werkelijk en bleven in haar hoofd hangen. Veel van wat hij bij verschillende gelegenheden had gezegd, kende ze van buiten en dikwijls voelde ze zich door zijn woorden gesterkt. Als het er somber uitzag of als ze zich wanhopig voelde, putte ze er regelmatig hoop uit.
Haar gedachten dwaalden terug naar de dag dat ze hem voor het eerst hoorde spreken, net na Duinkerken in de zomer van 1940, toen hij had gezegd: '*We zullen vechten op de stranden, we zullen vechten op de landingsplaatsen, op de velden en op straat, we zullen vechten in de heuvels, maar we zullen ons nooit overgeven.*' En toen ze die dag naar de radio had geluisterd, had ze door hem nieuwe moed gevat en zich gesterkt gevoeld.

In diezelfde junimaand, niet lang voor de val van Frankrijk, toen de wereld zich hardop had afgevraagd wat Engeland zou gaan doen, had Winston Churchill plechtig verklaard dat Engeland in zijn eentje zou doorvechten. En hij had zijn landslieden en -vrouwen met zijn majestueuze en sonore stem voorgehouden: '*Laten we ons daarom schrap zetten en onze plicht doen en ons zodanig gedragen dat ook al blijven het Britse rijk en de Gemenebest nog duizend jaar bestaan, men zelfs dan nog zegt: ''Dat was hun meest glorieuze tijd.*'' '
En zij, Duits-joodse vluchtelinge, had gehuild toen ze naar hem luisterde. Want diep in haar had hij een snaar geraakt en ze voelde een grote trots en liefde voor deze man die zowel hen als de rest van de wereld zo ontzagwekkend en heroïsch tot voorbeeld strekte. Toen ze zijn speech had gehoord had ze moed gevat, want ze was volkomen gaan begrijpen dat Engeland met een leider als Churchill de oorlog alleen maar kon winnen. Hoelang het ook zou duren, het was onvermijdelijk dat ze zouden winnen, omdat hij vastbesloten was hen naar de overwinning te leiden.
En deze zomer van 1944 waren ze dan aan de winnende hand.
Het zal nu gauw over zijn, dacht Teddy. De vijandelijkheden zullen eindelijk voorbij zijn en dan zullen we weer een normaal leven kunnen leiden... en we zullen de draad weer kunnen oppakken...
Ze schrok plotseling op van de sirene die het eind van het luchtalarm aankondigde en sprong overeind, net als tante Ketti die haar breiwerk in de tas stopte en die achteloos in de vrijgekomen stoel gooide.
Maar de jongens waren zo verdiept in hun legpuzzel dat ze niet eens opkeken toen Teddy naar de deur vloog. Ze rukte hem open, tuurde naar buiten en keerde zich om naar haar tante. 'Ja hoor, het is er, tante Ketti. Eindelijk het signaal Alles Veilig, goddank. We kunnen naar het huis terug. Kom mee, Maxim, Stubby.'
'Mogen we de legpuzzel meenemen, Teddy?' vroeg Maxim, die eindelijk opkeek.
Ze knikte voordat ze de tuin instapte.
Met opgeheven hoofd staarde Teddy naar de hemel waaruit de moordende bommen zojuist waren komen neervallen. De inktzwarte fluwelen lucht was ongelooflijk mooi, vol glinsterende,

fonkelende sterren en met zoeklichten met reusachtige bundels stralend wit licht die nog steeds kriskras langs de donkere wolken gleden. Hier en daar lichtte de hemel scharlakenrood op door de vele branden die in de verschillende wijken woedden waar bommen waren gevallen. Vannacht, zoals zoveel andere nachten, stond Londen in brand.

Slachtoffers en pijn, verdriet, wanhoop en verwoesting, zei Teddy bij zichzelf, daar moeten we dagelijks mee leven. Ze voelde zich plotseling somber worden bij het idee dat ze nog veel, veel meer zouden moeten doormaken voor er vrede kwam in deze woelige wereld die zo verscheurd werd door strijd.

Ze begon met snelle pas het tuinpad op te lopen. In de zwoele augustuslucht hing de bijtende geur van rook, scherpe explosieven, brandend hout en metaal. Hoewel de avond warm was, huiverde ze onwillekeurig toen ze zich de schade voorstelde die maar een paar straten van hun huis moest zijn aangericht. Die veronderstelling werd nog versterkt door het geluid van ambulances en brandweerauto's, en overtuigde haar ervan dat er kennelijk op alle fronten zware verliezen waren geleden. En ze wist dat het Rode Kruis, de ambulances van St.-John en de andere hulpverleningsinstanties de hele nacht zouden doorwerken.

Ze klom de stoep op, duwde de deur naar de achterkamer open en bleef even op de drempel van de verdonkerde kamer staan. Toen de luchtalarmsirene eerder die avond had geklonken, was tante Ketti naar buiten gerend en ze had de radio in de keuken aan laten staan. Nu klonk door de gang de vertrouwde stem van Vera Lynn die door haar radioprogramma *Sincerely Yours* de Lieveling van de Strijdkrachten was geworden.

Teddy leunde met haar hoofd tegen de deurpost en luisterde naar Vera's vertolking van een van de populairste liedjes uit de oorlogsjaren.

Teddy kreeg een brok in haar keel toen ze daar nog even bleef staan luisteren hoe Vera het lied uitzong. En plotseling werd ze geconfronteerd met het onontkoombare feit: *ze wilde nergens anders wonen dan in Engeland.*

Ze dacht bijna onmiddellijk en met een bezwaard hart aan Willy Herzog. Hij wilde het liefst naar Amerika, tenminste, dat maakte ze de laatste tijd op uit zijn brieven. Misschien was er een manier om hem van mening te laten veranderen, om hem ervan te

overtuigen in Londen te komen wonen. Ze moest het in ieder geval proberen. Ze vond dat plotseling dringend noodzakelijk, en toen besefte ze opeens hoeveel dit land voor haar was gaan betekenen. Ze voelde zich hier veilig en geborgen; ze was de laatste jaren erg verengelst, net als Maxim. Ze wist dat dit ten dele door Ursula Westheim kwam die had gewild dat ze van dit land zouden houden en die het maar steeds over Engeland had gehad toen ze in 1939 in Parijs waren. Ursula had de sterke punten ervan voortdurend benadrukt en verteld dat het het beste, eerlijkste, meest democratische en meest beschaafde land ter wereld was, en ze had ontdekt dat dat waar was. En het kwam natuurlijk ook door tante Ketti, die in de veertig jaar dat ze hier had gewoond een echte Londense was geworden.
Teddy moest toegeven dat het feit dat ze zelf zo Engels was geworden haar manier was om nazi-Duitsland te verloochenen, om haar geboorteland in gedachten te loochenen omdat zijn antisemitisme zo pijnlijk voor haar was. En wat Maxim betrof, die wilde net zo zijn als de andere jongens op school. Ze was zich er heel goed van bewust hoe erg kinderen het vonden om op te vallen door anders te zijn dan hun medeleerlingen. Ze wilden erbij horen.
Ze hoorde haar tante achter zich op de stenen stoep en ze liep haastig de woonkamer door en de gang uit naar de keuken. Nadat ze had gecontroleerd of het verduisteringsgordijn goed dicht was, deed ze het licht in de keuken aan, zette haar zorgelijke gedachten over Willy en de toekomst uit haar hoofd en ging het eten klaarmaken.

Ketti en Teddy hadden er een gewoonte van gemaakt aan het eind van de dag samen in de achterkamer een kopje thee te drinken en nog even een babbeltje te maken voor ze naar bed gingen.
En vanavond was daarop geen uitzondering.
Toen Maxim en Stubby naar boven en naar bed waren, deden Teddy en Ketti de afwas en ruimden de boel op, en vervolgens ging Ketti naar de kamer en wachtte daar op haar nicht die de thee altijd klaarmaakte.
'Het is zo'n warme avond,' zei Teddy toen ze even later de kamer inkwam met het zilveren blad met de theepot en de kopjes.

Ze zette het op de antieke serveerboy naast de open haard en ging verder: 'Zal ik het licht uitdoen en de openslaande deuren openzetten?'
'Waarom niet, Theodora, het is erg benauwd, hè?'
Nadat ze Ketti haar kop thee had aangegeven, deed Teddy het licht uit, trok de zware verduisteringsgordijnen opzij en gooide de glazen deuren naar de tuin open.
Hoog boven een donkere wolkenbank hing een volle maan die de appelboom, de rozestruiken en de rotstuin met alpiene bloemen die Ketti's lust en leven was, in een zilveren gloed zette. Er ritselde een zuchtje wind door de bladeren van de oude boom, dat een vleugje zoete geur van de laatste rozen van die zomer met de heerlijke nachtkoelte naar hen toe joeg.
De twee vrouwen zaten in stilte uit te kijken over de tuin die er in het maanlicht prachtig en ongewoon vredig uitzag. Voor hen beiden leek de oorlog weer eens ver weg, heel, heel ver weg na de luchtaanval eerder die avond; het leek haast of het op dat moment geen oorlog was. Ze dronken met kleine teugjes hun thee en ze spraken geen woord, geheel verzonken als ze waren in hun eigen ingewikkelde dagdromen.
Ketti sprak het eerst, en zei rustig: 'Volgens mij zijn kinderen veel te vroeg wijs tegenwoordig.'
'Dat denk ik ook,' beaamde Teddy. 'Ik ben bang dat het komt door de tijd waarin we leven.'
'Dat is waar, door de radio, het bioscoopjournaal en de kranten kun je vandaag de dag niets meer voor ze verbergen,' voegde Ketti eraan toe.
Teddy zweeg even, verdiept als ze was in haar eigen gedachten, tot ze er plotseling uitflapte: 'Waar haal ik de wijsheid vandaan om hem op te voeden, om hem op de juiste manier groot te brengen, tante Ketti?'
Ketti zette met een klap haar kopje op het schoteltje, geschrokken door deze woorden, die ze nogal vreemd vond. Deze uitspraak benam haar letterlijk de adem. 'Hoe kom je erbij om me zoiets te vragen, Theodora?' wilde ze met schrille stem weten.
'Ik móet het wel vragen als ik eraan denk hoe Maxim tegenwoordig is,' antwoordde Teddy. 'Hij is zo pienter, hij heeft zo'n knappe kop. Ik hoef ú niet te vertellen dat hij een opmerkelijk

knulletje is, dat weet u toch ook wel? Maar ik vraag me af of u zich ooit gerealiseerd heeft in hoeverre hij dat beseft?' Ze wachtte niet op een antwoord, maar ging snel door: 'Zijn onderwijzers op Colet Court blijven maar zeggen dat hij zo'n briljante leerling is... en stel je voor, ik dacht altijd dat ik bevooroordeeld was omdat hij van mij is en omdat ik zoveel van hem houd, maar ik ben erachter gekomen dat ik helemaal niet bevooroordeeld ben. Maxim is echt uniek, tante Ketti, en soms denk ik wel eens dat hij meer weet dan ik. En op bijna alle fronten. Dus wie ben ik om hem groot te brengen...' Haar zin bleef in de lucht hangen terwijl ze in het schemerige licht achterover in haar stoel zat, en ze keek haar tante mistroostig aan.

Ketti antwoordde niet direct.

Ze stond op, liep naar de glazen deuren en deed ze op slot. Toen ze de verduisteringsgordijnen had dichtgetrokken en een lamp had aangestoken, ging ze weer zitten en bekeek Teddy eens goed, met half dichtgeknepen ogen. 'Het is voor het eerst dat je zo negatief klinkt, Teddy, lieverd. Je klinkt alsof je denkt dat de Westheims hem niet zelf zullen grootbrengen.' Ketti aarzelde even voor ze vooroverleunde, Teddy's hand in de hare nam en dringend vroeg: 'Heb je slecht nieuws uit Duitsland? Houd je iets voor me achter?'

Teddy schudde haar hoofd, maar ze klonk toch ongerust toen ze zei: 'Nee, ik heb niets gehoord, goed noch slecht. Als dat wel zo was, zou ik het u als eerste vertellen. Maar ik ben niet dom, en zelfs als ze niet zijn opgepakt en naar een van die afgrijselijke kampen zijn gebracht en zich nog in Berlijn bevinden, hoe kunnen ze dan nog in leven zijn? Berlijn is door Engelse en Amerikaanse bommenwerpers met de grond gelijk gemaakt. U weet dat de aanvallen de laatste tijd zwaarder dan gewoonlijk zijn geweest en ononderbroken doorgaan.'

'De aanvallen op Londen zijn niet zo meedogenloos geweest, maar wij leven toch ook nog? Dus dat is geen reden om de Westheims op te geven. En zelfs als ze wèl naar een kamp zijn gebracht, kunnen ze dat best overleven.' Ketti zweeg, haalde diep adem en besloot vol meegevoel: 'Zelf zal ik de hoop in elk geval nog niet opgeven.'

'Ik probeer heus wel te geloven dat ze nog in leven zijn, tante Ketti. Ik moet wel, in het belang van het kind. Maar het is zo lang geleden dat we iets van hen hebben gehoord... járen. En Arabella von Wittingen heeft ook al eeuwen niets laten horen. Dan ga ik me toch afvragen of dat komt omdat ze iets meer weet... iets wat ze niet durft te vertellen.'

'Onzin, Theodora! De prinses is een echte aristocrate en ze zou zich dus nooit aan haar plicht onttrekken, zelfs als die inhoudt dat ze slecht nieuws moet brengen!' riep Ketti uit. Ze kneep stevig in Teddy's hand en verklaarde met vaste stem: 'Ik ben ervan overtuigd dat Ursula en Sigmund Westheim nog leven. En dat moet jij ook geloven, Teddy. Je moet vertrouwen hebben, net als ik.'

De positieve houding van haar tante leek effect te hebben op Teddy, want ze fleurde er meteen van op. 'Ja, tante Ketti, u heeft gelijk. Het is belachelijk dat ik zo pessimistisch ben, dat besef ik best,' zei ze, 'vooral omdat ik niets heb om op af te gaan. Bovendien is Ursula Westheim een slimme vrouw die niet bij de pakken neerzit. Als er iemand onder moeilijke en uiterst gevaarlijke omstandigheden kan overleven, is zij het wel. Ik ben het met u eens, natuurlijk maken zij en Herr Westheim het goed. En de rest van de familie. Daar zou zij wel voor zorgen.'

'Maxims grootmoeder kan intussen overleden zijn, God hebbe haar ziel,' mompelde Ketti zachtjes.

'Ze was inderdaad frêle, ja, en die attaque die ze vijf jaar geleden heeft gehad, heeft haar verlamd...' Teddy kon het niet over haar hart verkrijgen door te gaan.

Ketti zat met lichtgebogen hoofd achterover in haar stoel en nipte van haar thee.

En weer zwegen ze even.

Vooral Teddy was diep in gedachten verzonken en er kwam een afwezige uitdrukking op haar gezicht toen ze wegdroomde, volkomen in beslag genomen door haar bezorgdheid om de Westheims en Maxim.

Ketti wierp haar een blik toe en greep vervolgens de theepot om zich nog een kopje in te schenken. Ze hapte een stukje van haar gemberkoekje af en nam haar nicht nauwlettend op terwijl ze over haar nadacht. Ze is een goed kind, dacht Ketti. Een prima meisje. Zo recht door zee en zo eerlijk. Daar mankeert echt niets aan. En ze heeft zulke diepe gevoelens, zo loyaal en vriendelijk en lief. Maar ze houdt veel te veel van dat kind. Ja, ze stevent recht op een tragedie af als ze denkt dat Maxim van haar is. Want dat is hij niet, en op een goede dag zullen zijn ouders terugkomen en hem meenemen, en wat moet er dan van haar worden? Haar hart zal breken. *Oy vey is mir*, wat zullen we een sores hebben als dat gebeurt, o ja, niets dan ellende. Ze moet trouwen. Dat zal helpen de klap te verzachten als de Westheims hem haar zullen afnemen, want dat gebeurt wanneer de oorlog voorbij is. Hij is tenslotte hùn kind en niet het hare, hoe zij er ook over denkt. Ja, een huwelijk is beslist de beste oplossing. Trouwen en zelf kinderen krijgen van wie ze kan houden.

Ketti schraapte haar keel en probeerde voorzichtig: 'Over afwezige vrienden gesproken, hoe gaat het met Willy Herzog? Ik heb je de laatste tijd niet meer over hem gehoord.'

Teddy wierp haar tante een snelle blik toe en haalde toen even haar schouders op. 'Ik heb pas nog een brief van hem gehad. Natuurlijk opengemaakt door de Britse censor, omdat er een buitenlandse postzegel op zat. Maar dat hadden ze niet hoeven doen, want er stond erg weinig in en Willy had niet veel te vertellen.' Ze zuchtte even. 'Ik zal nooit begrijpen waarom Willy van Palestina naar Shanghai is gegaan. Ik snap best dat het een internationale stad is, maar wat kan dat Willy nou schelen?' Ze schudde verbijsterd haar hoofd en gaf antwoord op haar eigen vraag. 'Het kan hem niets schelen, dat is het nou juist! Ik begrijp dan ook absoluut niet waarom hij daarheen is gegaan.'

'Ik ook niet, Teddy. Het lijkt *mesjogge*, krankzinnig, als je mijn mening wilt weten,' zei Ketti rustig, en ging door: 'China is zo vreselijk, vréselijk ver weg.'

'Amerika ook,' mopperde Teddy.

'Wat bedoel je, lieverd?'

'U weet toch dat Willy na de oorlog in Amerika wil gaan wonen?'

'Dat heb je me verteld. Maar ik dacht dat jij dat ook graag wilde.' Ketti keek haar vragend aan.

'Dat wilde ik ook, toen Willy en ik nog in Berlijn waren,' antwoordde Teddy snel. 'Maar vanavond besefte ik heel sterk dat ik helemaal niet weg wil uit Londen. Ik wil de rest van mijn leven hier blijven, tante Ketti. Ik voel me prettig bij de Engelsen en u bent hier, en u bent de enige familie die ik heb. Bovendien vindt Maxim het fijn in Engeland. Hij is dol op Colet Court en hij kan

haast niet wachten tot hij dertien is en naar St.-Paul kan, en dan naar Oxford als hij daar oud genoeg voor is. Dus zou ik toch niet met Willy naar Amerika kunnen, vanwege Maxim.' Ze zweeg en keek naar haar tante. 'Zo is het toch, hè?'
Ketti staarde haar aan, met stomheid geslagen door haar verklaring en verontrust door haar houding ten opzichte van Maxim. Ze zei langzaam en nadrukkelijk: 'Als de Westheims eenmaal hier zijn, kun je doen wat je wilt, Teddy, omdat zij hun kind dan zelf gaan opvoeden.'
'O ja, dat weet ik wel. Maar hoor eens, begrijp me niet verkeerd, tante Ketti, als ik dit zeg… maar àls hun iets is overkomen, wat God verhoede, dan heb ik de verantwoording voor Maxim tot hij volwassen is. Ik heb Frau Westheim beloofd dat ik hem zou opvoeden tot hij voor zichzelf kan zorgen. Maar zelfs als ik het positief bekijk en geloof dat ze uiteindelijk echt naar Londen komen, dan nog zou ik het liefst in Engeland wonen. Al het andere daargelaten wil ik toch in de buurt van Maxim blijven, hem op school opzoeken en hem af en toe zien. Dat is onder de gegeven omstandigheden toch heel gewoon, hè?'
'Misschien,' zei Ketti met zachte stem.
Ze dacht een ogenblik na en mompelde toen zo vriendelijk en lief mogelijk: 'Ik hoop dat je het niet erg vindt dat ik dit zeg, maar uit de manier waarop je erover praat, *bubeleh*, klinkt het net alsof Maxim meer voor je betekent dan Willy Herzog.'
Teddy deed haar mond open om iets te zeggen. Maar ze veranderde kennelijk van gedachten en deed hem weer dicht.
Ketti gaf het niet op: 'Houd je van Willy?'
'Ik weet het niet,' zei Teddy even later naar waarheid. 'En ik weet niet eens of ik nog wel met hem wil trouwen.'
'Je hebt me verteld dat hij een echte *mensch* is, en een goede jood die geregeld naar *sjoel* gaat, dat hij betrouwbaar en ijverig is, en dat leek je allemaal prettig te vinden. Maar als ik het me goed herinner, en dat dóe ik, heb je met betrekking tot Willy nooit het belangrijkste woord gebruikt, het woord líefde, Teddy. Je hebt me nooit verteld dat je van Willy houdt.'
'Ik denk dat ik er zelf nooit helemaal zeker van was,' zei Teddy met iets van spijt in haar stem. 'Ik was nog zo jong, destijds in Berlijn. Pas negentien en ik dacht dat ik niemand zou vinden die aardiger was dan Willy, beter dan hij, omdat hij ècht een goed

mens is, daarom zei ik dat ik met hem zou trouwen… denk ik.'
Ketti zweeg, maar haar hersens werkten scherp en snel. Wat ik nodig heb, is een *shadchen*. Ach! Wat heb ik aan een huwelijksmakelaar als alle aardige joodse jongens in deze vreselijke oorlog aan het vechten zijn? Geeft niet. Ik moet met Rebecca Cohen gaan praten. En met Sarah Levine. Morgen. Ik zal morgen meteen naar hen toe gaan. Ze hebben allebei prima zoons. En hun zusters hebben ook prima zoons. Allemaal ongetrouwd. Ik zal voor mijn Theodora, mijn nicht, het enige kind van mijn broer, wel een goede joodse jongen vinden. Een Engelse jood als echtgenoot. Dat is wat ik voor haar nodig heb.
'Is er iets, tante Ketti?'
'Nee. Nee hoor, waarom?' riep Ketti uit en ging met een schok rechtop zitten, en ze keek haar nicht met haar allerliefste glimlach aan.
'U keek even zo zorgelijk.'
'Niets aan de hand, Theodora. Helemaal niets aan de hand. Ik dacht even na… eh… ik dacht… Ik dàcht dat vijf jaar heel lang is om van Willy Herzog gescheiden te zijn. En je bent de afgelopen vijf jaar veranderd, Teddy. Het hier wonen heeft je veranderd, de oorlog heeft je veranderd, de verantwoordelijkheid voor Maxim en het nemen van al die beslissingen over zijn opvoeding heeft je veranderd. En je bent wat volwassener geworden. Nee, heel erg zelfs. Je bent nu vijfentwintig en geen negentien meer, en Willy is ook vijfentwintig en ik weet zeker dat hij ook veranderd is door wat hij heeft meegemaakt en door de tijd die hij in Palestina en Shanghai heeft doorgebracht.'
Ketti wachtte even en keek Teddy veelbetekenend aan toen ze langzaam doorging: 'Je zou zelfs kunnen zeggen dat jij en hij volslagen vreemden voor elkaar zullen zijn als jullie elkaar weer zien.'
'Ja,' zei Teddy, en ze fluisterde haast. 'Daar heb ik ook al aan gedacht.'

23

'Kunnen we bij Lyons Corner House gaan lunchen?' vroeg Maxim terwijl hij Teddy aankeek.

Ze keek naar hem en knikte terwijl ze haar hand in haar tas stak om geld en hun textielbonnen te pakken. 'Ja, dat kan wel, en ik denk dat we dat maar eerst zullen doen, voor we op zoek gaan naar die regenjas voor jou. Om een uitdrukking van tante Ketti te gebruiken, ik rammel van de honger. En jij?'

'Ja, ik ook.'

Teddy en Maxim stonden samen geduldig voor de toonbank op de jongensafdeling van Selfridge te wachten tot de jonge vrouw die hen hielp, had gekeken of ze nog een derde overhemd in Maxims maat had. Het meisje kwam al snel terug, schudde haar hoofd en glimlachte: 'Sorry mevrouw, maar dit zijn echt de laatste twee in de maat van uw jongen. Misschien wilt u nog naar een trui kijken?'

'Nee, dank u wel. We nemen de twee overhemden en daar laten we het voor vandaag bij,' zei Teddy, en gaf haar de boekjes met textielbonnen en een bankbiljet van een pond.

Het meisje schreef de bon uit, knipte de coupons uit de bonboekjes, telde het wisselgeld uit en gaf het Teddy samen, met de boekjes en de rekening. Toen ze de witte overhemden in een papieren zak had gedaan, zei ze: 'Alstublieft mevrouw,' en gaf Teddy de zak.

'Dank u,' zei Teddy.

Het meisje grinnikte naar Maxim en merkte op: 'De zomervakantie is veel te gauw voorbij, niet? En nu moet je weer naar school, hè? Wat een naar idee.'

'Ik vind school leuk,' vertelde Maxim haar.

Het meisje keek hem nogal sceptisch aan en trok veelzeggend een wenkbrauw op. Met een lachje liep ze achter de toonbank langs en begon een volgende klant te helpen die met haar zoontje stond te wachten.

Teddy gaf Maxim een samenzweerderig knipoogje, sloeg haar arm om zijn schouders en samen liepen ze snel de jongensafdeling af, de centrale hal van de grote winkel door en naar buiten, Oxford Street in.

Ze liepen met z'n tweeën in een flink tempo zwijgend zigzaggend tussen de andere voetgangers door naar Marble Arch, waar Lyons Corner House stond. Het was een zaterdagochtend vroeg in september. De zon scheen bleek uit een helderblauwe hemel waaraan geen wolkje was te bekennen. Het was een zachte dag, mild en ongewoon warm voor september, meer een dag om in de tuin te zitten dan door de stad te lopen.

Teddy wilde dat ze in de schaduw van de oude appelboom zaten met een koel drankje en een boek. Maar dit dagje winkelen was onvermijdelijk, omdat Maxim over een paar dagen weer naar school moest en beslist wat extra overhemden en een nieuwe regenjas nodig had. Hij groeide zo hard, hij werd met de dag langer. Het leek wel of hij een en al armen en benen was; hij was lang voor zijn leeftijd.

Opeens zei Maxim op een nogal verontwaardigde toon: 'Dat meisje bij Selfridge geloofde me niet toen ik zei dat ik het leuk vond op school.'

Teddy keek hem zijdelings aan. 'Dat komt omdat niet iedereen het leuk vindt, weet je. Heel anders dan jij,' zei ze en ze begon te lachen.

Het lachen verging haar echter onmiddellijk en ze bleef abrupt staan en keek angstig naar de lucht. Maxim deed hetzelfde, net als de andere mensen die haastig aan beide zijden van de weg door Oxford Street liepen.

De Londenaren kenden het gierend-hoge, angstaanjagend aanzwellende geluid maar al te goed. Het was een vliegende bom, een van die op afstand bestuurde vliegtuigen, en hij kwam betrekkelijk laag door de blauwe lucht op hen af. Gelijktijdig was de luchtalarmsirene gaan loeien en door het gecombineerde geluid kon je het verkeer niet meer horen.

Teddy en Maxim stonden even als aan de grond genageld naar de heldere hemelkoepel te staren. De bom vloog zo laag dat ze het hakenkruis dat op zijn dikke buik was geschilderd duidelijk konden zien.

Er begonnen mensen te gillen en ze vlogen angstig alle kanten op op zoek naar een schuilplaats of een of andere vorm van beschutting.

Teddy greep Maxims hand en schreeuwde: 'Kom mee!' en ze sleepte hem mee naar het midden van de straat, zo ver mogelijk van de winkelruiten vandaan. De bom wierp nu zijn enorme schaduw over Oxford Street en de mensenmassa, en toen viel zijn motor stil, zoals altijd voordat hij ging vallen. Met haar typische reactiesnelheid en tegenwoordigheid van geest reageerde Teddy instinctief door Maxim op de grond te duwen, zelf boven op hem te gaan liggen, en zo zijn lichaam met het hare te beschermen.

Er waren meer mensen die zich zo op de grond lieten vallen in een poging zich zo goed mogelijk tegen de vliegende bom te beschermen. Een bus kwam met gierende remmen tot stilstand; passagiers, chauffeur en conducteur sprongen eruit en zochten allemaal dekking of probeerden tenminste het risico van verwondingen te verkleinen door voorover te gaan liggen.

Een taxi week plotseling opzij, remde en kwam vlak bij Teddy en Maxim tot stilstand. De chauffeur sprong eruit, ging vlak naast Teddy plat op straat liggen en schreeuwde haar toe: 'Verdomme! Het is zo'n verrekte moffen-V1, en pal boven onze vervloekte hoofden!'

De taxichauffeur sloeg zijn armen om zijn hoofd en siste haar toe: 'Hou je armen maar net als ik, meid. Bescherm jezelf, en je kind ook. Tegen het glas. Het zijn de glassplinters van de winkelruiten die verdomme de meeste schade aanrichten. Mensen kunnen door rondvliegend glas in reepjes worden gesneden.'

'Weet ik!' schreeuwde Teddy terug, en ze volgde zijn advies op en sloeg haar armen over haar hoofd.

'Pas je net zo goed op jezelf als op mij?' klonk een gedempte stem van onder haar, en ze antwoordde: 'Dat lukt best, Maxim, maak je maar geen zorgen.' Maar haar woorden gingen in het lawaai verloren toen de bom neerstortte en er een tel later een geweldige explosie volgde.

De taxichauffeur was de eerste die zijn hoofd ophief en om zich heen keek. Hij stond op en sloeg onderhand stevig zijn broek af. 'We hebben geluk gehad, meid,' zei hij tegen Teddy. 'We hadden hem net zo goed op ons kop kunnen krijgen. Dat rotding is ergens achter het Cumberland Hotel neergekomen. Op Edgware Road. Ik heb medelijden met de arme sodemieters die hij geraakt heeft.'

Teddy keek hem sprakeloos aan en probeerde haar trillende ledematen tot bedaren te brengen; ze was zo geschrokken dat ze niet eens kon opstaan.

In de verte klonk plotseling het geluid van nog een vliegende bom die net als de eerste hun kant uit kwam. Iedereen keek naar de hemel omdat onmiddellijk nog meer gevaar te duchten viel, en er begonnen weer mensen te gillen.
De taxichauffeur gaf Teddy een hand en trok haar overeind, en Maxim krabbelde ook op. De man zei: 'Die rotmoffen weten niet wanneer ze moeten ophouden! Ren maar met je kind naar de ondergrondse, meid. Deze verrekte luchtaanval duurt nog wel een tijdje, let op mijn woorden.'
'Ja, dat zullen we doen,' riep Teddy uit. 'En bedankt!'
Zonder nog een keer naar zijn verlaten taxi te kijken, begon de taxichauffeur naar Marble Arch te hollen. Teddy raapte de papieren zak met de overhemden op, en samen renden ze zo hard ze konden de vriendelijke taxichauffeur achterna naar het station van de ondergrondse bij Marble Arch.

De aardige kleine chauffeur was al verdwenen in de menigte die zich in het station van de ondergrondse verdrong tegen de tijd dat Teddy en Maxim de trap kwamen afrennen.
Het perron stond vol mensen, merendeels vrouwen en kinderen die op een zaterdags uitstapje aan het winkelen waren geweest. Er waren wel wat mannen, maar niet veel. De meeste Engelse mannen zaten bij de strijdkrachten... in het leger, bij de marine of bij de luchtmacht.
Puffend en hijgend en tamelijk buiten adem bleven Teddy en Maxim onder aan de trap staan. Gelukkig konden ze nog een plaatsje vinden in een hoekje bij de trap waar ze gingen zitten, dicht tegen elkaar aan, zodat er nog plaats overbleef voor iemand anders.
Ze waren allebei nogal van streek door de vuurproef die ze net hadden doorstaan en nog niet echt op verhaal gekomen nadat ze door het oog van de naald waren gekropen, dus zaten ze een tijdlang rustig bij elkaar om weer bij hun positieven te komen.
'Niet bang zijn, Maxim, hier zijn we veilig,' zei Teddy ten slotte.
'Als ik bij jou ben, ben ik nooit bang, Teddy,' antwoordde Maxim en pakte zijn zakdoek uit zijn zak. Hij spuugde erop en begon met het vochtige puntje zijn knie te deppen.
Teddy boog zich voorover en riep uit: 'Heb ik je pijn gedaan toen ik je op de grond duwde?'

Maxim schudde zijn hoofd en grijnsde haar toe. 'Alleen maar een schaafplekje en het doet geen pijn, echt niet. Nou ja, niet erg.'

Ze fronste en boog zich over hem heen om zijn knie te bekijken. 'Het ziet er niet slecht uit, maar ik moest er toch maar wat jodium op doen...' Ze keek op en zocht met haar ogen de menigte af. 'Meestal zijn er wel verpleegsters van het Rode Kruis in de ondergrondse als er luchtalarm is. Maar ik zie er niet één, jij wel?'

Hij schudde zijn hoofd. 'Maar ik ben niet echt gewond. Niet over zeuren, Teddy. In Lyons Corner House zal ik mijn knie wel even op het toilet wassen. We gaan er toch nog wel heen voor de lunch, hè?'

'In dit tempo, als de aanval nog een tijdje doorgaat, wordt het wel theetijd voor we er zijn,' mopperde ze.

Maxim gaf geen antwoord. Hij leunde tegen de onderste tree van de trap, strekte zijn benen en zat heel lang in gedachten verzonken en met een peinzende uitdrukking op zijn gezicht naar zijn schoenen te staren. Ten slotte keek hij haar aan met zijn donkere ogen en zei zachtjes: 'Bedankt dat je me zo beschermd hebt.'

'Ik zal je altijd beschermen, Maxim, mijn hele leven lang. Je bent mijn vent en ik hou heel veel van je.'

'Ik hou ook van jou, Teddy.'

Daarna zei Maxim niets meer en zij ook niet. Maar na een tijdje schoof hij zijn hand in de hare en ging nog dichter tegen haar aan zitten, met zijn hoofd tegen haar blote arm. Zo zaten ze stilletjes en voelden zich veilig bij elkaar, omdat ze wisten dat ze elkaar hadden, wat er ook mocht gebeuren.

Plotseling, onverwacht, weerklonk de eenzame stem van een vreemde door de ondergrondse, een prachtige sopraan klonk hoog op toen een vrouw begon te zingen: '*Morgen zullen er lijsters boven de witte kliffen van Dover vliegen, morgen, je zult het zien. Er zal liefde zijn en we zullen lachen, en er zal altijd vrede zijn, morgen, als de wereld weer vrij is*.'

Toen de vrouw bleef zingen, gingen er mensen meedoen, en ze voegden hun stemmen naar de hare toen ze het refrein zong en weldra galmde door het station van de ondergrondse het heerlijke geluid van een menigte die uit volle borst zong. En Teddy en Maxim zongen mee: '*De herder zal voor zijn schapen zorgen, het dal zal weer in bloei staan en Jimmy zal weer in zijn eigen kamertje slapen. Morgen zullen er lijsters boven de witte kliffen van Dover vliegen, morgen, je zult het zien.*'

Toen het lied uit was, stond de vrouw op en riep: 'We laten ons toch niet klein krijgen door die moffen, hè?'

'Nee!' schreeuwde de menigte terug.

'Laten we dan doorgaan met zingen!' riep de vrouw.

'Wat vinden jullie van *Stop al je zorgen in je plunjezak*?' riep een oudere dame.

'Je hebt het over de verkeerde oorlog, juffie!' kaatste hun kleine taxichauffeur terug, die onverwacht naast Teddy en Maxim opdook en naar hen grijnsde.

'Laten we zingen *Als de lichtjes in Londen weer branden gaan*,' riep iemand anders.

De menigte brulde instemmend en de sopraan zette het lied in. De anderen vielen in en toen dit lied uit was, begon ze aan een volgend lied, en toen nog een en nog een, en de menigte zong wel een uur lang mee.

Teddy en Maxim deden ook mee en ze hadden er plezier in, ze waren de aanval niet vergeten, maar ze hadden hem wel even uit hun hoofd gezet. En ze voelden zich omringd door de buitengewone warmte en vriendelijkheid van deze Londenaren met wie ze nu een gezamenlijk lot deelden en met wie ze zich verbonden voelden door moed, volharding, opgewektheid en verzet.

Een blokhoofd die zich enthousiast op zijn fluitje blazend een weg baande langs de overvolle trap, maakte een eind aan de samenzang. Het werd meteen stil en tientallen paren ogen werden aandachtig op hem gericht.

'Het signaal Einde Luchtalarm is net gegeven,' riep hij hun toe. 'U kunt weer weg, het is weer veilig. Maar een beetje ordentelijk, alstublieft. We willen hier beneden geen ongelukken. Er is boven al ellende genoeg.'

Maxim sprong overeind, stak zijn hand uit en hielp Teddy opstaan.

'Ik heb zin in bonen op toost,' zei hij toen ze langzaam de trap opliepen, achter de horden aan die de ondergrondse uitstroomden. 'Wat neem jij voor de lunch?'

'Hetzelfde denk ik. We hebben tegenwoordig nooit veel keus, hè?' antwoordde ze en besefte dat ze flink trek had. Overleven, dacht ze, daar gaat het om. Ik moet ervoor zorgen dat we het overleven tot Hitler is verslagen en de wereld weer vrij is.

24

Maxim legde de twee nieuwe overhemden boven op de andere kleren in de koffer op zijn bed, deed het deksel dicht, sloot hem af en zette de koffer bij de deur.

Toen draaide hij zich om en liep terug naar het ladenkastje bij het raam, waar hij even naar de foto's bleef staan kijken. Dat deed hij altijd voor hij weer naar school ging, en de laatste twee jaar was het een soort klein ritueel geworden.

Op het kastje stonden netjes in een halve cirkel drie grote foto's in zilveren lijstjes. Een ervan had Maxims bijzondere aandacht en hij staarde er geconcentreerd naar. Het was zijn lievelingsfoto omdat hij zich weer even blij voelde als hij terugdacht aan de dag dat die foto was genomen, en het verdriet diep in hem dan een ogenblik verdween.

Op de foto stonden de vier mensen van wie hij op de hele wereld het meest hield. Hij stond er zelf ook op en de foto was genomen in 1938, op zijn vierde verjaardag, in de tuin van hun buitenhuis in Wannsee, bij de twee gelijknamige meren in de buitenwijken van Berlijn.

Tante Hedy had de foto gemaakt en ze had de kleine familiegroep precies neergezet zoals zij die wilde hebben, ze moesten op het gazon onder de lindebomen aan de rand van het kleine meer, de *Kleiner Wannsee*, gaan zitten.

Hij zat tussen *Mutti* en papa in. Zijn grootmoeder zat naast zijn vader en Teddy zat aan de andere kant van zijn moeder. Ze lachten allemaal en hun gezichten zagen er stralend uit in het heldere zonlicht dat door de takken van de bomen viel. Het was een blije foto, zoals het ook een blije dag was geweest, en die had sindsdien in zijn geheugen gegrift gestaan.

Als hij zijn ogen sloot, zoals nu, kon hij zich alles precies voor de geest halen zoals het die middag was geweest; hij kon het gewoon te voorschijn toveren zodat elke nuance hem weer levendig voor ogen stond, elk detail kristalhelder, en hij het opnieuw kon beleven...

Vandaag was hij vier jaar geworden.
Hij stond in de grote tuin met zijn hand boven zijn ogen tegen de heldergele zon. Het was een prachtige dag. De hemel was blauw met kleine witte schapewolkjes en aan het eind van het glooiende groene gazon glinsterde het meer glashelder terwijl de grote witte zeilen van hun boot bolden in de wind.
Zijn neus trilde. Hij rook een vleugje sering vermengd met de geur van rozen en in de wind hing de pittige geur van zout water uit het meer. Hij holde over het gazon naar de tafel onder de treurwilgen. Er lag een laken van witte damast over en er was gedekt voor acht personen met het Chinese porselein van zijn moeder. Ernaast, op een andere tafel, lag een grote stapel pakjes met linten eraan, waarvan hij zeker wist dat er een heleboel prachtig speelgoed en spelletjes en prentenboeken in zaten.
Hij hoorde dat zijn moeder hem riep en plotsklaps stonden zij en papa daar naast hem. Ze lachten en knuffelden hem en uit zijn ooghoek zag hij tante Sigrid en oom Thomas over het gazon naar hen toe komen lopen. Achter oom Thomas liep diens chauffeur, Heinz, die een heel groot ding droeg met bruin papier eromheen. Heinz zette het pak voor hem neer en tante Sigrid riep: 'Dat is voor jou, schatje!' en ze hielp hem het papier eraf te scheuren. En toen zag hij daar het mooiste hobbelpaard staan dat hij ooit had gezien, met gouden manen en uitstaande neusvleugels en een glanzend zadel met een rand van zilveren belletjes.
Papa zette hem op het hobbelpaard en duwde hem, en hij bleef er een tijdje opgewonden op rijden en tante Hedy nam een heleboel foto's van hem tot zijn vader ten slotte zei: 'Genoeg,' en hem eraf tilde. Toen gaf iedereen hem de andere cadeaus in de mooie dozen en tante Hedy zei: 'Nu wil ik een familiefoto,' en ze bracht hen naar de lindebomen en daar gingen ze zitten terwijl zij met de camera klikte en klikte.
Toen verscheen Walter opeens op het terras en hij liep de stoep af en het gazon over met een groot zilveren theeblad met achter hem aan een kleine processie met Marta, Gerda en Anna, de drie dienstmeisjes uit het herenhuis aan de Tiergartenstrasse, en zelfs Frau Müller, de kokkin, liep mee. De bladen die de vier vrouwen voor zich uit droegen waren hoog opgetast met thee, sandwiches, taartjes, marsepeinen varkentjes en een Schwarz-

wälder-Kirschtorte *met een heleboel donkerbruine chocolade, kersen en slagroom, die Frau Müller als extra verrassing speciaal voor zijn verjaardag had gemaakt.*
Zijn grootmoeder pakte zijn hand en ze nam hem mee naar de tafel. 'Jij mag op de ereplaats zitten, schat,' zei ze en toen genoten ze van de speciale verjaardagsthee en iedereen praatte en lachte en ze waren allemaal blij.
Niet lang nadat de thee voorbij was kwam Walter de stoep van het terras af met een speciale verjaardagstaart met vier rode kaarsjes erop en iedereen zong 'lang zal hij leven' en hij zong mee en daar moest iedereen om lachen. En toen het lied uit was, pufte en hijgde hij en blies de kaarsjes uit en deed hij een wens, zoals Mutti *had gezegd dat hij moest doen. Iedereen kuste en knuffelde hem nog eens, en het was de heerlijkste, de gelukkigste dag van zijn leven...*

Even later deed Maxim zijn ogen open en staarde weer naar de foto die op zijn vierde verjaardag was genomen. Het was de laatste verjaardag die hij met zijn ouders had gevierd. Ze waren van plan geweest bij hem en Teddy in Londen te zijn om zijn vijfde verjaardag te vieren, maar ze konden niet komen omdat Gromo zo ziek was en ze niet hadden kunnen reizen. En toen was de oorlog uitgebroken en zaten ze vast in Berlijn. Hij had al zes verjaardagen zonder hen gevierd en dat deed hem veel verdriet.
Hij dacht elke dag aan zijn ouders, en hij vroeg zich af waar ze waren en wat ze deden en hij maakte zich vreselijk ongerust. Hij wist dat er in Duitsland met de joden akelige dingen gebeurden. Dat had Teddy hem verteld toen hij zeven was. 'Je bent nu oud genoeg om het te weten,' had ze gezegd, en ze had hem uitgelegd dat zijn vader hem in de eerste plaats om die reden Duitsland uit had willen hebben. Maar hij was er zeker van dat zijn ouders veilig waren. Hij had altijd een sterke band met hen gehad en hij zou het zeker hebben gevoeld als er iets vreselijks met hen was gebeurd, hij zou het diep in zijn hart hebben geweten als ze dood waren. En dus geloofde hij echt, net als Teddy en tante Ketti, dat ze nog leefden.
Hij hield heel veel van Teddy en hij wist dat ze van hem hield. Toen hij nog klein was en *Mutti* maar niet kwam, had hij veel

gehuild en Teddy had hem in haar armen gewiegd en getroost en ze had ervoor gezorgd dat hij zich veilig voelde. Hij wist niet wat hij zonder Teddy zou moeten beginnen; na zijn papa en *Mutti* was zij de belangrijkste persoon in zijn leven. Als zijn vader en moeder eindelijk kwamen, zouden ze allemaal samen in een groot huis in Londen gaan wonen, misschien in Regents Park of Hampstead. Hij dacht wel dat tante Hedy ook bij hen zou wonen, maar van zijn grootmoeder wist hij het niet zeker, omdat hij niet wist of ze wel of niet was doodgegaan. Gromo was zes jaar geleden al een heel, héél oude dame geweest en toen was ze ziek geworden, en misschien was ze nu al in de hemel bij grootvader Westheim. Als dat zo was, zou hij haar missen.

Maxim keek naar de andere foto's.

Op een stonden zijn ouders, die was uit 1935. Teddy noemde het 'het portret' omdat ze er samen op stonden in avondkleding, zijn moeder in een witsatijnen avondjapon met een korte cape en een glinsterend diamanten halssnoer, zijn vader in rokkostuum.

Op de derde foto stonden *Mutti* en Teddy en hij voor het Plaza-Athénée Hotel in Parijs; die was genomen door de eerste portier die altijd zo aardig voor hen was.

Maxim deed een stap naar voren, trok de bovenste la van het kastje open en pakte er de zwartleren portefeuille uit die papa hem de dag voor hij met *Mutti* en Teddy naar Parijs ging had gegeven. Hij sloeg hem open en pakte er het vergrote kiekje van *Mutti* uit, zijn vaders lievelingsfoto.

Zijn moeder stond op de steiger van de villa in Wannsee, met achter haar het meer dat in de zon lag te schitteren. Wat was ze mooi met die lichtende krans blond haar om haar hoofd, met die heldere lach waarbij haar lippen krulden, en met die prachtige, stralende ogen. Hij drukte een kus op haar gezicht en schoof de foto toen snel terug in de ene helft van de portefeuille. In de andere helft zaten de papiertjes die zijn vader hem had gegeven toen hij nog klein was, maar die haalde hij niet te voorschijn omdat hij de woorden inmiddels heel goed kende. 'Dit zijn de normen waaraan je je in je leven moet houden,' had papa hem verteld. Hij had niet alles begrepen wat zijn vader had opgeschreven, toen nog niet tenminste, want hij was nog maar klein geweest, pas vier. Nu hij tien was en groot, wist hij wat de

woorden betekenden, en hij was van plan naar zijn vaders normen te leven.
Maxim legde de portefeuille weer op zijn vaste plaatsje in de la en nam toen het uit hout gesneden paardje op dat zijn vader hem ook vlak voordat hij uit Duitsland wegging, had gegeven. Hij raakte het paardje voorzichtig aan, en dacht daarbij eerst aan papa en toen aan *Mutti* van wie hij zoveel hield.
Hij deed zijn ogen stijf dicht en drong de tranen terug die opeens achter zijn oogleden prikten. 'Wees veilig,' fluisterde hij hardop. 'Wees veilig. Kom bij me terug, *Mutti* en papa. Alstublieft, kom bij me terug, alstublieft.'
Hij stond daar een eeuwigheid met het paardje in zijn hand geklemd zijn tranen weg te slikken, terwijl zijn verdriet terugkwam en hij er diep van binnen helemaal vol van was.
'Maxim! Maxim!' hoorde hij Teddy beneden roepen. 'We moeten weg!'
Hij legde het paardje naast de portefeuille in de la, schoof hem dicht, wierp nog even een laatste dralende blik op de foto's en rende toen naar de deur. Hij nam zijn koffer op, haalde diep adem, rechtte zijn rug en liep de deur uit.

'Ik heb een hekel aan stations!' verkondigde Maxim fel toen hij en Teddy op Victoria Station het perron afliepen.
Teddy wierp hem een snelle blik toe, en hoewel ze geen commentaar gaf, sloeg haar hart een slagje over.
'Op een station moet je altijd afscheid nemen,' mopperde hij en hij bleef plotseling staan.
Ze stopte ook en draaide zich naar hem toe. Zijn frisse jonge gezicht, zo gezond en rozig en gebruind door de zomerzon, stond plotseling strak met harde lijnen en in zijn dichtgeknepen mond en aan de trotse manier waarop hij zijn kin vooruit stak, herkende zij de koppigheid van zijn moeder.
'Ik weet het, lieverd,' zei ze zacht, en ze zette de koffer neer en gaf hem een kneepje in zijn schouder.
'Op het station in Berlijn moest ik afscheid nemen van papa en in Parijs van *Mutti*, en als ik weer naar school ga, ben jíj het die achterblijft en dan krijg ik zo'n naar gevoel van binnen.'
Ze trok hem naar zich toe en hield hem stevig tegen zich aan. 'Ik ga nergens naar toe, hoor, ik zal er altijd zijn als je me nodig

hebt, en bovendien ben je slim genoeg om te weten dat het wel even anders is als wíj afscheid nemen. Het zijn wel andere omstandigheden dan die andere keren.'

'Ja, dat zal wel... maar toch heb ik een hekel aan stations!'

'Het zal wel gauw veranderen, Maxim. Als de oorlog eenmaal voorbij is, hoeven Colet Court en St.-Paul niet meer geëvacueerd te blijven en kunnen ze terug naar Londen en dan kun je naar de dagschool en mag je thuis wonen.'

Hij knikte en zijn gezicht klaarde op. 'Stubby's vader zegt dat onze twee scholen een grote rol hebben gespeeld bij de oorlogsinspanning. Per slot van rekening wonen er rekruten in Colet Court, en St.-Paul is het hoofdkwartier van generaal Montgomery. Vergeet niet dat hij een oud-leerling van St.-Paul is.'

Ze lachte. 'Hoe kan ik dat nou vergeten! Stubby en jij herinneren me daar voortdurend aan. In ieder geval zullen de twee scholen weer terug kunnen naar hun oude gebouwen in Hammersmith als alles weer normaal is. En nu we het toch over Stubby's vader hebben, is dat Stubby zelf niet die daar nogal in z'n eentje staat?'

'Jeetje, ja! Waar zou mevrouw Trenton zijn? Ze brengt Stubby meestal zelf naar het station. Ga mee, Teddy, laten we even kijken wat er loos is.' Ondertussen schoof hij zijn boekentas over zijn schouder en rende weg, en toen hij achterom keek, gebaarde hij heftig.

'Laat je nieuwe regenjas niet over de grond slepen!' riep ze hem na toen ze hem wat langzamer volgde, in haar bewegingen beperkt door de grote koffer, haar handtas en nog een draagtas vol boterhammen en zoete broodjes voor hun lunch.

'Hallo, Teddy,' zei Stubby beleefd toen ze dichterbij kwam.

'Hallo, Alan. Waar is je moeder?'

Ze moest snel weg. Ze had vanmorgen een afspraak in Whitehall. Op het ministerie van sociale zaken. Heeft iets te maken met pa's zaken. Zij probeert dat zo'n beetje gaande te houden sinds mijn oom een hartaanval heeft gehad en pa bij de RAF zit. Ze wist dat je er zo aankwam met Duke en dat jij me wel veilig op de trein zou zetten.'

'En daar komt de trein naar Crowthorne net aan!' riep Teddy. 'En nog een stel jongens van jullie school, geloof ik. Is dat niet leuk? Kunnen jullie bij elkaar zitten.'

Maxim en Stubby volgden haar blik en kreunden allebei hard toen ze de laatkomers het perron op zagen komen.
'Dáár willen we niet bij zitten,' mopperde Maxim en sloeg zijn blik ten hemel. 'Die zijn veel te jòng, Teddy. Dat kun je toch wel zien?'
'Nieuwelingen van het vorige semester,' legde Stubby uit.
'We willen een coupé voor onszelf,' zei Maxim. 'Dat kan toch, hè, Teddy?'
'Dat denk ik wel. Er staan niet veel mensen op de trein te wachten, en beslist niet zoveel jongens als ik had verwacht.'
'Er zijn er gisteren al een heleboel teruggegaan,' vertelde Stubby haar met een brede grijns. 'Ik denk dat hun moeders blij waren dat ze van die akelige klieren verlost waren!'
'En jullie tweeën zijn lieve schatjes, hè?' vroeg ze met opgetrokken wenkbrauwen en een geamuseerde blik.
Als typische tienjarigen trokken ze gekke bekken tegen haar en ze begon te lachen; ze genoot van hen en hun jongensachtige streken deden wonderen voor haar humeur. Ze was blij dat Maxims opstandige bui over was. Hij redt het wel, dacht ze, hij redt het prima.

Maar onderweg in de bus naar Belsize Park Gardens vroeg Teddy zich af of ze er wel goed aan had gedaan hem zo ver weg op school te doen. Met het oog op de afwezigheid van de Westheims zou het misschien verstandiger zijn geweest als ze hem bij zich had gehouden.
Aan de andere kant was hij zo briljant dat hij de beste school verdiende. Tante Ketti had St.-Paul aangeraden en de bijbehorende lagere school, Colet Court. Doordat de lagere school en het instituut op elkaar aansloten, vormden de kinderen van de lagere school één geheel met de oudere jongens. Daarbij kwam dat de zeer oude openbare school een lange liberale traditie had en volkomen onbevooroordeeld leek, en dat er een aantal Duits-joodse jongens op school zat.
Henry Rossiter van de Rossiter Merchant Bank was het van harte met Ketti's voorstel eens geweest, en hij had gezegd dat de Westheims het zeker met haar schoolkeuze voor hun zoon eens zouden zijn. Hij had er ook op gewezen dat er genoeg geld was voor de school, de boeken en het uniform, hoewel dat laatste op

het moment niet verplicht was door de rantsoenering van textiel. Dus had ze hem daarnaar toe gestuurd, en zij kon het natuurlijk ook niet helpen dat de twee scholen in 1942, net toen Maxim op Colet begon, naar Wellington College in Surrey waren geëvacueerd.

Ik heb het goed gedaan, verzekerde ze zichzelf, terwijl ze achterover op de bank ging zitten en ze sloeg de *Evening Standard* open die ze net op het station had gekocht. Ze lachte blij toen ze de koppen zag. De geallieerden waren bezig heel Frankrijk te bevrijden.

25

'O Theodora, ik ben zo blij dat je bent gekomen!' riep Lydia Pell en haar gezicht lichtte op toen ze Teddy op de stoep van haar moeders huis in Hampstead zag staan. 'Kom binnen, kom binnen, blijf niet buiten in de kou staan.'

'Hallo Lydia,' zei Teddy met een warme glimlach toen ze binnenkwam. 'Ik heb gezegd dat ik zou proberen te komen, en hier ben ik dan,' ging ze verder en ze deed haar sjaal af, trok haar jas uit en gaf ze aan Lydia die klaarstond om ze aan te pakken.

'Tante Ketti deed een beetje moeilijk, omdat ze had afgesproken dat ik vanavond bij mevrouw Levine zou gaan eten. Maar dat had ze míj niet verteld,' legde Teddy uit. 'Ik heb haar ten slotte omgepraat en ze begrijpt nu wel dat het niet juist is uitnodigingen voor me aan te nemen zonder eerst te vragen of ik er wel heen wil.'

Lydia keek Teddy even aan en vroeg: 'Heeft mevrouw Levine een zoon?'

'Ja, twee zelfs. Ze zijn allebei in dienst. Waarom?'

'Ik wil wedden dat er net eentje thuis is met verlof,' zei Lydia grinnikend. 'Jouw tante Ketti kennende, gaat ze vast proberen een aardige jongeman voor je te vinden.'

'O, dat zou ze vast niet doen!' riep Teddy uit terwijl ze Lydia achterdochtig aankeek.

'Daar zou ik maar niet zo zeker van zijn,' kaatste Lydia nog steeds grinnikend terug. Ze hing Teddy's jas en sjaal in de garderobekast, stak haar arm door die van haar vriendin en zei: 'Ga mee naar de anderen.'

Samen liepen de twee jonge vrouwen langzaam door de hal naar de zitkamer.

Vanachter de gesloten deur kwam het geluid van zeer talentvol pianospel en Teddy moest meteen aan Sigmund Westheim denken die zo virtuoos was geweest, en ze kreeg plotseling een brok in haar keel. Ze vroeg zich onwillekeurig af waar hij en Ursula nu waren en of ze het goed maakten. Toen duwde Lydia de deur open en troonde haar mee naar binnen, dus drukte ze haar bezorgde gedachten snel de kop in en trok een opgewekt gezicht.

Teddy kende deze kamer heel goed. Ze had er heel wat plezierige avonden met Lydia doorgebracht sinds ze elkaar vier jaar geleden voor het eerst hadden ontmoet, en ze voelde zich hier altijd op haar gemak, net of ze thuis was.

Het was een prettige kamer met een zekere ouderwetse charme, een beetje ingericht als een kamer in een buitenhuis, en hij zag er warm en uitnodigend uit met zacht crèmekleurige muren, zware roodbrokaten gordijnen en een kamerbreed bijpassend rood tapijt, met voor de open haard een oosters kleed. De sofa en de stoelen waren bekleed met gebloemde sits die ooit levendig en vol kleur was geweest, maar die allang vaal en verschoten was, en hier en daar stonden wat antieke houten meubels. Aan de muren hingen mooie olieverfschilderijen en boven de schoorsteen hing een prachtige Queen Anne-spiegel.

In de haard brandde een helder houtvuur, er stonden kristallen vazen vol goudgele en bronskleurige chrysanten en op de pianola stond een koperen kruik vol takken prachtig glanzend, bruinrood beukeblad. Die overvloed aan herfstkleuren droeg bij tot een sfeer waardoor de kamer op deze kille oktoberavond aantrekkelijker leek dan ooit.

Er stond een kleine groep om de piano heen.

Archie, Lydia's broer die bij de luchtmacht was, stond er met zijn arm om zijn vriendin, Penelope Jardene. Twee van zijn oude schoolvrienden van Eton, Tom Andrews en Victor Spencer, die allebei net als Archie gevechtsvlieger waren, hingen over de piano, evenals Victors vriendin, Daphne Hodges.

Lydia kondigde aan: 'Hier is Theodora dan eindelijk!' en degene die piano speelde stopte meteen terwijl de anderen zich omdraaiden om haar hartelijk te begroeten. Ze lachte terug en zei: 'Hallo allemaal.'

Lydia die met Teddy de kamer rondging, mompelde tegen haar: 'De enige die je nog niet kent, is die vent die zo prachtig piano speelde. Hij zit bij het 32e eskader in Biggin Hill in Kent, Archies eskader. Hij heet Mark Lewis.'
Toen hij zijn naam hoorde, schoof Mark de pianokruk naar achteren, stond op en liep om de groep vrienden heen naar Theodora.
Lydia zei: 'Teddy, dit is Mark, en Mark, dit is mijn beste vriendin, Theodora Stein.'
'Hallo Theodora,' zei Mark, die met uitgestoken hand op haar toe kwam.
Teddy legde haar hand in de zijne en zei: 'Goeienavond Mark,' en keek in een gezicht dat er zo jongensachtig uitzag dat hij niet oud genoeg leek om gevechtsvlieger te zijn. Maar toen werd ze zich bewust van zijn ogen. Die waren zo donkerbruin dat ze bijna zwart waren, en er lag een nogal raadselachtige uitdrukking in. Oude ogen in een jong gezicht, dacht ze, oude ogen die al veel te veel moord en doodslag en vernieling hebben gezien. En toen herkende ze die ondoorgrondelijke uitdrukking: een mengeling van pijn en verdriet.
'Ik was net de lievelingsliedjes van de jongens aan het spelen,' vertelde Mark om de stilte tussen hen te verbreken. 'Wat is het jouwe, Theodora?'
'Ik weet het eigenlijk niet,' zei ze, en ze stond plotseling nogal verlegen met een mond vol tanden. Ze trok haar hand uit de zijne en deed een stap achteruit toen ze besefte dat hij een eigenaardig effect op haar had.
'Geen verzoeknummer dus?' vroeg hij zacht.
Ze schudde haar hoofd, nog steeds niet in staat iets te zeggen.
Hij lachte een beetje, draaide zich om en liep terug naar de piano waar hij weer ging zitten.
Daphne zei: 'Als niemand een verzoek heeft, wil je dan mijn tweede favoriet spelen, Mark? Dat is *I'll Be Seeing You.*'
'Goed,' zei Mark, en grijnsde. 'Als jij erbij zingt, Daphers.'
'Goed!' riep Daphne uit. 'We zingen allemaal mee, ja toch, jongens?'
'Natuurlijk, Daphers,' zei Victor en toen Mark het refrein inzette, was dat precies wat ze deden.
Toen ze samen aan het zingen waren, ging Teddy in een stoel bij

het vuur zitten, en even later kwam Lydia haar een glas witte wijn brengen.
'Zing je niet mee?' vroeg Lydia toen ze Teddy het kristallen wijnglas gaf en op de leuning van haar stoel ging zitten.
'Dank je,' zei Teddy die de wijn aannam, en ze ging door: 'Samen zingen is erg leuk en ik houd er meestal wel van, maar vanavond ben ik gewoon niet in de stemming om mee te doen. Vraag me niet waarom.'
'Nou, ik eerlijk gezegd ook niet,' gaf Lydia toe. 'Samen zingen schijnt tegenwoordig het populairste tijdverdrijf te zijn dat er is, maar het maakt een goed gesprek in ieder geval onmogelijk, hè?'
'Dat doet het zeker,' beaamde Teddy. 'Maar we zitten er wel een beetje afzijdig bij, een beetje onbeleefd zelfs zoals we hier in ons eentje zitten. Misschien moeten we erbij gaan staan, we hóeven niet te zingen, denk ik.'
'Kom dan maar,' zei Lydia. 'Ik zou het akelig vinden iemand voor het hoofd te stoten.'
Teddy stond met Lydia bij de piano te luisteren hoe Mark speelde. Hij had onmiskenbaar een formidabel talent, en voor de tweede keer die avond moest ze aan Sigmund Westheim denken. Ze werd overvallen door schrijnende herinneringen en dacht terug aan de muzieksalon in het herenhuis aan de Tiergartenstrasse; ze werd er even heel verdrietig van en haar gevoel van verlies was zo vlijmend dat het wel een scherpe lichamelijke pijn leek. Ze haalde diep adem en dwong de pijn weg te gaan, zichzelf voorhoudend dat de oorlog binnenkort voorbij zou zijn, dat de Westheims na verloop van tijd naar Engeland zouden komen en dat ze dan weer bij elkaar zouden zijn. Alles zou weer net zo worden als in Berlijn. Het verleden zou heden worden... en toekomst.
Hoewel dit nauwelijks een nieuw idee was, fleurde ze er direct van op, zoals meestal het geval was, en ze nam een slokje wijn en keek over de rand van haar glas naar Mark Lewis.
Terwijl de jonge piloot doorspeelde, bekeek ze hem heimelijk eens goed, want ze was enorm nieuwsgierig naar hem. Hij was knap, had gladde, ronde wangen, een breed voorhoofd en een volle, krachtige mond. Zijn donkerbruin golvend haar was strak naar achteren gekamd en hij had dikke, gebogen wenkbrauwen

boven gevoelige, expressieve ogen. Hij was gespierd en had brede schouders, en toen ze aan elkaar werden voorgesteld, had hij boven haar uitgetorend en ze kwam tot de conclusie dat hij ten minste één meter tachtig moest zijn, misschien zelfs langer. Zelfs achter de piano zag hij er lang uit.

Opeens hief hij zijn hoofd op en staarde haar aan. Hun ogen ontmoetten elkaar. Teddy ontdekte dat ze haar ogen niet van de zijne kon losmaken, hoe ze dat ook probeerde. Met zijn sterke blik hield hij haar vast, en dat bracht haar van haar stuk; haar hart begon heel onredelijk en ongewoon heftig te bonken en ze voelde dat haar hals en haar gezicht rood werden.

Eindelijk lukte het haar haar blik af te wenden, maar binnen een tel werden haar ogen weer onvermijdelijk naar de zijne getrokken. Zijn blik was directer dan ooit en leek vol verborgen betekenis.

Teddy keek naar de grond en probeerde te kalmeren. Toen ze weer opkeek, zag ze dat hij haar aandachtig zat op te nemen. Toen lachte hij haar toe en het was de liefste lach die ze ooit had gezien; hij leek diep in haar door te dringen, tot haar hart, en ze begreep dat er op dat moment iets belangrijks tussen hen gebeurde, wat haar bang maakte.

Lydia fluisterde haar in: 'Ik ga mijn moeder een handje helpen in de keuken. Ik ben even weg,' en terwijl ze dat zei, liep ze bij de piano vandaan.

Teddy draaide zich onmiddellijk om en liep haastig achter haar vriendin aan.

Toen ze naast haar ging lopen, mompelde ze: 'Ik heb je moeder nog niet begroet. Ik ga met je mee, en misschien kan ik ook wat doen.'

'Ik weet zeker dat moeder alles al klaar heeft, Teddy, maar kom mee als je wilt, we kunnen het eten in ieder geval voor haar naar de eetkamer brengen.'

Teddy liep achter Lydia aan de hal in. Ze gingen de gang door naar de keuken aan de achterkant van het huis toen Teddy zachtjes zei: 'Mark heeft enorm veel talent, hè?'

'Ja, dat heeft hij zeker,' beaamde Lydia. Ze was even stil, bleef toen staan en keek over haar schouder naar Teddy. 'Volgens mij is hij helemaal weg van je.'

'Hoe bedoel je?' vroeg Teddy, met ogen die groter werden.

'Hij keek naar je, Teddy, je weet wel, op zo'n bepaalde manier.'
'Wat voor manier?'
'De manier waarop een man naar een vrouw kijkt als hij zich tot haar aangetrokken voelt en heel graag werk van haar wil maken.'
'O,' zei Teddy, die even niets wist te zeggen.
'Vind je hem aardig?'
'Lydia, ik ken hem nauwelijks!'
'Wat ik bedoel is: vind je hem aardig om te zien?'
'Ja,' gaf Teddy toe en toen werd ze opeens verlegen en stamelde: 'Ik... eh... ik vind hem eigenlijk heel knap, en hij lijkt erg aardig, heel sympathiek.'
'Ik vind Mark nogal aantrekkelijk. Ik wilde wel dat hij in mij geïnteresseerd was, maar dat is niet zo. Ik denk dat ik zijn type niet ben.' Lydia keek haar aan en begon langzaam te glimlachen. 'Maar ik denk dat jij dat wel bent en daarom wilde ik dat je vanavond zou komen.'
'Bedoel je dat je ons probeert te koppelen?' vroeg Teddy fronsend en keek haar vriendin doordringend aan.
Lydia grinnikte: 'Ja, ik ben bang van wel. En waarom eigenlijk niet? Wat is er zo verkeerd aan twee mensen bij elkaar te brengen?'
Teddy zweeg en zei toen plotseling: 'Ik hoop dat Mark dat niet in de gaten heeft. Ik zou het vreselijk vinden als hij het zou merken. Dat zou ik echt heel pijnlijk vinden.'
'Hij heeft er geen idee van, echt niet. Trouwens, behalve dat hij zo'n aardige vent is, is Mark ook nog een oorlogsheld. Hij heeft de medaille van verdienste en het vliegerskruis en een heleboel andere onderscheidingen.'
'Maar hij is nog zo jong!' riep Teddy verrast uit. 'Toch kan ik me heel goed voorstellen dat hij dapper is en heel moedig.'
'Ja, ik ook. Hij heeft iets bepaalds over zich,' mompelde Lydia diep in gedachten. 'Iets heel speciaals, wat je niet echt kunt omschrijven. En van Archie heb ik gehoord dat hij heel eerlijk en betrouwbaar en vaderlandslievend is. Hij is overigens niet zo jong als hij eruitziet of als jij denkt.'
'Hoe oud is hij dan?'
'Vijfentwintig, een jaar ouder dan Archie. Jouw leeftijd dus.'
'O, dan begrijp ik het.'

'Hij is een van De Weinigen, weet je.'
'Een vlieger uit de Slag om Engeland!' riep Teddy geïmponeerd. 'Dat verklaart die medailles dus,' voegde ze eraan toe, en ze dacht aan de woorden van Winston Churchill over de jongemannen die Engeland in 1940 vanuit de lucht hadden verdedigd en van wie er niet één veel ouder dan twintig was geweest. '*Nooit eerder hadden zovelen zoveel te danken aan zo weinigen*,' had Churchill gezegd en sinds die speech in het parlement hadden die dappere gevechtsvliegers uit de Slag om Engeland bekendgestaan als De Weinigen. Als je als piloot aan de Slag om Engeland had meegedaan, was dat op zich al een hele eer, zelfs voor degenen die er geen medaille aan hadden overgehouden.

26

Julia Pell stond net in de oven te kijken toen Lydia en Terry de ruime eetkeuken binnenkwamen. Toen ze het geluid van voetstappen op de tegelvloer hoorde, richtte ze zich op en draaide zich om.
Zodra ze de twee jonge vrouwen zag, klaarde haar gezicht op. Ze was buitengewoon op Teddy gesteld en ze riep: 'Ha, ben je daar, Theodora! Ik ben blij dat je vanavond toch kon komen.'
'Ik ook, mevrouw Pell,' antwoordde Teddy terwijl ze naar de moeder van haar vriendin liep en haar omhelsde. Mevrouw Pell drukte haar ook even hartelijk tegen zich aan en toen ze elkaar loslieten, vroeg Teddy: 'Wat kan ik voor u doen?'
'Even niets, lieverd, maar dank je voor het aanbod. Ga maar lekker aan de keukentafel zitten en drink je wijn op, en jij ook, Lydia. Ik heb alles onder controle. Over een paar minuten ga ik het eten uit de oven halen en dan mogen jullie alle twee aan het werk, sportieve meiden als jullie zijn.'
Onderhand liep mevrouw Pell haastig naar de kelderkast, verdween erin en kwam er direct weer uit met een grote glazen kom die ze op het aanrecht zette, waarna ze weer naar de kelderkast terugliep.
Toen ze haar zo snel en efficiënt en toch ook elegant en gracieus door de keuken zag lopen, moest Teddy er aan denken hoeveel Lydia op haar leek, in zoveel opzichten.

Julia Pell was een lange, slanke, aantrekkelijke vrouw met donkerrood haar, ogen zo blauw als korenbloemen en met honderden sproeten op haar roomblanke huid. Lydia had haar lengte en haar figuur, haar sprankelend blauwe ogen en haar rode haar; ze bewoog zich net zo elegant en ze was net zo zorgeloos van aard. Het viel Teddy op dat ze vanavond meer dan ooit zusters in plaats van moeder en dochter leken. Ze was dol op allebei de vrouwen, die de laatste paar jaar geweldige vriendinnen voor haar waren gebleken. Toen zij en Lydia elkaar voor het eerst ontmoetten, hadden ze elkaar meteen gemogen, en mevrouw Pell had net zo spontaan en warm op haar gereageerd als haar dochter.

Julia en haar man Michael stamden beiden uit een oude Anglo-Ierse katholieke familie en ze waren geboren en getogen in Ierland. Hoewel ze hun hele getrouwde leven in Londen hadden gewoond en hun kinderen er waren geboren, hadden ze nog steeds een huis in Donegal, het huis dat Michael van zijn vader had geërfd en waar ze tot 1939 hun zomers hadden doorgebracht. 'Als de oorlog voorbij is en we weer allemaal kunnen reizen, moet je een hele zomer bij ons in Dromlochan komen logeren,' had mevrouw Pell Teddy al verschillende keren gezegd en ze was zo vriendelijk geweest ook Maxim, tante Ketti en de Westheims uit te nodigen. Teddy was geroerd door dit vriendelijke gebaar en ze hoopte dat ze op een dag allemaal naar Dromlochan zouden kunnen. Ze had er al heel lang naar verlangd Ierland te bezoeken en het was een van haar plannen voor de toekomst. De Pells hadden nog twee kinderen, Siobhan die in Schotland bij de Milva zat, en Niall die officier bij de koopvaardij was op de konvooien naar Rusland, en die waren net zo onorthodox, vriendelijk en gemakkelijk in de omgang als de rest van het gezin.

Mevrouw Pell liep voor de laatste keer naar de kelderkast, kwam te voorschijn met nog een schaal van geslepen glas, en deed toen de deur achter zich dicht.

'Nou schat,' zei ze, en ze draaide zich om naar Lydia, 'ik heb al onze bonnen aan dit etentje voor Archie en zijn vrienden besteed. Maar ik vind wel dat het het waard is, en je broer krijgt in ieder geval een paar van zijn favoriete gerechten.'

Lydia lachte en zei: 'En dat is ongetwijfeld ook pa's lievelings-

kostje. Ik wilde dat hij vanavond niet in het noorden zat. Hij zou er net zo van genieten als Archie.'
'Ja, dat zou hij zeker, maar wat kunnen we er aan doen, schat?' Julia wachtte niet op antwoord, maar ging snel door: 'Hij moest beslist vandaag naar de munitiefabriek in Leeds, wat er ook gebeurde, en de treinen zijn zo afschuwelijk langzaam op het ogenblik dat hij toch nooit op tijd voor het eten was thuisgekomen. Dus is het veel beter dat hij vannacht in het Queens Hotel in Leeds blijft en morgen op zijn gemak naar huis reist.'
'Dat is waar,' mompelde Lydia.
Teddy zei: 'Wat daar in de oven staat, ruikt heerlijk, mevrouw Pell.'
Julia keek haar stralend aan. 'Vind je ook niet?' beaamde ze en ging op vertrouwelijke toon verder: 'Ik kon bij de slager wat gehakt krijgen, natuurlijk wel in ruil voor al onze bonnen voor de komende paar weken! En toen heb ik er een enorme pastei van gemaakt, daar houdt Archie zo van. En ik ben ook nog een appeltaart aan het bakken. Ik had nog wat potten appel staan, als appeltje voor de dorst of voor een speciale gelegenheid, en vanavond leek me een prima gelegenheid om die aan te breken.'
Lydia zei: 'Ik dacht dat u een toetje zou maken, mam.'
'O, maar dat heb ik gedaan, lieverd!' Mevrouw Pell keek naar de glazen schalen. 'Twee eigenlijk, maar ik ben bang dat het wel echte oorlogstoetjes zijn, omdat ik geen bananen kon krijgen. Of ander fruit om daarvoor te gebruiken. Nou ja, niets aan te doen.' Julia Pell haalde haar schouders op en grinnikte. 'Goddank had ik biscuitgebak, jam, custardpoeder en sherry. Een heleboel van het laatste, moet ik zeggen. Het geeft een toetje toch een heel aparte smaak.'
'Goeie hemel, mama, u hebt het toch niet weer gedaan, hè!' riep Lydia, en kreunde luid. Ze keek over de keukentafel naar Teddy en rolde met haar ogen, vertrok theatraal haar gezicht en legde toen uit: 'Mijn moeder heeft onlangs ontdekt hoe je een sherrytoetje maakt waar we allemaal licht beneveld van raken, echt hartstikke tipsy!'
Julia Pell tekende onmiddellijk op hoge toon protest aan tegen deze verklaring, maar voor Teddy iets toepasselijks kon bedenken, stak Archie zijn gemberkleurige hoofd om de hoek van de keukendeur.

'Hoelang duurt het nog voor het eten klaar is, moeder?' vroeg hij. 'De troepen worden met de minuut hongeriger. Ik kan ze bijna niet meer in bedwang houden hoor... die vallen straks op je aan als een horde Mongolen.'
'Toevallig Archie, mijn schat, is het eten net klaar,' antwoordde mevrouw Pell haar zoon met een heldere, stralende glimlach. 'Laat jij je vrienden maar vast in de eetkamer. Lydia en Teddy staan op het punt alles naar binnen te brengen, en zij helpen me ook met opdienen.'
'Fantastisch!' brulde Archie en gaf een bloedstollende aanvalskreet, waarna hij verdween.

Er werden heel wat grapjes gemaakt.
Het avondeten bij de Pells verliep altijd rumoerig wanneer Archie met verlof thuis was, en vooral als hij 's avonds zijn vrienden meebracht.
Zoals gewoonlijk namen de luchtmachtjongens het heft in handen. Ze vertelden bloedstollende verhalen over het vliegen, deden levendig verslag van hoe ze maar net aan de dood waren ontsnapt en vertelden allerlei moppen. Ze lachten veel, hielden elkaar en de anderen ongenadig voor de gek en over het algemeen amuseerden ze de dames kostelijk tijdens de maaltijd.
Teddy, die meestal niet op haar mondje was gevallen en geestig en vrolijk was, was dit keer stil, teruggetrokken bijna. Ze wist wel dat dat door Mark Lewis kwam. Hij zat naast haar aan tafel en ze was zich sterk van zijn aanwezigheid bewust. Hij had een paar keer een opmerking tegen haar gemaakt en ze had beleefd gereageerd, maar ze was zelf geen gesprek met hem begonnen, hoewel ze dat wel graag zou willen. Ze was verrast over haar eigen terughoudendheid, want ze was een gezelligheidsmens, heel sociabel en vriendelijk van aard. En nu zat ze door deze man met een mond vol tanden.
Ze wist wel dat het probleem bij haarzelf lag, en ze probeerde met haar gevoelens in het reine te komen. Vanaf het moment dat ze hem had ontmoet, had ze als vrouw op alle fronten op Mark Lewis gereageerd. Ze vond hem overweldigend knap en lichamelijk aantrekkelijk, en oppervlakkig bezien was hij sympathiek en charmant. Maar ze wist dat hij ook een moedige jongeman was, sterk en dapper, en intuïtief voelde ze dat zijn emoties die-

per gingen dan hij liet merken, dat hij een gevoelig en vriendelijk mens was en het was dus niet ongewoon dat ze hem fascinerend vond.

In de vijf jaar dat ze in Londen had gewoond, had Teddy verscheidene jongemannen ontmoet die zich in haar geïnteresseerd hadden getoond en die haar mee uit hadden willen nemen. Dat had ze altijd afgeslagen, en sinds ze uit Berlijn was vertrokken, had ze nooit een afspraakje gehad. Dat kwam niet alleen door haar verplichting ten opzichte van Willy Herzog, maar ook omdat ze zich niet tot die andere mannen aangetrokken had gevoeld. Daarom was ze behoorlijk geschrokken van haar heftige reactie op Mark, en ze stond versteld van zichzelf. Ze kon absoluut niet ontkennen dat ze net zo geïnteresseerd was in hem als hij in haar, want dat was zeker zo, en ze wilde hem nog eens ontmoeten om met hem alleen te zijn, om hem beter te leren kennen.

Toen hij eerder die avond haar stoel voor haar had uitgeschoven bij de eettafel had hij per ongeluk met zijn hand de hare aangeraakt en ze was zich bijna dood geschrokken. Zijn vingers hadden bij haar een soort elektrische schok teweeggebracht en ze had haar hand snel teruggetrokken, hoewel ze dat helemaal niet had willen doen; ze had haar vingers liever met de zijne willen verstrengelen.

Mark Lewis had zeer veel indruk op haar gemaakt en ze werd overspoeld door emoties die ongewoon sterk – en totaal onbekend – waren. Ze voelde zich uit haar evenwicht gebracht; ze had haar hele leven nog nooit zoiets meegemaakt. Zelfs niet met Willy, haar verloofde. Arme Willy. Nog maar pas geleden waren haar gedachten naar hem uitgegaan, zo ver weg in Shanghai, en ze had moeten bekennen dat ze geen gezamenlijke toekomst hadden, maar dat had niets met Mark Lewis te maken. Híj had absoluut niets te maken met haar plotselinge zelfonthulling. Haar tante had gezegd dat zij en Willy volkomen vreemden voor elkaar zouden zijn als ze elkaar na hun lange scheiding van vijf jaar weer zouden terugzien, en ze wist in haar hart dat tante Ketti gelijk had.

Teddy wist instinctief dat Mark Lewis haar zou vragen of hij haar nog eens kon zien, en dat was ze zeker van plan. Misschien was hij voor haar maar een korte bevlieging, en zij voor hem, en

ze had er eerlijk gezegd geen idee van wat er tussen hen zou gebeuren, als er al iets gebeurde. Maar van één ding was ze heel zeker. Ze hield niet genoeg van Willy om met hem te trouwen, ze hield van hem als een zuster en ze begreep nu dat ze nooit iets anders voor hem had gevoeld. In 1938 in Berlijn was ze niet verliefd op hem geweest, maar op de liefde zelf, verliefd op het idee te trouwen, en daarom had ze ja gezegd tegen Willy. Maar dat waren de verkeerde redenen om met iemand te trouwen.
Ze schrok op toen Mark vroeg: 'Hoelang ken je de Pells al?' Hij duwde zijn stoel een eindje van de tafel af, draaide zich naar haar toe en sloeg zijn lange benen over elkaar.
'Ongeveer viereneenhalf jaar,' antwoordde Teddy.
'Heb je hen via Lydia ontmoet?'
'Ja, we doen samen oorlogswerk.'
'Oorlogswerk,' herhaalde hij en staarde haar fronsend aan. 'Je bedoelt vast niet dat jullie allebei in een fabriek werken. Of bedoel je dat wel?'
'Nee. Ik bedoelde het werk dat we op de eerstehulppost op Haverstock Hill doen, en als Rode-Kruisvrijwilligsters,' legde Teddy uit.
'O, ik begrijp het. Dus je hebt geen echte baan?'
'Nou… nee, eigenlijk niet,' aarzelde Teddy, en ze vroeg zich af of ze hem over Maxim zou vertellen, maar besloot dat niet te doen. 'Zowel Lydia als ik zijn full-time met vrijwilligerswerk bezig,' mompelde ze.
Mark knikte. 'En woon je hier in de buurt, Theodora?'
'Ja, in Belsize Park Gardens.'
'Bij je ouders?'
'Stel je altijd zoveel vragen als je iemand voor het eerst ontmoet?' vroeg Teddy rustig.
Hij lachte beleefd. 'Nee,' gaf hij toe en glimlachte allercharmantst, waarbij hij zijn regelmatige witte tanden liet zien. Hij leunde achterover in zijn stoel, met één arm nonchalant over de rugleuning, en keek haar lang en veelbetekenend aan. 'Alleen als ik door iemand word geboeid,' zei hij met een lage, hese stem.
Teddy kon niet om deze bedekte toespeling heen en ze wist even niet wat ze moest zeggen. Ze probeerde weg te kijken van die donkere ogen die haar zo doordringend aanstaarden, en merkte

dat dat niet lukte. En toen hij haar zo intiem en ononderbroken strak bleef aankijken, begon ze te blozen en voelde zich gegeneerd. Teddy vroeg zich af hoe ze het gesprek een andere wending kon geven toen mevrouw Pell haar de moeite bespaarde.
'Laten we koffie drinken in de zitkamer,' kondigde Julia Pell aan; ze schoof haar stoel naar achteren, stond van tafel op en liep door de deur naar de hal.
Alle anderen volgden haar voorbeeld en groepten achter haar aan de eetkamer uit.

Aan het eind van de avond vroeg Mark Teddy of hij haar naar huis mocht brengen en ze nam zijn aanbod aan.
Nu reden ze samen in zijn rode MG-sportwagen van Hampstead Village naar Belsize Park Gardens. Voor iemand die eerder die avond zoveel vragen had gesteld, was Mark vreemd stil tijdens de korte rit naar haar huis. En Teddy zelf was net zo stil als ze bij de Pells was geweest; ze deed haar mond nauwelijks open, alleen om hem de weg te wijzen.
Ten slotte remde Mark voor het huis van haar tante en kwam tot stilstand. Toen draaide hij zich naar haar toe en zei: 'Ik wil je graag nog eens zien, Theodora. Wil je met me uitgaan?'
'Ja.'
'Wat een lauw ja'tje,' zei hij vriendelijk. 'Je bent een verlegen meisje, hè?'
'Nee, niet echt. Alleen...' Ze brak haar zin af, keek hem aan in het duister van de auto, haalde diep adem en zei: 'Ik wil graag met je uit. Heel graag zelfs.'
'Mooi, daar ben ik blij om,' zei hij, en zijn warme, diepe stem klonk tevreden. 'Wat dacht je van morgenavond?'
'Dan kan ik niet. Ik heb beloofd naar een vriendin te gaan die ziek is, en het zou niet erg aardig zijn om haar teleur te stellen.'
'Dat begrijp ik. En vrijdag ben ik helaas bezet.'
'Ik ook.'
'Ik hoop dat je zaterdag kunt, Theodora, want mijn verlof is zondag voorbij.'
'O ja, dan kan ik wel, Mark.'
'Dan gaan we dansen,' zei hij, en lachte haar toe in het duister van de auto.

27

Hij nam haar mee naar het Savoy Hotel aan de Strand.
Ze aten in een prachtige zaal met uitzicht over de Theems en dansten bij het orkest van Carroll Gibbons.
Teddy vond dat ze nog nooit iemand had gezien die zo knap was als Mark Lewis. Vanavond droeg hij zijn blauwe Royal Air Force-uniform met zijn onderscheidingen op de linkerkant van zijn jasje, en het was verrassend dat jongensachtige gezicht te zien boven die onderscheidingstekenen van een oorlogsheld, waaruit zijn moed als gevechtsvlieger bleek.
Ze had die avond al een paar keer gemerkt dat zowel mannen als vrouwen bewonderende blikken in zijn richting wierpen, en op een gegeven moment waren ze op de dansvloer aangesproken door een oudere heer in smoking die met zijn vrouw danste.
'Het zijn de jongemannen zoals u die we dankbaar moeten zijn,' zei de vreemdeling goedkeurend. 'Goed gedaan, goed gedaan hoor, uw land is erg trots op u.'
Mark had iets toepasselijks teruggezegd en hij had de man en zijn vrouw toegelachen, maar toen ze zich op de klanken van *Besame Mucho* over de dansvloer bewogen, had hij haar geen nadere verklaring gegeven. En toen, heel plotseling, had hij haar steviger beetgepakt, haar dichter naar zich toe getrokken, veel dichter dan daarvoor, en ze had trillend in zijn armen gelegen, bang dat hij zou horen hoe haar hart tekeerging. Maar dat had hij natuurlijk niet gehoord. Hoe kon het ook? Alleen zij had het gehoord.
Nu zaten ze weer aan hun tafeltje met kleine teugjes de champagne te drinken die hij bij het dessert had besteld, en praatten over koetjes en kalfjes. Tot dusverre hadden ze het vanavond alleen maar over algemeenheden gehad. Ze hadden hun wederzijdse bezorgdheid over de V2's uitgesproken, die afschuwelijke nieuwe Duitse vliegende bommen die veel meer schade aanrichtten dan de V1's, en die tegenwoordig op Londen werden afgeschoten. Ze hadden het over de voortgang van de oorlog gehad, over de geallieerde overwinningen in Italië en andere delen van Europa, en Mark had herhaald wat iedereen zei: dat de oorlog tegen de volgende zomer voorbij zou zijn. Maar ze hadden geen enkel ander onderwerp aangeroerd. Het leek wel of ze bei-

den weifelend en bang waren om als eerste aan de ander een echt persoonlijke vraag te stellen.
Teddy voelde zich nog steeds van haar stuk gebracht door Mark Lewis en ze zat vol verwarde emoties, net als een paar avonden tevoren bij de Pells. Maar ze was vastbesloten haar nervositeit niet te laten merken en dat was haar tot nu toe prima gelukt, want ogenschijnlijk was ze koel, rustig, en heel beheerst.
'Het spijt me dat we zo lang op de pudding moeten wachten,' zei Mark met een verontschuldigend gezicht. 'Wil je dansen terwijl we erop wachten, Theodora?'
Ze schudde haar hoofd. 'Even niet, als je het niet erg vindt. En noem me maar liever Teddy, als je wilt. Theodora is zo'n mondvol.'
Hij lachte haar toe. 'Nee, dat is het niet, ik vind het een prachtige naam. Thee-o-do-ra... het klinkt me als muziek in de oren. Teddy is natuurlijk... knusser. Ik ga allebei die namen maar gebruiken, soms Theodora, soms Teddy.'
Ze knikte, ging achterover in haar stoel zitten, nam nog een klein slokje champagne en gaf hem een lieve glimlach. Toen keek ze naar het orkest, luisterend naar de muziek, en tikte zachtjes onder tafel met haar voet op de maat, blij dat ze vijf pond had besteed aan een nieuwe, modieuze, lange avondjapon in de nieuwste kleur, dofroze, die slank afkleedde. Ze wist dat hij haar flatteerde. Ze had hem bij Harrods zien dragen door een pasdame en ze had meteen gezien dat hij geschikt voor haar was. Bij de japon droeg ze een parelsnoer, paarlen oorknopjes en een ametisten armband die allemaal van haar moeder waren geweest, en aan haar rechterhand droeg ze haar moeders verlovingsring.
Eerder die avond, toen ze zich had gekleed en naar beneden was gekomen, had tante Ketti haar adem ingehouden en haar gezegd dat ze er beeldschoon uitzag, maar dat had ze niet geloofd – tenminste, niet echt. En toen Mark haar kwam halen had hij precies hetzelfde gezegd en hem had ze wèl geloofd, waarschijnlijk omdat ze dat graag wilde.
Ze had hem meegetroond naar de zitkamer om kennis te maken met tante Ketti, die meteen gevraagd had of hij zijn jas niet wilde uitdoen, of hij niet wilde gaan zitten en iets drinken, maar dat had hij gelukkig afgeslagen. Hij had even uitgelegd dat zijn taxi

stond te wachten en dat de taxichauffeur een nogal linkse rakker was die snel terug wilde naar East End, en dat ze dus moesten opschieten.

Toen ze even later in de taxi stapten, had Teddy een zucht van verlichting geslaakt dat ze het huis uit waren en onderweg naar het diner. Tante Ketti had haar het hemd van het lijf gevraagd over Mark, allemaal vragen waar ze geen antwoord op had, en ze wilde niet dat haar tante weer begon te wroeten en hèm lastige vragen over zijn familie, of erger nog, zijn godsdienst, zou stellen. Het kon haar niet schelen wat voor geloof hij aanhing. Hij was de meest fascinerende man die ze ooit had ontmoet en dat was wat haar betrof het enig belangrijke.

Hoewel Teddy dat niet kon weten, voelde Mark zich net zo sterk tot haar aangetrokken als zij tot hem en nu zíj in gedachten verzonken zat met een dromerige uitdrukking op haar gezicht, zat híj zijn uiterste best te doen om kalm te blijven. Het ging hem er vooral om zich als een volwassene te gedragen en niet als een schooljongen die voor het eerst verliefd is en voor de eerste keer uitgaat met het meisje van zijn dromen, hoewel hij zich wel zo voelde.

Hij stak een sigaret op, ging achterover zitten en keek over tafel door het kaarslicht naar Teddy. Ze had een betoverend gezichtje, en hij had nog nooit zo'n mooie vrouw gezien, met uitzondering misschien van Ingrid Bergman, op wie ze sterk leek, in een van haar nieuwste films, *Casablanca*. Teddy had een mooi, rond gezicht met hoge jukbeenderen, een klein, recht neusje en een brede mond met een volle, sensuele onderlip. Hoewel haar haar blond was, had ze dikke, volle, natuurlijk gevormde wenkbrauwen, goddank niet van die modieus geplukte dunne streepjes.

Ze had grote en heel heldergroene ogen met lange wimpers. Haar ogen waren niet alleen prachtig, maar ze sprankelden van intelligentie waardoor hij ervan overtuigd was dat er achter dat madonnagezichtje een pienter stel hersens schuilging.

Mark pakte zijn glas en nam een teugje champagne, en hij vond het opeens jammer dat er niet iets sterkers in zat. Teddy bracht hem van zijn stuk, en ze intrigeerde hem. Hij wilde graag meer over haar te weten komen, en toch durfde hij haar niets te vragen. Ze had er al op gezinspeeld dat hij nieuwsgierig was en hij had zich woensdag bij de Pells door haar op de vingers getikt gevoeld.

Was dat pas woensdag dat ze elkaar hadden ontmoet?
Mark had het gevoel dat hij haar altijd al had gekend... eigenlijk raar, als je het goed bekeek. Hij had de laatste dagen voortdurend aan haar gedacht en iedere nacht van haar gedroomd, en hij was zich er zeer wel van bewust dat ze de gevaarlijkste vrouw was die hij ooit had ontmoet. Gevaarlijk omdat hij gemakkelijk verliefd op haar kon worden, omdat hij het ernstig met haar kon gaan menen. De afgelopen vijf of zes jaar had hij heel wat vrouwen gekend, maar dit soort gevoelens had hij nooit gekoesterd, hij had zich nog nooit eerder zo... zo... van streek gevoeld.
Theodora Stein was anders dan die andere vrouwen in zijn verleden, oneindig veel anders. Ze had iets wat een snaar in hem raakte, wat maakte dat hij haar wilde beschermen en koesteren, maar haar ook lichamelijk wilde bezitten. *Theodora Stein* herhaalde hij bij zichzelf. Hij vroeg zich af of ze joods was; vandaag aan de lunch had zijn moeder zich dit hardop afgevraagd.
'Met een naam als *Stein* kan het niet anders,' had zijn moeder gezegd. Hij had verklaard dat hij het niet wist, en wat maakte het uit wat ze was? Joods of niet-joods, voor hem maakte het geen verschil. Het was een opmerking waar hij onmiddellijk spijt van kreeg; dat had hij beter niet kunnen zeggen. 'Daar moet je dan maar liever achter zien te komen. Je weet hoe je vader is,' had zijn moeder gewaarschuwd, en hij had inwendig gekreund; had hij haar maar nooit over Teddy verteld. Maar hij had het nu eenmaal wel gedaan, en zij zou het aan zijn vader vertellen; ze had dat vermoedelijk onder het eten al gedaan en morgen, bij de zondagse lunch, zou hij waarschijnlijk ernstig aan de tand worden gevoeld. Dat was altijd zo als hij interesse toonde voor een vrouw. Dat kwam omdat hij nu de oudste zoon was. Zijn broer David, zijn allerliefste David die hij zijn hele leven had aanbeden en tegen wie hij altijd had opgezien, was gesneuveld tijdens het offensief in Noord-Afrika. En nu werd hij geacht diens plaats in te nemen. Alsof iemand ooit de plaats van een ander die uniek was geweest, kon innemen. Maar het werd wel van hem verwacht, en ook dat hij in de zaak zou komen, wat David anders zou hebben gedaan. En er werd ook van hem verwacht dat hij de familie-eer hoog zou houden door op een dag met de juiste vrouw te trouwen.
Ach barst, dacht Mark, ik ga uit met wie ik wil en als het zover

is en ik haar heb gevonden, trouw ik met de vrouw van wie ik houd, of ze nu joods, katholiek, protestant of hindoestaans is. Ik moet eerder aan mezelf denken dan aan mijn vader. Per slot van rekening is het míjn leven en niet het zijne, en ik kan niet zijn zoals híj, net zo min als ik David kan vervangen. Ik ga doen wat ìk wil. Wees eerlijk tegenover jezelf.
De gedachte aan zijn vader prikkelde Mark tot verbale actie, en hij leunde voorover, haalde diep adem en waagde de sprong. 'Ik wil je beter leren kennen, Teddy,' zei hij, 'en ik wil ook dat je mij beter leert kennen, maar dat lukt niet als we hier alleen maar naar de muziek zitten te luisteren en naar elkaar zitten te lachen. Maar ik moet toegeven dat ik aarzel je iets over jezelf te vragen, omdat je me laatst nogal terechtwees, en ik...'
'Je terechtwees! Maar zo bedoelde ik het helemaal niet!' onderbrak Teddy hem zeer beslist en keek hem schuins aan. 'Ik heb je toch niet beledigd, hoop ik?'
Hij lachte en schudde zijn hoofd. 'Nee hoor. Trouwens, nu is het jouw beurt... je moet me vragen wat je maar wilt en ik zal eerlijk antwoord geven, dat beloof ik.'
'Nee Mark, jij moet míj vragen stellen... dat ben ik je na woensdag wel verplicht.'
'Goed, als jij het zegt.' Er viel een korte stilte, toen vestigde hij zijn ogen op haar gezicht en vroeg langzaam: 'Is er iemand in je leven, Teddy, een geliefde misschien die in dienst is?'
'Nee,' antwoordde ze onmiddellijk, en keek hem heel direct en eerlijk aan. 'Er was wel een jongen... vroeger. Maar die heb ik al bijna zes jaar niet meer gezien. Hij woont in het buitenland. Hij is nu... gewoon een vriend.'
'En ben je al die tijd met niemand uit geweest?'
'Nee.'
'Zo'n beeldschoon meisje als jij! Maar Teddy, je hebt toch zeker wel een paar aanbidders gehad?'
'Jawel,' antwoordde ze een beetje verlegen, 'maar ik ben met niemand uitgegaan... ik was niet zo geïnteresseerd.'
Hij keek haar diep in de ogen en legde zijn hand op de hare. Hij voelde hoe haar hand onder de zijne trilde, en dat vond hij wel prettig. Hij boog zich dichter naar haar toe en fluisterde: 'Ben je wel in míj geïnteresseerd, Theodora?'
Ze was zo van streek door haar gevoelens voor hem dat ze geen

woord kon uitbrengen, en ze slikte een paar keer en staarde alleen maar terug, met haar mond een beetje open. Ten slotte knikte ze.
Hij werd gegrepen door hartstocht, pakte haar hand stevig vast en zei op dezelfde zachte toon: 'Je kunt je niet voorstellen hoe enorm gelukkig me dat maakt. En Teddy, ik ben ook heel erg in jou geïnteresseerd, maar dat wist je al.'
Ze bleef hem aanstaren, met stralende ogen van blijdschap en met een blosje op haar wangen.
Ten slotte zei Mark: 'Nu is het jouw beurt om mij iets te vragen.'
'Hoe zit het met jou?' zei ze na een kleine pauze met een lichte trilling in haar stem. 'Ik bedoel, is er voor jou nog iemand anders?'
'Absoluut niet. Kijk, er zijn wel vrouwen geweest, dat ga ik natuurlijk niet ontkennen. Maar er was er niet één bij die bijzonder was, en dat is al heel lang zo.' Eigenlijk ook nooit geweest, als ik heel eerlijk moet zijn, dacht hij. Niet bij jou vergeleken, mijn liefste.
Op dat moment kwam de ober hun dessert opdienen. Hun conversatie stokte even terwijl ze keken hoe hij de gloeiend hete broodpudding, die ze allebei hadden besteld en waarin ze nu geen zin meer hadden, opschepte.
Toen de ober weg was, zei Mark: 'Ik dacht dat ik misschien kennis zou maken met je ouders toen ik je vanavond kwam halen. Waren ze niet thuis?'
'Mijn ouders zijn dood, Mark,' antwoordde Teddy rustig.
'God, wat stom van me! En wat tactloos. Vergeef me alsjeblieft. O wat spijt me dat...'
'O, dat geeft niet, dat kon je toch niet weten. Trouwens, ze zijn allebei al heel lang dood.'
'Woon je daarom bij je tante?'
'Ja. En jouw ouders? Leven die nog?'
'Ja. Heb je broers en zusters?'
Ze schudde haar hoofd. 'Ik was enig kind. En jij?'
'Een jongere broer, Lionel. Hij zit op school. In Harrow.'
'Harrow! Dat is een geweldige school! Daar heeft Winston Churchill ook op gezeten.'
'Ik ook,' zei Mark.
'Echt waar? Heb je Winston Churchill ooit ontmoet?' vroeg ze op enthousiaste toon.

'Eén keer.'
'Wat ben jij een bofferd. Ik wou dat ik hem had ontmoet. Hij is de meest fantastische man in Engeland. In de hele wereld trouwens, wat mij betreft. Hij is mijn held.'
Mark lachte naar haar en hij wilde zeggen dat hij wou dat híj haar held was, maar hij hield zich in. In plaats daarvan vroeg hij: 'En waar ben jíj op school geweest, Theodora?'
'Ik ben op een school geweest waar jij echt nog nooit van hebt gehoord... in Berlijn.'
Haar antwoord verraste Mark en hij staarde haar met een lichte frons aan. 'Wat deed jij in 's hemelsnaam in Berlijn? Moesten je ouders daar een tijd wonen of zo?'
'Zij waren Berlijners. Ik ben een Berlijnse. Ik ben er geboren.'
'Ben jij een Dúitse?' In Marks stem klonk zijn ongeloof door.
'Jazeker.'
'Maar zo klink je niet. Ik bedoel, je hebt geen Duits accent. Je spreekt perfect Engels, en je spreekt het prachtig, als ik zo vrij mag zijn.'
Teddy legde uit: 'Mijn moeder leerde me Engels toen ik nog klein was. Ze sprak het zelf heel goed en voor de oorlog, toen ik opgroeide, kwamen we vaak in Engeland bij tante Ketti. Weet je, zij woont hier al veertig jaar. Haar gestorven man, oom Harry, was Engelsman. Dus ik heb vanaf mijn vijfde jaar al Engels gesproken. Misschien heb ik daarom geen accent. Als kinderen op heel jonge leeftijd een tweede taal leren, spreken ze die meestal zonder enig accent.'
Mark bleef Teddy aanstaren en plotseling ging hem een licht op. 'Hoelang woon je hier al?'
'Vijf jaar. Ik kwam hier in het voorjaar van 1939, via Parijs.'
Hij knikte en vroeg zich af of zijn vermoeden misschien juist kon zijn.
Teddy zag dat er op Marks gezicht een uitdrukking kwam die ze niet precies kon thuisbrengen. Ze wist niet zeker of het verbijstering, verwarring of ongerustheid was, of een mengeling van alle drie.
'Ik ben joods,' flapte ze eruit en ging toen achterover in haar stoel zitten en staarde hem aan, terwijl ze zich afvroeg of dat voor hem enig verschil zou maken. Ze hoopte vurig dat dat niet zo zou zijn, dat hij niet een van die akelig bevooroordeelde mensen was.

Mark reageerde niet meteen. Hij zat haar alleen maar verbaasd aan te kijken. En toen lachte hij, een vreemd glimlachje voor hij zijn hand over tafel uitstak en de hare greep. 'Ik ook, Teddy,' zei hij. 'Zoals mijn vader zou zeggen, ook ons gezin is de Mozaïsche overtuiging toegedaan.'

28

Ze zaten elkaar over tafel aan te kijken, allebei volkomen in beslag genomen door alles wat de ander te vertellen had.
Mark sprak over zijn familie en vertelde uitgebreid over het familiebedrijf. Hij vertelde haar dat er van hem werd verwacht dat hij na de oorlog bij zijn vader in het bedrijf zou komen, en dat hij dat dan zou overnemen als zijn vader eruit stapte. Hij legde verder uit dat muziek altijd zijn hobby was geweest, maar dat hij nooit het plan had gehad carrière te maken op een concertpodium; hij wees haar er meteen op dat hij daarom beslist niet teleurgesteld was over zijn toekomst, dat de zakenwereld hem aantrok, wat de zuivere waarheid was.
Op haar beurt bracht Teddy hem op de hoogte van de bijzonderheden van haar jeugd in Berlijn en haar verblijf bij de Westheims in het herenhuis aan de Tiergartenstrasse. Toen deed ze nauwkeurig verslag van haar belevenissen vlak voor ze uit Berlijn vertrok en vertelde hem in detail alles over de *Kristallnacht* op 9 november, een datum die ze nooit zou vergeten. Ze vertelde hem zelfs over haar relatie met Willy Herzog, en ze liet niets achterwege. Nadat ze kort over haar verblijf in Parijs met Ursula Westheim had gepraat, vertelde ze uiteindelijk over haar reis naar Engeland met Maxim en over het leven dat ze in Londen waren gaan leiden, en ze vertrouwde hem ten slotte haar zorgen over Maxim en over de toekomst toe.
Mark luisterde heel aandachtig naar alles wat ze te vertellen had, en toen ze eindelijk was uitgepraat, stak hij zijn arm uit en nam haar hand in de zijne, en zijn gezicht stond nogal ernstig toen hij vroeg: 'En Frau Westheim en haar man zijn dus nog in Duitsland?'
'O ja, dat weet ik zeker,' antwoordde Teddy. 'Ik zou beslist iets van hen gehoord hebben als het ze gelukt was er weg te komen. En er zou zeker bericht van de prinses Von Wittingen zijn geko-

men als er iets... als er iets ernstigs met ze was gebeurd. Maar we hebben helemaal niets gehoord.' Teddy's glimlach was vol vertrouwen toen ze ten slotte zei: 'Ze zijn vast ergens ondergedoken en ze zijn veilig, daar ben ik van overtuigd. En tante Ketti is het met me eens.'
Mark knikte. Hij stond op het punt te vertellen van de zwarc geallieerde bombardementen op Duitsland en melding te maken van de concentratiekampen, beide rampzalige bedreigingen voor de veiligheid van de Westheims, maar hij beet op het puntje van zijn tong. Hij wilde haar niet bang maken of hun heerlijke avond samen bederven door onprettige zaken naar voren te brengen waar ze beiden niets aan konden veranderen. In plaats daarvan hief hij zijn glas champagne en zei: 'Ik breng een dronk op je uit, Teddy. Ik ben vol bewondering voor je. Ik krijg de indruk dat je geweldig loyaal bent en heel moedig, nog afgezien van het feit dat je het mooiste meisje bent dat ik ooit heb ontmoet.'
'Dank je,' zei ze met een gelukkige lach, gevleid door zijn complimentjes. 'Maar die moed, daar ben ik niet zo zeker van, ik doe gewoon wat ik doen moet. En wat mijn uiterlijk betreft, zó mooi ben ik nou ook weer niet, Mark.'
'Voor mij wel...' Hij zweeg even, bekeek haar zorgvuldig en voegde er toen zachter aan toe: 'Je bent ook heel gevaarlijk.'
'Geváárlijk!' Ze keek hem verbaasd aan met half dichtgeknepen groene ogen en fronste. 'Ik kan me niet voorstellen wat je daarmee bedoelt!'
'Ik zeg gevaarlijk, omdat ik het zo gemakkelijk ernstig met je kan gaan menen, Teddy.'
Ze staarde hem sprakeloos aan, en ze wist absoluut niet hoe ze daarop moest reageren. En toen gaf ze zichzelf plotseling toe dat ze precies hetzelfde voor hem voelde. Toen ze hem voor het eerst had ontmoet, was ze bang voor hem geweest... omdat ze had gevoeld hoe gevaarlijk híj voor háár was, omdat ze had begrepen hoe kwetsbaar ze was.
Mark had haar zitten opnemen en nu leunde hij over tafel en legde zijn hand weer op de hare. 'Dat heb ik nog nooit tegen iemand gezegd, Theodora, dat geloof je toch wel, hè?'
'Ja, natuurlijk.'
'Denk je... dat jij het ernstig met míj zou kunnen gaan menen, Teddy?'

'Jazeker, Mark,' antwoordde ze met een heldere stem die ferm en vast klonk, en ze gaf hem een liefdevolle glimlach.
Hij kneep in haar hand, opgewonden door haar antwoord en door haar reactie op hem. 'Ga mee, lieveling,' zei hij, waarmee hij dat lieve woordje voor het eerst gebruikte. 'Ik wil je in mijn armen houden en met je dansen,' en daarmee leidde hij haar naar de dansvloer met haar hand stevig in de zijne.
De zaal was maar vaag verlicht en op de dansvloer waren ze praktisch onzichtbaar, waardoor de atmosfeer zeer bevorderlijk was voor romantiek en perfect voor jonge, verliefde mensen die midden in de angst en het gevaar en de spanning van een oorlog zaten.
Terwijl het orkest van Carroll Gibbons een van de meest sentimentele liefdesliedjes uit die tijd begon te spelen, nam Mark Teddy in zijn armen. Toen ze langzaam met de muziek mee door de zaal draaiden en elkaar stevig vasthielden, zong Teddy zachtjes het refrein mee, met een lage stem die alleen Mark kon horen: '*Ik zie je op al die vertrouwde, bekende plekjes en je bent voortdurend in mijn hoofd en in mijn hart. In het kleine café, in het park aan de overkant, bij de draaimolen, onder de kastanjeboom en naast de wensbron. Ik zie je in elke prachtige zomerdag, in alles wat licht en vrolijk is. Ik zal altijd op die manier aan je denken, ik zie je in de ochtendzon, en als de avond nog jong is kijk ik naar de maan, maar dan zie ik jou.*'
Ze kende het liedje verder niet en neuriede de rest van het nummer mee, nu zo dicht tegen hem aan dat ze de bronzen knopen van zijn uniform hard en scherp tegen haar lichaam voelde. En ze dacht: ik word verliefd op hem, net als ik bij de Pells al dacht. Maar het speet haar niet, want ze zat zo boordevol geluk als ze nooit voor mogelijk had gehouden.
Mark keek op Teddy neer.
Ze keek naar hem op en hij zag de stralende vreugde weerspiegeld op haar gezicht. Hij trok haar nog dichter naar zich toe, duwde haar hoofd tegen zijn schouder en drukte zacht een kus op haar haar. Dit ogenblik en dit liedje zou hij nooit meer vergeten, hoelang hij ook leefde... hij besefte op dat moment dat hij de vrouw in zijn leven had gevonden.
Hij beroerde haar wang met zijn lippen zonder dat het ritme van hun stappen haperde, en ze dansten de vloer nog eens rond.
En de rest van de avond bleven ze dansen, als in een droom.

Ze liepen zwijgend hand in hand langs de oever van de Theems. Het was een koude, wolkeloze nacht, er stond een volle maan, en hoewel de wind die over de Theems blies bijtend koud was, merkten ze dat geen van beiden.
Teddy was goed ingepakt in de kortharige beverjas van haar tante die ze voor de gelegenheid had geleend en met een roze kanten mohair sjaal over haar haar. En Mark droeg zijn zware RAF-overjas en zijn puntige officierspet, en hij had zijn witzijden vliegerssjaal om zijn hals.
Maar afgezien van hun warme kleding waren ze allebei veel te veel door elkaar in beslag genomen dan dat ze zich bewust waren van zoiets afgezaagds als het weer; ze waren zich van niets anders bewust dan van hun wederzijdse vervoering en hun emoties.
Langs de oever van de Theems, achter het Savoy Hotel waar ze net vandaan kwamen, was het pikdonker door de verduisteringsvoorschriften; uit de ramen van het hotel viel geen sprankje licht en om dezelfde reden waren ook alle straatlantaarns gedoofd. Maar de heldere maan verlichtte hun pad, en op een gegeven moment sloeg Mark zijn ogen ten hemel en zei: 'Het is perfect vliegweer. Teddy, ik zou zo graag daar boven met jou in mijn vliegtuig zitten, je op dit moment meenemen voor een vlucht. Het is zo adembenemend mooi op een avond als deze, echt ontzagwekkend.' Terwijl hij praatte, draaide hij zijn hoofd om en keek op haar neer, en zijn adem stokte in zijn keel.
Teddy stond net zo verrukt naar hem op te kijken als op de dansvloer. Hij kon haar gezicht duidelijk zien in het maanlicht, en weer zag hij die bewonderende uitdrukking en de liefde voor hem die uit haar ogen straalde, en zijn hart sloeg een slag over. Zonder enige aarzeling trok hij haar bijna ruw naar zich toe, sloeg zijn armen om haar heen en bracht zijn gezicht naar het hare, waarna hij haar vol op de mond kuste.
Zij kuste hem hartstochtelijk terug omdat ze dit net zo graag wilde als hij, en toen ze er eindelijk in slaagden elkaar los te laten en een stapje terug te doen, waren ze buiten adem, uit hun evenwicht door de kracht van hun eerste echte lichamelijke contact. Ze staarden elkaar verwonderd aan en ontdekten allebei dat ze nogal verbijsterd waren.
'O Teddy, lieveling...' begon hij en zweeg toen. Nu was het zijn

beurt om zomaar met een mond vol tanden te staan en hij stond haar domweg aan te staren in het maanlicht, verwonderd over haar schoonheid en de gevoelens die ze in hem wakker riep.
Maar bijna direct trok Mark haar weer naar zich toe en fluisterde met zijn mond tegen haar haar: 'Weet je, ik wilde je de hele avond al kussen. Eigenlijk al sinds de eerste avond dat ik je bij de Pells ontmoette, om je de waarheid te zeggen.'
'En ik wilde graag dat je dat zou doen,' antwoordde ze volkomen argeloos, op haar eerlijke manier.
Deze bekentenis ontroerde hem, en omdat hij haar niet kon weerstaan, begon Mark haar nog hartstochtelijker dan de eerste keer te kussen, zijn mond warm, liefdevol, verlangend. En zij reageerde net zo hartstochtelijk; ze sloeg haar armen om zijn hals en deed haar lippen iets van elkaar om zijn hardnekkig zoekende tong binnen te laten. Hij hield hem één kalm en diep-intiem moment stil en begon toen haar tong met de zijne te liefkozen, langzaam en smachtend.
Met een plotseling, snel gebaar legde hij zijn beide handen om haar gezicht en begon haar mond te verzwelgen met een honger die zowel hem als haar verbaasde.
Ze raakte opgewonden en in vuur en vlam en haar hele lichaam begon te gloeien; de warmte zakte tot onder in haar maag en ze wankelde enigszins in zijn armen, overstelpt door vreemde, nieuwe emoties, een vlammende hartstocht en verlangens die haar tot nu toe onbekend waren.
Mark was zelf ook lichtelijk verward en hun hartstochtelijke zoenpartij wond hem zo op dat zijn knieën knikten, en hij dacht even dat zijn benen het onder hem zouden begeven. Hij kon zich nauwelijks beheersen, dus maakte hij zijn mond los van de hare, zij het met tegenzin, en hij ademde diep de vrieslucht in, in een poging zijn wild bonzende hart en zijn plotseling opkomende seksuele verlangens tot bedaren te brengen. Kort daarop verminderde hij zijn greep, maakte haar los uit zijn omhelzing en zei voorzichtig: 'Het is koud hier, en laat, Theodora, lieveling. Ik kan je maar beter thuis brengen. Je tante zal zich afvragen waar je blijft. Ze zal zich ongerust maken.'
'O, dat geeft niet,' antwoordde ze en raakte zijn arm aan. 'Ik ben vijfentwintig, hoor, en allang volwassen. Ik hoef aan mijn tante geen verantwoording af te leggen.'

'Dat weet ik wel,' zei hij met een eigenzinnig lachje en hij keek plotseling geamuseerd. Hij ging door: 'Maar ik wil bij haar wel in een goed blaadje blijven. Anders zou dat niet veel goeds voor de toekomst voorspellen, hè?'
'Nee,' zei ze, tevreden door zijn woorden.
Mark nam nu de leiding, trok vastberaden haar arm door de zijne, en in de maat liepen ze in stevig tempo weg. Ze hadden de Theems al gauw achter zich gelaten en liepen naar de Strand, onderweg uitkijkend naar een taxi. Pas bij de Nelsonzuil op Trafalgar Square vonden ze er een, in feite de enige in de buurt.
'Naar Belsize Gardens nummer drieënveertig,' zei Mark tegen de chauffeur; hij hielp Teddy met instappen, stapte achter haar aan de taxi in en sloeg de deur dicht. Ze zaten dicht tegen elkaar op de achterbank en hielden stevig elkaars hand vast toen de taxi rammelend optrok, richting Noord-Londen.
Mark wilde haar in zijn armen nemen, hij wilde haar weer kussen, maar weerstond de verleiding, omdat hij wist dat dat onder deze omstandigheden nergens toe kon leiden, en dat het zijn frustratie alleen maar erger zou maken. Hij dacht er even aan de taxichauffeur te zeggen om te draaien en naar Farm Street in Mayfair te rijden waar hij zijn eigen optrekje had, maar dat deed hij niet. Met een andere vrouw zou hij nauwelijks hebben geaarzeld en vroeger zou hij die zonder enige scrupules hebben verleid. Maar niet met Teddy. Ze was anders. Ze was bijzonder. Ze zou zijn vrouw worden.
Er was relatief weinig verkeer op straat, niet alleen omdat het inmiddels één uur in de ochtend was, maar ook door de benzinerantsoenering die automobilisten thuis hield. Daardoor waren er weinig auto's op de weg, en na korte tijd stopten ze voor het huis van haar tante en stapten samen uit.
Mark nam Teddy bij de arm en liep met haar de stoep op. Toen ze haar sleutel in de voordeur had gestoken, draaide hij haar naar zich naar toe.
'Dank je, Teddy, dat je met me uit wilde. Ik heb een heerlijke avond gehad die echt veel voor me heeft betekend. Meer dan ik je ooit kan zeggen, lieveling.'
'*Ik* moet jóu juist bedanken, Mark, en dat doe ik bij deze.' Ze ging op haar tenen staan en kuste hem op zijn wang. 'En vanavond betekende voor mij ook heel veel.'

'Daar ben ik blij om.' Hij keek ernstig, bezorgd bijna, toen hij zei: 'Er is iets wat ik je de laatste paar uur al steeds had willen vragen.'
'Wat dan?'
'Ik wil graag dat je mijn meisje wordt, Teddy. Dat wil je toch wel, hè? Ik heb je toch niet verkeerd begrepen, hoop ik?'
'Nee hoor, dat heb je niet, en natuurlijk wil ik je meisje zijn.' Voor eeuwig, dacht ze. Voor de rest van mijn leven. Maar die gedachten sprak ze niet uit, in plaats daarvan stond ze alleen maar naar hem te lachen.
'Goddank dat ik jou heb gevonden!' riep hij en omhelsde haar onstuimig; hij kuste haar op de lippen en drukte haar stevig tegen zich aan. Toen hij haar losliet, zei hij: 'Ik heb je verteld dat ik morgen met mijn ouders moet lunchen. Maar ik bel je voor ik terugga naar Biggin Hill.'
'Ik ben de hele dag thuis, Mark. Ik zal wachten tot je belt. Welterusten.'
'Welterusten, lieveling.'
Hij rende lichtvoetig de stoep af. Voor hij in de wachtende taxi stapte, draaide hij zich om om te zwaaien, en zij zwaaide terug; toen ging ze het huis binnen en deed de deur achter zich dicht.
Teddy stond even in de donkere hal en probeerde haar adem in te houden om zo haar wild bonzende hart tot bedaren te brengen. Het schokeffect dat hij op haar had gehad, deed haar duizelen; ze voelde zich nog verward door hun wederzijdse lichamelijke aantrekkingskracht. Ze had niet gedacht dat ze in staat was tot dergelijke intens hartstochtelijke gevoelens, of dat er zulke sterke en overweldigende emoties tussen een man en een vrouw konden bestaan.

29

Toen ze de kortharige beverjas in de garderobekast had gehangen, sloop Teddy voorzichtig de trap op, want ze wilde haar tante niet storen.
Maar toen ze op de overloop kwam, moest ze stiekem lachen. Ze had kunnen weten dat tante Ketti niet zou gaan slapen voor zij thuis was. De slaapkamerdeur van haar tante stond op een kier

en het licht stroomde de donkere overloop op. Teddy liep met een paar snelle passen de gang door, stak haar hoofd om de deur en riep: 'Ik ben thuis, tante Ketti! U had toch niet voor me hoeven opblijven!'
Ketti zat rechtop tegen de sneeuwwitte, antieke linnen kussens in het grote, gerieflijke bed met een bibliotheekboek in haar handen. Ze legde het weg en lachte haar nicht toe. 'Hallo, lieve Teddy, dat weet ik wel, maar ik was helemaal niet moe. In ieder geval wilde ik alles over je avond horen. Ik dacht ook dat het fijn zou zijn om net als altijd samen thee te drinken voor het slapengaan. We hebben dat kleine ritueel nog nooit overgeslagen, behalve toen ik naar Brighton was om Rachel op te zoeken.'
'Ik hol meteen naar beneden om een pot te zetten.'
'Alles staat al klaar in de keuken, lieverd. Je hoeft alleen het water nog maar te koken.'
'Ik ben zo terug,' zei Teddy en liep vlug naar beneden.
Zoals gezegd kwam ze een paar minuten later alweer boven met het zilveren theeblad dat ze voorzichtig op de stoel bij het raam zette. Toen ze twee kopjes had ingeschonken, nam ze die mee naar het bed, gaf er een aan haar tante en ging er met haar eigen kopje in een gemakkelijke stoel naast zitten.
Ketti nam een slokje thee, zette de kop en schotel op het nachtkastje en keek Teddy lang en opmerkzaam aan. 'Heb je een gezellige avond gehad?' vroeg ze ten slotte. 'Waar heeft Mark je mee naar toe genomen?'
'Naar het Savoy Hotel, om te eten en te dansen, en ja, ik heb een heerlijke avond gehad.'
Ketti keek haar even bedachtzaam aan. 'Mmm. Je hebt sterretjes in je ogen, zie ik.'
Teddy knikte, en opeens stond haar gezicht ernstig, bijna plechtig. 'Ja, dat is waar, heel erg waar, tante Ketti. Mark is echt geweldig...' Ze brak haar zin af, keek net zo bedachtzaam als haar tante en vertrouwde haar toen toe: 'Ik geloof dat ik verliefd op hem ben.'
Ketti grinnikte kort en zacht. Toen veranderde haar uitdrukking en stonden haar ogen plotseling bezorgd. Ze zei op nogal bewogen toon: 'Teddy, kindje, dit gaat wel een beetje erg snel, heus. Ja, véél te snel, als je het mij vraagt.'
'Nee, helemaal niet. Ik weet wat ik voel, en Mark ook.'

'Ik wil niet dat hij je verdriet doet.'
'Hoe bedoelt u dat?'
'Je kent hem nauwelijks! Teddy, je hebt hem pas drie dagen geleden ontmoet...'
'Mark zal me nooit verdriet doen, dat weet ik zeker!' onderbrak Teddy haar tante heftig. Ze stond op, liep naar het bed en ging op de rand zitten. Ze kuchte even en zei toen met zachtere stem en op vriendelijker toon: 'Nou, er is tenminste iets waar u blij om kunt zijn.'
'En wat is dat?'
'Hij is joods.'
Op Ketti's gezicht stond duidelijk te lezen dat ze dat inderdaad geweldig nieuws vond; haar gezicht klaarde meteen op en haar ogen straalden. 'Wat heerlijk! Als mensen hetzelfde geloof hebben, scheelt dat uiteindelijk een heleboel hartzeer. Is hij orthodox of liberaal?'
'Liberaal. Maar ik kreeg de indruk dat Mark zelf niet bijzonder religieus is, hoewel hij wel zei dat zijn vader voortdurend in angst leeft dat hij buiten het geloof trouwt.'
'Je gaat me toch niet vertellen dat hij je al gevraagd heeft!' riep Ketti uit, terwijl ze rechterop in bed ging zitten, met grote ogen van verrassing en schrik.
'Nee, natuurlijk niet. Doe niet zo gek!' antwoordde Teddy en schudde haar hoofd, verbaasd dat haar tante zoiets kon denken. 'We waren elkaar alleen over ons leven aan het vertellen,' ging ze verder, en toen begon ze plotseling te lachen. 'Maar net, op de stoep, heeft hij me wel gevraagd of ik zijn meisje wilde zijn. En ik heb ja gezegd.'
'Natuurlijk.' Ketti dronk wat van haar thee, zette het kopje met een klap terug op het schoteltje en vroeg verder: 'Wat heeft Mark je nog meer verteld over zichzelf en zijn familie?'
'Hij heeft een broer, Lionel, die op Harrow zit, en hij heeft er ook op gezeten. Hij begon net in Oxford toen hij aan het begin van de oorlog bij de RAF kwam. O, en Mark is een vierde generatie Engelsman, zijn betovergrootvader kwam in begin 1880 uit Odessa.'
'Russisch dus, hè? En Asjkenazi! Goed, heel goed.' Ketti knikte en keek heel tevreden toen ze deze informatie grondig overwoog. 'Hun oorspronkelijke naam zal wel Lewenstein geweest

zijn voor die werd bekort en verengelst tot Lewis. Ik heb een vriendin, Riba Lewis, wier familie jaren geleden ook uit Odessa kwam. O hemel, zou zíj familie van hen kunnen zijn? Wat doet zijn vader? Heeft Mark je dat verteld?'

'Ja. Ze hebben een bedrijf dat Lewis and Sons heet en waar zijn vader directeur van is. Ze zijn diamantairs in Hatton Gardens. En ze hebben nog een paar zaken die daarmee samenhangen, onder andere een juwelierswinkel in Regent Street...'

'Toch niet Tannen and Graf!' onderbrak Ketti haar, met een snelle blik op haar nicht. 'Vertel me nou niet dat Mark uit díe familie stamt.'

'Ja, dat doet hij wel, tante Ketti. U kijkt zo vreemd. Is daar iets mee?'

'Is daar iets mee, vraagt ze,' mopperde Ketti en zuchtte. 'Ach meisje, nee. Tenminste, dat geloof ik niet. Tannen and Graf, hè? Dan is Mark een kleinzoon van de oude Isadore Tannen.'

'Kent u zijn grootvader, tante Ketti? Vertel me eens wat over hem, vertel me eens wat over die familie,' drong Teddy bij haar aan.

'Ach, maar dat is zo'n lange *megillah*! Maar omdat je het vraagt, zal ik het proberen, en ik zal het zo kort mogelijk houden. Tannen and Graf was eigendom van Isadore Tannen, en híj erfde het van zíjn vader, die het weer van zíjn vader kreeg. Marks moeder, Isabelle, is het enige kind van Isadore, en de winkel is nu van haar, van haar vader gekregen natuurlijk, een paar jaar geleden. Isadore is een heel oude man. Heel oud zelfs, in de negentig, en de winkel wordt al lang gerund door Isabelles man, Charles Lewis, de vader van Mark. De Tannens waren oorspronkelijk Duitse joden, hun eigenlijke naam was Tannenbaum en dat is jaren geleden verkort tot Tannen – dat gemakkelijker uit te spreken is voor de Engelsen en ook veel Engelser klinkt. Maar Isadore Tannen is wat ik een chique jood noem, buitengewoon rijk; hij woont in grote huizen, zit vol kouwe kak en is er een die de Engelse aristocratie graag zijn *landsleut* noemt,' besloot ze, en er klonk een zweempje sarcasme in haar stem.

'En de Lewissen? Wat weet u van hen?'

'O, dat is een heel ander verhaal. Dat zijn intellectuelen, denkers, musici, schilders, hoewel ik moet zeggen dat die ook altijd rijk zijn geweest en een beetje chic, net zoals de Tannens. Maar

ze zijn ook altijd grote filantropen geweest. Zoals Mark je vertelde, kwamen ze een eeuw geleden uit Rusland en sommigen zijn blijkbaar begonnen als diamanthandelaar, wat ze in Rusland ook waren. En andere familieleden gingen geld uitlenen en werden bankier, en weer anderen kunstenaar. Het is een grote familie met vele takken, als ik het me goed herinner.'
'O... heeft u Marks ouders ooit ontmoet?'
'Eén keer, heel even, op een liefdadigheidsbijeenkomst. En ik moet Isabelle Lewis nageven, ze doet veel goeds en heeft miljoenen aan goede doelen gegeven die meestal iets te maken hadden met kinderen en zieken. Haar man is net zo'n filantroop, evenals zijn vader dat voor hem was.'
'Hoe komt het dat u zoveel over de Tannens en de Lewissen weet, tante Ketti?'
'Wij Londense joden weten gewoon veel van elkaar,' antwoordde ze. 'In zekere zin is het maar een kleine gemeenschap, en ik denk dat we er ook gewoon voor zorgen dat we het een en ander van elkaar weten. Maar als je het werkelijk wil weten, mijn vriendin Riba is echt aan Marks familie verwant, en het meeste wat ik weet, heb ik van haar. Ze is een nicht in de tweede graad van Marks vader. Riba is getrouwd met een van de Lewissen en eigenlijk denk ik dat je wel eens met me mee bent geweest toen ik naar haar toe ging.'
'Dat kan best, tante Ketti. Wat is de wereld toch klein, hè?'
Ketti knikte.
Er viel even een stilte en toen vroeg Teddy: 'Waarom keek u net zo vreemd? Mag u Marks familie niet?'
'Wat is er te mogen of niet te mogen als ik ze niet persoonlijk ken? Ik heb alleen maar van hen gehoord. Lieve hemel, kindje, ze bemoeien zich niet met mensen als ik.'
'Ik kan u niet volgen.'
'Ze zijn nogal snobistisch, ze hebben hun eigen kleine kringetje.'
'O, op die manier.'
'En ze zijn heel erg verengelst,' zei Ketti.
'Maar dat bent u ook, tante Ketti! U bent hier al meer dan dertig jaar, en ik kan echt niemand bedenken die Engelser is dan u. U bent een echte Londense.'
'Ja, dat is waar, maar ìk ben hier niet geboren, ìk heb geen voor-

ouders die hier zijn geboren. En daarbij ben ik niet van hun stand. Ik ben… nogal bourgeois, vind je niet? Zij behoren tot de betere kringen. Je zou zelfs kunnen zeggen dat ze Engelser zijn dan de Engelsen.'
'Dat heb ik meer gehoord!'
Ketti trok haar wenkbrauwen op. 'Nu begrijp ik jou niet?'
'De Duitse joden waren Duitser dan de Duitsers.'
'Jammer genoeg wel, ja.'
Opeens kwam er een gedachte bij Teddy op en ze riep uit: 'Denkt u dat Marks familie me niet goed genoeg voor hem zou vinden? Is dat waar u op doelt?'
'Absoluut niet. Je komt uit een goede, hoogontwikkelde familie, en onder je voorouders zijn doktoren en professoren. Wat mij betreft ben je goed genoeg voor iedereen. En Mark denkt er kennelijk net zo over.'
Teddy lachte. 'Ja, tante Ketti. Dat geloof ik ook.'
Ketti lachte terug. 'En wat heb je Mark over jóuw leven verteld?'
'Alles.'
'Echt? En weet hij van Maxim af?'
'Natuurlijk!' Teddy keek Ketti verbouwereerd aan. 'Waarom zou ik hem niet over Maxim vertellen?'
Ketti trok alleen haar schouders op en gaf geen antwoord.
Teddy ging door: 'Mark vindt dat ik Maxim precíes naar de goede school stuur en hij wil hem met Kerstmis graag leren kennen, of eerder als dat kan. En ik weet dat ze elkaar heel erg aardig zullen vinden. Ik denk zelfs dat ze het uitstekend zullen kunnen vinden samen.'
'Dat zal best,' suste Ketti omdat Teddy's stem een octaaf gestegen was. Toen onderdrukte ze een geeuw en keek op het klokje op de schoorsteenmantel. 'Goeie hemel, we hebben heel wat afgekletst, zeg. Het is al twee uur. Kom Teddy, geef me een nachtzoen en laten we gaan slapen.'
Gehoorzaam boog Teddy zich over haar heen en omhelsde haar tante hartelijk. Toen stond ze van het bed op en zette de theekopjes op het blad. 'Ik breng dit nog even naar beneden en spoel de kopjes om voor ik naar bed ga.'
Ketti knikte en leunde achterover in de kussens, en toen Teddy de deur achter zich had dichtgedaan, deed ze het licht uit en zakte lekker onderuit om te gaan slapen.

Maar Ketti ontdekte al gauw dat ze de slaap niet kon vatten. Ze moest maar steeds aan de Tannens en de Lewissen denken. En ze vroeg zich af hoe ze zich zouden opstellen als Mark echt serieus met Teddy zou omgaan en met haar wilde trouwen. Ze had genoeg over hen gehoord om te weten dat de twee clans ambitieus en klassebewust waren, en als het op trouwen aankwam, hun kinderen hogerop probeerden te krijgen. Zij waren de elite van het Engelse jodendom en belangrijk voor de maatschappij, en dat zouden ze de anderen beslist niet laten vergeten.
Ze had voor Theodora een aardige joodse jongen gewild die in Engeland was geboren. Maar ze had niet gerekend op een jongeman van zo'n hoge afkomst.

Zoals hij had beloofd, belde Mark Teddy zondag, voor hij terugging naar het 32e eskader in Biggin Hill. En dat deed hij daarna bijna elke dag.
Als hij niet belde, wist ze dat hij die dag ergens boven Duitsland vloog, en dan liep ze met het hart in de keel tot ze zijn stem weer hoorde. Het lag in Teddy's aard om verantwoordelijk en toegewijd te zijn en ze was altijd bezorgd over het welzijn van degenen van wie ze hield. Nu had ze er nog iemand bij om wiens welzijn ze zich moest bekommeren; samen met Maxim, de Westheims en tante Ketti stond Mark Lewis nu ook op haar lijstje. Maar afgezien van die telefoontjes schreven Teddy en Mark elkaar regelmatig, zodat ze elkaar al heel snel beter leerden kennen, en kwamen ze elkaar met het verstrijken der weken steeds meer na te staan.
Mark slaagde er in oktober onverwacht in vierentwintig uur verlof te krijgen en hij haastte zich naar Londen. Omdat hij zowel zijn ouders als Teddy wilde zien en hij eigenlijk geen tijd had voor allebei, besloot hij tot de meest praktische oplossing. Hij nam hen zaterdagavond alle drie mee uit eten bij Claridge.
Uiteindelijk bleken Isabelle en Charles Lewis net zo weg te zijn van Teddy als hun smoorverliefde zoon. Zijn moeder had waardering voor haar natuurlijke schoonheid en de beschaving die ze uitstraalde, haar kennelijke onschuld en haar gebrek aan gekunsteldheid, en ze had meteen oog voor haar mogelijkheden. Isabelle Lewis vond dat deze jonge vrouw eruitzag of ze goed kinderen kon baren en besloot ter plekke dat ze Theodora wel

mocht. Het kwam haar voor dat ze een prima vrouw voor haar zoon zou zijn – als het zover kwam.
Wat Marks vader betreft, die was ook meteen enthousiast over Teddy. Net als zijn vrouw vond hij haar heel charmant. Dat was een voornaam aspect waar het zijn zoon betrof, omdat hij wist hoe belangrijk lichamelijke schoonheid was voor Mark, die altijd voor een lief gezichtje was gevallen. Charles was zich er terdege van bewust, alleen al door over tafel naar haar te kijken, dat Teddy Mark lichamelijk in alle opzichten zou bevredigen. Maar hij was er het meest mee ingenomen dat Teddy er zo gezond uitzag. De andere jonge vrouwen die Mark in het verleden mee naar huis had genomen, waren hem altijd voorgekomen als pikant, en ze dropen altijd van de 'oorlogsverf', zijn benaming voor cosmetica. Ongetwijfeld prima in bed, maar een regelrechte ramp in de salon, had hij altijd stiekem gedacht. Daar kwam natuurlijk bij dat Theodora Stein joods was, en dat feit was voor Charles Lewis van vitaal belang. Als zijn zoon wat dit meisje betrof net zo serieus was als hij leek, zou hun relatie onvermijdelijk tot een huwelijk leiden. En hij zou het niet kunnen verdragen als Mark met iemand van een ander geloof trouwde. Dus gaf hij Teddy zijn zegen, zij het op dit moment nog even stilzwijgend.
Op het moment dat Teddy Isabelle en Charles Lewis ontmoette, wist ze dat Marks ouders niet helemaal waren zoals tante Ketti ze had afgeschilderd toen ze eerder die dag over het diner hoorde. Ze gedroegen zich absoluut niet aanmatigend, en ze vond hen ook geen snobs. Teddy vond hen een aardig, charmant echtpaar dat heel realistisch leek en totaal niet bevooroordeeld was, terwijl ze een warme belangstelling voor haar aan den dag legden. Bovendien stelden ze haar onmiddellijk op haar gemak en ze vond hen bijzonder aardig.
De avond bij Claridge werd een enorm succes en de toekomst lachte de jongverliefden toe.

Toen de hindernis van de eerste ontmoeting met Marks ouders eenmaal genomen was, kon Teddy haast niet wachten tot Maxim en Mark elkaar ontmoetten. En gelukkig kwam het net zo uit dat Marks volgende vrije weekeinde samenviel met de herfstvakantie van Colet Court en dat Maxim thuis was.
Vanaf het ogenblik dat Mark de achterkamer van het huis bin-

nenkwam, zo schitterend en heldhaftig in zijn RAF-uniform, en Maxim een hand gaf, waren ze dikke vrienden. Nog maar een paar minuten later vroeg Mark de jongen of hij zin zou hebben in een ritje in de MG, en of hij mee wilde gaan zeilen met de boot op Whitestone Pond in Hampstead, en Maxim reageerde vrolijk en enthousiast.

Dat hele weekeinde, toen Teddy hen zoveel verschillende dingen samen zag doen – ze praatten geanimeerd over voetbal, cricket, vliegen, vliegtuigen en sportwagens – ging ze begrijpen hoe Maxim een mannelijke invloed in zijn leventje thuis gemist moest hebben, met alleen haar en tante Ketti als gezelschap. En dat maakte haar even verdrietig, omdat ze weer aan Sigmund Westheim moest denken. Hij en Ursula waren zelden uit haar gedachten en ze bad dagelijks voor hun veiligheid, verlangend naar het eind van de oorlog zodat ze eindelijk naar Engeland konden komen.

Zondagavond, toen Mark naar zijn eskader was teruggegaan, zaten Teddy en Maxim samen in de eetkamer te eten. Ze waren alleen omdat tante Ketti was gaan kaarten bij Sarah Levine, en plotseling keek hij haar over tafel aan en zei: 'Is Mark je vrijer, Teddy?'

Die vraag viel haar zo koud op haar dak dat ze ervan schrok, en ze was even stil. Maar toen zei ze met een lachje: 'Ik denk wel dat je hem zo kunt noemen.'

'Wil dat zeggen dat je met hem gaat trouwen?'

Ze keek Maxim heel direct aan en zei voorzichtig: 'Dat weet ik niet, lieverd, hij heeft me nog niet gevraagd.'

'Maar als hij je zou vragen?' drong Maxim aan.

'Misschien wel.'

Het bleef even stil, en daarna vroeg de jongen zo zacht dat ze hem bijna niet kon verstaan: 'Wat gebeurt er dan met mij?'

'Er gebeurt niets met jou,' riep Teddy uit terwijl ze fronsend rechterop ging zitten. 'Jij hoort bij mij. En in ieder geval, als ik ooit zou besluiten om met Mark te trouwen, of met wie dan ook, dan zou ik dat zeker niet doen voor je ouders terug waren. Dat snap je toch wel.'

Maxim knikte. 'Je hebt altijd gezegd dat we bij elkaar zouden wonen. Jij en ik en *Mutti* en papa. Als je met Mark zou trouwen, denk ik dat je bij hem moet wonen, ja toch, Teddy?'

'Ja. Maar dan zouden we een huis of een flat heel dicht bij je ouders zoeken en ik zou je elke dag zien, en dan zou het niet erg veel verschil maken,' verzekerde ze hem snel omdat ze zijn onzekerheid aanvoelde. Ze keek hem lachend over de tafel heen aan, haar blik vol liefde en toewijding.
'Dat weet ik wel,' zei Maxim maar toch keek hij sip en zat hij naar zijn bord te staren.
Teddy hield hem nu scherp in de gaten. Ze maakte zich opeens bezorgd over hem en vroeg zich af hoe ze ervoor kon zorgen dat hij zich beter ging voelen, toen hij zijn hoofd ophief en haar aankeek. Zijn ogen stonden zo verloren en zijn gezicht stond zo verslagen dat ze ongerust haar adem inhield en haar hart voelde samentrekken.
'Maxim, wat is er aan de hand? Vind je Mark Lewis niet aardig?'
'Ja,' mompelde hij. 'Hij is wel aardig...'
'Maar?'
'Er is geen maar, Teddy.'
'Wat is er dan, lieverd?'
Hij zei langzaam en met een klein en een beetje bevend stemmetje: 'Maar als *Mutti* en papa nu eens niet komen? Als er... als er iets...' De jongen brak zijn zin af, niet in staat zijn angst over zijn ouders te verwoorden. Hij ging achterover op zijn stoel zitten en beet op zijn onderlip, trachtend de plotselinge brok in zijn keel kwijt te raken.
Teddy was geschrokken door zijn woorden en ze sprong meteen overeind en ging op de lege stoel naast de zijne zitten. Ze sloeg een arm om hem heen en hield hem tegen zich aan.
Even later zei ze zacht: 'Ze zijn veilig, Maxim. Probeer je geen zorgen te maken. En ze komen heus wel naar Londen als de oorlog eenmaal voorbij is en alles weer normaal wordt. Maar wat er ook gebeurt, ik wil dat je onthoudt dat ik er altijd voor je zal zijn, dat ik voor je zal zorgen als dat nodig is, net zolang tot je volwassen bent. Dat heb ik je al heel wat keertjes gezegd, ja toch?'
'Ja,' fluisterde hij tegen haar schouder en hij vocht tegen de tranen die in zijn ogen prikten.
'Je bent míjn knul, vergeet dat niet, en ik hou heel veel van je.'
'Ik hou ook van jou, Teddy.'

30

Maxims herfstvakantie was een paar dagen later voorbij en hij ging weer naar Colet Court, en Teddy ging terug naar haar vrijwilligerswerk op het plaatselijke Rode-Kruiskantoor.
Het kwam haar voor dat de weken razendsnel voorbijgingen, en voor ze het wist was het december en was Maxim thuis voor de vakantie. Kerstmis en nieuwjaar waren de beste die ze in jaren hadden gehad, daar waren ze het beiden hartgrondig over eens. Dat kwam niet alleen door Mark die een deel van de feestdagen bij hen doorbracht en veel in de weer was met Maxim en Teddy, maar ook omdat het oorlogsnieuws met de dag beter werd en hen met hoop vervulde.
Toen januari 1945 overging in februari, waaierden de geallieerde troepen over heel Europa uit en in het hele land werden weddenschappen afgesloten dat het in het voorjaar vrede zou worden.
Op een dag tegen eind april toen Teddy in de keuken het ontbijt voor tante Ketti en zichzelf aan het klaarmaken was, moest ze onwillekeurig aan de voorspelling van Stubby's vader denken. Het kwam opeens bij haar op dat meneer Trenton toch gelijk had gehad. Alle Engelse kranten zeiden dat de ineenstorting van nazi-Duitsland nog slechts een zaak van weken was, en Arthur Trenton had haar en de jongens steeds voorgehouden dat ze de overwinning zouden vieren lang voor Maxim in juni elf jaar zou worden.
Teddy zuchtte zachtjes toen ze de kopjes en schoteltjes op het grote houten blad zette. Af en toe, zoals vanmorgen, kon ze er haast niet op wachten... haar gedachten waren voortdurend bij de Westheims. Het was zo lang geleden... zes jaar sinds Parijs toen Ursula hen op de boottrein naar Victoria Station had gezet. Wat zouden zij en Sigmund nu trots zijn op Maxim. Hij was een hoogst opmerkelijke jongen geworden. Hoewel hij op school briljant was, was hij toch helemaal niet ijdel of opschepperig over zijn leerprestaties, en hij was een aardig joch en heel gewoontjes. Met Kerstmis, toen Marks moeder hem voor het eerst had ontmoet, had ze gezegd dat hij een heertje was en dat had Teddy veel plezier gedaan; ze was mateloos trots op hem. Zijn ouders zouden natuurlijk verrast zijn als ze hem zagen. De laat-

ste jaren was hij ontzaglijk hard gegroeid; hij was nogal lang voor zijn leeftijd en hij zag er ouder uit dan hij was.
Teddy hoorde het geklepper van de brievenbus in de hal, en ze vroeg zich af of het de post was of dat de kranten waren gekomen. Toen ze het blad met de ontbijtboel naar de eetkamer had gebracht, liep ze door de hal naar de voordeur; de ochtendkranten lagen op de mat, en ze pakte ze samen met de post die eronder lag.
De post was vroeg vandaag, dacht ze, en toen ze de kranten onder haar arm had gestopt, bekeek ze de post in de hoop dat er een brief van Mark tussen zat.
Haar gezicht klaarde op toen ze zijn handschrift zag, en zonder tijd te verliezen liep ze snel terug naar de keuken, gooide de kranten en de post op de keukentafel en scheurde zijn brief open. Zoals altijd was hij lief en romantisch en vol plannen voor zijn volgende vrije weekend, èn voor de toekomst. Ze las de brief twee keer door, en met nog steeds een blij lachje op haar gezicht liet ze hem in haar zak glijden.
Toen ze zich omdraaide om de ketel te vullen met water voor de thee, viel haar oog op de *Daily Express* die met de voorpagina naar boven op tafel lag, en de lach bevroor op haar gezicht.
Ze was met één stap bij de tafel en greep de krant, en ze stond met grote ogen van schrik, en met een van afgrijzen verstard gezicht naar de koppen en de foto's te staren.
Op de voorpagina sprongen plaatsnamen haar in het oog. *Ohrdruf... Belsen... Buchenwald.* De allervreselijkste woorden drongen zich aan haar op. *Dodenkampen... wreedheden... onmenselijkheden... liquidatie... joden... miljoenen omgebracht... volkerenmoord.*
Ze liet haar ogen over de foto's gaan. Die deden haar versteld staan en vervulden haar met afschuw, zo aanschouwelijk was het weerzinwekkende, onmenselijke verhaal dat ze vertelden over de meest onbeschrijflijke gewelddadigheden en wreedheden, een verschrikkelijke verklaring van meedogenloze martelingen en massamoord op onschuldige mensen.
Teddy's handen begonnen onbeheerst te trillen en ze moest de krant op tafel leggen. Ze kneep haar ogen dicht omdat ze niet nog meer wilde zien of lezen, maar toen dwong ze zich ze meteen weer open te doen. Ze móest er meer van weten.

Ze stond met haar hoofd omlaag over tafel gebogen en zocht met haar ogen de foto's af. Halfnaakte mensen, zo uitgemergeld dat ze niet meer als menselijke wezens te herkennen waren, levende geraamtes met holle ogen en volkomen kaal, staarden met lege ogen door de prikkeldraadomheining van de kampen naar buiten. En nog meer foto's... van verbrandingsovens en martelkamers, van hopen en nog eens hopen lichamen die in het wilde weg als vuilnis in massagraven waren gegooid, van experimentele medische laboratoria en lampekappen van menselijke huid, van gigantische bergen afgedankte valse gebitten en glazen ogen en schoenen, en nog meer lichamen, nog veel meer, van mannen en vrouwen en kleine kinderen en zelfs baby's, allemaal slachtoffers van de vernietigingsmachinerie van de nazi's.
Teddy bracht haar handen naar haar mond toen de eerste snik uit haar keel opwelde. Gloeiende tranen rolden langs haar wangen en vielen op de krant. Ze sloeg haar armen om haar lichaam en wiegde voor- en achteruit, luid snikkend: 'O god, nee! O mijn god, nee! Dit kan niet! Het is niet mogelijk... het kàn niet waar zijn!' Maar ze wist wel beter.
Ze viel in een stoel omdat haar benen het onder haar begaven en ze klapte dubbel van ellende; ze sloeg weer een hand voor haar mond om de schreeuw van pijn en woede die in haar opwelde te onderdrukken.
Na een tijdje was Teddy in staat zover te kalmeren dat ze de andere kranten kon pakken. Ze wist heel goed dat verder lezen aangrijpend zou zijn, en toch kon ze het niet laten. Het was noodzakelijk dat ze alles wist wat er te weten viel.
De *Daily Mail* had net zoveel foto's als de *Express* en de *Daily Telegraph*; de artikelen in alle drie de kranten waren nagenoeg gelijk en gaven de afgrijselijke en afschuwelijke feiten. Britse en Amerikaanse troepen waren de afgelopen dagen kampen in West- en Oost-Duitsland binnengegaan, en wat ze daar hadden aangetroffen, was een overweldigende en onbeschrijflijke gruwel. Het eerste kamp dat ze hadden bevrijd was Ohrdruf bij Gotha en daar hadden de Amerikanen greppels gevonden die boordevol lagen met vierduizend lijken waaronder joden, Russische krijgsgevangenen en Poolse dwangarbeiders die systematisch waren uitgehongerd of die zo verwaarloosd waren en aan wie zo lang medische behandeling was onthouden dat ze aan allerlei

ziekten waren gestorven of die gewoon bruut waren vermoord. Toen de Britten Bergen Belsen waren binnengegaan, waren ze verontwaardigd, geschokt en ontsteld geweest over wat ze daar hadden gevonden, en de Amerikanen, die Buchenwald hadden bevrijd, hadden net zo gereageerd, geschokt door de taferelen die ze er hadden aangetroffen. Generaal Bedell Smith, de chef-staf van generaal Eisenhower, zou gezegd hebben dat onder de pas bevrijde kampen Buchenwald het 'summum van wreedheid' was.

Teddy werd overvallen door een vlaag van misselijkheid en ze wankelde op haar stoel; ze dacht even dat ze moest braken, dat ze vreselijk moest overgeven, maar dat gevoel ging voorbij. Ze legde de *Telegraph* op tafel bij de andere kranten, in de war door wat ze had gelezen, niet in staat nog meer in zich op te nemen.

Teddy bleef nog even aan de keukentafel zitten en staarde blindelings voor zich uit, maar ten slotte kwam ze in beweging, stond op en zette de ketel op, waarna ze naast het fornuis bleef staan wachten tot het water kookte. Toen het zover was, zette ze de ochtendthee in de bruine pot die tante Ketti prefereerde en zette werktuiglijk een kop en schotel en een klein kannetje melk op het blad. Ze kon aan niets anders denken dan aan die afgrijselijke artikelen in de kranten.

Ze bracht het blad naar boven, duwde de deur van haar tantes kamer open en ging naar binnen. Er viel een streepje licht door de verduisteringsgordijnen. Ze keek naar het bed en vroeg zich af of haar tante al wakker was, toen Ketti met haar gewone vriendelijke stem zei: 'Goedemorgen Theodora. Wat een verwennerij zeg, thee op bed.'

'Goedemorgen,' antwoordde Teddy kalm, hoewel ze haar stem nauwelijks vertrouwde, en zette het blad op de stoel bij het raam. Toen trok ze snel de gordijnen open, met haar ogen knipperend tegen het heldere zonlicht dat de kamer instroomde.

Teddy gaf haar tante, die nu rechtop in de kussens zat, een kop thee.

'Dank je,' zei Ketti en zag meteen dat Teddy's hand licht beefde toen ze haar het kopje aangaf. Ze keek naar haar gezicht en zag dat dat bleek was en strak stond. 'Teddy, je ziet er belabberd uit. Wat is er? Is er iets aan de hand?'

Teddy kon alleen maar knikken.
'Toch niet Mark, hè? Er is toch niets met hem gebeurd?' riep Ketti geschrokken terwijl ze overeind schoot.
'Nee, Mark is het niet,' zei Teddy, en ze ging zwaar op de rand van het bed zitten. Omdat ze niet wist hoe ze moest beginnen, nam ze een omweggetje en zei langzaam: 'Tante Ketti... die commissie waar u in zit, de vluchtelingencommissie van de synagoge...'
'Ja, wat is daarmee?' vroeg Ketti met een verbaasde frons.
'U hebt me wel eens verhalen verteld, afschuwelijke verhalen waar sommigen van de Europese vluchtelingen die uw commissie heeft geprobeerd te helpen mee aankwamen.'
Ketti knikte. 'Je bedoelt die vreselijke dingen waarvan ze zeiden dat die in de concentratiekampen gebeurden, hè?'
'Die zijn waar. Die zijn absoluut waar,' fluisterde Teddy hees. 'En het zijn geen concentratiekampen, het zijn vernietigingskampen. Het bewijs staat in de ochtendbladen, het bewijs voor de hele wereld.'
Ketti deinsde terug en staarde haar nichtje aan; ze kon moeilijk bevatten wat ze zei. 'Ik begrijp het niet,' mompelde ze en schudde haar zilvergrijze hoofd heen en weer.
Teddy legde uit: 'Britse en Amerikaanse troepen zijn die kampen de afgelopen dagen binnengegaan om de mensen te bevrijden, en wat ze daar aantroffen is zo verschrikkelijk, zo afgrijselijk dat het onbegrijpelijk is. Ongelooflijke wreedheden en mensonterende toestanden op zo'n grote schaal dat je aan je verstand gaat twijfelen. Er zijn miljoenen mensen afgemaakt. Joden, Russen, Polen, Slaven en zigeuners, maar voornamelijk... joden.
Ketti's kop en schotel begonnen zo in haar trillende handen te rammelen dat Teddy zich naar haar toe boog om ze van haar aan te pakken en op het nachtkastje te zetten voor ze de thee over zich heen zou morsen.
'Maar dat kan toch niet mogelijk zijn,' fluisterde Ketti terwijl haar huid de kleur kreeg van stopverf, met grote starende ogen in een strak gezicht. 'Dat kan toch niet... dat zouden ze toch niet durven...'
'Dat durfden ze wel!' zei Teddy met lage, heftige stem. 'En de Britse kranten noemen het volkerenmoord.'

Later die dag zocht Ketti het hele huis af naar Teddy, omdat ze zich zorgen over haar maakte.
Ze vond haar in Maxims kamer, waar ze in een stoel naar de foto's van de Westheims op het ladenkastje zat te staren. Teddy keek geschrokken om toen de deur openging, en Ketti zag dat ze gehuild had.
'Gaat het, lieverd?' vroeg Ketti.
'Ja.'
'Stoor ik?'
'Nee hoor, kom binnen.'
Dat deed Ketti en ze ging op het puntje van de andere stoel zitten. Ze voelde dat Theodora zich erg veel zorgen maakte over de Westheims, maar ze had tot nu toe niet over hen willen praten. Ze aarzelde zelfs nu nog, omdat ze bang was Teddy nog meer van streek te maken.
Alsof ze wist wat haar tante dacht, zei Teddy: 'Sinds ik de kranten heb gelezen, heb ik alleen nog maar aan Ursula en Sigmund kunnen denken, tante Ketti, dat begrijpt u wel.'
'Natuurlijk, Teddy. Je bent buitengewoon op hen gesteld dus is het logisch dat je je meer zorgen om hen maakt nadat... nadat je dat gelezen hebt.'
'Ik kan die krantefoto's maar niet uit mijn hoofd zetten... die hartverscheurende beelden staan onuitwisbaar in mijn geheugen gegrift. O, tante Ketti!' riep ze uit, met pijn in haar stem. 'Als Sigmund en Ursula nou toch eens in een van die monsterachtige plaatsen zijn terechtgekomen?' stamelde ze en haar ogen stonden vol tranen. 'Ik ben zo bang om hen, zo doodsbang, en ik schijn gewoon niet helder te kunnen denken, niet goed te kunnen functioneren.'
Ketti zei: 'Ik weet dat het moeilijk is, maar je moet de moed níet opgeven, je moet positief blijven denken. En je moet er goed aan denken dat dat laatste bericht dat je van Arabella kreeg heel geruststellend was.'
'Maar dat is al zo lang geleden, al jaren.'
'Dat maakt niet uit.' Ketti boog zich met klem voorover en ging op geruststellende toon verder: 'Ik weet wel dat we sindsdien niets meer van de prinses hebben gehoord, maar aan de andere kant denk ik dat we daaruit kunnen concluderen dat alles nog onveranderd is. Toen ze uit Zwitserland belde, heeft ze je ver-

teld dat de Westheims bij de Von Tiegals in Schloss Tiegal in de Mark Brandenburg zaten, en dat ze daar veilig waren. En jij hebt me steeds maar weer gezegd dat ze daar beslìst veilig waren.'

'Ja, en de Von Tiegals zouden ze daar gemakkelijk kunnen verbergen. Onder het kasteel, dat eeuwen oud is, zijn tientallen doorgangen en kerkers. Ik geloof dat er zelfs geheime kamers en gangen zijn.' Teddy keek naar haar tante en ze ging door: 'Als ze nog op het Schloss zijn, twijfel ik er niet aan dat ze veilig zijn. Maar ik vraag me voortdurend af of ze daar wel zijn gebleven. Daar ben ik aldoor zo bang voor geweest... dat ze om de een of andere reden zijn weggegaan, terug naar Berlijn. Als ze eenmaal weer in de stad waren kunnen ze zijn gearresteerd en naar een... kamp zijn gestuurd, of ze kunnen zijn omgekomen in een geallieerd bombardement.'

'Je hebt daar al zo vaak over zitten piekeren, Teddy lieverd, en ik wil niet proberen je bezorgdheid weg te nemen of de reden ervoor te verzachten. God weet dat er redenen genoeg zijn om je zorgen te maken over Ursula en Sigmund. Maar je moet je vastklampen aan de gedachte dat ze nog leven, waar dan ook, onder wat voor omstandigheden ook. Als je dat niet doet, maak je jezelf gek.'

Teddy zweeg.

Ketti zei langzaam en zacht: 'En Teddy, lieverd, je moet aan Maxim denken. De jongen heeft je zo hard nodig.'

'Ik zal de hoop nooit opgeven,' zei Teddy. 'Ik zal altijd blijven hopen dat ze nog leven, tot ik het bewijs heb... het bewijs van het tegendeel.'

31

Uit ieder raam wapperde de rood-wit-blauwe Britse vlag.

In de straten dansten de mensen, juichend en zingend, lachend en huilend, en ze omarmden en kusten elkaar, zowel vrienden als onbekenden, en ze waren verrukt, gelukkig en trots.

Uit ramen, die niet langer verduisterd waren vanwege vijandelijke bommenwerpers, stroomden bundels helder licht, en overal in het land brandden vreugdevuren waarin beeltenissen van Hitler werden verbrand. En de kroegen zaten barstensvol feestvierders

die dronken op de jongens in het blauw en kaki en op elkaar, en die riepen: 'Lang leve Winston, hij heeft ons erdoor gesleept!'
Het was de avond van dinsdag 8 mei, en heel Engeland vierde feest. De vorige dag, in de vroege uurtjes van maandag 7 mei, om precies eenenveertig minuten over twee, tekenden generaal Alfred Jodl, de vertegenwoordiger van het Duitse opperbevel, en admiraal Karl Dönitz, het nieuw aangestelde hoofd van de staat Duitsland, de akte van onvoorwaardelijke overgave van alle Duitse land-, zee- en luchtstrijdkrachten in Europa aan het geallieerde expeditieleger en tegelijkertijd aan de Sovjetunie. De oorlog met Duitsland was plotseling en eindelijk voorbij.
Engeland vierde de overwinning.
En de Britten vierden de bevrijding van Europa. Daarvoor waren ze de straat opgegaan, en er was geen betere plaats om hun vreugde te delen met hun uitzinnige medeburgers op deze nationale feestdag, die tot in lengte van dagen de ondergang van het kwaadaardigste regime in de wereldgeschiedenis zou herdenken.
Onder de duizenden mensen die in de buurt van het Lagerhuis stonden te wachten tot de premier een toespraak zou houden, bevonden zich ook Teddy en tante Ketti. De eerste minister had om drie uur die middag het volk via de radio toegesproken, maar de mensenmassa's wilden deze Britse buldog, hun geliefde Winnie, hun grote leider, meer horen zeggen. Hij was waarschijnlijk de grootste leider die hun land ooit had gekend, en hij had hen naar een moeizaam bevochten en eervolle overwinning geleid.
Het gebrul en het gejuich van de menigte was overweldigend, oorverdovend, toen hij die avond om halfelf op het balkon van een van de regeringsgebouwen verscheen; hij droeg zijn 'sirene'-kostuum en maakte met de rechterhand zijn beroemde V voor victorie-gebaar.
Een gigantische mensenmenigte stond naar hem op te kijken. En toen hij begon te spreken, zwegen Teddy en Ketti en de duizenden om hen heen, en in de straten van Whitehall viel een bewonderende en ontzagwekkende stilte.
'*Waarde vrienden*,' begon Winston Churchill, '*dit is uw uur. Dit is geen overwinning van een partij of een bevolkingsklasse. Dit is een overwinning van het grote Britse volk als een geheel. Wij, in dit oude land, waren de eersten die het zwaard tegen de tirannie hebben getrokken. Na een poos stonden we alleen tegenover*

de meest ontzagwekkende militaire macht die er ooit is geweest. We stonden er een heel jaar alleen voor. Helemaal alleen. Was er iemand die aan opgeven dacht?' Churchill zweeg even en in antwoord op zijn vraag bulderde de menigte: 'Nee!' *'Lieten we het hoofd hangen?'* vroeg de premier. 'Nee!' antwoordden duizenden in koor.

De premier zei: *'De lichten werden gedoofd en het regende bommen. Maar er was geen man, vrouw of kind in dit land die aan opgeven dacht. Londen kan ertegen. Dus toen de hele wereld verbaasd stond toe te kijken kwamen wij na lange maanden terug uit de kaken van de dood, uit het voorportaal van de hel. Wanneer zal de faam en de trouw van deze generatie Engelse mannen en vrouwen afnemen? Ik zeg u dat in de lange jaren die voor ons liggen niet alleen het volk van dit eiland maar volken van de hele wereld, waar de vogel van de vrijheid ook zingt in harten van mensen, zullen terugkijken op wat wij hebben gedaan en ze zullen zeggen: ''Wanhoop niet, geef niet toe aan geweld en tirannie, ga recht op je doel af en sterf zo nodig – onoverwonnen.'' Nu we uit deze dodelijke strijd te voorschijn zijn gekomen, is er een vreselijke vijand ter aarde geworpen die op ons oordeel en op onze genade wacht.'*

Teddy voelde de tranen ongehinderd over haar wangen stromen; ze morrelde aan haar handtas en deed hem open om naar een zakdoek te zoeken, waarmee ze haar natte wangen depte.

'Gaat het, lieverd?' vroeg Ketti terwijl ze Teddy's arm pakte, en ze keek haar bezorgd aan.

'Ja hoor, tante Ketti.' Teddy snoot haar neus en pinkte haar tranen weg. 'Ik raak altijd van de wijs als meneer Churchill praat. Hij verkondigt op zijn eigen speciale manier zulke waarheden, en hij klinkt zo bemoedigend en inspirerend. Er is echt niemand zoals hij.'

Het was duidelijk dat de duizenden die nu op straat naar het eind van zijn speech stonden te luisteren, het met haar eens waren. Toen Winston Churchill was uitgesproken, begonnen ze te schreeuwen en te juichen; ze bejubelden hem tot ze er schor van waren en daarna begonnen ze *For He's a Jolly Good Fellow* en *Land of Hope and Glory* te zingen. Ketti en Teddy zongen mee, en ze stonden als echte cockney-meisjes te joelen. En onder het zingen kwam het plotseling bij Teddy op dat deze oorlog door-

spekt was geweest van bezielende Churchilliaanse speeches en door gezang, en dat zijn woorden en die populaire liedjes hen op de een of andere manier op de been hadden gehouden, hen tot steun waren geweest toen de toekomst er somber uitzag.
De premier wuifde en verliet het balkon terwijl de menigte zich langzaam begon te verspreiden en af te druipen, en de twee vrouwen liepen met de stroom mee. Het werd al laat en Teddy en Ketti hadden een lange en drukke dag achter de rug, een dag die opwindend, zelfs ontroerend was geweest, maar ook wel vermoeiend. In de buurt van Victoria Station slaagden ze erin een taxi te vinden waar ze dankbaar inklauterden, en ze gingen samen op de achterbank zitten. Ze waren blij eindelijk alleen te zijn, weg uit de krioelende menigte.
Teddy keek haar tante van opzij aan, en ondanks het vervagende licht in de taxi viel het haar op hoe moe ze eruitzag, en ze riep: 'Maar tante Ketti, u bent doodop!'
'Ja, eigenlijk wel een beetje. Jij niet?'
'Ja,' gaf Teddy toe. 'Maar het was het wel waard om de ondergang van het Derde Rijk en de overwinning op de nazi's te vieren.'

De volgende dag, 9 mei, was Theodora's zesentwintigste verjaardag en die middag gaf tante Ketti om het te vieren een kleine teaparty, waarvoor Ketti Teddy's goede vriendinnen, Julia en Lydia Pell, uitnodigde.
Ze kwamen klokslag vier, allebei met een mooi ingepakt cadeautje dat Teddy openmaakte, waarbij ze zoals gewoonlijk getroffen werd door hun zorgzaamheid. Van mevrouw Pell kreeg ze een handbeschilderde sjaal in mooie tinten lila, magenta en roze, en van Lydia een prachtig snoer ametisten kralen. 'Jullie verwennen me en jullie zijn veel te royaal,' zei Teddy die eerst mevrouw Pell en toen Lydia kuste. 'Allebei heel hartelijk bedankt.'
Even later kwam tante Ketti binnen met het zilveren theeblad en de vier vrouwen gingen om de Queen Anne-tafel zitten die volstond met flinterdunne sandwiches, scones en een geglazuurde verjaardagstaart met een enkel kaarsje. Ze waren halverwege de thee toen de deurbel schril klonk.
'Wie zou dat nou kunnen zijn?' vroeg Ketti fronsend. 'We verwachten toch niemand meer, hè, Teddy?'

‘Nee. Ik ga wel even kijken wie er is,’ bood ze aan, en ze sprong op en liep snel de gang door naar de voordeur. Ze trok hem open en ze was zeer verrast Mark op de stoep te vinden.
‘Wel gefeliciteerd, lieveling!’ riep hij en stapte de hal in; hij omhelsde haar, tilde haar op en draaide haar zo wild in de rondte dat ze met haar voeten van de grond kwam.
‘Maar dat heb je al gezegd toen je belde,’ zei Teddy toen hij haar weer op de grond zette en een zoen op haar wang plantte.
‘Ja, maar ik wilde het je nog eens persoonlijk zeggen, en hiermee,’ legde hij uit en gaf haar het pakje dat hij in zijn handen had. Hij voegde eraan toe: ‘Het is een fles van pa’s beste roze champagne.’
‘O, wat lief van je, Mark, dank je wel. Ga mee. Tante Ketti is in de zitkamer met Lydia en mevrouw Pell. We zitten net aan de thee. Misschien wil je ook een kopje, met een stuk verjaardagstaart?’
‘Nee, dank je wel,’ zei hij met een brede grijns. ‘Ik heb veel liever champagne.’
De anderen waren net zo verbaasd Mark te zien toen Teddy hem de kamer binnenliet, en nadat hij hen op zijn hartelijke manier had begroet, begon hij de fles open te maken. ‘Hij is koud genoeg om meteen te drinken,’ verzekerde hij Teddy toen ze de champagneglazen uit de porseleinkast haalde. ‘Mijn vader heeft altijd een paar flessen op ijs staan voor noodgevallen, en ik heb er voor deze heel speciale gelegenheid een uit zijn kelder gepikt.’ De kurk van de Dom Perignon schoot eruit met een knal of er een geweer afging en er bubbelde wat roze schuim uit de hals van de fles. ‘Hemel!’ riep hij uit en schonk de champagne snel in de glazen. ‘Ik moet niet te veel van dit edele vocht verspillen.’
Mark hief zijn glas en toostte met Teddy, en dat deden de anderen ook. Ze klonken met de glazen en nipten van de wijn, en vervolgens zette Mark zijn glas neer en wendde zich tot haar.
‘Kan ik je even alleen spreken?’ vroeg hij.
‘Natuurlijk, Mark,’ antwoordde Teddy; ze keek hem snel aan en vroeg zich af of er iets mis was. Hij klonk onverwacht ernstig, plechtig zelfs.
Ze verontschuldigden zich en Mark nam haar mee de gang en de achterkamer door en de tuin in zonder haar iets wijzer te maken, en ze vroeg zich af wat hij op zijn hart had.

Mark wist dat Teddy met warm weer graag onder de oude appelboom zat te lezen of te naaien, en met haar hand in de zijne trok hij haar mee naar dit favoriete plekje.
Toen ze er waren, draaide hij zich naar haar om en keek haar in haar verblufte gezicht.
'Je weet dat ik van je hou, Teddy, en dat ik met je wil trouwen, en ik weet dat je van mij houdt. Maar je wilde je nooit verloven. Je zei maar steeds dat je wilde wachten tot de oorlog voorbij was. Nou, die is nu voorbij. Zeg alsjeblieft ja, ik wil dat we ons vandaag verloven.'
'Dolgraag, Mark,' zei ze na een heel lichte aarzeling. Haar plotselinge vreugde werd overschaduwd door haar knagende onrust over de Westheims, maar dat liet ze niet merken. Ze keek op naar zijn liefdevolle gezicht en de glimlach die ze hem gaf was stralend.
Hij tastte in de zak van zijn vliegerjack, haalde er een zwartleren doosje uit en gaf haar dat zonder een woord te zeggen. Maar zijn ogen lieten de hare geen moment los en hij keek geconcentreerd toe.
Teddy deed het doosje langzaam open. In de plooien van het witte satijn lag een ring met een adembenemend mooie vierkant gesneden smaragd met aan weerskanten diamantjes. 'O Mark, wat prachtig!'
'Net als jij, mijn Teddy,' zei hij, en toen vroeg hij: 'Vind je hem echt mooi?'
'Hoe kan ik hem nou niet mooi vinden! Hij is schitterend!'
'Smaragd is de steen die bij je sterrenbeeld hoort, en het is ook de kleur van je ogen, daarom heb ik hem gekozen. En nog wel gefeliciteerd, lieveling.'
'Dank je wel, Mark.'
Hij nam de ring uit het doosje en schoof hem aan de derde vinger van haar linkerhand. 'Nu is het echt officieel,' zei hij en tegelijkertijd nam hij haar onstuimig in zijn armen en kuste haar op de mond.
Even later liepen ze samen langzaam hand in hand het tuinpad op en gingen het huis weer in om hun verloving aan tante Ketti en de Pells bekend te maken. Noch haar tante noch haar vriendinnen waren ook maar enigszins verbaasd over dit nieuws. Ze feliciteerden hen hartelijk en Ketti zei: 'We verwachtten dit al

tijden, weet je. En wij drieën zeiden net tegen elkaar dat we nooit een verliefder stel hebben gezien dan jullie tweeën.'
Daar moest iedereen om lachen en het jong-verloofde paar bedankte Ketti en de Pells voor hun goede wensen, en daar dronken ze nog eens op.
Na een enkel teugje zette Mark zijn glas meteen weer neer en zei: 'Ik moet weg, Teddy. Ik moet terug naar Biggin Hill. Ik heb maar een paar uur verlof, dank zij een zeer romantische eskadercommandant die ook vond dat je je ring op je verjaardag moest krijgen. En die overigens beslist bij de bruiloft wil zijn.'
Teddy zei: 'Dan móeten we hem wel uitnodigen.'
Mark nam afscheid van tante Ketti en de Pells, en Teddy bracht hem naar de voordeur, waar ze op haar tenen ging staan om hem een afscheidszoen te geven.
Toen ze uitgezoend waren, zei Mark zachtjes: 'Laten we een trouwdatum vaststellen.'
Teddy's gezicht veranderde meteen. 'Je weet dat ik dat niet kan doen, Mark! Niet voor ik iets van de Westheims heb gehoord, voor ik weet wanneer ze komen. Ik heb je altijd gezegd dat ik niet kon trouwen zonder Maxims ouders erbij.'
'Maar het kan nog maanden duren voor je iets van hen hoort! In Duitsland is het een zooitje, het is daar op het moment een complete chaos!'
'Dat weet ik, Mark, maar Ursula Westheim kennende ben ik ervan overtuigd dat ze op de een of andere manier snel contact met me zal opnemen. Of iemand anders zal dat voor haar doen.'
'Oké,' zei Mark berustend. 'Dan moeten we nog maar even wachten met trouwen.' Hij lachte naar haar en Teddy lachte terug, zonder de onzekerheid in zijn ogen te zien. Op dat moment besefte ze nog niet dat ze vergeefs op nieuws van de Westheims zou wachten. In de weken die volgden, kwam er geen enkel nieuws. En ze kwamen zelf ook niet.

32

Ze ging terug naar Duitsland om de Westheims te zoeken, en voelde zich als een kat in een vreemd pakhuis.
De stad waar ze geboren was en waar ze had gewoond tot ze bij-

na twintig was, herkende ze niet meer. Er was niets blijven staan waaraan ze te herkennen was. Berlijn zag eruit als een verre en vreemde planeet, een maanlandschap met overal diepe kraters en vreemd gevormde bergen afval.
De stad was veranderd in een woestenij doordat geallieerde bommenwerpers vijfhonderdduizend gebouwen hadden platgegooid, een derde van alle gebouwen in de stad, waarmee ze het grootste deel van centraal Berlijn hadden vernietigd. Wat niet door geallieerde bommen in puin was gegooid, was op 2 mei met de grond gelijkgemaakt toen de stad in handen was gevallen van maarschalk Zjoekov met zijn oprukkende Rode Leger. De Russen hadden met tweeëntwintigduizend stuks geschut, een spervuur van ongekende intensiteit, genadeloos bestookt wat er nog over was, en zo alles wat nog overeind stond tot puin, vuil en stof gereduceerd.
Teddy was verbijsterd door de aanblik van dit alles. Verslaafd als ze was aan kranten en als gretig lezer van internationaal nieuws, vooral nieuws uit Duitsland, had ze de gebeurtenissen van de laatste paar maanden op de voet gevolgd. Niettemin had ze zich er geen voorstelling van kunnen maken dat de stad werkelijk zo verwoest zou zijn of dat ze er zo troosteloos zou uitzien.
Begin oktober ging ze met de trein van Londen naar Berlijn terug. Alles voor haar reis was geregeld met behulp van Marks vader en Julia Pell. Charles Lewis had ervoor gezorgd dat al haar papieren in orde waren en hij had erop gestaan voor de reis te betalen, hoewel ze dat niet had gewild. Maar hij had het pleit gewonnen en ze had zich dankbaar gewonnen gegeven.
En het was Lydia's moeder die een verblijfplaats in Berlijn voor haar had gevonden. Julia Pell had geregeld dat ze kon logeren bij een vrouw genaamd Anne Reynolds, die een belangrijke administratieve positie had bij het Internationale Rode Kruis en die al meer dan twintig jaar met Julia was bevriend. Anne Reynolds, die nu weduwe was, had voor de oorlog met haar man in Duitsland gewoond; ze sprak vloeiend Duits en kende ook het land goed. En dat waren nog maar twee van de redenen waarom ze voor deze hoge positie was gekozen.
Volgens Julia Pell was mevrouw Reynolds in juli naar Berlijn gestuurd toen de Britse, Amerikaanse en Franse troepen de stad waren binnengetrokken om samen met het Russische leger de

vier mogendheden te vormen die Berlijn zouden besturen. Ze had een klein appartement in Charlottenburg, een van de wijken in de Britse zone, toegewezen gekregen, en ze had Julia Pell teruggeschreven dat hoewel haar verblijfplaats niet erg ruim was, Theodora beslist net zo lang kon blijven als ze wilde. In haar brief had ze eraan toegevoegd dat ze voor het Rode Kruis voortdurend door de Britse zone van West-Duitsland reisde, en dat het zeer waarschijnlijk was dat Teddy het appartement voor het grootste deel van de tijd voor zich alleen zou hebben. En dat bleek toevallig ook zo uit te komen.

Nadat Anne Reynolds haar vriendelijk had begroet toen ze op zondagmiddag in de flat aankwam en haar het huis had laten zien, legde ze verontschuldigend uit dat ze bijna direct weg moest, naar Frankfurt.

'Ik ben bang dat ik alleen nog een kop thee met je kan drinken voor ik vertrek,' zei ze toen ze samen in de zitkamer gingen zitten.

'Dat geeft niet, mevrouw Reynolds, dat begrijp ik best,' zei Teddy die haar dadelijk mocht. Ze was een lange, aantrekkelijke vrouw van achter in de veertig, met blond haar en de typische teint van een Engelse roos, een vriendelijke lach en een imponerende maar sympathieke manier van doen.

'Ga maar vast zitten, terwijl ik thee zet,' ging Anne Reynolds verder. 'Ik ben zo terug.' Toen veranderde ze plotseling van gedachten en zei: 'Waarom ga je eigenlijk niet mee naar de keuken? Dan kan ik je vertellen waar alles staat en dan kunnen we meteen een praatje maken.'

'Graag, mevrouw Reynolds, en heel erg bedankt dat ik hier mag logeren. Het is heel vriendelijk van u om zomaar een vreemde in huis te nemen,' zei Teddy hartelijk en met een dankbare uitdrukking op haar gezicht.

Anne lachte haar toe en ging haar voor naar het kleine keukentje, meer een grote kast dan een kamer, en ze zei: 'Julia Pell mag je bijzonder graag. Ze beschouwt je als haar tweede dochter. En omdat ze een van mijn oudste en liefste vriendinnen is, vond ik het heerlijk om iemand te helpen die kennelijk zoveel voor haar betekent. Bovendien staat er geen enkel hotel meer, dus ik zou niet weten waar je anders had moeten blijven. Het Kaiserhoff, het Eden en het Adlon Hotel zijn onherkenbaar vernield, en de meeste kleinere hotels ook.' Ze slaakte een diepe zucht en ging door: 'De meeste Berlijners wonen in kelders of ze kamperen tussen de ruïnes. De stad is een puinhoop en er komen elke dag meer vluchtelingen bij.'

'Waarvandaan?' vroeg Teddy snel.

'Overal vandaan, eigenlijk. De meesten zijn Berlijners die tijdens de oorlog zijn vertrokken, maar er komen ook vluchtelingen uit andere delen van Duitsland die denken dat ze hier beter af zijn.' Ze schudde haar hoofd en vertrok haar gezicht. 'Dat zijn ze natuurlijk niet. De omstandigheden zijn vreselijk, en ik heb nog nooit van mijn leven zo'n overbevolking gezien.'

Anne Reynolds streek een lucifer af, stak het gas onder de ketel aan en vertelde Teddy: 'We hebben hier nog jaren werk, dat kan ik je wel zeggen. Bijna alle ziekenhuizen zijn weg, platgegooid bij de bombardementen, en die er nog wel staan zijn zeer zwaar beschadigd. Er is ook een tekort aan medicijnen, voedsel en brandstof. De ziekenhuizen zitten vol, volgepropt eigenlijk, en de meeste mensen sterven aan tuberculose, tyfus en difterie.' Anne zweeg, draaide haar hoofd naar Teddy en vroeg nuchter: 'Je hebt je toch wel laten intenten voor die laatste twee, hè? Ik heb Julia gezegd dat dat ècht nodig was.'

'Ja hoor,' antwoordde Teddy. Ze dacht aan Ursula en Sigmund en vroeg zich af waar ze waren, als ze zich tenminste onder de vluchtelingen bevonden die Berlijn binnenstroomden. Ze wilde Anne Reynolds net over hen vertellen, maar veranderde toen van gedachten en besloot nog even te wachten tot de thee klaar was.

'Allerlei ziekten tieren welig in deze stad, Theodora,' vertelde Anne haar. 'Je zou kunnen zeggen dat het zelfs in de lucht zit die we inademen, omdat er nog duizenden lijken liggen die nog niet zijn begraven.'

'Mijn god, dat is verschrikkelijk,' riep Teddy uit, ontzet over wat ze net had gehoord. 'Waar dan?'

'In de rivieren, onder de bergen puin en in heel ondiepe graven in tuinen. Nou niet bepaald bevorderlijk voor een gezonde atmosfeer. En er zitten natuurlijk overal ratten.'

Teddy huiverde en kreeg al kippevel als ze eraan dacht. 'Het moet wel heel erg luguber zijn op straat.'

'Ja, ik ben bang dat het inderdaad nogal gruwelijk is,' antwoord-

de Anne, en haar ogen stonden bezorgd. Ze schudde verdrietig haar hoofd. 'Het is een gigantisch karwei, maar we proberen het zo goed mogelijk te doen. Voor iedereen.'
'Omdat ik in Londen bij het Rode Kruis heb gewerkt, weet ik hoe bijzonder de internationale afdeling is,' zei Teddy. 'Ik weet niet wat de wereld zou moeten beginnen als onze organisatie niet bestond. En ik ben er trots op dat ik erbij hoor.'
'Ik ook,' mompelde Anne, en ze begon kopjes, schoteltjes en een schaaltje melkpoeder op het blad te zetten. Toen ze dat had gedaan trok ze twee kasten open, wendde zich tot Teddy en verklaarde: 'Hierin staat keukengerei, servies, dat soort dingen. En hier staan de belangrijkste produkten, en eten. Daar is genoeg van, vooral dingen in blik zoals corned beef, ham en soep.'
Ze deed de twee deuren weer dicht, trok een andere open en ging verder: 'Hier vind je wat luxe dingetjes... blikjes fruit, suiker en chocoladekoekjes, dank zij de militaire winkel en een vriend van me die majoor bij het Amerikaanse leger is. Hij is zo vriendelijk me regelmatig van voorraden te voorzien, dus gebruik maar wat je wilt.'
'Dank u, mevrouw Reynolds,' mompelde Teddy. 'Dat is heel vriendelijk van u en ik waardeer het buitengewoon.' Het viel haar in dat ze zonder de hulp van Anne Reynolds doelloos door Berlijn gezwalkt had, en onwillekeurig bedacht ze hoe blij ze moest zijn dat ze vrienden had als de Pells en een toekomstige schoonvader die zo zorgzaam was als Charles Lewis. Samen hadden ze het haar mogelijk en zeker een stuk gemakkelijker gemaakt zelf naar de Westheims op zoek te gaan.

Toen ze later thee zaten te drinken in de kleine zitkamer en Teddy net op het punt stond de Westheims ter sprake te brengen, begon haar vriendelijke en gulle gastvrouw haar op de hoogte te brengen van het dagelijks leven in Berlijn. Teddy had geen andere keus dan haar tijd af te wachten.
'Toen Duitsland voor de geallieerden had gecapituleerd, kregen de Russen al gauw bepaalde diensten weer op gang,' legde Anne uit. 'Zoals gas en elektriciteit. Plus de ondergrondse, trams en treinen, zodat we overal in de stad kunnen komen. Er rijden wel wat gammele taxi's, maar niet veel, door het tekort aan benzine. Maar blijf wel in de Britse zone,' waarschuwde ze, 'en dwaal

niet per ongeluk de Russische zone in. Dat is gevaarlijk, er worden daar heel wat vrouwen verkracht.'
'Ik begrijp het.'
'De telefoon is ook nog niet je dat,' voegde Anne er met een wrange glimlach aan toe. 'Soms doet hij het, soms doet hij het niet. Als je straks je tante wilt bellen dat je veilig bent aangekomen, kun je een poging wagen. Maar ik kan je niet garanderen dat het lukt.'
'Dat is heel lief van u, en ik wil vanavond graag proberen tante Ketti te bellen, als u dat niet erg vindt,' zei Teddy, 'maar ik sta erop voor alle telefoontjes die ik pleeg te betalen.'
'Doe niet zo mal,' mompelde Anne afwijzend.
Toen zei Teddy: 'U heeft het niet over de Westheims gehad, dus ik neem aan dat het Internationale Rode Kruis nog niets over hun verblijfplaats te weten is gekomen, of enige andere informatie over hen heeft gekregen.'
Anne schudde haar hoofd. 'Nee, ik ben bang van niet; als ik iets had geweten, had ik je dat wel verteld zodra je binnenkwam.'
Teddy beet met een bezorgd gezicht gespannen op haar lip.
'Probeer niet pessimistisch te zijn,' zei Anne bemoedigend met een plotselinge vriendelijkheid die haar nogal zakelijke manier van doen verzachtte. 'Hoewel er tot nu toe niets bekend is, wil dat nog niet veel zeggen. Zoals ik al heb uitgelegd, verloopt alles vreselijk chaotisch. Er zijn door heel Europa miljoenen ontheemden onderweg, ongeveer tien miljoen om precies te zijn. Er zijn archieven ofwel bij bombardementen verlorengegaan, ofwel door de nazi's vernietigd toen die beseften dat ze aan het verliezen waren. En natuurlijk kampen veel van de bureaus die je zouden kunnen helpen hen te vinden met gebrek aan personeel. Het is echt een gigantisch karwei om vermiste personen op te sporen, dus het kan wel even duren. Maar je vindt hen wel, dat weet ik zeker.'
Teddy knikte en hoopte vurig dat mevrouw Reynolds gelijk had met haar veronderstelling dat ze er inderdaad in zou slagen hen te vinden.
Anne keek haar nog eens bemoedigend aan, draaide zich toen om in haar stoel en gebaarde naar het bureautje bij het raam. 'Ik heb de namen en adressen van de bureaus waar je morgen heen moet voor je opgeschreven, en ook mijn telefoonnummer op

kantoor. Elizabeth Jefford, mijn secretaresse, is efficiënt en ze is prima thuis in de Britse en Amerikaanse zone, dus aarzel niet haar te bellen als je hulp nodig hebt. En op het bureau naast het blocnote liggen de sleutels van de flat.'
'Dank u, mevrouw Reynolds, dank u voor alles.'
'Geen dank,' zei Anne. 'Ik ben blij dat ik je kan helpen. Ik wilde je trouwens nog zeggen...'
'Er is nog iets,' onderbrak Teddy haar snel. Ze boog zich met een dringend gebaar voorover en ging snel door: 'Als ik bij de bureaus hier in Berlijn geen succes heb, wil ik graag naar het Schloss Tiegal in de Mark Brandenburg. Ik weet wel dat dat in de Russische zone ligt, maar misschien...'
Nu was het Annes beurt om haar te onderbreken. 'Daar hoef je niet heen, Theodora,' zei ze. 'Ik wilde je net vertellen dat Julia me een paar weken geleden heeft geschreven om me uit te leggen dat de Westheims op het Schloss logeerden toen je de laatste keer iets van hen hoorde. Dus heb ik mijn Amerikaanse vriend majoor Evans gevraagd om daar even in te duiken. Dat lukte gelukkig, en hij is erin geslaagd zich door de Russische ambtenarij heen te worstelen. Hij heeft ontdekt dat het Schloss tijdens de oorlog niet beschadigd is, hoewel Potsdam en Brandenburg vreselijk gebombardeerd zijn.'
'Dat is heerlijk nieuws,' riep Teddy, en haar ogen lichtten onmiddellijk op.
'Dat is het zeker. Omdat het Schloss niet gebombardeerd is, weten we dat de Westheims daar in ieder geval niet zijn omgekomen. Maar het Schloss is onbewoond, er is alleen een huismeester die door de Russen is aangesteld. Die hebben het gevorderd, en ik begrijp van majoor Evans dat ze er een kazerne van gaan maken.'
'En die huismeester, wist die nergens van?' vroeg Teddy snel, en keek Anne doordringend aan met haar groene ogen.
'Die wist niets. Hij zei kennelijk alleen maar dat iedereen weg was.'
'Dus het ziet ernaar uit dat de Westheims zijn verdwenen zonder een spoor achter te laten, hè?' mompelde Teddy somber; haar opwinding van daarnet was helemaal verdwenen.
'Ja, dat is zo,' beaamde Anne. 'Aan de andere kant is er geen reden te geloven dat ze dood zijn.'

Toen stond Anne op en liep de kleine hal in, waar ze haar jas uit de kast haalde. Terwijl ze hem aantrok, zei ze: 'Ik ben bang dat ik nu echt naar Frankfurt moet. Houd goede moed en probeer niet te piekeren, Theodora. En denk eraan dat mijn secretaresse er is als je iets nodig hebt en dat ze alles zal proberen te doen om je te helpen. Ik zie je aan het eind van de week weer.'
'Dag, mevrouw Reynolds, goede reis,' zei Teddy.

De volgende morgen vertrok Teddy al vroeg uit de flat in Charlottenburg en ze nam de ondergrondse naar het station bij de dierentuin, dat het dichtst bij de Tiergartenstrasse lag.
Het duurde niet lang voor ze haar bestemming bereikte en toen ze uit de trein was gestapt, liep ze de Budapesterstrasse uit en de Stülerstrasse in naar de Tiergarten, dat prachtige oude park waar ze zo vaak met Maxim en Ursula was geweest.
Teddy liep stevig door op deze mistige en druilerige oktoberdag, en ze keek vol verbijstering naar links en rechts toen ze overal de verwoesting om zich heen zag. Ze vroeg zich af of het wel zin had te gaan kijken of er nog iets van het huis van de Westheims over was. Aan deze twee straten stonden helemaal geen huizen meer, dus waarom zou dat aan de Tiergartenstrasse wel het geval zijn, vroeg ze zich af. Berlijn lag in puin. Dat had ze gisteren met eigen ogen gezien en de beschrijving van mevrouw Reynolds had haar er alleen maar van overtuigd dat echt alles kapotgegooid was.
Toen ze dichter bij de Tiergarten kwam, bleef ze plotseling staan, naar adem snakkend van verbazing. Ze was ontzet door wat ze zag. Er stond geen enkele boom meer en het ontboste park zag er kaal en troosteloos uit onder de mistige grijze hemel.
Even later werd Teddy een vreemd geluid gewaar dat klonk of er met metaal op steen werd geslagen, en ze keek om, nieuwsgierig wat het was.
Een stukje verderop was een vrouw aan het werk tussen de puinhopen op een stuk braakliggend terrein waar ooit een huis had gestaan. De vrouw stond met een gebroken beitel een baksteen af te bikken, waarbij ze het oude cement van de hoeken sloeg. Toen legde ze de baksteen in een soort kruiwagen die gemaakt was van een paar wieltjes en een oude houten kist die met touw en stukjes kabel bij elkaar werden gehouden.

Teddy liep op de vrouw af en sprak haar beleefd aan: '*Bitte*... wat is er met de bomen in het park gebeurd? Kunt u me alstublieft zeggen waarom het park er zo vernield uitziet?'
De vrouw keek naar Teddy en nam haar behoedzaam van top tot teen op, maar reageerde niet direct. Toen zei ze afgemeten en op wrange toon: 'U bent hier zeker vreemd dat u zoiets vraagt.'
'Ja, dat klopt. De bomen in de Tiergarten,' herhaalde Teddy. 'Wat is daarmee gebeurd?'
'Die zijn omgehakt,' zei de vrouw kortaf. 'Voor brandhout. De Berlijners moesten in de oorlog toch warm blijven? Er was geen andere brandstof.'
'O ja, dat begrijp ik,' zei Teddy. '*Danke*... dank u wel.' Ze knikte en liep snel weg, zich bewust van de vijandigheid van de vrouw.
Even later stond Teddy midden in de Tiergartenstrasse waar het prachtige herenhuis van de Westheims had gestaan. Ze ging langzamer lopen en keek met open mond vanwege het zand en de modder en de plassen naar de puinhoop die ervan over was.
Ze werd overstelpt door herinneringen, helder, duidelijk en scherp; heel even was ze weer terug in die goede oude tijd en ze dacht aan de heerlijke uren die ze met Maxim en zijn ouders in dat huis had doorgebracht.
En in gedachten zag ze hen.
Ursula, zo knap en blond en fris, zo beschaafd en elegant, die zich met zoveel gratie door huis en tuin bewoog; Sigmund, zo knap en vriendelijk en zo'n heer, die aan de piano in de muzieksalon zijn prachtige muziek speelde. En Maxim die naar hen toe rende en hun namen riep, met de aanbidding die op zijn gezichtje te lezen stond. De herinnering was bitterzoet, want ze zat klem tussen het verleden zoals ze zich dat herinnerde en het heden met alle pijn en afschuw die daarbij hoorde. Ze kreeg een brok in haar keel en in haar ogen prikten tranen, maar die drong ze terug en ze zuchtte diep.
Het was belachelijk om over dat huis te denken. Dat had alleen maar uit bakstenen en cement bestaan, en daarom was het niet belangrijk. Wat wel belangrijk was, was het echtpaar van wie het was geweest en die het tot zo'n fantastisch, liefdevol en gelukkig thuis voor hun kind hadden gemaakt. En voor haar.
Teddy wendde zich dieptreurig af en ze liep langzaam terug, de

Tiergartenstrasse uit, en bij de kruising met de Hofjägerallee en de Stülerstrasse sloeg ze af, de Lützowufer in. Dat was waar de Von Tiegals hadden gewoond, in een flat die uitkeek over het Landwehrkanal. Daar had Willy Herzog ook vlakbij gewoond.
Maar nog voor ze de Lützowufer bereikte, zag ze al dat het hier ook een woestenij was en dus draaide ze zich bruusk om en liep terug naar het station Bahnhof Zoo. Hier had ze niets te zoeken.
Ik kan niet steeds in het verleden blijven leven, dacht ze, of op herinneringen blijven teren. Alleen het heden telt nu nog. Ik ben naar Berlijn gekomen om de Westheims te vinden, dus dat is wat ik moet doen.
Teddy klampte zich de rest van de dag aan die gedachte vast toen ze de diverse bureaus afging die op Anne Reynolds' lijst stonden. Daar waren verschillende joodse vluchtelingenorganisaties en zionistische groepen bij die zich met vermiste personen bezighielden, en de Society of Friends van de Amerikaanse quakers die in de door de oorlog verwoeste stad hulp verleenden en er opbouwwerk deden. Iedereen die ze trof was zo behulpzaam mogelijk. Elk bureau gaf haar een lijst met namen van mensen die naar kampen waren gestuurd of door de nazi's waren gedeporteerd, of die als overleden waren opgegeven. De Westheims kwamen nergens op voor.
'Geef de moed niet op,' zei de Amerikaanse vrouw op het kantoor van de Society of Friends. 'En ga elke dag alle bureaus langs, want er komen voortdurend nieuwe namen bij.'
Teddy bedankte de behulpzame quaker en ging terug naar de flat in Charlottenburg. Ze maakte een lichte maaltijd klaar en ging toen naar bed, vastbesloten om morgen verder te zoeken.

33

De Tiergarten en omgeving, waar ze in het verleden zo'n groot deel van haar leven had doorgebracht, bleef haar trekken als een magneet.
Na haar eerste bezoek op die druilerige maandagochtend was ze nog een paar keer teruggegaan, in verleiding gebracht door een plek die ze onweerstaanbaar vond omdat hij zo vertrouwd was en omdat ze er zoveel ontroerende herinneringen aan had. Maar

ze vond er nooit iets wat de moeite waard was, in ieder geval niets waar ze iets aan had bij haar zoeken naar de Westheims. En ze was er steeds weer vol frustratie en met toenemende ongerustheid vandaan gekomen, zichzelf telkens plechtig belovend dat ze er nooit meer heen zou gaan.

Maar op een zaterdagmiddag, veertien dagen nadat ze in Berlijn was aangekomen, ging Teddy toch nog een keer naar de Tiergartenstrasse. Het verschil was dat ze dit keer doelbewust ging, dat ze een werkelijke reden had om erheen te gaan. Elizabeth Jefford, de secretaresse van mevrouw Reynolds, had geopperd dat Teddy met een van de *Trümmerfrauen* moest gaan praten, een van de puinruimsters die in groepen in de stad werkten, het puin opruimden en de bakstenen verzamelden die opnieuw gebruikt konden worden als Berlijn weer werd opgebouwd.

Elizabeth had haar de vorige avond via de telefoon uitgelegd dat de *Trümmerfrauen* hun eigen ingewikkelde netwerk hadden, hun eigen roddelcircuit, en daardoor buitengewone bronnen van informatie vormden over werkelijk van alles, van de zwarte markt tot vermiste personen. De vrouwen werkten kennelijk in en om de straten waar ze vroeger hadden gewoond, en de meeste van hen verbleven daar nog in noodwoningen. Elizabeth had Teddy erop gewezen dat een van hen misschien iets had gezien of iemand had ontmoet die geruchten had gehoord waar ze iets aan kon hebben bij haar speurtocht naar Ursula en Sigmund.

En daarom was ze teruggegaan. Nog één keertje, had ze zichzelf kort tevoren voorgehouden toen ze de ondergrondse naar het station Bahnhof Zoo had genomen. Nu liep ze langzaam door de Tiergartenstrasse, voortdurend scherp om zich heen kijkend.

Het duurde niet lang voor ze besefte dat er vandaag geen vrouwen waren die het puin bewerkten. Ze was zo teleurgesteld dat ze opeens begreep hoe hoog haar verwachtingen gespannen waren geweest sinds ze de avond ervoor met Elizabeth had gesproken.

Net toen Teddy de hoop opgaf nog een van de *Trümmerfrauen* te vinden, zag ze er drie bij een kuil staan op een stuk grond dat al gedeeltelijk van puin was ontdaan. Ze stonden samen te praten en deelden een sigaret.

Teddy bleef een eindje van hen af even belangstellend naar hen staan kijken. Elke vrouw nam een paar lange trekken van de si-

garet en gaf die dan door, en Teddy zag hoe heerlijk ze die kleine luxe vonden en hoe ze er ten volle van genoten.
Elizabeth had haar gewaarschuwd niet met lege handen te gaan, dus had ze in haar tas een pakje Lucky Strikes en drie repen chocola uit de speciale voorraadkast in de flat, gaven die mevrouw Reynolds ongetwijfeld van haar vriend, de Amerikaanse majoor, had gekregen. Mevrouw Reynolds was dit weekend bij hem in Bonn, en Elizabeth had haar gezegd die dingen vandaag mee te nemen en had haar verzekerd dat mevrouw Reynolds dat niet erg zou vinden. Teddy was nu heel blij dat ze naar haar had geluisterd en dat ze kon beschikken over die buitengewoon kostbare voorraad. Een lokkertje als sigaretten of chocola zou zeker helpen de tongen los te maken.
Toen Teddy dichterbij kwam, zwegen de vrouwen en ze draaiden zich om, om naar haar te kijken. Ze hadden gesloten en ondoorgrondelijke gezichten met kille ogen, en ze dacht aan de overduidelijke vijandigheid van de enige andere puinruimster, die ze had aangesproken over het gebrek aan bomen in de Tiergarten. Ze hoopte dat deze drie wat vriendelijker waren.
'Zoudt u mij misschien kunnen helpen?' zei Teddy.
De vrouwen staarden haar alleen maar aan, zonder te reageren.
Ze begon opnieuw: '*Bitte*... ik ben op zoek naar vrienden, of informatie over hen... een echtpaar dat ik voor de oorlog heb gekend. Ze woonden daar...' Teddy wachtte even, keek om en wees de Tiergartenstrasse af. 'In een van die grote huizen, een van de herenhuizen. Herr Sigmund Westheim, Frau Ursula Westheim. Ze hadden een zoontje, een jongetje dat Maximilian heette.'
Drie paar ogen staarden haar strak aan. Er knipperde geen oog, er bewoog geen wimper.
Teddy richtte haar aandacht op de vrouw die het dichtst bij haar stond. 'Hebt u de Westheims misschien gekend?'
'*Nein*.'
'Hebt ú hen gekend?' zei Teddy tegen de vrouw die in het midden stond en die net een trekje van de sigaret nam. De vrouw blies de rook uit en schudde haar hoofd. '*Nein*.'
Teddy dacht dat het niet veel nut had het de derde vrouw ook te vragen. Deze *Trümmerfrauen* waren kennelijk niet van plan haar ook maar enigszins te helpen. Tenminste, niet zonder wat aan-

moediging. Ze deed haar tas open en haalde het pakje Lucky Strikes te voorschijn.
'*Eine Zigarette?*' vroeg Teddy en hield de vrouwen het pakje voor. Ze namen er alle drie een, zeiden: '*Danke*' – maar alleen dat en verder niets – en stopten de sigaret voorzichtig in hun zak.
'Ik móet die mensen vinden,' begon Teddy nog eens, met meer klem, omdat ze nu hoopte succes te hebben. 'Als u ook maar iets weet of ook maar iets over hen heeft gehoord, zeg het dan alstublieft. Alstublíeft.' Ze vestigde haar dringende blik op elke vrouw afzonderlijk, en haar ogen stonden smekend.
Het bleef heel lang stil, maar uiteindelijk zei een van de vrouwen: 'Dat huis is platgegooid, net als alle andere huizen in de straat, dat ziet u toch wel. Daarvan leeft niemand meer.'
'Er zijn mensen uit de Tiergartenstrasse die het wèl overleefd hebben,' sprak een van de vrouwen haar snel tegen, en zei toen ongevraagd: 'Er is een puinruimster op de Lützowufer. Die kende voor de oorlog heel wat mensen uit deze buurt. Ga maar met haar praten.'
'Dat zal ik zeker doen!' riep Teddy uit, en haar gezicht klaarde op. 'Wie is dat? Hoe heet ze? Waaraan kan ik haar herkennen?'
'Ik ken haar niet, en ik weet niet hoe ze heet. Ik heb alleen maar van haar gehoord,' zei de vriendelijkste van de drie nu. 'U moet daar maar eens in de buurt vragen, een van de andere *Trümmerfrauen* zal haar wel aanwijzen.'
'Dank u wel! Heel hartelijk bedankt!' riep Teddy. 'U bent heel behulpzaam geweest.'
Opgemonterd door hernieuwde hoop liep Teddy snel weg, en tegen de tijd dat ze de brug over het Landwehrkanal naar de Lützowufer bereikte, rende ze bijna. Ten slotte bleef ze staan om op adem te komen en keek de straat af. Ontmoedigd en teleurgesteld zag ze dat die er nog verlatener uitzag dan de Tiergartenstrasse. En het was er griezelig stil.
Omdat er tegenwoordig weinig of geen verkeer door de straten van Berlijn ging, waren menselijke stemmen heel duidelijk te horen, evenals voetstappen. Maar vreemd en opmerkelijk genoeg ontbraken deze geluiden vanmiddag. Evenals het voortdurende geluid van het afbikken van stenen dat de talloze *Trümmerfrauen* maakten bij het schoonmaken van de bakstenen die ze verzamelden voor hergebruik.

Teddy zuchtte diep en vroeg zich af waar de puinruimsters waren; Elizabeth had haar verzekerd dat ze zeven dagen per week werkten. Omdat ze hier nu toch was, besloot ze dat ze net zo goed nog even kon rondkijken en ze liep door, licht huiverend en weggedoken in haar overjas. Er stond een koude wind van over het Landwehrkanal en even later begreep ze waarom de straat zo verlaten was. De wind deed het puinstof hoog opwarrelen. Het wervelde om haar heen, het ging in haar haar zitten en plakte op haar wangen en lippen, en ze knipperde snel toen het in haar ogen prikte.

Het heeft geen zin hierdoorheen te lopen, dacht ze, het lijkt wel een zandstorm. Ik kan maar beter teruggaan naar de flat in Charlottenburg. Dus draaide ze zich om en liep snel terug zoals ze was gekomen, de Lützowufer af naar de brug. Opeens wilde ze dat ze helemaal niet was gekomen. Het was toch een hopeloze onderneming.

Plotseling werd de stilte verbroken door een hoge kinderstem die helder tussen het puin opklonk: 'Hier, grootvader! Hier is er nog een!'

Teddy bleef staan en keek luisterend om zich heen.

Er was niemand te zien.

Toen klonk er een schrapende hoestbui, en even later zei een schorre mannenstem: 'We hebben een flinke berg tegels, Wilhelm. We hebben het prima gedaan vandaag.'

'*Ja, ja*,' antwoordde het kind dat opgewonden klonk.

Teddy had er geen idee van waar deze onzichtbare stemmen vandaan kwamen, maar ze hadden heel dichtbij geklonken. Ze aarzelde en vroeg zich af waar ze tussen deze puinhopen naar de oude man en de jongen moest beginnen te zoeken, toen ze de oude man weer hoorde hoesten. Het kwam vanachter een kleine berg puin een beetje rechts voor haar uit. Ze nam aan dat de oude man en de jongen daarachter werkten.

Teddy verliet het pad en waagde zich de met puin bezaaide woestenij in, zich voorzichtig een weg over de smerige grond banend tot ze bij de berg was gekomen. Ze liep eromheen naar de andere kant. 'Neem me niet kwalijk,' zei ze.

De oude man en de jongen keken geschrokken omdat ze plotseling als uit het niets opdook; ze kon op hun gezichten zien dat ze haar niet hadden horen aankomen.

Ze stonden haar aan te gapen en de oude man zei snel, op agressieve, vijandige toon: 'Wie bent u? Wat wilt u?'
Teddy hoorde een zekere angst door die vijandigheid heen en omdat ze hem op zijn gemak wilde stellen, zei ze vriendelijk: 'Ik ben hier vreemd, ik kom uit een andere stad. Ik ben op zoek naar een van de puinruimsters die hier aan de Lützowufer werken.'
'Waarom?' vroeg de oude man.
'De *Trümmerfrauen* in de Tiergartenstrasse zeiden dat zij me misschien kon helpen.'
De oude man lachte nogal onvriendelijk. 'Hoe zou een arme puinruimster u nou kunnen helpen?' vroeg hij sarcastisch terwijl hij zijn ogen snel en taxerend over haar heen liet gaan en in zich opnam hoe weldoorvoed, hoe schoon en goed gekleed ze was.
'Misschien kan ze me informatie geven over mensen die hier vroeger hebben gewoond,' legde Teddy op dezelfde toon uit. 'Ik ben naar deze mensen op zoek. De vrouw die ik zoek... nou ja, ik heb begrepen dat ze voor de oorlog bijna iedereen in deze buurt kende.'
'Dat kan wel zijn,' snauwde de oude man. 'Dat weet ik niet. En ik weet ook niet welke vrouw u bedoelt. Er werken er hier heel wat, u kunt wel zien wat een puinhoop het hier is. En ze zijn er vandaag niet. Dat kunt u toch ook wel zien, u bent toch niet blind? Hoepel op!'
'Zijn de vrouwen er morgen wel?' vroeg Teddy geduldig, met haar gewone onverzettelijkheid.
'Hoe moet ik dat weten? Ik ben hun oppasser niet!' mompelde de oude man kwaad en hij keek naar de grond terwijl hij in de hoop afgebikte witte tegels voor zijn voeten begon te rommelen, die hij en de jongen kennelijk ijverig hadden verzameld.
De jongen had het gesprek aandachtig gevolgd en hij had Teddy met belangstelling bekeken. Hij zei klaaglijk: '*Bitte*... heeft u misschien iets te eten? Ik heb zo'n honger.' Hij stak met een nederig gebaar zijn hand naar haar uit en met een smekend gezicht zei hij nog eens: 'Alstublíeft, heeft u iets te eten?'
Teddy bekeek hem eens goed. Zijn donkere ogen lagen diep in hun kassen in zijn witte gezichtje en ze moest onwillekeurig aan Maxim denken. Maar deze jongen was niet zo gezond als hij; hij was klein, mager en ondervoed. Waarschijnlijk uitgehongerd,

dacht ze. Ze schatte hem op zeven of acht jaar, maar zijn ogen waren veel ouder en wijzer, en ze keken heel moe.
Ze deed haar tas open, pakte er een reep chocola uit en gaf die zonder een woord te zeggen aan de jongen.
'*Danke!*' riep hij opgewonden; hij scheurde het zilverpapier eraf en propte de chocola met twee handen tegelijk in zijn mond.
Toen begreep Teddy pas goed hoe hongerig hij was.
Maar na één flinke hap stopte de jongen plotseling met eten en keek naar zijn grootvader. Hij nam de reep chocola uit zijn mond, brak hem doormidden en gaf de helft aan de oude man.
'Hier, grootvader, u bent ook hongerig,' zei de jongen.
'*Danke*, Wilhelm.' De oude man lachte naar zijn kleinzoon, pakte de chocola aan en begon erop te kauwen.
Teddy stond te kijken hoe ze de chocola verslonden. Ze bekeek de Duitsers tegenwoordig met gemengde gevoelens. Ze liet haar ogen op de oude man rusten en ze dacht: ik vraag me af waar je in de *Kristallnacht* was? En waar was je toen ze mijn volk de gasovens en de martelkamers en de veewagens induwden? En wat zou je nu zeggen als ik je deze vragen stelde? Zou je ontkennen dat je een nazi was? Zou je protesteren dat je niets had geweten van de vreselijke dingen die ze met de joden hebben gedaan? Maar je wìst het allemaal. Jij en elke andere Duitser wisten van het bestaan van de kampen. Geen enkele Duitser kan dat vandaag de dag ontkennen. En wat zou je doen als je wist dat ik joods ben? Zou je nog steeds van mijn chocola eten? De chocola van een smerige jood?
Teddy bedwong deze gedachten meteen, voordat ze door haar hoofd bleven spoken en het uit de hand liep en ze kwaad werd, zoals meestal als ze verhit raakte. Tenslotte was niet elke Duitser een nazi geweest, en de man in de straat was machteloos geweest, niet in staat om ook maar iets tegen Hitler en zijn bende te doen. En niemand had begrepen of vermoed hoever deze misdadigers zouden gaan in hun vervolging van de joden. Niemand had het uitmoorden van miljoenen voorzien. Voor iedereen, joden en niet-joden, was het systematisch uitmoorden van een heel volk ondenkbaar geweest, had het absoluut onmogelijk geleken.
Toen ze haar blik op de kleine jongen richtte, dacht Teddy eraan dat men de kinderen niet mag straffen voor de zonden van de vaderen. Ze deed haar handtas open, pakte de andere twee repen

chocola en gaf er een aan de jongen en een aan de grootvader. Ze keken beiden verbijsterd en verrast dat ze zo gul was, maar wel blij, en ze lachten tegen haar en bedankten haar uitvoerig.
Toen maakte de oude man plotseling een moeizame en diepe buiging voor haar en zei met norse stem: 'De *Trümmerfrauen* brengen hun stenen elke zaterdagmiddag naar de opslagplaats. Daarom zijn ze er niet; ze worden vandaag betaald. Maar morgen zijn ze er wel weer.' Hij wachtte even en zei ten slotte met een wrang lachje: 'Weet u, ze kunnen nergens anders heen.'
'Kom morgen maar,' zei de jongen met een brede grijns, en liet haar zijn tanden zien die bruin zagen van de chocola.
Teddy lachte naar hem. 'Ja, dat zal ik doen,' antwoordde ze en toen wendde ze zich tot de oude man en voegde eraan toe: '*Danke*.'
'En wij danken u, *gnädige Frau*,' zei de oude man heel beleefd en hij boog nogmaals.
Toen Teddy de volgende morgen terugkwam, was er maar één puinruimster aan het werk op de Lützowufer. Teddy besloot niet te aarzelen en ze stapte doelbewust op haar af en zei: '*Guten Morgen*.'
De vrouw stond naast een oude kinderwagen waar ze bakstenen in stapelde. Ze keek even naar haar op en glimlachte toen, zeer tot Teddy's verbazing en tot haar grote opluchting.
'*Guten Morgen*,' groette de vrouw haar vriendelijk terug.
Aangemoedigd door de vriendelijkheid en openheid van de vrouw, ging Teddy verder: 'Ik hoop dat u me kunt helpen.'
'Als ik kan, zal ik dat graag doen,' antwoordde de vrouw even vriendelijk als tevoren.
Teddy zei: 'Gisteren raakte ik in gesprek met de *Trümmerfrauen* in de Tiergartenstrasse en ik vroeg of ze iets wisten over mensen die in die straat hadden gewoond. Ze zeiden me dat ik naar een vrouw moest zoeken die op de Lützowufer werkte en die hen misschien had gekend en mogelijk wist waar ze nu zijn.'
'Ik ken beslist alle vrouwen die hier in de buurt puin ruimen. Hoe heet ze, die vrouw naar wie u zoekt?'
Teddy trok schouders op en zei: 'Dat is nu juist het probleem. Ik weet niet hoe ze heet...' Haar stem stierf zielig weg toen ze besefte hoe belachelijk ze klonk.
De vrouw stond weer over de versleten kinderwagen gebogen en ze legde een stuk gescheurd zeil over de bakstenen. Ze kwam

overeind, trok haar schouders naar achteren, schudde even met haar hoofd en staarde Teddy met helderblauwe ogen aan. 'Dan vrees ik dat ik u niet kan helpen,' mompelde ze.

Teddy vond dat die stem en de plotselinge beweging van het hoofd iets vreemd bekends hadden en ze staarde de vrouw doordringend aan en nam haar snel op toen er vaag een herinnering bij haar opkwam.

Net als de andere *Trümmerfrauen* droeg ook deze vrouw een sjaal over haar haar, die als een tulband om haar hoofd gewikkeld was, en ze had een verzameling eigenaardige kleren aan. En toch had ze ondanks haar versleten en verstelde jas en de mannenlaarzen aan haar voeten die onmiskenbare houding die een goede afkomst verried, een zekere waardigheid die de aandacht trok, en ook nog goede manieren en een vriendelijke manier van doen.

Opeens vielen de beelden samen, klikten ze op hun plaats in Teddy's herinnering, en ze moest een kreetje van herkenning onderdrukken. Haar hart kromp samen en ze bleef stokstijf staan, en ze durfde nauwelijks adem te halen toen ze langzaam zei: 'Eigenlijk, *gnädige Frau*, denk ik dat ú degene bent die ik zoek.'

De puinruimster fronste en trok een wenkbrauw op. 'Ik?' zei ze. 'O nee, dat denk ik niet. Ik weet eigenlijk wel zeker van niet.'

Teddy wist nu heel beslist wie ze was en zei: 'Ja, ik ken u wel. En u kent míj ook. Ik ben Theodora Stein, het kindermeisje van Maxim!'

De puinruimster was overdonderd en ze kon even niets zeggen. Toen hijgde ze: 'Ben jíj het, Teddy? Ben je het echt?'

'Ja, ik ben het!' riep Teddy uit en ze deed een stap naar voren en greep de kapotgewerkte handen vol kloven van prinses Irina Troubetzkoy.

34

Teddy en de Russische prinses hielden elkaars handen vast en staarden elkaar ongelovig aan. Ze konden hun opwinding nauwelijks bedwingen, en de blijdschap en verwondering dat ze elkaar in de verwoeste en door de oorlog verscheurde stad hadden teruggevonden, stond op hun gezicht te lezen.

Even later deed de prinses plotseling een stap naar voren, sloeg haar armen om Teddy heen en omhelsde haar hartelijk, en de twee vrouwen stonden dicht tegen elkaar aan, midden tussen de puinhopen van de uit ruïnes bestaande Lützowufer.
Toen ze zich ten slotte van elkaar losmaakten, riep de prinses uit: 'Maxim. Hoe is het met hem? Gaat het goed met hem? Hij is vast al heel groot.'
'Ja, dat is hij,' antwoordde Teddy. 'Hij is een geweldige jongen, een geniale leerling. Hij gaat in Engeland naar een goede school.' Teddy keek de prinses doordringend aan, schraapte haar keel en zei met een stem die plotseling gespannen klonk: 'Ik ben zo snel mogelijk naar Berlijn gekomen om naar zijn ouders te zoeken. Weet u wat er met hen is gebeurd?'
De glimlach op het gezicht van prinses Irina verdween en ze schudde snel haar hoofd.
'Wanneer heeft u hen voor het laatst gezien, prinses Irina?'
'In september 1941, toen ze bij de *Graf* en *Gräfin* Von Tiegal op het Schloss bij Brandenburg logeerden,' antwoordde Irina. 'Dat was vlak voor ik ziek werd en bronchitis kreeg, Teddy. Toen ik weer opknapte en eindelijk uit bed mocht, ontdekte ik dat ze verdwenen waren.'
'Waren ze ergens ondergedoken? Of waren ze gewoon van het Schloss weggegaan?'
'Ik zou het eerlijk niet weten. Het was... nou ja, het was een raadsel.'
'Wisten de graaf en de gravin Von Tiegal niets, *Prinzessin*?'
Weer schudde Irina Troubetzkoy haar hoofd, en op haar gezicht stond overweldigend verdriet te lezen. 'Die waren ook verdwenen... spoorloos.'
Teddy beantwoordde Irina's starende ogen met een wakkere en vragende blik. 'Zijn ze tegelijk met de Westheims verdwenen? Of later?' vroeg ze verder.
'Dat weet ik eigenlijk niet precies. Alles wat ik weet is dat ze in november 1941, toen ik erheen ging in de hoop hen terug te zien, geen van vieren meer op het Schloss waren.'
'Maar dan wisten de bedienden van de Von Tiegals toch wel iets? Er waren nogal wat bedienden, herinner ik me, en Gretchen had een kindermeisje, Irmgard heette ze.'
'Ja, dat weet ik,' antwoordde prinses Irina, en ze boog zich naar

Teddy toe en keek haar diep in de ogen. 'Maar in 1941 waren alle mannelijke bedienden die op het Schloss hadden gewerkt, vertrokken om in de oorlog te vechten, en de meisjes werkten in de munitiefabrieken of ze deden ander oorlogswerk. Toen ik die dag in november naar het Schloss ging, was er alleen nog een oude huishoudster. Zij vertelde me dat de *Graf* en de *Gräfin* een paar dagen daarvoor naar Berlijn waren teruggegaan, dat ik ze wel op hun flat zou vinden... de flat hier aan de Lützowufer waar we nu staan, maar daar vond ik hen niet, daar was niemand, zelfs geen bedienden.'

'En zijn de Von Tiegals nooit komen opdagen? Heeft u nooit meer iets van hen gehoord?' vroeg Teddy rustig terwijl haar ogen het gezicht van de andere vrouw niet loslieten.

'Nee. En ik hoorde ook niets van Sigmund en Ursula. Helemaal niets. Het huis aan de Tiergartenstrasse was eerder die zomer bij een bombardement zwaar beschadigd, en daar waren ze dus kennelijk niet naar teruggegaan. Toen ben ik naar de villa in Wannsee gegaan om hen daar te zoeken, maar die was verlaten. Op slot en met de luiken dicht.'

Teddy zei: 'Ik ben vorige week bij het meer geweest. Mijn vriendin, mevrouw Anne Reynolds, die bij het Internationale Rode Kruis werkt, heeft me erheen gereden. Ik verwachtte niet dat ik de Westheims daar zou vinden, maar ik vond toch dat ik bij de villa moest gaan kijken, al was het alleen maar om voor mezelf zekerheid te hebben. Mevrouw Reynolds en ik hebben allebei gepraat met de vrouw die nu in de villa woont. Van haar zijn we niets wijzer geworden, en ze ontkent ooit van de Westheims te hebben gehoord.'

De prinses knikte en keek Teddy nadrukkelijk aan. 'De villa werd in beslag genomen door een hooggeplaatste nazi,' vertelde ze haar. 'Dat soort dingen gebeurde destijds voortdurend. Hoge pieten in het Derde Rijk stalen zoveel van zo velen.'

'En vooral van joden,' zei Teddy en aarzelde even voor ze wat zachter mompelde: 'Maar prinses, heeft u dan nooit geprobeerd een onderzoek in te stellen naar de verdwijning van de Westheims en de Von Tiegals? Geprobeerd dingen te weten te komen via... via de ondergrondse, het verzet?'

'Ik was zelf lid van een van de verzetsbewegingen, Teddy, en natuurlijk heb ik geprobeerd erachter te komen of het mijn vrienden was gelukt Duitsland te verlaten, of dat ze door de Gestapo waren gearresteerd. Maar ik kon niets te weten komen. Dat is niemand gelukt. Niemand kon iets bereiken. Maar het was niet ongewoon dat mensen eenvoudig spoorloos verdwenen. Dat is met miljoenen gebeurd, Teddy, miljoenen. En er worden nog steeds miljoenen vermist van wie niets bekend is.'

'En de rest van de familie Westheim? Heeft u er enig idee van wat er met hen is gebeurd?'

'Mevrouw Westheim, Sigmunds moeder, is in het voorjaar van 1940 overleden. Zij stierf een natuurlijke dood... hartstilstand. Zoals je weet, was ze al heel lang ziek. Datzelfde jaar zijn Sigrid en haar man Thomas Mayer omgekomen bij een bombardement toen ze in Hamburg waren, en die arme Hedy was in het huis aan de Tiergartenstrasse toen dat in de zomer van 1941 werd geraakt. Ik ben bang dat ze gelijk met de bedienden die toen in het huis waren, is omgekomen.'

Toen ze dat hoorde, werd Teddy even heel stil. Ze staarde de prinses aan, niet in staat tot enige reactie. Ze werd heel verdrietig en de tranen sprongen haar in de ogen toen ze dacht aan Maxims tantes en zijn oom Thomas. Ze waren zo jong geweest, allemaal in de twintig.

Teddy slaakte een diepe zucht en ze zei verdrietig: 'Wat tragisch dat ze allemaal dood zijn. Ik was er tamelijk zeker van dat grootmoeder Westheim er niet meer zou zijn... ze was oud en zwak. Maar de anderen... ik had zo gehoopt dat een van hen nog in leven zou zijn... O god, het is zo moeilijk te aanvaarden!'

'Dat weet ik,' beaamde de prinses en ze schudde haar hoofd. Ze keek net zo verdrietig als Teddy. 'Niemand heeft deze oorlog gewild,' riep ze uit met opkomende woede. 'Een krankzinnige is ermee begonnen en het was zo onzinnig, zo onnodig. Het had nooit hoeven gebeuren. En kijk nou eens wat er met de wereld is gebeurd. Miljoenen zijn gedood of voor hun leven verminkt, op onnoemelijk veel verschillende manieren lijden we er allemaal vreselijk onder. Door heel Europa zijn grote steden vernietigd, er is zoveel verlorengegaan... er is zoveel weg... voorgoed.'

Teddy knikte, ze verzette haar voeten een beetje en staarde in de verte, in beslag genomen door haar bange gedachten. Toen wendde ze zich weer tot de Russische aristocrate, en ze vertrouwde haar toe: 'Ik weet niet meer wat ik moet beginnen,

Prinzessin...' Ze stopte en trok met een hulpeloos gebaar haar schouders op. 'Ik ben bij alle desbetreffende bureaus geweest, bij het Internationale Rode Kruis, bij joodse en zionistische organisaties en bij de quakers, allemaal tevergeefs. Ik heb al hun lijsten bestudeerd, ik heb echt al hun lijsten met namen doorgenomen en noch de Westheims noch de Von Tiegals komen ergens op voor. Het is zo vreemd, het slaat nergens op, hoe kunnen ze nou gewoon zijn... verdwénen?'
'Er zijn er zoveel verdwenen, Teddy, dat heb ik je net proberen uit te leggen.' De prinses raakte zachtjes haar arm aan, en ze ging verder: 'Laten we hier niet zo blijven staan. Het zou veel beter zijn als we naar mijn optrekje gingen om te praten.' Ze draaide zich om, legde haar rode handen vol kloven op de oude kinderwagen en begon die voor zich uit te duwen. En terwijl ze hem voortduwde zei ze: 'We gaan naar mijn huis. Het is niet veel soeps, maar het is redelijk comfortabel en het is beslist heel wat warmer dan hier te blijven staan.'
'Ja, het is vanmorgen kouder dan het is geweest sinds ik in Berlijn aankwam,' merkte Teddy op en ze volgde de prinses door het puin terwijl ze om zich heen keek naar een of ander soort optrekje, hoe eenvoudig ook. Maar er stonden geen huizen meer en er was ook geen enkel ander gebouw te zien.
Toen ze naast haar ging lopen, kon Teddy zich er niet van weerhouden te zeggen: 'Waar woont u dan, prinses Irina? Waar staat uw huis?'
'O, je kunt het hier vandaan niet zien,' antwoordde Irina Troubetzkoy met een vreemd lachje. 'Ik noem het wel mijn huis, maar mijn optrekje is eigenlijk een hol onder de grond.'
'O.' Het verraste Teddy zo dat ze even met een mond vol tanden stond.
Ze waren nog niet veel verder toen de prinses plotseling bleef staan en naar een bomkrater wees, een paar passen voor hen uit.
'Dat is mijn hol! Ik woon daar beneden... als een holbewoner.' Irina keek uit een ooghoek naar Teddy en ging door: 'Schrik maar niet, het is niet zo beroerd als het klinkt. Nou... dan laat ik mijn bakstenen maar even hier, die haal ik later wel op.'
De prinses duwde de kinderwagen over een berg puin tot bij de bomkrater, ging op haar knieën zitten en begon de voorwielen voorzichtig met stenen vast te klemmen.

Teddy knielde ook, hielp de stenen op hun plaats te leggen en wierp ondertussen een snelle blik op Irina. '*Prinzessin?*'
'Ja?'
'Waarom bent u puinruimster geworden?'
Irina Troubetzkoy hief nogal fier haar hoofd op en liet haar helderblauwe ogen op Teddy rusten. Ze zei heel eenvoudig: 'Omdat ik niets anders te doen heb.' Ze zuchtte even en legde toen uit: 'Bovendien krijg ik voor de stenen betaald, en krijg ik ook extra voedselrantsoenen.' Met een lachje ging ze door: 'En er is nog een reden, nog een overweging. Ik heb het gevoel dat ik iets zinnigs doe, iets dat de moeite waard is, iets voor de toekomst, door het terugwinnen van de bakstenen waarmee Berlijn ooit herbouwd kan worden. Het geeft mij, en ook de andere puinruimsters, het gevoel dat we iets nuttigs doen. En het is een inzet voor de toekomst.'
'Ja,' zei Teddy en knikte. 'Ja, ja, ik begrijp wat u bedoelt.' Maar ze bedacht wel hoe anders het leven van prinses Irina Troubetzkoy geweest zou zijn als de Russische revolutie niet had plaatsgevonden. Haar moeder, prinses Natalie, was een geboren Romanov en een nicht van tsaar Nicolaas, en Irina had aan het Russische hof een gemakkelijk, comfortabel en bevoorrecht leven kunnen leiden. Dan had ze beslist niet door de ruïnes van Berlijn hoeven scharrelen op zoek naar bakstenen voor hergebruik en had ze niet in een hol onder de grond hoeven wonen.
De prinses krabbelde overeind, keek naar Teddy die nog tussen het puin geknield lag en wenkte haar. 'Kom!' riep ze, en ze liep naar de bomkrater, stapte over de rand en verdween uit het zicht. Teddy onderdrukte een kreet; ze sprong op en rende haar achterna. Ze keek ongerust de bomkrater in en zag daar een steile stenen trap die naar de bodem liep. De treden waren half vergruizeld, en ze besefte dat die door de bommen zo zwaar beschadigd waren. De prinses liep voorzichtig naar beneden. Teddy haalde diep adem en volgde haar.
'Deze treden liepen vroeger van de keuken naar de kelders in het huis van mijn stiefvader toen dat nog overeind stond,' vertelde Irina haar. 'En zoals je kunt zien, is dat het enige dat er nog over is van het statige huis van de Herr Baron, behalve mijn kleine woning dan natuurlijk, en die ligt achter de deur recht voor ons.'

35

De prinses haalde een ijzeren sleutel uit haar jaszak en maakte de zware houten deur open. ‘Wil je hier even wachten, Teddy, dan steek ik de olielampen aan,’ zei ze, en stapte naar binnen.
Even later riep de prinses: ‘Kom binnen, kom binnen,’ en Teddy ging naar binnen.
Ze bevond zich in een kleine kelder. Hij werd verlicht door de lampen die Irina net had aangestoken en die nu helder flikkerden in het duistere interieur. Teddy moest een paar keer met haar ogen knipperen om aan het donker te wennen en keek toen nieuwsgierig om zich heen.
De lelijke kelder was schaars gemeubileerd. Tegen de achterwand stond een antieke tot op de draad versleten sofa met doorgezakte veren, met aan weerszijden een klein tafeltje van donker hout met daarop de olielampen, en tegenover de sofa stonden een paar leunstoelen. In het midden stond een grote houten pakkist met een kanten kleedje erop, die kennenlijk dienst deed als salontafel. Tegen een andere wand stond een ouderwets dressoir dat betere tijden had gekend met daarbovenop een stapel boeken, een houten kandelaar met een dikke witte kaars erin, en een paar beschadigde witporseleinen koppen en schotels.
Het kwam Teddy voor dat de prinses geprobeerd had de kelder wat warmte en gezelligheid te geven, wat huiselijkheid. Op de betonnen vloer lag een versleten oosters tapijt, de donkerblauw brokaten sofa werd opgefleurd door een paar gekreukte roodfluwelen kussens die onder de vlekken zaten, en over de rug van een van de leunstoelen lag een verschoten wollen deken. Op de pakkist stond een armetierig bosje nepbloemen in een jampot. Die groezelige imitatie van echte bloemen had iets aandoenlijk ontroerends, zodat Teddy’s blik erop bleef rusten, en om een onverklaarbare reden kreeg ze een brok in haar keel toen ze ernaar keek.
De prinses had Teddy scherp staan opnemen en terwijl ze naar het midden van de kelder liep, zei ze snel en levendig: ‘Het is niet veel, dat weet ik, maar het is meer dan de meeste Berlijners tegenwoordig hebben. Velen lopen rond met al hun bezittingen in een papieren zak en kamperen zo goed en zo kwaad als het gaat tussen de ruïnes. Ik heb geluk. Deze plek is droog, en wat

belangrijker is, hij is veilig. En met de paraffinekachel heb ik het zo warm. Heb je het koud, Teddy? Dan steek ik de kachel aan, hoor.'
'Nee, nee!' riep Teddy uit. 'Ik wil niet dat u voor mij kostbare brandstof verspilt. Ik houd mijn jas wel aan.'
'Ik ook,' zei de prinses, 'en wat een mooie, hè?' Ze grinnikte en keek neer op de armoedige, bovenmaatse herenjas die haar veel te groot was, trok hem met een bijna bezitterig gebaar strak om zich heen en voegde eraan toe: 'Deze was van mijn stiefvader en ik zie er niet in uit, maar hij is tenminste warm.' Terwijl ze naar een stoel gebaarde, ging ze snel verder: 'Nou Teddy, ga alsjeblieft zitten. Ik zou je graag iets te drinken aanbieden, maar eigenlijk heb ik niet veel. Ik zal eens kijken wat ik kan vinden.'
'Dank u, maar ik wil niets hebben, prinses Irina, echt niet, dank u,' verzekerde Teddy haar en ze ging in een van de stoelen zitten. Ze trok haar wollen handschoenen uit, stopte ze in haar zak en wikkelde haar lange Schotse sjaal af die ze los om haar hals liet hangen.
De prinses ging op de sofa zitten, tegenover Teddy, en zwaaide luchtig met één hand door de kelder in de rondte. 'Dit was een voorraadkelder, een soort ondergrondse opbergplaats eigenlijk. De baron gebruikte hem om zilver, porselein en waardevolle huishoudelijke goederen in op te slaan,' legde ze uit. 'Daarachter...' ze wees naar de deur bij het dressoir, 'is de wijnkelder, hoewel er geen wijn meer ligt. De flessen waren door de bombardementen gebroken, en nu is de wijnkelder... mijn slaapkamer!'
Teddy knikte en bekeek alles vol belangstelling, toen vroeg ze: 'Bent u erin geslaagd deze meubels uit de ruïnes van het huis te redden?'
'O nee, er was niet veel meer van het huis over, of van de inboedel, niet nadat de geallieerden ons tweeëntachtig keer in even zoveel dagen hadden gebombardeerd. Deze erbarmelijke meubels stonden hier al. Mijn stiefvader had de twee voorraadkelders in 1940 in schuilkelders veranderd, voor ons en het huishoudelijk personeel. Dus je begrijpt dat mijn kleine optrekje kant en klaar was toen het huis voor de laatste keer werd geraakt. Toen werd het echt helemaal met de grond gelijkgemaakt.'

'De baron… prinses Natalie…' Teddy zweeg, en ze vroeg zich plotseling af of ze wel door kon gaan. Misschien waren de moeder en stiefvader van de prinses wel omgekomen, en ze wilde haar niet van streek maken.

Irina die Teddy's dilemma direct begreep, zei haastig: 'Ja hoor, het gaat hen heel goed, goddank. Mijn moeder en stiefvader wonen in het tuinmanshuis op een van de bezittingen van de baron bij Baden-Baden in het Zwarte Woud. Het kasteel zelf is natuurlijk op het moment gesloten, het is voor Helmut veel te moeilijk om er een huishouden te voeren zonder personeel, zonder brandstof en andere voorraden.'

'Ik ben blij te horen dat ze allebei gezond zijn en niet gewond.' Teddy keek rond in de vochtige, sombere kelder, en suggereerde voorzichtig: 'Zou u niet beter af zijn als u bij hen op het platteland woonde, prinses Irina?'

'Helemaal niet!' Irina schudde heftig haar hoofd en fronste bij het idee alleen al. Ze schoot onverwacht in de lach en door haar gegrinnik heen zei ze: 'Ze zijn een raar stel, de Russische prinses en de Pruisische baron. Ze zijn net… een stel tortelduifjes, ja, ik geloof dat dat de beste omschrijving is. En ik weet heel zeker dat ze het liefst alleen zijn. Daarbij komt dat het huis klein is en, zoals ze zeggen, drie is te veel.' Irina ging achterover zitten, ze sloeg haar benen over elkaar en dacht toen hardop: 'Ik ben graag in Berlijn, ik sta graag midden in het leven, hoe moeilijk het tegenwoordig ook is om hier te wonen. En ik zit tenminste niet in de Russische zone.'

'Mevrouw Reynolds vertelde me dat daar nog veel verkrachtingen plaatsvinden, dat het voor een vrouw niet veilig is in de Rode sector.'

'En vooral voor een Witrussin als ik! Kun je je voorstellen hoe de bolsjewieken mij zouden behandelen?' riep Irina uit. 'Toen ze de stad in mei bezetten, stond ik doodsangsten uit. Ik heb me wekenlang verborgen gehouden, tot de Britten, Fransen en Amerikanen hun zones kwamen bezetten… Maar genoeg daarover, ik ben nu veilig.'

Teddy keek even bedachtzaam voor ze zei: 'Maar u hebt het niet bepaald gemakkelijk, prinses Irina, al hebt u dan een dak boven uw hoofd. Ik weet dat er een tekort aan voedsel is en ik wil u morgen graag wat etenswaren en een paar luxeartikelen komen

brengen. Ik weet dat mevrouw Reynolds me die graag zal geven en dat ze u ook zal willen helpen als ze eenmaal van uw situatie op de hoogte is.'
'Dat hoeft niet, maar toch bedankt, Teddy, dat is lief aangeboden. Ik red me heel aardig en als het echt nodig is, schaf ik af en toe iets aan in de Tiergarten.'
'De Tiergarten?' herhaalde Teddy verwonderd en keek de prinses vragend aan.
'Er is een heel levendige zwarte markt in het park,' legde Irina uit. 'Als je maar betaalt, kun je er boter, koffie, thee, repen chocola, sigaretten en tandpasta kopen. Er is veel te koop.'
'Maar ik zou u toch graag wat komen brengen. Het is echt helemaal geen moeite. Ik wil íets doen om u te helpen. Laat me dat alstublieft doen,' smeekte Teddy.
'Goed, Teddy. Graag, dank je.' De prinses boog sierlijk haar hoofd en ze kreeg een verheugde blik in haar ogen. 'Dat is heel erg vriendelijk van je. Maar ja, in moeilijke tijden zoals deze moet je het toch van je vrienden hebben,' zei ze, en glimlachte warm.
Teddy lachte terug. 'Ik heb geweldige vrienden in Londen die me hebben geholpen hier te komen om naar Herr en Frau Westheim te zoeken. Heeft u goede vrienden, prinses? In Berlijn bedoel ik?'
'Er zijn er nog wel een paar. Helaas, droevig genoeg, hebben de meeste van mijn vrienden de oorlog niet overleefd.' Irina leunde met haar hoofd tegen de rug van de sofa en sloot haar ogen, en toen ze ze weer opendeed, waren ze donker van pijn en glinsterden er tranen aan haar wimpers.
Teddy ontging de lijdende blik op Irina's gezicht niet, een gezicht dat nu in het licht van de lamp zo bleek was en dat zo strak stond, en haar hart ging naar haar uit. 'Het spijt me zo,' zei ze. 'Het spijt me vreselijk, prinses Irina.'
'Mijn vrienden werden vermoord, bruut vermoord...' Irina Troubetzkoy's stem begon te trillen; ze haperde en kon niets meer zeggen. Ze begon stilletjes te huilen. Even later voelde ze in haar zak en ze trok een groezelig vodje te voorschijn waarmee ze haar ogen droogde.
'Vergeef me,' verontschuldigde ze zich, en dwong zich tot een glimlach, maar die was maar flauw. 'Ik was niet van plan me zo

aan te stellen, maar ik was geroerd door je vriendelijkheid, en toen moest ik aan mijn arme vrienden denken...' Irina's stem stierf weg; ze sloot haar ogen weer en zuchtte een paar keer, alsof haar verdriet haar te veel werd.
Teddy bleef naar de prinses zitten kijken en wachtte tot ze zich hersteld zou hebben, omdat ze wist dat ze niet veel kon zeggen of doen om haar te helpen haar verdriet te verlichten. En voor de tweede keer die ochtend moest ze er onwillekeurig aan denken wat een hard en pijnlijk leven deze aristocratische Russische vrouw achter de rug had. Terwijl Teddy in het zacht glanzende licht haar gezicht nauwkeurig in zich opnam, vielen haar de fijne bouw, de mooie lijnen, de prachtig gevormde mond en kin en het gladde brede voorhoofd met de symmetrische roodbruine wenkbrauwen boven die verrassend blauwe ogen op. Rond haar ogen en mond was een netwerk van fijne lijntjes zichtbaar, maar ze was nog steeds een bijzonder mooie vrouw. Teddy dacht dat ze een jaar of drieëndertig was, maar ze zag er ouder uit. Geen wonder, dacht Teddy, na alles wat ze heeft doorgemaakt.
Plotseling ging de prinses rechtop zitten en wierp Teddy een snelle blik toe. 'Kurt von Wittingen en ik zaten samen in het verzet, en we hadden een goede vriend, admiraal Canaris... Wilhelm Canaris. Dat was de admiraal die heeft geholpen Ursula, Maxim en jou Duitsland uit te krijgen. Wist je dat?'
'Frau Westheim heeft het me verteld.'
'Wilhelm Canaris is dood,' kondigde Irina rustig aan. 'Hij haatte en verafschuwde Hitler en alles waar die misdadiger voor stond, en onvermijdelijk moest hij zijn leven geven voor zijn overtuiging.' Ze vestigde haar blik op een verre hoek van de kelder, even verzonken in haar eigen overpeinzingen, en er gingen een paar minuten voorbij voor ze langzaam verder ging: 'De admiraal nam absoluut adembenemende risico's om het verzet te helpen, om ons te helpen die slachtoffers van de nazi's die we zo wanhopig probeerden te redden, bij te staan...' Irina maakte haar zin niet af.
Teddy hield haar nauwlettend in de gaten en ze zag de pijn op haar gezicht. Opeens wist ze dat de prinses op de hoogte was van zoiets vreselijks dat ze er niet eens naar durfde raden, en ze voelde een rilling over haar rug lopen. Ze bleef heel stil zitten en wachtte.

Irina stond plotseling beverig op, liep naar het dressoir, trok een la open en nam er een pakje sigaretten uit. Ze draaide zich naar Teddy om en vroeg: 'Rook je? Wil je er een?'
Teddy schudde haar hoofd. 'Nee, dank u, en neem deze maar liever.' Teddy deed haar tas open, haalde er een pakje Lucky Strikes uit en legde dat op de pakkist naast de jampot met de verschoten zijden bloemen. 'Ik had er niet aan gedacht dat u rookte, anders had ik ze u wel eerder gegeven.'
'Dank je wel, Teddy,' zei Irina die het waardevolle geschenk dankbaar aanvaardde. Ze liep terug naar de sofa, ging weer zitten, stak een van de Lucky Strikes op en begon over Wilhelm Canaris te vertellen. 'De admiraal werd vorige zomer gearresteerd, de zomer van 1944, op beschuldiging van hoogverraad.' Ze zweeg even terwijl ze aan haar sigaret trok, en met lage stem vertelde ze Teddy: 'In april van dit jaar werd hij in het concentratiekamp Flossenburg opgehangen, ironisch genoeg maar kort voor de geallieerden het kamp bevrijdden.'
'Wat tragisch dat de Amerikanen te laat kwamen om hem te redden. Het is hartverscheurend om er zelfs maar aan te denken,' zei Teddy en ze zweeg meteen weer omdat ze nadacht over het trieste heengaan van deze moedige man.
Ook de prinses was even stil; ze trok aan haar sigaret en zat in een wolk van rook in gedachten verzonken. Ten slotte zuchtte ze diep en merkte op een wat afgemeten en zorgvuldige toon op, om elk woord te benadrukken: 'Ik hoop dat jullie in Engeland beginnen te begrijpen dat er in Duitsland een paar heel moedige mannen waren, mannen die Hitler en zijn beulen uit alle macht hebben bevochten en hebben geprobeerd hen tegen te houden. Het waren heel eerbare en integere mannen die anderen van de ondergang door dat smerige regime van kwaad en tirannie wilden redden en die heel hard hebben geprobeerd Hitler en de nazi's ten val te brengen en die daardoor ten slotte hun leven verloren.'
'Ja, dat weten ze,' verzekerde Teddy haar. 'Ik heb nog pas in de kranten dingen over het Duitse verzet gelezen, en ik heb ook gelezen over de executie van admiraal Canaris. De Britse kranten noemden hem een held, *Prinzessin*.'
'Dat was hij zeker.'
'Maxim en ik hebben ons leven aan hem te danken,' zei Teddy zacht.

'Dat is waar, ja, dat is zo. Maar er waren nog andere mensen bij jullie ontsnapping betrokken. Herinner je je die kolonel die in de trein van Berlijn naar Aken bij jullie in de coupé zat?'
'Kolonel Oster,' zei Teddy. 'Toen we de Belgische grens over waren, heeft Frau Westheim me verteld wie hij was.'
'Hij zat in de trein om een oogje op jullie te houden, om zich ervan te verzekeren dat jullie allemaal veilig waren en dat jullie het land uit kwamen. Ook hij was een dapper man. Hij was de assistent van de admiraal bij de militaire inlichtingendienst en hij stond hem heel na, vooral door hun gemeenschappelijke haat jegens de nazi's.'
Irina drukte haar sigaret uit, ging achterover zitten en vouwde haar handen in haar schoot, waarna ze ernaar bleef zitten staren. De gebeurtenissen van de laatste paar jaar stonden haar nog helder en levendig voor de geest en ze zou ze nooit kunnen vergeten. Zonder op te kijken, vertrouwde ze Teddy toe: 'In 1944 bestond er een samenzwering om Hitler te vermoorden... stel je voor, vorig jaar pas en toch lijkt het zo lang geleden, misschien omdat er de laatste tijd zoveel is gebeurd. Het werd het 20 julikomplot genoemd en het lukte niet, het ging helaas vreselijk mis. Hitler werd alleen maar gewond en niet gedood zoals de bedoeling was, hoewel graaf Klaus von Stauffenberg het attachékoffertje met de bom maar drieëneenhalve meter van hem af had neergezet. Ondanks zijn verwondingen overleefde Hitler het en een paar van de samenzweerders werden onmiddellijk gevangengenomen. Kolonel Von Stauffenberg werd diezelfde avond nog doodgeschoten... om middernacht op de binnenplaats van het ministerie van oorlog.'
De prinses pakte nog een sigaret en ging verder met haar verhaal: 'De Gestapo dacht dat kolonel Oster ermee te maken had, en hij werd die maand gearresteerd en vastgehouden op het Gestapo-hoofdkwartier in de Prinz Albrechtstrasse. We wisten zeker dat hij vreselijk gemarteld werd. We zijn er eigenlijk van overtuigd dat ze allemaal gemarteld werden...'
'Wie waren de anderen?' fluisterde Teddy die nauwelijks durfde te ademen.
'Adam von Trott zu Solz, Gottfried Bismarck, Fritzi Schulenberg en nog heel wat anderen. Geen van hen gaf toe onder de martelingen, ze noemden onze namen niet, ze betrokken ons er

niet bij. Nee, ze hebben ons niet verraden...' Irina Troubetzkoy staarde Teddy aan en ze gaf toe: 'Ik zat er tot over mijn oren in, de samenzweerders waren allemaal vrienden van me, maar ik werd nooit gearresteerd. Ze stierven terwijl ze mij, en andere mannen en vrouwen, beschermden.'
'O prinses Irina, wat moedig van u! Maar u had zelf ook wel gedood kunnen worden!' riep Teddy uit, en ze dacht eraan dat ze Irina altijd al dapper had gevonden en dat die in het verleden haar onbevreesdheid altijd trots en onbevangen had laten blijken. Ursula Westheim had haar een moedige vrouw genoemd.
Irina knikte. 'Ja, ik had wel dood kunnen zijn,' beaamde ze. 'Maar dat ben ik niet. Ik móest in leven blijven om te rouwen.'
Ze zwegen even; het was doodstil in de kelder.
Teddy wilde prins Kurt von Wittingen noemen, ze wilde vragen hoe het hem was vergaan, maar voor ze dat kon doen, begon Irina weer te praten, alsof het een opluchting was dat ze zich tegen iemand kon uiten.
Ze zei, heel zachtjes: 'Zovelen van mijn vrienden werden uiteindelijk geëxecuteerd, en sommigen zijn heel gruwelijk gestorven. Adam von Trott werd verleden jaar augustus in de Plötzenseegevangenis met een pianosnaar aan een vleeshaak opgehangen en hij stierf een heel langzame verstikkingsdood. En Teddy, kun je geloven dat ze nota bene foto's en films maakten van mensen die ze aan vleeshaken lieten sterven om die aan Hitler te laten zien? De sadisten! Hans Oster werd in april van dit jaar in Flossenburg opgehangen, tegelijk met admiraal Canaris. Mijn hart bloedt als ik aan hen allen denk. Ik zal geen van hen ooit kunnen vergeten. Ik denk elke dag aan ieder van hen, en dat zal ik tot mijn dood blijven doen.'
Teddy was zo geschokt, zo diep ontroerd door de dingen die ze net had gehoord dat ze even niets kon zeggen, en toen dat weer ging, klonk haar stem verstikt. 'Wat een tragische, tragische verspilling. Men moet de wereld over deze gruweldaden vertellen, net zoals er over de kampen is verteld. En het mag nooit meer gebeuren.'
'Nee, dat mag het zeker niet. Nooit meer.' Irina keek naar Teddy, slaakte een diepe zucht en zei: 'Hitler is tenminste dood. Hoewel ik wilde dat hij in april in zijn bunker geen zelfmoord had gepleegd, zodat hij door de geallieerden gearresteerd had

kunnen worden en samen met die andere misdadigers op de juiste manier veroordeeld had kunnen worden voor zijn misdaden tegen de mensheid. Het internationale vierlandentribunaal begint volgende maand in Neurenberg, en de hele wereld kijkt toe, want er moet recht gedaan worden. Het is absoluut noodzakelijk, in naam van al die miljoenen die stierven, om er zeker van te zijn dat ze niet voor niets zijn gestorven.'

'Dat gebeurt heus wel, maakt u zich maar geen zorgen,' zei Teddy vol vertrouwen. 'Die monsters laten ze niet zomaar lopen, die komen er niet ongestraft van af. Ze worden allemaal gestraft, ze zullen allemaal aan een eind touw bungelen. Maar naar mijn mening is ophangen nog te goed voor hen.'

'Oog om oog, tand om tand,' mompelde Irina voor zich heen.

Teddy leunde gespannen voorover, ze vestigde haar blik op de andere vrouw en zei ongerust en met trillende stem: 'U hebt prins Kurt von Wittingen niet genoemd... hij is toch niet ook gevangengenomen en geëxecuteerd, hè?'

'Niet door de nazi's.' Irina's helderblauwe ogen werden donker en ze nam een lange trek van de Lucky Strike voor ze dat verder verduidelijkte. 'Eigenlijk weet niemand precies wat er met hem is gebeurd. Kurt was van de zomer in Berlijn. Ik heb hem niet zelf gezien, maar een ander lid van onze verzetsgroep, Wolfgang Schröder, wel. Wolfgang en Kurt hebben elkaar begroet en een paar dagen later zag Wolfgang hem weer. Toen stond hij met een paar Russische officieren te praten in dat deel van Berlijn dat nu de oostelijke zone is. Maar sindsdien is Kurt door niemand meer gezien. Hij is gewoon verdwenen.'

'Net als de Westheims en de Von Tiegals.'

Irina reageerde aanvankelijk niet op dit commentaar, toen mompelde ze zachtjes: 'Dat was niet precies hetzelfde.'

'Denkt ú dat de prins dood is?' vroeg Teddy.

'Dat is best mogelijk. Toen Kurt aan het eind van de oorlog niet opdook, dachten we dat hij misschien in de laatste wanhopige gevechten gewond was geraakt. Zelfs toen de Russen de stad waren binnengetrokken en die hadden ingenomen, werd er hier en daar nog gevochten. Dus zochten we alle ziekenhuizen af. Berlijn werd op zijn kop gezet en er werden heel wat mensen ondervraagd. Een ander lid van onze verzetsgroep, Dieter Müller, stelde nog een tweede en grondiger onderzoek in, maar Kurt

werd nooit gevonden. Zijn lichaam ook niet.'
'Kan het... kan het zijn dat het lichaam van de prins onder het puin ligt?' vroeg Teddy aarzelend omdat ze zich herinnerde wat Anne Reynolds haar had verteld over de lijken die in de ruïnes van de stad en in de rivier lagen te rotten.
'Dan kan natuurlijk altijd,' gaf Irina toe. 'Maar Dieter Müller heeft een andere theorie. Hij denkt dat Kurt werd gearresteerd door die Russische officieren met wie Wolfgang Schröder hem heeft zien staan praten. Misschien diezelfde dag.'
Teddy zat op het puntje van haar stoel. Ze had aandachtig zitten luisteren en zat vol vragen, maar ze stelde de prinses de meest voor de hand liggende. 'Waarom zouden de Russen prins Kurt von Wittingen dan willen arresteren?'
'Misschien omdat ze dachten dat hij een spion was,' suggereerde Irina. 'Juister gezegd, een spion voor de Amerikanen, en dat zou hem zeker tot vijand van de Sovjetunie maken. Ze zijn erg paranoïde, weet je, die bolsjewieken, vooral waar het de Amerikanen betreft. Op dat punt zijn ze net als hun leider, Jozef Stalin, nog zo'n tiran met bloed aan zijn handen.'
'En ú? Wat denkt u? Denkt u dat de prins gearresteerd werd?'
'Ik weet het eenvoudig niet, Teddy. Ik wou dat ik het wist.'
'Ik ben laatst naar het huis van de Von Wittingens gegaan... u weet natuurlijk dat het er niet meer staat. Net als de rest van Berlijn is het een puinhoop. Zit prinses Arabella in Zürich?'
'Ja. Zodra ze kon, kwam ze van de zomer terug naar Berlijn, maar nu Kurt vermist wordt, haar huis vernield is en ze nergens kan wonen, was er niets om haar hier te houden. Ze is met Diana en Christian naar Zwitserland teruggegaan.'
'Dat vermoedde ik al.'
'Arabella is... Tja, eerlijk gezegd is ze zichzelf niet meer. Sinds Kurt is verdwenen, is haar verstand... ze is af en toe een beetje in de war.'
Teddy keek geschrokken. 'Wat afschuwelijk. Het spijt me dat te horen. Arme vrouw, ze is zo'n goed mens en ze is altijd zo vriendelijk voor iedereen. Maar ze heeft tenminste de kinderen nog.'
'Diana en Christian zijn een grote steun voor haar, ja.'
De twee vrouwen deden er even het zwijgen toe en lieten zich meevoeren door hun eigen gedachten. Het was ten slotte Irina die de stilte tussen hen verbrak.

'O hemel, we hebben het alleen maar over verdrietige dingen gehad, Theodora. Over pijnlijke zaken. En dat terwijl we elkaar zes hele lange en moeilijke jaren niet hebben gezien. Dat is natuurlijk mijn fout, want ik heb het meeste zitten praten.' Irina ging met een zeker enthousiasme naar voren zitten en riep plotseling en met een lieve glimlach: 'Ik wil alles horen over jou en Maxim en jullie leven in Londen! Alles hoor, en je mag niets weglaten.'

'Goed,' beloofde Teddy lachend. 'En ik heb eigenlijk best een boel te vertellen.' Ze zocht in haar tas naar het bundeltje foto's en toen ze dat gevonden had, keek ze op en zei: 'Ik heb een paar enige foto's van Maxim, die ik voor zijn ouders heb meegebracht. Ze zullen zo trots op hem zijn als ze hem weer zien. Hij is al heel groot, en hij is een geweldige knul.'

Irina Troubetzkoy kon niets zeggen.

Ze stond onzeker op en liep naar het dressoir waar ze met trillende handen net deed of ze iets stond te zoeken in een la. Teddy mocht beslist de pijn op haar gezicht niet zien, of de tranen die haar ogen verblindden.

36

Toen Teddy de volgende dag terugging naar de kelder aan de Lützowufer was het al laat in de middag.

De prinses had kennelijk op haar zitten wachten en de deur werd na één keer kloppen onmiddellijk geopend. Teddy werd heel hartelijk begroet en binnengelaten in het kleine optrekje, zoals de prinses de kelder koppig bleef noemen.

Voor Teddy was het een ellendig hol onder de grond, donker, vochtig, muf en ongezond en ze kon de gedachte niet verdragen dat daar iemand woonde, vooral prinses Irina Troubetzkoy niet. Toch wist Teddy dat ze niets kon doen om haar te helpen haar levenslot te verzachten, tenminste op het ogenblik. Ze had het de avond tevoren heel lang met Anne Reynolds over de prinses gehad, en zij had beloofd een oogje in het zeil te houden en als het maar even mogelijk was haar leven wat makkelijker te maken, en daar was Teddy heel blij om.

Irina had de paraffinekachel al aan en de kelder leek niet zo

koud en vochtig als gisteren, hoewel het een regenachtige dag was; de kaars en de twee olielampen brandden helder en droegen bij tot het gevoel van warmte, tot de illusie van behaaglijkheid.
Toen ze Teddy uit haar jas had geholpen, zei Irina: 'Ik dacht dat je misschien wel wat *Schnaps* zou lusten. Je wordt er warm van, Teddy, en het is vandaag vreselijk koud buiten.' Ze gebaarde met haar hand naar het dressoir en legde Teddy's jas toen voorzichtig over de rug van een stoel.
Teddy keek naar het dressoir en zag dat de prinses twee beschadigde kristallen glazen en een fles met een bodempje *Kirschwasser* uit het Zwarte Woud had klaargezet. 'Dank u, dat lijkt me lekker,' antwoordde ze, hoewel kersenbrandewijn haar op dat moment niet zo aansprak. Aan de andere kant wilde ze de prinses, die kennelijk veel moeite had gedaan de kelder op te knappen en aantrekkelijker te maken, niet voor het hoofd stoten. En het kostbare bodempje *Kirschwasser* dat nog in de fles zat, was ook weer zo'n vriendelijk gebaar van een vrouw die leefde onder de meest jammerlijke omstandigheden.
'Maar voordat we iets gaan drinken, wil ik u eerst dit graag geven,' zei Teddy, en pakte de boodschappentas op die ze op de grond had gezet toen ze de kelder binnenkwam. 'Ik heb inderdaad een paar dingen voor u kunnen krijgen, prinses Irina.'
'Wat lief van je, Teddy,' zei de prinses en haar ogen lichtten op.
Teddy droeg de tas naar het dressoir en begon er wat eten uit te halen terwijl ze zei: 'Hier heb ik een pakje Typhoo-thee, echte koffie, chocoladekoekjes – heerlijke Amerikaanse zelfs – een brood en een half pond boter. En dan nog een paar blikjes. Ham, corned beef, zalm en sardientjes, allemaal uit de Amerikaanse legerwinkel, en een blikje eipoeder en een met melkpoeder. En onder in de tas nog een paar andere dingetjes. Kom maar kijken.'
'O hemel!' riep Irina die helemaal overdonderd klonk. Ze had niet op zoveel etenswaar gerekend, en haar gezicht was een en al dankbaarheid toen ze naast Teddy bij het dressoir kwam staan. Voordat ze in de tas keek, raakte ze de dingen die Teddy al had uitgepakt bijna eerbiedig aan. Toen draaide ze zich verrast om naar Teddy. 'Tandpasta, toiletzeep, en... o, Teddy, wat énig! Een lippenstift van Max Factor en eau-de-toilette van Apple

Blossom! Dank je, dank je wel.' Ze kwam een stapje dichterbij, omhelsde Teddy hartelijk en glimlachte haar warm toe.
Teddy zei: 'Ik ben blij dat ik u op mijn manier een beetje kan helpen, prinses Irina.'
'Waar heb je in 's hemelsnaam al die heerlijke dingen vandaan?'
'Van mevrouw Reynolds, van het Internationale Rode Kruis, de dame van wie ik u vertelde, en van haar secretaresse, Elizabeth Jefford. Ze hebben me allebei wat van hun eigen rantsoen gegeven, en mevrouw Reynolds heeft een paar extra dingen voor u losgepeuterd bij haar vriend, majoor Evans, die bij de Amerikaanse bezettingstroepen zit. Die rode lippenstift is van de majoor, prinses. En mevrouw Reynolds gaf me de eau-de-toilette voor u mee.'
'Wat vreselijk royaal en lief van hen. Je moet hen allemaal van me bedanken. Stel je voor, lippenstift!'
'Ik geloof dat u de lippenstift nog leuker vindt dan het eten!' riep Teddy uit, en ze begon te lachen.
Irina lachte mee. 'Niet echt,' zei ze. 'Maar het is een feest om na al die tijd iets echt vrouwelijks te krijgen, na jaren van allerhande ontberingen. Zullen we dan nu een *Schnaps* nemen?'
'Ja, lekker.' Teddy liep naar de sofa waar ze ging zitten en ze keek hoe de prinses de brandewijn in de likeurglazen schonk.
Vanmiddag zag Irina Troubetzkoy er meer uit als de vrouw die ze voor de oorlog was geweest, bijna als haar vroegere zelf, dacht Teddy. Ze droeg een zwarte wollen jurk, ouderwets en zeer uit de tijd, duidelijk uit de jaren dertig, met dikke zwarte kousen en stevige zwarte wandelschoenen. En hoewel ze saaie kleren droeg, straalde ze toch een zekere elegantie uit, een apart soort waardigheid die overeenkwam met haar vroegere aristocratische houding. Haar haar was nog net zo prachtig als vroeger, een schitterende roodbruine kleur, en er zaten verrassend weinig grijze haren tussen haar weelderige lokken. Ze heeft het op de een of andere manier gewassen vandaag, dacht Teddy. Irina's gezicht zag er ook schoongeboend uit, en niet overdekt met stof zoals de dag tevoren toen Teddy haar tussen het puin had aangetroffen. En de prinses zag er zo jong uit als ze werkelijk was, niet als een vrouw van achter in de veertig zoals gisteren; in het flikkerende lamplicht was ze nog net zo mooi als vroeger.
Irina gaf Teddy een glas *Kirschwasser* en zei: 'Ik wil graag met

je toosten, Teddy, om je van harte te feliciteren met je verloving.' Ze stootte Teddy's glaasje met het hare aan en voegde eraan toe: 'Ik was zo blij toen je het me vertelde.'
'Heel erg bedankt.' Teddy nam een slok van de brandewijn en ze lette erop dat ze niet aan de kapotte kant uit het glas dronk.
De prinses nam kleine teugjes van haar drankje en ging toen op een van de stoelen tegenover de sofa zitten.
Teddy leunde voorover, zette haar glas op de pakkist, opende haar handtas en nam er een kleine foto in een leren lijstje uit.
'Gisteren had ik alleen maar kiekjes van Maxim bij me,' legde ze uit. 'Dit is Mark, mijn verloofde.' Terwijl ze sprak, gaf ze de prinses de foto.
'Wat een knappe jonge vent is dat, Teddy,' zei Irina toen ze naar de foto keek. 'En kennelijk heel dapper, als je al die onderscheidingen op zijn uniform mag geloven.'
'Hij heeft meegevochten in de Slag om Engeland.'
De prinses knikte en gaf haar het lijstje terug. 'Toen je gistermorgen weg was, herinnerde ik me dat je voor de oorlog verkering had met de zoon van professor Herzog. Ze woonden geloof ik verderop aan de Lützowufer. Als ik het me goed herinner, is die jongeman in 1939 naar Palestina gegaan... wat is er van hem geworden?'
'Hij heet Willy en hij is niet erg lang in Palestina gebleven. Hij is verder getrokken, naar Shanghai. Daar is hij nog steeds, maar hij hoopt eens naar Amerika te kunnen,' vertelde Teddy haar. 'We schreven elkaar regelmatig, en ik heb nooit aan een andere man gedacht, tot ik Mark ontmoette. Hij en ik gingen echt van elkaar houden en toen besefte ik pas dat ik het Willy moest schrijven en dat ik onze onofficiële verloving moest verbreken.'
'En had Willy Herzog een gebroken hart?'
Teddy schudde haar hoofd en lachte even. 'Nee, helemaal niet. Hij was nogal opgelucht. Hij schreef terug om me te feliciteren en hij legde uit dat hij ook iemand anders had ontmoet en dat hij niet wist hoe hij míj dat moest vertellen. Geen gebroken harten dus, en we zijn nog steeds goede vrienden. Ik denk eigenlijk dat Willy nu al wel getrouwd is.'
'En wanneer ga jij trouwen, Teddy?' vroeg de prinses en nam een teugje van de kersenbrandewijn.
'O, voorlopig nog niet. Ik kan in elk geval niet trouwen zonder

dat Frau en Herr Westheim er zijn. Mark begrijpt dat we moeten wachten tot ik hen vind of tot ze contact met me opnemen, wat ze zeker zullen doen.'
Irina Troubetzkoy ging rechterop in haar stoel zitten en staarde Teddy aan. Ze zei geen woord, ze zat daar maar wezenloos voor zich uit te staren en ze werd heel bleek.
Toen Teddy die plotselinge verandering zag, vroeg ze bezorgd: 'Wat is er? Bent u ziek? Voelt u zich niet goed?'
De prinses sprak nog steeds geen woord en toen, eindelijk, zei ze zwakjes: 'Nee, dat ben ik niet. Het gaat zo wel weer over. Geef me maar even de tijd...' Ze zette het beschadigde likeurglas op de pakkist en zag hoe erg haar hand trilde. Ze greep met haar andere hand haar vingers stevig vast om het trillen te laten ophouden, toen boog ze naar voren en vestigde haar blik op Teddy.
Teddy, die terugstaarde, vond dat haar ogen verrassender blauw dan ooit en heel erg mooi waren. Toen zag ze dat ze glinsterden van de tranen en dat haar gezicht nog witter was geworden, zo bleek als was.
'Prinses Irina, wat is er aan de hand? Wat is er in 's hemelsnaam?'
'Ik heb je niet de waarheid verteld,' zei de prinses op lage toon. 'Hoewel ik niet echt tegen je heb gelogen, ben ik ook niet helemaal eerlijk geweest.' Ze schudde haar hoofd en vertrok haar mond in een grimas van zelfverachting. 'Waarom zit ik mezelf te verontschuldigen? Waarom zeg ik dat ik niet tegen je heb gelogen als ik dat wel heb gedaan? Ik heb gelogen door iets te verzwijgen.'
'Wat... bedoelt... u?' vroeg Teddy nerveus en haar woorden stierven langzaam weg. Ze leken achter in haar keel te blijven steken. Ze leunde zelf ook naar voren en bestudeerde fronsend het gezicht van de prinses. En op dat ogenblik kreeg ze een voorgevoel en werd ze overspoeld door een vreselijke angst.
'Ik heb je iets...' De prinses zweeg, haalde diep adem, en ging toen in een stortvloed van woorden verder: 'Ik heb je iets niet verteld Teddy. Iets wat ik weet over Sigmund en Ursula. Iets wat ik je gisteren had moeten vertellen. Ik was het een paar keer van plan, maar ik had de moed niet.'
'Wat?' riep Teddy, en haar stem werd hoog en schril. 'Vertel het me! O alstublieft, vertel het me!'

'Teddy, lieverd... Teddy... je zult hen niet vinden. En zij zullen jou niet vinden, zoals je maar steeds zegt. Ursula en Sigmund bevinden zich niet onder de vluchtelingen die proberen naar Berlijn terug te komen en ze staan niet op het punt om uit een kamp te komen,' zei Irina heel beverig. 'Ze komen niet terug. Ze komen nooit meer terug.'
Toen stond de prinses haastig op, ging op de sofa zitten en nam Teddy's handen in de hare omdat ze haar wilde helpen.
Teddy's mond begon te trillen en haar ogen stonden groot en starend in haar gespannen gezicht dat bleek van schrik was. Ze greep Irina's hand stevig vast, staarde haar diep in de ogen en zei met gesmoorde stem: 'Ze zijn dood, hè? Ursula en Sigmund Westheim zijn dood.'
De prinses boog haar hoofd. 'Ja,' gaf ze fluisterend toe. Ze trok Teddy in haar armen en hield haar dicht tegen zich aan, met één hand om haar hoofd.
Teddy huilde onbeheerst. 'Ik wist het wel, eigenlijk... heel diep van binnen. Ik denk dat ik het steeds heb geweten,' snikte ze en verslikte zich in haar woorden. 'Ik was altijd zo bang om hen. Ze hadden een kans van één op een miljoen om eruit te komen. Ik wist dat het niet kon... ik wilde het alleen maar niet toegeven.'
Irina wiegde Teddy als een kind en ze probeerde haar te sussen, haar op te beuren en te troosten, en de twee vrouwen klampten zich aan elkaar vast. Maar op een gegeven ogenblik trok Teddy zich los en riep uit: 'O god, waarom zíj? Waarom moesten zíj het zijn?'
Irina Troubetzkoy schudde haar hoofd. Ze had geen antwoord voor haar, net zoals ze geen antwoord voor zichzelf had.

Het gesnik van de twee vrouwen werd langzaam minder en stopte uiteindelijk helemaal. Ze lieten elkaar los, gingen rechtop zitten en droogden hun tranen.
Teddy vroeg zachtjes: 'Waar... waar zijn ze gestorven?'
Irina veegde met één hand langs haar natte wang en zei: 'Sigmund stierf in 1942 in Buchenwald.'
'Weet u dat zeker?'
De prinses knikte. 'Kurt von Wittingen kwam erachter. Op de een of andere manier... via de mensen van Krupp in Essen...

een groep gevangenen uit Buchenwald moest in een van de Krupp-fabrieken dwangarbeid verrichten. Voor het merendeel vrouwen. Een van hen, een Poolse gravin, had Sigi in Berlijn gekend. Ze had hem in Buchenwald gezien en gaf het bericht van zijn executie door. Hij werd doodgeschoten.' De tranen sprongen Irina weer in de ogen; ze drukte een hand tegen haar mond en onderdrukte een snik. Even later slaagde ze erin te zeggen: 'Kurt kon altijd de zaken achterhalen. Maar als hij iets wist, kon hij er niet altijd iets aan doen. Dat lukte hem maar af en toe.'
Teddy hield haar tranen in en vroeg: 'En Ursula? Zat zij ook in Buchenwald?'
'Nee, in Ravensbrück. Zij stierf daar in 1943.'
'Bent u daar ook zeker van?'
'Ja, heel zeker. Een lid van onze verzetsgroep, Maria Langen, zat in Ravensbrück gevangen vanaf 1943 tot de zomer van 1944 toen ze onverwacht werd vrijgelaten. Ze kende Ursula en Renata in het kamp. Ze zaten daar samen. Renata stierf ook in Ravensbrück.'
'Werden ze doodgeschoten? Hoe zijn ze gestorven?'
Irina beet op haar lip en ze knipperde haar tranen weg. Ze wendde haar hoofd af, slikte herhaaldelijk en zat onbeweeglijk voor zich uit te staren.
'Alstublíeft,' zei Teddy. 'Ik móet het weten.'
Irina draaide zich naar haar toe en keek haar heel direct aan; toen kon ze haar tranen niet langer bedwingen. Ze stroomden uit haar ogen en liepen langs haar gezicht op haar handen die in haar schoot lagen.
Met een stem die nauwelijks boven een fluistering uitkwam, zei Irina: 'Ze werd doodgeslagen.'
'O mijn god, nee! Nee! Nee! Nee! Niet Ursula!' schreeuwde Teddy terwijl ze half opstond van de sofa. 'O god, nee, dat kan ik niet verdragen! Ik kan het niet verdragen!' Ze kreeg een verschrikkelijke huilbui toen het gruwelijke van Ursula's dood tot haar doordrong, en bij de gedachte aan haar lijden boog Teddy voorover, zelf hevig gekweld, en sloeg haar armen om haar lichaam. Ze bleef huilen tot ze geen tranen meer had, en wiegde van pijn voor- en achterover.
Irina zat met haar arm om Teddy's schouders geslagen en probeerde haar te troosten, hoewel ze wist dat ze geen troost kon

bieden. De twee vrouwen rouwden om Ursula en Sigmund, en deelden hun overweldigend verdriet.

Het duurde een hele tijd voor Teddy weer kalmeerde, maar ten slotte slaagde ze erin zich in bedwang te houden en haar positieven weer bij elkaar te krijgen. Ze greep naar de *Schnaps* en toen ze er wat van had gedronken, vroeg ze zachtjes, op gedempte toon: 'Hoe is Renata von Tiegal gestorven? Was dat... op dezelfde manier? Weet u dat?'

'Renata werd wel erg geslagen, maar ze stierf aan een doorgebroken blindedarmontsteking. Die werd verwaarloosd; ze werd niet behandeld, kreeg buikvliesontsteking en stierf plotseling. Dat gebeurde een paar maanden na Ursula's dood.'

Teddy beet op haar lip en keek de andere kant uit, en uiteindelijk slaagde ze erin te vragen: 'En wat gebeurde er met Reinhard von Tiegal?'

'We zijn er nooit achter gekomen wat er met hem is gebeurd.'

'Dan zou hij nog in leven kunnen zijn,' suggereerde Teddy hoopvol.

'Dat betwijfel ik. Renata vertelde Maria Langen in Ravensbrück dat ze met z'n vieren Schloss Tiegal hadden verlaten omdat ze waren gewaarschuwd dat ze gearresteerd zouden worden. Sigi en Ursula omdat ze joden waren, Renata en Reinhard omdat ze joden onderdak hadden geboden. En ook omdat de Gestapo kennelijk geloofde dat Reinhard lid van een van de verzetsgroepen was, en dat was hij natuurlijk ook.'

'En ze slaagden er niet in een veilige plaats te bereiken,' concludeerde Teddy kalm.

'Nee, inderdaad. Ze kwamen maar tot Potsdam, en daar werden ze aangehouden. Renata en Ursula werden naar Ravensbrück gebracht. Ze zijn er nooit achter gekomen waar Reinhard en Sigi naar toe waren gestuurd.'

'Maar waarom stonden hun namen dan niet op de lijsten van de verschillende bureaus waar ik ben geweest?' vroeg Teddy zich hardop af, en ze keek met een verbijsterde frons naar Irina.

'Dat weet ik niet,' antwoordde Irina terwijl ze langzaam haar hoofd schudde en met een hulpeloos gebaar haar schouders optrok. 'We weten allemaal hoe ijverig de nazi's lijsten hebben gemaakt van wie ze allemaal hadden aangehouden, van de nummers die ze op de polsen van hun slachtoffers hadden getatoeëerd. Maar ze hebben die lijsten weer net zo ijverig vernietigd toen ze aan de verliezende hand waren, en de geallieerden de kampen begonnen te bevrijden.' Ze herhaalde: 'Ik weet gewoon niet hoe ik het moet verklaren, Teddy. Hun namen moeten op de kamplijsten hebben gestaan die de nazi's hebben vernietigd.'

'Ja.' Teddy keek Irina gespannen aan. 'En uw vriendin Maria Langen van de verzetsgroep... is het mogelijk... zou ik haar kunnen opzoeken, met haar kunnen praten? Misschien kan zij me meer vertellen...'

'Helaas is ze eerder dit jaar overleden. God weet hoe ze het zo lang heeft kunnen overleven. Die arme Maria was zo mishandeld dat ze nooit meer helemaal de oude is geworden.'

Teddy leunde tegen de sofa en zei niets meer.

Er viel opeens niets meer te zeggen.

Ze deed haar ogen dicht en dacht terug aan haar herinneringen; ze zag Ursula's lieve gezicht, hoorde haar vriendelijke, zachte stem en er welde een schreeuw op in haar keel. Ze slikte hem weg en kneep haar ogen nog steviger dicht om de tranen terug te dringen. Ze kon het niet verdragen te denken aan de vreselijke manier waarop Ursula was gestorven, zo wreed geslagen en onverdraaglijk gemarteld. En ze wist dat ze de onmenselijkheid van Ursula's dood nooit meer uit haar herinnering zou kunnen vagen. Die zou haar haar hele leven blijven achtervolgen.

37

'Hier kunt u rustig zitten, juffrouw Stein,' zei de heer Johnson van de Rossiter Merchant Bank en liet haar een kleine, afgezonderde ruimte binnen. 'En als u dit kaartje even wilt tekenen, zal ik u zo meteen uw kluis brengen.'

'Dank u, meneer Johnson,' zei Teddy terwijl ze aan tafel ging zitten; ze tekende de machtigingskaart die hij haar voorlegde en gaf hem die terug.

De bankemployé lachte vriendelijk en ging weg.

Teddy ging achterover op de stoel zitten wachten tot hij terugkwam, starend naar het schilderij aan de muur tegenover haar

zonder het werkelijk te zien. Ze was met haar gedachten bij het gesprek dat ze zojuist met Henry Rossiter had gehad.
Meneer Rossiter vond het droevig het trieste nieuws te horen dat ze uit Berlijn had meegebracht, maar ze besefte nu dat hij niet buitengewoon verrast had geleken toen hij hoorde dat de Westheims waren overleden. Nadat hij haar op een vriendelijke en meelevende manier had gecondoleerd, had hij haar verteld dat zij nu Maxims voogd was tot hij eenentwintig jaar zou zijn.
'Dat was de uitdrukkelijke wens van mevrouw Westheim,' legde de bankdirecteur uit. 'De brief die u me van haar gaf toen u in 1939 net in Engeland was, was de bevestiging van een telefoongesprek dat zij en ik krap een week voor uw aankomst over deze zaak hebben gehad. Ik dacht dat u die brief nu misschien zou willen zien.' Henry Rossiter had hem haar over het bureau heen aangereikt waarna ze hem snel had doorgelezen en aan hem had teruggegeven. 'Is alles duidelijk?' had hij gevraagd, en ze had geknikt. Hierna had ze hem verteld dat ze graag wilde dat hij haar zou blijven adviseren inzake de investeringen van de Westheimfondsen en ze had hem bedankt voor de raad die hij haar tot dusverre had gegeven. Hij had op zijn vriendelijke manier geglimlacht en haar verzekerd dat hij haar zou helpen waar hij maar kon, en hij had erin toegestemd Maxims geld te blijven beheren.
Teddy's gedachten werden onderbroken toen de deur van het kamertje openvloog en meneer Johnson weer verscheen. Hij haastte zich met haar kluis naar binnen en zette hem op tafel. 'Alstublieft, juffrouw Stein. Neemt u rustig de tijd,' zei hij en verdween voordat ze de kans kreeg om hem behoorlijk te bedanken.
Het was de eerste keer dat Teddy haar kluis opende sinds de dag dat ze hem had gekregen, meer dan zes jaar geleden, toen ze de inhoud erin had weggestopt. Ze zat langdurig naar de doos te staren voordat ze de sleutel uit haar tasje pakte, hem opende en het deksel optilde.
In de doos zaten Ursula's juwelen, afzonderlijk verpakt in de zachte, met fluweel gevoerde opgerolde juwelentasjes die Ursula zelf in 1939 in Parijs had gekocht, op een van de dagen dat ze samen waren gaan winkelen. Teddy nam een van de tasjes op, maakte het open en staarde neer op een brede diamanten armband die glinsterend lag te schitteren in het licht.

Ze raakte de armband aan, denkend aan de laatste keer dat ze hem door Ursula in Berlijn had zien dragen, en ze kreeg een brok in haar keel van emotie. Dat was in 1939 ter gelegenheid van een klein dineetje in het herenhuis aan de Tiergartenstrasse geweest en Ursula had er beeldschoon uitgezien. Die avond had ze een bordeauxrode fluwelen avondjapon gedragen die haar lichte huid, haar lichtblonde haar en haar vluchtige schoonheid goed deden uitkomen. Teddy voelde de tranen in haar ogen springen, maar ze drong ze terug en onderdrukte haar verdriet voor de gestorven vrouw.

Vanaf het moment dat prinses Irina Troubetzkoy haar een week geleden over Ursula's dood had verteld, had ze nachtmerries gehad en was ze nauwelijks in staat geweest haar ogen te sluiten zonder beelden te zien van een gekneusde en toegetakelde Ursula, gemarteld en bewusteloos geslagen door haar nazibeulen in Ravensbrück. De laatste paar dagen pas was ze gaan beseffen dat de enige manier waarop ze daarmee kon omgaan, was zich Ursula te herinneren zoals ze was geweest in al haar schoonheid en dat beeld in haar hoofd vast te houden. Maar dikwijls drongen die andere afgrijselijke beelden ongemerkt haar gedachten binnen, en als ze zich voorstelde door wat voor hel Ursula moest zijn gegaan, was dat voor haarzelf een kwelling. Ze vroeg zich af of ze die beelden ooit zou kunnen uitbannen. Ik moet wel, dacht ze, in het belang van Maxim en voor mijn eigen gezond verstand, en voor Mark en ons toekomstige leven samen.

Toen ze het tasje weer had opgerold en het aan de kant had gelegd, haalde Teddy alle andere juwelen uit de doos, tot ze bij de envelop kwam die op de bodem van de kluis lag.

Deze envelop had Ursula haar in Parijs gegeven op de dag dat ze Maxim en haarzelf op de boottrein naar Engeland had gezet. Dwars over de grote bruine envelop had Ursula in stevige blokletters geschreven:

PERSOONLIJK EN VERTROUWELIJK: MAG ALLEEN WORDEN GEOPEND IN GEVAL VAN DE DOOD VAN SIGMUND EN URSULA WESTHEIM.

En daaronder had Ursula in haar vloeiende handschrift geschreven: *Miss Theodora Stein*.

Miss, herhaalde Teddy voor zich uit, ze was me toen al aan het

verengelsen. Snel opende ze de bruine envelop. Er zaten twee kleinere, witte enveloppen in en op één daarvan stond haar naam, de andere was aan Maxim gericht.
Teddy opende haar eigen brief en zag dat hij was geschreven op het postpapier van het Plaza-Athénée Hotel.

Parijs, 10 maart 1939

Mijn lieve Teddy
Als je deze brief leest, zijn mijn man en ik al dood. Ik ga naar Berlijn terug in de wetenschap dat de kans groot is dat noch hij, noch ik, noch enig lid van de familie Westheim de vervolgingen in het Derde Rijk zal overleven. Als we niet door toedoen van de nazi's sterven, is er altijd nog een grote kans dat we zullen omkomen in de oorlog tussen Duitsland en de geallieerden, waarvan we allemaal weten dat die nu onvermijdelijk is.
Daarom vind ik dat ik je moet schrijven over een zaak van het grootste belang met betrekking tot mijn zoon, Maxim. Ik weet dat wat ik je ga vertellen als een volslagen verrassing zal komen en je misschien zelfs zal schokken, maar ik wil dat iemand de waarheid kent voor het geval ik het niet overleef. En dat kun jij alleen maar zijn. Voor ik verder ga, moet ik je zeggen dat de woorden die ik ga schrijven alleen maar voor jou bestemd zijn. Niemand anders mag ooit iets van de inhoud van deze brief weten, tenzij je het natuurlijk aan Maxim wil vertellen als hij oud genoeg is om het allemaal te begrijpen. Die beslissing laat ik echter aan jou over. Je moet je verstand gebruiken en je zult misschien tot de conclusie komen dat het beter is als hij het nooit te weten komt.
Misschien doe ik er verkeerd aan je met deze verantwoordelijkheid te belasten, maar er is niemand anders aan wie ik dit geheim kan toevertrouwen. En ik vertrouw je onvoorwaardelijk, Teddy. Ik kan je geen advies geven, vrees ik, want ik heb zelf eigenlijk nooit zeker geweten wat ik zou doen als Maxim oud genoeg was om achter de waarheid te komen. Jij bent sterk en je hebt een heldere en verstandige kijk op de dingen en ik weet zeker dat de beslissing die je neemt de goede zal zijn voor mijn zoon, omdat ik weet dat je veel van hem houdt, net als ik.

Om mijn verhaal te beginnen, moet ik teruggaan in de tijd, naar 1931. Toen gebeurde er iets dat...

Teddy's ogen vlogen de bladzij langs en namen regel na regel die Ursula zes jaar geleden in Parijs zo zorgvuldig had neergeschreven in zich op. De brief ging nog een pagina door en toen ze uitgelezen was, ging Teddy achterover op haar stoel zitten. Ze was verbluft en op haar gezicht stond ongeloof te lezen.
Ze wenste van ganser harte dat Ursula haar die brief nooit had geschreven.

Teddy kwam de Rossiter Merchant Bank uit en stak Berkeley Square over. Het was een pittige, zonnige winterdag en ze hoopte dat de frisse lucht haar zou helpen een helder hoofd te krijgen. De brief die ze net had gelezen lag haar zwaar op de maag, maar ze wist dat ze die voorlopig uit haar hoofd moest zetten. Ze moest eerst iets doen dat veel dringender en belangrijker was. Maxim kwam dit weekend thuis van school, hij was er waarschijnlijk al, en ze móest hem over zijn ouders vertellen. Maar ze had er geen idee van wat ze hem moest zeggen... de gedachte alleen al...
In de buurt van Marble Arch riep ze een taxi aan en de hele weg terug naar Belsize Park Gardens worstelde ze met haar vreselijke probleem. Tegen de tijd dat ze voor tante Ketti's huis uitstapte, wist ze maar één ding zeker... dat ze Maxim nooit precies zou kunnen vertellen hoe zijn moeder precies gestorven was. Het zou schandalig zijn een kind met die afgrijselijke informatie te belasten.
Hij had vast op haar staan wachten en de straat vanuit zijn slaapkamerraam in de gaten staan houden, want toen Teddy het huis binnenging, kwam Maxim de trap al afhollen.
'Hier ben ik, Teddy!' riep hij en rende de hal door, wierp zich tegen haar aan en knuffelde haar. Ze omhelsde hem stevig en toen keek ze op en zag tante Ketti in de deuropening van de achterkamer bezorgd naar hen staan kijken, met een ongeruste blik in haar ogen.
'Laat me even mijn jas uitdoen, lieverd,' zei ze tegen Maxim, en ze draaide zich bruusk om en liep snel naar de garderobekast.
Ketti zei: 'De trein was eens een keer op tijd, Teddy. Mevrouw

Trenton was op het station om Stubby af te halen. Ze vroeg of Maxim morgen wilde komen lunchen. Maar net voor ik wegging, belde Mark om te zeggen dat hij het weekeind verlof heeft. Dus moet je mevrouw Trenton even laten weten wat je zaterdag met de lunch wilt doen.'
'Ja, tante Ketti, ik zal haar straks bellen, en bedankt dat u Maxim voor me van het station hebt gehaald.'
Maxim zei: 'Hoor eens, als Mark het weekend komt, wil ik hem ook zien. Ik bedoel, ik zie Stubby altijd al, hè? En op school eet ik al elke dag met hem.'
'Dat is waar,' zei Teddy die naar Maxim liep. 'Misschien wil Stubby wel híer komen. Dat zou leuk zijn, een hele dag met Mark.'
Ze legde een arm om zijn schouders en ze liepen samen de hal door. Voor de deur van de kleine kamer bleef Teddy staan en zei: 'Kom even binnen, er is iets waar ik met je over wil praten.'
'Tjee, wat klink jij ernstig!' riep hij fronsend. 'Ik hoop dat het niets met school te maken heeft. Die ouwe meneer Helliwell...'
'Het heeft niets met school te maken. Je hebt niets verkeerds gedaan,' zei ze terwijl ze de deur openduwde en naar binnen ging.
Teddy ging op de sofa zitten en klopte op het kussen naast zich. 'Kom eens bij me zitten, Maxim.'
Dat deed hij, en hij bleef haar nieuwsgierig aankijken.
Teddy zei: 'Ik ben een paar weken weg geweest. Ik ben naar Berlijn geweest.'
Zijn donkere ogen werden groter. 'En dat heb je me niet verteld!' zei hij snel, en hij klonk gekwetst, zelfs een beetje beschuldigend.
'Ik ben daar naartoe gegaan om naar je ouders te zoeken, en ik wilde niet dat je er te veel van zou verwachten.'
'Heb je hen gevonden?' vroeg hij, plotseling opgewonden.
'Nee, ik ben bang van niet.'
'Heb je helemaal níets kunnen ontdekken?' wilde hij weten, en zijn ogen lieten de hare niet los.
Ze slikte. 'Nee, niet echt. Tenminste niet erg veel.'
'Maar wat dan wel?'
'Dat ze in 1941 bij de Von Tiegals op het Schloss waren, en toen zijn ze alle vier verdwenen. Zomaar verdwenen.'
'Maar dat wisten we al!'

'Meer kon ik niet te weten komen.'
'Ik geloof je niet,' zei Maxim, en zijn gezicht kreeg een onbuigzame en koppige uitdrukking. 'Ik ken je, Teddy, ik heb je mijn hele leven gekend. En je bent veel te slim om niet nog iets anders te hebben ontdekt. Dat wéét ik gewoon,' hield hij vol.
'Niet waar,' protesteerde ze en schudde haar hoofd.
Hij zat haar stil aan te staren.
Teddy kon zijn hersens haast horen werken, en ze hield haar adem in. Hij was pas elf, maar hij was een uiterst intelligente en vroegrijpe jongen en daarom veel te pienter om zich voor de gek te laten houden. Hij zou door blijven vragen. Ze kreeg een droge mond en vroeg zich af hoe ze de woorden moest vinden om het hem te vertellen. Haar ogen vulden zich met tranen en ze knipperde.
Hij zag het onmiddellijk en zei: 'Zijn ze... zijn ze... dood?'
'Het spijt me heel erg lieverd, heel, heel erg,' mompelde ze met een stem vol liefde en ze stak haar hand uit naar de zijne.
Hij greep hem en hield hem stevig vast. Toen zei hij met een klein stemmetje: 'Hoe zijn *Mutti* en papa gestorven?'
Teddy kon geen woord uitbrengen.
'In een bombardement of... of... in de kampen?' vroeg hij aarzelend, met een nog kleiner stemmetje.
Teddy kon nog steeds niets zeggen, maar de tranen liepen haar uit de ogen en rolden ongehinderd over haar wangen.
'In de kampen dus,' fluisterde hij, nu zo zachtjes dat ze hem nauwelijks kon verstaan. '*Mutti* en papa zijn in de kampen gestorven, hè?'
'Ja.'
'Welke?'
'Je vader in Buchenwald... je moeder in Ravensbrück.'
'Hóe?'
'Dat weet ik niet. Ik weet het echt niet. Ik verzeker je dat ik niet weet hoe ze zijn gestorven, Maxim,' zei ze met kalme overtuiging in haar stem.
Hij zat haar sprakeloos aan te kijken. Zijn gezicht zag bleek en zijn ogen stonden donker van schrik en angst.
'O Teddy... Teddy...!' riep hij ten slotte, en zijn gezicht vertrok.
Ze stak haar armen naar hem uit toen hij de zijne naar haar uitstrekte, en ze hield hem dicht tegen zich aan toen hij huilend zijn rauwe pijn en zijn verdriet om zijn moeder en vader uit-

schreeuwde. Ze wiegde hem heen en weer en probeerde zijn leed te verzachten, hem troost te geven. Ze fluisterde: 'Ik zal altijd voor je zorgen, en Mark ook. Ik weet wel dat het niet hetzelfde is, maar je hebt ons nog. Je zult onze jongen zijn.'
Hij reageerde niet, maar ze wist dat hij haar wel had gehoord, dat hij het had begrepen, hoewel hij hartverscheurend bleef huilen.
Later, toen hij wat kalmer was, liet ze hem op de sofa overeind zitten. Toen ze zijn natte wangen met haar zakdoek had afgeveegd, voelde ze in de zak van haar jasje.
'Toen we in 1939 uit Parijs weggingen, gaf je moeder me een bruine envelop, Maxim. Weet je dat nog?'
Hij knikte.
'Daar zat dit in,' legde ze uit, en gaf hem de kleinere witte envelop met zijn naam op de voorkant in Ursula's handschrift.
Hij pakte de brief aan en staarde ernaar. Even later fluisterde hij: 'Ik wil graag naar mijn kamer, Teddy. Vind je dat goed?'
'Natuurlijk, dat begrijp ik,' zei ze. 'Dat begrijp ik helemaal.' Ze leunde achterover tegen de sofa en keek met bloedend hart hoe hij langzaam de kamer uitliep. Hij was nog maar zo klein, en toch was hij zo dapper.

Maxim zat op de stoel tegenover het ladenkastje waar de foto's van zijn ouders op stonden. Hij keek er een paar minuten naar voor hij de brief van zijn moeder openmaakte en begon te lezen.

Parijs, 10 maart 1939

Mijn allerliefste Maxim,
Ik ga terug naar Berlijn in het besef dat ik je misschien nooit zal terugzien. Toch is mijn hart lichter dan het lang is geweest, omdat ik weet dat je weldra veilig met Teddy in Engeland zult zijn. En daar kan je niets overkomen. Jouw welzijn en geluk zijn voor papa en mij altijd het allerbelangrijkste geweest, en dat moet je goed blijven onthouden.
De enige reden waarom ik terugga naar Berlijn is om papa met je grootmoeder te helpen en haar Duitsland uit en in veiligheid te brengen.
Papa en ik hebben zo lang op je gewacht dat de dag dat je werd geboren de gelukkigste van ons leven was. Je zult later een fijne knul worden, Maxim, en papa en ik zijn erg trots op je.

Als ik niet naar Engeland kom, zal Teddy voor je zorgen tot je volwassen bent. Vertrouw maar op haar oordeel en haar wijsheid en blijf altijd van haar houden, net zoals ze van jou houdt.
Wat er ook gebeurt, weet dat papa en ik heel veel van je houden. Jij bent het beste deel van ons beiden.
Ik zal je altijd in mijn hart bewaren, mein Schatzi.
Je liefhebbende en toegewijde
Mutti

Maxim legde de brief neer en tastte naar zijn zakdoek. Hij veegde de tranen weg die uit zijn ogen stroomden en propte de zakdoek toen weer in zijn zak. Hij zat heel lang op die stoel, met pijn in zijn hart, en hij had het gevoel of er een stuk van hem was afgesneden.
Ten slotte schoof hij de brief van zijn moeder weer in de envelop, toen stond hij op en liep naar het kastje. Hij trok de la open en nam er zijn vaders portefeuille uit; hij stopte de brief erin, legde de portefeuille weer naast zijn houten paardje en schoof de la dicht.
'*Mutti, Mutti*,' fluisterde hij hunkerend, en hij verlangde hevig naar haar. Hij kon niet verdragen dat hij haar nooit meer zou zien, dat hij haar stem nooit meer zou horen, zich nooit meer in haar armen zou kunnen nestelen en haar parfum ruiken, lelietjes-van-dalen had ze altijd gebruikt. Hij kon niet geloven dat hij nooit meer met zijn vader door de bossen zou lopen of met hem op het meer zou zeilen, en dat ze nooit samen in de Westheim Bank zouden werken als hij later groot was, zoals ze dat altijd hadden gepland. *Papa, papa*, huilde hij stilletjes en hij had het gevoel of zijn hart heel hard werd samengeknepen. Hij deed zijn ogen dicht en in zijn hoofd hoorde hij zijn vaders muziek, hoorde hij het tokkelen van de piano in het huis van zijn vader aan de Tiergartenstrasse…
Hij pakte de foto van *Mutti* en papa in avondkleding, en terwijl hij ernaar stond te kijken, spatten zijn zoute tranen op het glas. En plotseling begreep Maxim dat het verdriet dat diep in hem zat nooit meer weg zou gaan. Het zou er altijd zijn. Zijn hele leven.

Deel 4

ANASTASIA

PARIJS

1959

Mijn geliefde gaat tot mij spreken: Sta toch op, mijn liefste, mijn schone en kom. Want zie, de winter is voorbij, de regen is over, verdwenen. De bloemen vertonen zich op het veld, de zangtijd is aangebroken, en het gekir van de tortel wordt gehoord in ons land.
(*Hooglied*)

38

Toen ze de brede trap opging, hoorde ze het meisje. Haar stem zweefde op de warme julilucht naar beneden, licht, lyrisch, vol muziek, een lieflijke stem die des te bekoorlijker was omdat ze zo natuurlijk en ongedwongen was.
Een ideale stem voor film of toneel, dacht Margot Derevenko, maar gelukkig heeft ze geen ambities in die richting. En zelfs als ze die wel had, zou haar vader het nooit goed vinden dat ze actrice werd. Hij kende die harde, onzekere wereld veel te goed om haar daaraan te wagen.
Toen Margot bijna op de overloop van de tweede verdieping was, bleef ze staan luisteren, met één hand op de gewreven eiken trapleuning en in de andere een mandje met versgeplukte witte bloemen uit haar tuin. De woorden van het meisje klonken nu helderder, duidelijker, en Margot begreep dat ze het tegen de naaister had.
'En dus, Marie, zei ik tegen de *clochard*, ga mee, ik weet dat je honger hebt. Ik nodig je uit om in het café aan de overkant te gaan lunchen.'
Marie hield ongelovig haar adem in. 'En ging die *clochard* echt met u naar het café, mademoiselle?' vroeg ze hijgend.
'Natuurlijk niet, Marie! Hij keek me aan alsof ik hem had uitgenodigd voor een begrafenis. De zíjne. En dus zei ik, goed, als je niet met me in het café wilt lunchen, laten we dan naar het huis van mijn ouders gaan. Onze kokkin, Maruba, zal een heerlijke lunch voor je maken, wat je maar wilt. En kun je je voorstellen wat er toen gebeurde, Marie?'
'Nee, mademoiselle, dat kan ik niet.'
'Hij weigerde.'
'Gelukkig maar,' zei Marie even later op droge toon. 'Ik denk niet dat uw ouders het zo leuk zouden vinden als u een zwerver in hun prachtige huis te gast zou vragen.'
Dat zouden we zeker niet, mopperde Margot zachtjes.
Anastasia zei niets.
Er viel even een stilte, toen merkte de naaister met oprechte verbazing in haar stem op: 'Wat ik niet begrijp, mademoiselle, is waarom u die zwerver eigenlijk op de lunch vroeg?'
'Omdat hij hongerig was natuurlijk, Marie.'

'Maar dat is toch zíjn probleem. En trouwens, die landlopers bij de Seine, dat is allemaal gespuis.'
'Hoe kun je zoiets zeggen! Het is toch niet hun fout dat het zo slecht met hen gaat, dat ze een dergelijk leven moeten leiden. Ik praat voortdurend met hen en ik zoek hen op, en geloof me Marie, de *clochards* zijn er helemaal niet gelukkig mee dat ze onder de bruggen bij de rivier moeten wonen en buiten moeten slapen, of het nu mooi weer is of lelijk, en dat ze niets hebben om van te leven en in het afval moeten graaien op zoek naar eten.'
'Ze veroorzaken hun eigen tegenspoed.'
'Dat geloof ik niet, en ik probeer hen te helpen.'
Toen Marie niet reageerde, ging het meisje ademloos door: 'En ik ben erin geslaagd één van hen te helpen... een vrouwelijke *clochard*. Ze is nu haar leven aan het beteren.'
'Nee toch,' zei Marie, en het klonk sceptisch.
'Ja, heus, ik heb haar echt geholpen. Ik heb haar overgehaald de wijnfles te laten staan, en nu heeft ze een baan en een plek om te wonen.'
'Zo. En vertel me eens, mademoiselle, zijn uw ouders op de hoogte van uw zorg voor de *clochards* van de Seine, en uw betrokkenheid?'
'Natuurlijk, en ze vinden het prima.'
O ja? dacht Margot. Sinds wanneer, vraag ik me af? Ze liep nu snel de brede, gladgewreven trap op naar de ruime hal van de eerste verdieping waar de kleine bronzen ballerina van Degas een voorname plaats innam, links van de gouache met de balletdansers in hun groene kostuums, ook van de grote Edgar Degas. Hij en Monet waren de favoriete kunstenaars van haar man, en beiden waren in dit huis goed vertegenwoordigd.
De enorme dubbele deuren naar de *petit salon* stonden op een kier, en toen Margot er over de parketvloer naar toe liep en naar binnen gluurde, wachtte ze even voor ze naar binnen ging en hield verrast en blij haar adem in.
Haar dochter stond midden in de kamer langzaam met uitgestrekte armen in de rondte te draaien, zodat Marie de avondjapon die ze de dag tevoren had afgemaakt en die nu voor de laatste keer werd gepast, nog één keer kon controleren. De japon, een ragfijn kledingstuk van chiffon in een mengeling van teerblauw en bleekgrijs, zweefde om haar heen als flarden zeemist.

Als de japon al buitengewoon was, was het meisje zelf het toppunt van perfectie.
In de kamer stroomde ochtendzon door de hoge ramen naar binnen en het meisje baadde in het zachte licht. Haar lichtblonde haar dat tot op haar slanke middel viel, leek vol zonlicht en glansde rond haar tere, hartvormige gezichtje dat glom als zacht, gepolijst ivoor terwijl haar ogen, ver uiteenstaand en met lange wimpers, een prachtige, vaag blauwgrijze kleur hadden. Het meisje was van gemiddelde lengte, ze was slank en had lange, sierlijke ledematen. De wijde mouwen van de japon vielen omlaag van haar bevallige schouders, terwijl de met punten afgewerkte zoom haar welgevormde enkels en sierlijke voeten goed deed uitkomen.
Zo mooi dat ze niet echt lijkt, dacht Margot, maar ze had nooit echt geleken, zelfs als kind niet. Ze is te bevallig en veel liever en vriendelijker dan goed voor haar is. Idealistisch, romantisch droomstertje. Wat moet ik in 's hemelsnaam met haar beginnen? Ze is veel te onpraktisch en goedgelovig voor de harde wereld van tegenwoordig. Terwijl ze inwendig zuchtte, duwde Margot de deur open en glipte de kamer in.
'O ben je hier, Anastasia!' riep ze en glimlachte naar haar achttienjarige dochter.
'Kijk eens, mama, is hij niet schitterend?' Terwijl ze dit zei, spreidde Anastasia de rok van haar japon breed uit, maakte een kleine pirouette en kwam tot stilstand met haar gezicht naar haar moeder terwijl ze haar vragend aankeek.
Margot knikte goedkeurend en richtte haar blik op de naaister. 'Goedemorgen, Marie. Ik zie dat je weer een groot succes hebt gecreëerd.'
'*Bonjour, madame*. Dat heb ik niet gedaan, maar u,' antwoordde Marie en keek nadrukkelijk naar Anastasia. Niettemin was ze blij met het complimentje over haar werk, en ze glimlachte naar madame Derevenko.
'Ik ben bang dat de eer voor Anastasia niet alleen aan mij toekomt,' zei Margot grinnikend. 'Ik geloof dat haar vader ook iets met haar ontstaan te maken had.'
Anastasia lachte met haar moeder mee. Het was een lichte, klaterende lach die net als haar stem helder als een klokje klonk. 'Dit is echt een goddelijke jurk, hè? Marie heeft zichzelf werke-

lijk overtroffen. *Merci beaucoup*, Marie,' zei ze en ze maakte een kleine revérence.

Het gezicht van de naaister kreeg een tevreden uitdrukking. Ze zag niets liever dan tevreden klanten, en vooral de dames Derevenko die haar favorieten waren. Ze had in de loop der jaren al heel wat kleren voor hen gemaakt, hoewel de laatste tijd meestal voor Anastasia. Madame had tegenwoordig het liefste *haute couture*. Maar wat was het heerlijk om iets te naaien voor dit meisje dat de kleding zoveel eer aandeed met haar onvoorstelbare schoonheid, haar slanke, soepele figuurtje en haar perfecte houding.

Margot bekeek haar dochter peinzend en ze riep: 'Opálen! Dat is het. Je moet mijn opalen dragen bij de nieuwe japon. Ze zullen prachtig kleuren bij het blauw en grijs dat erin zit.'

'O, mama, dank u! Wat lief van u om ze me te lenen.'

'Je zult er betoverend uitzien. Je wordt de spreekwoordelijke *belle* van het bal.'

'Nauwelijks. Yvette is de voornaamste attractie, en zo hoort het ook. Het is tenslotte haar speciale dag,' bracht Anastasia naar voren.

Margot glimlachte alleen maar en keek toen vluchtig rond in de kleine zitkamer. Solange, het dienstmeisje, had op verscheidene verspreid staande tafeltjes kleine pullen met water voor haar neergezet en nu ging ze met haar bloemenmand de kamer rond, stak bloemen in de verschillende vaasjes en potten en deed toen een stap achteruit om ze te bekijken terwijl ze haar blonde hoofd een beetje scheef hield om ze kritisch te beoordelen.

Anastasia keek naar haar moeder en bedacht hoe begaafd ze was als het aankwam op zulke artistieke dingen als bloemstukken en tafelschikking en het ophangen van schilderijen. Ze bewonderde haar moeder intens.

Margot draaide zich plotseling om en vestigde haar lichtbruine ogen op haar dochter. 'Sta je weer weg te dromen?'

'Nee, mama,' lachte Anastasia. 'En ik kan deze japon maar beter gaan uittrekken. Marie, wil je me alsjeblieft komen helpen?'

'Natuurlijk, mademoiselle.'

'We lunchen om één uur in de tuin, Anastasia.'

'Ja, dat hebt u al gezegd,' zei het meisje en zweefde de deur uit in een wolk van chiffon met de geur van Ma Griffe.

Het *hôtel particulier* van Alexander en Margot Derevenko stond aan de elegante Faubourg Saint-Germain en was slechts één van de prachtige particuliere huizen aan deze straat, die achter afschrikwekkend hoge stenen muren stonden. De Faubourg Saint-Germain lag in het zevende arrondissement, een van de bekendste wijken op de linker Seine-oever, een wijk die zowel aristocratisch was als een toevluchtsoord voor studenten, kunstenaars en schrijvers.
In de buurt van het huis bevonden zich het Musée Rodin, de Sorbonne, de Académie Française, de Ecole Militaire, het Palais du Luxembourg met zijn tuinen, en het Hôtel des Invalides met het graf van Napoleon I en dat van andere Franse leiders. Naast deze historische gebouwen waren er aardige bistrootjes, antiekwinkels en kunstgaleries in de buurt, evenals twee Parijse cafés die erom bekendstonden dat zich daar allerlei schrijvers en kunstenaars ophielden, namelijk het Café des Deux Magots en het Café Flore, eens de geliefde trefpunten voor Ernest Hemingway en andere beroemde auteurs.
Het huis van de Derevenko's werd voor voetgangers aan het zicht onttrokken door massieve donkergroene deuren die aan de straat grensden. Daarachter lag een kleine conciërgewoning op een binnenplaats die naar typisch Frans ontwerp met keien was bestraat, met een fontein in het midden en met een paardekastanje naast een van de met klimop overdekte muren.
Het huis zelf was langwerpig van vorm en had een klassieke voorgevel met veel hoge ramen met luiken ervoor en een brede stenen stoep naar een dubbele voordeur. Binnen had het talrijke frisse, lichte, ruime kamers met hoge plafonds die elegant en verfijnd waren ingericht, wat te danken was aan Margot Derevenko's feilloze smaak voor antiek en meubilair. Haar fijne neus en haar talent voor het combineren en arrangeren van deze elementen waren overal duidelijk zichtbaar.
De hal bij de entree op de begane grond leidde rechtstreeks via een serie glazen deuren naar de tuin, die op zichzelf een meesterwerk was, en waar in de loop der jaren door Margot en verschillende tuinlieden veel liefde en zorg aan was besteed. Hoewel ze sinds haar jeugd in Frankrijk had gewoond en aan de Sorbonne had gestudeerd, was Margot Engelse van geboorte en door haar opvoeding. En toen ze ideeën zocht voor haar eigen

tuin in het hart van Parijs had ze daarom een voorbeeld genomen aan de grote Engelse tuinen en inspiratie opgedaan in de beroemde 'witte tuin' van kasteel Sissinghurst. En net als de tuin in Kent was deze veel kleinere tuin in de schaduw van het Hôtel des Invalides een mengeling van groen loof en groene gazons, van bloemen en bloeiende struiken in slechts één kleur: wit. En juist die eenvoud en zuiverheid van dit groen-met-witte thema gaven deze geometrisch aangelegde Parijse tuin een gevoel van koelte, rust en verfijning.

Aan het eind van het gazon lag een vijver met lelies erin en met flagstones eromheen, en om die vijver lagen weelderige borders en bloembedden boordevol met allerlei soorten witte bloemen: azalea's, rozen, tulpen, narcissen, chrysanten en sneeuwklokjes, afhankelijk van de tijd van het jaar. Achter de bloembedden stonden seringen en paardekastanjes en bloeiende heesters zoals rododendrons en hortensia's, en om de hele tuin heen stonden hoge, oude stenen muren overdekt met glanzende, altijd groene klimop.

Over de volle lengte van het huis lag een terras van flagstones dat uitzicht gaf op de tuin, en daar gebruikten Margot en Anastasia de lunch aan een smeedijzeren tuintafel met een grote parasol erboven. Maruba, hun Noordafrikaanse kokkin, had een eenvoudige maaltijd klaargemaakt van gegrilleerde vis met een groene salade en versgesneden perziken gemarineerd in champagne.

Tijdens het eten van de vis zei Margot: 'Ik stond jullie echt niet af te luisteren vanmorgen, maar ik moest je wel met Marie horen praten toen ik de trap opkwam. Weet je, je moet er echt mee ophouden je tijd door te brengen bij de *clochards.* Dat kan eenvoudig niet.'

'Maar ik probeer hen alleen maar te helpen, moeder!'

'Je kunt hen niet helpen. Het lijkt mij dat ze voor een dergelijk soort leven hebben gekozen.'

'Hoe kunt u zoiets zeggen? U lijkt Marie wel! Wie zou er nu voor kiezen onder dergelijke armzalige omstandigheden te leven!'

Margot schudde haar hoofd. 'O, lieverd, wees niet zo naïef...' Haar stem stierf weg en ze dacht even na voor ze zei: 'Je vader en ik maken ons zorgen over je. Ik geloof niet dat je beseft hoe

knap je bent, en met die zwervers weet je het maar nooit...'
'Het zijn aardige mensen!' onderbrak Anastasia haar snel. 'En helemaal niet gevaarlijk, als u dat soms bedoelt. Ze zullen me heus niet aanvallen of proberen me te verkrachten. Daar hoeft u zich geen zorgen over te maken, en wees alstublieft niet boos op me. Ik kan er niet tegen als u en papa boos zijn.'
'Lieve hemel, we zijn niet boos, we zijn alleen maar bezorgd over je welzijn.' Margot lachte haar dochter warm toe. 'Je vader en ik zijn eigenlijk heel tevreden over de manier waarop je je baccalaureaat met lof hebt gehaald en dat je naar de Sorbonne kunt. Ik zou zeggen dat we eigenlijk méér dan tevreden zijn, lieverd. Maar we...'
'Ik weet wat u wilt zeggen, mama!' onderbrak Anastasia haar weer. 'U wilt niet dat ik met zwervers omga.'
'Ja, dat is het.'
'Die arme zielen. Ik kan het nauwelijks aanzien hoe ze lijden, zoals zij leven.'
'Ja, het is droevig, Anastasia. Maar er zijn nu eenmaal heel wat afschuwelijke onrechtvaardigheden op de wereld, en dat is altijd zo geweest. Ik vrees dat jij of iemand anders weinig kunt doen om die arme schepsels te helpen.'
'Dat geloof ik niet, mama. Ik denk dat één persoon wel degelijk verschil kan uitmaken.'
Margot keek snel naar haar dochter en wilde net zeggen dat ze het niet met haar eens was, maar veranderde toen van gedachten en zag af van commentaar. Ze besefte dat het verstandiger was dit onderwerp nu even te laten rusten. Hoewel Anastasia charmant en lief was, was ze niet van gisteren; ze was behoorlijk pienter en gevat en van nature buitengewoon koppig. Als ze kritiek bleef hebben op haar zorg voor de zwervers zou het meisje alleen maar opstandiger worden en juist op haar standpunt blijven staan. Over een paar dagen zouden ze vertrekken om de rest van juli en een deel van augustus in hun villa in Cannes door te brengen, en Anastasia zou in Londen bij haar grootmoeder gaan logeren. Ze zou een heel eind van de *clochards* vandaan zijn en in de herfst ging ze naar de universiteit, waar het studieschema haar meer dan voldoende in beslag zou nemen en haar dagen zou vullen.
Dus veranderde Margot van onderwerp en zei: 'Ik ga vanmiddag

winkelen met Lucrezia. Heb je zin om mee te gaan, lieverd?'
'Dank u, maar ik kan niet. Ik wil op zoek gaan naar een paar geschiedenisboeken die ik nodig heb. Yvette zei me dat ik die waarschijnlijk wel in de oude boekwinkel bij de Quai Saint-Michel zou kunnen vinden.'
Margot knikte. 'En vergeet niet dat je vanavond met ons mee zou gaan dineren. Je vader heeft mensen op bezoek uit Hollywood.'
'Dat zei hij, ja. Waar gaan we heen?'
'Tour d'Argent.'
'Dat zit vol rijke buitenlandse toeristen. U weet hoe dat in juli is.'
Margot glimlachte. 'Maar het is nog steeds erg mooi. Denk eens aan het heerlijke uitzicht op de Notre Dame en de Seine. En die zalige eend. Trouwens, die mensen uit Hollywood willen er per se heen.'
'Dat willen ze altijd,' mopperde Anastasia kortaf en toen vroeg ze: 'Gaat papa weer een Amerikaanse film maken?'
'Daar ziet het wel naar uit. We drinken hier iets om acht uur, en dan lopen we om een uur of negen naar het restaurant.'
'Wees maar niet bang, mama, ik ben heus wel op tijd. Ik weet hoe belangrijk die zakendineetjes voor papa zijn. En ik zal me voorbeeldig gedragen, dat beloof ik.' Ze keek haar moeder even plagerig aan en haar mond vertrok toen ze eraan toevoegde: 'En ik zal niet over de *clochards* beginnen.'
Margot barstte in lachen uit. 'Nou, ik moet zeggen dat je pas ontwikkelde sociaal bewustzijn je gevoel voor humor tenminste niet heeft aangetast.'

39

Maxim liep op zijn gemak langs de kaden van Parijs die evenwijdig aan de Seine liepen en hij genoot van zijn wandelingetje op deze mooie middag.
Hij had net geluncht met een Amerikaanse zakenrelatie die op doorreis in Frankrijk was; hij had een prima transactie afgesloten en hij was opgetogen. Zijn eerste dag in Parijs was buitengewoon goed verlopen.

Toen hij aan de Quai Voltaire kwam, bleef hij even staan, keek aarzelend de smalle zijstraat aan zijn rechterhand in en vroeg zich af of hij Saint-Germain-des-Prés zou inlopen voor een kop koffie in de Deux Magots, maar besloot toen het niet te doen. Hij was onderweg naar een bepaald hoekje van de stad, en hij wilde niet afdwalen.

Dus liep hij doelbewust verder in de richting van de Notre Dame, waarvan de imposante gotische torenspitsen als gigantische schildwachten stonden afgetekend tegen de azuren zomerhemel, een lucht die zo prachtig was en vol met dat zachte, gefilterde licht waar schilders zo van hielden en dat in Parijs zo uniek was. Het was een licht dat werd weerspiegeld door het water van de Seine, dat trilde in het wazige zonlicht dat door het lover van de bomen langs de oever van de rivier sijpelde.

Parijs was Maxims lievelingsstad. Hij was er liever dan in Londen waar hij woonde en werkte, New York waar hij vaak voor zaken heen ging, en Berlijn waar hij was geboren. Als hij terugkwam, zag Parijs er altijd mooier uit dan hij haar zich herinnerde en hij werd er steeds weer door verrast.

Hij had Parijs begin 1939 voor het eerst bezocht toen hij met *Mutti* en Teddy nazi-Duitsland ontvluchtte, en hij was die periode uit zijn kinderjaren nooit vergeten, die heerlijke, gelukkige weken met zijn moeder, de laatste die hij met haar had doorgebracht. Er stonden heel wat beelden in zijn geheugen gegrift en de herinnering was altijd dezelfde gebleven, die zou altijd deel van hem uitmaken.

Voor hij de stad opnieuw bezocht, waren er dertien jaar voorbijgegaan. Hij was voor het eerst terug geweest in 1952 om zijn achttiende verjaardag te vieren; de reis was een idee geweest van Mark en hij was zo attent geweest Stubby als gast mee te vragen. Ze hadden samen een heerlijke tijd gehad, en vooral Teddy had volop genoten. Ze was in februari van dat jaar bevallen van haar tweede kind, een jongen die David heette naar Marks broer die in de oorlog was gesneuveld, en ze was opgewonden geweest bij het vooruitzicht van een lang weekend in Parijs.

'Dat is precies wat ik nodig heb!' had Teddy uitgeroepen toen Mark haar had verteld van zijn plannen voor Maxims verjaardag. 'Ik heb zoveel weken van mijn zwangerschap op een walvis

in een tent geleken, dat ik er naar snak om wat sjieke Franse kleren te kopen nu ik mijn figuur weer terug heb. Dus wordt het Parijs!' had ze enthousiast ingestemd. Maar diep in haar hart had Teddy altijd wel begrepen hoeveel Parijs voor haar geliefde Maxim betekende, en ze wist dat hij een fijne herinnering had aan de maanden die hij daar met Ursula had doorgebracht en dat dat eigenlijk de èchte reden was waarom ze zo blij was dat ze gingen. En dus had ze er eens één keer niet over gezeurd dat ze hun tweejarig dochtertje Kay aan de zorgen van het kindermeisje en Marks moeder overlieten. Ze had hun zelfs de nieuwe baby met een glimlach op haar gezicht overhandigd. De viering van Maxims achttiende verjaardag en het reisje naar Parijs gingen voor. Ze had Maxim innig lief, al sinds hij een jaar was. Hij was net een eigen kind en zo dacht ze ook aan hem; ze beschouwde hem als haar zoon. Hij was haar trots en haar vreugde en dat zou hij ook altijd blijven; in haar ogen kon hij niets verkeerds doen en ook dat zou altijd zo blijven. Hij was haar lieveling.
Dat reisje naar Parijs in 1952 was werkelijk gedenkwaardig gebleken. Maar Maxims verjaardag was niet het enige wat ze die junimaand hadden gevierd. Hij en Stubby hadden een deel van hun tijd besteed aan fuiven en elkaar feliciteren omdat ze hun eerste succesvolle zakelijke transactie hadden afgesloten.
Een maand voor Maxims verjaardag hadden ze het land dat ze in East End bezaten aan een van de grote Londense bouwfirma's verkocht, waarbij ze een aardige winst hadden gemaakt.
Het was een zakelijk gokje dat eigenlijk per ongeluk was gewaagd, en dat kwam door mevrouw Threscoe, de werkster van de Trentons.
Stubby en zij hadden al sinds zijn kinderjaren een warm plekje voor elkaar en in de loop der jaren was Stubby haar grootste vertrouweling geworden. Toen haar man in 1950 door een vrachtwagen werd overreden en aan de hoofdwonden die hij daarbij had opgelopen overleed, was mevrouw Threscoe, die geen kinderen had, huilend met haar problemen bij Stubby gekomen. Jack Threscoe had kennelijk heel weinig geld nagelaten; al zijn spaargeld had hij in een stuk grond in East End gestoken, een platgebombardeerde plek die hij in 1946 had gekocht. Nu Jack er niet meer was, wilde ze de grond verkopen, móest ze die wel verkopen, had mevrouw Threscoe aan Stubby uitgelegd. Maar

tot haar grote ontzetting scheen niemand hem te willen hebben.
Toen Stubby dat verhaal aan zijn beste vriend had verteld, had Maxim het een paar dagen grondig overwogen en had toen voorgesteld dat ze zelf naar de grond zouden gaan kijken. 'Als we in zaken willen, moeten we nu beginnen,' had hij tegen Stubby gezegd en hij had hem erop gewezen dat in verschillende delen van Londen al opbouwwerkzaamheden aan de gang waren. 'Die grond heeft misschien mogelijkheden. Misschien moeten wij hem wel kopen, Stubby. We zouden er mevrouw Threscoe mee uit de brand helpen, en met een beetje geluk zou het een goede investering kunnen blijken.'
En Maxim bleek gelijk te hebben.
Voor de zestienjarige jongens het platgebombardeerde stuk grond van Threscoe kochten, had Maxim aan Henry Rossiter, die zijn geld nog steeds beheerde, om advies gevraagd. De bankier had zijn onroerend goed-experts erbij gehaald die naar de grond waren gaan kijken, en toen hij hun rapport had ontvangen, had hij Maxim verteld dat het een veilige belegging zou zijn.
'Je zult er waarschijnlijk niet veel geld mee verdienen als je het verkoopt, want dat ga je op een dag natuurlijk doen, maar je zult er beslist niet op verliezen,' had hij Maxim verzekerd, en toen had hij de grond namens hen gekocht. Mevrouw Threscoe had vijfduizend pond gevraagd waardoor zij er nog wat winst op maakte; de jongens waren zonder knibbelen met haar prijs akkoord gegaan en ze hadden de kosten gelijk gedeeld, waardoor ze partners werden. Maxim had geld uit de Westheim-fondsen gebruikt waar Henry Rossiter over waakte, en Stubby had met toestemming van zijn vader de hele erfenis die zijn oom hem had nagelaten erin gestopt, plus driehonderd pond die zijn liefhebbende moeder had bijgedragen.
Twee jaar later hadden ze het stuk grond van Threscoe voor vijfentwintigduizend pond verkocht en hadden ze tot hun volslagen verrassing, en eigenlijk tot verrassing van iedereen, een pure winst van twintigduizend pond gemaakt.
Ze hadden dat jaar naar de universiteit zullen gaan, nadat ze in juli, op hun achttiende, op St.-Paul waren afgestudeerd. Maar ze hadden Oxford verworpen. In plaats daarvan waren ze met de winst uit de Threscoe-zaak hun eigen bedrijf begonnen.
Teddy had aanvankelijk bezwaar gemaakt, net als Stubby's va-

der, maar ze hadden zich ten slotte laten ompraten, en dat was hoofdzakelijk te danken aan de bemoeienis van Henry Rossiter.
'Als u hen nu dwingt naar Oxford te gaan, is dat eigenlijk net zoiets als het kooitje dichtdoen wanneer de vogel gevlogen is,' had meneer Rossiter met een lachje tegen Teddy en meneer Trenton gezegd. 'Het komt mij voor dat deze twee jongemannen al aan hun zakelijke carrière zijn begonnen, en met nogal veel succes, zou ik eraan toe willen voegen. Dus waarom zou u ze nog tegenhouden? Ik denk dat ze het heel goed zullen doen.'
Mark was geneigd het met de bankier eens te zijn. Omdat het plan zijn goedkeuring kon wegdragen, was Teddy er ten slotte van overtuigd geraakt dat ze geen fout beging als ze Maxim toestond in zaken te gaan in plaats van verder onderwijs te volgen. En ze had hem haar zegen gegeven.
Maxim was van plan geweest financieel expert te worden en helemaal niet om in onroerend goed te gaan, en als het niet om Stubby was geweest, had hij het niet gedaan. Maar omdat het bezit in East End zo'n goede winst had opgeleverd,, had Stubby Maxim overgehaald zich hier tenminste nog een tijdje mee bezig te houden. Ze openden een kantoor in Jermyn Street, richtten een bedrijf op met de naam Westrent, een samentrekking van hun achternamen, en begonnen platgebombardeerde stukken grond te kopen waar ze die maar konden vinden.
Hun belangstelling ging vooral uit naar belangrijke industriesteden in de provincie die in de oorlog zwaar door de Luftwaffe waren gebombardeerd. Ze concentreerden zich op Leeds, Bradford, Sheffield, Coventry en Birmingham, en vonden daar geschikte stukken grond voor een redelijke prijs, grond waarvan zij dachten dat die grote mogelijkheden bood voor toekomstige bouwprojecten. Toen ze de grond eenmaal van puin hadden laten ontdoen en hadden laten omheinen, waren ze zo slim geweest de stukken vast te houden tot er een echt goed bod op werd gedaan. In sommige gevallen moesten ze verscheidene jaren wachten voor ze ze goed konden verkopen, maar ten slotte maakte Westrent hoofdzakelijk winst door de naoorlogse bouwstroom die zich in Engeland in het midden van de jaren vijftig plotseling snel ontwikkelde.
Het jaar 1952 was ook het jaar waarin Maxim besloot zijn naam wettelijk te veranderen. Toen hij als eerste tegen Teddy had ge-

zegd dat hij zijn naam wilde verengelsen door het *heim* te laten vallen en zichzelf West te noemen, had ze het een goed idee gevonden en had ze als zijn voogd haar toestemming gegeven. 'Je ouders waren dat toch ook van plan geweest,' had ze hem verteld. 'Je moeder heeft het er in 1939 in Parijs tenminste verschillende keren met me over gehad. Je weet hoeveel ze van Engeland hield, hoe graag ze wilde dat we allemaal Engels werden. Ze zou heel tevreden zijn als ze wist dat je dit van plan was, net als je vader. Hij wilde West al als achternaam nemen voor we uit Duitsland weggingen, maar de prins dacht niet dat admiraal Canaris nieuwe paspoorten kon krijgen.'

Ten slotte had hij zijn naam inderdaad veranderd... èn zijn nationaliteit. Hij was Maximilian West geworden, genaturaliseerd Engels staatsburger, met een Brits paspoort en stemrecht bij de verkiezingen.

En in de jaren na zijn achttiende verjaardag had Maxim niet achterom gekeken.

Toen het gesjacher in onroerend goed minder uitdagend werd en hem eigenlijk begon te vervelen, had hij een aantal kleine, onrendabele bedrijfjes gekocht: een drukkerij in Wakefield, een busbedrijf in Bristol en een steenbakkerij in Nottingham. In betrekkelijk korte tijd had hij die weer op de been geholpen door een kleine maar briljante reorganisatie met behulp van de nieuwe beleidsteams die hij inzette. Vervolgens had hij ze weer verkocht, met een uitstekende winst op alle drie. En zo ontstond er een tweede bedrijf, Westinvest.

Naast zijn inzicht in zaken en genialiteit met cijfers was Maxim in staat een balans en alle afsplitsingen daarvan onmiddellijk en met het grootste gemak te lezen, te begrijpen en te beoordelen. Hij had ook verbeeldingskracht en een vooruitziende blik. En dan was er nog zijn pure instinct waar hij altijd op afging; soms veegde hij de rapporten en aanbevelingen van analisten van tafel ten gunste van zijn eigen instinctieve reactie op een transactie, het 'gevoel' dat hij erover had. Al deze elementen waren belangrijke factoren in zijn succes en kwamen hem voor de toekomst goed van pas.

Nu, op de leeftijd van vijfentwintig jaar, was hij directeur van Westrent en Westinvest, bezat hij een smaakvol gemeubileerde flat in Mayfair en een gestroomlijnde, nieuwe, wijnkleurige Jaguar en voelde hij zich thuis in een paar van de beste particuliere clubs in de stad. Hij liet nogal wat sporen na in de chique Londense society, hij ging uit met talloze mooie jonge vrouwen, inclusief een paar bekende sterretjes, en hij werd door de Britse pers als een soort playboy beschouwd.

De rubriekschrijvers van de roddelbladen waren dol op hem, hoewel hij niet begreep waarom, en hadden het er in hun kolommen voortdurend over hoe opvallend knap hij was, hoe elegant en stijlvol, over zijn betoverend vrouwelijke gezelschap, over de feestjes die hij gaf en over zijn rijkdom.

Hij beschouwde de feestjes, de vrouwen en zijn uitgaansleven in het algemeen als nonsens, als de franje van het leven en daarom van weinig waarde en nauwelijks van belang. Het enige wat hij echt belangrijk vond, wat hem werkelijk interesseerde en hem waarlijk plezier deed, waren zijn zaken.

Maxims succes als zakenman was voor hem van het grootste belang, het beheerste zijn leven, en hij vertelde Stubby voortdurend dat hij van plan was een miljoen pond te verdienen tegen de tijd dat hij dertig was. Stubby betwijfelde dat geen moment. En Maxim had ook geen twijfels over zichzelf; het verdienen van dat miljoen was de maat waarnaar hij zichzelf en zijn prestaties beoordeelde. Daardoor werd hij gedreven.

Nog vijf jaar te gaan, dacht hij toen hij uitkwam op de Place Saint-Michel en op de rand van de stoep stond te wachten tot het licht op groen zou springen. Zijn mond vertrok in een glimlachje; hij had er alle vertrouwen in dat hij zijn doel zou bereiken.

Wat Maxim zelf betrof, waren de werkelijke geheimen van zijn succes de vastberadenheid waarmee hij op zijn doel afging, zijn toewijding, het harde werken en het vermogen zeer lange uren te maken zonder onder vermoeidheid te lijden. Hij had het geluk dat hij een gigantisch uithoudingsvermogen had en met maar ongeveer vijf uur slaap toe kon; meestal stond hij om vier uur 's morgens op, zat hij tegen halfvijf aan zijn bureau in de flat waar hij tot zeven uur papierwerk afhandelde, waarna hij naar zijn kantoor in Jermyn Street ging waar hij een volle werkdag maakte. Hij vond zeven dagen werken per week, weken achter elkaar zonder onderbreking, niets bijzonders. Maxim had al lang geaccepteerd dat hij een door de wol geverfde workaholic was, en daarom moest hij nogal lachen als de kranten hem een playboy noemden.

Nu hij hieraan dacht, moest hij grinniken. En wat voor playboy, mompelde hij voor zich heen. Als ze eens wisten.
In werkelijkheid waren de mooie vrouwen die hij mee uit nam alleen maar decoratieve accessoires om aan zijn arm te hangen. Natuurlijk was hij heus wel een paar keer verliefd geworden, maar dat was ook weer overgegaan, nogal snel zelfs. Daartussenin had hij talloze affaires gehad, al had het met geen van de vrouwen erg lang geduurd. Hij was er gewoonweg nooit in geslaagd de juiste vrouw te vinden. Soms vroeg hij zich af waar hij eigenlijk precies naar op zoek was. Naar perfectie? Hij was slim genoeg om te begrijpen dat zoiets als de perfecte vrouw niet bestond. Of man, wat dat betrof. In ieder geval wilde hij geen modelvrouw.
Toch scheen de ware liefde hem steeds te ontgaan.
Het licht sprong op groen en Maxim stak de Place Saint-Michel over en liep naar de Rue de la Huchette.
Even later liep hij door de smalle, oude straat te kuieren, en toen hij om zich heen keek, overviel hem een gevoel van nostalgie. Hier stond aan zijn linkerhand het Hôtel Mont Blanc waar hij en Stubby een paar keer hadden gelogeerd, en daar pal tegenover lag de El Djazier, de Noordafrikaanse nachtclub waar ze nog wel eens kwamen om mintthee te drinken, naar de exotische buikdanseressen te lonken en couscous te eten met harissa, een pikante saus die heel heet was, maar die hij toch erg lekker vond. En even verderop lagen de beroemde jazzkroegen waar de Amerikaanse groten der jazz kwamen spelen en waar musici van alle nationaliteiten kwamen luisteren, net als Stubby en hij van tijd tot tijd deden.
Hij bleef staan toen hij de Rue du Chat Qui Pêche zag.
Het was maar een steegje, maar hij had de straat nooit vergeten omdat hij de naam als kind zo leuk had gevonden. 'Het betekent *Straat van de vissende kat,*' had *Mutti* het Frans voor hem vertaald. Vol blijdschap had hij hardop gelachen, geamuseerd door het idee van een kat die zat te vìssen.
Ze waren op een van hun uitjes geweest, hij, *Mutti* en Teddy. 'De schilderachtige hoekjes van Parijs ontdekken,' had *Mutti* hun wonderlijke uitstapjes genoemd, en sindsdien was deze pittoreske wijk bij hem altijd favoriet gebleven. Hij kwam er vaak terug om rond te wandelen door die smalle, met keien geplavei-

de straten en om er in de boekwinkels en galeries te snuffelen.
Maxim liep verder door de Rue de la Huchette, voorbij de Griekse en Noordafrikaanse restaurantjes, tot hij ten slotte aan het eind van de straat op een breed, open stuk kwam dat net een plein was en dat de Rue de la Bucherie heette. Hier richtte hij zijn schreden naar een van de cafés met een reeks tuintjes voor de deur en met uitzicht op de Notre Dame op het Ile de la Cité, het eilandje in de Seine.
Hij vond een plekje aan een tafeltje op het terras en toen de ober zijn bestelling kwam opnemen, vroeg hij om een *citron pressé*. De middag was opeens heel warm geworden en hij ging dankbaar achterover zitten op de rieten stoel, trok zijn das los en maakte het bovenste knoopje van zijn overhemd open in de hoop wat af te koelen.
De citroenlimonade kwam bijna direct en Maxim dronk er met kleine teugjes van; hij ontspande zich en liet zijn gedachten even de vrije loop. Het was gek hoe de plekjes uit zijn kinderjaren hem altijd aantrokken, hem bleven trekken. Als hij naar Berlijn ging, of het nu voor zaken was of om tante Irina op te zoeken, zorgde hij er meestal voor dat hij door de Tiergartenstrasse en langs de Tiergarten kwam.
De lokroep van de kinderjaren, dacht hij, wat is die sterk in mij... Ik vraag me af of iedereen dat heeft? Of is het omdat ik zoveel heb verloren toen ik nog een kind was... omdat ik zulke onherstelbare verliezen heb geleden? Kom ik in Parijs en Berlijn terug in de hoop er iets te vinden wat me lang, lang geleden ontgaan is? Ben ik bezig met een eeuwige speurtocht? Wat hoop ik dan te vinden?
De antwoorden op deze vragen ontgingen hem, zoals altijd...
Kort daarop betaalde Maxim, hij verliet het café en wandelde naar Shakespeare and Company. Dat was een tweedehands boekwinkel vlakbij die door een vriend werd gedreven, een Amerikaan genaamd Bill die Maxim al een paar jaar kende. Nadat hij even in de etalage had gegluurd, ging hij ten slotte naar binnen en vroeg naar de eigenaar, maar het Amerikaanse meisje dat er werkte, vertelde hem dat Bill niet voor zes uur in de winkel zou zijn.
'Wilt u soms een boodschap achterlaten?' vroeg het meisje met een brede glimlach waarmee ze haar perfecte witte tanden liet zien.

Maxim schudde zijn hoofd. 'Zeg hem alleen maar dat Duke gedag kwam zeggen, en dat ik zal proberen morgen nog even langs te komen.'
'Oké, Duke,' zei het meisje en ze ging verder met het rechtzetten van een aantal boeken op een plank.
Maxim stond even naar haar te kijken, gefascineerd door haar keuze. Het was een duistere selectie: romans van Richard Wright, Henry Miller, Lawrence Durrell en Anaïs Nin. Deze schrijvers, die hij allemaal had gelezen, hadden beslist niets met elkaar gemeen voor zover het hun schrijven betrof. Hij kon met de beste wil van de wereld niet begrijpen waarom het meisje die bij elkaar zette. En toen herinnerde hij zich dat ze allemaal tegelijkertijd in Parijs hadden gewoond en dat ze oude vrienden waren. Zij zag dat kennelijk als een soort schakel tussen hen. De Parijse kliek, dacht hij en lachte.
Maxim snuffelde een tijdje bij Shakespeare and Company en tot zijn vreugde ontdekte hij een exemplaar van *The Young Lions* van Irwin Shaw, zijn lievelingsschrijver. Hij keek het boek in en ontdekte dat het een eerste druk was, in 1949 uitgegeven door Random House. Hij kocht het meteen en verliet de winkel met het boek stevig in zijn hand, blij met zijn vondst. Op zijn flat in Londen had hij een plank vol eerste drukken en dit exemplaar van een van Shaws eerste boeken was een prachtige aanvulling.
Maxim stak het plein over en liep het Hôtel Notre Dame voorbij, de Quai Saint-Michel af en in de richting van een andere tweedehands boekwinkel, een van een lichtelijk andere soort. Arcel et Fils verkochten antieke boeken, sommige uit de achttiende en negentiende eeuw, waarvan er veel zeldzaam waren; er waren ook eerste drukken bij en weer andere waren exemplaren voor verwoede verzamelaars.
Toen hij de deur hoorde opengaan, draaide de eigenaar zich om van de planken waar hij voor stond en tuurde de winkel door. Zijn gezicht klaarde op toen hij Maxim zag.
'Monsieur West, *bonjour*! *C'est un grand plaisir pour moi de vous voir.*'
'En het verheugt mij ook u te zien, monsieur Arcel,' antwoordde Maxim die met vriendelijk uitgestoken hand op hem toeliep.
De eigenaar van de winkel schudde die enthousiast. 'Het boek

waar ik u over schreef ligt in de achterkamer. Ik zal het even halen. Excuseert u me een ogenblik.'
'Natuurlijk,' antwoordde Maxim. Hij verheugde zich erop dit zeldzame boek over antieke juwelen te zien te krijgen, en hij hoopte dat het echt zo bijzonder was als monsieur Arcel in zijn brief had aangegeven. Als dat zo was, zou het een leuk cadeautje voor Mark zijn.
Maxim hing op één elleboog geleund tegen de toonbank en keek de winkel rond.
En toen zag hij het meisje.
Hij ging rechtop staan en bekeek haar nauwlettend, een en al aandacht.
Ze stond aan de andere kant van de winkel, afgetekend tegen het raam. Het licht van de namiddagzon hing als een aureool om haar heen en veranderde haar lange blonde haar in lokken van gesponnen goud. Haar gezicht was in profiel en het was prachtig. Hij zag het gladde voorhoofd, het kleine rechte neusje, het uitstekende kinnetje, de lange hals die uit de witzijden bloes stak die ze op een marineblauwe katoenen dirndlrok droeg. Ze was slank en soepel, had blote benen en haar voeten staken in sandalen. En ondanks haar gewone kleren had ze iets elegants, een aristocratische waardigheid.
Maxim was gefascineerd. Hij vroeg zich af wie ze was.
Alsof ze in de gaten had dat iemand haar aandachtig stond op te nemen, draaide ze zich langzaam om.
Hun blikken ontmoetten elkaar.
Maxim zag dat haar ogen groot en glanzend waren, en licht grijsblauw van kleur. De ogen van een droomster, dacht hij, en hij kon zijn ogen niet van haar afhouden, gebiologeerd door haar schoonheid. En er was nog iets anders, iets buiten haar schoonheid wat hem bekoorde. Ze had iets geheimzinnigs over zich en dat deed hem zijn adem inhouden.
Plotseling glimlachte het meisje naar hem.
Het was de liefste glimlach die hij ooit had gezien; haar mondhoeken krulden verleidelijk omhoog, er kwamen kuiltjes in haar wangen en in haar sprankelende ogen zag hij plotseling een vrolijke lach.
Maxim lachte terug.
Hij voelde zich onverwacht heel gelukkig, bijna licht in het

hoofd van geluk. Hij wist dat dat door haar glimlach werd teweeggebracht... die leek alle lege plekjes in zijn hart te vullen. Ze stonden elkaar daar alleen maar glimlachend aan te staren.
'Hier is het, monsieur,' zei de eigenaar van de winkel die gehaast terugkwam uit zijn privé-vertrekken, met het antieke boek in de hand. 'Het is uniek. En de illustraties zijn... pràchtig.'
Maxim wendde zeer onwillig zijn ogen van het meisje af.
Hij draaide zich om naar monsieur Arcel en keek naar het boek dat de Fransman voor hem op de toonbank had gelegd.
'Kijk eens naar de schilderijen,' riep monsieur Arcel uit, terwijl hij de leren band zomaar ergens opensloeg en wees op een bladzij.
'Ja, ik zie wat u bedoelt,' mompelde Maxim en toen, niet in staat er weerstand aan te bieden, draaide hij zijn hoofd om en keek over zijn schouder, met zijn ogen het meisje zoekend. Tot zijn verbazing en ontzetting stond ze niet meer bij het raam. Ze was verdwenen.
Maxim wendde zich tot monsieur Arcel. Dringend vroeg hij: 'Die jonge vrouw die daar bij het raam stond, is ze weggegaan?'
'Wat? Ja, monsieur West, ze glipte net naar buiten. Toen u het boek stond te bekijken.'
'Neem me niet kwalijk.' Maxim holde naar de deur, rukte die open, rende de straat op en keek verlangend naar links en naar rechts.
Hij zag haar een eindje verder langs de Quai. Hij kon haar nog net in een taxi zien stappen.
'Wacht!' riep hij.
Ze hoorde hem niet. Zijn stem werd door het verkeerslawaai overstemd.
Hulpeloos stond Maxim te kijken hoe de taxi tussen de rij snelrijdende auto's op de Quai Saint-Michel schoof en uit het gezicht verdween. Hij slaakte een zucht, draaide zich om en ging de winkel weer in; hij voelde zich neerslachtig worden.
'Kent u het meisje dat daarnet wegging, monsieur Arcel?' vroeg Maxim toen hij weer naar de toonbank liep.
De oude Fransman schudde zijn hoofd. 'Het spijt me, nee. Het is de eerste keer dat ik haar heb gezien. O, maar ze is wèl schattig, nietwaar monsieur West?'
'Ze is het mooiste meisje dat ik ooit heb gezien,' zei Maxim.

'Ik heb je nog nooit zo chagrijnig gezien, Duke,' mompelde Stubby, en staarde Maxim over tafel aan. 'Kijk in godsnaam een beetje vrolijker.'
Maxim gaf liever geen commentaar. Hij pakte het glas goede bourgogne die Stubby zoëven had besteld en nam een slok. Stubby dronk ook en hij keek met bedachtzame ogen over de rand van zijn glas naar zijn vriend.
De twee mannen zaten aan een hoektafeltje bij Chez André, een prima bistro aan de Rue Marbeuf, niet ver van het Plaza-Athénée Hotel waar ze logeerden.
Vanaf het moment dat hij om halfzeven in het hotel was teruggekomen, was Stubby verontrust geweest door Maxims norse gezicht en zijn nog norsere manier van doen. Hij nam nog een slokje rode wijn, zette zijn glas neer en merkte op: 'Je kijkt alsof het einde van de wereld nabij is.'
'Zo voel ik me ook.' Maxims ogen ontmoetten Alan Trentons vaste blik en toen mopperde hij: 'Ik vind dat meisje nooit meer terug.'
'Het is niet te geloven!' riep Stubby, zijn blauwe ogen wijd open. Hij stond versteld. 'Dat uitgerekend jíj zo zeurt over een vrouw! Jíj! Stel je voor, ik heb al die jaren gedacht dat het enige wat jou werkelijk opwond, wat jou plezier deed, zakendoen was. Zo zie je maar wat een stommeling ik ben, hè?' Stubby schudde zijn hoofd. 'Je hebt me al die tijd goed voor de gek gehouden, Duke.'
Omdat Maxim het grappige er wel van inzag, was hij zo beleefd om te lachen. 'Ik val dus uit mijn rol, hè?'
'Ja, behoorlijk zelfs.'
Het lawaai in de bistro kolkte om hen heen. Ze spraken een poos niet.
Maxim trok zijn stoel bij, leunde over de tafel heen en vroeg: 'Kan ik je een geheimpje vertellen?'
'Waarom niet? Je hebt me je geheimen verteld sinds je acht was. Waarom zou je er dan nu mee ophouden?'
'Ik denk dat ik verliefd ben.'
'O, hou op!' viel Stubby uit. Hij was verbluft. Toen moest hij onbedaarlijk lachen en staarde naar Maxim, maar plotseling slikte hij zijn lach in en zei op beheerste toon: 'Goeie god, ik geloof dat je het meent! Maar hoe kun je nou verliefd worden op

een meisje met wie je niet eens hebt gepraat? Jíj, Maxim! Meestal zijn vrouwen wel het laatste waar jij aan denkt.'
'Dat weet ik. En je hebt natuurlijk gelijk, Alan,' zei Maxim rustig en hij voelde zich nu behoorlijk beschaamd. 'Ik zit me dom te gedragen, hè? Als een idioot. Laten we het meisje en al die flauwekul maar vergeten, want dat is het natuurlijk, pure flauwekul. Hoe is je bespreking verlopen?' vroeg hij, omdat hij van onderwerp wilde veranderen.
'Oké. Meer dan oké zelfs. De Franse groep wil graag meedoen. Het was zeker de moeite waard om naar Versailles te rijden voor een gesprek met monsieur Verland. Ze hebben inderdaad oliebelangen in Noord-Afrika. Lybië geloof ik. Het komt hierop neer: monsieur Verland is bereid voor besprekingen naar Londen te komen, wanneer pa terugkomt uit Hongkong, dus ik denk dat mijn oude heer wel blij zal zijn met de manier waarop ik de zaak heb aangepakt.' Stubby ging achterover op zijn stoel zitten en gaf Maxim een vage glimlach. 'Maar toch wilde ik dat ik nog steeds met jou in zaken zat, ouwe jongen.'
'Ik ook, Stubby! Kom dan terug! Zeg je vader dat je olie vervelend vindt en dat je weer met mij in Westrent wilt gaan werken.'
'Ik wilde dat ik dat kon, maar je weet heel goed dat dat niet gaat. Pa is op het moment echt niet in zo'n goeie conditie, en als ik aan de haal ging... zou dat zijn dood kunnen worden. Hij heeft me echt nodig in de zaak.'
'Dat weet ik wel. Maar denk eraan, je bent altijd welkom... Ik mis je.'
'Ik denk er net zo over, Maxim. We zijn altijd goede strijdmakkers geweest, ja toch?'
'De beste.'
Stubby keek bedachtzaam. 'Dat meisje... hoe oud was ze?'
'Zeventien of achttien, iets in die buurt. Waarom?' Maxim trok een wenkbrauw op.
'Dan is ze waarschijnlijk een studente. Ik wil wedden dat ze boeken kocht in Arcels winkel, en dat ze er terugkomt. Waarom gaan we er morgen niet even langs? Het is zaterdag, we hebben toch niets beters te doen.'
'Waarom? Wat heeft het voor nut?'
'We zouden de oude Arcel een paar relevante vragen kunnen stellen. Misschien weet hij meer dan hij beseft. Misschien kun-

nen we zijn geheugen een beetje opfrissen. Je weet het maar nooit, misschien heeft ze hem een hint gegeven over haar identiteit en beseft hij dat alleen maar niet.'
'O, Stubby, dat is wel erg ver gezocht... dat is je vastklampen aan een strohalm...' Maxims stem stierf weg en hij zweeg. De schok die het meisje had teweeggebracht, lag nog vers in zijn geheugen. Hij zou er alles voor over hebben om te weten wie ze was, om haar terug te vinden.

40

Anastasia zag hem voor hij haar zag.
Hij stond met zijn rug naar haar toe, maar toen hij zijn hoofd een beetje bewoog en ze een glimp van zijn gezicht opving, sloeg haar hart een slag over. Ze hoefde geen twee keer te kijken om de man te herkennen die haar gisteren in Arcels boekwinkel zo doordringend had staan aankijken.
Dat hij te gast was op het verlovingsfeest van Yvette en Philippe Arnaud was op zich al een verrassing. Maar dat ze hem had opgemerkt tussen de tweehonderd aanwezigen, en nog wel zo vroeg op de avond, was opmerkelijk. En nog verbazingwekkender was, dat hij nota bene met haar móeder stond te praten. Tenminste, de blonde jongeman naast hem stond te praten, híj stond er alleen maar zijdelings bij en luisterde beleefd. En zijn metgezel en haar moeder schenen elkaar behoorlijk goed te kennen, als je tenminste mocht afgaan op hun levendige gelaatsuitdrukking.
Anastasia bleef een beetje uit de buurt rondhangen, aan de andere kant van de dansvloer. Ze stond naast een enorme orchidee in een pot, een van de vele exotische bloemdecoraties die gebruikt waren om de tenten in de tuin van het huis van de De Millinets in Neuilly-sur-Seine, in de buurt van het prachtige Bois de Boulogne, te verfraaien.
Ze ging achter de plant staan zodat ze zelf gedeeltelijk aan het zicht onttrokken was, maar haar moeder en de twee jongemannen toch heel goed stiekem kon gadeslaan.

Anastasia en haar ouders waren ongeveer een halfuur geleden

aangekomen voor het diner dansant, en nadat ze hun gastvrouw en gastheer hadden begroet en het pasverloofde paar hadden gefeliciteerd, hadden ze een paar minuten met elkaar staan praten, terwijl ze champagne dronken uit kristallen glazen en de prachtige omlijsting en de elegante gasten bewonderden. De heren waren in jacquet. De dames waren in avondjapon en droegen heel wat juwelen. Het was een buitengewoon chique bijeenkomst; de crème de la crème van de Parijse society mengde zich hier onder filmsterren en leden van de jetset.

Na een tijdje waren de drie Derevenko's uit elkaar gegaan en verschillende kanten uit gezworven. Alexander Derevenko had een paar van zijn makkers uit de filmwereld ontdekt, en was met lange passen weggelopen om met ze te gaan zitten kletsen aan de bar. Margot was over de dansvloer naar haar vriendinnen Lucrezia en Sophie geglipt. Anastasia had doelloos rondgezworven op zoek naar haar eigen vrienden. Enigszins tot haar verbazing waren er niet veel aanwezig, en zeker niemand van de meisjes met wie ze goed bevriend was. Ze voelde zich nogal verloren, vooral omdat Yvette aan de arm hing van Philippe, haar verloofde. Er waren zo weinig jonge mensen dat ze zich begon af te vragen of dit een vervelend feestje ging worden – alleen voor volwassenen. Misschien hadden de De Millinets meer van hun eigen leeftijdgenoten uitgenodigd dan kennissen van hun dochter. Dat was bij dit soort gelegenheden niet ongebruikelijk.

En toen, een fractie van een seconde later, had ze hèm zien staan.

Ze had onmiddellijk gedacht: het noodlot! We waren dus toch voorbestemd om elkaar weer te ontmoeten. Ik vóelde het gisteravond gewoon.

Sinds gistermiddag had ze voortdurend aan hem gedacht. Zodra ze thuiskwam, had ze spijt gehad van haar haastige vlucht uit het kleine boekenantiquariaat van monsieur Arcel aan de Quai Saint-Michel. Maar de knappe, donkere man had zo'n uitstraling van distinctie en zelfvertrouwen, en hij had haar zo veelbetekenend en zo intens aangestaard met die donkere, doordringende ogen, dat ze opeens bang was geworden en zich onbeholpen had gevoeld, verlegen, onhandig, schoolmeisjesachtig en helemaal de kluts kwijt. Als het op mannen aankwam, had ze nog maar weinig ervaring.

En dus was ze gevlucht, was ze de straat opgerend en had de eerste de beste taxi aangehouden.
Maar gisteravond, toen ze zich aan het omkleden was om met haar ouders en de compagnons van haar vader uit Hollywood te gaan dineren, had ze besloten dat ze volwassener, ouder wilde lijken. Om te oefenen, had ze zichzelf voorgehouden terwijl ze haar haar opstak, roze lippenstift opdeed en een van haar nieuwe en meer mondaine outfits had aangetrokken, een tweedelig zwartzijden ensemble, met hooggehakte zwarte lakschoenen.
Haar vader had lichtelijk geschrokken gekeken toen ze zich hem en haar moeder en hun gasten voor een drankje in de tuin had ontmoet. Hij had gemompeld dat ze er chic uitzag, een woord dat hij in verband met haar nog nooit eerder had gebruikt, en haar moeder had geglimlacht en instemmend geknikt. Later, in de Tour d'Argent, had ze gemerkt dat er heel wat mensen bewonderend haar kant uit keken, en dat had ze leuk gevonden.
Gisteravond was voor haar een soort generale repetitie geweest; ze wilde zich voorbereiden, ze wilde er klaar voor zijn als ze hem weer zag. Ze was ervan overtuigd geweest dat hun wegen zich zouden kruisen; ze had alleen niet geweten hoe snel.

Het was voorbeschikt, dacht Anastasia en staarde naar zijn scherp afgetekende profiel. Ze vroeg zich af wat ze moest doen. Ze bedacht dat ze hem nu onmiddellijk moest gaan aanspreken, nu haar moeder nog met die blonde jongeman stond te praten, zodat haar moeder haar aan hèm kon voorstellen.
Ze aarzelde, en op dat moment zag ze dat haar moeder vriendelijk knikte en wegliep, en de dansvloer overstak om zich bij een andere groep vrienden te voegen die vlakbij stonden.
Nú, hield Anastasia zich voor. Ga nu. Ga nu, voor het te laat is, voor hij in de menigte verdwijnt.
Langs de rand van de dansvloer, waar al mensen begonnen te dansen, liep ze naar de andere kant van de tuintent en bleef vlak achter hem staan.
Hij was lang. Veel langer dan ze had gedacht. Zeker één meter tachtig en behoorlijk breed.
'Goedenavond,' zei ze.
Hij draaide zich om, en dat deed zijn metgezel ook. Ze staarden haar allebei aan.

Maar ze hoorde hoe híj even zijn adem inhield, ze zag zijn schok en ongeloof, en toen zag ze hoe blij zijn gezicht werd.
'Jíj bent het!' riep hij uit.
'Ja.'
Hij stak zijn hand uit. 'Ik ben Maximilian West. Zeg me hoe je heet voor je weer verdwijnt.'
Ze pakte zijn hand. Die voelde zacht en droog aan, en zijn greep was stevig. 'Ik ben Anastasia Alexandrovna Derevenko,' zei ze.
'Wat een prachtige naam. Hallo, Anastasia. Hallo. Halló.' Hij wendde zich tot zijn vriend. 'Alan, dit is Anastasia. De jongedame uit Arcels boekwinkel.'
'Dat dacht ik al,' zei Stubby. 'Ik zou niet weten hoe ik je moet vertellen hoe blij ik ben je te ontmoeten, Anastasia. Je bènt toch de dochter van madame Derevenko, hè?'
Anastasia knikte. Er verscheen een rimpeltje in haar voorhoofd. 'Hebben wij elkaar al eens eerder ontmoet?'
Alan grinnikte. 'Mijn ouders hebben een villa in Cannes en ze zijn vrienden van de De Millinets. En ja, ik geloof dat we elkaar al eens ontmoet hebben. Nogal vluchtig, heel lang geleden. Je was een jaar of twaalf, geloof ik.'
'O,' zei Anastasia, en lachte naar Alan. Hij lachte terug. Ze stonden allemaal naar elkaar te lachen.
Alan zei: 'Willen jullie me excuseren? Ik zie daar een kennis van me, Camilla Galland, de actrice. Ik denk dat ik even met haar ga praten. Ik geloof dat ze helemaal alleen is en ze ziet er nogal verloren uit. Tot straks.'
Stubby slenterde nonchalant weg.
'Ik dacht dat ik je kwijt was,' zei Maxim met adembenemende openhartigheid en hij bleef haar aanstaren en haar hand stevig vasthouden. 'Ik dacht dat ik je nooit meer zou terugvinden.'
'Ik wist dat we elkaar weer zouden zien,' antwoordde ze met dezelfde soort onbewuste eerlijkheid.
'Echt waar?' Hij klonk verrast.
'O ja, ik wist het zeker.'
'Waarom? Ik bedoel, hoe kon je dat zo zeker weten?'
'Het is het noodlot.'
'O.' Hij zweeg en keek haar strak aan. 'Wil je daarmee zeggen dat ik jouw noodlot ben, Anastasia?'
'Ja, en ik ben het jouwe.'

'Ik hoop van harte dat je gelijk hebt.'
Ze stond half glimlachend naar hem op te kijken en haar ogen werden dromeriger dan ooit. Hij was nog knapper dan ze zich gisteren had gerealiseerd: zijn gezicht was sterk en mannelijk, zijn donkere ogen glinsterden, zijn neus was recht en welgevormd boven een prachtige mond. Hij was breed, vol en krachtig. Hij heeft niets bekrompens, dacht ze, hij is iemand met een groot hart. Dat kon ze zien aan zijn ogen en zijn mond, aan de uitdrukking op zijn gezicht. Zijn donkerbruine haar was licht gegolfd en het was vanaf zijn brede voorhoofd strak achterovergekamd. Ze had al direct gezien hoe onberispelijk gekleed hij was. Zijn smokingjasje was duidelijk gemaakt door de beste kleermaker van Savile Row en de sierknoopjes aan de voorkant van zijn platgeplooide dunne overhemd waren kleine in goud gevatte cabochonsaffiertjes. Het platte horloge aan zijn pols was onopvallend maar kostbaar. Zijn onberispelijke kleding en zijn uiterlijk bevielen haar. Ze hield van mannen die zich, net als haar vader, goed wisten te kleden.
Van zijn kant stond Maxim neer te staren in een gezicht dat hem de afgelopen vierentwintig uur had achtervolgd. Het was een oneindig mooi en gevoelig gezicht, met dat vleugje raadselachtigheid dat hem gisteren al was opgevallen. Het gezicht van een engel, dacht hij. Een engel van Botticelli. Het waren natuurlijk de ogen die zo bekoorden. Die waren zo helder en vol licht dat ze haast transparant leken en ze hadden een prachtige, vaagblauwe kleur. Ze deden hem aan *Mutti's* ogen denken.
Het viel hem op dat het meisje vanavond volwassener leek. Dat kwam in zekere mate door haar haar, dat als een kroontje in een opgerolde vlecht boven op haar hoofd was vastgezet. En door het vleugje roze lippenstift, en de mascara op haar dikke blonde wimpers. Gisteren had ze helemaal geen make-up gedragen. De chiffon japon die ze vanavond aan had en de tere opaal-met-diamanten juwelen verhoogden haar natuurlijke schoonheid.
Ten slotte zei hij: 'Wat doe jij, Anastasia?'
'Ik ben op school. Of eigenlijk, ik ben van de zomer geslaagd voor mijn *bac*. Deze herfst ga ik naar de Sorbonne.'
Hij knikte. 'Hoe oud ben je?'
'Achttien. En hoe oud ben jij, Maximilian?'
'Vijfentwintig, en noem me maar liever Maxim.'

'Goed, Maxím. En wat doe jij?'
'Ik ben financier.'
Ze lachte. 'Op je vijfentwintigste!'
'Natuurlijk.' Hij grinnikte naar haar. 'Ik ben heel knap.'
'Ja, dat zal wel.' Ze lachte weer. 'Zullen we dansen? Ik vind dit een leuk liedje.'
'Hoe heet het?'
'*Darling, Je Vous Aime Beaucoup*.'
'Dat klinkt toepasselijk, dus ik ga mee dansen.'
Hij hield nog steeds haar hand vast, legde zijn andere arm om haar schouders en nam haar mee naar de dansvloer waar hij haar in zijn armen nam. Hij bewoog zich niet meer, maar hield haar alleen dicht tegen zich aan, en ze kon zijn hart heel snel voelen kloppen, net als het hare. Ze stonden elkaar nog even vast te houden, toen leidde hij haar de vloer op en keek lachend op haar neer.
'Het is een aardig liedje,' zei hij toen ze begonnen te dansen.
'Het is geschreven door een vriendin van mijn vader,' vertelde ze hem. 'Anna Sosenko. Ze zit in de showbusiness.'
'Je vader ook?'
'Ja, hij is filmproducer.'
Maxim knikte alleen maar.
Toen ze het ritme van de muziek eenmaal te pakken hadden en zich perfect op de maat bewogen, liet Maxim een hand langs haar rug omlaag glijden en drukte haar lichaam tegen het zijne, en Anastasia vleide zich tegen hem aan. Ze dansten in stilte, wang aan wang, en ze wilde dat die dans nooit meer voorbij zou gaan, net als hij.
Maxim bleef verscheidene nummers met haar op de dansvloer omdat hij haar op deze intieme manier wilde blijven vasthouden en haar niet graag wilde loslaten. Maar ten slotte zei hij: 'Laten we gaan zitten en wat praten, Anastasia.'

41

Ze zaten aan een tweepersoons tafeltje, verstopt in een hoekje achter een arrangement van hortensia's, tulpen en azalea's, en dronken champagne.

Maxim zei: 'Ik vond het leuk je moeder te ontmoeten, ze is heel charmant. Is je vader hier vanavond ook?'
'O ja, hij staat daar aan de bar bij die groep mannen. Hij is degene met de blauwe korenbloem in zijn knoopsgat.' Anastasia lachte toen ze dat zei en kreeg leuke kuiltjes in haar wangen. 'Papa draagt altijd een bloem. Het is een soort... handelsmerk.'
Maxim keek in de aangegeven richting en rekte zijn hals uit. 'O ja, ik zie hem. Een bijzonder knappe man.' Hij wendde zich weer tot haar en merkte op: 'Je naam is Russisch, maar ik neem aan dat je vader al heel lang in Frankrijk woont?'
'Hij is hier geboren. In 1918. Mijn grootouders waren Witrussen die in 1917, ten tijde van de revolutie, naar Parijs kwamen, en ze zijn hier altijd blijven wonen.'
'Toen ik met je moeder praatte, dacht ik dat zij Engels is.'
'Ja, maar haar vader had een Franse moeder en ze heeft Frans bloed, en ik dus ook. Nou ja, in ieder geval een beetje, en Russisch, en Engels; ik ben dus eigenlijk een beetje een halfbloed.'
'Ik zou zeggen volbloed.'
Anastasia bloosde van plezier bij dit complimentje en mompelde: 'En jij bent toch Engels, hè, Maxim?'
'Door opvoeding, scholing en staatsburgerschap, maar ik ben in Duitsland geboren.'
'Echt? Dat had ik nooit gedacht.' Ze leunde enthousiast over de tafel heen. 'Maar nu woon je toch in Parijs?'
'Nee, in Londen. Helaas.'
'Waarom zeg je dat?'
Hij keek haar lang en peinzend aan. 'Omdat jij daar niet bent.'
Ze staarde terug met lichtjes in haar heldere ogen. 'Ik ben dol op Londen, en ik ga er vaak heen om mijn Engelse grootmoeder op te zoeken.'
'Dan zien we elkaar als je de volgende keer komt.'
Anastasia knikte. 'Oma verwacht me in augustus.'
'Dan kom ik je van het vliegveld halen.'
'Dat zou enig zijn.'
Maxim keek haar bezorgd aan. Hij zei: 'Zou je mogen trouwen?'
'Wanneer?'
'Nu.'
'Nee, nu nog niet. Als ik twintig ben, misschien. Over twee jaar.'

'Volgend jaar?'
'Misschien.'
'Ik meen het, Anastasia.'
'O, dat weet ik. Ik ook, Maxim.'
Ze zaten elkaar heel diep in de ogen te kijken en ze zeiden heel lang niets, maar dachten na over de woorden van de ander.
Anastasia zei opeens: 'Ga mee kennismaken met mijn vader.'
Ze stonden samen op; Maxim nam haar bij de hand en ze liepen de tuintent door naar de bar aan de andere kant.
Alexander Derevenko's ogen lichtten op toen hij zijn dochter zag aankomen; aan zijn gezicht was duidelijk te zien dat hij dol op haar was. Derevenko was lang en goedgebouwd, een imposante man met donker krullend haar, lichtgrijze ogen en een breed, wat Slavisch aandoend gezicht. Hij droeg een prachtig gesneden mohairzijden smokingjasje en uit zijn borstzakje stak fleurig een diepblauwe zijden pochet, in precies dezelfde kleur als de kleine verse bloem in zijn knoopsgat.
'Anastasia!' riep hij en lachte zijn dochter hartelijk toe. 'Waar heb jij het laatste halfuur gezeten?'
'Ik heb gedanst... gepraat... met Maxim, papa.' Ze keek naar Maxim en toen weer naar haar vader, en vervolgde: 'Ik wil hem graag aan u voorstellen. Maximilian West... Alexander Derevenko.'
'Prettig met u kennis te maken, meneer,' zei Maxim, en greep haar vaders uitgestrekte hand.
'Het genoegen is geheel aan mijn kant, meneer West. Laat ik u even mijn vrienden en partners voorstellen: Ilya Lopert, Gregory Ratoff, Anatole Litvak en Sam Spiegel.'
Maxim schudde de vier mannen die hem allerhartelijkst begroetten de hand, voordat hun aller aandacht op Anastasia gericht werd. Ze was duidelijk een van hun favorieten en ze leken buitengewoon dol op haar tc zijn.
Alexander richtte het woord tot Maxim. 'Kent u de De Millinets uit Parijs of uit Cannes, meneer West?'
'Uit Cannes. Maar eigenlijk ken ik hen niet erg goed, meneer. Ze zijn vrienden van de Trentons, en dat zijn de ouders van mijn beste vriend, Alan. Ik ben vanavond met hem meegekomen.'
'O, zijn de Trentons hier?' vroeg Derevenko. 'Dan wil ik ze graag begroeten. Ik heb ze in de loop der jaren af en toe ont-

moet, meestal in Cannes bij de De Millinets. Een charmant echtpaar.'
'Ze zitten in Hongkong, meneer Derevenko. Daarom zijn Alan en ik voor het weekend uit Londen overgekomen. Om in hun plaats Yvettes verlovingsfeest bij te wonen en om daarnaast wat zaken af te handelen.'
'Wat voor soort zaken doet u, meneer West?'
'Financiën. Ik ben financieel deskundige.'
'Is dat zo, wat interessant,' zei Alexander Derevenko.
Anastasia stak haar arm door die van Maxim en kondigde aan: 'We kunnen Alan beter even gaan zoeken. We hebben tenslotte beloofd samen met hem te dineren.'
'O. O ja, dat is waar,' zei Maxim, die haar snel door had en begreep dat ze wilde ontsnappen.
Met een brede glimlach blies Anastasia een paar kusjes naar haar vader en diens vrienden, en zweefde weg aan Maxims arm.
'Sorry, maar dat was een leugentje om bestwil,' fluisterde ze toen ze wegliepen. 'Maar als we nú niet ontsnapt waren, was mijn vader een eindeloos gesprek begonnen over het financieren van films en dat soort vervelende zaken. Ik zag hoe zijn ogen gingen glimmen toen je hem vertelde dat je financier bent.'
Maxim grinnikte. 'Maar ik financier geen films.'
'Dat weet híj niet, en bovendien, we wilden voor het eten toch niet met mijn moeder en vader opgezadeld zitten, hè?'
Hij schudde zijn hoofd. 'En dat was een goed idee van je. Ik denk trouwens dat we ècht even naar Alan op zoek moeten, om te kijken wat hij met Camilla Galland van plan is.'
'Ken je haar?' vroeg Anastasia snel en keek hem schuin aan.
'Nee. Ik heb haar zelfs nog nooit ontmoet. Maar ik heb haar laatste toneelstuk in West End wel gezien. Ze is best een goede actrice.'
'Ik geloof dat ze voor een van papa's compagnons, Pierre Petrovicci, in een film gaat spelen, dus misschien is ze daarom vanavond hier. Pierre is een goede vriend van Jacques de Millinet wiens bank een heleboel films financiert, vooral voor papa's kleine kliekje.'
'Wie zijn die mannen eigenlijk die ik net heb ontmoet? Wat doen ze?'
'Dat zijn lobbyzitters,' antwoordde Anastasia met ogen vol plot-

selinge pret. 'Mijn moeder zegt dat ze de beste lobbyzitters van deze eeuw zijn.'
'Ik kan je niet helemaal volgen.' Maxim fronste verbaasd. 'Waarom zegt ze dat?'
'Omdat ze altijd in de lobby's van de beste hotels ter wereld zitten. Het George v en het Prince de Galles hier in Parijs, het Claridge's in Londen, het Excelsior in Rome, het St.-Regis in New York en het Beverly Hills in Beverly Hills,' legde ze lachend uit. 'Waar ze dan eindeloos over zaken zitten te kletsen. Over filmcontracten.' Ze lachte weer en zei: 'Maar alle gekheid op een stokje, het zijn wel behoorlijk belangrijke mensen in de filmindustrie.'
'Maar wat doen ze dan eigenlijk?'
'Sam Spiegel is een geweldige producent. Hij heeft *The Bridge on the River Kwai* gemaakt, en *The African Queen*, om maar een paar van zijn grote films te noemen. En nu denkt hij erover een film over Lawrence van Arabië te gaan maken, zegt papa,' zei Anastasia. 'Grisha Ratoff en Tole Litvak zijn allebei regisseur, en Ilya Lopert is producer, net als papa en meneer Spiegel. Een van zijn laatste films was *Summertime*. Papa heeft ons meegenomen naar Venetië toen ze met de opnamen bezig waren en dat is mijn lievelingsstad. Hoe dan ook, de film was enig, heel romantisch. Heb je hem soms gezien?'
'Eerlijk gezegd, ja. Toch met Katherine Hepburn en Rossano Brazzi? En je vader? Ik bedoel, kan ik ook een van zijn films gezien hebben?'
'O, vast wel. Zijn laatste heette *Eyes of Love*.' Het duurde even voor Anastasia eraan toevoegde: 'Camilla Galland speelde erin mee, hoewel ze niet de ster was. De hoofdrolspeelster was Janice Mills.'
Maxim zei: 'Die heb ik gezien en hij was geweldig, een prachtig verhaal. Dan moet je Camilla toch kennen.'
'Niet echt, maar ik heb haar wel ontmoet.'
'Ik niet. Zullen we naar hen toe gaan en haar goeiendag zeggen? Kijk, daar staat ze, nog steeds met Alan. Het ziet ernaar uit dat ze beslag op hem heeft gelegd. Of vice versa.' Maxim keek naar Anastasia en knipoogde, en hij kreeg een boosaardige, veelbetekenende blik in zijn ogen. 'Die goeie ouwe Stubby, ik ben blij dat hij voor vanavond een meisje heeft gevonden.'

'Stubby!' riep Anastasia en ze staarde hem aan. 'Wat een rare naam.'
Maxim schoot in de lach toen hij de ongelovige uitdrukking op haar gezicht zag. 'Ja, eigenlijk wel,' grinnikte hij hardop. 'En dat is mijn schuld. Ik heb hem ooit eens zo genoemd op kostschool, toen we een jaar of acht, negen waren, en ik ben bang dat die naam is blijven hangen. Uit wraak noemde hij mij Duke, naar aartshertog Maximiliaan van Oostenrijk, omdat hij me aanmatigend vond.'
'En ben je dat ook?'
'Soms. Tenminste, dat vindt Stubby.'
Ze dacht even na en verklaarde toen: 'Duke is beslist een betere naam dan Stubby.'
'Dat is waar,' beaamde Maxim. 'Ga mee, laten we naar hen toe gaan.'

'Hallo, Anastasia, wat leuk je weer te zien,' zei Camilla Galland liefjes glimlachend terwijl ze zich vooroverboog, en gaf haar een vluchtig kusje op haar wang.
Anastasia zei: 'Ik vind het ook leuk jou weer te zien. Mag ik je Maximilian West voorstellen, hij is een vriend van Alan.'
Camilla en Maxim schudden elkaar de hand en begroetten elkaar.
Alan vertelde hun: 'We wilden net naar jullie op zoek gaan. Ik geloof dat we een tafeltje moeten gaan zoeken en er beslag op leggen. Er zijn mensen die al gaan zitten.'
'Ja, dat moeten we doen,' beaamde Anastasia. 'Yvette zei dat er vanavond geen naamkaartjes zijn, dus we kunnen gaan zitten waar we willen.'
'Dat daar is een gezellige tafel voor vier personen, laten we die nemen,' zei Maxim die zoals gewoonlijk op zijn nogal bazige manier de leiding nam. Hij leidde Anastasia er direct naar toe en zei zachtjes: 'Ik heb een kleine tafel uitgekozen omdat die intiemer is. Nu ik je eenmaal heb teruggevonden, wil ik je niet met een heleboel mensen delen.'
Ze keek hem met een ernstige blik aan en gaf zachtjes toe: 'Ik wil jou ook niet delen.'
Ze stonden elkaar aan te staren en vergaten de anderen even, en Maxim kon de verleiding om haar te kussen nauwelijks weer-

staan. Ze was zo adembenemend mooi dat ze hem al het andere deed vergeten. Hij slikte hevig en duwde haar naar voren, terwijl hij zich afvroeg hoe en wanneer hij met haar alleen kon zijn.
Toen ze eenmaal aan tafel zaten, stak Maxim zijn hand uit naar de hare, greep die stevig vast en zei: 'Ik geloof dat het een zeer gelukkig toeval is dat Stubby en ik vanavond op dit feest zijn.'
Ze knikte instemmend en terwijl ze hem met dromerige ogen zat aan te kijken, bedacht ze hoe geweldig hij was. Ze wilde dat ze alleen waren zodat hij haar kon kussen. Ze wist dat hij dat ook wilde, net als zij.
Camilla en Alan kwamen bij hen zitten, en Camilla begon meteen met Maxim te praten.
Stubby wendde zich tot Anastasia en zei met een vriendelijke glimlach: 'Je moeder zei dat jullie in Cannes een nieuwe villa hebben.'
'Ja, in de heuvels boven de stad. Het is een prachtig huis en mijn moeder is er dol op omdat er veel meer grond bij is en ze er naar hartelust kan tuinieren. Ik veronderstel dat jouw ouders daar ook nog steeds een huis hebben?'
Stubby knikte. 'Ze hebben een paar jaar geleden ook een ander huis gekocht. Luister eens, kunnen we later deze maand niet allemaal bij elkaar komen? Maxim en ik zijn van plan er eind juli heen te gaan. Ben jij dan ook in Cannes?'
'O ja.'
Maxim die met één oor naar hun gesprek had zitten luisteren terwijl hij met Camilla praatte, kneep in Anastasia's hand en wierp haar een snelle blik toe. Hij zei: 'Ik moet je telefoonnummer in Parijs en dat in Cannes hebben, en ik zal je het mijne geven, Anastasia, zodat...'
'Nu weet ik waarom ik denk dat ik je ken, Maximilian!' onderbrak Camilla hem en ging snel verder: 'Ik heb je foto in de krant gezien, eigenlijk zie ik je daar voortdurend. Je bent heel populair bij de pers.'
Maxim hoopte dat de actrice niets zou zeggen over zijn reputatie als playboy, die onwaar en onverdiend was. Tot zijn grote opluchting deed Camilla dat gelukkig niet. In plaats daarvan zei ze: 'Jij bent toch een vriend van Faith Carr, hè?'
'Ja hoor. Net als Stubby. Haar vriendje, John Fuller, zat bij ons op kostschool. Is ze een vriendin van je?'

'Een van mijn beste,' antwoordde Camilla met een glimlach naar Maxim.
'Die goeie ouwe Johnny, dat is me er een,' riep Stubby grinnikend, en de drie begonnen een lang gesprek over het verloofde paar en hun stormachtige aan-uit verhouding.
Anastasia zat achterover op haar stoel met kleine slokjes van het ijswater te drinken dat de ober net had ingeschonken en luisterde met een half oor naar haar metgezellen. Ze was met haar gedachten bij Camilla Galland. Die had iets wat haar niet aanstond. Toch kon ze niet precies zeggen waar ze zich bij die vrouw aan ergerde. Ze wist alleen dat ze zich in Camilla's gezelschap vanavond wat ongemakkelijk voelde, net als toen ze haar in het verleden had ontmoet. Als gevolg daarvan was ze voorzichtig en op haar hoede.
De andere drie zaten ergens om te schateren van het lachen; ze maakten nogal wat onnozele opmerkingen, en Anastasia merkte opeens dat ze een beetje stil en teruggetrokken werd. Ze voelde zich meer een toeschouwer dan dat ze met hen meedeed, tenminste, op dat moment.
Maxim zat druk te praten; hij leek haar geremdheid niet in de gaten te hebben en daar was ze dankbaar voor. Ze wilde beslist niet dat hij dacht dat ze zich op een afstand hield of snobistisch was. Want dat was niet zo; het was Camilla's aanwezigheid die haar waakzaam en op haar hoede deed zijn. En weer vroeg Anastasia zich af waarom. Ze kende de Engelse actrice nauwelijks en ze had haar maar een paar keer eerder ontmoet, toen Camilla in een film speelde die haar vader vorig jaar had gemaakt. En eerlijkheidshalve moest ze toegeven dat de jonge vrouw altijd hartelijk en aardig was geweest.
Zoals ook vanavond, tot nu toe, moest Anastasia toegeven terwijl ze over tafel naar haar keek en bedacht dat Camilla op een bepaalde manier tamelijk knap was. Ze zag er erg Engels uit met haar rossigblonde haar, haar doorschijnende huid en lichtgroene ogen. Anastasia wist dat ze ongeveer zesentwintig was, maar ze zag er jonger uit, ondanks de nogal mondaine zwartkanten halterjapon die ze droeg en al die kostbare juwelen.
Ik vraag me af van wie ze die diamanten heeft? Deze gedachte bracht Anastasia met een lichte schok rechtop in haar stoel. En toen klikte er ook meteen iets in haar geest. Verleden zomer nog

had ze haar moeder en tante Lucrezia over Camilla Galland horen praten in de tuin van Lucrezia's villa in Cannes. Ze waren aan het gissen wie Camilla's toenmalige 'beschermer' was; ze hadden het over haar buitengewone juwelencollectie gehad en Lucrezia had gezegd: 'Ze lijkt zo onschuldig als een lammetje, hè?' Beide vrouwen hadden veelbetekenend gelachen, en haar moeder zei: 'Die moet je in de gaten houden, hoor.' En ze hadden weer gelachen, en toen waren ze begonnen over het schilderij dat haar vader dacht te kopen.

Is het dàt? vroeg Anastasia zich af. Ben ik wantrouwig jegens haar vanwege de dingen die mijn moeder en tante Lucrezia suggereerden of is er iets anders met Camilla Galland wat me dwars zit? Ze was er niet zeker van.

Maxim zei: 'Wat ben je stil, Anastasia, maar ik kan niet zeggen dat ik je dat verwijt. Wij zitten hier maar te praten over mensen die jij niet kent en we sluiten je buiten. Wat vreselijk onbeleefd van ons.' Hij staarde haar recht aan. 'En je kijkt zo bedachtzaam. Wat is er aan de hand?'

'Niets hoor,' verzekerde Anastasia hem; ze draaide zich naar hem toe en keek hem glimlachend in zijn dwingende donkere ogen.

'Ga mee dansen,' zei hij terwijl hij opstond en haar uit het vergulde stoeltje hielp.

En weer hield Maxim haar op de dansvloer dicht tegen zich aan, en zij reageerde door zich stevig tegen hem aan te drukken. Het was hun beiden duidelijk dat ze die overweldigende aantrekkingskracht voor elkaar deelden en dat hun gevoelens gelijkgestemd waren.

Ze hadden nog maar heel even gedanst toen hij in haar oor mompelde: 'Yvette is jouw vriendin, dus je bent hier vast goed bekend. Kunnen we niet even ontsnappen om alleen te zijn? Een eindje gaan wandelen? Toen we vanavond aankwamen, is het me niet ontgaan dat de tuin om dit huis enorm groot is.'

'Dat klopt, en ja, laten we een eindje gaan lopen, even een frisse neus halen. Het is benauwd in de feesttent.'

Hand in hand verlieten Maxim en Anastasia de dansvloer.

Ze nam hem mee door dat deel van de tuin waar de tenten stonden en vervolgens verder, tot waar hij niet meer in beslag genomen werd door een van de drie enorme feesttenten die speciaal voor het verlovingsfeest waren neergezet.

Het was een prachtige avond, warm, zwoel en windstil. Aan de inktzwarte hemel pinkelden tientallen sterren en er stond een wazige, volle maan; de lucht was zwaar van de geur van kamperfoelie en rozen, en van de overdaad aan andere zomerbloemen die hier overvloedig groeiden.
Maxim ademde de zachte lucht diep in en mompelde: 'Het is zo'n schitterende avond en jij bent zo mooi, mijn prachtige, ongelooflijke Anastasia.' Hij sloeg zijn arm om haar schouders en kuste haar zacht op de wang, en ze liepen in stilte naar de oude ommuurde rozentuin. Toen ze gisteren naar hem had gelachen had hij een plotseling gevoel van ongehoord geluk gekend en hij had meteen begrepen dat ze voor hem iets heel speciaals betekende. En vanaf het moment dat hij haar vanavond in het oog had gekregen, had hij zich bijna licht in het hoofd gevoeld. Ze was beslist een wonderbaarlijk meisje en zijn geluksgevoel kende geen grenzen. Hij voelde zich gelukkiger dan hij ooit was geweest sinds hij een kleine jongen was, en de altijd aanwezige droefheid diep in hem leek wat af te nemen wanneer hij bij haar in de buurt was.
Ze zwierven door de rozentuin en gingen op een rustieke ijzeren bank zitten. Maxim draaide haar gezicht met zijn hand naar zich toe en keek haar diep in de ogen; toen vond zijn mond haar zachte lippen en hij kuste haar vurig. Ze reageerde met evenveel passie en hun beider opwinding groeide toen hun kussen hartstochtelijker werden. Ze raakten in vervoering en waren zich in elkaars armen van niets anders meer bewust.
Anastasia trilde inwendig helemaal en ze werd overspoeld door heftige en overweldigende emoties. Ze wilde altijd bij Maxim blijven, hem nooit meer verlaten, en onervaren als ze was wist ze toch met onfeilbare zekerheid dat hij de juiste man voor haar was, de enige man die ze wilde. De enige man die ze ooit zou willen. Dat had ze gisteravond al begrepen.
Maxim maakte zich zachtjes van haar los en bracht haar hoofd naar zijn schouder, en alsof hij haar gedachten had geraden, vroeg hij zacht: 'Hoe kwam je er zoëven bij te zeggen dat we voor elkaar bestemd zijn?'
'Het was een heel sterk gevoel dat ik kreeg toen ik je in de boekwinkel had gezien. Ik wist heel zeker dat we elkaar weer zouden ontmoeten. Over sommige dingen heb ik wel meer een sterk ge-

voel, als een soort waarschuwing. Mijn moeder zegt dat ik paranormale gaven heb, mijn vader zegt dat ik een heks ben.' Ze zuchtte zacht, streelde zijn wang en fluisterde toen: '*Que sera sera*.'

'Laat maar komen wat komt,' vertaalde Maxim terwijl hij zich over haar heen boog en haar teder kuste, waarna hij haar heel stevig in zijn armen hield. Hij wilde haar nooit meer laten gaan. Ze hoorden bij elkaar, hij en zij. Twee helften die samen één geheel vormen.

En in die rozentuin werd er op dat moment iets tussen hen overeengekomen en ze begrepen het allebei, ook al was het onuitgesproken.

42

'Ik ga met mijn mooie droomstertje trouwen,' kondigde Maxim plotseling aan, zich een beetje in zijn vliegtuigstoel omdraaiend om Alan Trenton te kunnen aankijken. De twee mannen zaten op maandagmorgen, na hun lange weekend in Parijs, op de vroege morgenvlucht naar Londen.

Stubby keek hem strak aan en zei ten slotte: 'Ja, dat weet ik. Ik wist het zaterdagavond eigenlijk al.'

'Lieve hemel!' riep Maxim uit, 'lag het er zo duidelijk op?'

'Voor mij wel. Ik herken liefde op het eerste gezicht wel als ik er getuige van ben... een *coup de foudre* noemen de Fransen dat.'

'Door de bliksem getroffen is volkomen juist, ouwe jongen. Ik ben vreselijk verliefd op haar. Ik wil dat ze mijn vrouw wordt en de moeder van mijn kinderen, en ik ben vast van plan de rest van mijn leven met haar te delen. Ik zal je een geheimpje vertellen, Stubby, alleen al het idee dat ik niet bij haar ben maakt dat ik me gewoon ziek voel.' Maxim schudde zijn hoofd. 'Zo heb ik me nog nooit gevoeld, ik ben bang dat ik dit keer wel erg hard ben gevallen.'

'En ik snap best waarom, Duke, ze is een heel mooi meisje en ze heeft een lief, warm en hartelijk karakter.' Stubby aarzelde en voegde er toen rustig aan toe: 'Ze is natuurlijk nog wel erg jong.'

'Dat is waar, maar aan de andere kant is ze met achttien nog plooibaar.'
'Daar zou ik maar niet te zeker van zijn. Anastasia is vast niet zo volgzaam als jij schijnt te denken.'
Maxim trok een donkere wenkbrauw op en wierp Stubby een scherpe en doordringende blik toe. 'Waarom zeg je dat?'
'Om wat ik zaterdagavond heb gezien. Ik denk vooral dat ze een sterk karakter heeft en een krachtige wil... ik wil wedden dat ze verdraaid koppig is. Daarbij komt dat ze een pienter meisje is, briljant eigenlijk. Ik herinnerde me dit weekend opeens een heleboel dingen die ik indirect, via mijn ouders, had gehoord over het meisje Derevenko. Ze is kennelijk een buitengewone studente, opmerkelijk intelligent en net zo artistiek begaafd als haar moeder, die overigens in Parijs een heel bekende en zeer gerespecteerde binnenhuisarchitecte is, voor het geval je dat nog niet wist.'
'Anastasia heeft het er niet over gehad. Ik denk dat we te druk over onszelf zaten te praten.'
'Om kort te gaan, dit meisje is uitzonderlijk, Maxim. Ik weet zeker dat ze niet van het meegaande type is.'
'O, dat ben ik met je eens, Stubby, en daar ben ik blij om. Meegaandheid is een eigenschap die ik bepaald niet verlang in een vrouw, dat moet jij intussen toch wel weten. Toen ik het woord plooibaar gebruikte, bedoelde ik een vrouw die nog niet in gewoonten is vastgeroest of verstard, maar een die buigzaam is, die nog graag wil leren. Ik wil een vrouw die me kan bijhouden, die met me meegroeit, niet zo'n meegaand persoontje, zo een die ik precies kan vormen zoals ik haar hebben wil.'
O nee? vroeg Stubby zich af, maar hij zei: 'Dan denk ik dat je in Anastasia jouw ideale vrouw hebt gevonden.' Stubby ging even wat verzitten, leunde dichter naar Maxim toe en vroeg: 'Je zegt dat je met haar gaat trouwen. Maar wat vinden haar ouders daarvan? Ik bedoel, zullen die niet denken dat ze nog wat jong is om dit jaar al te trouwen?'
'Absoluut. Maar Anastasia denkt dat we voor volgend jaar plannen kunnen maken, als ze negentien is.'
'Dus je hebt haar al gevraagd?' Nu was het Alans beurt om een wenkbrauw op te trekken.
Maxim grinnikte. 'Min of meer, op een wat luchthartige manier,

zaterdagavond. Maar ze wist dat ik het meende, en ik wist dat zij het ook meende toen ze zei dat ze net zo serieus was als ik. We hebben een afspraak, Alan. Werkelijk waar.' Maxim zweeg even en keek uit het raampje, maar wendde zijn blik meteen weer naar zijn vriend en zei: 'Het is echt iets heel bijzonders, maar zij en ik zitten precies op dezelfde golflengte.'
'Gelukkige kerel die je bent! Ik hoop dat ik op een dag ook zo'n verhouding met een vrouw krijg, als je je zo dicht bij elkaar betrokken voelt.'
'O dat komt wel, daar twijfel ik niet aan. Wat vind je van Camilla Galland? Je scheen het zaterdagavond heel goed met haar te kunnen vinden, en je had ook zondag nog een afspraakje. Ben je niet in háár geïnteresseerd?'
'Met een beetje geluk zou het wat kunnen worden. Maar ze staat nou niet direct te popelen om iets met mij te beginnen.'
'Is er een man in haar leven?'
'Ik heb begrepen van niet, al een hele tijd niet. Het schijnt dat ze een relatie had met iemand, nogal innig zelfs. Maar hij is gestorven. Plotseling, onverwacht. Ze is een interessante vrouw, Duke, en helemaal niet wat je zou verwachten als je moet afgaan op haar bekoorlijke schoonheid en al die onzin meer. Ze is nogal ondoorgrondelijk en bedachtzaam; ze heeft een beetje een intellectuele gedachtengang en ik heb dit weekend ontdekt dat ze in een heleboel opzichten erg gevoelig is, absoluut niet het domme blonde sterretje.'
'Ik dacht ook niet dat ze dat was. Ze is een veel te goed actrice om dom te zijn. Hoe dan ook, als ze met niemand een verhouding heeft, kun je haar toch nog eens mee uit vragen?'
'Ik heb haar al uitgenodigd,' gaf Stubby schaapachtig grijnzend toe, 'en ze nam de uitnodiging aan. We gaan vrijdag samen dineren in Les A.'
Maxim kneep hem in zijn arm en lachte. 'Hoe kwam ik er nou toch bij te denken dat jíj er gras over zou laten groeien, jij Don Juan!'
'Wacht eens even, ik ben hier niet de playboy, dat ben jij!'
'Dat is puur een uitvinding van de Britse pers, dat weet je best!' protesteerde Maxim met rustige felheid en keek Stubby vinnig aan. Hij had een vreselijke hekel aan dit etiket dat hem ten onrechte was opgeplakt, en hij reageerde altijd afwerend, zelfs als

het als grapje was bedoeld, want hij kon er de humor nog steeds niet van inzien.
'Ik weet het, ik weet het wel,' riep Stubby snel uit met een verontschuldigende klank in zijn stem, 'doe maar niet zo opgewonden. Ik maakte maar een grapje. En wanneer ga je terug naar Parijs om je geliefde te zien?'
'Dit weekend. Maar niet naar Parijs. Naar Cannes. Anastasia en haar moeder gaan woensdag naar hun villa daar, dus dacht ik vrijdagmorgen op een vliegtuig te stappen en naar de Côte d'Azur te vliegen voor een lang weekend.'
'Logeer je bij hen?'
'Ik ben niet uitgenodigd, Stubbs.'
'Je kunt in de villa van mijn ouders logeren als je wilt. Die staat daar tenslotte maar met al dat personeel en er komt niemand.'
'Dank je, ik waardeer je aanbod, maar nee, dank je. Ik neem wel een suite in het Carlton Hotel. Dat is gemakkelijker.'
'Als je van gedachten mocht veranderen, dan laat je het me maar weten.' Stubby ging achteruit in de vliegtuigstoel zitten en kwam toen abrupt weer overeind, keek naar Maxim en zei: 'Hoe kun je vrijdagochtend nou weg? Ik dacht dat je die dag een afspraak had in Sheffield, met de directeur van Hardcastle Silversmiths? Over de aankoop van die firma?'
'Klopt, die heb ik ook, maar die zal ik verzetten. Ik ga donderdag wel naar Yorkshire. Dat zal geen probleem zijn.'
Stubby riep uit: 'Dat doet de deur dicht.'
'Wat doet de deur dicht?' Maxim keek verbluft.
'Het feit dat jij een vrouw boven een zakelijke transactie stelt. Dat heb je je hele leven nog nooit gedaan. Dus moet Anastasia echt alles voor je betekenen.'
'Dat doet ze ook, Stubby. En trouwens, als ik Anastasia dit weekend niet zie, wordt het pas begin augustus.'
'Waarom? Kom je dan toch niet in juli bij ons in Cannes logeren?'
'Ik ben bang dat dat niet meer lukt voor de eerste week van augustus, Stubby. Het spijt me, maar daar kan ik niets aan doen. Ik moet naar Berlijn om tante Irina op te zoeken, en dan vlieg ik van Berlijn voor drie dagen naar New York. Ik heb een bespreking met een paar bankiers van Wall Street.'
'Dat klinkt alsof je deze maand een volle agenda hebt, Duke.'

‘O, zo erg is het niet, en eerlijk gezegd vaar ik er wel bij.’ Er viel een korte stilte toen Maxim naar Stubby keek en met een brede grijns zei: ‘Je wilt toch wel mijn getuige zijn, hè?’

Stubby grijnsde terug: ‘Moet je dat nog vragen?’

Maxim zat op Teddy te wachten in de Grill Room van het Savoy. Het hotel was een van haar favoriete gelegenheden omdat het voor haar zo’n romantische gevoelswaarde had, en dat was de voornaamste reden dat hij ervoor gekozen had. Hij wilde dat ze in de juiste stemming was als hij haar over Anastasia vertelde.

Hij was er het eerst en toen ze even later in de deuropening van de Grill verscheen, moest hij haar wel bewonderen. Op haar veertigste was Teddy een werkelijk mooie vrouw geworden. De jaren waren goed voor haar geweest, haar gelukkige huwelijk met Mark was haar duidelijk aan te zien en er lag een blos van geluk op haar gezicht. Uit haar houding sprak zelfvertrouwen, voldoening en innige tevredenheid, en haar ogen sprankelden. Teddy, dacht hij, mijn liefste, allerliefste Teddy. Wat had ik ooit zonder jou moeten beginnen? Toen ik opgroeide, was jij mijn rots in de branding, en je bent er altijd geweest als ik je nodig had, ongeacht waarvoor. Hij hield heel veel van haar, en haar goedkeuring was voor hem hoogst noodzakelijk en heel belangrijk.

Maxim stond op toen ze begeleid door de gerant naar hem toe kwam en het viel hem op hoe sjiek ze eruitzag in haar prachtige marineblauwe Givenchy-pakje met op één schouder een slappe zijden roos, en een aardig wit hoedje op en witte handschoenen aan.

‘Je ziet er verrukkelijk uit, Teddy,’ zei hij toen ze bleef staan, en hij kuste haar wang.

‘Dank je, lieve Maxim,’ antwoordde ze met een vrolijke en liefdevolle glimlach terwijl ze ging zitten en haar glacé handschoenen uittrok. ‘Jij ziet er ook niet slecht uit. Je hebt vast een rustig weekend gehad in Parijs.’

Hij glimlachte. ‘Wat zal het zijn?’

Ze keek naar zijn glas. ‘Als dat tonic is, zoals ik denk, wil ik dat ook graag, dank je.’

Toen hij tonic voor haar had besteld, boog hij zich naar haar toe

en zei: 'Ik ga over ongeveer een week tante Irina opzoeken. Heb je zin om met me mee te gaan naar Berlijn?'
'O Maxim, dat zou ik enig vinden!' riep Teddy uit en trok toen een pruilmondje. 'En ik wou echt dat ik meekon. Maar ik kan niet, want Mark en ik hebben al eeuwen een kleine vakantie gepland. Alleen wij tweetjes, zonder de kinderen. We gaan naar Donegal, naar Dromlochan. Weet je wel, het huis van de Pells waar we op huwelijksreis zijn geweest. Ik vrees dat de data samenvallen. Maar ik heb wel een paar dingen voor Irina als je die zou willen meenemen.'
'Natuurlijk.' Hij schraapte zijn keel, keek haar geconcentreerd aan en zei: 'Teddy, ik moet je iets vertellen.'
Hij klonk zo serieus dat ze hem strak aanstaarde en rimpeltjes in haar voorhoofd trok. 'Wat? Wat is er? Is er iets?'
'Helemaal niet... ik heb iemand ontmoet. Ik ga met haar trouwen.'
Teddy's gezicht klaarde op. 'O lieverd, wat ben ik blij voor je! Wie is het? En waarom hebben wíj haar nog niet ontmoet, als je het zo ernstig met haar meent? Waarom heb je haar niet te eten gevraagd, thuis in Eaton Square?'
'Ik heb haar nog maar net ontmoet, Teddy.'
'Wanneer dan?' Ze ging wat verder op haar stoel zitten, met haar hoofd naar één kant, en keek hem vorsend aan.
Op dat moment zette de ober de tonic voor haar neer, en Maxim wachtte tot ze weer alleen waren voor hij haar vraag beantwoordde.
Hij zei: 'Het is allemaal afgelopen weekend gebeurd, op vrijdag. Dat wil zeggen, ik heb haar vrijdag gezíen, maar ik heb haar eigenlijk zaterdag pas ontmoet.'
'Maar het is nu pas woensdag!'
'Evengoed weet ik wat ik voor haar voel. Het is iets wat ik nog nooit eerder heb gevoeld. Zij is het gewoon. Zij is de enige.'
Teddy was zo verbluft dat ze hem alleen maar kon aanstaren; ze had er geen woorden voor.
Maxim zei: 'Je zult van haar gaan houden, dat weet ik zeker, Teddy. Ze is precies het soort meisje dat je altijd voor me hebt gewild.'
'O, Maxim lieverd, het is zo... zo... snèl. Hoe kun je nou toch weten, er zeker van zijn...'
'Hoelang duurde het voor jíj wist wat je voor Mark voelde toen

je hem voor het eerst ontmoette?' vroeg Maxim zacht en keek haar doordringend aan.
Ze zweeg even, peinzend. 'Tja, nou zet je me wel voor het blok hoor. Een paar uur maar... hoogstens een paar dagen.'
'Precies! Je weet toch altijd al snel wat je voor een ander voelt, Teddy. Heel snel zelfs, heb ik ondervonden.'
'Dat is waar.'
'En in ieder geval ben ik niet van plan morgen al met haar te trouwen, dus kunnen we elkaar eerst beter leren kennen.'
'Wanneer denk je dan wel met haar te trouwen?'
'Volgende zomer. Tot dan moeten we wachten. Zie je, ze is pas achttien.'
Dat verraste Teddy nog meer, hoewel ze probeerde het niet te laten merken. Maar dat lukte haar niet erg, en toen ze een slokje tonic had genomen en haar glas weer op tafel had gezet, keek ze Mark recht in zijn gezicht. 'Wie is ze?' vroeg ze ten slotte.
'Haar naam is Anastasia Derevenko,' begon hij, en toen vertelde hij Teddy hoe ze elkaar hadden ontmoet en alles wat er over Anastasia te weten viel.
Toen hij klaar was, zei Teddy: 'Ik popel van verlangen haar te ontmoeten. Uit wat jij me vertelt is ze kennelijk een buitengewone jonge vrouw en ze komt uit een goede familie. Ik...'
'Ze zijn niet joods, Teddy,' onderbrak hij haar kalm. 'Voor het geval je denkt dat ze Russische joden – Asjkenazim – zijn, dat zijn ze dus niet.'
'O.'
'Ik hoop dat je niet geschokt of verontrust bent.' Terwijl hij dat zei, legde Maxim een hand op haar arm en de donkere ogen waarmee hij haar aankeek, stonden vragend.
Teddy zat heel stil en keek strak terug. Ten slotte zei ze langzaam: 'Nee, ik geloof niet dat me dat erg verontrust. Natuurlijk had ik het leuk gevonden als je met een joods meisje was getrouwd. Het is altijd gemakkelijker om kinderen op te voeden als de ouders hetzelfde geloof hebben, maar voor mij is jouw geluk het allerbelangrijkste. Als Anastasia je gelukkig kan maken, het zij zo.' Ze glimlachte liefdevol en voegde eraan toe: 'Tenslotte zou een huwelijk met een joods meisje ook best belabberd kunnen uitvallen. Je kunt beter een niet-joods meisje trouwen en wel gelukkig worden.'

Maxim was opgelucht, en de gespannen uitdrukking van zoëven verdween meteen van zijn gezicht. 'Ik wist wel dat ik op je kon rekenen, lieve Teddy. Ik wist gewoon dat je de situatie van de verstandige kant zou bekijken en de zaak niet door godsdienst zou laten vertroebelen. Tenslotte heb je het me nooit opgedrongen toen ik opgroeide, en Mark is ook niet bepaald godsdienstig, hè?'
'Nee, en je weet best dat hij dat ook nooit is geweest. Hij heeft bijvoorbeeld ook nooit op je *bar mitsjwo* gestaan. Toch zijn zijn ouders nogal religieus, traditioneel zelfs, hoewel ze liberaal-joods zijn. En je weet dat tante Ketti wel traditioneel-joods is, Maxim. Maar laten we ons daar maar niet om bekommeren, je bent vijfentwintig, en als iemand weet wat hij doet dan ben jij het wel.' Bovendien, zei ze bij zichzelf, denk ik tegenwoordig niet meer zo vaak over godsdienst na. Niet na wat God ons heeft aangedaan. God heeft de joden lang geleden aan hun lot overgelaten. Als er al een God is, en als ik aan de holocaust denk, wil ik daar maar liever niet over piekeren.'
Maxim stak zijn hand uit en drukte de hare. 'Dank je, Teddy. En bedankt dat je jezelf bent. Er is gewoon niemand zoals jij, echt niet.'
'Dat kan ik ook van jou zeggen, lieverd. En dus, om op Anastasia terug te komen, mijn zegen heb je en die van Mark ook, dat weet ik. Nu het belangrijkste, wanneer zullen we haar ontmoeten?'
'In augustus. Ze komt bij haar grootmoeder logeren die niet ver van je af woont, in Chester Street. Ik dacht dat je misschien thuis een dineetje zou kunnen geven, alleen voor ons viertjes. Tenzij je ergens wilt gaan eten?'
'Dat kunnen we later nog beslissen, ja toch?'
Maxim knikte. 'Heb je het druk straks, direct na de lunch?'
'Niet echt, waarom vraag je dat?'
'Ik wil graag even in de kluis bij de Rossiter-bank naar Mutti's diamanten ring kijken. Misschien kan Mark hem laten schoonmaken en opnieuw laten zetten. Zie je, ik wilde hem eigenlijk aan Anastasia geven als verlovingsring.'
'Wat een enig idee, Maxim. We kunnen van hier meteen doorgaan naar de bank, en als we er vandaag toch zijn, wil ik graag dat je de doos van me overneemt. Dat heb ik je al zo vaak gevraagd, ik weet niet waarom je dat niet wilt.'

'Dat is zo lastig, ik laat hem liever op jouw naam staan, Teddy.'
'De doos hoort op jouw naam te staan,' hield ze vol.
'O, goed dan, omdat je zo zeurt. Dan doen we dat vanmiddag wel.'
'Daar ben ik blij om. En dan moet je ook eens naar je moeders andere juwelen kijken. Misschien wil je die ook wel aan Anastasia geven.'
'Een goed idee. Zullen we dan nu de lunch bestellen?'
'Dat kunnen we inderdaad maar beter doen als we voor drie uur op de bank willen zijn.'
Maxim gebaarde naar een van de obers die in de buurt stond en die direct met de menukaarten naar hun tafeltje kwam.
'Dank u,' zei Teddy toen ze de hare aanpakte. Ze begroef haar neus erin maar ze dacht niet aan eten, maar aan Ursula's brief die twintig jaar geleden in Parijs was geschreven. Teddy had de brief nooit aan Maxim kunnen geven of hem met de inhoud ervan bekend kunnen maken, zelfs niet toen hij eenentwintig was. Hij lag nog in een kluis op de bank; lang geleden was ze hem uit voorzorg gescheiden van Ursula's juwelen gaan bewaren.
Als hij oud genoeg is om te trouwen, is hij ook oud genoeg om de brief te krijgen, dacht Teddy. Die ga ik hem nu geven. Dat móet ik doen. Ja, ik zal hem die geven voor hij gaat trouwen. Toen ze dit besluit na jaren weifelen had genomen, voelde ze zich plotseling erg opgelucht, alsof er eindelijk een last van haar schouders was genomen.
Ze liet haar ogen snel over de schotels op de lijst gaan en keek lachend over de rand van het menu. 'Ik zou graag beginnen met de ingemaakte garnalen, en dan de gegrilleerde tong.'
'Klik!' riep Maxim lachend. 'Ik had net precies hetzelfde gekozen.'
Toen hij voor hen had besteld, praatten ze geanimeerd verder, en Teddy genoot van zijn geluk. Ze ging helemaal op in Maxim en diens plannen en zette de brief uit haar hoofd, in de wetenschap dat ze dat later zou afhandelen.
Ze had er op dat moment nog geen idee van dat toen Maxim met Anastasia trouwde ze de moed weer zou verliezen en dat de brief weggesloten zou blijven in de Rossiter Merchant Bank in Berkeley Square, nog steeds ongelezen door Maxim.

43

'Maxim heeft opmerkelijk veel succes hè?' zei Margot Derevenko tegen Alexander.
Haar man zat in zijn lievelingsstoel bij het raam, aan de andere kant van de *petit salon* in het huis aan de Faubourg Saint-Germain. Het was een heerlijke warme avond eind juli 1961, en de Derevenko's dronken een aperitief voor het diner.
Alexander, die een scotch met soda zat te drinken, nam een slok en zei toen: 'Ja, het is ongelooflijk. Het is echt een buitengewone prestatie om voor je dertigste een miljoen verdiend te hebben. Ik neem mijn petje voor hem af hoor.'
'Hij heeft Anastasia goed gedaan,' mompelde Margot terwijl ze haar hoofd schudde en zachtjes, bijna in zichzelf, lachte. 'En dan te bedenken dat ik zo mijn twijfels over hem had toen ze ons twee jaar geleden vertelden dat ze wilden trouwen.'
'Ik niet, dat weet je best,' zei Alexander. 'En al die flauwekul over dat hij een playboy zou zijn, geloofde ik al helemaal niet.' Grinnikend keek hij sluw en veelbetekenend naar zijn vrouw. 'Eerlijk gezegd, Margot, hoopte ik eigenlijk wel dat Maxim zijn wilde haren was kwijtgeraakt voor hij Anastasia ontmoette, zodat hij later geen avontuurtjes meer zou hebben als ze eenmaal getrouwd waren. Ik ben er een groot voorstander van dat een man dat soort dingen achter zich heeft voor hij trouwt en gesetteld raakt.'
'O, dat ben ik helemaal met je eens!' riep Margot uit. Ze liet zich in de beige zijde van de kleine Louis XV-sofa zakken, sloeg haar elegante benen over elkaar en nam met een bedachtzame blik kleine slokjes van haar champagne. Even later merkte ze op: 'Maxim is erg slim, nietwaar, Alex?'
'Slim is een behoorlijk understatement, lieverd. Ik geloof dat hij een genie is... een financieel genie.'
Margot staarde Alexander aan met een rimpel in haar voorhoofd. 'Waarom? Hoe dan? Ik bedoel, wat maakt hem naar jouw mening tot financieel genie? Waarom Maximilian West en niet iemand anders?'
'Daar vraag je me wat!' Haar man zat een paar minuten in gedachten verzonken voor hij zijn glas scotch neerzette op het antieke tafeltje naast de *bergère* waar hij op zat, wat moeizaam op-

stond en haastig over het kostbare Aubusson-tapijt liep. Bij de deur draaide hij zich om en wenkte. 'Kom eens hier, Margot,' zei hij, en verdween in de hal.
Margot had verbaasd naar hem zitten kijken en ze sprong op en haastte zich achter hem aan.
Hij stond voor het schilderij van Degas met de balletdanseressen in hun groene kostuums en toen ze naast hem bleef staan draaide hij zich naar haar toe, gebaarde met zijn hand naar het schilderij en zei: 'Wat is dat?'
'Een schilderij natuurlijk.'
'Ja, maar het is ook de uitkomst, het resultaat als je wilt, van artistieke begaafdheid. En Westinvest, het bedrijf dat Maxim uit het niets heeft opgebouwd, is het resultaat van financiële begaafdheid. Begrijp je waar ik heen wil?'
Margot knikte.
Hij ging verder: 'Nu kan ik je net zo min uitleggen hoe de creatieve impuls, dat wat in een schilder zit, hem in staat stelt een adembenemend kunstwerk als dit te produceren, als ik je kan uitleggen wat Maxim in zich heeft dat hem in staat stelt een ongelooflijk succesvol bedrijf op te bouwen of een transactie af te sluiten waar je versteld van staat.' Alexander schudde zijn hoofd en lachte een beetje wrang. 'Net zo min als ik je het genie van Rachmaninoff of Puccini, van William Shakespeare of Emily Brontë kan uitleggen.'
'Het is een gave!' riep Margot met een vrolijk gezicht uit, en haar ogen lichtten op. 'Artistieke genialiteit is een gáve! Dat kun je niet aanleren, daar ben je mee geboren, dat heb je al van jongs af aan, dat wordt duidelijk als je opgroeit en pas als je volwassen bent, komt het tot volle wasdom. En net als een groot artiest, schilder of componist geniaal wordt geboren, is het bij Maxim ook aangeboren. Teddy heeft me eens verteld dat hij op zijn zesde of zevende al een wiskundig fenomeen was. In zekere zin een wonderkind.'
'Ja, dat herinner ik me. Maar er zit volgens mij heel wat meer achter dan alleen maar virtuoos met cijfers kunnen omgaan.'
Alexander pakte haar arm en nam haar mee terug naar de kleine zitkamer waar ze weer gingen zitten en van hun drankjes nipten.
Alexander mompelde: 'Volgens mij is Maxim buitengewoon scherpzinnig, hij is zeer schrander en intelligent, en wat mis-

schien nog wel belangrijker is, hij heeft een uitzonderlijk inzicht.'
'Voor iemand die zei dat hij financiële genialiteit niet kon verklaren, denk ik toch dat je het zojuist heel aardig hebt gedaan,' zei Margot en keek hem liefdevol aan.
'Nee, dat heb ik niet, niet echt, Margot. Ik ben maar oppervlakkig gebleven en ik heb je een paar van zijn karaktertrekken genoemd. Ik wil niet beweren dat ik Maxim ooit zal kunnen doorgronden of dat ik zal begrijpen wat hem drijft, omdat ik heel goed weet dat dat onmogelijk is.'
Margot knikte begrijpend. 'Ik weet zeker dat niemand dat ooit zal kunnen. Hij is een veel te diepzinnig en complex persoon. Zelfs Anastasia heeft me dat verteld.'
'O.' Alexander keek haar snel aan, met een scherpe blik. 'Toch geen problemen, hoop ik?'
'Nee, lieveling, totaal niet. Ze zijn waanzinnig, verrukkelijk verliefd, maar dat weet je toch. Het was gewoon een terloopse opmerking.'
'Met zijn geschiedenis verbaast het me niets dat hij complex is,' mopperde Alexander en knikte bij zichzelf; toen keek hij naar zijn vrouw en vertrouwde haar toe: 'Soms denk ik wel eens dat Maxim een goede genius heeft die hem dingen influistert. Ik zal er wel nooit achter komen waar hij zijn ideeën vandaan haalt, wat hem ertoe beweegt een besluit te nemen of waarom hij handelt zoals hij handelt, maar al zijn zetten zijn briljant. Eigenlijk, Margot, is alles wat onze schoonzoon in zaken doet, verbluffend. Ik twijfel er dan ook absoluut niet aan dat Maxim een gigantisch fortuin zal vergaren en een enorm machtig man zal worden. Het nu verkopen van Westinvest en het maken van een netto winst van een miljoen pond is nog maar het begin. Laten we niet vergeten dat hij pas zevenentwintig is.'
'Hij blijkt een geweldige kostwinner te zijn,' zei Margot. 'En hij is beslist een liefhebbende echtgenoot die dol op zijn vrouw is, dus ik weet dat hij een prima vader zal zijn, Alexander. Fantastisch gewoon. Dat blijkt nu al. Hij aanbidt kleine Alix gewoon.'
'En nu je het toch over onze nieuwe kleindochter hebt, laten we even boven bij haar gaan kijken voor we uit eten gaan, ja?'
Margot reageerde met een heldere lach op zijn voorstel; ze sprong meteen overeind en liep voor hem uit de zitkamer uit. De

Derevenko's gingen de trap op naar de verdieping erboven waar Anastasia's vroegere slaapkamer lag. Die had Margot onlangs opnieuw ingericht en het was nu een kinderkamer voor de vier maanden oude baby.
Jennifer, het Engelse kindermeisje, verscheen in de deuropening van de kamer naast de kinderkamer toen ze hen de trap op hoorde komen en ze stond hen glimlachend op te wachten toen ze de overloop overliepen.
'Mogen we nog even naar Alix kijken voor we gaan dineren, Jennifer?' vroeg Margot.
'Natuurlijk, madame Derevenko. Ze slaapt als een roos, zoals gewoonlijk.' Het jonge kindermeisje lachte. 'Ze is zo'n lieve baby, ze huilt nooit.'
Margot en Alexander liepen op hun tenen de met tapijt gestoffeerde, schaars verlichte kinderkamer door, en stonden op hun kleinkind neer te kijken dat zo vredig lag te slapen in de roze schommelwieg die was afgezet met roze satijnen strookjes en linten.
Toen ze even later hun hoofd ophieven, ontmoetten hun ogen elkaar over de wieg heen en ze lachten elkaar blij en trots toe. Toen liepen ze zachtjes op hun tenen weer naar buiten, om de baby niet wakker te maken.
Toen ze naar beneden, naar de *petit salon* liepen, mompelde Alexander: 'Ik ben blij dat ze naar Venetië zijn voor een tweede huwelijksreis. Met een beetje geluk maken ze misschien nog een kleinkind voor ons. Dit keer een jongen.'
Margot glimlachte alleen maar.

Venetië was net een fata morgana zoals het daar als in een droom lag te drijven, met in elkaar overlopende blauw- en groentinten en lichte, vluchtige nevels die uit de lagune en de kanalen opstegen. Er rezen oude gebouwen uit op, als ontluikende beelden in het gedempte licht. En over dat alles lag een waas van rust en kalmte.
La Serenissima, fluisterde Anastasia zachtjes voor zich heen, de naam die de Venetianen duizenden jaren lang voor hun stad hadden gebruikt. *La Serenissima*... zo obsederend mooi in haar luisterrijke afzondering, gevangen tussen hemel en zee, de plek waar ze het liefste kwam, waar ze van had gehouden sinds ze hier voor het eerst als kind was geweest. Elk aspect ervan fasci-

neerde en intrigeerde haar; voor haar was het een soort altijddurende verslaving. Ze was een gevangene van haar geheimen, van haar eeuwige schoonheid en haar wonderbaarlijk onwezenlijke eigenschappen.

Anastasia stond bij het raam van hun suite in het Danieli over de lagune te staren die nog nevelig was van de ochtendmist. Ze zat zo barstensvol geluk en stralende blijdschap dat ze er nauwelijks over durfde nadenken uit angst het te verliezen. Breng de jaloerse goden niet in verzoeking, dacht ze, en zette haar ene blote voet iets voor de andere, dichter naar het raam toe. Met haar voorhoofd tegen de ruit liet ze zich nog half slapend wegdrijven op haar gedachten, waarvan Maxim de spil was. Hij was haar droom en haar werkelijkheid. Hij was haar wereld... de zon, de maan, de sterren... zonder hem zou ze niets hebben.

Ze zuchtte zachtjes. Ze zouden Venetië binnenkort moeten verlaten. Ze waren hier al een week en de tijd was bijna om; hun korte zomervakantie zou weldra voorbij zijn. Maar elke dag weer was wonderbaarlijk geweest, perfect, een herhaling van hun huwelijksreis, alleen was alles voor zover mogelijk nog beter geweest. Hij was een wonder, haar fantastische echtgenoot, en hij vervulde haar met bewondering. Ze hield zoveel van hem dat er ogenblikken waren dat ze dacht dat ze het niet kon verdragen; ze kon er nauwelijks tegen bij hem vandaan te zijn en ze wilde altijd aan zijn zijde zijn.

Plotseling herinnerde ze zich een fragment van een vers uit het *Hooglied*... Van mijn geliefde ben ìk en van míj is mijn geliefde. Dat was waar, dat was precies zoals het bij hen was. Ze hoorden bij elkaar. En toen herinnerde ze zich nog een regel uit datzelfde bijbelboek... Want ik bezwijm van liefde. Wat een toepasselijke woorden. Ze voelde zich nogal vaak onwel, koortsig, met slappe knieën en trillend over haar hele lichaam, omdat ze zo naar hem verlangde. Er ging geen dag, geen moment voorbij dat ze niet verlangde naar zijn handen op haar lichaam, dat ze niet hunkerde naar zijn aanwezigheid. Hij was de allerheerlijkste minnaar, een wonderbaarlijke man...

Ze was zo verzonken in haar beschouwing dat ze niet hoorde dat hij van het bed opstond en de kamer doorliep, en ze schrok verrast op toen ze zijn sterke, koele handen op haar blote schouders voelde.

'Waarom ben je zo vroeg op, mijn liefste,' mompelde Maxim met zijn warme zoetvloeiende stem tegen haar lange blonde haar, en draaide haar naar zich toe.
'Ik kon niet slapen,' fluisterde ze en raakte met één hand zijn wang aan terwijl ze naar hem opkeek, haar ogen vochtig van verlangen, van haar overweldigende liefde.
Hij boog zich naar haar toe en zij naar hem, en hun monden zochten elkaar. Ze kusten elkaar en Maxim trok haar nog dichter naar zich toe en hij sloeg zijn armen om haar heen. Toen ze even dicht tegen elkaar hadden gestaan, liet hij haar los; hij gleed met zijn handen over de zijden rug van haar nachtkleding en liet ze op haar ronde achterste rusten voor hij haar weer tegen zich aandrukte. Hun lichamen pasten precies in elkaar. Hij dacht: twee helften maken echt één geheel. Hij duwde haar mond een beetje open, gleed met zijn tong haar mond binnen en raakte de hare aan.
Anastasia werd overweldigd door verlangen naar hem en ze voelde de hitte door zich heen slaan. Het was een hevige en tintelende warmte die in haar voeten begon, door haar benen omhoog sloeg naar haar dijen en haar liezen, die door haar maag vloeide en zich verspreidde door haar borsten tot helemaal in haar hals. Toen bloosde ze plotseling en haar gezicht werd vuurrood van liefde, verlangen en behoefte.
Maxim kon de hitte van haar lichaam door haar dunne nachtkleding heen voelen. Hij ging wat achteruit, nam haar hand in de zijne en trok haar mee naar het bed, zich ervan bewust hoe ze naar hem verlangde. Ze gingen op de rand van het bed zitten en hij drukte zijn mond op de hare en zoog er zachtjes aan, waarna ze achterover vielen in het dons terwijl hun kussen intenser en hartstochtelijker werden. Hij verlangde net zo vurig naar haar als zij naar hem.
Maar al heel gauw beperkte hij hun kussen, ging op één elleboog liggen en boog zich over haar heen terwijl hij in haar heldere ogen lachte. Licht, teder, vluchtig kuste hij haar voorhoofd, haar oogleden, haar neus en haar wangen. Ze strekte haar gespreide armen naar hem uit en zijn kussen werden plotseling weer net zo vurig als een paar minuten daarvoor. Hij perste zijn lippen op de hare, en zijn tanden schampten tegen die van haar toen hij haar mond verzwolg. Anastasia's reactie was net zo vurig als altijd en ze

kwam hem tegemoet met een hartstocht die de zijne meer dan evenaarde, met een lichaam dat voor hem sidderde.
Hoewel hij zelf in vuur en vlam stond, trok hij zich even terug en staarde op haar neer, zich verbazend over haar schoonheid. Ze lag met haar hoofd achterover, met haar lange, blanke, blote hals naar hem toe. Haar keel had iets kwetsbaars en teders en hij bracht zijn lippen er naar toe en wreef zijn gezicht in haar hals. Hij stak zijn hand uit naar een van haar borsten en begon die zacht te strelen. Heel snel al werd de tepel hard onder zijn hand en stond strak en puntig tegen de zijde van haar nachthemd.
Hij voelde dat hij een geweldige erectie kreeg, zoals altijd als hij bij haar was. Er welde een kreun uit zijn keel op en hij liet zijn hand over haar platte, gewelfde maag glijden en tilde de dunne zijden stof van haar nachthemd op.
Sinds hun huwelijk had Maxim elk deel van haar lichaam heel goed leren kennen en nu tastte hij naar het plekje tussen haar benen, vond dat dadelijk en liet zijn vingers zachtjes tegen de kern van haar vrouwelijkheid spelen.
Anastasia kreunde, ze spande haar lichaam naar hem toe en alle hitte in haar lichaam concentreerde zich in de kern van haar vrouwzijn.
Voor Maxim was haar vochtige warmte onweerstaanbaar. Hij wilde in haar wegzinken, haar nemen, haar met al zijn kracht geheel bezitten, maar hij hield zich in omdat hij haar eerst genot wilde geven. Hij trok aan haar zijden nachthemd. Het gleed van haar schouder en hij stak zijn hand uit naar haar borst en legde hem eromheen. In het vroege, bleke ochtendlicht zag haar huid er parelkleurig uit en voelde zo koel als marmer tegen zijn mond. Ze zuchtte diep toen hij talmend met zijn lippen over haar lichaam dwaalde. Plotseling ging hij zitten, tilde haar op en trok het nachthemd over haar hoofd, waarna hij met snelle en korte bewegingen zijn pyjama uittrok.
Naakt strekten ze zich samen op het bed uit, op hun zij zodat ze elkaar aankeken en hun lichamen elkaar nauwelijks raakten. Zijn glinsterende donkere ogen lieten de hare geen moment los en hij zei met een stem die hees van verlangen was: ‘Ik hou van je, Anastasia, je zult nooit weten hoeveel, mijn lieveling. Ik kan geen woorden vinden om het je te zeggen. Alleen *ik hou van je* schiet gewoon in alle opzichten te kort.’

'Ik weet het, ik hou net zo van jou,' fluisterde ze, en ze stak haar hand uit om liefdevol zijn wang te strelen, vol verlangen naar hem.
Hij rolde haar op haar rug, boog zich over haar heen en keek in haar grote grijsblauwe ogen. 'Jij bent mijn leven,' zei hij.
Ze glimlachte vaag naar hem, strekte wulps haar lichaam, legde haar benen iets uit elkaar en sloot haar ogen, en hij leunde over haar lange, slanke lichaam en genoot van de pracht en de jeugdige schoonheid ervan. Toen begon hij haar genot te schenken, hij kuste haar borsten, eerst de ene en toen de andere tot de tepels hoog stonden en haar borsten strak aanvoelden. Vervolgens bracht hij zijn mond naar haar buik en ging met zijn lippen omlaag en nog lager tot ze tussen haar dijen tot rust kwamen. Hij liefkoosde haar licht met zijn tong en zijn vingers en ze opende zich voor hem; hij voelde haar vochtige warmte en even later voelde hij hoe haar lichaam zich spande en begon te sidderen en ze riep verscheidene keren zijn naam.
Steunend op zijn handen liet hij zich op haar zakken en zij omvatte hem vol liefde, haar gezicht vol aanbidding toen ze in zijn ogen keek. Ze hunkerde ernaar hem te bezitten, net als hij haar.
Maxim slaakte een diepe zucht toen hij diep bij haar binnendrong en ze spreidde haar benen en omklemde zijn rug. Hij legde zijn handen onder haar lichaam en tilde haar dichter tegen zich aan, en ze vonden direct hun eigen ritme, zoals dat vanaf de eerste nacht van hun huwelijk het geval was geweest. Ze waren volkomen op elkaar afgestemd en samen zweefden ze hoger en hoger en toen hij ten slotte klaarkwam, schreeuwde hij haar naam, en samen vielen ze naar de eeuwigheid.

Toen ze later in elkaars armen lagen, zei Maxim: 'Toen we hier vorig jaar waren, werd je zwanger van Alix. Ik hoop dat het weer gelukt is, mijn liefste.'
'Jij en papa allebei,' lachte ze met haar hoofd op zijn borst en één arm bezitterig over hem heen. Ze keek naar hem op en zei met voorgewende ernst: 'Helaas geloof ik van niet. Nog niet. Zullen we het nog eens doen? Het is zalig om te proberen baby's te maken, ik kan echt niets bedenken wat ik liever doe.'
Maxim lachte tegen haar haar, als altijd onder haar bekoring. 'U bent onverzadigbaar, mevrouw West.'

'Dat is dan wel jouw schuld. Jij bent degene die me op het slechte pad hebt gebracht, jij hebt het me allemaal geleerd.' Ze liet een verleidelijk lachje horen, liet haar hand over zijn dij glijden en greep hem zachtjes beet.
'En wat had ik een gewillige, enthousiaste en begaafde leerlinge,' mompelde hij onduidelijk, en elke vezel van zijn lichaam verlangde alweer naar haar. Hij tilde haar hoofd op naar het zijne, kuste haar vurig en begon nogmaals met haar te vrijen.

Rond het middaguur gingen ze met een boot naar Torcello, een van de vele eilandjes in de lagune, dat eens een vissersdorp was geweest. Ze wandelden door de oude straten tot ze bij hun favoriete trattoria kwamen en er naar binnen gingen. Ze werden warm begroet door Giovanni, de vriendelijke eigenaar die hen kende en die hen naar buiten, naar de tuin bracht.
'Twee campari met soda graag, Giovanni,' zei Maxim nadat ze aan een van de tafeltjes hadden plaatsgenomen.
'*Si signore*,' zei Giovanni glimlachend en haastte zich weg.
Hun tafel stond onder een breed baldakijn van gevlochten stromatten dat over de ruime loggia lag, en er filterden streepjes zonlicht door het gevlochten materiaal, waardoor Anastasia's haar eruitzag als gevlekt goud en er schaduwstreepjes op haar gezicht vielen. Maxim staarde haar aan en citeerde: '*Ze schrijdt in schoonheid, als een nacht in een wolkeloos klimaat onder een sterrenhemel, en de beste dingen van het duister en het licht komen samen in haar blik en in haar ogen.*'
'Byron,' zei ze en keek hem over tafel aan. 'De enige dichter die je in Venetië kunt citeren, denk ik, omdat het zijn stad was. En dank je... ik voel me gevleid, schat.'
'Hij had het voor jou kunnen schrijven, Anastasia. God, wat ben je mooi! En o god, wat hou ik van je!'
'En ik van jou,' zei ze lachend, en ging behaaglijk achteruit in haar stoel zitten. Ze was dol op deze kleine trattoria, zo informeel en ongecompliceerd, en zo charmant omdat hij zo landelijk en eenvoudig was. De overschaduwde loggia waar ze zaten keek uit over brede gazons met veel bloembedden vol kamperfoelie, rozen en azalea's, waarvan de laatste een kleur hadden als van donkere Bourgogne. Er stond een overvloed aan bomen die allemaal voor welkome schaduw zorgden in de intense augustushit-

te; er stonden statige cypressen, en wilgen, en vlak bij hun tafeltje een gigantische magnolia met bloemen zo groot als een mannenvuist, waarvan de donkergroene bladen glansden alsof ze die ochtend nog gepoetst waren.
'O, Maxim!' riep ze plotseling. 'Is het hier niet prachtig? Zo vredig en rustig. Ik ben nog nooit zo gelukkig geweest. Nog nooit.'
'Bij jou ben ik altijd gelukkig, waar we ook zijn,' antwoordde Maxim, en hij meende ieder woord. 'Je helpt de pijn verdrijven.'
Hij had er al spijt van zodra hij deze woorden had gezegd, omdat hij nog nooit de geringste toespeling in die richting had gemaakt. Hij was geneigd bepaalde gedachten voor zich te houden, omdat hij een emotioneel teruggetrokken man was.
Ze zat hem aan te staren met een rimpel van verbijstering tussen haar wenkbrauwen en deed net haar mond open om iets te zeggen toen een ober hun drankjes kwam brengen.
'*Grazie, grazie*,' zei Maxim, en zodra ze alleen waren hief hij zijn glas, stootte het hare aan en nam een slok. 'Dat smaakt goed,' zei hij. 'Heel verfrissend.'
Anastasia deed als hij en proefde ervan, toen zette ze haar glas neer en keek hem doordringend aan. 'Wat wilde je daarmee zeggen toen je zei dat ik hielp de pijn te verdrijven?'
Wat een stomme verspreking, hield hij zichzelf bestraffend voor terwijl hij zich afvroeg wat hij haar moest antwoorden. 'Ik zou het waarachtig niet weten,' loog hij en voegde er toen snel en handig aan toe: 'Ik ben altijd zo teleurgesteld geweest in de liefde, teleurgesteld in de vrouwen die ik mee uit nam voor ik jou ontmoette. Achteraf zou ik zeggen dat ik nogal eenzaam was. Ja, dat bedoelde ik...' Hij stak zijn hand uit en drukte haar lange, slanke vingers. 'En dat heb jij allemaal veranderd.'
Ze straalde. 'Daar ben ik heel blij om, Maxim. Ik moet er niet aan denken dat jij ooit ongelukkig of verdrietig bent geweest. Als kind was je toch niet eenzaam, wel?'
Hij schudde zijn hoofd. 'Natuurlijk niet!' riep hij net iets te enthousiast. 'Ik had Teddy toch, en die goeie ouwe Stubby.'
Op dat ogenblik verscheen Giovanni die hen vergastte op de specialiteiten van de dag en hij nam meteen hun bestelling op. Toen de eigenaar zich naar de keuken had teruggerept, begon Maxim Anastasia te vertellen over zijn aanstaande reis naar Ber-

lijn om Irina Troubetzkoy op te zoeken. 'En ik dacht dat je misschien mee wilde,' besloot hij. 'Ik denk dat ik omstreeks de tiende van de maand ga.'

'Ik wil heel graag, en ik moet er niet aan denken dat ik van je weg ben,' zei Anastasia met een lichte frons. 'Maar ik wil Alix niet weer achterlaten. Niet zo snel na deze reis naar Venetië. Dat vind je toch niet erg, hè?'

'Natuurlijk vind ik dat wel erg, maar ik begrijp het best.' Hij gaf haar een allerliefste glimlach en de blik die hij op haar liet rusten was teder.

Een paar minuten later kwam hun lunch en het smaakte heerlijk. Ze begonnen met warme *polenta*, een delicaat gekruide maïspap vol minuscuul kleine gebakken garnaaltjes. Die smaakten wat olieachtig en ze waren zo zacht dat ze smolten op de tong. Daarna aten ze *fritto misto*, allerlei soorten kleine gebakken visjes, knapperig en mals, en het smaakte uitstekend bij de eenvoudige groene salade en het knapperige ambachtelijk brood dat Giovanni de ober voor hen had meegegeven. Maxim had gekoelde witte wijn besteld die licht, helder en groenachtig was, een jonge wijn die ze al eerder in Venetië hadden gedronken, een perfecte keuze.

'Wat was dat lekker!' zei Anastasia hem over tafel toen ze waren uitgegeten. 'Maar ik zou nog best iets lusten. Denk je dat ik voor twee zit te eten?'

'Misschien wel drie, als je nagaat hoe we elkaar hebben opgevreten sinds we hier zijn,' antwoordde Maxim met een ondeugend lachje. 'En ik hoop het van harte. Ik zou een tweeling erg leuk vinden.'

Ze lachte verrukt, en toen de ober hun borden kwam weghalen en de dessertlijst opsomde, koos ze *fraises des bois*, hele kleine aardbeitjes zoals die in Frankrijk en Italië in het wild groeien, die heerlijk geuren en die het lekkerst smaken als ze zonder room of suiker worden gegeten. Maxim bestelde voor zichzelf een dun plakje Bel Paese kaas met druiven en voor hen beiden zwarte koffie.

Na de lunch gingen ze met een boot naar de Guidecca aan de overkant van de lagune.

Ze maakten een wandeling door de straat die de Guidecca heette

en die uitkwam op het Guidecca-kanaal en het grote kanaal erachter, de twee waterwegen die in de lagune uitkomen.
Maxim stond met zijn arm om Anastasia's schouders in de verte te staren. Aan de overkant van de grote watervlakte lag Venetië en de hele stad lag voor hen uitgespreid, schitterend, groots, betoverend en glanzend in de middagzon.
'Het is het prachtigste dat ik ooit heb gezien,' zei Maxim die zich plotseling naar haar toe draaide. 'Kijk eens naar de perfecte lijn van de spitsen, de torens en koepels.'
Ze lieten hun blik over het Dogenpaleis gaan en over de grote paleizen van de Venetianen van lang geleden, over de kerken van Palladio en de zouthuizen waar eeuwen geleden het zout uit de lagune werd gedroogd. En ze werden beiden getroffen door de adembenemende schoonheid van Venetië zoals het voor hen op het water leek te drijven.
'Geen wonder dat Canaletto en Turner Venetië wilden schilderen,' zei Anastasia. 'Welke schilder zou deze pracht niet op canvas willen vastleggen?'
'Het heeft inderdaad een tijdloze schoonheid. Het is uniek, er is op de hele wereld niets als Venetië,' zei hij met een zweem van ontzag in zijn stem.
Ze slenterden verder, hand in hand, tot het eind van de Guidecca; toen liepen ze terug en namen ten slotte een boot terug naar het Danieli.

Ze lagen samen in het lage bed, op hun rug op het zachte veren dekbed zoals men die op het vasteland van Europa gebruikt, van het soort zoals hij zich uit zijn kindertijd in Berlijn herinnerde. Ze waren lui en loom na hun lunch en de boottocht, maar de slaapkamer was koel en rustgevend en de houten jaloezieën hielden de hete zon buiten.
Maxim ging met zijn lippen langs haar blote arm en hij genoot van het gevoel van haar zijdezachte huid en van haar geur. Anastasia's lichaam rook aangenaam naar zon en een vleugje zout van de zeewind, die tijdens hun boottochtje terug naar het hotel vanaf het Guidecca Eiland was opgestoken. Een gouden huid, de kleur van rijpe abrikozen en net zo zacht, dacht hij toen hij met een vinger van haar schouder naar haar pols ging. Maar met de fleur van een roos.

Anastasia richtte haar grote heldere ogen op hem en glimlachte loom: ze was bevredigd door hun liefdesspel van het afgelopen uur en slaperig door de wijn bij de lunch.
'Doe maar een dutje,' stelde hij voor terwijl hij zich over haar heen boog, en drukte een kus op haar haar.
'Mmm, misschien doe ik dat wel,' zei ze en nestelde zich in de kussens, terwijl ze een laken over haar naakte lichaam trok.
Hij bleef een tijdje op één elleboog naar haar liggen kijken omdat hij zoveel van haar hield. Ze was een wel heel bijzonder meisje, vervuld van een enorme warmte en blijheid, en ze was zo royaal en vrijgevig van aard. Ze was ook wellustig en wulps, een ontdekking die hem had verrukt en die hem een enorme voldoening had gegeven.
Heel erotisch, mijn Botticelli-engeltje, dacht hij en glimlachte stiekem toen hij aan hun huwelijksreis dacht. Hoewel ze maagd was toen hij met haar was getrouwd, had ze hem meer over seksualiteit geleerd dan enige andere vrouw die hij intiem had gekend. Ze was niet quasi-preuts geweest en ze kende geen valse bescheidenheid, en na de eerste paar maanden van hun huwelijk was hij haar noden en verlangens gaan begrijpen, omdat ze hem duidelijk had gemaakt wat haar het meeste genot verschafte. Op een merkwaardige manier had ze hem ook dingen over zijn eigen lichaam geleerd, had ze hem tot leven gewekt als nooit tevoren. Ze aanbad zijn lichaam en zei hem dat ook, en ze genoot er met volle teugen van en van de bevrediging die hij haar gaf. Op haar beurt gaf ze hem genot zoals geen vrouw dat ooit had gedaan, en in de opwinding en verrukking van hun liefdesspel schreeuwden ze samen hun behoefte uit; er bestond tussen hen geen terughoudendheid.
Maxim gleed uit bed, liep naar het raam, en bleef staan waar Anastasia die ochtend over het water had staan staren. Hij verwonderde zich over de ongelooflijke schoonheid die in het vervagende licht van de late namiddag voor hem lag uitgespreid.
Hij zou hun dagen in Venetië nooit vergeten, hij zou zich altijd de mildheid van de lucht blijven herinneren… de vredigheid… de nevels en de blauwgrijze luchten die de kleur van haar ogen hadden… de zwoele nachten… het kabbelende geluid van de kanalen wanneer het water tegen de palen klotste als ze lagen te slapen. En in zijn geest zou hij Venetië altijd blijven verbinden

met de heerlijke Anastasia, zijn prachtige droomstertje, het meisje van zijn dromen, zijn ware liefde, zijn allerliefste vrouw, de enige vrouw die hij zich ooit kon wensen.

44

'Dank u voor de heerlijke lunch. U hebt uzelf overtroffen,' zei Maxim glimlachend tegen prinses Irina Troubetzkoy. Hij legde zijn servet op tafel, duwde zijn stoel wat achteruit en sloeg zijn lange benen over elkaar.

'Ik ben blij dat je het lekker vond,' zei ze, eveneens glimlachend en haar helderblauwe ogen lichtten op van genoegen over zijn compliment.

'Dat vind ik altijd, maar ik vind nog steeds dat het vandaag veel te warm was om in de keuken te staan. U had me u mee uit moeten laten nemen, zoals ik wilde.'

'Nee, nee. Ik sta erop één maaltijd voor je klaar te maken als je in Berlijn bent, *Liebling*. Je bent zo goed voor me, het is het minste wat ik kan doen.'

'Maar vanavond neem ik u mee uit, tante Irina. Dan dineren we in een van uw favoriete restaurants, en als u wilt kunnen we daarna gaan dansen. Ik weet hoe leuk u dat vindt.'

'Je verwent me, Maxim... je maakt dat ik me weer jong voel,' zei ze vrolijk lachend.

'U bent niet oud!'

'Ik ben in maart vijftig geworden, vergeet dat niet.'

'Dat is nog steeds niet oud, en u ziet er bepaald niet als vijftig uit,' antwoordde hij naar waarheid, en hij bedacht hoe mooi Irina nog steeds was, slank en elegant in een blauwzijden japon die de kleur van riddersporen had, precies de kleur van haar levendige ogen. Haar kastanjebruine haar was nog net zo glanzend als altijd, maar dat was tegenwoordig waarschijnlijk voor een groot deel te danken aan de vakbekwaamheid van de kapper, dat wist hij wel zeker. Desondanks zag het er niet uit of het geverfd was, en het stond nog net zo goed als altijd bij haar heldere roze-met-witte teint. Maar het opmerkelijkste aan haar was misschien toch wel haar gezicht, dat nog steeds heel knap was met relatief weinig rimpels, ondanks het harde leven dat ze had gehad.

'Je zit me aan te staren,' zei Irina, hem met een vragende uitdrukking op haar gezicht aankijkend.
'Maar wel vol bewondering, tante Irina. U ziet er buitengewoon goed uit, weet u.'
'Dank zij jou en je liefde en zorg, en de hulp die je me jarenlang hebt gegeven, en dank zij Teddy, die ook zo hartelijk is geweest. Jullie zijn alle twee geweldig voor me geweest. Ik kan jullie nooit genoeg bedanken.'
'Dat hoeft ook helemaal niet, we zijn uw familie,' antwoordde hij. 'En wat denkt u van een glas citroenthee? Na die *Schwarzwälder Kirschtorte* van u heb ik dat wel nodig.'
Irina lachte om zijn uitdrukking. 'Ik heb het je niet opgedrongen en het is je eigen zwakheid, weet je,' zei ze en lachte weer. 'Je was er al dol op toen je nog een kind was.'
'Chocolade met kersen-taart met een lading slagroom mag dan geoorloofd zijn als je vier bent, maar het helpt wel om aan te dikken als je zevenentwintig bent.'
'Irina fronste licht, schudde haar hoofd en zei langzaam: 'Ik vergeet maar steeds hoe oud je bent. Het lijkt nog maar gisteren dat ik je op schoot in slaap wiegde als ik bij je ouders in de villa in Wannsee logeerde.'
'Wat vliegt de tijd hè, tante Irina?'
'Nou en of. Stel je voor, je vader was van jouw leeftijd toen ik hem voor het eerst ontmoette. Lieve hemel, zo lang geleden... voordat jij werd geboren.' Irina wendde plotseling haar gezicht af, staarde in de verte en stond toen onverwacht en abrupt op. 'Ik kan Hilde maar beter gaan vragen om thee te zetten, als je me even wilt excuseren,' zei ze terwijl ze haastig de kamer uitliep.
Maxim, die tegelijk met haar was opgestaan, zei: 'Zullen we die in de huiskamer drinken?'
'Waarom niet, het is daar in ieder geval veel koeler,' antwoordde ze toen ze snel door de eetkamer naar de keuken liep.
Zich bewust van de plotselinge omslag in haar humeur stond hij haar verbaasd na te staren; toen haalde hij zijn schouders op, draaide zich om en liep de hal in waar hij naar links ging. De huiskamer was vanuit de hal te bereiken door een overwelfde deuropening en maakte een ruime en luchtige indruk, met uitzicht over de Lützowufer en het Landwehrkanal. Hij liep naar de

ramen en stond over het kanaal uit te kijken, zijn blik gevestigd op de bladerrijke groene boomkruinen van de Tiergarten erachter.
Hij en de baron, Irina's stiefvader, hadden dit appartement in 1956 voor haar gekocht. Toen hij en Teddy naar Berlijn waren gevlogen om het te bekijken, hadden de beide vrouwen gelachen omdat het nieuwe gebouw zo dicht bij de plek stond waar Irina's 'optrekje' eens had gestaan. Hij had haar 'hol onder de grond' nooit gezien, maar Teddy had hem erover verteld en het klonk als een verschrikkelijke plek voor iemand om te wonen, vooral voor een Romanov-prinses.
Toen hij in 1950 voor het eerst sinds zijn kindertijd weer in Berlijn was, had Irina zich al in de studio bij de Ku'damm genesteld, een flat die mevrouw Reynolds in 1949 voor haar had gevonden. Die was naar zijn mening maar net geschikt, en zelfs de grotere studio aan de Budapesterstrasse waar ze later heen was verhuisd, had krap en armzalig geleken. En toen dit appartement te koop had gestaan, was hij verrukt geweest eraan te kunnen meebetalen, omdat hij altijd had gewild dat ze iets had dat verfijnd en gerieflijk was en dat ze tot een echt thuis zou kunnen maken.
Sinds zijn zestiende had hij Irina geld gestuurd via een overeenkomst die door de Rossiter Merchant Bank met de Deutsche Bank in Frankfurt was gesloten. Voor zover hij wist had ze nergens om gevraagd en wist ze ook niet dat hij iets te geven had, maar de omstandigheden waaronder ze destijds woonde en haar situatie in het algemeen hadden hem zo verontrust dat hij haar beslist wilde helpen. Teddy, als zijn wettige voogd, had het goed gevonden en de banken hadden een manier bedacht om het geld direct aan haar over te maken. Haar stiefvader, hoewel geen rijk man, hielp ook mee en daarnaast verdiende Irina al verscheidene jaren zelf; ze was een gerespecteerd free-lance vertaalster voor diverse Duitse uitgeverijen. Het kon Maxim niet schelen of ze werkte of niet. Hij vond het heerlijk haar te onderhouden. Ze had zijn ouders heel na gestaan en hij wist dat zijn vader, als die nog had geleefd, onder de gegeven omstandigheden precies hetzelfde zou hebben gedaan.
Wat Maxim het meest genoegen deed was de manier waarop ze in de flat schoonheid, charme en gemak had gecreëerd met meubilair dat de baron haar uit het kasteel in het Zwarte Woud had

geschonken, en met een flinke dosis flair en vernuft. Maxims ogen gleden de huiskamer door en er vielen hem een paar aanwinsten op sinds zijn vorige bezoek: mooie zijden kussens op de grote crèmebrokaten sofa en verscheidene lampen met zijden kappen. Ook de foto's van zijn dochtertje Alix die in lijstjes op de piano stonden, samen met de andere foto's, waren nieuw.
Maxim liep naar de piano en boog zich voorover om ernaar te kijken. Aan de ene kant stonden kopieën van zijn lievelingsfoto's die hij al sinds zijn jongensjaren had en die Teddy jaren geleden voor Irina had laten maken. Mutti en papa in avondkleding – het beroemde 'portret' dat in 1935 was genomen – en de familiefoto ter gelegenheid van zijn vierde verjaardag. De derde foto was die van Mutti en Teddy en hemzelf voor het Plaza-Athénée in Parijs in 1939. Zijn huwelijk met Anastasia was goed vertegenwoordigd; hij pakte een foto in een zilveren lijstje van zijn vrouw en zichzelf op hun huwelijksdag in Parijs op en stond er bewonderend naar te kijken; hij bedacht hoe mooi ze eruitzag in haar kanten bruidsjapon met haar loshangende witte sluier en haar kroontje van oranjebloesem.
Even later zette hij hem weer terug en draaide zich om toen Irina ongemerkt de kamer in kwam met een blad met twee dampende glazen citroenthee.
Ze zette het neer op de salontafel voor de sofa, keek hem aan en zei, terwijl ze ging zitten: 'Ik kreeg laatst een heel aardige brief van Margot en Alexander Derevenko. Ze hebben me uitgenodigd bij hen in Cannes te komen logeren... de laatste week van september.'
'Ik vind dat u moet gaan, het zal u goed doen,' zei Maxim terwijl hij naar haar toe liep en in een van de twee leunstoelen ging zitten die aan weerszijden van de sofa stonden.
'Ik was ook van plan hun uitnodiging aan te nemen. Ze zijn een enig stel en ik ben graag bij hen.'
Maxim zei: 'Alexander heeft net op een veiling een buitengewoon schilderij gekocht, weer een Degas. Ik moet zeggen dat hij een indrukwekkende kunstcollectie...' Maxim brak zijn zin af en pakte het glas thee dat Irina voor hem had neergezet; hij nam een paar teugjes en ging achterover in de stoel zitten. Er kwam een bedachtzame uitdrukking op zijn gezicht en hij leek even afgeleid.

Irina bekeek hem een moment nauwlettend, en de uitdrukking op haar gezicht was net zo bedachtzaam als die op het zijne. Hij bleef zwijgen. Ten slotte zei ze zacht: 'Je zit weer aan de Westheim-kunstcollectie te denken, hè?'
Hij knikte. 'Ik denk niet dat we er ooit achter zullen komen wat er is gebeurd met de Renoirs en alle andere grote werken die mijn familie heeft verzameld.'
'Ik ben bang van niet... die zijn verlorengegaan, spoorloos verdwenen. Maar er zijn tijdens de oorlog zoveel waardevolle schilderijen en kunstvoorwerpen van zoveel mensen verdwenen, Maxim. Sommige werden vernietigd tijdens de bombardementen of in beslag genomen door de nazi's. Gestolen is misschien een beter woord.'
Maxim vestigde zijn donkere, doordringende ogen op haar. 'Ik zal wel nooit begrijpen waarom mijn vader in de jaren dertig Duitsland niet verliet, toen zoveel joden er wèl uit kwamen.'
'Dat heb je me sinds je zestiende ieder jaar gezegd, en ik heb nooit een goed antwoord voor je gehad, of een verklaring. Die heb ik nog steeds niet, en die zal ik ook nooit hebben.'
'Hij was zo'n briljante man, een internationaal bankier,' mompelde Maxim. 'En hij wist overal zoveel van. Zolang ik leef zal ik nooit kunnen doorgronden waarom hij zo bleef treuzelen, waarom hij wachtte tot het te laat was.'
'Er waren er zoveel als hij, Maxim. Miljoenen Duitse joden dachten dat hun niets zou, niets kòn overkomen, vooral zij die vermogend waren en gerespecteerd werden en een hoge maatschappelijke positie hadden. Het was natuurlijk een vreselijke misrekening.'
'Dat weet ik, en dat hebt u me in het verleden al vaak verteld. Maar ik kan nog steeds niet begrijpen hoe mijn vader al die signalen kan hebben genegeerd...'
'Je vader was niet de enige die een misrekening heeft gemaakt!' riep ze onverbiddelijk. 'Er waren miljoenen die dezelfde fout maakten. Als ze dat niet hadden gedaan, als ze Duitsland hadden verlaten, zou er geen holocaust zijn geweest.'
'Ja, dat besef ik.'
'Toen hij besloot het land te verlaten, samen met de hele familie, dachten we dat er tijd genoeg was, Kurt en ik, Reinhard en Renata. We waren ervan overtuigd dat we jullie met behulp van ad-

miraal Canaris en kolonel Oster allemaal in veiligheid konden brengen... maar dat heb ik je natuurlijk allemaal al verteld.'

'Het spijt me dat ik er iedere keer dat ik naar Berlijn kom weer over begin. Ik denk dat ik er gewoon niets aan kan doen.'

'Ik begrijp het wel, heus wel. Je hebt hier zoveel herinneringen dat je wel aan je moeder en vader moet denken.' Irina's ogen dwaalden af naar de foto's op de piano en ze staarde een lang ogenblik naar het portret van Ursula en Sigmund, toen mompelde ze met een vage glimlach: 'Je lijkt zo op hem toen hij zo oud was als jij. Hij...' Irina brak haar zin af. Haar mond trilde en haar ogen stonden plotseling vol tranen. Ze bracht haar hand snel naar haar mond en draaide haar hoofd af.

'Tante Irina, wat is er?' vroeg Maxim ongerust.

Het duurde even voor ze haar evenwicht hervond. Ten slotte wendde ze zich weer tot Maxim en zei, heel zachtjes: 'Ik hield van hem, weet je. O, begrijp me alsjeblieft niet verkeerd, er is nooit iets tussen ons geweest, hij had alleen maar oog voor je moeder. In feite wist hij helemaal niet wat ik voelde, ik heb mijn gevoelens heel goed verborgen gehouden.' Ze zweeg en er speelde een vage glimlach om haar mond. 'We waren zulke goede vrienden, hij en ik, en zo zag hij mij ook, alleen maar als een vriendin. Ik was eigenlijk een soort makker voor hem. Een kameraad. Maar toen ik voor het eerst naar Berlijn kwam, toen ik Sigi en Ursula voor het eerst ontmoette, werd ik verliefd op hem. Ik was ook heel dol op haar, ze was een lieve, lieve vriendin voor me.' Irina zuchtte en keek naar Maxim met ogen die nog vochtig waren. 'Je vader is de enige man die ik ooit heb liefgehad.'

Maxim stond op en ging naast haar op de sofa zitten. 'O, tante Irina, tante Irina,' zei hij zacht en nam haar hand in de zijne, haar strak aankijkend: 'Waarom hebt u me dat nooit verteld?'

'Dat weet ik niet. Ik denk dat ik het ongepast vond, en trouwens, het is al zo lang geleden...'

'Ja, dat wel,' zei hij, en hield haar hand nog steviger vast. 'Nu weet ik waarom u nooit bent getrouwd.'

'Ja, nu weet je het.'

Hij legde zijn arm om haar heen en hield haar dicht tegen zich aan, vervuld van medelijden met haar. En hij moest eraan denken hoe diep-tragisch het leven van prinses Irina Troubetzkoy in feite was geweest.

Toen Maxim weg was, ging Irina weer op de sofa zitten. Ze leunde achterover en sloot haar ogen in de hoop haar wild bonzend hart tot bedaren te brengen.
Ieder jaar als Maxim naar Berlijn kwam, praatte hij over hetzelfde, en iedere keer gaf ze hem op dezelfde manier antwoord. Ze hoopte telkens weer dat ze nieuwe en andere antwoorden voor hem had, maar die had ze niet. De tijd veranderde niets. En ook zij leefde met diezelfde vragen. Er ging geen dag voorbij dat ze niet aan Ursula en Sigmund en hun tragisch lot dacht: Sigi die in Buchenwald op de meest afschuwelijke manier was geëxecuteerd, en Ursula die in Ravensbrück was doodgeslagen. Ze was altijd opgelucht geweest dat Teddy Maxim nooit had verteld hoe zijn moeder was gestorven, blij dat ze de feiten voor hem verborgen had gehouden. Hoe had de jongen destijds, of nu als man, kunnen verdragen zoiets afgrijselijks te horen, of met zo'n afschuwelijk feit om te gaan?
Haar vriendin uit het verzet, Maria Langen, die met Ursula en Renata in Ravensbrück had gezeten, had haar veel dingen verteld toen ze in de zomer van 1944 eindelijk was vrijgelaten. Dingen die ze destijds nauwelijks kon verdragen te horen, of zich nu te herinneren. Onuitsprekelijke dingen. Maar ze herinnerde het zich wel; ze kon ze niet uit haar gedachten bannen.
Maria had haar verteld over een muur in Ravensbrück... een strafmuur. Daar werden vrouwen heen gebracht en ongenadig geslagen door de gevangenbewaarsters van het kamp; ze werden eerst half bewusteloos geslagen en dan moesten ze tegen de muur gaan staan, hoewel ze geen kracht meer hadden. Maria had haar verteld dat hun gegil en geschreeuw en gekreun dag en nacht doorging en dat ze tegen de muur werden achtergelaten in de regen en de kou, dat ze niets te eten of te drinken kregen, zelfs geen slokje water.
Volgens Maria was Ursula zo dikwijls naar de muur gebracht en zo genadeloos geslagen dat Maria niet begreep hoe Ursula zo lang in leven had kunnen blijven. 's Nacht waren Renata en Maria naar de muur geslopen om te proberen Ursula te troosten, om haar water te brengen, om haar bloedende en gehavende lichaam zo goed ze konden te verzorgen met lapjes die ze van hun eigen kleren hadden afgescheurd. Telkens als ze dat deden, werden ze de volgende dag zelf naar de strafmuur gestuurd en werden ze

geslagen en samen met Ursula achtergelaten, maar hun straf had hen niet kunnen schelen. Ze waren steeds weer teruggekomen om voor Ursula te zorgen en dat waren ze koppig blijven doen tot ze op een dag bij de muur in Renata's armen overleed.
Wat waren ze moedig geweest, dacht Irina, ongelooflijk moedig. Ze waren allebei heldinnen en dat hadden ze met hun leven moeten betalen, Renata in Ravensbrück, Maria na haar vrijlating.
De manier waarop Ursula en Sigmund waren gestorven, was een nachtmerrie voor Irina, een die nooit overging. Tenminste, voorlopig nog lang niet. Die achtervolgde haar, jaar in jaar uit, en dat zou wel altijd zo blijven.

45

Toen Maxim per taxi terugging naar het Kempinski Hotel dacht hij aan Irina.
Haar bekentenis dat ze van zijn vader had gehouden, had hem aanvankelijk doen schrikken, en toen had hij diepe sympathie voor haar gevoeld. Onbeantwoorde liefde was zo'n droeve gebeurtenis in een leven. Hij had niet goed geweten wat hij tegen haar moest zeggen, hoe hij haar moest troosten. Misschien was er wel geen troost na al die jaren. Ze moest nu toch wel hebben geleerd te leven met haar pijn en haar teleurstelling.
Hij keek uit het raampje toen de taxi over de Kurfürstendamm schoot.
Berlijn, dacht hij. Als hij er niet was, zat het altijd als een zeurende gedachte in zijn hoofd. Soms had hij het gevoel dat de stad een apart geheim voor hem had, hoewel hij niet wist in relatie waarmee. Er waren tijden dat hij geloofde dat hij er terugkwam uit nostalgie, om de herinnering aan zijn ouders, zijn kindertijd. Maar hij was zich er nu ook van bewust dat hij terugging om Irina Troubetzkoy op te zoeken.
Toen hij in 1950 voor het eerst naar zijn geboortestad was teruggegaan, had hij heel sterk het gevoel gehad dat ze hem nodig had. Nu begreep hij pas goed waarom. Hij was de schakel met zijn ouders, vooral met zijn vader, kennelijk haar grote liefde.
En feitelijk betekende zij voor hem hetzelfde... de schakel met het verleden. Irina was een tijdgenoot van zijn ouders geweest,

hun goede vriendin; ze had altijd in hun gezelschap verkeerd. Daardoor kon ze hem zoveel over hen vertellen. In zekere zin meer dan Teddy. Irina en hij hadden altijd over zijn ouders gepraat, vaak heel langdurig; ze haalde dikwijls herinneringen op aan de tijd die ze samen hadden doorgebracht, en op de een of andere manier hielden ze hen daardoor in leven. In ieder geval bracht het hen weer levendig in haar herinnering terug, en ook in de zijne, en zo gaf het hun beiden troost, en dat was het enige wat belangrijk was.

Opeens kwam het bij hem op dat het niet ondenkbaar was dat ze hem, als zoon van zijn vader, als haar eigen kind beschouwde, als het kind dat ze van Sigmund had kunnen hebben als hun levensomstandigheden anders waren geweest.

O, wat zat de menselijke natuur toch ingewikkeld in elkaar, dacht hij, en plotseling was hij blij dat hij haar financieel had geholpen en dat hij haar ieder jaar ging opzoeken. Hij wist zeker dat ze dank zij hem minder eenzaam en alleen was.

Maxim en Irina hadden samen een heerlijke avond, zoals altijd als hij naar Berlijn kwam. Ze praatten en lachten en genoten ten volle van elkaars gezelschap bij het diner, en later ging hij met haar dansen in een van de clubs aan de Ku'damm zoals hij had beloofd.

Toen ze de club om twee uur 's morgens uitkwamen, lachten en praatten ze nog steeds. Maxim nam hartelijk haar arm en samen kuierden ze langs de Kurfürstendamm en genoten van de nachtlucht. Zoals meestal op zaterdagavond had de club vol mensen gezeten en stond het er blauw van de rook, en het laatste uur was de atmosfeer in die beperkte ruimte onverdraaglijk geworden. En hoewel het op deze augustusmorgen op straat nog steeds warm was, waren ze allebei blij dat ze buiten waren.

Ze liepen een minuut of tien en toen riep Maxim een passerende taxi aan. Die stopte en hij hielp Irina instappen en stapte er toen zelf ook in. Ze zaten nog maar nauwelijks op de achterbank toen de chauffeur omkeek, hen in het schemerige licht van de taxi doordringend aanstaarde en zei: 'Ze zijn een barricade aan het bouwen.'

'Wie?' vroeg Maxim fronsend omdat hij niet begreep wat de man bedoelde.

'De Oostduitsers,' antwoordde de taxichauffeur. 'De communisten.'
Maxim voelde hoe Irina naast hem verstijfde en hij wierp haar een snelle blik toe voor hij zei: 'Waar? Waar zijn ze die barricade aan het bouwen?'
'Op de Potsdammer Platz.'
'We moeten toch die kant uit, dus wilt u ons daarheen brengen? Ik wil graag zien wat er gebeurt!' riep Maxim uit.
'Tuurlijk,' antwoordde de chauffeur en startte zijn motor.
De taxi reed de Ku'damm af naar de Lützowufer, een van de straten die naar de Potsdammerstrasse leidde, die weer op de Potsdammer Platz uitkwam, op de grens van twee zones.
Irina zei plotseling: 'Het afgelopen jaar hebben heel veel mensen Oost-Duitsland verlaten. Al meer dan tweehonderdduizend, en meest jongeren.'
Maxim keek haar nauwlettend aan. 'Bedoelt u wat ik denk dat u bedoelt?'
'Ja. Ze bouwen die barricade niet om de Westberlijners buiten te houden, maar om de Oostberlijners binnen te houden, om hen ervan te weerhouden naar de westelijke zone over te lopen.' Ze lachte hol. 'Dat is nou het communistische regime. Ze moeten hun mensen achter prikkeldraad stoppen, anders ontsnappen ze.'
'U hebt volkomen gelijk.'
Even later reed de taxi de Potsdammerstrasse af en toen Maxim en Irina zagen dat zich in de buurt al een grote menigte had verzameld, keken ze elkaar bezorgd aan.
'We stappen hier uit,' zei Maxim tegen de chauffeur die naar de stoeprand reed en stopte. Toen hij Irina had helpen uitstappen, betaalde Maxim de taxi en liepen ze samen haastig in de richting van de Potsdammer Platz.
Ze waren zowel geschrokken als verbijsterd over wat ze zagen. Toen ze zich door de krioelende menigte drongen, zagen Maxim en Irina dat er enorme rollen prikkeldraad dwars over het plein waren gespannen om al het verkeer tussen de oostelijke en westelijke zones te blokkeren. Grenswachten waren nog bezig het draad aan te brengen; ze werkten onder luid en meedogenloos gejoel en gehoon en een spottend fluitconcert van de Westberlijners die aan de andere kant van het draad in de westelijke sector stonden toe te kijken. De bewakers die de prikkeldraadbarricade

oprichtten, werkten bij het licht van gigantische lampen en ze werden geruggesteund door tanks en zwaarbewaakte troepen die nu met vrachtwagens tegelijk aankwamen.
'Dat ziet eruit als een echte militaire operatie,' zei Maxim die zich tot Irina wendde en haar bezorgd aankeek.
Ze hing aan zijn arm en hij voelde haar huiveren, ondanks het warme augustusweer. 'Je kunt wel zien dat ze het menen,' mopperde ze. 'Wat we hier gaan krijgen, is een totaal gespleten stad. Het was al erg genoeg, maar van nu af aan zal het alleen maar erger worden.' Ze huiverde weer en greep zijn arm steviger vast. 'Breng me alsjeblieft naar huis, Maxim.'
'Natuurlijk. Kom op, laten we gaan, het wordt al laat.'
Ze draaiden zich om en liepen van de barricade weg naar de Lützowufer.
Op een gegeven moment bleef Irina plotseling staan en wendde zich tot Maxim. Met onheilspellende stem zei ze: 'Ze zullen niet tevreden zijn met alleen prikkeldraad. Je zult zien dat ze een muur gaan bouwen om Berlijn op te splitsen.'
En prinses Irina Troubetzkoy had gelijk, dat was wat ze deden.

De Muur strekte zich uit over een lengte van meer dan honderdvijftig kilometer en hij was ruim tweeëneenhalve meter hoog. Aan de ene kant, in de oostelijke sector, werd hij oogverblindend wit geschilderd; aan de andere kant, in de westelijke sector, werd hij overdekt met kleurige graffiti.
Maxim liet Anastasia de muur zien toen ze in juni 1963 mee naar Berlijn kwam. Ze was al een paar jaar niet meer in Berlijn geweest en ze had hem dus nog niet gezien; net als iedereen was ze er niet op voorbereid, noch op het gevoel van afkeer dat hij bij haar opriep.
'Maar dat is toch verkeerd!' riep ze en keek van Maxim naar Irina die hen vergezelde. 'Absoluut en volslagen verkeerd!'
'Ja, dat is het,' gaf Maxim toe.
'Er zijn heel wat mensen neergeschoten die probeerden over de Muur te ontsnappen,' legde Irina uit. 'Maar vele duizenden hebben het wèl veilig gehaald, die zijn wèl ontsnapt naar de vrijheid hier in de westelijke zone.' Ze schudde haar hoofd en zei spottend: 'Communisten! Ik word ziek van hen!'
'Ik ook, tante Irina,' merkte Maxim op en hij zei tegen Anasta-

sia: 'Kom op, dan zal ik je de graffiti eens laten zien, ik denk dat je dat wel interessant vindt. Op sommige plaatsen is het uitdagend, op andere kleinerend. Het is ook humoristisch, verdrietig, opstandig. Het doorloopt eigenlijk het hele gamma.' Hij nam Anastasia en Irina bij de arm, en samen liepen de drie erlangs en bekeken de kleurrijke muur.

'Deze graffiti wordt weleens de langste cartoon ter wereld genoemd,' vertelde Irina haar. 'Omdat hij zich mijlenver uitstrekt zoals je ziet.'

'Hier en daar zijn het bijna kunstwerken,' voegde Maxim eraan toe, 'ze zijn werkelijk heel mooi.'

Omdat ze zelf schilderde en artistieke neigingen had, was Anastasia gefascineerd door de graffiti en ze bleef een hele tijd bij de Muur rondhangen. Later nam Maxim haar mee naar een van de zes meter hoge uitkijkposten, waarvandaan ze Oost-Berlijn aan de andere kant van de Muur kon inkijken.

'Wat zien die straten er somber en onvriendelijk uit,' mompelde Anastasia tegen Maxim die naast haar op het platform stond. 'Zo leeg en verlaten. Waar zijn de mensen gebleven?'

Maxim haalde zijn schouders op. 'Dat weet ik niet... waarschijnlijk naar hun werk. En ik denk dat er geen speciale reden is waarom de mensen die niet werken buiten zouden zijn. Die straten vallen me telkens als ik hierboven kom en over de Muur kijk weer op... zo leeg en deprimerend.'

'Het lijkt wel een niemandsland,' zei Anastasia. 'Wat een verschil met West-Berlijn dat zo levendig en actief is en waar zoveel opwinding heerst.'

De volgende dag moesten ze alle drie aan Anastasia's woorden terugdenken toen ze met Maxim en Irina op weg was naar de Rudolf Wilde Platz. Het bezoek van Maxim en Anastasia aan Berlijn viel samen met dat van president Kennedy die een rondreis door Europa maakte, en de straten werden overspoeld door honderdduizenden Westberlijners die ook onderweg waren naar het Schöneberg-stadhuis dat daar op het plein stond. De president zou daar spreken nadat hij de Muur had bezocht en zijn handtekening in het Gouden Boek in het stadhuis had gezet.

Toen president Kennedy eindelijk naar buiten kwam, samen met burgemeester Willy Brandt en de Westduitse kanselier Konrad Adenauer, stond de menigte te juichen en te roepen, te applau-

disseren en te wuiven, en gaf er duidelijk blijk van hem te mogen. Maar toen hij begon te spreken, werd het stil en kon je op het plein een speld horen vallen.
Anastasia stond halsreikend naar de knappe jonge Amerikaanse president te kijken en luisterde aandachtig naar wat hij te zeggen had.
Kennedy zei: 'Ik ken geen gemeente, geen stad, die achttien jaar lang belegerd is en toch de vitaliteit en de kracht, de hoop en vastberadenheid heeft behouden als West-Berlijn. Hoewel de Muur de duidelijkste en levendigste demonstratie is van het falen van het communistische systeem en de hele wereld dat kan zien, doet ons dat geen plezier...'
President Kennedy zweeg even en besloot toen dramatisch: 'Alle vrije mensen, waar ze ook wonen, zijn burgers van Berlijn, en daarom, als vrij man, ben ik er trots op te zeggen: "*Ich bin ein Berliner.*" '
De menigte werd uitzinnig toen men deze woorden hoorde; er werd gegild en geschreeuwd, en veel Westberlijners en buitenlanders liepen de tranen over de wangen. Ook Anastasia, Maxim en Irina stonden de president van de Verenigde Staten toe te juichen; ze waren alle drie net zo bewogen en ontroerd door Kennedy's speech als alle anderen.
Maar Maxim had opeens het gevoel dat er iets van hysterie in de lucht hing en instinctief legde hij zijn armen beschermend om Anastasia en Irina heen en trok hen dichter naar zich toe. Hij vroeg zich af of hij er verkeerd aan had gedaan vandaag met hen naar dit plein te gaan waar zich nu honderdduizenden mensen verdrongen. Als het uit de hand liep, zouden ze gemakkelijk onder de voet gelopen kunnen worden of gewond kunnen raken. En pas toen hij de twee vrouwen veilig in de suite van het Kempinski Hotel had teruggebracht kon hij weer opgelucht ademhalen.
Maar een paar maanden later zouden de woorden die hij op de Rudolf Wilde Platz in Berlijn had gehoord hem levendig voor de geest staan, en toen was hij blij dat hij op die warme zomerdag in juni naar John Kennedy was gaan luisteren.

46

Het was een stralende dag.
De lucht was hemelsblauw en helder, en de zon scheen heerlijk.
Anastasia vond dat Manhattan eruitzag of het glimmend gepoetst was. De wolkenkrabbers en de andere gebouwen leken op deze stralende vrijdagochtend toen ze door Fifth Avenue naar Bergdorf Goodman liep, te glanzen.
Even later liep ze door de draaideur het exclusieve warenhuis binnen en nam de lift naar de kinderafdeling. Toen ze gisteren aan het rondsnuffelen was, had ze een leuk feestjurkje gezien waarvan ze hoopte dat het de tweejarige Alix zou passen en nog een paar dingen die er perfect uitzagen voor de nieuwe baby. Hun zoon Michael was nu achttien maanden en hij groeide hard. Anastasia moest inwendig lachen als ze aan hen dacht. Maxim noemde hen de Venetiaanse baby's, omdat ze in Venetië van beide kinderen zwanger was geraakt, van Alix op hun huwelijksreis en van Michael in augustus toen ze er voor een tweede huwelijksreis naar toe waren gegaan.
Ze miste haar kinderen vreselijk, al waren zij en Maxim nog maar een week in New York, en ze zat over hen in, ondanks het feit dat ze hun kindermeisje, Jennifer, bij zich hadden, evenals mevrouw Woodson, de huishoudster-kokkin die zo goed voor het hele gezin zorgde. En dan nog haar moeder, die uit Parijs was overgekomen en in het huis in Mayfair logeerde zolang zij met Maxim op zakenreis was.
Ik moet niet zo nerveus doen, dacht ze toen ze de lift uitstapte. Ze zijn toch in goede handen. Maar ondanks dat vond ze het vreselijk gescheiden te zijn van haar kinderen die samen met haar man alles waren waar ze voor leefde. Buiten hen drieën had ze weinig nodig. Ze hield zo ontzettend veel van hen.
Tot Anastasia's verrukking stond de pop met het jurkje van roze organdie er nog en ze nam het even taxerend op, trachtend zich voor te stellen hoe het haar blonde, blauwogige dochtertje zou staan.
Even later stond er een verkoopster naast haar die haar verzekerde dat het jurkje de goede maat had en die het van de pop nam. Terwijl het jurkje in vloeipapier werd verpakt en in een zilverkleurige doos met een purperen lint erom werd ingepakt, stond

Anastasia naar kruippakjes en piepkleine bloesjes voor Michael te kijken, en ze kocht er van allebei drie.

Twintig minuten later nam ze met twee grote boodschappentassen de lift naar beneden. Toen ze de winkel uitliep, keek ze op haar horloge. Het was een paar minuten voor één en ze was precies op tijd voor haar afspraak met Maxim. Ze hadden afgesproken dat ze samen zouden lunchen in de Oak Room van het Plaza Hotel, aan de overkant van het pleintje voor de winkel.

Toen ze de stoep opliep en het hotel inging, had Anastasia geen erg in de opwinding die ze veroorzaakte, noch in de bewonderende blikken die in haar richting werden geworpen. Op haar tweeëntwintigste was ze mooier dan ooit, met een huid die glansde van gezondheid en vitaliteit en met lang, blond haar dat vandaag was opgestoken. Ze droeg een donkere bontmantel van gekweekte nerts die Maxim een paar dagen geleden voor haar had gekocht, hooggehakte zwarte lakschoentjes en lange, crèmekleurige suède handschoenen. In haar oren schitterden diamanten en om haar hals droeg ze een nauwsluitend paarlen halssnoer.

Toen ze de boodschappentassen en de nertsmantel in de garderobe had afgegeven, liep Anastasia de lobby van het hotel door naar de Oak Room.

Maxim zag haar aankomen en hij stond met een brede glimlach op toen de gerant haar naar zijn tafeltje bracht.

Wat zag haar echtgenoot er knap uit in zijn donkergrijze, smalgestreepte kostuum met een lichtblauw overhemd. Hij was de knapste man in het restaurant. En uit de schittering in zijn donkere ogen leidde ze af dat hij een heel succesvolle ochtend had gehad en dat zijn bespreking in Wall Street goed was verlopen. En waarom ook niet? Haar man was een genie. Dat zei iedereen; alles wat hij aanraakte scheen in goud te veranderen. Wat voor zaken hij ook deed, hij verdiende er altijd aan en niet zo weinig, en hij kwam altijd als overwinnaar uit de bus. Haar vader vond hem de meest briljante en getalenteerde zakenman en ondernemer die hij ooit had ontmoet, en uit de mond van Alexander Derevenko was dat zeer lovend.

Toen ze het tafeltje had bereikt, kuste Maxim nog steeds glimlachend, haar op de wang. Ze gingen zitten en hij zei: 'Je moet vaker rood dragen, lieveling, het staat je erg goed.'

‘O, dank u, meneer,’ antwoordde ze met een flirtende blik. ‘En als ik zo naar jou kijk, heb jij vanmorgen in Wall Street je zin gekregen bij je zakenrelaties en de bankiers, dat zie ik aan je gezicht.’
Hij boog zich naar haar toe en zei zachtjes: ‘Zolang ik bij jou mijn zin maar krijg, kan de rest me niet veel schelen, Stassy, liefste. Voor het geval ik je dat de laatste tijd niet heb verteld, ik ben helemaal wèg van je. Ik heb wilde plannen voor deze middag… voor ons. Ik ben de rest van de dag vrij, dus kan ik me helemaal aan jou wijden. Na de lunch kuieren we terug naar het hotel en…’ Hij boog zich nog dichter naar haar toe en fluisterde haar in: ‘dan gaan we heerlijk vrijen. En wie weet, misschien maken we nog wel een baby.’
Ze lachte en een lichte blos kleurde haar knappe gezichtje. Haar heldere ogen werden zo mogelijk nog helderder. ‘Wat een verrukkelijk idee. En ik ben ook wèg van jou.’ Ze stak haar hand uit en kneep in de zijne, en toen keek ze naar zijn glas. ‘Is dat een drankje?’ vroeg ze verrast.
‘Ja. Ik weet dat het niets voor mij is om overdag te drinken, maar ik heb een fles Sancerre besteld. Ik dacht dat het wel leuk zou zijn om mijn kleine transactie te vieren. Het gaat maar om eenentwintig miljoen dollar, maar dat is pas het begin.’
‘O lieveling, wat heerlijk! Gefeliciteerd! Maar wat bedoel je met: pas het begin?’
‘Van West Investments in Amerika. Drink je een glas witte wijn met me, om het te vieren?’
‘Natuurlijk.’
Maxim wenkte de ober die zich discreet op een afstand had gehouden, en de man kwam haastig aanlopen, nam de fles uit het emmertje en vulde haar glas. Toen hij de fles terugzette vroeg hij of ze hun lunch wilden bestellen.
‘Zo meteen, dank u,’ zei Maxim die zich tot Anastasia wendde en zijn glas hief. ‘Op het grote avontuur dat we in New York gaan beleven.’ Hij stootte haar glas aan met het zijne.
Anastasia keek hem nieuwsgierig aan. ‘Avontuur?’
‘Ik wil wat meer tijd in de Verenigde Staten doorbrengen, hier na verloop van tijd een kantoor openen, misschien zelfs een appartement nemen aan Fifth Avenue of Park of Sutton Place. Waar je maar wilt. Zou je een deel van het jaar in Manhattan willen wonen?’

Ze aarzelde maar even en zei toen: 'Als jij dat wilt, ja, natuurlijk. New York is een heel opwindende stad. Maar... hoor eens, hoe moet dat met de kinderen? Hoe zit het dan met school?'
'Lieve schat, het zijn nog baby's! We hebben nog tijd genoeg om ons druk te maken over school en dat soort zaken. En je hebt gelijk, het is in veel opzichten inderdaad een opwindende plaats. Hier ligt onze toekomst... naar mijn mening althans. Dat bedoelde ik toen ik het woord avontuur gebruikte.'
'Iedereen zegt dat je een goede, vooruitziende blik en gezond verstand hebt, en ik weet dat dat zo is.' Ze zweeg even en glimlachte. 'Dus ik sta helemaal achter je.'
Hij grinnikte met een blij en opgetogen gezicht. 'Dank je voor deze fantastische motie van vertrouwen, lieveling. Je bent de beste vrouw die ik ooit heb gehad.'
'En ook beslist de énige!' kaatste ze lachend terug.
'Misschien kunnen we nu maar beter de kaart bekijken,' stelde Maxim voor en gaf haar een menu.
'Dank je.' Ze legde het voor zich op tafel en zei: 'Eigenlijk weet ik al wat ik wil. Soep van schaaldieren en daarna gegrillde kabeljauw uit Boston.'
'Die soep neem ik ook, maar ik denk dat die roastbeef die de ober op dat serveertafeltje staat te snijden mij wel aanstaat. Die ziet er heerlijk uit.'
Toen Maxim hun bestelling had opgegeven, zei Anastasia: 'Je hebt nogal geheimzinnig gedaan over je nieuwe transactie. Kun je me al vertellen wat het voor iets is, nu hij is afgerond?'
'Natuurlijk wel. Ik heb een bedrijf gekocht dat de Allandale Groep heet en dat hier in New York kantoor houdt.'
'Wat is het?' Ze staarde hem met een lege blik aan. 'Het zegt me niets.'
'De Allandale Groep is een bedrijf met nogal uiteenlopende bezittingen. De groep is bijvoorbeeld eigenaar van Marianna Monteveccio, een cosmeticabedrijfje, onroerend goed in Manhattan en Long Island, een kleinmetaalbedrijf en een grote bakkerij die de helft van de winkels in de stad en de buitenwijken bevoorraadt. Zoals ik al zei, het is nogal uiteenlopend, en dat is het voornaamste probleem. Ik ben van plan de bedrijven die geen winst maken te verkopen en alleen de bedrijven die winst maken te houden.'

'En welke zijn dat?'
'De onroerend goed-maatschappij en het cosmeticabedrijf. Die twee ga ik reorganiseren. Ik ben van plan de cosmetica van Monteveccio volgend jaar in Engeland en Europa te gaan verkopen. Ik weet dat dat het goed gaat doen, want het is een prima produkt.' Hij gaf haar een glimlachje dat vol vertrouwen was. 'Dat is de kunst van het overnemen, te weten wat je moet verkopen en wat je moet houden.'
'Je vindt die overnametjes wel leuk, hè?'
Hij staarde haar aan. 'Overnametjès. Ze zijn niet zo klein hoor, Peach Melba.'
Ze keek hem scherp aan. 'Ik wou dat je me niet zo noemde,' zei ze streng.
'Waarom, het is een perfecte naam voor je. Tenslotte zie je er uit om op te eten.'
Op zijn gezicht verscheen zijn charmante, wat scheve glimlach en hij boog zich naar haar toe en kuste haar op haar wang. Toen zei hij: 'De overname is echt een geweldige uitvinding. Het is zo'n fantastische tijdsbesparing; je hebt geen jaren nodig om een bedrijf op te bouwen en het levert een geweldige winst op. En het is heel opwindend om net dat bedrijf te vinden dat je wilt overnemen en daar dan achteraan te gaan.'
'Ik denk dat je dat nog het leukste vindt.'
Hij schudde zijn hoofd. 'Ik geef toe dat dat spannend is, maar ik houd me het liefst bezig met de financiële problemen, en dan met het opnieuw vormgeven van het bedrijf, het creatief zijn, het groter en beter maken ervan. Ik ben niet op snipperjacht, ik wil geen imperium van papier opbouwen. En ik verkoop ook de waardevolle activa niet na overname. De bedrijven die ik heb gekocht wil ik liever houden en er iets mee doen als ze eenmaal zijn afgeroomd. Trouwens, ik...'
Maxim zweeg toen de ober de soep serveerde en voor elk van hen een kom schaaldierensoep neerzette.
'En denk je dat er toekomst zit in dat cosmeticabedrijf?'
'Ja, absoluut, zowel hier als in Europa in feite. Zie je, het is slecht geleid en het heeft een nieuwe verpakking nodig, een nieuwe marketingbenadering. Het produkt is prima en...' Maxim zweeg plotseling omdat een kleine beroering bij de ingang van de Oak Room zijn aandacht trok. Er stonden twee

obers met de gerant te praten. Een ervan stond opgewonden te gebaren, de andere stond openlijk te huilen en Maxim zag dat de gerant er verbijsterd uitzag en lijkbleek was geworden.
'Wat raar, ik geloof dat er iets mis is,' zei hij tegen Anastasia met rimpels in zijn voorhoofd. 'Kijk eens naar de gerant. Hij ziet eruit of hij een vreselijke schok heeft gehad. En die obers schijnen ook niet veel te kunnen doen.'
'Misschien is er iemand in het restaurant niet goed geworden.' Anastasia wierp een blik om zich heen. Ze ving de aandacht van een ober die de dienstingang naar de keuken uitkwam en wenkte hem.
De ober bleef bij hun tafeltje staan.
Anastasia ontging de uitdrukking op het gezicht van de man niet. Hij keek ernstig en er lag een verslagen blik in zijn ogen.
'Wat is er aan de hand?' vroeg ze zachtjes. 'Is er iets niet in orde? We zagen de...'
'Hij is neergeschoten,' zei de ober beverig en zijn stem brak toen hij eraan toevoegde: 'De president is neergeschoten.'
'De president,' herhaalde Maxim die de ober aanstaarde en diens duidelijke verdriet zag. 'U bedoelt toch niet president Kennedy, wel?'
De ober knikte, niet in staat iets te zeggen. Zijn ogen vulden zich met tranen en zijn gezicht vertrok tot een grimas van pijn; hij draaide zich abrupt om en vluchtte terug naar de keuken.
Maxim en Anastasia zaten elkaar aan te staren; ze konden even niet goed bevatten wat hun zojuist verteld was.
Maar het nieuws ging al als een lopend vuurtje door de Oak Room. Mensen wendden zich ongerust tot elkaar; ze bogen zich naar andere tafeltjes en spraken met vreemden. Een ogenblik later klonk er een geroezemoes van stemmen.
Maxim smeet zijn servet op tafel, duwde zijn stoel naar achteren en sprong overeind. 'Kom mee!' riep hij en liep zo snel het restaurant door dat Anastasia moest hollen om hem bij te houden.
Toen hij bij de gerant kwam, vroeg Maxim op rustige toon maar met schorre stem: 'Is het waar? Is president Kennedy echt neergeschoten?'
Het gezicht van de gerant stond vertrokken van verdriet. 'In Dallas. Om ongeveer halftwee. We hoorden het nieuws via de radio in de keuken.'

Maxim en Anastasia stonden allebei sprakeloos, als aan de grond genageld.
Maxim greep in zijn jasje, trok zijn portefeuille, haalde er twee biljetten van honderd dollar uit en gaf die aan de gerant. 'Dit zal wel genoeg zijn voor mijn rekening,' mompelde hij en toen greep hij Anastasia's hand, snelde de Oak Room uit en sleurde zijn vrouw mee.

Maxim en Anastasia stonden midden in de zitkamer van hun suite in het Pierre, tegenover het Plaza, naar de televisie te staren.
Op hun gezicht was twijfel, schok en ongeloof te lezen en ze stonden als vastgenageld naar de beroemde nieuwslezer Walter Cronkite te luisteren, die alle feiten over het neerschieten van de president opsomde.
In Cronkites gezicht trok een spiertje en zijn stem klonk geschokt en plechtig toen hij herhaalde wat hij zojuist had gezegd, het nieuws kennelijk herhalend voor kijkers die net hun toestel hadden aangezet.
John Fitzgerald Kennedy, de vijfendertigste president van de Verenigde Staten, was dood. De kogel van een moordenaar had de achterkant van zijn hoofd weggerukt toen hij met zijn stoet auto's door de straten van Dallas reed. Zijn lichaam lag in het Parkland Memorial Hospital van de Texaanse stad.
Maxim had er moeite mee het te accepteren. Hij kon de feiten nog niet verwerken en hij wisselde steeds van station, van CBS naar NBC, naar ABC en weer terug, op zoek naar kleine beetjes aanvullende informatie van de andere nieuwslezers die net zo geschokt en bedroefd waren als Walter Cronkite.
Op een gegeven moment keek Anastasia omlaag en ze kreeg de rok van haar helderrode jurk in het oog. Ze dacht: O, o god. Dat is de kleur van bloed! En ze sloeg haar hand voor haar mond en vluchtte de slaapkamer in waar de tranen haar weer over de wangen liepen. Ze stond bijna hartverscheurend te snikken toen ze de rode jurk losritste, eruit stapte en snel een donkerblauwe kasjmieren trui met bijpassende rok aantrok voor ze weer naar de zitkamer ging.
Maxim was zo verdiept in het televisienieuws dat ze zich realiseerde dat hij niet eens gemerkt had dat ze even was wegge-

weest. Ze liep naar de sofa en ging voorzichtig zitten. Even later kwam Maxim bij haar zitten en zaten ze samen hand in hand naar de nieuwsuitzending te kijken.
Plotseling keek hij haar met een bedroefd gezicht aan en zei met schorre stem: 'Ik kan het niet geloven. We hebben hem van de zomer nog in Berlijn gezien, toen hij buiten het Schöneberg-stadhuis een toespraak hield. Het lijkt haast niet mogelijk dat hij dood is.'
Anastasia's aandacht was op Maxim gericht; ze zag dat zijn ogen vol tranen stonden en ze duwde haar hand tegen de zijne. Maxim graaide naar zijn zakdoek, hij veegde zijn ogen af en leunde achteruit tegen de sofa omdat hij zich plotseling helemaal verslagen voelde.
Ze zei zacht: 'Die dag in Berlijn zag hij er zo jong uit en zo knap met zijn roodblonde haar dat glansde in de zon. ''*Ich bin ein Berliner*'' zei hij...'
'Ik weet het... ik weet het nog heel goed.'
'Waarom, Maxim? Waarom? Waarom werd hij vermoord?'
Maxim schudde zijn hoofd. Hij had geen antwoord, tenminste geen antwoord dat ergens op sloeg.
'Waarom zou iemand Jack Kennedy nou willen vermoorden?' vroeg ze weer, dringender, verbijsterd en bang door zulk geweld.
'Ik weet het niet, Stassy, ik weet het gewoon niet.'
'Wat leven we tegenwoordig in een smerige en afschuwelijke wereld!' riep Anastasia.
'Dat was het altijd al,' mompelde Maxim.
'Ja. Ja, ik weet het, lieveling,' fluisterde ze, denkend aan de manier waarop zijn ouders waren gestorven en aan de holocaust.
Maxim en Anastasia zaten nog heel wat uurtjes voor de televisie. Ze zeiden niet veel tegen elkaar tijdens hun lange wake, omdat ze helemaal opgingen in het nieuws en zich inspanden om elk detail van de zinloze moord, de meest weerzinwekkende moord in de geschiedenis van de Verenigde Staten, te weten te komen.
Om kwart over zes die avond, vrijdag 22 november, verscheen Lyndon Johnson op hun televisiescherm. Als nieuwe president legde hij tegenover de bedroefde natie die nog wankelde door de onbegrijpelijke en gewelddadige daad in Dallas zijn eerste verklaring af.

'Hij is dood,' mompelde Maxim meer tegen zichzelf dan tegen Anastasia. 'John Kennedy is dood.' En hij zuchtte zwaar toen hij het eindelijk kon accepteren.

'*Ich bin ein Berliner. Ich bin ein Berliner. Ich bin ein Berliner.*'

Maxim werd met een schok wakker en Kennedy's woorden en diens stem klonken nog na in zijn hoofd. Hij knipperde met zijn ogen in de donkere slaapkamer om aan het halfduister te wennen en keek naar Anastasia die vredig en met een regelmatige ademhaling op haar zij lag te slapen. Hij bleef even liggen en probeerde de slaap weer te vatten. Toen hij besefte dat hij klaar wakker was, schoof hij zijn benen uit bed, liep naar de zitkamer en deed de slaapkamerdeur achter zich dicht.

De zitkamer van hun suite keek uit over Fifth Avenue, Maxim liep naar het raam en stond naar de bomen van Central Park te staren. Hij draaide zijn hoofd wat naar links en vestigde zijn blik even op het Plaza aan de overkant. De verlichting van het hotel viel helder naar buiten en verlichtte het plein voor de brede stoep. De straten waren verlaten en zagen er in het bleke licht van de lampen guur en winters uit.

Maxim zuchtte zachtjes en draaide zich af van het raam; hij liep naar de sofa en ging erop liggen terwijl allerlei gedachten door zijn hoofd maalden.

De moord op president Kennedy leek onzinnig, voor hem en iedereen, zelfs voor de televisiecommentatoren. Was het de daad geweest van een eenling die alleen werkte? Een krankzinnige? Of was het een samenzwering geweest? Fascisten? Communisten? Wie kon het zeker weten? Wie zou het ooit te weten komen? Maar het kwaad was vandaag in Amerika losgebroken, en het land was razend geworden door een krankzinnige daad van het vreselijkst en onzinnigst mogelijke geweld.

Hij had altijd geweten dat het kwaad om de hoek loerde, zelfs al toen hij nog een kleine jongen was. Op de een of andere manier had hij dat begrepen toen Teddy hem had verteld over de gruwelijke dingen die in nazi-Duitsland met de joden waren uitgehaald. Teddy koesterde tegenstrijdige gevoelens ten opzichte van de Duitsers, maar hij koesterde geen specifieke gevoelens en zeker geen haat. Hij had alleen maar een onverzadigbare nieuwsgierigheid. Bovendien, zelfs als jood wiens ouders slacht-

offers van het Derde Rijk waren geworden, geloofde hij niet dat deze generatie de schuld mocht krijgen van de zonden van de vorige generatie.
Als hij terugging naar Duitsland om Irina Troubetzkoy op te zoeken, stond hij vaak te kijken naar de mensen op straat of in cafés en winkels, en dan was hij verbijsterd en vroeg zich af hoe het mogelijk was dat zo'n sterk en nobel volk als de Duitsers zich had laten misleiden tot het volgen van een man als Hitler. Natuurlijk had die lijder aan grootheidswaanzin hen verblind met de kracht van zijn persoonlijkheid, met zijn hoogdravende retoriek, met zijn beloften van economische zekerheid, van een beter leven en een sterk en stabiel Duitsland dat vrij van communisme was. De meerderheid van de Duitsers had hem zonder meer gevolgd en had in hem geen charlatan gezien maar een charismatisch leider die hun voorspoed en glorie zou brengen.
Na wiskunde en talen was op St. Paul geschiedenis zijn lievelingsvak geweest. Hij had er hard op gestudeerd en hij was gaan begrijpen dat Hitler de belichaming van puur kwaad was geweest, dat hij het slechtste regime in de hele wereldgeschiedenis in het leven had geroepen, een sinister regime van fanatisme, racisme, wreedheid, onderdrukking en moord. Twaalf jaar en vier maanden had het Derde Rijk Europa vertrapt, geïntimideerd en gedomineerd door een schrikbewind dat zijn weerga niet kende. Het was een vernietigings- en doodsmachine geweest, bediend door meedogenloze en wrede mannen met een kwade imborst en een misdadige geest: gangsters, misdadigers, moordenaars, dégénérés.
Als de misdadigers de gevangenis overnemen, heersen er chaos en bloedige moord, dacht hij. Hij vroeg zich af hoe het had kunnen gebeuren... maar hij zou er nooit achter komen. Dat was ook niet helemaal waar. Wreedaards als Hitler en zijn trawanten speculeerden altijd op de onwetendheid, de zwakheid en de angst van mensen. De Duitsers waren zo'n ontwikkeld en beschaafd ras, en toch hadden ze Hitlers politiek van antisemitisme aanvaard. Maxim zuchtte zacht en bleef in het donker op de sofa liggen terwijl zijn hersens op volle toeren werkten. Slechte mensen kunnen haat en vooroordeel in anderen oproepen, dacht hij. Dat wist hij uit de geschiedenisboekjes die hij op school zo ijverig en zorgvuldig had bestudeerd. Bladzij na bladzij vol wreed-

heden... de Spaanse inquisitie, de Russische progroms, de Turken die de Armenen afslachtten. Er werden al eeuwen door zogenaamd beschaafde mensen wreedheden bedreven tegen andere mensen.
Wie zullen de volgenden zijn? vroeg hij zich af.
Maxim stond op en liep naar een klein dressoir waar verscheidene flessen drank op een blad stonden. Hij schonk zich een glas cognac in en nam dat mee naar de sofa. Terwijl hij het opdronk, erkende hij diepbedroefd dat er sinds het begin der tijden niets veranderd was en dat er ook nooit iets zou veranderen. Er zouden altijd kwade geesten zijn die eropuit waren anderen te domineren en te onderwerpen. Tot op een dag een van hen, in de greep van krankzinnigheid, op een knop zou drukken en de wereld tot poeder zou blazen.
Wat Jack Kennedy betreft, er was een jong en briljant man in de kracht van zijn leven wreed neergemaaid, en de hele wereld zou rouwen zoals Amerika rouwde. Zoals híj nu rouwde. Maxim stond op en ging de televisie aanzetten. Het station vertoonde een film over Jack Kennedy die afgelopen juni in Berlijn was opgenomen.
Daar verscheen hij op de televisie; hij stond voor Maxim zoals hij er in werkelijkheid vier maanden tevoren had gestaan met zijn haar in de war door de wind, met zijn vreemde glimlachje, met die wat geamuseerde blik, op een bepaalde manier onpartijdig, maar toch ook hartelijk en oprecht. Een man in staat tot warmte, ironie en humor.
Maxim voelde de tranen in zijn ogen branden toen hij de gevallen president zag zoals hij tijdens zijn leven was geweest. God vervloeke de schurken die het gedaan hebben, vloekte hij en mepte woedend en verdrietig met zijn vuist tegen de achterkant van de stoel.

47

'Het fenomenale succes van de Allandale Groep is wel een geweldige prestatie van Maxim, hè?' zei Margot Derevenko terwijl ze de *Times* neerlegde en haar dochter over tafel aankeek. 'Dit artikel is vol lof over hem.'

Anastasia zweeg.
Ze zat naar de prachtige tuin te staren die haar moeder jarenlang met zoveel zorg had aangelegd en bedacht welk een oase van schoonheid en rust die was, en dat in het hart van Parijs. Vredig, dacht ze. Zo heel erg vredig. Anastasia onderdrukte een zucht omdat ze niet wilde dat haar moeder zou vragen of er iets was. Want er was wèl iets. Ze voelde zich vreselijk moe, uitgeput eigenlijk en volkomen futloos. Zo voelde ze zich nu al een hele tijd.
Margot zei: 'Lieverd, hoorde je me niet?'
Anastasia schrok op en gaf haar moeder een geruststellend glimlachje, en ze zei: 'Sorry, ik vrees dat ik even zat weg te dromen.'
'Ik zei dat het artikel over Maxim fantastische dingen over hem te zeggen heeft en ik merkte alleen maar op dat het succes van de Allandale Groep nogal buitengewoon is.'
'Ja, het is de afgelopen zeven jaar geen concern van gemiddelde omvang gebleven. Maar het is ook het kruis dat ik moet dragen,' antwoordde Anastasia met matte, doffe stem.
Margot keek haar fronsend aan. 'Wat een vreemde opmerking is dat.'
'Het is de kern van onze problemen...' begon Anastasia en zweeg abrupt omdat ze onmiddellijk spijt had van haar opmerking.
'Problémen!' riep Margot, en schoot overeind in de tuinstoel. 'Wat bedoel je in 's hemelsnaam?'
'O moeder, daar wil ik eigenlijk niet over praten, niet nu. Vergeet alstublieft dat ik het heb gezegd.'
'Dat kan ik niet vergeten, Anastasia. Je ziet er het laatste jaar helemaal niet zo goed uit en eerlijk gezegd maken je vader en ik ons zorgen over je. Ik vond het heerlijk toen je zei dat je een paar weken bij ons kwam logeren.' Ze kneep even in de prachtige slanke vingers van haar dochter en zei: 'Alsjeblieft, kun je me niet in vertrouwen nemen? We zijn toch altijd goede vriendinnen geweest?' Toen Anastasia geen antwoord gaf, ging Margot verder: 'Je vader en ik vinden dat je al tijden jezelf niet bent, maar het is geen moment bij ons opgekomen dat Maxim en jij problemen hadden.'
'Misschien hebben wij die ook niet, moeder, misschien heb ik die problemen alleen maar.'

'Hoe bedoel je dat?' vroeg Margot bezorgd.
'Ik voel me aldoor zo moe. Uitgeput eigenlijk, alsof ik ziek ben geweest. En ik schijn geen sprankje energie meer te hebben.'
'Geen sprankje energie!' riep Margot die haar wantrouwend aankeek. 'Maar hemeltje, je bent pas negenentwintig!'
'Ik weet wel dat het belachelijk klinkt, maar zo is het nu eenmaal. Ik heb geen energie en ik voel me tegenwoordig aldoor zo gedeprimeerd.'
Margot Derevenko was ontsteld over die laatste opmerking; ze bekeek haar dochters bleke gezicht onderzoekend en ze zag meteen dat ze het meende.
Haar ongeloof sloeg direct om in medeleven. 'Anastasia... lieverd... jij hebt toch helemaal niets om gedeprimeerd over te zijn. Je bent jong en beeldschoon. Je hebt een knappe en charmante man die je op handen draagt en die miljonair is, die je bedelft onder alles wat je hartje maar begeert. Je hebt twee prachtige en knappe kinderen en ouders die dol op je zijn. Afgezien daarvan heb je nog een huis in Mayfair dat eruitziet als een plaatje, een heerlijke villa in Beaulieu en een appartement aan Fifth Avenue.' Margot schudde haar hoofd. 'Als je je ècht depressief voelt, is er kennelijk iets heel ernstig mis. Dan moet het fysiek zijn. Ik denk dat je maar eens naar een dokter moet.'
'Ik heb geen dokter nodig, mamma. Eerlijk gezegd weet ik niet wat ik nodig heb.' Ja, dat weet ik wel, dacht ze bij zichzelf. Ik heb Maxim nodig zoals hij was toen we pas getrouwd waren. De man die hij is geworden, kan ik niet meer bereiken. Hij is zo veranderd. Ik weet niet waarom, maar we zijn elkaar kwijtgeraakt.
'Depressiviteit wordt soms veroorzaakt door vitaminegebrek. Waarom ga je niet eens naar een voedingsdeskundige?' stelde Margot voor.
Anastasia schudde haar hoofd.
Margot keek peinzend en dacht even na voor ze langzaam zei: 'Nu allebei de kinderen naar kostschool zijn, voel je je misschien wat eenzaam.'
'Ik geloof niet dat het dat is.'
'Toen we het daarnet over de Allandale Groep hadden, zei je dat het de kern van je problemen was. Vertel me alsjeblieft wat je daarmee bedoelde, dat is de enige manier waarop ik je kan helpen.'

Anastasia wendde zich tot haar moeder en toen ze de liefde, de bezorgdheid en het begrip op haar moeders nog steeds knappe gezicht zag, vulden haar ogen zich met tranen. 'Ik ben zo eenzaam, mamma,' gaf ze toe. 'Niet omdat ik naar Alix en Michael verlang, maar ik mis Maxim zo. Hij is zo vaak weg. Sinds hij Allandale heeft gekocht, doet hij niets anders dan heen en weer naar New York vliegen. En dan rent hij weer naar Hongkong of Australië of Los Angeles, of weet ik waarheen. Het is net of hij de afgelopen zes jaar voortdurend in een vliegtuig heeft gezeten, en dat komt allemaal door Allandale. O, het is de basis van zijn imperium en hij heeft er een enorm succes van gemaakt. Maar tegen welke prijs?' Ze zuchtte en zei ten slotte met zachte stem: 'Volgens mij was die prijs ons huwelijk.'

'Anastásia... ik wist niet...'

'Zijn werk gaat voor. Dat is altijd zo geweest en dat zal wel altijd zo blijven. Dat neemt hem totaal in beslag. Dat weet ik nu wel. Hij is gewoon niet normaal, wat werken betreft. Maxim is veel erger dan een workaholic, moeder. Er is nog geen naam bedacht voor iemand die werkt zoals hij. Dag en nacht. Hij is zo sterk als een paard, en hij kan zich ongelooflijk concentreren.'

'Ik geloof niet dat je hem kunt verwijten dat hij hard werkt. Maar het ziet ernaar uit dat hij je wat verwaarloost.'

'Dat geloof ik zeker. Zelfs als hij er wel is, is hij verstrooid, gaat hij op in zijn zakelijke transacties. Vreemd genoeg is hij op een bepaalde manier teruggetrokkener dan vroeger, en minder spraakzaam,' vertrouwde Anastasia haar toe.

'Maar je hebt toch altijd gezegd dat hij een nogal in zichzelf gekeerd, gecompliceerd man was.'

'Dat is waar.' Anastasia lachte hol en schudde haar hoofd. 'Geloof het of niet, na tien jaar huwelijk weet ik nog steeds niet wat Maximilian West drijft.'

'Anastasia, lieverd, ik hoop dat je het niet erg vindt als ik dit zeg, maar misschien moet je meer met Maxim meereizen dan je tot nu toe hebt gedaan. Ga wat vaker naar New York, vooral nu allebei de kinderen op school zitten.'

'Als ik naar New York ga, verandert er niet veel, mamma. Maxim gaat al heel vroeg naar kantoor en zit daar tot 's avonds laat, en we hebben totaal geen uitgaansleven. Ik verveel me dood in New York. Veel vrienden heb ik er niet. En bovendien vliegt Maxim meer dan eens plotseling voor een dag of twee naar Los Angeles en dan zit ik daar in mijn eentje.'

Margot keek Anastasia doordringend aan en zei rustig: 'Is alles... is alles goed tussen jullie? In bed bedoel ik... seksueel?'

'Als u bedoelt of we nog samen slapen dan is het antwoord ja, zeker wel. Maxim is nogal lichamelijk ingesteld, hij is hartstochtelijk en we vrijen wel. Maar niet zoveel als vroeger, zelfs als hij thuis is.'

'O,' mompelde Margot; het klonk plotseling bezorgd en zo keek ze ook. 'Je denkt toch niet dat er een andere vrouw is, hè?' vroeg ze ten slotte voorzichtig.

Anastasia schudde heftig haar hoofd.

'Weet je zeker dat hij in New York geen maîtresse heeft?'

'Dat betwijfel ik. O, hoor eens, mamma, misschien gaat hij wel eens een nachtje vreemd, tenslotte is hij zoveel weg, meer dan de helft van het jaar tegenwoordig. Maar ik geloof niet dat hij gevoelsmatig onbetrouwbaar is...' Ze zweeg, beet op haar lip en keek de andere kant uit.

Margot riep uit: 'Wat is er? Je zit aan iets te denken, hè? Of misschien wel aan íemand.'

'Niet echt. Alleen, een paar weken geleden, toen Maxim in Londen was, zag ik hem het Claridge's ingaan met een vrouw. Ik reed net met een taxi langs het hotel. Ik denk dat hij met haar ging lunchen.'

'Weet je wie het was?'

Anastasia aarzelde en flapte er toen uit: 'Camilla Galland.'

'Camilla! Maar die is net hertrouwd!'

'Doe niet zo naïef, moeder. Als je getrouwd bent, kun je nog wel vreemd gaan.'

'Ben je zó achterdochtig?'

'Ik weet het niet. Nee, dat is niet waar. Ik weet het wèl, en ik geef Maxim absoluut het voordeel van de twijfel. Ik denk niet dat er iets is tussen hem en Camilla Galland. Het is alleen... nou ja, eerlijk gezegd heb ik haar nooit echt gemogen, misschien omdat ik haar nooit heb vertrouwd.'

'Ga Maxim nou niet beschuldigen, enkel en alleen omdat je hem het Claridge's met haar hebt zien ingaan. Niemand kent mannen en hun vreemde – ik weet geen beter woord – manier van doen

beter dan ik. Maar vanaf het moment dat je met Maxim trouwde, heb ik altijd gedacht dat hij betrouwbaar was.'
'Voor we trouwden, dacht u dat hij een rokkenjager was.'
'Dat was toen. Dit is nu.' Margot boog zich voorover en gaf haar dochter een kneepje in de arm. 'Ik zal je wel helpen je leven met Maxim beter in te richten, en als hij volgende maand naar Zuid-Frankrijk komt, moet je hem zeggen dat je van plan bent meer met hem mee te gaan als hij op reis gaat.'
'O, ik weet niet...' Anastasia's stem stierf weg.
'Denk je dat hij bezwaar zal maken?'
'Nee, maar...'
'Geen gemaar, Anastasia. Dat is dan afgesproken.'

Het was een hete, nevelige dag en eerder die dag had Maxim gedacht dat de *mistral* zou opsteken, maar nu was het briesje gaan liggen; de lucht was zwoel en de zee was zo glad als een spiegel. Hij stond op het terras van La Serenissima, hun villa in Beaulieu-sur-Mer tussen Nice en Monte Carlo, uit te kijken over het uitgestrekte groene gazon, voorbij het zwembad, naar de Middellandse Zee erachter.
De maand die hij hier met zijn gezin had doorgebracht had hem goed gedaan, dat wist hij. Hij voelde zich jong en ontspannen, vol levenslust en vitaliteit. Het had hem enorm veel plezier gedaan tijd met Anastasia en de kinderen door te brengen. Na een hele week nietsdoen en lui rondhangen was hij een paar keer snel naar Londen overgewipt voor zaken, maar hij was bijna meteen weer teruggekomen. Vanaf die tijd was hij gebleven en had vanuit zijn kantoor hier in de villa gewerkt. Het was onlangs klaargekomen en het bevatte de allernieuwste apparatuur en het was tegelijkertijd een communicatiecentrum, zodat hij contacten kon onderhouden met zijn kantoren in Londen, New York, Parijs en Hongkong.
'Papa! Papa!'
Hij draaide zijn hoofd om en toen hij naar rechts keek, zag hij Alix de trap opkomen die van het strand kwam; ze zwaaide met een handdoek en wuifde naar hem. Haar broer Michael liep vlak achter haar met een emmertje en een schepnetje.
Wat een prachtige kinderen had hij.
Op haar negende was Alix het jongere evenbeeld van Anastasia,

blond en met een lichte huid en net zo lichtgebouwd als haar moeder. Maar haar ogen hadden een matte, grijsgroene kleur en ze werd veel langer dan Anastasia. Ze was lang en slank en lenig, en op deze leeftijd nogal een wildebras. De achtjarige Michael was zíjn jongen, hij leek zo op hem met hetzelfde donkere haar en dezelfde ogen; hij had zijn bouw en Michael zou later waarschijnlijk net zo lang worden als hij. Beide kinderen waren kerngezond en vol energie en levenslust; Maxim vond hen mooier dan ooit nu hun jonge ledematen goudbruin waren door de zomerzon.

Ze renden het gazon over, stonden stil bij het terras en keken naar hem op.

Michael zei: 'Gaan we afval verbranden, pap?'

'Natuurlijk,' antwoordde Maxim die zich plotseling de papieren herinnerde die hij moest verbranden. Aan het ontbijt had hij Michael verteld dat ze een vuurtje gingen stoken, omdat de papierversnipperaar in het kantoor kapot was.

'Mag ik meehelpen, papa?' vroeg Alix, en keek hem smekend aan met haar hoofd een beetje schuin en met kleine rimpeltjes in haar neus.

'Waarom niet? En ik denk dat we het maar beter voor de lunch kunnen doen, want ik denk niet dat je moeder een rokerige atmosfeer op prijs stelt als we gaan eten, vooral niet nu we gasten krijgen. Ga Marcel maar even zoeken, en zeg hem dat hij een vuurtje maakt, dan ga ik de papieren halen. Ik zie je over een paar minuten achter bij het kleine bos.'

'Schiet op!' zei Michael tegen zijn zus en samen renden ze zo hard ze konden over het gazon naar de achterkant van de villa.

Maxim draaide zich bruusk om en liep naar binnen, door de grote salon, en hij bedacht hoe koel en rustgevend die was met een mengeling van bleke kleuren: crème en wit en *café-au-lait*, met hier en daar een vleugje zachtgeel en een tikje limoengroen. Anastasia had haar moeders flair voor inrichting geërfd en de hele villa was een eerbetoon aan haar buitengewone smaak en talent.

In de marmeren hal kwam hij haar tegen en zijn adem stokte, zo mooi was ze vanmorgen.

Ze droeg een lichtgroene katoenen zomerjurk met een strapless lijfje met ruches, een grote, crèmekleurige strohoed met op de band een bosje papavers en korenbloemen, en in haar hand had ze een mand met bloemen. Haar goudblonde haar, dat door de zon en de zee lichter dan ooit was, hing bijna tot haar middel. Haar armen en schouders waren goudbruin door de zon, net als haar benen, en haar voeten staken in sandalen.

Ze glimlachte hem toe.

Hij glimlachte terug. En toen stak hij zijn handen naar haar uit, legde een arm om haar middel, trok haar tegen zich aan en hield haar heel stevig vast. Met zijn gezicht in haar hals fluisterde hij: 'Je ziet er vanmorgen erg Pêche Melba-achtig uit, lieve schat.'

Ze lachte en duwde hem zachtjes weg. 'Ik moet de bloemen nog schikken.'

'En ik moet papieren verbranden.'

'Zie ik je bij het zwembad om een baantje te trekken voor de lunch?'

'Beslist,' zei hij en knipoogde.

Ze gingen elk een andere kant uit. Anastasia liep door de gang naar de keuken; Maxim ging naar links en liep snel naar zijn kantoor. Hij was al dagen bezig de papieren in twee grote boodschappentassen te stoppen, en nu raapte hij ze op en nam ze mee naar de achterkant van het huis.

Alix en Michael stonden op hem te wachten en de tuinman had al een vuurtje gemaakt. Ze stonden er met z'n vieren omheen terwijl Michael en Alix de papieren in het vuur gooiden.

'Waarom verbrandt u die, papa?' vroeg Alix plotseling.

'Omdat ze vertrouwelijk zijn,' antwoordde Michael voor Maxim de kans kreeg antwoord te geven.

'Ja, dat weet ik. Maar waarom stopt u ze niet gewoon in de safe, papa?' vroeg ze haar vader.

'Ten eerste zijn het er te veel, *Schatzi*. En ten tweede heb ik ze niet meer nodig. En het is beter ze zo te vernietigen of in de versnipperaar, dan ze te laten rondslingeren.'

'Ik snap het,' zei Alix en voegde eraan toe: 'Omdat u niet wilt dat iemand anders ze ziet of ze in handen krijgt, is dat het?'

'Slimme meid,' zei Maxim en gaf een kneepje in haar blote schouder.

'Ze is het slimste meisje dat ik ken,' kondigde Michael aan, en hij klonk trots. 'Eigenlijk is ze zo slim dat we haar misschien best bij ons in de zaak kunnen nemen, pap.'

'Dat is zeker het overwegen waard,' zei Maxim, en zijn mond vertrok in een ingehouden glimlach omdat hij besefte dat het zijn zoon ernst was. 'Als Alix bij ons in de zaak wil komen, mag dat natuurlijk.'
'Misschien doe ik dat wel,' zei Alix stralend tegen hen beiden, gevleid door het onverwachte compliment van haar broer. 'Maar ik moet er nog even over nadenken. Ik heb nog niet besloten wat voor carrière ik wil.'
Maxim en Michael wisselden een veelbetekenende blik, als mannen onder elkaar, en gingen verder met het verbranden van de papieren.

Later die ochtend, toen hij zijn zakelijke telefoontjes met Londen had afgehandeld, ging Maxim met de kinderen zwemmen in hun zwembad. Hij was dol op hen en hij vond het heerlijk bij hen te zijn, en die gevoelens waren wederzijds; met hun drietjes hadden ze een band die heel bijzonder was.
Toen Anastasia een uurtje voor de lunch naar het zwembad kwam, bleef ze met een tevreden glimlach op de rand staan kijken hoe ze uitgelaten in het water rondspartelden.
'Komt u er niet in, mamma?' riep Alix die naast Michael op en neer stond te springen met een grote rubberbal in haar handen.
'Ja, mams, kom er ook in!' gilde Michael en wenkte haar.
'Ik denk het niet, even niet, lieverdjes,' zei Anastasia en liep naar een van de luie stoelen aan de rand van het zwembad. Ze trok haar badjas uit, gooide die over de rug van de stoel, ging zitten en pakte de *Nice-Matin* die ze ging zitten lezen.
'Voel je je wel lekker, Stassy, lieveling?' vroeg Maxim een paar minuten later toen hij voor haar stond en met een ongeruste frons op haar neerkeek.
'Prima hoor, maar ik heb alleen op dit moment geen zin in watercapriolen.'
Hij plofte neer in de luie stoel naast de hare, strekte zijn lange benen uit, legde zijn handen onder zijn hoofd en staarde naar de helderblauwe lucht. 'Is het geen zalig weer? En is onze vakantie dit jaar niet gewoonweg verrukkelijk geweest?'
'Nou en of,' antwoordde ze en toen ze zich naar hem toe draaide, gaf ze hem een brede en liefdevolle glimlach. Ze dacht: Dank zij jou. De vakantie is verrukkelijk geweest omdat je het

grootste deel van de tijd bij ons bent geweest en niet zo afwezig als de laatste paar jaar. Wat Anastasia betrof, was de hele maand juli buitengewoon geweest. Het was heel lang geleden dat ze zo gelukkig was geweest, eigenlijk voor het eerst sinds Maxim de Allandale Groep had gekocht.

Ze nam de krant op en begon weer te lezen, met een licht hart en in harmonie met zichzelf.

Maxim sloot zijn ogen en genoot van de zonnewarmte op zijn huid. De zon was als een tonic; hij kon er niet genoeg van krijgen, en het enige vervelende aan Engeland was het slechte weer.

In gedachten was hij alweer bezig met de nieuwe firma die hij aan het oprichten was. Die ging hij West International noemen. Het moest een houdstermaatschappij worden voor toekomstige overnamen en aankopen en daarvan had hij er heel wat op stapel staan. Eén firma in het bijzonder, een die hij echt wilde hebben, waar hij achterheen zou zitten.

Hij zou het met één grote klap echt gaan maken.

Het idee alleen al wond hem op zoals niets anders. In zekere zin was zakendoen net een prikkelende liefdesdrank. Dat wist hij maar al te goed en het was iets wat hij niet aan zichzelf kon veranderen. Als Anastasia dat maar kon begrijpen.

Heel even dacht hij eraan haar over de nieuwe firma te vertellen, maar hij schoof dat idee onmiddellijk opzij. Het zou haar niet kunnen schelen, en in ieder geval verveelden zaken haar. Dat was altijd zo geweest. Maar hij vond dat niet erg. Ze had zoveel andere opmerkelijke kwaliteiten, en hij hield zoveel van haar.

'Stassy...'

'Ja, lieverd, wat is er?' Ze keek naar hem en liet de krant zakken.

'Toen ik twee weken geleden voor het laatst in Londen was, ben ik even bij Camper & Nicholsons in Berkeley Street binnengestapt.'

'Echt? O lieverd!' Ze kwam overeind in de luie stoel, zwaaide haar benen over de rand en staarde hem aan. 'Ga je voor de volgende zomer een jacht huren? Zoals je had beloofd?'

Maxim gaf geen antwoord. Hij kwam ook overeind, zwaaide zijn benen naar de grond en ging met zijn gezicht naar haar toe zitten. Er kwam langzaam een brede glimlach op zijn gezicht.

'Vertel het me!' riep ze opgewonden, en greep zijn arm. 'Vooruit, vertel!'
'Ik heb ze opdracht gegeven een jacht te bóuwen. Een prachtig jacht voor mijn prachtige vrouw.'
'O Maxim!'
'Volgens mij beschikken ze over de beste scheepsbouwkundigen, ingenieurs, jachtontwerpers en elektrisch tekenaars ter wereld. Ze zijn al sinds 1782 in bedrijf, dus ze moeten het wel goed doen. In ieder geval zal er eerst een ontwerp worden gemaakt dat jij moet goedkeuren, en als ze dan van mij het groene licht krijgen beginnen ze met de bouw.'
'En wanneer is het dan klaar?'
'Dat duurt een paar jaar. Tweeënhalf, misschien drie. En als het eenmaal klaar is, wil ik graag dat jij het inricht, samen met je moeder, als je wilt tenminste.'
'O, wat zal ze dat leuk vinden, Maxim.'
'Wat ik veel belangrijker vind, is of jíj het leuk vindt, Peachy.'
'Heel erg.'
Hij boog zich naar haar toe, nam haar gezicht tussen zijn handen en kuste haar lippen. Toen sprong hij op, trok haar mee overeind en nam haar mee naar de openluchtbar aan de andere kant van het zwembad.
'Ik ga een fles van mijn beste Roederer Cristal openmaken om op het jacht te drinken.'
'Daar wil ik wel met je op toosten!'
Hij liet Anastasia los en liep om de bar heen.
Ze ging op een kruk zitten terwijl hij de fles champagne uit de koelkast onder de bar pakte en zorgvuldig het metalen draadje lospeuterde.
'Wie komen er vandaag eigenlijk lunchen?' vroeg hij.
'Alleen maar een paar plaatsgenoten,' lachte ze.
'Teddy en Mark, wil ik wedden, en je ouders.'
'Juist. En Yvette en Philippe Arnaud. En Stubby natuurlijk, met zijn laatste verovering op sleeptouw. Hij belde net om me dat te zeggen.'
'Ik wilde dat die ouwe onverlaat eindelijk eens ging trouwen en een geregeld leven ging leiden.'
Anastasia lachte weer. 'Dat wil zijn moeder ook.'
Maxim schonk de Cristal in twee champagneglazen, schoof

Anastasia er een toe en hief zijn glas. 'Op ons jacht, Peachy.'
'Op jóuw jacht, lieveling,' zei ze en gaf hem een verblindende glimlach.

48

Hij noemde het *Beautiful Dreamer*.
Het was een van de prachtigste zeewaardige jachten dat ooit door de beste scheepsarchitecten was ontworpen en op bestelling gebouwd volgens Maxims uitdrukkelijke specificaties door Camper & Nicholsons, de grote Britse jachtwerf.
Het jacht was schitterend gestroomlijnd, het zag er elegant uit en het was geschikt voor alle wereldzeeën; het had een totale lengte van 65 meter en een kruissnelheid van vijftien knopen. Maxim had oorspronkelijk een kleiner, korter jacht willen hebben omdat hij snelheid en wendbaarheid belangrijker vond dan lengte en binnenruimte. Maar hij was weldra gaan beseffen dat veel van het plezier en de aardigheid van het bezitten van een jacht bestond uit het uitnodigen van gasten aan boord om een tijdje met hen te varen.
Met de uitgebreide familie die hij en Anastasia hadden, was een groot aantal luxehutten en slaaphutten absoluut noodzakelijk. Behalve voor Anastasia en hem zelf en hun kinderen had hij gerieflijke onderkomens nodig voor de mensen van wie hij hield en op wie hij gesteld was: Anastasia's ouders, Teddy en Mark en hun kinderen, met wie hij een nauwe band had en die in zeker opzicht zijn broer en zuster waren. Kay, die nu vierentwintig was, werkte voor hem bij West International in Londen, en haar broer David, die tweeëntwintig was, had net zijn opleiding in Oxford voltooid en stond op het punt bij Mark in het diamant- en juweliersbedrijf van de familie te komen. David en Kay hadden altijd naar hem opgekeken en voor Teddy's beide kinderen was hij een soort oudere broer. En dan waren er nog twee andere heel belangrijke mensen in zijn leven met wie hij rekening moest houden en die hij moest incalculeren: zijn geliefde Irina Troubetzkoy en zijn beste vriend, de trouwe en eeuwig toegewijde Stubby.
Toen de *Beautiful Dreamer* klaar was en verscheidene miljoe-

nen ponden had gekost, kon ze twintig mensen huisvesten, plus twintig bemanningsleden.
Het was het summum van luxe. Naast drie luxehutten waren er nog zeven slaapkamers die elk een eigen badkamer hadden, een elegante salon en een grote eetkamer, beide voor officiëlere ontvangsten, een bibliotheek, Maxims studeerkamer, plus een compleet uitgerust communicatiecentrum naast een kantoor voor zijn secretariële staf. Er was een zwembad en het voor- en achterdek waren geschikt voor zwemmen, buitenactiviteiten en zonnebaden, terwijl de zitkamer op het sloependek als speelkamer diende en geschikt was voor informele dineetjes. Voor Maxim was een landingsplaats voor een helikopter absolute noodzaak, en die was dan ook opgenomen in het totale ontwerp van het schip, zodat hij kon komen en gaan wanneer hij maar wilde.
De bouw van de *Beautiful Dreamer* nam bijna drie jaar in beslag, en Anastasia en haar moeder hadden nog een jaar nodig om het schip behoorlijk te meubileren en aan te kleden. Toen hun werk eindelijk was voltooid, was het jacht prachtig, stijlvol en weelderig zonder pretentieus of pompeus te zijn. Lichte kleuren, Frans en Engcls antiek, indrukwekkende kunstvoorwerpen en mooie schilderijen waren overvloedig aanwezig. Tot Maxims intense tevredenheid was het interieur van het jacht comfortabel, zeer charmant en gedistingeerd en buitengewoon smaakvol.
In juli 1974 vond de oplevering plaats, en toen hij het aan een van de beste ligplaatsen in de haven van Monte Carlo afgemeerd zag liggen, werd hij overweldigd door de intrinsieke schoonheid ervan.
Zwijgend van ontzag stond hij het vanaf de kade te bewonderen, samen met Anastasia, Alix en Michael, verbaasd over haar prachtige smalle lijn, haar hoge, gestroomlijnde voorsteven, haar totale elegantie. Het jacht lag helderwit te glanzen in de heldere ochtendzon tegen het glinsterende diepblauw van de zee en wat hem betrof was het het mooiste jacht in de haven van Monte Carlo, ondanks de *Atlantis* van de Griekse scheepsmagnaat Stavros Niarchos.
'Ze was het wachten wel waard, hè, Stassy?' zei hij toen ze de loopplank opliepen.
'Dat was het zeker. In dit schip is heel wat tijd, talent en liefde

gestoken,' antwoordde Anastasia rustig. 'Ik vond het alleen jammer dat het niet klaar was voor je veertigste verjaardag.'
'Ik vind dat we dat maar moeten vergeten,' lachte Maxim toen hij het dek opstapte en zich naar Anastasia omdraaide om haar een hand te geven en haar aan boord te helpen. Samen liepen ze naar voren om de kapitein te begroeten, die hen met de andere bemanningsleden stond op te wachten.
Dat weekend zeilde de *Beautiful Dreamer* langs de Middellandse-Zeekust naar Saint Tropez. Maxim had Margot en Alexander Derevenko en Teddy en Mark uitgenodigd om Anastasia, de kinderen en hem te vergezellen op deze eerste korte trip. Na vier heerlijke dagen op zee keerde het jacht om en zeilde terug naar Monte Carlo, klaar voor het eerste feest dat ze aan boord zouden geven. Dat zou een *souper dansant* zijn voor zeventig gasten, dat zaterdagavond zou plaatsvinden.

Anastasia zette het jacht vol bloemen en versierde het met schitterende feestverlichting; ze huurde het beste trio van de Côte d'Azur, bestelde kisten vol Roederer Cristal-champagne en plande met haar Franse koks een heerlijk menu. En toen ging ze het feest van het seizoen 1974 geven.
Halverwege de avond was iedereen haar al aan het feliciteren om haar te vertellen dat ze twéé grote successen had geboekt: het prachtige jacht en het spectaculaire *souper dansant*.
Anastasia bedankte hen vriendelijk glimlachend en ze bleef de rest van de avond glimlachen, hoewel haar hart bloedde en ze vol pijn en verdriet zat. Het ging helemaal niet goed tussen haar en Maxim; het ging al een paar jaar niet goed. En vooral vanavond had ze het gevoel of ze op de rand van een zenuwinstorting verkeerde, of erger, een of andere lichamelijke inzinking.
Nu stond ze hem van de overkant van de dansvloer scherp in de gaten te houden. Hij danste met Chedlya El Bahl, de jonge Marokkaanse vrouw die David Maines, een vriend van Stubby die tot hun gezelschap was gaan behoren, had meegebracht. Maxim zag er vanavond onwaarschijnlijk knap uit; zijn door de zon gebruinde gezicht, zijn donkere haar en zijn glinsterende donkere ogen staken prachtig af tegen zijn crèmekleurige ruwzijden smokingjasje. Hij keek pratend en lachend neer op Chedlya en luisterde aandachtig naar elk woord dat ze te zeggen had.

Hij heeft voor iedereen tijd, behalve voor mij, dacht Anastasia bitter. Hij charmeert en verblindt de hele wereld met zijn uitstraling, zijn macht en zijn immense rijkdom. Toen we naar Saint Tropez voeren, had hij zelfs meer aandacht voor mijn vader dan voor mij. Hij had me in ieder geval weinig te vertellen, alleen als hij op zijn aanmatigende manier orders gaf. Duke Maximilian, zeg dat wel!
Ze beet op haar lip en knipperde snel met haar ogen toen ze zag hoe hij zich over Chedlya boog en haar iets influisterde. De jonge vrouw lachte sprankelend en keek glimlachend naar hem op. Hij heeft altijd al iets hypnotiserends gehad, dacht Anastasia verdrietig, iets verleidelijks. De meeste mensen raken in zijn ban. Tot haar ontsteltenis merkte ze dat Maxim en Chedlya plotseling veel dichter bij elkaar leken te dansen, of ze aan elkaar vastgekleefd zaten. Ze had het gevoel of er een scherp mes door haar heen ging en ze onderging een snelle steek van absoluut verblindende jaloezie. Het was een emotie die ze maar al te goed had leren kennen.
Anastasia had tegenwoordig geen rustig moment meer. Het lege gevoel van pijn diep in haar zat er altijd; ze was eenzaam en neerslachtig en ze was zich er terdege van bewust dat die gevoelens werden veroorzaakt door Maxims levensstijl en zijn gedrag. Hij was voortdurend afwezig, eigenlijk meer dan ooit tevoren, altijd onderweg, altijd in een vliegtuig, Londen en Parijs in en uit, op een holletje naar New York of Los Angeles of God wist waarheen. Omdat hij steeds zo lang bij haar weg was, vond ze het steeds moeilijker te geloven dat hij geen avontuurtjes had, dat hij niet ergens een relatie had met een vrouw. Oppervlakkige seksuele ontmoetingen waren tegenwoordig als regel waarschijnlijk een deel van zijn leven, veronderstelde ze, terwijl zij zat te wachten. Zat te wachten tot hij thuiskwam wanneer hem dat schikte.
Ze vond dat ze de laatste paar jaar heel wat had zitten wachten. Wachten op Maxim. Wachten op het jacht dat werd gebouwd. Wachten tot de inrichting werd geleverd... de antiquiteiten, de kunstvoorwerpen, de stoffen, het tapijt, alle attributen die nodig waren om het drijvende paleisje te creëren dat hij wilde hebben. Wachten, altijd maar wachten. En tobben. Ze zat zich dood te tobben.

Ze dacht terug aan de zomer van 1970 toen ze in Parijs dat openhartige gesprek met haar moeder had gehad, waarna ze een heerlijke vakantie met Maxim en de kinderen in de villa in Beaulieu had doorgebracht. Dat was idyllisch geweest. Aan het eind van de zomer was ze op advies van haar moeder begonnen hem op zijn reizen te vergezellen. Aanvankelijk had dat gewerkt, maar uiteindelijk had ze het onmogelijk kunnen volhouden. Zijn schema, het hele karakter van zijn gesjacher in de zakenwereld aan de top had een zekere onvoorspelbaarheid. Soms kwamen ze in New York om er maar een paar dagen te blijven, hoewel hun verblijf er veel langer had zullen zijn. Onverwacht moesten ze dan weer linea recta naar Londen terugvliegen. Voor zaken. Of ze moesten naar een andere stad in de Verenigde Staten. Of naar Hongkong. Of naar Australië. Of een of andere uithoek in de wereld waar hij een transactie moest afsluiten. Ze deelde Maxims voorliefde voor vliegtuigen niet, noch zijn immens en onvermoeibaar uithoudingsvermogen. De inspannende dagelijkse procedure vermoeide haar, putte haar weldra uit en ging uiteindelijk ten koste van haar gezondheid, zodat ze ermee moest stoppen.
Er werden nog andere eisen aan haar gesteld die haar aanwezigheid in Engeland en Frankrijk noodzakelijk maakten. Het huishouden van het grote huis in Mayfair en de villa in Beaulieu moest bestierd worden; in deze huizen deed zich voortdurend een verscheidenheid aan problemen voor met het personeel die uit de wereld moest worden geholpen; en in de vakanties waren er de kinderen voor wie gezorgd moest worden.
Na een jaar had ze ermee moeten stoppen zijn reisgezellin te zijn. Het was haar te veel geworden. En voordat ze toen zelfs maar een kans had gekregen om even op adem te komen, was er het jacht dat aangepakt moest worden. Er waren talloze details die hun aandacht vroegen en die ze zelf had moeten uitpluizen omdat Maxim altijd maar weg was, naar vergaderingen van raden van bestuur ergens ter wereld.
Onvermijdelijk werden de periodes die ze gescheiden waren langer en gingen er weken voorbij zonder dat ze elkaar zagen. Vaak werden de weken maanden. Ze had tegenwoordig geluk als ze hem de helft van het jaar zag.
Ik ben hem aan het verliezen, dacht Anastasia en ze was plotseling vreselijk bang.

Toen ze haar blik weer op haar man richtte, de man die ze boven alles liefhad, zag ze dat hij het Marokkaanse meisje nog steeds in zijn armen hield. Terwijl ze hen intens bleef observeren, draaide haar hart om in haar lijf. Ze voelde dat ze begon te trillen van woede en jaloezie, en ze moest zich enorm beheersen om haar emoties in bedwang te houden. *Bij jaloezie is meer sprake van eigenliefde dan van liefde*, hield ze zich voor toen ze aan die zin van La Rochefoucauld dacht.
In een flits van helderheid en ware objectiviteit dacht ze: Maxim heeft het soort biologerende charme en fabelachtig uiterlijk dat vrouwen onweerstaanbaar, fataal aantrekt. Zonder dat hij iets doet om hen aan te moedigen, storten zij zich op hèm. En welke man kan weerstand bieden aan dat soort verleiding?
En ik wil wedden dat hij dat niet doet, voegde ze er binnensmonds aan toe, nog steeds niet in staat haar ogen van hem en het Marokkaanse meisje, aan wie ze nu een hekel begon te krijgen, los te rukken.
Maxim kreeg haar in het oog en lachte haar toe, maar Anastasia wendde snel haar blik af en deed net of ze het niet had gezien.
Ze draaide zich om en begon weg te lopen van de dansvloer, inwendig kokend, hevig jaloers en haar boosheid opschroevend tot werkelijke woede.
David Maines stevende op haar af en ze kon haar koers onmogelijk naar links of rechts verleggen, tenminste niet zonder deze alleraardigste man voor het hoofd te stoten. Als scenarioschrijver, en nu als succesvol romanschrijver, was hij al jaren een kennis van haar vader en hij had altijd deel uitgemaakt van de filmkliek in Parijs en Londen. Een tijdje geleden had Stubby hem opgepikt en David was al een jaar of vijf hun leven in en uit gedobberd. Hij scheen altijd in Zuid-Frankrijk te zijn als zij er ook waren en dikwijls at, feestte of speelde hij tennis met hem. Twee jaar geleden waren ze bij hem te gast geweest in zijn prachtige villa op een heuvel in Tanger waar ze een lang weekend bij hem hadden doorgebracht. Voor de komst van Chedlya.
David bleef voor haar staan, boog galant en zei: ‘Mijn vriendin Chedlya schijnt je echtgenoot in beslag te hebben genomen, dus denk ik dat het niet meer dan eerlijk is dat ik hetzelfde met jou doe. Kom alsjeblieft met me dansen, Anastasia.’
‘O, maar ik kan niet…’ begon ze, maar toen besefte ze dat ze als

gastvrouw niet onbeleefd tegen een van haar gasten kon zijn en dacht aan haar manieren. 'Graag, David,' zei ze.

Hij leidde haar naar de dansvloer en toen ze zich op de maat bewogen, complimenteerde hij haar met het geweldige feest. 'Wat het jacht betreft, dat is de belichaming van schoonheid en perfecte smaak,' merkte David op.

'Dank je. Maar het feest was een stuk gemakkelijker in elkaar te draaien dan het jacht.' Ze dwong zich tot een glimlach en voegde eraan toe: 'Weet je, de meeste eer komt mijn moeder toe, ze is een enorm getalenteerde binnenhuisarchitecte.'

'Maar dat ben jij ook,' zei David, en keek glimlachend op haar neer met ogen vol bewondering. Behalve dat ze artistieke eigenschappen had, straalde ze ook schoonheid uit en hij vond Maximilian West maar een gelukkig man dat hij deze buitengewone vrouw als echtgenote had.

'En ik had me niet gerealiseerd dat je ook schilderde,' merkte David op terwijl ze over de vloer gleden. 'Eerder vanavond was ik helemaal weg van de waterverfschilderijen in de grote salon, en toen zei Stubby dat jij die had gemaakt.'

'Jaren geleden. Ik rommel maar wat aan,' mompelde ze afwijzend terwijl ze over zijn schouder keek en met haar ogen de dansvloer afzocht naar Maxim. Hij leek verdwenen te zijn.

'Als je dat aanrommelen noemt, mag je wat mij betreft aanrommelen wanneer je maar wilt,' zei de schrijver. 'Hoor eens, Anastasia, als je ooit een tentoonstelling geeft of als een van je schilderijen ooit te koop is, laat me dat dan vooral weten. Ik zou er graag een paar kopen voor het huis in Tanger.'

'Wat aardig van je, David,' zei ze verstrooid, en vroeg zich af waar Maxim met Davids vriendin was gebleven. 'Maar ik schilder niet zo vaak, het is niet eens een hobby van me.' Ze snakte ernaar te ontsnappen. Haar hart was gaan bonzen en ze was over haar toeren; haar gezicht stond gespannen, haar ogen paniekerig. Had Maxim het meisje ergens mee naar toe genomen om alleen met haar te zijn? Om met haar te vrijen?

Ze zei wat kortaf: 'David, zou je het heel erg vinden als we nu ophielden met dansen? Ik herinner me net iets wat ik meteen met de chef moet bespreken.'

'Natuurlijk niet, en dank je,' zei hij, en bracht haar onmiddellijk van de dansvloer af. 'Ah, daar is Chedlya. Kennelijk naar me op zoek, daar twijfel ik niet aan. Tot ziens, liefje.'

Anastasia gaf hem een weifelend glimlachje, excuseerde zich en liep snel weg; ze wilde dat haar hart niet zo hard bonsde. Uit een ooghoek zag ze Maxim aan de bar hangen met haar vader en Stubby; ze stonden te bulderen van het lachen om een of ander grapje, en ze voelde een vlaag van opluchting. Niettemin, omdat ze David Maines had gezegd dat ze een van de chefs moest spreken, kon ze hier onmogelijk blijven hangen.

Ze ontweek de bar en haar moeder en Irina die allebei stonden te wuiven om haar aandacht te trekken, en vloog het bovendek over naar hun luxehut waar ze direct de badkamer inliep. Ze stond zo te trillen dat ze de deur haast niet op slot kon krijgen. Toen haar dat gelukt was, strompelde ze naar de spiegel en bekeek zichzelf.

Helaas zag ze haar eigen schoonheid niet, alleen de paniek in haar ogen, haar grimmige mond en haar gespannen gelaatsuitdrukking, de transpiratiedruppeltjes op haar gezicht en in haar hals. Heel eerlijk gezegd was Anastasia op haar drieëndertigste knapper dan ooit. Ze droeg vanavond een strapless japon van witte chiffon ontworpen door madame Grès, en een schitterend diamanten collier dat Maxim haar pas had gegeven. Zowel de japon als het collier stak prachtig af tegen haar goudbruine huid; haar blonde haar was in een massa krulletjes boven op haar hoofd vastgezet en ze had die avond iets ongrijpbaars dat adembenemend was.

Maar omdat ze zo verblind was door jaloezie, bezitterigheid, woede en pijn zag ze niets zoals het werkelijk was. Ze kon er alleen maar aan denken dat Maxim haar verwaarloosde, aan zijn lange periodes van afwezigheid, aan zijn betrokkenheid met zijn bedrijf en aan zijn afstandelijke houding ten opzichte van haar welzijn die ze op z'n zachtst gezegd onhoffelijk vond.

Ik houd te veel van hem, dacht ze. Hij is mijn hele bestaan, maar ik ben slechts een deel van het zijne, maar een fractie eigenlijk, en dat is het voornaamste probleem. Haar grijsblauwe ogen sprongen vol tranen; ze deed erg haar best om ze terug te dringen en tuurde nog eens naar haar eigen spiegelbeeld. Misschien mankeert er iets aan mij. Niet misschien, er mankeert me iets. Ik bezwijm van liefde. Voor hem. Ze herinnerde zich die andere woorden uit de bijbel: Mijn geliefde behoort míj toe en ik hèm.

Behalve dat hij mij niet meer toebehoort, niet meer, dacht ze. Zelfs hoewel ik hem toebehoor en voor altijd de zijne zal zijn.
O, waarom kon hij niet gewoon een normaal mens zijn? Waarom moest hij een zakelijk genie zijn, deze briljante magnaat met zoveel visie en flair? Een diepe zucht ontsnapte Anastasia en de tranen rolden langzaam over haar wangen. Ze wilde dat hun huwelijk weer was als in het begin. Ze wilde hem helemaal. Maar dat was onmogelijk omdat Maxim zich niet helemaal aan haar kon geven.
Ze dacht: Zo kan ik niet verder. Ik moet iets doen. Ik houd de pijn van mijn liefde voor hem niet meer uit.
Toen dacht ze aan haar gasten en ze knapte zich zo goed mogelijk op. Ze gooide een handdoek over de wastafel, pakte een tissue en depte haar ogen voor ze haastig hun hut in liep.
Daar ging ze aan de kaptafel zitten, bracht nieuwe make-up aan en lippenstift, deed een beetje parfum op en duwde een krulletje terug. Toen ze opstond haalde ze heel diep adem, verzamelde al haar waardigheid en ging terug naar het feest en naar haar gasten.

'Gefeliciteerd, Peachy,' zei Maxim een paar uur later. Hij trok zijn crèmekleurige smokingjasje uit en hing het over een stoelleuning.
Anastasia stond aan de andere kant van de luxehut. Ze draaide zich langzaam om en staarde naar hem. Ze had hem zo lief, ze verlangde zo naar hem. Maar het mocht niet zo zijn. Ze was hem aan het verliezen. Net zoals ze vijftien jaar geleden had geweten dat het hun lot was bij elkaar te zijn, wist ze nu dat het hun lot was uit elkaar te gaan. *Que sera sera*... wat moet dat móet.
Ze had al die vrouwen die hem de hele avond lastigvielen, die hem probeerden te versieren en die hem uitdagend kusten toen ze aan het eind van de avond weggingen, niet kunnen uitstaan. Ze haatte hen stuk voor stuk.
Ze werd er misselijk van en dacht dat haar benen het onder haar zouden begeven.
Maxim deed zijn strikje af, liet het op het kastje vallen en maakte het bovenste knoopje van zijn overhemd los, maar bleef naar haar kijken. Hij lachte zijn charmante scheve lachje. 'Het feest was een spectaculair succes, het jacht is het einde en het dia-

manten collier staat je geweldig,' zei hij, en lachte nogmaals.
Ze voelde hoe er iets in haar knapte en versplinterde en ze stak haar hand uit en hield zich vast aan een stoelleuning. 'Dat is alles wat ik tegenwoordig nog voor je beteken, hè? De organisatrice van je feesten, de inrichter van je huizen, de draagster van je diamanten!' riep ze kil.
Maxim stond perplex.
Hij kon haar alleen maar nietszeggend aanstaren, geschrokken door haar ongewone woorden, haar vreemd ijzige stem. Maar hij herstelde zich snel en zei: 'Je bent ook de ontvangster van mijn liefde, Stassy.'
'Ontvangster van je liefde! Wat een mop. Ik en nog hoeveel anderen?'
'Wat bedoel je in godsnaam?' vroeg hij op een totaal andere toon. Hij keek haar doordringend aan, en zijn verbijstering maakte plaats voor ergernis.
'O zeg, ga nou niet de beledigde onschuld spelen. Ik weet dat je affaires met andere vrouwen hebt.'
'Die heb ik helemaal niet!' ontplofte hij, woedend door haar oneerlijke beschuldiging.
'Je verwacht toch niet van me dat ik geloof dat een hartstochtelijk, zeer lichamelijk ingesteld man als jij geen avontuurtjes heeft als hij van huis is, wel? Ik ken je heel goed, Maxim, en seks is altijd heel belangrijk voor je geweest. Heel noodzakelijk zou ik zeggen.'
'Als je me ervan wilt beschuldigen dat ik achter vrouwen aanzit, dan ken je me helemaal niet!' schreeuwde hij met stemverheffing terug. 'Er zijn geen andere vrouwen in mijn leven en die zijn er ook nooit geweest. Ik ben je altijd trouw gebleven!'
'En Camilla Galland dan, Gods grootste gave aan het Engelse toneel?' kaatste ze op bijtende toon terug.
'Camilla Galland,' sputterde hij en hij lachte ongelovig. 'Wat een idiote veronderstelling. Dat meen je niet.'
'Zeker wel. Afgezien van het feit dat ik je al jaren met haar heb gezien, hebben ook anderen jullie samen gezien.'
'Je hebt me met haar gezien?' hijgde hij. 'Wanneer dan?'
'Als je het precies weten wilt, dit voorjaar, toen jullie het Ritz ingingen. En een paar jaar geleden, toen jullie het Claridge's ingingen. Je schijnt met die dame nogal wat af te lunchen. Om het

over de diners in New York nog maar niet te hebben. Je bent gezien, weet je, dus ontken het maar niet.'
'Ik was helemaal niet van plan het te ontkennen, Anastasia. Waarom zou ik? Camilla en ik zijn vrienden, al jaren. Dat is geen geheim. In Londen heb ik met haar geluncht, en we voeren wel eens een telefoongesprek, dat weet je best. En in New York heb ik met haar gedineerd, ja, toen ze met een stuk op Broadway stond. Ik geef haar al jaren af en toe advies over haar investeringen. En trouwens, wat die dineetjes in New York betreft, daar was haar man altijd bij. Voor het geval je dat vergeten was, Camilla is vijf jaar geleden in het huwelijk getreden met Peter Jarvis. En ze is nog steeds heel stevig met hem getrouwd.'
'De echtgenoot is meestal de laatste die iets te weten komt van de slippertjes! Net als de vrouwen trouwens. Denk maar niet dat je mij voor de gek kunt houden door me haar huwelijk onder de neus te wrijven, want dat lukt je niet.'
Maxim was nu zo kwaad dat hij een stap naar haar toe deed en schreeuwde: 'Vraag het Stubby maar. Loop nú de gang door naar zijn hut en vraag het hem, verdomme. Hij zal je vertellen dat ik haar advies geef over haar investeringen. Tenslotte was hij degene die dat heeft voorgesteld.'
'Vraag het Stùbby maar!' riep ze, en haar stem droop van sarcasme. 'Wel, wel, dat is de mop van de eeuw. Vraag het Stùbby maar, op je hóófd. Doe niet zo belachelijk, Maxim. Stubby zal alles zeggen om jou te beschermen. Hij zou zijn eigen moeder verkopen om jou te beschermen. Wel verdraaid, Stubby denkt dat jij God bent.'
'Waar heb je het in godsnaam over?' wilde Maxim weten, die over zijn toeren was omdat hij echt niet begreep waarom ze zo tegen hem tekeerging. Onder zijn bruine kleur was zijn gezicht bleek geworden en hij had kippevel van woede. 'Hoe komen we hierop, Anastasia, na de heerlijke tijd die we samen hebben gehad? En dat verrukkelijke feest vanavond?'
'Jij mag het feest dan verrukkelijk hebben gevonden, maar ik niet. Ik werd in de steek gelaten terwijl jij Chedlya en elke andere vrouw die er maar was naar de ogen keek.'
'Gedraag je niet zo onzinnig. Ik heb maar één keer met Chedlya gedanst. En ik was de gastheer, weet je nog? Ik moest wel met de dames dansen.'

Anastasia's gezicht vertrok plotseling tot een lelijke grimas die haar schoonheid volledig wegvaagde.
Hij hield zijn adem in omdat hij haar nauwelijks herkende. Het leek wel of ze een masker droeg.
Ze riep: 'Het gaat niet goed meer tussen ons, Maxim! Je bent altijd weg. Ik maak geen deel uit van je leven. Je sluit me al jaren buiten.' Toen haar opgekropte woede loskwam, begon ze ongecontroleerd te trillen en moest ze zich aan de achterkant van de stoel vasthouden om zich staande te houden.
'Ik heb je nooit buitengesloten!' protesteerde hij met een woedend gezicht. 'Mijn zaken interesseren je geen barst, daarom praat ik er met jou niet over. Dat verveelt je. Altijd al. Ik doe mijn uiterste best om zo vaak mogelijk bij je te zijn. Je wilt niet mee op reis omdat je het tempo niet kunt bijhouden, omdat het je uitput. Wat wil je dan in godsnaam van me?'
Ze gaf geen antwoord.
'Je weet toch dat ik van je houd, Stassy,' zei hij en zijn stem en houding werden zachter toen hij naar haar toe liep. 'Jij bent de enige van wie ik ooit heb gehouden. Jij bent de enige die ik ooit heb gewild. Ik probeer je dat op alle mogelijke manieren duidelijk te maken. Je wilde al jaren zo graag een jacht, dus heb ik er een voor je laten bouwen. Ik heb het *Beautiful Dreamer* genoemd omdat jij dat altijd voor mij bent geweest... mijn mooie droomstertje,' mompelde hij verzoenend, met een liefdevolle glimlach.
'Ik wil je jacht niet!' schreeuwde ze. 'Ik wil je diamanten niet!' Buiten zichzelf trok ze de sluiting los, rukte het collier af en gooide het op het bed. 'Ik wil het niet hebben, hoor je!'
Maxim kromp ineen en deinsde achteruit, haar woorden deden hem naar adem snakken.
Hij had het gevoel of ze hem in zijn maag had getrapt en er ging een afschuwelijke kilte door hem heen. Hij had er geen flauw idee van waar deze ruzie over ging, hoe die was begonnen. Hij wist alleen dat hij op dit moment frisse lucht nodig had; hij had het gevoel dat hij moest overgeven.
Zonder een woord te zeggen draaide hij zich om, liep de hut uit en sloeg de deur met een klap achter zich dicht.
'Ik wil alleen jou maar, Maxim! Dat bedoelde ik! Ik wil alleen jou maar! Materiële zaken kunnen me niet schelen!' riep ze hem na terwijl ze naar de deur staarde. Maar hij kwam niet terug. Ze

liet zich op het bed vallen en begon te snikken terwijl ze steeds maar weer herhaalde: 'Ik wil jou alleen maar, lieveling, ik wil alleen maar jou.'
Maxim hoorde het niet.

49

Maxim liep het dek over. Het was leeg. Iedereen was naar bed. Hij stapte naar de reling en leunde ertegenaan terwijl hij stond uit te kijken over de donkere zee en de duistere horizon en met diepe teugen de lucht indronk in een poging zijn trillende ledematen tot bedaren te brengen. Hij voelde zich uit zijn evenwicht gebracht, misselijk door wat ze had gezegd.
Anastasia had hem zoveel pijn gedaan dat hij het nauwelijks kon verdragen. De beschuldigingen die ze hem naar het hoofd had geslingerd, waren zo belachelijk dat ze lachwekkend waren. Maar daar kon hij mee omgaan. Wat hem vreselijk had gestoken, wat als een klap was aangekomen die hem pijn had gedaan, was de manier waarop ze het collier op het bed had gesmeten en had geschreeuwd dat ze het niet wilde hebben.
Dat diamanten collier was iets buitengewoons en had een klein fortuin gekost. Dat vond hij niet belangrijk, maar wat hij wel enorm belangrijk vond, was de liefde die hij erin had gestoken. Hij was naar Mark gegaan en had hem gevraagd iets echt unieks voor haar te maken, en Marks meest begaafde ontwerper bij Tannen and Graf had een prachtig ontwerp gemaakt. Toen had Mark meer dan een jaar de hele wereld afgezocht naar onberispelijke blauwwitte stenen. Maxim had voor Anastasia perfecte diamanten in een perfect collier gewild omdat hij zoveel van haar hield, en Mark had dat begrepen en was een meesterwerk gaan maken.
Terwijl het collier werd gemaakt, was hij wanneer hij maar kon naar Marks gerenommeerde juwelierszaak in Regent Street gegaan om de edelsmid aan het werk te zien, om te zien hoe de stenen werden gezet in een ingewikkeld gazen web van wit goud. Hij had zich nauwelijks kunnen beheersen tot het klaar was, tot hij het eindelijk aan Anastasia kon aanbieden en kon zien hoe het sieraad haar schoonheid nog verhoogde.

Hij had het haar gegeven nadat ze onlangs voor de eerste keer aan boord van het jacht waren gegaan en langs de kust naar Saint Tropez waren gevaren. Het had haar verrukkelijk gestaan en ze was er ontroerd door geweest, tenminste dat dacht hij. Maar nog slechts een paar minuten geleden had ze het naar zijn hoofd gesmeten. Hij wist wel dat dat niet veel te betekenen had. Het was een gebaar van woede geweest; ze was kwaad op hem, dat besefte hij terdege. Wat hij niet begreep, was de reden waaròm ze zo kwaad op hem was, wat de reden ervan was.

Zacht zuchtend liep Maxim naar de bar en schonk zichzelf een glas water in dat hij meenam naar de reling waar hij het opdronk en probeerde zijn bezorgde gedachten op een rijtje te zetten. Afgezien van haar woede had hij te maken met haar beledigende en ongefundeerde beschuldigingen. Hij kon zich niet voorstellen waardoor haar vreemde uitbarsting was veroorzaakt of wat haar ertoe had gebracht die uitspraken te doen.

Ze hadden in het verleden wel meer geruzied, zoals de meeste getrouwde paren, maar nooit zo erg als nu. Ze was nog nooit zo hysterisch, zo... zo... rédeloos geweest. Haar gedrag paste helemaal niet bij haar. Ze was normaal een beheerste, rustige, evenwichtige jonge vrouw.

Ze is oververmoeid, dacht hij, uitgeput na al het werk dat ze het afgelopen jaar aan het jacht heeft gedaan. Het was inderdaad een slopende taak geweest, zelfs met de hulp van haar moeder. Wat Anastasia nu nodig heeft is absolute rust, ontspanning, mijn gezelschap en mijn liefde. Ja, ze heeft het nodig dat ik bij haar ben om voor haar te zorgen. Ze is eigenlijk nogal teer, mijn mooie droomstertje.

Maxim was opeens blij dat hij van plan was een cruise naar de Griekse eilanden te maken, als verrassing voor haar. Ze zouden over een paar dagen vertrekken en dan ongeveer drie weken in de Egeïsche Zee rondvaren. Dat zou hen beiden goed doen en met een beetje geluk werd het misschien net zo idyllisch als de vakantie die ze vier jaar geleden hadden gehad. Die zomer in de villa was zo subliem geweest dat hij hem nooit was vergeten.

Als de cruise eenmaal voorbij was, zou hij proberen zijn leven anders in te richten zodat ze meer tijd samen zouden kunnen doorbrengen. Dat was hij toch al van plan geweest; als het in zijn vermogen lag, wilde hij haar echt graag gelukkig maken.

Het was een warme nacht en Maxim bleef nog verscheidene uren aan dek terwijl hij probeerde de zaken in zijn hoofd duidelijk op een rijtje te zetten en plannen voor hun toekomst te maken.
Toen hij ten slotte in hun hut terugkwam, sliep Anastasia als een roos.
Hij was opgelucht dat ze sliep, want hij er had niet bepaald naar uitgekeken nog eens ruzie met haar te maken. Hij sloop zachtjes zijn kleedkamer in, deed zijn kleren uit en maakte zich klaar voor de nacht met de geruststellende gedachte dat morgen, na een goede nachtrust, zijn vrouw wel weer in haar normale doen zou zijn.
Tijdens het ontbijt zou hij haar dan over de cruise naar de Griekse eilanden vertellen. Hij wist dat ze dat leuk zou vinden, en hij verheugde zich er zelf ook op.

'Papa! Papa! Wakker worden! Wakker worden!' riep Alix terwijl ze zijn arm met haar vuisten bewerkte.
Maxim ging met een schok rechtop in bed zitten en staarde naar zijn dochter die met haar broertje naast zijn bed stond.
'Wat is er aan de hand?' vroeg hij, en hij zag direct hoe opgewonden ze waren. 'Wat is er?'
'Mama is net weggegaan. Ze gaat naar het vliegveld van Nice,' kondigde Michael aan terwijl hij zijn hoofd omdraaide en naar de patrijspoort wees. 'Ze gaat nu met de helikopter weg, pap.'
Terwijl Michael dat zei hoorde Maxim het lawaai van de wieken toen de heli even boven het jacht bleef hangen. Hij gooide het laken van zich af, sprong uit bed, rende de kamer door en keek uit de patrijspoort. Tot zijn ontsteltenis zag hij zijn helikopter opstijgen en tegen de zonnig blauwe morgenhemel verdwijnen.
'Ze gaat terug naar Londen, pap,' vertelde Alix hem terwijl ze naar Maxim holde en zijn arm greep. 'Ze huilde vanochtend,' ging Alix met onvaste stem verder; ze snikte onderdrukt en de tranen sprongen haar in de ogen. 'U gaat toch niet scheiden, papa? Michael en ik willen niet dat u en mama gaan scheiden hoor!'
Maxim was als door de bliksem getroffen en riep: 'Natuurlijk gaan we niet scheiden! Doe niet zo raar, *Schatzi*!' Hij boog zich voorover, knuffelde haar en wenkte Michael. Zijn twaalfjarige

zoon rende naar hem toe en hij omarmde hem, en met zijn drieën hielden ze elkaar vast. Hij was dol op zijn kinderen en het verscheurde hem dat ze verdrietig en in de war waren door Anastasia's daden en haar plotselinge dramatische vertrek.
Ten slotte stond hij op, liet zijn kinderen los uit zijn stevige omhelzing en zei: 'Alles komt in orde. Ik wil niet dat jullie je ergens zorgen over maken. Begrepen?'
'Ja,' zei Alix. 'Maar waarom is mama dan weggegaan?'
'Ik zou het eerlijk niet weten,' antwoordde Maxim naar waarheid. 'En hoepel nu op, jullie tweeën, zodat ik kan douchen en me kan scheren en aankleden.'
Michael zei: 'Wat gaat u doen, pap?'
'Ik ga mama terughalen. Ik houd heel veel van haar. Dus dat ga ik doen.'

'Laat mij in godsnaam rijden, Duke,' riep Stubby. 'Als je niet oppast, liggen Margots Rolls èn wij dadelijk in de plomp. Niet zo hàrd!'
Maxim haalde zijn voet van het gaspedaal van de nieuwe Rolls Royce van zijn schoonmoeder die hij had geleend, en ging wat langzamer rijden. 'Je hebt gelijk, Stubby. Ik weet niet waarom ik zo aan het racen ben. Tegen de tijd dat we op het vliegveld van Nice aankomen, is Anastasia's vliegtuig toch al weg. Als Margot er niet een voor me heeft kunnen charteren, zal ik op de volgende commerciële vlucht moeten wachten.'
'Ik weet zeker dat Margot, hoewel het zondag is, erin zal slagen een privé-vliegtuig voor je te versieren tegen de tijd dat we op het vliegveld zijn,' zei Stubby geruststellend. 'Als je in Londen komt, is Anastasia in ieder geval wel afgekoeld, dat kan ik je verzekeren. Je weet hoe vrouwen zijn. Schichtig als volbloedpaarden.'
'Ik hoop dat ze meer zichzelf is,' mompelde Maxim. 'Alleen God weet hoe dit zo is gekomen. Ik heb er nog steeds geen flauw idee van waar die ruzie over ging. Ik snap het echt niet.'
'Ze heeft vreselijk haar best gedaan om het jacht voor je verjaardag in juni klaar te krijgen, en hoewel het haar niet is gelukt en het te laat was, heeft ze verdraaid hard gewerkt. Misschien kon ze niet meer tegen de druk en de spanning,' suggereerde Stubby. 'Ze is waarschijnlijk uitgeput, weet je.'

'Daar heb ik zelf ook al aan gedacht.' Maxim greep het stuur steviger vast en vertrouwde hem toe: 'Stassy beschuldigde me er nota bene van dat ik een verhouding heb met Camilla Galland.'
Er viel een korte stilte, toen zei Stubby: 'Dat heb je toch niet, hè?'
'Ach, ga weg, Stubby, doe niet zo idioot! Natuurlijk niet. Dat zou jij toch moeten weten.'
'Wat ik wèl weet, is dat Camilla al jaren absoluut weg van je is. Om het precies te zeggen: ze geilt op je, ondanks twee echtgenoten.'
Maxim wierp hem zijdelings een snelle blik toe en snoof ongelovig. 'Dat is het onzinnigste wat ik ooit heb gehoord!'
'Je kunt me heus geloven. Een knipoog en ze valt voor je.'
'Je hebt het mis, helemaal mis. In ieder geval ben ik beslist niet in Camilla geïnteresseerd en dat ben ik ook nooit geweest.'
Stubby zweeg. Even later zei hij: 'Je denkt toch niet dat Anastasia praatjes over je heeft gehoord, hè?'
'Praatjes? Wat bedoel je in 's hemelsnaam?'
'Nou ja, praatjes over jou en andere vrouwen.'
'Wat voor andere vrouwen?'
'Met wie je affaires hebt gehad.'
'In mijn hele huwelijk heb ik alleen maar een paar kleine slippertjes gemaakt,' beet Maxim hem toe. 'Dat kun je nauwelijks affaires noemen!'
'Dat met Sally Batterson was meer dan een slippertje, Duke. Ik herinner me haar nog heel goed, omdat ik toen bij je in New York was.'
'Dat duurde drie hele weken. Het was een làng slippertje, dat is alles. Dat had toch niets te betekenen. En Stubby, beste vriend, jij bent de enige die er ooit iets van hebt afgeweten.'
'Behalve de dame in kwestie.'
Maxim wierp hem een snelle, vernietigende blik toe en zweeg.
'Sally wist het,' bracht Stubby hem onder ogen.
'Zíj zal het heus niet hebben rondverteld.'
'Hoe weet je dat? Sommige vrouwen vinden het leuk om op te scheppen... over hun veroveringen. En laten we eerlijk zijn, je bent het waard om over op te scheppen.'
'Geloof me nou maar, Sally heeft nooit iemand iets over onze korte flirt verteld. Ze was toen al verloofd, hoewel ik dat pas een

paar maanden later hoorde. Toen ik een uitnodiging kreeg voor het huwelijk.'
Stubby lachte cynisch. 'Wat zijn vrouwen soms toch koelbloedige wezens, vind je niet?'
Maxim concentreerde zich op het verkeer voor zich omdat hij moest afremmen toen ze bij een bocht in de kustweg kwamen, de weg die parallel aan zee liep. Toen hij weer een recht stuk weg voor zich had, schoot Margots Rolls weer vooruit, omdat hij haast had op het vliegveld te komen. 'Nee, Anastasia kan beslist geen praatjes over me hebben gehoord, gewoonweg omdat die er niet zijn,' merkte Maxim even later op. 'Ik leid al heel lang een onschuldig leven. Goed beschouwd heb ik eigenlijk altijd een onschuldig leven geleid.' Hij lachte hol. 'Ik besef dat er mensen zijn die me afschilderen als playboy, een kruising tussen Porfirio Rubirosa en Aly Khan, maar niets is minder waar.'
'God hebbe hun ziel,' mompelde Stubby. 'Ze stierven allebei jong, maar o, wat hebben die een leventje gehad!' Hij zuchtte en ging even later verder: 'Ik weet dat je geen rokkenjager bent, je hoeft mij niet te overtuigen van je trouw aan Anastasia. Ik ben er getuige van geweest en je bent een zeer toegewijde echtgenoot en vader. Hemel, het spijt me dat ik je ooit heb gevraagd Camilla te helpen haar investeringen te regelen. Want die bespottelijke echtgenoot van haar maakte er alleen maar een grotere rotzooi van dan het al was.' Stubby fronste. 'Hoe kwam Anastasia er trouwens bij zich zo gretig op dat arme oude Camisooltje te storten?'
'Kennelijk heeft ze me in het voorjaar een keer met Camilla het Ritz in zien gaan. We hadden daar een lunchafspraak met haar accountant. En ik heb begrepen dat een of andere aardige vriend Stassy heeft verteld dat ik in New York ben gezien toen ik daar met Camilla dineerde.' Maxim schudde zijn hoofd en hij trok een grimas. 'Wie die ellendeling ook is geweest, hij vergat wel te vertellen dat Camilla's man er ook bij was.'
Stubby kreunde. 'Zo zie je maar weer hoe voorzichtig je moet zijn als je getrouwd bent. Goddank ben ik vrijgezel. En dat houd ik nog maar even zo. Eigenlijk vind ik het wel leuk om de eeuwige verloofde te spelen.'
Maxim lachte. 'Als er iemand hier een playboy is, dan ben jij het wel! Ik zal nooit begrijpen waarom ze mij dat etiket altijd wilden opplakken.'

‘Omdat jij er meer naar uitziet dan ik,’ wees Stubby hem grinnikend terecht. ‘Zwierig, adembenemend, aantrekkelijk, enzovoort. De meeste mensen denken aan mij als je stuntelende gabber.’
‘Goeie god, als ze eens wisten! Snelle vrouwen, snelle auto’s, snelle boten, snelle roulettetafels. Maar kijk een beetje uit, ouwe jongen, waar het de snelle auto’s en de boten betreft. Ik wil je niet verliezen.’
‘En dat zeg jij! Jij bent degene die altijd plankgas geeft. Maar wees maar niet bang, ik ben van plan er nog een hele tijd te zijn.’ Stubby ging achteruit in zijn stoel zitten en hij kreeg een bedachtzame blik in zijn bleekblauwe ogen.
Maxim reed een tijdje zwijgend verder.
Opeens zei Stubby: ‘Ze is altijd heel bezitterig geweest waar het jou betrof.’
‘Dat zal wel.’
‘En een beetje jaloers. Ik ben heel dol op Anastasia en ze is een geweldige meid, maar ze wordt al verdrietig als je zelfs maar naar een andere vrouw kíjkt.’
Maxim keek Stubby zijdelings aan en vestigde zijn blik toen weer op de weg. Zijn wenkbrauwen trokken samen tot een verwonderde frons. ‘Denk je dat nou echt?’
‘Ja, zeker.’
‘Maar ze weet toch hoeveel ik van haar houd. Ik heb haar altijd op handen gedragen.’
‘Dat weet ik, maar vrouwen kunnen raar doen.’ Stubby aarzelde en zei toen: ‘En er is nog iets. Ze vindt het vreselijk als je weg bent… dat vind je misschien vreemd, maar ik denk dat ze een hekel heeft aan jouw zaken, en de tijd die je eraan besteedt, verfoeit.’
Maxim reageerde geschrokken en riep opgewonden: ‘Maar ik kan er toch niet zomaar mee ophouden! Ik heb de afgelopen paar jaar een enorm imperium opgebouwd. Ik heb een verantwoordelijkheid tegenover duizenden mensen – employés, belangrijke aandeelhouders en het publiek, om van mezelf nog maar te zwijgen. Ik vind mijn werk toevallig leuk.’
‘Ik weet zeker dat ze dat wel beseft,’ zei Stubby snel. ‘En ik zeg ook niet dat ze wil dat je je zakenimperium opgeeft. Ze is een veel te intelligent persoontje om zoiets van je te verwachten.

Wat ik probeer te zeggen, is... Nou ja, je bent wel altijd lang van haar weg. Welke vrouw zou dan niet kriebelig worden?'

Maxim knikte. 'Daar zeg je me wat, Stubby. Dat moet ik toegeven. Ik zal mijn werkschema een beetje moeten bijstellen.'

Hij zuchtte zo diep en keek zo bezorgd dat Stubby uitriep: 'Hé zeg, Duke, alles komt best in orde hoor. Als je thuiskomt in Londen, zul je zien dat Anastasia al aardig gekalmeerd is. Het is een storm in een glas water. Ik weet zeker dat ik morgen of overmorgen weer met de Rolls naar Nice kan rijden om jullie tweeën op te pikken.'

'Ik hoop het, ik kan er niet tegen als het niet goed zit tussen mij en mijn meisje.'

Ze legden het bij en ze zeilden de Egeïsche Zee rond, en een tijdlang ging het goed in hun huwelijk. Maar binnen een jaar hadden ze weer problemen. En de redenen waren precies dezelfde. Anastasia werd nerveus en raakte uitgeput; haar broze gezondheid werd geruïneerd door eindeloos veel problemen, sommige echt, sommige verbeeld. Zonder dat ze het wilde deed ze een kloof tussen hen ontstaan, en onopzettelijk gaf ze Maxim nooit een kans om die te overbruggen. In 1976, toen ze de druk en de spanning van zijn leven niet langer kon verdragen, drong ze aan op een scheiding tussen tafel en bed. Dat vocht hij eerst aan, maar ten slotte moest hij toegeven. Omdat hij zoveel van haar hield, was hij bang haar gezondheid in gevaar te brengen.

Toen Anastasia zich in 1977 van hem liet scheiden, was Maxim verdoofd en ontroostbaar; hun kinderen waren gekwetst en verbijsterd, hun familie en vrienden waren geschokt en bedroefd.

Deel 5

CAMILLA
TANGER
1981

De koning zei tot mij: Waarom staat uw gezicht zo somber, hoewel gij niet ziek zijt? Dit kan niet anders dan hartzeer zijn.
(*Nehemia*)

50

Camilla Galland zat in de koele, marmeren hal van het El Minzah Hotel in Tanger waar ze logeerde, op David Maines te wachten.
Het was dat rustige uur van de dag wanneer het rumoer in de straten buiten was verstomd. De zon stond al laag aan de hemel waardoor de donkerblauwe zee er gevlekt uitzag, met gouden en mauve spikkels, en ze wist dat de nacht weldra in snel tempo zou vallen.
Camilla had altijd gehouden van deze tijd van de dag in Noord-Afrika, als het dag noch nacht was. In Schotland, waar ze oorspronkelijk vandaag kwam, werd het avondgloed genoemd. Het was een aangename tijd.
De stilte in de bar werd alleen verbroken door het gedempte gegons van de plafondventilatoren en de onduidelijke klagende stem van de *muezzin* die de gelovigen vanaf de minaret van de moskee opriep tot gebed en die door de muren van de *kashba* tot haar doordrong.
In het halfduister van de bar zag ze David die op haar toe kwam lopen, lang, slank en diepgebruind doordat hij hier al jaren woonde. Aan haar tafeltje bleef hij staan, stak zijn handen uit, nam haar beide handen, trok haar overeind en drukte haar aan zijn hart. 'Camilla! Wat heerlijk dat je hier bent! Welkom!'
'Het is heerlijk om je te zien, lieverd,' zei ze en dat meende ze.
Toen ze elkaar loslieten, gingen ze aan het tafeltje zitten, bekeken elkaar waarderend en barstten toen in lachen uit. Ze hadden altijd graag samen aan films gewerkt, waarvan er verscheidene speciaal voor haar waren geschreven; in zekere zin hadden ze dezelfde soort littekens en waren ze oude strijdmakkers.
'Ik had nooit gedacht dat ik je alleen in Tanger zou zien,' zei David terwijl hij achteruit in zijn stoel ging zitten.
'Ik ben gescheiden van Peter Jarvis, weet je, al bijna twee jaar.'
'Dat las ik in de roddelbladen. Wat ik bedoel, is dat het laatste nieuws dat ik over je hoorde van Alan Trenton kwam. Hij vertelde dat je het nogal zwaar te pakken had van Maxim West. Dus waar is de grote Maxim? Zeker onderweg om weer een of andere kolossale transactie af te sluiten?'
Verrast stamelde ze: 'Het moet wel een tijd geleden zijn dat je

iets van Stubby hebt gehoord. Maxim en ik hebben elkaar al zeker zes maanden niet gezien.' Ze nam haar glas wijn op om haar verwarring te verbergen en sloeg het achterover.
Met zijn scherpe schrijversblik zag hij het meteen. 'O hemel, dat was even een blunder hè? Wat ben ik toch een stommeling. Vergeef me.' Hij glimlachte haar hartelijk toe en praatte snel verder: 'Laat ik even een paar drankjes gaan halen, dan kunnen we bijpraten. Nog een glas witte wijn?'
'Ja, graag.'
Hij liep naar de bar en ze hoorde hem in het Arabisch met de barkeeper praten. In de tijd dat hij weg was, herstelde ze zich en probeerde ze ontspannen te gaan zitten. Ze wilde dat ze hem een briefje had geschreven voor ze uit Parijs wegging. Dan had ze zich tenminste haar verlegenheid over Maxim kunnen besparen en, belangrijker nog, de pijnlijke gedachten aan hem. De laatste tijd was hij voor haar alleen maar een synoniem voor pijn. Hij had haar vreselijk gekwetst.
'Wil je er al over praten? Of zullen we het voor later bewaren?' vroeg David toen hij aan het tafeltje terugkwam en zich in de stoel liet zakken.
'Het kan me niet schelen.' Ze haalde licht haar schouders op en tuitte haar lippen met iets van spijt. 'Er is eigenlijk niet veel te vertellen. Verleden jaar september kwam ik Maxim in New York tegen en we kregen een verhouding. Drie maanden lang! Toen liet hij me plotseling vallen.' Ze lachte geforceerd en schudde haar hoofd. 'In ieder geval moet jij weten hoe hij is, per slot van rekening ben je al heel wat jaren een vriend van Stubby en hem. Hij rent altijd weg naar een of andere grote transactie, dat is een van de problemen.'
'Het lijdt geen twijfel dat de man een workaholic is,' merkte David op.
'En niet zo'n beetje ook,' beaamde Camilla. 'Wat dat betreft had Anastasia gelijk.'
David keek haar opmerkzaam aan. 'Is dat de reden voor hun scheiding?'
'Dat weet ik niet. Maxim vertelt niet veel over zichzelf. Hij is het sterke, zwijgzame type. En héél terughoudend. Ik vond hem nogal raadselachtig, moeilijk te doorgronden, moeilijk om echt te leren kennen. Hij brengt me in verwarring, werkelijk waar.

Ondanks onze jarenlange vriendschap en toen onze verbondenheid, onze intimiteit gedurende die drie maanden, moet ik je eerlijk zeggen dat ik er geen idee van heb wat voor man hij is.'
Terwijl David naar haar zat te luisteren, keek hij verbaasd, maar hij vroeg verder niets, hij zei alleen maar: 'Het spijt me dat het mis ging tussen jullie. Maxim leek zo eenzaam na de scheiding... ik vond hem de eenzaamste man op aarde.'
Camilla gaf geen commentaar, hoewel ze wel vond dat hij gelijk had.
David zei: 'Ah, daar is Mohammed met onze drankjes.'
De glimlachende ober zette de glazen met ijskoude witte wijn voor hen neer en liep achterwaarts weg.
David tikte haar glas aan met het zijne. 'Ad fundum,' zei hij lachend en knipoogde.
'Ad fundum!' Ze nam een slokje van de wijn en zei toen spontaan: 'Maxim is echt eenzaam, David. Ik maak me zorgen over hem en ik ben nog steeds bezorgd om wat er met hem gebeurt... hij heeft die eigenschap nu eenmaal.'
'Dat begrijp ik.' David leunde achterover in zijn stoel, richtte zijn heldere, verstandige blik op haar en zei, om van onderwerp te veranderen: 'Vertel me eens wat je in Tanger komt doen.'
'Ik denk er ernstig over hier een huis te kopen,' zei Camilla. 'Ik vind het een heerlijk klimaat, het is makkelijk bereikbaar vanuit Parijs en Londen voor als ik een film of een toneelstuk moet doen, en toch is het een beetje... van de gebaande wegen af.' Ze moest lachen om Davids geschrokken gezicht en voegde eraan toe: 'Ik lijk een beetje op jou, lieverd, af en toe snak ik naar wat eenzaamheid.'
'Camilla, dat is heerlijk nieuws en het zal enig zijn om je hier te hebben. We hebben hier een aardige kleine Engels-Amerikaanse gemeenschap en die zal je met open armen verwelkomen. Maar ze zullen je met rust laten als je rust en vrede wilt. Dat is het fijne van Tanger. Ik ben dol op deze plaats.'
'Ik had gehoopt dat je me een beetje op weg zou kunnen helpen, David, dat je me misschien zou kunnen helpen een makelaar te vinden.'
Hij grinnikte en riep uit: 'De juíste makelaar. Dat is hier erg belangrijk. En ja, ik ken een geweldige Franse vrouw die mijn villa voor me heeft gevonden. Ik zal haar morgen bellen en haar

uitnodigen met ons te lunchen. Ik neem tenminste aan dat je vrij bent.'
'Zo vrij als een vogeltje. Maar nu is het jouw beurt. Vertel me al jouw nieuws eens. Heb je dat mooie vriendinnetje nog? Dat Marokkaanse meisje...'
'Chedlya El Bahi. Nee, niet meer. Ze is een paar jaar geleden getrouwd. Met een jonge Marokkaanse schilder. Ze wonen een deel van het jaar hier en de rest van het jaar in Casablanca. Ik ben ongebonden, zoals dat heet.' Hij pakte zijn glas, nam een slok en ging door: 'Eigenlijk vind ik het wel eens leuk om een tijdje niets met een vrouw te hebben.'
Geen van beiden sprak een ogenblik, toen zei hij: 'Overigens, gefeliciteerd met je Oscar voor beste actrice. Ik heb je in april een briefje geschreven, ik hoop dat je dat gekregen hebt?'
'Ja, dank je,' antwoordde Camilla met een glimlach, en vervolgens begon ze hem te vertellen over het maken van de film waar ze de Oscar voor had gekregen. David bestelde nog een drankje en ze zaten nog een uurtje over van alles en nog was te praten en herinneringen op te halen, tot David ten slotte zei: 'Ga mee weg hier, dan gaan we ergens eten.'

Ze liepen door de schaarsverlichte, met mozaïektegels belegde lobby van het hotel naar buiten, de hoofdstraat van Tanger in. Het was donker. De zwarte hemel hoog boven hen was bezaaid met duizenden kleine heldere sterren en er hing een bleke maan. David keek naar boven, raakte haar arm aan en wees naar de lucht: 'Wat hebben we hier een prima decorschilder, hè, Camilla?'
Ze lachte; net als altijd vond ze het fijn om bij hem te zijn en samen liepen ze naar de zeeweg, naar zijn favoriete restaurant dat op de bovenste verdieping van een van de hoogste gebouwen in de stad lag. 'Zo hoog is het helemaal niet,' legde hij uit. 'Je kunt het niet vergelijken met een wolkenkrabber in Manhattan. Maar het restaurant heeft hoge spiegelruiten, van de vloer tot het plafond, en op een heldere avond kun je de hele stad en de verre omtrek zien. Dan is het net of je boven Tanger in de lucht hangt.'
Ze liepen langs de *Socco Chico* en de *Grand Socco*, de twee markten. Voor een van de cafés zaten een paar Marokkanen met

hun hoofden dicht bij elkaar te praten, hun *djellaba's* strak om zich heen getrokken terwijl hun glazen mintthee vergeten op tafel stonden.
De donkere steegjes die naar de *kashba* liepen, zagen er geheimzinnig en onaantrekkelijk uit. Camilla huiverde en ging dichter bij David lopen. 'Die straten zien er echt sinister uit,' zei ze en schoof haar arm door de zijne.
Hij lachte en gaf een klopje op de hand op zijn arm. 'Ik ben toch bij je, Camilla, en we zijn volkomen veilig, dat verzeker ik je.'
Toen ze de zeeweg bereikten, ontspande ze zich. De cafés aan de oceaan waren goed bezet en lawaaierig, vol Marokkanen en Europeanen. De gekleurde lichtjes van de cafés schenen helder op straat en verlichtten hun weg. Er zwierf een groepje Berbervrouwen voorbij met hun *haiks* om zich heen geslagen als strakke cocons van bruine stof, hun blote voeten ploffend op de zanderige weg terwijl ze terugliepen naar de heuvels. Een weerbarstige muilezel liep achter hen aan met op zijn rug een vervaarlijke berg merkwaardig uitziende pakjes.
'Vandaag was het marktdag,' legde David uit toen haar ogen het eigenaardige groepje vrouwen volgden. 'Waarschijnlijk kwamen ze met groenten en bloemen. Nu gaan ze terug met thee en stof, en als ze een goede dag hebben gehad, met suiker en meel.'
'Wat raar dat ze geen sluier dragen,' merkte Camilla op toen zij en David de groep met hun muilezel inhaalden.
'Dat doen plattelandsvrouwen nooit. Maar soms trekken ze hun *haiks* – hun wijde gewaden – over zich heen om hun gezicht te bedekken. Er zijn trouwens in de steden al heel wat Marokkaanse vrouwen die zo geëmancipeerd zijn dat ze tegenwoordig ook geen sluier meer dragen. Ah, hier is het.' Hij liep met haar naar het gebouw waar het restaurant was gevestigd.
Camilla keek om naar de Berbervrouwen. Ze zagen eruit als wezens uit een andere eeuw, met heen en weer schietende zwarte kraaloogjes in gerimpelde bruine gezichten die ze precies op glanzende walnoten vond lijken. Net musjes, zei ze bij zichzelf.
David leidde haar door de entree van het appartementengebouw. Dat was buitengewoon modern, met een glanzende marmeren vloer, spiegelwanden en kristallen kroonluchters. Ze namen de lift naar de bovenste verdieping en liepen door de glazen deuren het restaurant in, dat vol bloemen stond.

De gerant begroette David vriendelijk en bracht hen naar een hoektafeltje, en terwijl David een fles wijn bestelde, nam Camilla door de glazen wand het schitterende uitzicht in zich op. Als ze zich een beetje omdraaide, kon ze heel Tanger zien: de haven en de ankerplaatsen, de vreemde kubusachtige huizen van de *kashba*, de donkere heuvels erachter. En recht voor haar de zee en de hemel die eindeloos in elkaar overgingen.
Haar adem stokte en ze riep: 'David, het is fantastisch!'
'Vind je ook niet? En je voelt je net God hier, zoals je overal op neerkijkt.' Hij lachte haar hartelijk toe. 'Hier heb je Tanger, Camilla, het ligt aan je voeten.'
'Wat ben ik blij dat ik ben gekomen, David. Ik denk dat ik me hier heel prettig zal voelen. Ik hoop dat ik een huis kan vinden. Het juiste huis.'
'Dat weet ik wel zeker. Intussen heb ik een idee. Waarom kom je niet in de villa wonen? Kom bij mij logeren zolang je hier bent. Mijn huis is enorm groot en heel aardig, al zeg ik het zelf.'
'Goh, wat royaal van je...' Haar stem stierf weg en ze aarzelde.
Hij zei: 'Toe, zeg nou maar ja. Je zou geweldig gezelschap voor me zijn.'
'Goed dan, afgesproken!' stemde ze plotseling in en lachte hem stralend toe.
'Goed zo, meisje! Nou, laten we bestellen. Ik weet niet hoe het met jou zit, maar ik rammel.'
'Ik ook, eerlijk gezegd.'
David bestelde voor hen beiden. Hij koos een Franse boerenpâté vooraf, een plaatselijke vissoort gebakken in folie met kruiden en specerijen en met een keur van gestoomde groenten.
Ze dronken met kleine slokjes van hun gekoelde Pouilly Fuissé terwijl ze op het eten wachtten en David bracht haar op de hoogte van de bijzonderheden van Tanger en zijn leven daar. Onder het eten vertelde hij haar over het script dat hij aan het schrijven was, en plotseling stelde hij voor dat zij misschien de hoofdrol zou willen spelen.
'Het is een prima rol voor je, Camilla,' zei David tussen het eten van de vis door. Eerlijk gezegd heb ik niet aan jou gedacht toen ik hem schreef. Maar nu je hier bent en ik naar je mooie persoontje kijk, weet ik hoe geweldig je het zou doen.'
'Een mooi persoontje van zevenenveertig jaar!'

'Maar het verhaal gaat over een wat oudere vrouw, *pardonnez le mot*,' legde hij uit en grijnsde haar toe terwijl hij vond dat ze er toch wel heel mooi uitzag vanavond. Ze droeg een bleekgroene zijden japon en smaragden oorbellen; met haar roodblonde haar, haar groene ogen en haar roze-met-witte huid was ze net een Engelse roos. Wat een sufferd is die Maxim dat hij haar in de steek heeft gelaten. Ze ziet er niet alleen heel goed uit, ze is ook een erg aardige vrouw en heel intelligent. Sommige mannen hebben niet eens in de gaten hoe gelukkig ze zijn, dacht hij.
Camilla zei: 'Wat zit je me aan te staren?'
Hij knikte. 'Ik bedacht net dat je gemakkelijk voor zesendertig kunt doorgaan.' Hij leunde over de tafel heen, zijn koele grijze ogen op haar gevestigd. 'Zal ik je eens wat zeggen? Je zou er wel eens te jong kunnen uitzien voor die rol.'
Ze grinnikte.
'Ik meen het. Eerlijk waar hoor.'
'Houd je mond en vertel me het verhaal nou maar,' antwoordde ze. 'Een goede rol is misschien precies wat ik nodig heb om van mijn kwaal te genezen.'

Toen ze later tussen de koele lakens in haar hotelbed lag, dacht Camilla aan de film. David Maines kon een verhaal goed brengen en hij had haar nieuwsgierig gemaakt. Misschien moest hij de producer haar naam maar voorleggen. Ja, het was in ieder geval het overwegen waard. En ze had het gemeend toen ze tegen hem zei dat een goede rol haar van haar kwaal zou kunnen genezen.
Camilla Galland hield van haar werk, en haar carrière als actrice was voor haar altijd op de eerste plaats gekomen. Het had haar in ieder geval de meeste voldoening gegeven, meer dan wat dan ook in haar leven. Haar beide echtgenoten hadden dat nooit kunnen begrijpen, vandaar haar twee scheidingen. Ze hadden zich bedreigd gevoeld door haar carrière, door haar roem, door haar enorme succes. Alleen Charles Mallingham had begrepen hoe belangrijk acteren voor haar was, hoe diepgeworteld haar behoefte was op een podium of voor een camera iets te presteren en zo te informeren en te amuseren. Ze had Charles aan het begin van haar carrière leren kennen en ze was met hem verloofd geweest toen hij op negenenveertigjarige leeftijd plotseling

stierf aan een hartinfarct. Zij was toen drieëntwintig. Maar haar was het leeftijdsverschil tussen hen nooit opgevallen en ze was verpletterd door zijn dood. Charles, die een vooraanstaand bankier was geweest, een weduwnaar zonder kinderen, had haar het grootste deel van zijn fortuin nagelaten en hij had een zeer rijke jonge vrouw van haar gemaakt.

Charles was de enige man geweest van wie ze ooit had gehouden. Behalve Maximilian West dan. Toen ze Maxim in 1959 in Parijs voor het eerst had ontmoet, was ze nogal weg van hem geweest, was ze compleet op hem gevallen. Maar hij had haar zelfs niet zien staan, hij had alleen oog gehad voor Anastasia. En omdat ze een praktisch ingestelde vrouw was, had ze haar leven gewoon voortgezet; ze had haar gevoelens voor Maxim begraven en was uiteindelijk met twee andere mannen getrouwd. Haar eerste man was Roland Vickers geweest, een Engels acteur, haar tweede Peter Jarvis, een matig begaafd toneelregisseur. In de loop der tijd waren zij en Maxim vrienden geworden en hij had haar af en toe geholpen met adviezen over haar investeringen. Maar tot haar grote teleurstelling was er nooit iets tussen hen geweest. Tot september 1980, nog maar tien maanden geleden, toen ze in New York tegen elkaar waren opgelopen.

Maxim had haar verscheidene keren mee uit dineren gevraagd en opeens, zeer tot haar verrassing en onuitsprekelijk geluk, waren ze in een affaire verwikkeld. Ze was opgetogen geweest. Hij was zo hartelijk en attent, zo verleidelijk en charmant geweest, altijd de hartstochtelijke minnaar die haar bloemen en boeken had gestuurd, en hij had haar zelfs een kostbaar sieraad gegeven. In december, vlak voor hij naar Londen vloog waar hij Kerstmis met Anastasia en de kinderen zou doorbrengen, had hij haar een diamanten broche van Cartier gestuurd.

Toen hij in januari in New York terugkwam, was hij koel en afstandelijk tegen haar geweest en had hij geen echte interesse meer in haar getoond. Heel onverwacht en met een schrikbarende abruptheid had hij uitgelegd dat het voorbij was tussen hen. Toen ze naar een reden had gevraagd, had hij ontwijkend gedaan en hij was koel en zwijgzaam geworden. Ze had een onverzettelijkheid, zelfs een meedogenloosheid in hem gezien die haar had verbijsterd. Toch had de erkenning van deze karaktertrekken geen verandering kunnen brengen in wat ze voor hem

voelde. Maar ze had geen andere keuze gehad dan de wereld een zonnig gezicht te tonen en verder te gaan met haar leven.
Het toneelstuk waarin ze op Broadway schitterde was begin maart gestopt en toen was ze naar Californië gevlogen om de uitreiking van de Academy Awards bij te wonen. Twee maanden later was ze trots met haar Oscar van Los Angeles naar Parijs gevlogen waar ze een appartement had en waar ze al een paar jaar woonde.
Camilla draaide zich rusteloos om. Ze kon nog steeds niet in slaap komen. Haar gedachten gingen weer naar het script dat David aan het schrijven was en ze dacht: ja, ik ga het wel doen, en Maxim West kan naar de hel lopen. Maar bij de gedachte aan Maxim sprongen de tranen haar in de ogen en ze snikte in haar kussen omdat al haar pijn weer bovenkwam. Diep van binnen, in haar hart, wist ze waarom hij hun relatie had verbroken. Hij hield nog steeds van Anastasia. Dat had ze al geweten toen ze nog romantisch met elkaar verwikkeld waren. Hij zou altijd van Anastasia blijven houden en alleen van haar.
Ongeduldig gooide ze het beddegoed van zich af en liep naar de badkamer, waar ze een doos tissues pakte. Ze droogde haar ogen en snoot haar neus, depte haar gezicht met koud water en probeerde zich te beheersen.
Een man liefhebben die niet van haar hield, was tijdverspilling. En ze was nooit echt hersteld van de onverschilligheid die hij haar afgelopen januari had betoond toen hij uit Londen terugkwam. Hij kan opvliegen, mopperde ze binnensmonds en besloot de film te gaan doen. Ze zou het David morgen vertellen als hij haar kwam ophalen om haar naar zijn villa te verhuizen.
Werk zal me helpen mijn verdriet te verlichten, zei ze tegen zichzelf toen ze het licht in de badkamer uitdeed en weer naar bed ging.

51

Het had haar moeite gekost de taxichauffeur uit te leggen waar ze heen wilde. Het had nog steeds geen naam, Davids huis, die grote witte villa op de heuvel die volstond met zijn boeken en schilderijen en alle andere dierbare aandenkens die hij als schrij-

ver tijdens zijn jarenlange zwerftochten over de wereld had verzameld.
Ze betaalde de taxi en duwde het grote ijzeren hek open. De bel klingelde en ze knikte naar de *gardien* die naar de deur van zijn portierswoning kwam toen hij het geklingel hoorde.
De oude man boog diep en tikte tegen zijn donkerrode fez.
Camilla lachte hem toe, knikte en liep de oprit op waar het grind onder haar voeten knerpte toen ze stevig doorliep.
De villa stond op een heuveltje en haar witmarmeren zuilen glommen in het licht van de middagzon; de gazons glinsterden van het water uit de vele sproeiers die David had laten aanleggen en de bomen en struiken bloeiden in heldere kleuren. Ze verbleef nu drie weken in de villa sinds ze van het El Minzah was verhuisd, en nog was ze niet gewend aan de schoonheid van Davids huis zoals het eruitzag vanaf de hekken en de oprit.
Toen ze de stoep naar de zuilengang en de voordeur bereikte draaide ze zich om, en zoals iedere keer weer moest ze lachen van blijdschap als ze naar beneden keek.
Van de villa af glooiden nog meer weelderig groene gazons naar omlaag omzoomd met eucalyptus- en sinaasappelbomen, en achter de stenen muur die om het perceel grond heen stond, waren nog net de daken van Tanger zichtbaar. Nog verder weg lagen de lichtgekleurde zandstranden langs de kustlijn en de aquamarijnen Middellandse Zee.
Toen ze naar binnen ging, was het stil in de villa.
Ze liet haar pakjes op een antiek, met parelmoer ingelegd tweezitsbankje in de marmeren hal vallen en duwde de deur naar de zitkamer open. De jaloezieën waren gesloten om de felle zon buiten te houden en ze knipperde met haar ogen om die aan het koele duister te laten wennen.
Toen Camilla hier pas was aangekomen had ze deze kamer een naam gegeven. Ze had hem de munttheekamer gedoopt om zijn prachtige mengeling van diverse kleuren groen, die afstak tegen de witte wanden. Als tegenwicht hingen daar bleke, limoengroene gordijnen. Op de witmarmeren vloer lagen tapijten van een donkerder groen en op de witte sofa's en de Franse Louis XV-stoelen die met zware witte katoen waren bekleed, lagen zijden kussens in diverse schakeringen groen. Bij de vele ramen stonden in koperen kuipen enorme vetplanten en andere tropische

plantesoorten met donkergroen blad. De enige heldergekleurde plekken in deze koele conifeergroene kamer waren de moderne schilderijen aan de wanden, de planken met boeken en de massa's bloemen in witte, keramische vazen die uit de aanplant achter het huis afkomstig waren.
Ze lachte bij zichzelf toen haar oog op het lage Marokkaanse messing tafeltje viel waar een antieke zilveren theepot stond met theeglazen in zilveren filigrain houders.
'Jij hebt dit de munttheekamer genoemd, en zo zal hij voortaan heten,' had David haar een paar weken geleden gezegd, en sindsdien had ofwel Fatima ofwel Menoubah de thee iedere middag op dat tafeltje klaargezet. Het was een nieuw ritueel waar kennelijk streng de hand aan werd gehouden, hoewel zij en David dat niet altijd deden.
Camilla sloot de deur van de zitkamer en liep de hal door naar Davids bibliotheek. Ze hoorde aan het geluid van zijn schrijfmachine dat hij nieuwe tekst voor zijn filmscript zat te tikken. Hij gebruikte nog altijd een oude elektrische schrijfmachine; voor deze woordkunstenaar geen moderne tekstverwerker.
Hij zat uit alle macht te tikken, dus vroeg ze zich af of ze hem wel kon storen en ze aarzelde voor ze aanklopte. Toen ze haar hand ophief, klonk zijn stem plotseling door de zware met koper beslagen deuren.
'Kom binnen, Camilla, ik weet dat jij het bent. Ik hoorde je hakjes tikken. Fatima en Menoubah sloffen maar wat rond op hun blote voeten. Tenzij ik natuurlijk...' de deur werd voor haar neus opengerukt, '... onverwacht damesbezoek heb.'
'Stoor ik?' vroeg ze, en staarde hem aan.
Hij trok haar de bibliotheek in. 'Nee, helemaal niet. Ik heb een heel scherp gehoor, Camilla, en ik mis het geluid van je klikkende hakjes eigenlijk in deze grote oude villa. Als ik niet werk, zit ik gewoonweg te wachten tot je terugkomt.'
'David, je bent zo lief voor me geweest, en dit is zo'n geweldig huis... Ik wil helemaal niet weg.'
'Je hoeft ook niet weg, Camilla. Je kunt blijven zolang je wilt.'
'Dat is heel aardig van je, lieverd, maar ik moet een eigen huis hebben.'
'Dat weet ik... al iets gevonden?'
Ze schudde haar hoofd. 'Janine is Tanger nog aan het afstropen.

Tot nu toe heb ik nog niet echt iets gezien wat me aanstond. Maar dit huis heeft me ook totaal bedorven, het is zo hemels.'
'Je moet er gewoon de tijd voor nemen, en als je het 't minst verwacht, loop je opeens tegen de perfecte villa op. Nu, wat zou je zeggen van een drankje? Het is bijna zes uur en ik stond net op het punt mezelf een *coupe de champagne* in te schenken... Pommery and Greno, de roze. Dat heb ik wel verdiend na een dag slavenarbeid.'
'Maar je kunt er wel als een meester van leven, vind je niet?' onderbrak ze hem.
'*Touché*,' lachte hij, en liep naar de bar aan de andere kant van de bibliotheek. 'Wil je een glas?' vroeg hij toen hij zich achter de bar bukte en de koelkast opentrok waar hij de fles roze champagne uit haalde.
'Waarom niet? Het klinkt prima, graag.'
Even later kwam hij terug met twee glazen en een pakje dunne zwarte sigaretten die hij af en toe rookte.
'Wat had jij voor geheime missie in Tanger, na de lunch?' vroeg hij en knipoogde ondeugend terwijl hij ging zitten. 'Ik weet dat je vandaag geen villa's aan het bekijken was. Janine vertelde me dat ze naar Fez moest met een rijke Amerikaanse klant.'
Ze lachte. 'Doe niet zo raar! Ik ben een paar *babouches* gaan kopen zodat ik ongemerkt door het huis kan sluipen, net als Fatima en Menoubah. En een paar boeken.'
'Ik hoop dat je er ten minste één van David Maines hebt gekocht. Ik heb het geld nodig,' zei hij plagerig.
'Nee, maar ik heb een boek gekocht vóór David Maines, mijn zeer royale en lieve vriend.' Voor hij kon reageren, stond ze op en ging de bibliotheek uit, en terwijl ze haastig de hal inliep, hoopte ze dat hij haar cadeau leuk zou vinden. Ze had er het grootste deel van de middag de winkels en *soeks* naar afgezocht omdat ze hem iets bijzonders wilde geven om haar waardering te tonen voor alles wat hij voor haar had gedaan.
Toen ze terugkwam en hem het pakje gaf, maakte hij het opgewonden open, net een jongetje dat zijn eerste grote cadeau krijgt.
'Camilla, dat had je niet moeten doen, maar ik kan niet zeggen dat ik het niet enig vind, want dat vind ik wel. Het enige meisje dat me cadeautjes geeft, is mijn twintigjarige dochter Polly.' Hij

trok het laatste stukje pakpapier eraf en riep opgetogen: 'Een oude Marokkaanse koran! Waar heb je die vandaan? Ik loop al jaren naar zoiets te zoeken. Nee maar, lieverd, hij is gewoonweg prachtig.' Hij bladerde het antieke boek door, sloeg de bladzijden voorzichtig om en liet zijn handen langs de Marokkaans leren band met goudopdruk glijden, vol bewondering voor dit zeldzame exemplaar.

'Deze is ècht oud, hè?' vroeg ze verlangend. 'Ik wilde er een hebben die authentiek was.'

'Dat is hij inderdaad, en volgens mij is het een meesterwerkje. Hij komt uit Fez, de oude universiteitsstad. Dank je wel, Camilla, heel erg bedankt.' Hij legde de koran op het tafeltje naast zich, sloeg zijn armen om haar heen en kuste haar wang.

'Ik geef hem je met liefde, David.'

Hij glimlachte, ging weer op de sofa zitten en stak een van zijn dunne zwarte sigaretten op. 'Kom op, lieverd, je champagne staat warm te worden.'

Camilla ging in de stoel tegenover hem zitten, pakte haar glas van de zware met koper ingelegde mahoniehouten tafel en nam snel een slokje roze champagne. 'Mmmm, dat smaakt goed, het was vanmiddag erg heet in de stad. Je was wel heel hard aan het werk toen ik thuiskwam, naar het geratel van je schrijfmachine te oordelen. Vordert je script goed?'

'Heel goed, ik ben er tevreden over, Camilla. Ik denk dat ik de eerste proef over een paar dagen klaar heb, en dan wil ik graag dat je die leest. Ik heb het er met Dick Tomlinson over gehad, en hij wil je heel graag als hoofdrolspeelster.'

'Ik kan haast niet wachten tot ik het mag lezen, David.'

Ze zaten even over het script te praten en dronken allebei nog een glas champagne, en toen zei David: 'Ik heb vergeten je te vertellen dat ik gasten verwacht voor het diner.'

'Mensen die ik ken?' vroeg ze met een mooie blonde wenkbrauw opgetrokken.

'Nee, je kent ze nog niet... de Marrons uit Casablanca. Ze zijn een paar dagen in Tanger met hun zoon Michel en diens Marokkaanse vrouw Leyla. Ze belden vanmorgen en ik heb ze te eten gevraagd. Je zult ze wel aardig vinden, ze zijn heel charmant. En ze vinden het natuurlijk enig om jou te ontmoeten. Het zijn fans van je.'

Camilla lachte naar hem en keek op haar horloge. 'Ik neem aan dat ze zo komen, en ik zit er nog slonzig en plakkerig bij in een oude katoenen jurk.'

'Het duurt zeker nog anderhalf uur voor ze er zijn. Je hebt nog tijd genoeg om je op te tutten. Maar ik kan beter even naar de keuken gaan om de oude Fatima op te porren. Ze is tegenwoordig langzamer dan ooit.' Onderwijl stond hij op, en Camilla deed dat ook.

Samen liepen ze de hal in. Camilla pakte haar tas en de rest van haar pakjes en liep naar de brede trap die met een bocht naar boven liep.

'Tot straks,' zei David toen hij de deur naar de keuken inging.

Toen ze erlangs liep, hoorde ze Fatima, zijn huishoudster-kokkin, vrolijk en luidruchtig grinniken om zijn instructies in het Arabisch en het Spaans.

David had Camilla de slaapkamer gegeven die zij de mooiste in de villa vond. Groot en licht, met drie openslaande deuren naar een terras en met uitzicht op de tuin en over de zee.

Aanvankelijk had ze geprotesteerd, omdat ze ervan overtuigd was dat ze hem uit zijn eigen kamer verdreef. Maar hij had haar gezworen dat hij die kamer nooit als de zijne had gebruikt en ze had hem moeten geloven. Hij was veel te vrouwelijk voor een man. Later had hij haar zijn eigen suite laten zien, een serie aangrenzende kamers, tamelijk mannelijk en nogal spaarzaam gemeubileerd. Net als zijn bibliotheek beneden waren ze bedoeld om er in te schrijven en waren ze ingericht voor zijn vrijgezellenbestaan.

Hij had de villa, met veel van het meubilair boven, gekocht van een Franse bankier die Tanger had verlaten. 'Ik kreeg haar voor een schijntje,' had David haar de eerste dag dat ze er was verteld. 'De arme kerel! Ze had voor hem te veel tragische herinneringen. Ik voelde me bijna schuldig omdat ik haar zo goedkoop kon krijgen.' Volgens David had de bankier de villa voor zijn maîtresse laten bouwen, een jong Algerijns meisje dat dodelijk was verongelukt tijdens een ongeval met een motorboot in de Baai van Tanger. De kamer die Camilla kreeg was de hare geweest, en in de weken die ze hier had doorgebracht, had Camilla vaak aan het meisje moeten denken, trachtend zich haar voor de geest te halen.

De kamer was nogal kaal, bijna maagdelijk. Hij was groot en hoog, met witte muren en een witmarmeren vloer, en er stonden een groot hemelbed, een enorme kleerkast en een toilettafel. Die zagen er allemaal nogal Spaans uit, van zwart hout ingelegd met goud. De tapijten en de gordijnen waren ook wit, maar David had dit maagdelijk boudoir wat verlevendigd met een paar van zijn kleurrijke schilderijen, en Menoubah vulde de enorme vazen van Marokkaans aardewerk elke dag met verse bloemen.

Camilla nam een bad in de grote, met mozaïek betegelde badkamer die op haar slaapkamer uitkwam en bedacht wat ze bij het diner die avond zou dragen. Omdat het juli was en heet in Tanger besloot ze tot een lichtgrijze, korte strapless jurk van chiffon met een soepel vallend lijfje en een wijd uitwaaierende rok. De jurk was ragfijn van stof, licht en koel.

Toen ze had gebaad, sloeg ze een handdoek om en liep naar de toilettafel, waar ze ging zitten om haar roodblonde haar te borstelen. Nadat ze het in een wrong boven op haar hoofd had opgeborsteld, zette ze het stevig vast met twee antieke zilveren kammen die ze in een van de *soeks* had gevonden.

Doordat ze weken in de zon van Tanger had verbleven, had ze een licht gebruinde huid gekregen en ze had weinig make-up nodig, alleen een beetje bruine mascara, zilveren oogschaduw en helderrode lippenstift. Nadat ze zich met Joy had besprenkeld, trok ze lichtgrijs kanten ondergoed aan, lichtgrijze kousen met een zilverdraadje en vervolgens de jurk. Ze had bijpassende schoenen, hooggehakte grijszijden pumps. Die trok ze aan en ze wond een lange bijpassende sjaal om haar hals en liet de uiteinden over haar blote rug vallen.

Camilla keek met genoegen naar haar lichtgrijze beeld in de spiegel. Dat was zacht, lief, en de grijze chiffon jurk paste perfect bij haar huid; hij was veel subtieler en stond haar veel beter dan wit of lichtblauw. Ze besefte dat ze niet veel sieraden nodig had. 'Laten we het niet beter maken dan nodig is,' mompelde ze hardop. Grote *mabé* paarlen oorbellen en haar diamanten avondhorloge waren de enige sieraden die ze uit haar juwelenkoffertje haalde.

Even later liep ze snel de kamer uit, en toen ze onderwijl op haar horloge keek, zag ze dat het tien over halfacht was. Gelukkig was ze maar een paar minuten te laat. Ze vond het vreselijk om

als laatste binnen te komen, een 'opkomst' te maken, omdat ze wist dat iedereen dat van een beroemd actrice als zij verwachtte. Tenminste, vreemden verwachtten dat.
Ze liep de trap af en de hal door naar de zitkamer, waar David meestal cocktails serveerde op het lange terras dat erlangs liep. Toen ze binnenkwam, kon ze door de openslaande deuren die op een kier stonden, zien dat hij met iemand stond te praten.
Terwijl ze de deuren openduwde en naar buiten glipte, riep ze uit: 'David, ben je daar, ik hoop dat ik je niet heb laten...' Ze brak haar zin af en stond hem en zijn metgezel verbluft aan te staren.
Het was Maximilian West.
Maxim stond daar levensgroot en glimlachte naar haar. Zijn magere, knappe gezicht was diepbruin en hij droeg een onberispelijk zittend crèmezijden kostuum en een crèmekleurig overhemd van Zwitserse voile met een donkerblauwe das. Alles aan hem leek te glanzen, van de punten van zijn glimmend gepoetste schoenen tot zijn donkere glanzende ogen. Hij was zevenenveertig en hij zag er over de volle lengte adembenemend uit. En zoals altijd de laatste tijd, leek hij meer op een filmster dan op een succesvol zakenman.
Hoewel ze zelden om woorden verlegen zat, stond Camilla nu even sprakeloos. Ze stond hem als aan de grond genageld dom aan te staren en was zo verrast hem te zien dat ze niet eens terug kon lachen. Ze begon inwendig te trillen en haar benen voelden onverwacht slap aan.
David zei: 'Nou, een prettige avond samen. Tot ziens.'
Toen ze eindelijk haar stem terug had, riep Camilla: 'Maar David, waar ga je heen?' Ze was woedend op zichzelf toen ze hoorde hoe schril haar stem klonk.
'Ik heb een afspraakje,' antwoordde David en hij knipoogde. 'Veel plezier.' Met een nonchalant handgebaar was hij verdwenen, de openslaande deuren door.
'Het ziet ernaar uit dat we alleen zijn, meid,' zei Maxim die zich losmaakte van de balustrade waar hij stond en langzaam naar haar toe liep, met een stralende glimlach op zijn gezicht.

52

'Jullie hebben me erin geluisd!' zei Camilla fel. 'Jij en David hebben me erin laten lopen. Dat is niet eerlijk. Dat vind ik in feite een rotstreek.'
'Nee, dat is niet waar. Er is geen haar op je prachtige hoofdje die er zo over denkt,' zei Maxim met een warme glimlach toen hij over het tafeltje op het terras naar haar zat te kijken. 'En het is niet zoals het lijkt, Camilla, echt niet.'
'Hoe is het dan wel?' vroeg ze kordaat.
Hij zweeg, stond toen op en stak haar zijn hand toe. Ze pakte die automatisch, zonder erbij na te denken, en schrok vervolgens inwendig terug van zijn aanraking omdat ze onmiddellijk merkte dat hij nog steeds hetzelfde fantastische effect op haar had. Ze drukte haar gevoelens voor hem stevig de kop in en liet zich meenemen naar de balustrade aan de rand van het terras.
'Wat zie je daar?' vroeg Maxim terwijl hij op haar neerkeek.
'Niets bijzonders,' antwoordde ze een beetje verbaasd en liet haar ogen over de tuin gaan. 'Gazons, bomen, bloemen.'
'Achter de tuin... kijk eens naar de zee.'
Ze volgde zijn blik en riep uit: 'O! Daar ligt je boot, hè?'
'Schip,' corrigeerde hij met een vage glimlach. 'Jacht, om precies te zijn. En ja, het is de *Beautiful Dreamer*. Ik zat op de Middellandse Zee met een paar vrienden en Stubby kwam op het slimme idee hiernaar toe te varen om onze vriend David op te zoeken. Als verrassing, zogezegd. We kwamen gisteravond laat aan en we zijn ginds voor anker gegaan.'
Maxim gebaarde in de richting van zijn jacht en ging verder: 'Stubby belde David gisteravond om onze komst aan te kondigen. En op zijn typische Stubby-manier nodigde hij ons allemaal uit voor de lunch vandaag. Maar David vertelde hem in niet mis te verstane bewoordingen dat we niet konden komen lunchen. Omdat jij zijn logée was en omdat hij niet wilde dat je van streek zou raken.'
Er viel een korte stilte. Maxim keek haar heel direct aan toen hij besloot: 'Van streek door mijn aanwezigheid, om precies te zijn.' Een vreugdeloos lachje welde in hem op en hij voegde er bij nader inzien aan toe: 'David belde Stubby wel terug om te zeggen dat ik dat niet als een belediging moest opvatten.'

'Deed je dat dan?'
'Niet echt. Maar het hield me wel tegen, het maakte dat ik ging nadenken. Ik besefte dat ik je mijn excuses moest aanbieden, Camilla.'
'En ben je daarom hier?'
'Zo'n beetje.'
'Wat houdt dat in?' vroeg Camilla, naar hem kijkend met al haar zenuwen gespannen. Ze nam snel een afwerende houding aan. Hij was de meest dodelijk aantrekkelijke man die ze ooit had ontmoet. Bovendien was ze al jaren verliefd op hem. Hij kon haar gemakkelijk te gronde richten. Ze moest voor hem op haar hoede zijn.
Maxim gaf geen antwoord op haar vraag.
Na een tijdje zei hij langzaam en berouwvol, met zachte stem: 'Het spijt me, Camilla, het spijt me heel erg. Ik heb me beroerd gedragen en je had het beslist niet verdiend zo bot behandeld te worden. Dat was heel verkeerd van me.'
Toen ze bleef zwijgen, vroeg hij: 'Aanvaard je mijn excuus?'
'Ja.'
Maxim gaf haar plotseling zijn scheve, charmante glimlach. 'Laten we het dan afzoenen en het weer goedmaken.'
'O nee!' riep ze. 'Geen gezoen.' Ze deinsde terug en stak haar hand uit. 'Laten we elkaar een hand geven en het weer goedmaken.'
Niet in staat zijn pret te onderdrukken, lachte hij, nam haar hand in de zijne, schudde die nogal plechtig en boog toen plotseling zijn hoofd en kuste haar vingers.
Het gevoel van zijn mond op haar huid bracht haar van haar stuk; ze trok haar hand schielijk terug, liep naar de tafel en pakte het glas champagne dat hij zoëven voor haar had ingeschonken. Ze probeerde haar paniek niet te laten blijken en zei met een stem die voor haar doen ongewoon hoog was: 'Als David zo onvermurwbaar was dat ik niet van streek mocht raken, hoe is het Stubby dan in 's hemelsnaam gelukt hem om te praten dat je vanavond toch mocht komen?'
'Daar had Stubby niets mee te maken,' zei hij, en kwam dichter bij haar staan. 'Vanmorgen vroeg heb ik David vanaf het jacht gebeld. Ik heb hem gezegd dat ik je wilde spreken. Ik heb hem uitgelegd dat ik je mijn excuses wilde aanbieden en dat ik het

met je wilde goedmaken. En toen stelde hij voor dat ik om half-acht zou langskomen. Voor een drankje.'
'Ging hij er zo gemakkelijk mee akkoord?' vroeg ze ongelovig, en dacht dat David dan kennelijk gemakkelijk te overtuigen was.
'Helemaal niet. Hij was bikkelhard. Ik heb moeten praten als Brugman om hem te overtuigen. Maar ten slotte gaf hij toe.'
O ja, dacht Camilla, je kunt heel overtuigend zijn als je wilt. Dat weet ik maar al te goed. Maar ze zei: 'Ik heb nog steeds het gevoel dat ik goed in de boot genomen ben door jullie beiden.'
'Camilla, nee, alsjeblieft, niet doen. En niet boos zijn op David. Die lieve man is kennelijk stapelgek op je en hij dacht dat hij deed wat het beste was. Hij meende het echt goed, en dat doe ik ook.'
De blik die hij van Camilla kreeg, was koel en afstandelijk. 'Toen ik je net vroeg of je hier was om mij je excuses aan te bieden, zei je: zo'n beetje. Ik zou graag willen weten wat je eigenlijk met die opmerking bedoelde.'
'Natuurlijk. Kijk eens, Camilla, ik kwam niet alleen maar om mijn excuses aan te bieden, ik wilde je terugzien, met je praten, met je dineren.'
'Ik ben bang dat dat niet gaat!' riep ze, opeens weer in paniek. 'Je begrijpt best waarom, en ik weet toevallig ook dat er eten voor me klaarstaat. Ik dineer hier, alléén.'
Hij lachte een beetje toegeeflijk.
Woedend zei ze met kille stem: 'Is het eigenlijk niet bij je opgekomen dat ik niet met je wil dineren?'
Haar vraag negerend, merkte hij gladjes op: 'David heeft de kokkin *couscous* laten maken. Het is een van mijn lievelingsgerechten, al jaren. Ik at het altijd in de El Djazier in de Rue de la Huchette in Parijs.' Hij lachte weer naar haar. 'We eten feitelijk allebei hier.'
Ze deed een stap terug omdat ze wat ruimte tussen hen wilde. Ze keek hem boos aan en snauwde: 'Ik had gelijk! Jullie hebben me er wel ingeluisd.'
Voor Camilla was het duidelijk dat David een gewillige samenzweerder met Maxim was geweest. Alsof de villa en de tuin nog niet mooi genoeg waren, had David zijn uiterste best gedaan om het allemaal nog mooier te maken.
Hij had ervoor gezorgd dat ze bij kaarslicht in de tuin konden di-

neren, waar ze werden bediend door Ali en Menoubah, zijn butler en zijn huismeester. Zodra het donker was, net voor het diner, had Ali de verborgen schijnwerpers aangestoken zodat de fonteinen, de sinaasappelbomen en de bloembedden schitterend en zeer opvallend verlicht werden. De tuin werd een magische plek. Ali had ook het geluidssysteem aangezet en romantische muziek, die David eerder die dag had uitgezocht, klonk zachtjes op de achtergrond terwijl ze zaten te eten.

De ronde tafel was bij een bosje eucalyptusbomen gezet, aan de rand van het gazon dat afliep naar de donkere zee die nu zilver lag te glanzen in het maanlicht. Het was een adembenemend mooie avond met een heldere, wolkeloze donkerblauwe hemel vol sterren, en de lucht was warm en zwaar van de geur van jasmijn.

Ali vulde haar kristallen glas voortdurend bij met gekoelde witte wijn en terwijl ze daarvan nipte, voelde Camilla dat ze zich begon te ontspannen. Ze merkte dat ze niet bepaald hongerig was; ze nam maar af en toe een hapje *couscous* en zat op haar groene salade te kieskauwen.

Tegen haar wil en tegen beter weten in raakte ze weer onder Maxims betovering, gebiologeerd door zijn charisma en verleid door zijn charme, zijn hypnotische stem, zijn uiterlijk en zijn immense hartelijkheid. En omdat ze haar halve leven al verliefd op hem was, eigenlijk al sinds haar vijfentwintigste, was ze toch al uiterst kwetsbaar. Zijn aanwezigheid overweldigde haar. Er was eigenlijk niemand zoals hij, en ze merkte dat ze om zijn verhalen moest lachen en aandachtig naar hem luisterde, en dat ze het heerlijk vond om bij hem te zijn, meegesleept door de kracht van zijn persoonlijkheid en zijn magnetisme.

Hij was zo hartelijk tegen haar, zo open en eerlijk, dat Camilla tijdens het diner op een gegeven moment op het punt stond hem te vragen waarom hij in januari zo abrupt uit haar leven was verdwenen. Maar ze hield zich in. Ze was bang voor zijn antwoord; ze wilde het niet weten. Want ze was er niet zeker van dat ze het aankon als hij zei dat het was omdat hij nog van Anastasia hield. Deze gedachte bracht haar plotseling tot haarzelf en ze herinnerde zich dat ze zichzelf had beloofd niet voor zijn charmes te vallen. Maar ze kon niet ontkennen dat hij vanavond in topvorm was. Hij imponeerde haar. En toen ze hem aan het lachen had gemaakt door iets wat ze zei en hij haar licht op de wang kuste en daarna haar hand van tafel nam en haar vingers kuste, trok ze haar hand niet terug en protesteerde niet.

Maar veel later, toen ze kleine kopjes sterke, zoete koffie dronken die Ali had gemaakt, bekeek Camilla hem in het kaarslicht eens goed en taxeerde hem en zijn motieven ernstig. Hij was hier om een bepaalde reden, niet alleen maar om excuus te maken, om met haar te praten en te eten.

Na een lang moment, toen hij haar net zo onverstoorbaar aankeek als zij hem, zei ze: 'Wat wil je?'

'Jou.'

'Voor hoelang?'

'Vannacht. De komende twee weken... zolang ik in de buurt ben.'

'En dan?'

'Dat weet ik niet.'

'Je bent tenminste eerlijk, Maxim.'

'Ik wil eerlijk tegen je zijn, Camilla. Iets anders zou niet fair zijn tegenover jou. Nu niet. En? Geef me eens antwoord.'

'Ik wil jou ook, dat zal ik niet ontkennen. Maar... ik ben bang.'

'Je hoeft niet bang te zijn. Ik zal je niet weer pijn doen.'

'Je zult me pijn doen als je met me vrijt, als je beslag legt op mijn gevoelens en dan weer weggaat en me in de steek laat.'

Hij zat doodstil. Er bewoog geen spiertje in zijn donkere, knappe gezicht.

Ook zij bleef doodstil zitten.

Ze staarden elkaar aan en wilden elkaar hebben. Dat herkenden ze in elkaars ogen.

'Ik wil niet je maîtresse zijn,' zei ze zachtjes.

'Dat weet ik,' antwoordde hij met een even zachte stem. Hij duwde zijn stoel achteruit en stond op. 'Laten we een eindje door de tuin lopen,' zei hij en hielp haar uit haar stoel.

Hij pakte haar hand en nam haar mee over het gras, en ze liet zich door hem leiden. Ze had het gevoel of ze geen wilskracht had waar het Maximilian West betrof. Plotseling bleef hij staan en legde een hand op haar blote schouder; hij draaide haar naar zich toe, staarde haar in het gezicht en beroerde het licht met zijn vingers.

'Je bent zo mooi, Camilla, en ik wil je heel erg graag. Maar ik zal me niet aan je opdringen. Het is jouw beslissing.'

'Ik wil jou ook, Maxim,' fluisterde ze.
Hij boog zich naar haar toe, kuste haar heel zacht op de lippen en trok zich toen onmiddellijk weer terug. 'Zullen we naar binnen gaan?'
Camilla kon alleen maar knikken.

Maxim deed de slaapkamerdeur op slot, draaide zich om, leunde er tegenaan en staarde naar Camilla terwijl hij zich in bedwang hield.
Ze was voor hem uit naar binnen gelopen en stond midden in de kamer, zo stil als een standbeeld, gevangen in de heldere straal maanlicht die door het open raam naar binnen viel.
Zijn hart trok samen toen hij naar haar bleef kijken. Ze was een prachtige vrouw, een typische Engelse roos door haar gelaatskleur; ze had een sereen en voornaam voorkomen. Maar onder die façade van welgemanierdheid was ze heel wezenlijk, heel sensueel en seksueel ingesteld. Het waren deze tegenstellingen in haar die hem opwonden, die de hitte door zijn bloed joegen, die hem prikkelden. De eerste keer dat ze de liefde bedreven had hij meteen begrepen dat ze sterke seksuele neigingen had, en dus de kracht had om hem steeds opnieuw op te winden.
Tijdens de drie maanden die ze vorig jaar bij elkaar waren geweest, had ze hem elke keer als ze hadden gevrijd totaal bevredigd, op een manier waarop geen enkele vrouw dat ooit had gekund behalve Anastasia, die voor hem verloren was. Hij drukte de gedachte aan zijn vrouw weg. *Ex-vrouw*. Het zou desastreus zijn nu aan haar te denken. Als hij een beeld van Stassy mee de kamer in nam, zou hij impotent zijn en zou Camilla niets aan hem hebben. Hij was niet van zover gekomen om haar te zoeken, om met haar naar bed te willen, om hun verbintenis weer aan te wakkeren en dan te stuntelen doordat bij hem de stroom uitviel. Frustratie was wel het laatste wat hij kon gebruiken. Daar had hij de afgelopen zes maanden mee geleefd. En als hij haar juist beoordeelde, zij ook. Camilla was geen promiscue vrouw en hij was er zeker van dat er na hem geen andere man in haar leven was geweest.
'O, lieveling...' zei ze zacht, en ze hield zijn blik gevangen met de hare toen ze een stap naar hem toe deed. In haar ogen stond haar grote verlangen naar hem te lezen.

Hij gooide zijn jasje over een stoel en trok zijn das los. Die ging achter het jasje aan en hij begon snel zijn overhemd los te knopen terwijl hij door de kamer op haar toe liep.
Toen hij voor Camilla bleef stilstaan, glimlachte hij vaag en wond toen langzaam de lange chiffon sjaal die ze om haar hals had los en liet die op de vloer vallen; toen nam hij de zilveren kammen uit haar haar zodat dat in een waterval van krullen langs haar gezicht viel.
Hij liet zijn vingers langs het lijfje van haar strapless jurk glijden en zei zacht: 'Doe eens uit.'
Ze maakte de rits los, liet de jurk op haar voeten vallen, stapte eruit en in zijn armen, en toen stond ze met haar naakte borsten tegen zijn blote borst gedrukt.
Maxim drukte zacht een kus op haar lippen zoals daareven in de tuin, voor hij zich vooroverboog om haar borsten te kussen. Die waren klein, rond, strak en hoog, de borsten van een meisje, en hij kuste ze vluchtig en trok haar mee naar het bed. Daar duwde hij haar neer en leunde over haar heen, trok haar schoenen uit, gooide die aan de kant en schoof haar zijden slipje uit. Hij maakte haar jarretels één voor één los en schoof voorzichtig haar kousen van haar benen, de een na de ander.
Haar ogen lieten zijn gezicht niet los.
Hij zei: 'Ik heb voortdurend aan je gedacht, ik heb steeds naar je verlangd. Maandenlang. Ik wil me nu niet haasten.'
'Zo voel ik het ook,' fluisterde ze. Haar hart bonsde snel en inwendig trilde ze. Een warme gloed sloeg door haar heen zoals dat met andere mannen nooit het geval was, alleen met Maxim West. Hij hoefde maar naar haar te kijken om haar op te winden. De manier waarop hij haar ondergoed uittrok, zo kies, zo langzaam, maakte haar gek en deed haar verlangen naar hem alleen maar groter worden. Ze sloot haar ogen en drong de kreun van verlangen in haar keel terug omdat ze de spanning die in hem, in hen beiden rees, niet wilde verbreken door het minste geluid. Ik wil je nu, dacht ze. Meteen. Onmiddellijk. Nu. Neem me. Ik houd van je, Maxim. Maxim, ik heb altijd alleen van jou gehouden. Mijn hele leven. Ik heb alleen van jou gehouden. Neem me. Neem me. De woorden maalden steeds weer door haar hoofd, als een fuga van Bach, in eindeloze, eindeloze herhaling.
Hij had haar lichaam gestreeld en nu stopte hij en ging hij bij

haar vandaan. Ze hoorde hem over de tegelvloer lopen, en toen ze snel haar ogen opende, zag ze dat hij zijn broek stond open te ritsen. Hij stond naast de stoel en kleedde zich snel uit. Ze bekeek hem goed en nam elke contour en lijn van zijn lichaam in zich op: zijn brede schouders, zijn slanke heupen, zijn lange benen. Naakt liep hij terug naar het bed en naar haar. Haar hart sloeg een slagje over toen ze zag hoe opgewonden hij was.

Maxim ging naast haar liggen, hij nam haar in zijn armen en kuste haar diep, met zijn warme mond over de hare. Ze voelde zijn zachte, zoete tong tegen de hare en ze scheen zijn adem diep in te drinken toen ze zich aan elkaar vastklampten.

Camilla lag tegen het koele laken en genoot met volle teugen van het genot dat hij haar gaf. Ze had gezworen dat ze hem nooit meer in haar buurt zou velen. Nu vroeg ze zich af waarom ze die eed ooit had gezworen. Dit was eigenlijk het enige wat telde. Elkaar zo lief te hebben, zijn mond op de hare, zijn handen op haar lichaam. Hij had heerlijke handen. Ze waren gevoelig, teder, en nu dwaalden ze over haar lichaam, raakten haar borsten aan, bewogen zich langs haar dijen naar beneden, zochten en beminden haar geheimste plekje.

Ze sloeg haar ogen op en keek hoe hij haar buik kuste, haar dijen, hoe hij zijn lippen zachtjes over haar lichaam bewoog en ten slotte tot rust kwam waar hij dat altijd deed. Ook zijn handen dwaalden er voorzichtig heen, ze liefkoosden samen met zijn lippen de essentie van haar vrouw-zijn en brachten haar zo tot een snelle climax, zoals hij dat zo goed kon. Maar toen ze begon te trillen, probeerde ze zich in te houden.

'Verzet je er niet tegen,' fluisterde hij toen hij zijn hoofd even optilde en haar gespannen aankeek. En dus liet ze hem begaan en liet ze zichzelf gaan en voelde hoe vochtig ze werd. En toen ze zich niet langer kon beheersen, schreeuwde ze in haar hartstocht van genot en opwinding: 'Maxim! O, Maxim!'

Hij nam haar snel, hevig, bewoog zich wild in haar. Toen hij toestootte, spande haar lichaam zich naar het zijne en ze legde haar armen om zijn brede rug. Hij schoof zijn handen onder haar lichaam om haar dichter naar zich toe te brengen en hoger op te tillen... hoger en hoger, en ze sloeg haar benen om zijn middel en smolt met hem samen. Ze bewogen zich in perfecte harmonie.

Maxims zintuigen schreeuwden het uit na maanden van verlangen om haar weer zo in zijn armen te houden. Seks met haar was puur genot. Plotseling voelde hij de behoefte haar geheel te bezitten; hij moest haar naar dat punt van fysieke vervoering brengen dat hij zelf bijna had bereikt. Hij duwde zijn lichaam tegen het hare en bewoog zich sneller en sneller en zij richtte zich naar hem en bewoog zich ritmisch op en neer.
Toen hun hartstocht plotseling een hoogtepunt bereikte, riep ze weer zijn naam, maar hij maakte totaal geen geluid toen hij zich in haar verloor en wegzakte in vergetelheid.

Toen ze later zij aan zij op het bed lagen, richtte Maxim zich op één elleboog op en keek op haar neer terwijl hij een lok van haar gouden haar uit haar gezicht veegde. 'Zou het je ècht van streek gemaakt hebben als Stubby en ik met onze vrienden vandaag plotseling voor je neus hadden gestaan voor de lunch?'
'Ja, beslist. Maar ik had het wel aangekund. En niemand van jullie zou hebben geweten hoe ik me voelde. Ik ben tenslotte een goede actrice, dat weet je.'
'Niet goed... gewèldig.' Hij plantte een kus op haar neus. 'Maar het afgelopen uur heb je geen toneel gespeeld. Dit was echt.'
'Zeker.'
'Ik speelde ook geen komedie.'
'Nee, dat weet ik.'
Maxim aarzelde en zei: 'Je hoeft me niet te geloven, maar ik heb na jou met geen enkele vrouw geslapen. Niet sinds we in januari uit elkaar gingen.'
Een beetje verrast door deze bekentenis zei ze: 'Ik geloof je wel. Waarom zou je nu nog tegen me liegen? Maar waarom niet?'
'Ik had er geen tijd voor.'
'Stinkerd!'
Er kwam een ondeugende blik in zijn ogen. 'Dat is maar ten dele waar. Hoewel ik was bedolven onder het werk heb ik eigenlijk met niemand anders dan met jou willen slapen.' Hij duwde zijn gezicht in haar haar en mompelde tegen haar oor: 'Ik ben zwaar voor je gevallen, meisje.'
Ze moest lachen om die opmerking omdat het helemaal niets voor hem was om zoiets te zeggen, en ze liet zich uit bed glijden en liep op blote voeten naar de badkamer. Ze kwam terug met

een grote handdoek, stopte onderweg om de ventilator aan te zetten en glipte weer in bed. Toen ze erin lag, wreef ze zijn lichaam met de handdoek droog en veegde er toen het hare mee af.

'Het is hier zo warm, we zijn allebei bezweet,' zei ze. 'Je hebt toch geen last van de ventilator, hè? Ik dacht dat we er wat van zouden afkoelen.'

'Ik word er niet koeler van, meisje, niet als jij in de buurt bent,' antwoordde hij, en gaf haar een brutale, jongensachtige glimlach.

Camilla begon geheimzinnig, veelbetekenend te glimlachen. Ze knielde naast hem en liet haar handen over zijn lichaam zwerven zoals hij dat zoëven bij haar had gedaan. En langzaam en genietend begon ze hem met haar handen en haar mond te liefkozen, tot zijn adem oppervlakkig en ruw werd. En toen hij het niet langer kon verdragen omdat hij dacht dat hij zou ontploffen, drong hij snel bij haar binnen, boog zijn lichaam over haar heen en nam haar nogmaals.

'Ben ik te zwaar?' vroeg Maxim.

'Nee, ik vind het prettig als je op me ligt.'

Maar nadat hij haar wang had gekust rolde hij toch van haar af en liet zich in het kussen terugvallen. 'Hebben we hier een fles water, Cam?'

'Ja, ik zal hem pakken. Ik heb ook dorst.' Camilla liep naar het kastje bij het raam, maakte een fles open en schonk twee grote glazen in die ze mee terugnam naar het bed, waar ze er een aan Maxim gaf.

Even later zei hij: 'Ik moet je iets bekennen.'

'Wat?'

'Het was niet Stubby's idee om David hier op te zoeken, maar het mijne.'

'O.'

'Eind juni was ik in Parijs. Ik heb steeds geprobeerd je te bellen voor ik naar Monte Carlo vloog om het jacht op te pikken. Ik heb het verscheidene dagen geprobeerd. Ten slotte kreeg ik je dienstmeisje aan de telefoon. Ze vertelde me dat je naar Tanger was en dat je in het El Minzah logeerde. Dus belde ik het hotel, waar ze me alleen maar konden vertellen dat je was vertrokken.

Toen ik aandrong op een adres waar ik je kon bereiken, zeiden ze dat je bij David Maines was ingetrokken.'
'Waarom zocht je me dan?'
'Kun je je dat niet voorstellen?'
Ze gaf geen antwoord.
Hij zei: 'Je kunt niet ontkennen dat we elkaar seksueel sterk aantrekken.'
'Ben je daarom gekomen?'
'Ja.'
'Dan was je wel erg zeker van me, hè?' merkte ze op en keek hem scherp aan.
'Niet echt. Maar ik ben zevenenveertig en jij ook, en we zijn geen kinderen meer. We hebben een geweldige seksuele binding. Je kunt ons tegenwoordig nog geen paar minuten alleen laten of we komen in bed terecht.'
Ze bleef hem aanstaren zonder iets te zeggen.
'Geef het nou maar toe, Camilla. Je weet heel goed hoe we elkaar opwinden en hoe goed we het samen hebben in bed.'
'Ja,' zei ze ten slotte. *Maar zij hield van hem. Dat was het verschil tussen hen beiden.* Toch was ze nog niet van plan hem dat te vertellen. Het was duidelijk dat hij niet van haar hield. O, ze wist wel dat hij dol op haar was, maar meer ook niet.
'Er is nog een reden waarom ik geprobeerd heb je te vinden. Ik wilde vragen of je meeging op een cruise.' Hij stak zijn hand uit en liet een vinger langs haar kaak glijden terwijl hij haar warm toelachte. 'Wil je de komende paar weken met ons mee?'
'Waarom?'
'Ik heb je nodig, Cam.'
'Maar hoelang zul je me nodig hebben?'
'Ik zeg je net dat we nog een paar weken op de Middellandse Zee rondzwalken.'
'Dat bedoelde ik niet, dat weet je best, Maxim.'
Hij knikte. 'Ik begrijp waar je heen wilt.'
'Ik heb je eerder vanavond in de tuin gezegd dat ik er niets voor voel je maîtresse te worden.'
'Ik begrijp dat je wilt trouwen. Maar dat kan ik je niet beloven... laten we het niet overhaasten, laten we eens kijken wat er gebeurt als we twee weken op het jacht op elkaars lip zitten. Dus, ga je mee?'

'Ik zal erover denken.'
Hij schudde zijn hoofd. 'Ik word gek van je,' mompelde hij en boog zich over haar heen om zijn mond op de hare te drukken. En langzaam en bedreven vrijde hij nogmaals met haar.

53

'Ik ben heel blij dat je met ons mee wilde op de cruise, lieve schat,' zei Stubby op een ochtend tegen Camilla toen ze koffie zaten te drinken in de salon op het sloependek. Dat was voor hen beiden een dagelijks ritueel geworden, omdat ze allebei de felle ochtendzon wilden vermijden en de voorkeur gaven aan de koele schaduw van de salon.
'Ik ook,' antwoordde Camilla, en lachte naar hem. 'De afgelopen veertien dagen hebben me geweldig goed gedaan.'
'Jij hebt Maxim beslist goed gedaan. Ik heb gemerkt dat hij veel ontspannener is als jij in de buurt bent. Hij is eenzaam geweest sinds de scheiding, Camilla. Jij bent heel attent voor hem, je voelt waar hij behoefte aan heeft, je zorgt ervoor dat hij zich goed voelt, en dat is hem aan te zien.'
'Ik houd van hem,' flapte ze eruit voor ze zich kon inhouden, en ging toen hoofdschuddend achteruit in haar stoel zitten. 'O hemel, daar ben ik weer met mijn grote mond. Dat wilde ik je helemaal niet vertellen, Stubby.'
'O, maar dat wist ik allang, al jaren. Je houdt al van Duke sinds 1959. Heb ik gelijk?'
Camilla was nogal verrast door zijn opmerking en vroeg snel: 'Was het zo duidelijk?'
'Helemaal niet. Maar je was indertijd nooit in míj geïnteresseerd, seksueel tenminste niet, als we een... eh... eh... afspraakje hadden, zal ik maar zeggen. Je stelde me altijd en eeuwig vragen over hèm. En op een dag had ik je eindelijk door. Maar je geheim is bij mij veilig hoor,' grinnikte Stubby en gaf haar een kneepje in haar arm. 'Je bent een aardig meisje, Camilla.'
'En wat voor meisje,' lachte ze.
'In ieder geval hoop ik dat je in de buurt blijft.'
'Ik geloof niet dat ik begrijp wat je daarmee bedoelt, Stubby.'

'Na de cruise. Het leven gaat hierna gewoon door, nietwaar,' zei hij grinnikend.
'David wil dat ik de hoofdrol speel in een film die hij schrijft...'
'Dat weet ik,' onderbrak Stubby haar. 'Daar heeft hij het elke dag aan de lunch over. En ik moet hem nageven, hij is heel toegewijd bezig, zelfs op een cruise. Hij sluit zich elke morgen de hele ochtend in zijn hut op en gaat aan de slag. Maar eigenlijk bedoelde ik Maxim... wat ik bedoelde, was dat ik hoop dat je bij hem blijft.'
'Ik heb geen idee... Ik weet niet wat er gaat gebeuren.'
Stubby keek haar bezorgd aan. 'Blijf bij hem, Camilla. Hij heeft je nodig.'
Camilla staarde haar oude vriend lang en peinzend aan. Ten slotte zei ze: 'Ik wilde dat ik wist hoe hij echt over me denkt. Maxim is erg gesloten, hij loopt niet met zijn gevoelens te koop.'
'Hij mag je buitengewoon graag, dat is duidelijk,' stelde Stubby haar gerust. 'Jullie tweeën schijnen heel compatibel te zijn en jullie stellen elkaars gezelschap kennelijk op prijs. Kijk eens...' Stubby leunde naar voren en vestigde zijn fletsblauwe ogen op haar: '... als twee mensen nog steeds met elkaar praten nadat ze twee weken op een jacht op elkaars lip hebben gezeten, hebben ze het wat mij betreft prima voor elkaar.'
'Het valt me op dat je het woord liefde niet hebt gebruikt, Stubby.'
'Doe niet zo muggezifterig. Je bent geen zeventien meer. En Duke ook niet. Jullie zijn allebei zevenenveertig. En eigenlijk vind ik dat jullie het verrekte goed hebben getroffen met wat jullie samen hebben in deze rottige wereld. Jullie hebben samen iets bijzonders, en dat is meer dan ik kan zeggen van de meeste paren die ik ken.'
'Heeft Maxim je ooit iets over mij gezegd? Zijn gevoelens geuit?'
'Nee,' jokte Stubby. Even later schraapte hij zijn keel en zei in alle eerlijkheid: 'Maxim is echt een heel gesloten man, hij zou me zoiets nooit toevertrouwen of de intieme kant van zijn leven uitgebreid met me bespreken. Hij is een heer, zie je.'
Camilla knikte, ze schoof dichter naar Stubby toe en mompelde: 'Het is alleen... Eerlijk gezegd, Stubby, wil ik uiteindelijk niet

zijn maîtresse worden. Hoeveel ik ook om hem geef, die rol wil ik niet.'
'Dat begrijp ik. Toch vind ik dat je moet blijven. Als het niet om Maxim is, dan toch om een andere prima reden.'
'Welke dan?'
'Voor jezelf, Camilla. Hij heeft ook een goede invloed op jou. Je ziet er geweldig uit, beter dan in jaren vind ik, en je hebt totaal geen last meer van spanning. Feitelijk ben je helemaal opgebloeid. Vraag het David maar. Hij is het met me eens.'
'O, jullie hebben achter mijn rug om over me zitten roddelen, hè?' riep ze uit, maar er klonk iets guitigs in haar stem door.
'En dat hebben we met liefde gedaan.'
Camilla glimlachte tegen hem, maar gaf geen antwoord. Ze zat onbeweeglijk door de deur naar de diepblauwe Middellandse Zee te staren en moest toegeven dat Stubby gelijk had. Maximilian West had haar inderdaad goed gedaan. Ze was nog nooit in haar leven zo gelukkig geweest. Vanaf het ogenblik dat ze aan boord van de *Beautiful Dreamer* was gestapt, had Maxim haar hartelijk en met respect behandeld en was hij uiterst attent geweest. Afgezien van zijn galante houding hadden ze veel gelachen, eindeloos over zeer veel dingen gepraat en heel erg van elkaars gezelschap genoten. En dan waren er nog de nachten waarin ze elkaar hartstochtelijk liefhadden. Zijn begeerte voor haar was niet afgenomen; in feite leek hij niet genoeg van haar te kunnen krijgen. En zij voelde hetzelfde ten opzichte van hem. Ze was al snel tot het inzicht gekomen dat ze Maximilian West nooit echt had gekend. Hun jarenlange vriendschap was nogal oppervlakkig geweest. Hij was een getrouwd man geweest, totaal niet in haar geïnteresseerd, dus had ze haar gevoelens voor hem zorgvuldig verborgen gehouden. En tijdens de drie maanden toen ze verleden jaar in New York een verhouding met elkaar hadden gehad, was hun tijd samen ook beperkt geweest. Vluchtige momenten, een nacht of twee per week, de zondagen. De voornaamste reden voor hun onregelmatige ontmoetingen waren hun tegengestelde werktijden. Zij speelde de hoofdrol in een stuk op Broadway; hij leidde een imperium van een miljard dollar. Als hij naar bed ging, kwam zij net van het toneel en wilde ze dineren en zich nog ontspannen. Op de een of andere manier liepen ze nooit synchroon, tenminste wat de tijd betrof.

Maar tijdens hun cruise van twee weken rond de Balearen en Sardinië waren ze voortdurend samen en nauwelijks uit elkaars ogen, behalve als Maxim 's morgens en in de vooravond voor het diner werkte. Daardoor was ze hem beter gaan begrijpen. Ze had altijd al van hem gehouden, maar nu was ze echt dol op hem en zag ze zijn vele kwaliteiten als mens – zijn vriendelijkheid, zijn integriteit, zijn medeleven met anderen. Hij was een goed mens. Ze was zich ervan bewust dat hij hard en halsstarrig kon zijn als het over zaken ging, misschien zelfs wat meedogenloos. Maar hij had een goed karakter en hij was een man van eer, en ze had bewondering voor hem.

Misschien heeft Stubby gelijk, dacht Camilla nu. Misschien moet ik wel bij Maxim blijven. Dat wil hij graag, dat heeft hij al verschillende keren gezegd. En wat is er zo verkeerd aan zijn maîtresse te zijn? De praatjes, dacht ze. Ik heb geen zin in de praatjes, de publiciteit. O, barst ook maar... wat kan het me schelen hoe de rest van de wereld erover denkt? Ik kan toch niet voor de wereld leven. Ik moet eerlijk tegen mezelf zijn... Ik wil bij Maxim blijven...

'Dubbeltje voor je gedachten,' zei Stubby.

'Je krijgt ze voor niets.' Camilla gaf hem een lieve glimlach. 'Ik dacht dat misschien... Nou, misschien volg ik je advies wel op en blijf ik. Wie kan het tenslotte schelen wat de mensen denken?'

Stubby was even van zijn stuk gebracht door dit commentaar. Hij trok zijn wenkbrauwen samen. 'Je bent veel te volwassen om je druk te maken over dat soort onzin, lieverd. Daar sta je toch boven? Ver, heel ver boven. Bovendien heeft Maxim je op het jacht op geen enkele manier gecompromitteerd. Je hebt je eigen luxehut, hij heeft de zijne...'

'Nu je het er toch over hebt, er is iets wat ik je had willen vragen,' onderbrak Camilla hem. 'Maxim is uit zijn hut vertrokken toen ik aan boord kwam om die aan mij te geven. En dat was heel lief van hem, zeer attent. Maar ik begrijp niet waarom hij geen eigen luxehut heeft. Ik dacht dat dit jacht er drie had.'

'Die zijn er ook. Jij hebt er een. Marcia en ik hebben de andere. De derde zit permanent op slot.'

'Waarom?'

'Die is van Anastasia. Alleen zij gebruikt hem.'

Camilla staarde hem perplex aan. 'Dat begrijp ik niet.'
'Toen ze gingen scheiden, zei Maxim dat ze kon krijgen wat ze maar wilde. Het huis in Mayfair, de villa in Beaulieu, het appartement aan Fifth Avenue, dit jacht. Letterlijk alles, alles wat ze maar wilde. Maar het enige wat ze vroeg, was haar luxehut op dit jacht. Voor als ze aan boord kwam om met Maxim en de kinderen een cruise te maken. Ze zei hem ook dat ze het prettiger vond als niemand anders hem zou gebruiken, en hij respecteert haar wensen. Dus is hij op slot. Behalve als zij er is natuurlijk.'
'Waarom alleen maar de luxehut? Waarom vroeg ze het jacht niet?'
Stubby leunde voorover en zei op vertrouwelijke toon: 'Anastasia wilde niets van Maxim hebben, alleen genoeg geld om comfortabel van te kunnen leven. Geen van zijn grote huizen, noch dit jacht. Ze is niet van hem gescheiden omdat ze hem haatte, zie je. Ze is van hem gescheiden omdat ze veel te veel van hem hield, dus was ze er niet op uit hem het vel over de oren te halen. Haar liefde was eigenlijk nogal bezeten, bezitterig. Anastasia bouwde haar leven om hem heen, maakte hem het begin en het einde, het middelpunt van haar bestaan.' Stubby tuitte zijn lippen en schudde triest zijn hoofd. 'Dat is niet gezond. Voor niemand. Ten slotte besefte ze dat en verliet hem, in zeker opzicht om zichzelf te redden.'
'Maar Maxim hield van haar. Dat wist ze toch wel,' gokte Camilla.
'Ja zeker. Maar ze kon er niet tegen, zijn leven, zijn zaken, zijn werkschema. Hij is geen man voor kantooruren, nooit geweest ook. Hij is een gedreven man, ambitieus en geniaal in wat hij doet...'
'Waarom doet hij het? Waarom blijft hij maar bedrijven kopen en zijn zaken uitbreiden?'
'Hij is van nature een imperiumbouwer, de grondlegger van een dynastie. En hij kan er niets aan doen dat hij zo is, Camilla. Hij doet het geniaal, zoals ik al zei.'
'Maar dan heeft hij nu toch zeker wel geld genoeg. Hij is multimiljonair.'
Stubby lachte een beetje. 'Het heeft niets met geld te maken. Het heeft te maken met zijn scheppingsdrang, de opwinding van onderhandelen, van uitdagingen aangaan, plus de voldoening die

het hem geeft. Je kunt me net zo goed vragen waarom een bergbeklimmer de Mount Everest wil bedwingen.'
'Waarom dan?'
'Omdat dat ding daar nu eenmaal staat. Om bedwongen te worden. Maxim moet ook iets bedwingen.'
'Maar begreep Anastasia dat dan niet?' vroeg Camilla zachtjes met een opgetrokken wenkbrauw.
'Dat geloof ik wel. Maar begrip maakt het nog niet gemakkelijker te aanvaarden. Voor haar niet tenminste. Ik had altijd het idee dat ze geestelijk niet erg sterk stond... Ik denk dat een vrouw iets heel taais moet hebben om op Maxims manier te kunnen leven.' Hij zweeg en ging toen verder: 'Jij zou het wel kunnen. Jij kunt er wel tegen.'
'Probeer je te zeggen dat ik taai ben?' riep ze uit en ze keek hem uitdagend aan.
'Ik hoop in godsnaam van wel! Ja, jij hebt iets taais over je, Camilla, jij bent een doordouwer. Begrijp me alsjeblieft niet verkeerd. Als ik zeg taaiheid, dan bedoel ik veerkracht, het vermogen, de wil en de capaciteit om er weer bovenop te komen. Verwar het woord taai niet met het woord hard. Er is een groot verschil. Een vrouw die een beetje taai is, kan ook emotioneel, vrouwelijk, gevoelig, zacht en liefhebbend zijn. Dat ben jij allemaal...'
'Dank je voor je lieve woorden, Stubby.'
Hij glimlachte. 'Aan de andere kant is een harde vrouw totaal zonder emoties of gevoel. Verbeten.'
'Wat jij zegt, is dat Anastasia niet buigzaam genoeg was om de druk en de spanning van Maxims leven aan te kunnen, en de eisen die zijn zaken aan zijn leven stellen.'
'Precies. En omdat hij zo toegewijd is, er zo in opgaat. Maar hoor eens, dat is allemaal voorbij. Anastasia had net voor de scheiding een zenuwinstorting, maar het gaat haar nu veel beter, ze gaat geweldig vooruit.'
'Ik heb gehoord dat ze vrienden zijn...'
'Ja. Ze houdt nog van hem, eigenlijk aanbidt ze de grond waarop hij loopt. Maar het is een afstandelijk soort vriendschap. Ik denk dat dat voor haar de enige manier is, omdat ze zoveel van hem houdt. Ik weet zeker dat ze zich niet weer aan zijn manier van leven wil blootstellen.'

Camilla knikte, maar zweeg. Ze zou Stubby zo graag vragen of Maxim nog van Anastasia hield, maar ze hield haar mond. Ze wilde liever niet weten wat zijn gevoelens voor zijn ex-vrouw waren.

Plotseling kwam David Maines binnenwandelen: 'Goeiemorgen! Goeiemorgen! riep hij, en daarmee werd een verder gesprek over Anastasia afgebroken.

David zei: 'Pfft! Het is vanmorgen hartstikke heet buiten. Verschroeiend. Vinden jullie het erg als ik een kopje koffie meedrink? Of is dit een privé-babbeltje?'

'Natuurlijk niet,' antwoordde Camilla; ze stond op en liep naar het dressoir, waar ze voor David een kop koffie inschonk die ze hem bracht. Ze zette hem op het tafeltje naast hem en hij zei: 'Dank je, lieverd.'

'Vordert het script goed?' vroeg Stubby.

David stak zijn duim omhoog. 'Gewoonweg geweldig. Ik heb ontdekt dat ik schrijven aan boord van een jacht wel leuk vind. Je zit heerlijk geïsoleerd; geen afleiding.'

Op dat ogenblik verscheen Maxim; hij bleef in de deuropening staan met een bundel paperassen in zijn hand, nonchalant tegen de deurpost geleund. 'Goedemorgen, luitjes. Ik ga een paar uurtjes werken, maar voor ik verdwijn wil ik jullie even zeggen dat ik erover denk de cruise nog een dag of tien te verlengen. Wie is daar voor?' Hoewel hij het tegen hen allemaal had, waren zijn schitterende donkere ogen op Camilla gericht.

'Ik wel, lieveling,' zei ze meteen met een warme glimlach.

David zei: 'Reken maar op mij, schipper.'

'Wat een prima idee, Duke!' riep Stubby uit. 'Dat zouden Marcia en ik heerlijk vinden.'

Maxim lachte hen stralend toe. 'De Lanes en de Turners gaan morgen van boord, zoals gepland, en die vliegen terug naar Londen en de Verenigde Staten. Dus dan zijn we nog maar met ons vijven.'

54

De tien dagen werden twee weken.

De *Beautiful Dreamer* zeilde naar Sicilië, voer toen naar Malta en waagde zich op de Ionische Zee waar ze bij verscheidene Griekse eilanden voor anker ging. Uiteindelijk keerde ze om en voer terug zoals ze was gekomen, richting Tanger.

Nu de andere gasten weg waren, kwam het Camilla voor dat Maxim ontspannener en meer op zijn gemak was. Tot haar verrukking bracht hij bovendien veel van zijn tijd met haar door en leek hij maar niet genoeg te kunnen krijgen van haar gezelschap. Hoewel hij iedere dag van de week een paar uur werkte, was hij heel attent; hij had oog voor haar behoeften en was vol warmte. 's Nachts, in de afzondering van haar luxe hut, was hij nog net zo hartstochtelijk als een maand daarvoor toen hij naar Tanger was gekomen om haar te zoeken.

Op een avond na het diner, toen de anderen één voor één naar bed waren gegaan, bleef Maxim langer dan gewoonlijk bij de bar op het bovendek hangen. Toen de bemanning ook naar bed was en ze eindelijk alleen waren, zei hij zacht: 'Er is iets waar ik met je over wil praten, Camilla.'

'Ja, natuurlijk, wat is er? Je klinkt zo ernstig, je ziet er bezorgd uit, Maxim.'

'Nee, nee, ik ben niet bezorgd. Maar wel ernstig.' Hij keek haar heel lang aan voor hij zei: 'Zou je willen overwegen om met me te trouwen?'

Camilla was als door de bliksem getroffen. Dit was wel het laatste wat ze had verwacht en ze kon hem alleen maar dom zitten aanstaren.

Hij grinnikte. 'Je ziet er erg verbaasd uit, lieveling. Sprakeloos, eigenlijk. Maar voor je ja of nee zegt, moet ik je uitleggen dat er een paar grondregels zouden zijn als we trouwen. Mag ik je die vertellen?'

Camilla knikte. Het kon haar niets schelen wat die grondregels waren; ze zou alles goedvinden als ze maar trouwden. Ze hield zoveel van hem dat ze als het ware bedwelmd was, ze had op het punt gestaan hem op elke voorwaarde te accepteren, liever zijn maîtresse te worden als dat nodig was dan hem te verliezen.

'Als je met me trouwt, wil ik niet dat je je carrière opgeeft,' zei

hij. 'Het is altijd een vitaal deel van je leven geweest, Cam, en het is voor mij heel noodzakelijk dat je doorgaat met acteren. In films, op toneel. En ik wil ook graag dat je in januari Davids film gaat doen.'
'Je zegt in feite dat je er de voorkeur aan geeft dat ik het druk heb, terwijl jij je imperium bestuurt.'
'Ja. Maar het is ook voor jouw bestwil, lieveling. Je bent een groot actrice, op de top van je kunnen; je hebt een bloeiende carrière. Je hebt een grote naam, een heel grote naam. Ik zou niet willen dat je dat opgaf, dat je opoffert waar je al die jaren naar toe hebt gewerkt, waar je je voor hebt ingespannen... om met mij te trouwen. Ik wil dat je dat succes, dat gevoel van voldoening blijft houden.'
'Ik móet wel werken, Maxim, net als jij... als ik dat niet deed, konden ze me in een dwangbuis afvoeren. Ik zou trouwens niet weten wat ik met mijn tijd zou moeten doen als ik niet acteerde,' legde ze uit.
'Ik weet wat je bedoelt. Maar als ik verder mag gaan, Cam, ik heb heel wat ruimte nodig. Die moet ik wel hebben om mijn werk goed te kunnen doen. Ik wil niet dat je aan me gaat hangen en mij tot de kern van je bestaan maakt. Ik moet veel reizen, en ik hoop dat je dat begrijpt. Op lange reizen kun je natuurlijk met me mee. Ik zou het heerlijk vinden als je mee zou gaan. Maar niet op de korte, snelle trips. Die zijn te jachtig en ik zit voortdurend in vergaderingen. Dan wil ik niet worden afgeleid. Of worden afgebracht van wat ik moet doen... omdat ik over mijn vrouw inzit. Ik ben altijd gedreven, geconcentreerd geweest. Dat kan ik niet veranderen. Zakendoen is een enorm en vitaal deel van mijn leven.'
'Dat weet ik.'
'En dan zijn er natuurlijk bepaalde perioden dat ik Anastasia en onze kinderen moet opzoeken en tijd met haar en met Alix en Michael moet doorbrengen. Verjaardagen, sommige vakanties. Dat zou je toch niet storen, wel?'
'Natuurlijk niet. Ik zou het raar vinden als je hen niet opzocht, onder de gegeven omstandigheden. En hoe zit dat met Alix en Michael? Hoe zullen die het opvatten als je met me trouwt? Stiefmoeders zijn niet altijd populair.'
'Dat is geen probleem. Ze zijn allebei volwassen. Alix is al

twintig, Michael negentien, weet je nog? Ze zijn zelfstandig.'
Ze knikte. 'Oké, ga door. Wat is de rest van je grondregels?'
'Meer heb ik er niet... dat is alles.'
Camilla zweeg en ze keek bedachtzaam.
'En jij? Misschien heb jij ook grondregels?' Een donkere wenkbrauw ging vragend omhoog.
'Nee Maxim, die heb ik niet.'
'Wil je met me trouwen?'
'Natuurlijk wil ik met je trouwen.' Ze zei niet dat dit het enige was wat ze ooit echt had gewild, maar ze dacht het wel degelijk.
Zijn gezicht klaarde op; hij stond op, ging bij haar op de sofa zitten en sloeg zijn armen om haar heen. 'Ik ben niet het type van een vrijgezel, weet je. Ik ben van nature veel te monogaam,' zei hij, en beroerde haar wang. 'En ik zal altijd goed voor je zijn, Camilla.'
'Dat weet ik,' antwoordde ze met een stralend gezicht.
Hij boog zich naar haar toe, kuste haar innig en fluisterde in haar haar: 'Zal ik een fles champagne openmaken om ons aanstaande huwelijk te vieren? Of zullen we dat in bed doen?'
Ze zei niets. Ze maakte zich los uit zijn omhelzing, stond op, stak haar hand naar hem uit en gaf hem een veelbetekenend glimlachje.
Maxim nam haar hand en stond op. Samen liepen ze hand in hand naar haar hut.
Hij kon nauwelijks wachten tot hij haar kleren uit had en ze in bed lag, en hij nam haar heel snel, dringend, zonder veel voorspel. Zijn hartstocht voor haar woedde in hem, kwam bijna onmiddellijk tot uitbarsting toen hij haar nam en voor het eerst in al die weken van hun liefdesspel riep hij haar naam toen hij zijn climax bereikte en in haar uitvloeide.
Veel later die nacht, nadat hij haar weer had liefgehad, nu langzaam en meer op zijn gemak, en haar had bevredigd, ging hij in bed zitten, leunend op een elleboog, en keek haar aan. 'Laten we niet wachten, Cam. Laten we meteen trouwen.'
'Wanneer je maar wilt,' zei ze en stak haar hand omhoog om zijn haar uit zijn gezicht te strijken. Haar liefde voor hem straalde van haar gezicht.
'Dan doen we het morgen,' kondigde hij gebiedend aan met een brede glimlach. 'Of overmorgen. Over een paar uur komen we

in Tanger. De Britse consul kan ons trouwen. Ik zal het morgenochtend meteen regelen. Vind je dat goed?'
'Ik vind alles goed, als ik maar bij jou ben, Maxim.'

Het was een gouden dag in november, een warme nazomerdag. Er stond een heldere zon aan een prachtige hemel die strak en intens blauw was, zonder een enkel wolkje. Camilla bleef even staan op de stoep voor Maxims huis in Mayfair waar ze nu met hem woonde sinds ze getrouwd waren, en snoof de lucht op; ze ademde diep en bedacht wat een zalige dag het eigenlijk was. Een ideale dag om de stad uit te gaan.
Toen ze naar voren liep, kwam Maxims chauffeur, Humphrey, de Jaguar uit en liep eromheen om de deur voor haar open te houden. 'Goedemorgen, mevrouw West,' zei hij met een beleefde glimlach toen hij haar hielp instappen.
'Goedemorgen, Humphrey. Is het geen heerlijke dag? Nauwelijks winter hè?'
'Het is een prachtige dag, madame.' Humphrey deed de deur dicht en liep terug naar de plaats van de chauffeur. 'Gaan we weer naar East Hendred, mevrouw West?' vroeg hij terwijl hij over zijn schouder keek. 'Meneer West zei me vanmorgen dat ik u vandaag de stad uit moest brengen.'
'Ja, dat klopt,' zei Camilla en ze ging achteruit zitten. 'En we hebben tijd genoeg. Ik heb een afspraak in het nieuwe huis met de binnenhuisarchitecten, maar die verwachten me niet voor de middag.'
'Heel goed, mevrouw West,' zei hij terwijl hij de motor startte, en trok weg van de stoeprand.
Onderweg naar East Hendred, het dorpje in Oxfordshire waar ze onlangs een prachtig oud Queen Anne-landhuis had gekocht, liet Camilla haar gedachten de vrije loop. Zij en Maxim hadden het begin september gevonden, voor ze samen naar New York waren gevlogen op een van zijn zakenreizen. Ze hadden het allebei mooi gevonden zodra ze het zagen en ze hadden ter plaatse besloten het te kopen. Toen zij erop stond het te betalen, had Maxim geprotesteerd en zijn hoofd geschud, en hij was hogelijk geamuseerd geweest door haar volharding in deze. Maar ze had gewonnen en toen ze het huis had gekocht, had ze het hem als huwelijkscadeau gegeven. Hij was heel geroerd geweest door dit gebaar en had haar geschenk in dank aanvaard.

Hoewel het landhuis twee jaar had leeggestaan omdat de vorige eigenaar nu in Barbados woonde, was Lacey Court in redelijk goede conditie. De binnenhuisarchitecten die ze had ingehuurd, waren al hard aan het werk om de gezellige, eenvoudige, landelijke inrichting waaraan zij en Maxim de voorkeur gaven, te creëren. Het zou een heerlijk weekendhuis voor hen beiden worden, vooral voor Maxim. Door de manier waarop hij werkte, had hij een plek nodig waar hij zich af en toe in een rustige omgeving kon ontspannen.
Ze liet haar hoofd tegen de stoel rusten en sloot haar ogen, omdat ze opeens aan haar man moest denken, de man van wie ze had gehouden sinds ze een meisje was en van wie ze altijd had gedacht dat hij buiten haar bereik lag. In haar stoutste dromen had ze nooit gedacht dat ze ooit met hem getrouwd zou zijn. Of dat ze met hem zo ongelooflijk gelukkig zou zijn. Hij was een heerlijke man. Diep in haar hart wist ze dat hij niet net zo van haar hield als zij van hem, maar dat vond ze niet meer belangrijk. Maxim was in bed hartstochtelijk, hij was altijd zorgzaam en attent, en overdreven royaal. Sinds hun huwelijk in augustus had hij haar bedolven onder prachtige cadeaus – exquise juwelen, mooie schilderijen, waardevol antiek en zilver voor het nieuwe huis.
Ofschoon er af en toe wel momenten waren waarop ze ernaar verlangde hem te horen zeggen 'Ik houd van je', waren dat er maar weinig en ze lagen ver uiteen. Ze herinnerde zich voortdurend Stubby's woorden toen ze het op het jacht met hem over liefde had gehad. Wees blij met wat je hebt, had hij gezegd. Jij en Maxim hebben meer dan de meeste paren. Dat hadden ze ook, dat was waar. Bovendien was Maxim onlangs begonnen zijn gevoelens voor haar onder woorden te brengen, en dan mompelde hij dingen als: 'Ik aanbid je', of: 'Je bent heel bijzonder voor me', en dan klonk zijn stem zo lief en stonden zijn donkere ogen heel warm.
In gedachten ging ze terug naar hun huwelijksplechtigheid op het Britse consulaat in Tanger. Als de anderen al verbaasd waren dat Maxim de kapitein van zijn jacht niet had gevraagd het huwelijk te voltrekken, zij was dat niet. Hij had de *Beautiful Dreamer* voor Anastasia laten bouwen. Om op het jacht met háár te trouwen zou in zijn ogen ongepast zijn. Hij was op zoveel ver-

schillende manieren gevoelig, en ze wist dat Anastasia nog steeds een flink deel van Maximilian West in haar bezit had, inclusief zijn hart. De werkelijke reden voor de plaats van het huwelijk was kennelijk op een gegeven moment tot Stubby doorgedrongen, want hij had haar een snelle blik toegeworpen en geglimlacht, waarbij hij haar met zijn ogen duidelijk maakte dat hij achter haar stond en haar begreep. Het had haar niet kunnen schelen waar ze trouwden.

Ook Stubby was eindelijk in het bootje gestapt en had een eind gemaakt aan zijn dagen als playboy. De bruiloft had plaatsgevonden in september, nadat zij en Maxim uit de Verenigde Staten waren teruggekomen. Hij had de mooie Marcia Bell tot vrouw genomen en het huwelijk was voltrokken in Caxton Hall. Maxim was getuige geweest en Camilla bruidsdame; naderhand hadden Maxim en zij het bruiloftsmaal in het huis in Mayfair gegeven.

Teddy en Mark Lewis waren op Stubby's bruiloft geweest en ze had zich heel gestreeld gevoeld dat ze haar mochten, dat ze er blij mee leken dat ze met Maxim was getrouwd. En tot haar voldoening was dat ook het geval met Maxims kinderen. Noch Alix noch Michael scheen ervan ondersteboven te zijn toen ze hoorden dat hun vader met haar was getrouwd, integendeel zelfs. En ze was een fijne relatie aan het opbouwen met Alix, die zo'n prachtige, intelligente jonge vrouw was.

Ik ben zo gelukkig, dacht Camilla. Ik ben de gelukkigste vrouw op aarde. Ik heb echt alles wat ik ooit heb gewild. Maximilian West. Mijn schitterende carrière. Zelfs kinderen heb ik nu, omdat ze me werkelijk aardig lijken te vinden. Als enig kind wier ouders waren overleden, en zelf kinderloos, had ze het gevoel dat ze eindelijk een echte familie had.

Zonder dat ze het merkte, zat ze stralend te glimlachen en er lag een gelukkige en tevreden blik in haar expressieve groene ogen.

Camilla maakte haar handtasje open en nam er een kleine agenda uit om haar afspraken voor de rest van de week te bekijken. Ze keek uit naar het diner met David Maines vanavond. Hij was gisteren in Londen aangekomen met het definitieve script voor de nieuwe film. Ze had toegezegd de hoofdrol te spelen en verlangde ernaar de definitieve versie te lezen.

Een klein uurtje nadat Humphrey van Chesterfield Hill in Mayfair was vertrokken, draaide hij de bochtige oprijlaan naar Lacey Court in.
Het Queen Anne-landhuis stond in een kleine vallei, omzoomd door bosjes hakhout die er op een lichte helling boven groeiden, en het zag er prachtig en tijdloos uit. Vanmorgen weerspiegelden de vele ramen het zonlicht, en de oude stenen zagen er aangenaam en vriendelijk uit tegen het donkere winterlandschap, met als achtergrond de kale bomen.
Humphrey parkeerde voor de voordeur die pas glanzend wit geschilderd was, en ogenblikkelijk kwamen de twee jonge binnenhuisarchitecten de deur uitgesneld, de brede stoep af.
Omdat ze niet zo van ceremonieel hield, deed Camilla de deur open en stapte uit de Jaguar voor Humphrey een kans kreeg haar te helpen, en liep haastig op hen af.
Alison Dixon en Tony Campbell, de ontwerpers die ze in het verleden altijd had gebruikt, waren een en al glimlach toen ze haar begroetten en haar meenamen het huis in.
'Alles gaat volkomen naar wens,' zei Tony haar terwijl hij een stap achteruit deed zodat ze in de grote hal kon rondlopen. 'En de stoffen die je hebt uitgezocht zullen geweldig staan. Het is gemakkelijker in te schatten hoe ze zullen staan nu de muren van alle kamers geschilderd zijn. Het huis wordt echt heel mooi, Camilla, en alles is prachtig op elkaar afgestemd.'
'Ik brand van ongeduld om het te zien,' antwoordde Camilla en glimlachte tegen het getalenteerde jonge team terwijl ze de hal rondkeek, tevreden met de oudroze tint die ze voor de wanden hadden gebruikt, de botanische prenten in donkere houten lijsten, de vergulde Georgische spiegel en de antieke kristallen en *doré* bronzen luchter.
'Je zult aangenaam verrast zijn als je de rest van het huis ziet,' vertelde Alison haar. 'We zijn de afgelopen week geweldig opgeschoten.'
Terwijl ze met haar de bibliotheek inliep, ging Alison verder: 'De meeste kamers zijn geschilderd, zoals Tony al zei, de houten vloeren zijn schoongemaakt en opnieuw gepolitoerd... o, en gisteren heeft Harrods de bedden gebracht. En zoals je kunt zien, is deze kamer praktisch klaar. Het enige wat nog ontbreekt, is de Chesterfield-sofa, de boeken en de accessoires.'

Camilla stond midden in de bibliotheek en liet haar blik tevreden rondgaan, zonder iets te missen. Ze bleef goedkeurend knikken. De betimmerde muren van de prachtige oude kamer waren schoongemaakt en gerestaureerd, evenals de boekenplanken; en verder bevatte de kamer een Georgisch bureau met stoel en een paar leunstoelen, een savonnerietapijt, en koperen lampen met crèmekleurige zijden kappen. Boven de open haard hing zelfs een van haar favoriete paardeschilderijen.

'Gefeliciteerd!' riep Camilla verrukt terwijl ze van de een naar de ander keek. 'Zoals jullie weten, is deze kamer voor Maxim, en ik ben heel blij dat je deze het eerst hebt gedaan. Nu weet ik zeker dat hij ergens kan werken, zelfs als de andere delen van het huis nog niet klaar zijn wanneer we er eenmaal wonen.'

Ze liepen het hele huis met haar door en gingen toen naar beneden, naar de keuken. Tony zei: 'We denken dat we het huis midden december klaar kunnen hebben, Camilla, want we schieten heel goed op.' Hij hield de keukendeur voor haar open, en toen ze naar binnen liepen, voegde hij eraan toe: 'O ja, we hebben een picknick-lunch meegebracht, dat leek ons beter dan naar een van de cafés in de buurt te gaan om daar te lunchen. We dachten dat dat veel leuker zou zijn, dan kunnen we je onder het eten wat stoffen laten zien die we hebben uitgekozen voor het antieke rieten meubilair, en de tegels voor het gastentoilet.'

'Wat een goed idee,' zei Camilla. 'Dan wip ik even snel naar buiten om Humphrey te zeggen dat hij ergens in een café iets kan gaan eten. Dan kan hij me over een paar uur komen ophalen, omdat we een heleboel te bespreken hebben. Excuseer me even.'

'Drink je een glas wijn, Camilla?' vroeg Alison die de fles uit de rieten picknickmand haalde.

'Waarom niet? Graag,' zei Camilla, en haastte zich naar buiten.

Toen ze de chauffeur had weggestuurd om te gaan lunchen bleef Camilla even buiten staan en bedacht dat ze zo snel mogelijk een tuinman in dienst moest nemen. Hoewel het nu eind november was en er niets kon worden geplant, was de tuin nogal overwoekerd, een wildernis die voor het voorjaar moest worden opgeknapt. Ginds zal ik wat narcissen poten, dacht ze, die moeten wat willekeurig onder de bomen worden geplant. En krokussen en sneeuwklokjes. En ik zal wat seringen laten neerzetten. Maxim is dol op seringen.

Het zou heerlijk zijn als we hier de kerstvakantie konden doorbrengen, dacht Camilla toen ze weer naar binnen ging. Maxim had haar gezegd dat Alix dan bij hen zou zijn, terwijl Michael met Anastasia naar Jamaica ging. Ze liep de gang door naar de keuken en bleef staan toen ze bij de kelderdeur kwam omdat ze opeens moest denken aan Maxims voornaamste kerstcadeau. Ze had besloten van een deel van de kelder een goed toegeruste wijnkelder te laten maken, en ze was van plan die vol te leggen met de allerbeste wijnen. Stubby had haar geholpen Maxims lievelingswijnen te selecteren, evenals de champagnesoorten die hij het lekkerst vond en die hij graag als aperitief had in plaats van sterke drank. Hoewel hij zelf geen drinker was, stond hij er wel op zijn gasten alleen de beste wijnen voor te zetten. Stubby was al voor haar naar een wijnverkoping geweest en ze waren een aardig eind op weg. De flessenrekken waren besteld en konden nu elke dag bezorgd worden.
Terwijl ze besloot nog even een kijkje in de kelder te nemen terwijl Tony en Alison de picknick-lunch in de keuken klaarzetten, deed Camilla de kelderdeur open. Ze knipte het licht aan en liep de lange houten trap af die ondiepe treden had en heel steil naar beneden liep.
Ze was pas een paar treden af toen de hak van een van haar schoenen in een kier van de houten tree bleef steken. Omdat ze dat niet in de gaten had, probeerde ze gewoon de trap af te lopen, maar ze werd achterovergetrokken toen de hak van haar schoen in de tree bleef vastzitten. Ze verloor haar evenwicht, en terwijl ze zwikte en toen vooroverschoot, slaakte ze een angstaanjagende kreet en greep wild naar de trapleuning die langs de muur liep. Die was verrot en kwam in haar hand los van de muur. Ze schreeuwde nogmaals toen ze de steile trap afstortte en met een doffe klap beneden op de betonnen vloer terechtkwam, waar ze doodstil bleef liggen.
Alison en Tony hoorden haar schreeuwen en kwamen de keuken uitrennen. Ze vlogen de gang door, zagen onmiddellijk dat de kelderdeur openstond en gingen erheen. Tony stond op de bovenste tree naar beneden te kijken en slaakte een kreet van afgrijzen. 'O, mijn god! Camilla is van de trap gevallen!' riep hij en kreeg het koud van schrik. Hij liep voorzichtig de trap af, terwijl zijn hart in zijn keel bonsde.

Hij vond haar schoen met het puntje van haar hak nog in de kier van de tree en begreep meteen hoe het ongeluk was gebeurd.
Alison, die onbeheerst stond te trillen, zag doodsbleek. Ze volgde haar partner de trap af, maar ze was zo bang en in de war dat ze nauwelijks kon lopen. Toen ze onder aan de steile trap kwam, waarvan ze nu pas besefte dat hij gevaarlijk was, lag Tony op zijn knieën naast Camilla.
Haar lichaam lag er vreemd bij en zag er raar scheef uit op de keldervloer. Haar mooie gezicht was wit, haar ogen waren gesloten. Onder haar gouden haar sijpelde bloed uit.
'Ze is ernstig gewond,' fluisterde Alison met nauwelijks hoorbare stem. Ze boog zich naar Tony en probeerde haar trillende ledematen in bedwang te krijgen.
Tony zag doodsbleek. 'Ik geloof niet dat we haar moeten verplaatsen,' zei hij onvast. 'Dan kunnen we het nog erger maken. Ik blijf hier bij Camilla. Ga jij een ambulance bellen.'
Alison knikte en klom heel langzaam de trap op omdat haar benen loodzwaar aanvoelden.
Tony keek hoe ze door de deur boven aan de trap verdween, en wendde zijn blik toen weer naar Camilla. Hoewel hij het niet tegen Alison had gezegd, was hij er zeker van dat Camilla haar nek had gebroken toen ze viel en dat ze niet meer leefde.

Maxim kon niet aanvaarden dat Camilla dood was.
Pas na haar begrafenis begon het tot hem door te dringen. Het definitieve van haar dood trof hem heel hard. Hij kon niet geloven dat de prachtige, levendige, getalenteerde en liefhebbende vrouw die hij nog zo pas had getrouwd, hem voor altijd had verlaten.
Hij was er kapot van.
Het was zijn dochter Alix die hem het meest tot steun was, hoewel Stubby, Teddy en David Maines hem ook probeerden te troosten in zijn verdriet.
De dag na de herdenkingsdienst voor Camilla zaten Maxim en Alix samen in zijn huis in Mayfair. Alix legde haar hand op zijn arm en zei voorzichtig: 'Ik vond Camilla heel lief, pap, en we waren goede vrienden aan het worden. Ze zei me dat ze me beschouwde als de dochter die ze nooit had gehad, en ze vroeg me

of ik dat erg vond. Ik zei van niet, en ze voelde zich warempel gevleid.'
Maxim keek haar snel even aan, maar gaf geen commentaar.
Alix keek naar hem en vond dat hij er vreselijk uitzag. Haar vader zag grauw onder zijn zongebruinde huid, en zijn donkere ogen die normaal zo glansden, stonden dof van verdriet. Alex haalde diep adem en ging verder: 'Na mama was Camilla echt de aardigste vrouw die ik ooit heb gekend. Het spijt me dat ze dat afschuwelijke ongeluk heeft gehad en ik wil dat u weet dat ik er voor u ben als u me nodig heeft.'
Maxim kon nog steeds niets zeggen, maar hij pakte de hand van zijn dochter en hield die stevig vast. Ten slotte zei hij: 'Camilla was heel bijzonder...'
'Ja. En ze hield heel veel van u, pap.'
'En ik hield van haar. Niet op dezelfde manier waarop ik van je moeder houd... je kunt nu eenmaal in één leven niet op die manier van twee mensen houden. Maar ik hield wel van Camilla, op een andere manier, en ze was belangrijk voor me. Ze heeft me deze laatste paar maanden heel gelukkig gemaakt, ze hielp me om de eenzaamheid te verdrijven...' Zijn stem brak. Hij kon niet verder gaan.
Na een paar minuten kreeg Maxim zijn zelfbeheersing weer terug en zei zacht: 'Ik heb haar nooit gezegd dat ik van haar hield, Alix. Niet één keer. Dat zal ik mezelf nooit vergeven.' Er sprongen tranen in zijn ogen die hij snel met zijn vingertoppen probeerde weg te vegen.
Alix sloeg haar arm om zijn schouders en legde haar hoofd tegen zijn arm. 'Ik weet zeker dat Camilla wist dat u van haar hield, pap.'
'Het was verkeerd van me, ik had het haar moeten zeggen,' mompelde hij met een raspend schorre stem.
'Een vrouw wéét gewoon of een man van haar houdt of niet. Eerlijk waar,' troostte Alix, wier hart pijn deed en naar hem uitging in zijn smart. 'Dat voelt ze in haar botten. Trouwens, Camilla was heel gelukkig met u.'
Hij wendde zich tot zijn dochter en keek haar onderzoekend aan: 'Denk je echt dat ze gelukkig was, Alix?'
'Ja. U maakte haar héél erg gelukkig. Dat zei ze me nog maar een paar dagen voor het ongeluk.'

Maxim leunde achterover tegen de sofa en sloot zijn ogen. De woorden van zijn dochter gaven hem wel wat troost, maar niet veel.

Niet lang na Camilla's dood verdween Maxim totaal uit de openbaarheid. Hij begroef zich meer dan ooit in zijn werk, beperkte zijn uitgaansleven tot een absoluut minimum en zag alleen zijn collega's, zakenrelaties en naaste familie. Er was veel publiciteit geweest rond Camilla's dood en hun huwelijk, rond haar leven en het zijne voor dat ze getrouwd waren. Hij werd er misselijk van. Hij huurde een aantal assistenten om de pers op afstand en zijn naam uit de roddelrubrieken te houden. Hij moest niets hebben van speculatie over zijn privé-leven.
Maxim West trok zich terug en haalde de ophaalbrug achter zich op.

Deel 6

ADRIANA
NEW YORK
1987

De wijsheid der vrouwen bouwt haar huis, maar de dwaasheid breekt het af met haar eigen handen.
(*Spreuken*)

55

Adriana Macklin West stond midden in de zitkamer van hun appartement aan Fifth Avenue en bekeek hem met een scheve blik.

De kamer zinde haar totaal niet. Ze had hem afschuwelijk gevonden vanaf het moment dat ze er achttien maanden geleden voor het eerst een voet in had gezet. De afmetingen van de kamer waren imposant, hij lag hoog, was ruim en licht, en had een buitengewoon mooi uitzicht over Central Park. Helaas was hij ingericht door zijn eerste vrouw en ze vond het meubilair afschuwelijk – ouderwets, uit de tijd, mislukt en absoluut stijlloos. Sinds ze met Maxim was getrouwd had ze ernaar gesnakt hem opnieuw in te richten, maar als ze erover begon, maakte hij een afwijzend gebaar met zijn hand en dan zei hij haar dat hij ervan hield zoals hij was. Tegenwoordig kapte hij haar telkens af als ze het woord inrichten in de mond nam, en hij wilde niet eens luisteren naar de reden waarom ze de veranderingen wilde aanbrengen.

Ze had zelfs aangeboden alles zelf te betalen, maar hij had gezegd dat geld geen rol speelde, dat dat nauwelijks een punt was.

Adriana liet haar donkerbruine ogen nog eens door de kamer gaan en bekeek elk stuk zorgvuldig, zoals ze dat de laatste tijd zo dikwijls had gedaan. Het probleem van de kamer was dat hij veel te sober was, dat het geheel bijna kil aandeed door een overvloed aan fletse kleuren, bleke stof, mat hout en tere schilderijen. Wat nodig was, waren levendige kleuren, rijke stoffen, kostbaar, kamerbreed tapijt, mooie lampen van Chinees porselein, opwindende nieuwe schilderijen en kunstvoorwerpen als blikvangers. Dat zou er de noodzakelijke franje aan geven, het gevoel van bekoring dat ze wilde bereiken, het sjieke Newyorkse aanzien dat in het verleden altijd karakteristiek was geweest voor haar andere appartementen. Het was een aanzien waar ze dol op was, want het toonde de wereld dat de eigenaar geld had en dat hij machtig en succesvol was.

Adriana liet haar blik naar het gele schrijfblok gaan dat ze in haar hand hield, en begon haar ideeën neer te krabbelen voor de befaamde internationale binnenhuisarchitect die ze die middag in de arm had genomen. Hij had haar ontmoet in het directiekantoor van de cosmeticafirma die ze bezat, Empress Eugenia Beauty, en waarvan ze president en hoofddirecteur was.

Ze had Valentine Lubbock gemogen vanaf het moment dat hij binnenkwam, en dat gevoel was wederzijds geweest. Ze hadden elkaar binnen tien minuten begrepen. Ze wist dat Valentine een uitstekende smaak had, omdat ze goed bekend was met zijn werk, en ze twijfelde er geen moment aan dat hij de kostbare en romantische atmosfeer kon produceren die zij passend achtte bij haar status als mevrouw Maximilian West.

Valentine was niet goedkoop en het leed geen twijfel dat het appartement een smak geld ging kosten, tussen vier en vijf miljoen dollar om precies te zijn, voor het opnieuw ontwerpen, opknappen en herinrichten. Maar dat kon ze zich wel veroorloven, omdat ze zelf miljonair was. Als geld voor Maxim geen rol speelde, was dat voor haar zeker niet het geval. Haar tweede echtgenoot, Arthur Macklin, had haar toen hij vier jaar geleden overleed een fortuin nagelaten, evenals de cosmeticafirma die een van de grootste in de Verenigde Staten was.

Ze had Valentine Lubbock verteld dat ze wilde dat hij alle kamers opnieuw zou inrichten, niet alleen deze waar ze nu in stond. De bibliotheek, de eetkamer, Maxims studeerkamer en haar studeerkamer, en alle slaapkamers zouden een complete beurt krijgen. Valentine zou morgen met zijn team ontwerpers komen en dan zouden ze er de hele dag aan besteden om elke centimeter van dit... dit... mausoleum onder de loep te nemen.

Ze was zich er heel goed van bewust dat Maxim zou protesteren als ze hem vanavond vertelde dat ze dit besloten had. Maar ze zou hem uitleggen waarom, en hem op de een of andere manier ompraten. Ze had er een handje van hem om haar vingertje te winden, om haar zin te krijgen, vooral als ze naar bed waren geweest. Dan leek hij meer voor haar open te staan, ontvankelijker en kwetsbaarder te zijn, en dan was hij zeker makkelijker in de omgang. Ze was erachter gekomen dat hij een moeilijk man was, niet gemakkelijk te leren kennen of mee te leven, en erg gesloten.

Adriana zuchtte. Het probleem was dat ze al een poosje niet meer met elkaar naar bed waren geweest. Zijn seksuele interesse in haar was de laatste tijd getaand, en ze begreep niet waarom. Toen ze elkaar pas hadden ontmoet, ging hij tekeer als een jonge

fokhengst en leek hij niet genoeg van haar te kunnen krijgen, en de eerste zes maanden van hun huwelijk was hij onverzadigbaar geweest. Maar nu had hij haar al maanden niet aangeraakt. Natuurlijk was hij erg veel weg geweest op zakenreizen en zelf had ze verscheidene trips moeten maken naar Californië, Texas en Rome, dus waren ze behoorlijk vaak gescheiden. Maar hij was nu al de hele maand maart in Manhattan en sinds zijn terugkeer uit Londen had hij haar niet meer liefgehad. Toen ze hem tactvol een hint had gegeven dat het tijd werd dat ze samen naar bed gingen, had hij haar beleefd afgepoeierd met een verscheidenheid aan excuses: hij werd volledig in beslag genomen door zijn laatste transactie, een belangrijke aanwinst; hij was uitgeput, of hij was niet in de stemming. En hij trok zich tegenwoordig 's nachts altijd in zijn eigen slaapkamer terug en kwam nooit meer naar de hare. Ze was niet weg geweest van het idee van gescheiden slaapkamers en ze had vanaf het begin tegengestribbeld, maar toen ze na hun huwelijk in Frankrijk in New York waren aangekomen, had hij volgehouden.
'Ik heb zulke rare uren,' had hij gezegd. 'Ik sta op als het licht wordt om met mijn kantoren in Londen en Parijs te bellen. Het is echt beter zo. Ik wil je slaap niet verstoren.' Hij had haar gekust, had haar zijn verblindende glimlach geschonken die haar altijd onderuithaalde, en had gemompeld: 'Er komen genoeg nachten dat ik in jouw bed slaap, Adriana, vergis je daar maar niet in. Maar ik heb altijd zo geleefd. Ik heb mijn eigen kamer nodig, dus pieker daar nou maar niet over.'
Maar ze piekerde wel en ze wist niet zeker of ze hem wel geloofde toen hij liet doorschemeren dat hij met zijn andere vrouwen ook een eigen slaapkamer had gehad. Als ze hem niet zo goed kende, zou ze hem er haast van verdenken dat hij een maîtresse had. Maar dat was zijn stijl niet. Hij was zo'n workaholic dat hij beslist geen tijd had voor een andere vrouw.
Haar aandacht werd getrokken door een schilderij dat een beetje scheef aan de muur hing en ze liep het Aubussontapijt over met de bedoeling het recht te hangen, maar bleef staan bij het Louis XV-tafeltje en staarde naar het zilveren lijstje met de foto van Maxim en haarzelf op hun huwelijksdag in september 1985. Ze waren getrouwd op het stadhuis van het vierde arrondissement in Parijs omdat hij daar voor zaken was opgehouden. Ze had een

fletsblauw Givenchy-pakje gedragen en naderhand had Maxim een diner voor tien personen bij Lassère gegeven. Ze nam de foto op en bedacht hoe goed hij eruitzag voor zijn eenenvijftig jaar, de leeftijd die hij had toen ze trouwden. Zo slank en knap en bruin van de zomerzon.

Toen haar investeringsbankiers in 1984 Marianna Monteveccio van hem hadden geprobeerd te kopen en daar niet in waren geslaagd, had ze het idee om Empress Eugenia uit te breiden even laten varen. In plaats daarvan was ze achter Maximilian West aangegaan omdat ze hem een fascinerende en opwindende man vond, om nog maar niet te spreken van het feit dat hij een begerenswaardige vrijgezel was. In de zomer van 1985 was ze erin geslaagd het zo te regelen dat ze in Monte Carlo aan hem werd voorgesteld, via een vriend die hem kende. Tot haar immense verrukking en voldoening was hij meteen voor haar gevallen, kennelijk gestimuleerd door haar scherpe inzicht in zaken in combinatie met haar mooie gezicht en perfecte figuur. Ze hadden een stormachtige verkering gehad van zes weken, en tot stomme verbazing van zijn familie en vrienden waren ze aan het eind van de zomer getrouwd. Ze was zich ervan bewust dat zijn zoon en dochter dat niet bepaald leuk vonden en haar niet mochten, en ze was ook niet laaiend enthousiast over hen, want ze vond hen maar bekakte, verwaande kwasten. En wat die exvrouw van hem betrof, Anastasia, die was werkelijk onuitstaanbaar. Die wilde hem altijd wel ergens over spreken, of ze moest hem om de een of andere reden zien. En daar ging hij dan weer, als een gehoorzaam hondje. Ze had geprobeerd een eind te maken aan die uitstapjes, maar daar had ze zich alleen zijn vreselijke woede mee op de hals gehaald en hij had haar onmiskenbaar te verstaan gegeven dat ze de naam Anastasia nooit meer mocht noemen. Dat kreng had een soort macht over hem, hoewel ze er geen idee van had hoe. Waarschijnlijk vanwege de kinderen. Ze vroeg zich dikwijls af wat een man als Maximilian West ooit had gezien in dat kwijnende, sullige, temerige blondje. Zijn tweede vrouw, de actrice die van de keldertrap was gevallen en haar nek had gebroken, had er al niet veel beter uitgezien.

Adriana zette het lijstje weer op het tafeltje, liep naar het kleine schilderij van Manet en hing het recht, en toen wierp ze een blik op haar horloge. Maxim had gezegd dat hij tegen zeven uur thuis zou zijn en in het appartement wilde eten. Het was donderdag en zowel de kok als de butler hadden vrij. Maxim nam haar meestal mee naar La Cirque, La Grenouille, La Caravelle of de Four Seasons, of een ander toonaangevend Newyorks restaurant. Maar voor hij vanmorgen naar kantoor ging, had hij uitgelegd dat hij voor de volgende dag een berg werk moest verzetten. Dus had ze de kok een koude maaltijd laten klaarmaken bestaande uit een salade, gerookte zalm, koud vlees en kip, kaas en vers fruit – de dingen waar hij het meest van hield.

Adriana liep haastig de zitkamer uit en de gang door naar de keuken, waar ze de koelkast opendeed om er zeker van te zijn dat er verscheidene flessen Dom Perignon koel stonden en dat er voldoende kaviaar was, en haastte zich toen de gang door naar haar slaapkamer.

Ze trok haar donkere mantelpakje uit, hing het in de kast, ontdeed zich van haar dure ondergoed en liep de badkamer in. Nadat ze handenvol badzout van haar eigen merk in het bad had gegooid draaide ze de kranen open, ging voor de spiegel staan en stak haar haar boven op haar hoofd vast, terwijl ze zich afvroeg wat ze vanavond zou aantrekken. Iets sexy. Ze moest zorgen dat ze er vanavond verleidelijk en onweerstaanbaar uitzag voor haar echtgenoot, om haar zin te krijgen... op alle fronten.

Toen ze lag te genieten in het warme geparfumeerde bad bleef ze een paar minuten aan Maxim denken. Ze beschouwde haar huwelijk met hem als de *coup* van de eeuw. En dat was het ook. Ze was de vrouw van een van de rijkste mannen ter wereld, een multimiljonair die toevallig in de bloei van zijn leven was en die er niet alleen verrukkelijk uitzag, maar ook nog geniaal was. Niet slecht voor een nogal gewoon meisje uit een middenstandsmilieu van Westchester met een typische middenklasse opvoeding, een vervelend eerste huwelijk met een jeugdliefde en een tweede, iets minder vervelend huwelijk met een rijke, oudere vent.

Haar gedachten dwaalden af naar Arthur Macklin. Ze was tien jaar met hem getrouwd geweest voor hij in 1983 was overleden aan de complicaties van een attaque. Hij was zeventig geweest, zij eenendertig. Ze was heel dol geweest op Arthur. Hij was haar opstap geweest naar een heel nieuwe wereld.

Na haar scheiding van Larry Tucker, haar eerste man, was ze naar Manhattan verhuisd waar ze een klein appartement had gevonden, en was ze model geworden.
Ze had snel furore gemaakt. Nadat ze door Scavullo was gefotografeerd en covergirl was geworden, waarbij haar gezicht op elk tijdschrift van *Vogue* tot *Mademoiselle* verschenen was, had Arthur Macklin haar opgemerkt en hij had het reclamebureau dat hij gebruikte opdracht gegeven haar in te huren als hèt gezicht van Empress Eugenia. Zes maanden later was haar gezicht plotseling op reclameborden, televisie, in tijdschriften en kranten te zien geweest, en op enorme posters in warenhuizen. Haar fascinerende, exotische filmsterrenuiterlijk was precies het beeld geweest dat Arthur Macklin had gezocht om zijn schoonheidsprodukten te promoten. En dat uiterlijk had ook de eigenaar van het bedrijf bekoord. Het Empress Eugenia-meisje werd zíjn meisje. Hij liep haar achterna, maakte haar heel attent het hof, bedolf haar onder de cadeaus, van juwelen tot bont, liet zich scheiden van de vrouw met wie hij dertig jaar getrouwd was geweest en trouwde met haar voordat ze op adem had kunnen komen of het stof van Westchester had kunnen afschudden.
Ze was een paar jaar het gezicht van Empress Eugenia gebleven, en toen werd ze de woordvoerster van het bedrijf. Arthur, een slimme autodidact, kwam er al snel achter dat zijn grote schoonheid ook hersens had. Omdat hij geen kinderen had, nam hij haar bij zich in het bedrijf, trainde haar persoonlijk als zijn opvolgster en liet haar bij testament het bedrijf na. Toen hij in het voorjaar van 1983 door een attaque werd geveld had ze teder, toegewijd en attent voor hem gezorgd, en ze had het bedrijf geleid zoals hij dat zelf gedaan zou hebben. Maar na zijn dood was ze een nieuwe koers ingeslagen en had ze van Empress Eugenia een eersteklas bedrijf gemaakt. Nadat ze verscheidene kleinere cosmeticabedrijfjes had opgekocht en in het hare had laten opgaan, had ze de produkten een nieuwe verpakking gegeven, liet ze parfumeurs in Frankrijk verschillende nieuwe geuren voor haar ontwikkelen en nam ze chemici in dienst om een hele serie plantaardige en natuurlijke produkten uit te denken. Ze had deze nieuwe produkten Body Beautiful genoemd en ze had door het hele land Body Beautiful boetieks geopend. En passant was haar bedrijf veel van zijn concurrenten voorbijgestreefd, waaronder

ook Marianna Monteveccio, een onderdeel van de Allandale Groep waarvan Maxim eigenaar was. Er was een tijd geweest dat ze dat bedrijf had willen kopen om het in Empress Eugenia te laten opgaan, maar daar had ze geen zin meer in. Het vreemde was dat Maxim haar er onlangs van had beschuldigd hem te beconcurreren, en aanvankelijk had ze erom gelachen, omdat ze dacht dat hij haar voor de gek hield. Maar ze was gaan beseffen dat hij het meende. Ze was van nature prestatiegericht, daar kon ze niets aan doen, en natuurlijk concurreerde ze met de Monteveccio-produkten, zoals ze dat ook deed met Lauder, Arden en Revlon. Het was niets persoonlijks. Zes maanden geleden hadden ze allebei achter hetzelfde bedrijfje aangezeten dat een verscheidenheid aan handverzorgingsprodukten vervaardigde. Van haar kant was het een vriendelijk soort rivaliteit geweest en ze had het een ontzettend goeie mop gevonden, maar hij niet. Het hoofd van zijn aankoopteam in New York, Peter Heilbron, was woedend geweest.

Ze ging met een schok rechtop in bad zitten. Had Maxim een wrok tegen haar? Dat was toch niet mogelijk. Ze lachte hardop. Hij zou haar toch geen seks onthouden op de manier waarop een ontevreden vrouw dat doet die ziedend is omdat ze zich ten onrechte beledigd voelt? Nee, dat kon toch niet. Hij was een veel te groot man voor zulke onnozele spelletjes. Hij sliep op het ogenblik niet met haar omdat hij totaal in beslag werd genomen door zijn lopende transactie. Want hoewel hij hartstochtelijk en zeer seksueel was ingesteld, kon hij opmerkelijk gedisciplineerd zijn als hij wilde. En hij kon zich maanden, zelfs jaren onthouden. Op een van die zeldzame momenten dat hij haar in vertrouwen had genomen, had hij haar verteld dat hij na de dood van zijn tweede vrouw twee jaar celibatair had geleefd. Dat had haar niet alleen verrast, maar het had haar ook duidelijk gemaakt over welk een buitengewone wilskracht de man beschikte. Mijn man, voegde ze er binnensmonds aan toe en ze stond op, klom het bad uit, greep een handdoek en droogde zich snel af.

Ze liep naar de kamerhoge spiegel die ze op een van de muren van de badkamer had laten aanbrengen en stond lang naar zichzelf te kijken, terwijl ze zich links- en rechtsom draaide en haar figuur kritisch opnam. Dat was nog perfect zonder een gram te veel vet, en toch was ze niet zo'n wandelend skelet als sommige

Newyorkse vrouwen die ze kende. De meesten van hen deden haar huiveren, vooral zij die nauwelijks voedsel tot zich namen en hongerden tot ze er als een schimmetje uitzagen.
Zij had tenminste wat vlees op haar botten, zonder dat ze vet was. Omdat ze nogal lang was, net iets meer dan één meter zeventig op kousevoeten, hoefde ze niet in paniek te raken als ze af en toe een half pondje aankwam. Ze draaide nog eens langzaam rond, blij dat haar trainer haar twee keer per week tot het uiterste liet gaan. Ze had een goede conditie. Ze vond haar borsten wat aan de zware kant, maar ze waren welgevormd en weelderig genoeg om Maxim op te winden. Dat had ze vorig jaar beseft toen ze magerder was geworden en hij door haar magerte werd afgestoten.
Ze pakte de Empress Eugenia bodylotion met seringegeur en wreef haar hele lichaam ermee in. Daarna besprenkelde ze zich met seringeparfum, een van Maxims lievelingsgeuren, en borstelde haar dikke, donkerbruine haar. Toen ze een zijden kamerjas had aangeschoten, liep ze de slaapkamer in.
Adriana ging aan de kaptafel zitten en staarde naar haar beeld in de spiegel; ze vroeg zich af wat voor make-up hem vanavond zou aanspreken. Moest ze een zacht, meisjesachtig uiterlijk aannemen met een mooie roze foundation, met blosjes, poeder en een lichte pastelkleurige oogmake-up, of moest ze een meer dramatisch uitziende vrouw worden?
Ze boog zich naar voren en bekeek zichzelf eens goed. Ze had een groot, vol gezicht met een breed voorhoofd, wat schuinstaande ogen, welgevormde donkere wenkbrauwen en een ronde kin met een kuiltje. Ik zal mezelf zijn, dacht ze en pakte de bleke amandel-foundationlotion die ze op haar hoge jukbeenderen aanbracht. Daar viel hij tenslotte voor. *Adriana Macklin*. Hoe dan ook, ik ben het aantrekkelijkst als ik mezelf ben. Met al mijn vijfendertig jaar.

56

Maxim zette zich schrap voor hij de sleutel in het slot van zijn appartement aan Fifth Avenue stak en de deur opendeed. Hij werd volkomen in beslag genomen door zaken en hij was hele-

maal niet in de stemming om vanavond tegen Adriana te moeten opboksen. Maar hij moest haar toch het hoofd bieden.
Adriana had hem kennelijk horen binnenkomen en vloog de bibliotheek uit om hem te begroeten voor hij zelfs maar de kans kreeg zijn regenjas uit te doen.
'Ben je daar, engel,' riep ze, en zweefde op hem af, met haar prachtige purper-met-gouden kaftan als een wolk om zich heen.
'Hallo Adriana,' zei hij vriendelijk, terwijl hij zijn koffertje op het kleine Louis XV-bankje in de hal zette, en gaf haar een glimlachje.
Ze bleef voor hem staan, sloeg haar armen om zijn nek en plantte een kus op zijn mond. 'Mmmm. Lèkker.'
Inwendig deinsde hij terug en hij wendde zich af, ontdeed zich van zijn jas, hing die in de gangkast en nam toen zijn koffertje weer op.
'Ik heb de champagne koud, en er staat een koud soupeetje klaar,' prevelde Adriana met fluwelen stem terwijl ze zijn arm nam en met hem door de grote hal liep. 'Ik dacht dat ik de champagne maar vast moest openmaken zodat we voor het eten een glas kunnen nemen. Heb je daar zin in, schat?'
'Nu niet, Adriana. Ik ga een douche nemen en iets gemakkelijks aantrekken, en dan neem ik misschien een drankje.' Terwijl hij sprak, zwenkte hij naar links en liep naar zijn slaapkamer. 'Ik zie je zo,' voegde hij er rustig aan toe.
'Ik wacht in de bibliotheek, engel.' Ze keek hoe hij in zijn kamer verdween en fronste. Hij sloot de deur achter zich waardoor hij haar nogal nadrukkelijk buitensloot, en ze stond er een ogenblik naar te staren om te proberen zijn stemming in te schatten. Goddank leek hij minder slechtgehumeurd en geïrriteerd dan de laatste paar weken, sinds hij uit Europa terug was. Als hij dan al geen goed humeur had, was het tenminste ook niet slecht. Neutraal, dacht ze. Hij heeft een neutraal humeur. Ze glimlachte inwendig, ervan overtuigd dat ze hem vanavond wel aan zou kunnen. Een beetje tedere, liefhebbende zorg, wat sussende woordjes, champagne en kaviaar, zachte muziek, een paar lieve kusjes. Het zou haar niet moeilijk vallen hem over te halen tot de nieuwe inrichting van het appartement, daar was ze van overtuigd. Later, als ze hem eenmaal wat milder had gestemd, was ze vast van plan hem haar bed in te krijgen.

Maxim kleedde zich uit, liep zijn badkamer in en nam een dampend hete douche waarbij hij zijn armen boven zijn hoofd strekte en boog, zijn schouders heen en weer bewoog en zijn nek draaide in een poging wat van de spanning kwijt te raken, die zich tijdens de lange dag op kantoor had opgebouwd. Hij dacht aan het laatste gesprek dat hij met Graeme Longdon had gehad net voor hij vanavond wegging. Ze was het met hem eens dat ze de lopende zaak waar ze mee bezig waren moesten laten vallen, hoewel Peter Heilbron ertegen was geweest dat ze op het moment ook maar iets drastisch zouden doen. 'Laten we het niet overhaasten,' had Peter gezegd toen hij zoëven met hem naar de lift was gelopen. Hij had Peter gezegd dat hij er een nachtje over wilde slapen. Waar hij nu behoefte aan had, na zijn douche, was totale ontspanning. Hij was er niet zeker van dat hij die bij Adriana zou krijgen, omdat ze hem tegenwoordig meer dan ooit irriteerde. Maar hij moest mentaal afstand nemen van deze zaak en die een paar uur uit zijn hoofd zetten. Hij had zin in een paar drankjes, wat zorgeloos televisiekijken en zes uur diepe slaap. Het was absoluut noodzakelijk dat hij morgenochtend fris was als hij de uiteindelijke beslissing over zijn jongste zakelijke plan moest nemen. Hij zat midden in een overname-oorlog om een belangrijk Amerikaans bedrijf, Palmyra-Kettelson, en opeens was hij er niet zo zeker van dat hij ermee wilde doorgaan.
Maxim stak zijn hand uit naar de zeep en ogenblikkelijk werd de douchecabine doordrongen van de geur van seringen. Adriana is echt te erg, dacht hij. Hij lachte hol omdat hij besefte dat ze soms behoorlijk moeilijk te hanteren was op een aantal uiteenlopende, om niet te zeggen schokkende, manieren. En toch was ze een van de aantrekkelijkste vrouwen die hij ooit had gezien en kon hij haar donkere, exotische schoonheid niets weigeren.
De eerste keer dat hij haar in Monte Carlo in het oog had gekregen, was hij gefascineerd geweest en was hij meteen voor haar gevallen. Haar ongelooflijke gezicht, zo vol sensualiteit, haar perfecte lichaam, haar lange, welgevormde benen en de sterke seksualiteit die ze uitstraalde, hadden hem enorm opgewonden. Die zomer, anderhalf jaar geleden, was hij er rijp voor geweest, een gemakkelijke prooi. Voor het eerst sinds Camilla's dood wilde hij weer een relatie met een vrouw aangaan, had hij weer werkelijk met een vrouw naar bed gewild, wilde hij weer hele-

maal in haar opgaan. En dat was precies wat hij met Adriana had gedaan. Op een gegeven moment, tijdens hun vrijage van zes weken, hadden ze zich drie dagen en nachten in een suite in het Carlton Hotel in Cannes opgesloten, omdat ze zich seksueel niet van elkaar konden losscheuren.
Hij moest toegeven dat hij met Adriana van zijn oude koers was afgeweken; ze was zo heel anders dan de andere vrouwen die hij had gekend en met wie hij was getrouwd. Hij was altijd gevallen voor verfijnde, lief uitziende blondjes; zij was een donkerharige sirene met schuinstaande ogen en een waarlijk exotische ondertoon. En ook op andere manieren was ze anders; ze had een aards, bijna vulgair gevoel voor humor dat hij aanvankelijk onderhoudend vond maar waar hij nu van walgde, en hij had al snel een aantal even verbijsterende trekjes in haar ontdekt. Ze was eigenzinnig, koppig bij het starre af, agressief en zelfs onbezonnen. Verder fascineerden haar heldere verstand van zaken, haar inzicht in zijn financiële wereld hem niet meer, zoals dat aanvankelijk het geval was geweest. Onder al die exotische schoonheid en bekoorlijkheid was ze vreemd mannelijk.
Mànnelijk, herhaalde hij binnensmonds. Wat een vreemd woord om te gebruiken in relatie tot Adriana, maar toch waar, besefte hij met een schok. Was dat de reden dat hij bij haar geen erectie meer kreeg? Verloor hij zijn interesse in haar door dat mannelijke trekje? Zijn razend sterke verlangen naar haar was weldra bevredigd. Zes maanden na hun trouwen was hun huwelijk voorbij, tenminste, wat hem betrof. Haar tot vrouw nemen was een vreselijke misrekening van zijn kant geweest. Hij had moeten weten dat zijn vurige passie om met haar naar bed te gaan, zijn immense verlangen dat werd gevoed door haar verlangen naar hem, opmerkelijk snel zou zijn opgebrand.
Dat hij bij Adriana impotent was, was als een soort schok gekomen en het had hem aanvankelijk zorgen gebaard. Hij had zich zelfs wel eens afgevraagd of hij het aan het verleren was, en hij had eraan gedacht een arts te consulteren. Maar op een nacht had hij een slippertje gemaakt met een oude bekende, en toen had hij tot zijn grote opluchting ontdekt dat hij het nog net zo goed kon als altijd. Als hij maar bij een blondine was, had hij tegen zichzelf opgemerkt. De fout lag kennelijk niet bij hem, maar bij Adriana.

Nu had hij niet meer dat gevoel van zwakte waar het zijn ego betrof. Alles werkte bij hem nog prima. Hij lachte inwendig. Een man kreeg geen erectie als hij er niet met hart en ziel achter stond, èn met zijn lichaam. De meeste mannen waren geestelijk veel kwetsbaarder dan vrouwen, daarom waren mannen en vrouwen zo verschillend. Voor een man moest er op z'n minst een beetje verlangen zijn om een erectie te krijgen, om een seksuele confrontatie aan te gaan. Maar een vrouw kon de liefde bedrijven zonder verlangen. Het enige wat ze hoefde te doen was te gaan liggen wachten op de prestatie van de man. En als hij niet kon presteren, gaf ze hem de schuld, nooit zichzelf. Tenminste, zelden zichzelf.

Omdat hij bij Adriana impotent was geworden, vermeed hij tegenwoordig elk soort seksueel contact met haar om gêne te vermijden. Dat was moeilijk, omdat ze hartstochtelijk was en voortdurend achter hem aan zat, maar gelukkig slaagde hij er op de een of andere manier in haar buiten spel te zetten. Meestal tenminste.

Een jaar geleden had hij eraan gedacht aan te kondigen dat hij een scheiding wilde, en toen was hij van gedachten veranderd. Hij had het nog steeds niet gedaan. Hij was erg veel op reis, en hij was veel vaker niet dan wel in New York. Getrouwd zijn was een beveiliging, en beslist een prima bescherming tegen andere roofzuchtige vrouwspersonen. Daarnaast was hij veel te nauw betrokken bij zijn zaken en ging hij daar te veel in op voor emotionele scènes of ontreddering. Hij zou zijn tijd afwachten en later met Adriana afrekenen.

Toen hij zich had gekleed in een donkergrijze flanellen broek, een zwarte coltrui en een zwart kasjmieren sportjasje, liep Maxim zijn slaapkamer uit, de hal door en de bibliotheek in. Adriana was nergens te bekennen.

Uit de taperecorder klonk een zacht muziekje. Er stond een open fles Dom Perignon in een zilveren ijsemmertje op het kleine kastje. De lage salontafel voor het vuur in de open haard was gedekt voor het avondeten. Adriana was ongetwijfeld in de keuken om een blad met kaviaar, partjes citroen en toost klaar te maken, dat ze tegenwoordig op de vrije avond van de kok opdiende met een regelmaat die vervelend was.

Hij stapte op het kastje af, nam de fles op, schonk voor zichzelf een glas champagne in en nam een lange teug waar hij van genoot. Hij knipperde met zijn ogen in het schemerlicht en omdat hij vond dat de kamer veel te donker was liep hij naar het bureau bij het raam en knipte de lamp aan. Hij zag direct het gele schrijfblok liggen, stond erop neer te staren en las Adriana's grote krabbels. De naam *Valentine Lubbock* sprong hem in het oog, als een klap in zijn gezicht. Lubbock was de duurste binnenhuisarchitect ter wereld. Maxim boog zijn hoofd en stond turend op het schrijfblok de lange lijst te lezen die ze had opgesteld.

Op dat moment kwam Adriana terug uit de keuken met het blad kaviaar. Ze bleef stokstijf in de deuropening staan en vervloekte zichzelf binnensmonds dat ze zo stom was geweest het schrijfblok achteloos op het bureau te laten liggen. Ze werd overvallen door ontzetting die weldra omsloeg in paniek toen hij zijn hoofd ophief en haar woedend aankeek. In zijn uitdrukking lag zoveel afkeer dat ze er bang van werd.

Maxims glanzend zwarte ogen gloeiden in zijn gezicht dat furieus stond. Hij zwaaide met het schrijfblok in haar richting en vroeg kwaad: 'Wat heeft dit te betekenen? Ben je van plan de flat opnieuw in te richten?' Hij keek haar vernietigend aan.

'Nee, nee, natuurlijk niet. Alleen...'

'Alleen wàt?' donderde hij en zonder haar een kans te geven te antwoorden ging hij woedend door: 'Jij gaat in geen geval enige veranderingen aan dit appartement aanbrengen. Het is prachtig, het getuigt van uitstekende smaak en het bevalt míj prima! Er wordt hier absoluut niets verplaatst of veranderd, heb je me goed verstaan?'

'Je hoeft niet zo te schreeuwen. Ik wilde alleen de studeerkamer opknappen. Als verjaardagscadeau voor jou,' zei ze snel improviserend, terwijl ze schuchter de kamer binnenkwam en het blad op de salontafel zette. Ze liep naar het bureau, gaf hem een stralende glimlach en voegde eraan toe: 'De studeerkamer begint er wel wat armoedig uit te zien, Maxim, dat moet je toch toegeven.'

'Nou èn! Dat kan me geen bliksem schelen. En dat opknappen voor mijn verjaardag, dat is een rotsmoes! Hierop...' hij zwaaide het schrijfblok onder haar neus, 'staan alle kamers. Ik ben niet gek, hoor. Mijn schoonmoeder is binnenhuisarchitecte...'

'Ex-schoonmoeder!' barstte ze los op een toon die geen tegenspraak duldde en wierp hem een ijzige blik toe.
Hij negeerde haar commentaar en ging op kille toon verder: 'En via haar ken ik Lubbock, die ook in Parijs gevestigd is. Die wil met één kamer absoluut niets te maken hebben. Hij knapt alleen hele appartementen op!' Hij smeet het schrijfblok minachtend op het bureau. 'Je leert het ook nooit, hè? Ik heb je gezegd dat ik niet wil dat je met behulp van de overgewaardeerde, veel te dure en veel te weinig getalenteerde meneer Lubbock van dit appartement een dure, overvolle, opzichtige imitatie van het een of andere ordinaire hotel in Miami maakt! Alleen jij kan zo'n poenige, smakeloze sukkel als hij kiezen.'
'Hij is briljant! Trouwens, wie denk jij eigenlijk wel die je bent? Ben jij opeens zo'n expert op dat gebied?' schreeuwde ze met schrille stem terwijl ze haar zelfbeheersing verloor. 'Je bent me nogal een kenner! Ik hoef alleen maar in deze kille, kleurloze, ouderwetse puinhoop, dit mausoleum rond te kijken om te weten dat je niets van binnenhuisarchitectuur afweet.'
Hij verwaardigde zich niet te antwoorden en keek haar alleen maar kwaad aan.
Trillend van woede en frustratie siste ze: 'Het is veel te Frans. Het heeft geen stijl.'
Hij knipperde met zijn ogen, keek haar nog eens aan, gooide zijn hoofd in de nek en lachte ruw. 'De Fransen waren de uitvinders van stijl, stom mens!'
'Ik ben vast van plan in dit appartement enige veranderingen aan te brengen, of je dat leuk vindt of niet,' riep Adriana en rechtte haar rug, omdat ze hem plotseling haatte om zijn superioriteit en zijn goede opvoeding.
Hij liep op haar toe, staarde haar met samengeknepen ogen recht aan en zei op ijzige toon, heel zachtjes: 'Als jij een dwangneurose hebt om een appartement op te knappen met behulp van de overgewaardeerde meneer Lubbock, dan stel ik voor dat je een eigen appartement zoekt. Mòrgen. Je blijft met je vingers van mijn appartement af. En dat is mijn laatste woord. Als het ooit opgeknapt moet worden, komt mijn schoonmoeder over uit Parijs en dan kunnen zij en Anastasia het doen.'
'Ellendeling die je bent! Jij komt altijd met je ex-vrouw aandragen!' krijste ze, en trok wit weg. 'Dat neem ik niet langer.'

‘En wat ben je dan wel van plan daaraan te doen?’ Hij sloeg zijn champagne achterover, zette zijn glas op het tafeltje en liep de bibliotheek uit zonder haar nog een blik waardig te keuren.
Ze rende hem achterna en volgde hem de hal in, waar ze keek hoe hij de kast opendeed, zijn regenjas eruit nam en die over zijn arm hing.
‘Waar ga je heen?’ riep ze met groter wordende ogen.
‘Naar buiten.’
‘Waarom?’
‘Om een wandeling te maken. Ik heb frisse lucht nodig.’
‘Een wandeling! Dat geloof ik niet. Ik ken jou, Maxim, ik weet wat voor sexy, lichamelijk ingestelde vent je bent. Als je tegenwoordig niet meer met mij slaapt, moet je dus met een andere vrouw slapen. Je hebt kennelijk ergens een vriendinnetje zitten. Een of ander blond hoertje.’
‘Deze stad zit vol hoertjes, Adriana. Blondjes, brunettes en roodharigen. Je hebt ze in alle kleuren, soorten en maten.’ Hij liep naar buiten en sloeg de deur achter zich dicht.

Hij was nog maar een paar minuten buiten toen zijn woede al bekoelde.
Hij liep in matig tempo Fifth Avenue af, in zekere zin meer geërgerd over zichzelf dan over haar omdat hij zo tegen haar was uitgevallen. Woede was zo’n verspilling van kostbare energie. Op dit moment had hij zijn kracht voor belangrijker dingen nodig. Terwijl hij doorliep, speelde een wrange glimlach om zijn mond. Tijd, peinsde hij, is iets wat ik op het ogenblik beslist niet moet verspillen. Ik heb niet genoeg tijd met Adriana doorgebracht om haar behoorlijk te leren kennen. *Haastig getrouwd, lang berouwd*, voegde hij er binnensmonds aan toe toen hij zich herinnerde wat Teddy na de bruiloft had gezegd. Diep in zijn hart wist hij dat ze Adriana niet had gemogen. Maar zijn liefste Teddy hield zoveel van hem en ze had zoveel respect voor hem dat ze zich nooit in zijn leven zou mengen, dat ze nooit zou zeggen wat hij moest doen. Ik moet mijn hersens eens laten nakijken, dacht hij somber. Ik had nooit met Adriana Smith Tucker Macklin moeten trouwen, en ik moet haar zien kwijt te raken zodra ik mijn andere problemen heb opgelost. Zij is mijn laatste probleem.

Zijn altijd heldere brein richtte zich op de overname-oorlog om Palmyra-Kettelson, een reusachtige firma in schoonheidsartikelen en een belangrijk Amerikaans bedrijf van internationale omvang. Hij was er al een tijdje aandelen van aan het opkopen en had nu twaalf procent van het bedrijf in zijn bezit en hij had de hoofddirectie er onlangs van in kennis gesteld dat hij bereid was zoveel extra aandelen te kopen als hij nodig had om een meerderheidsaandeel in het bedrijf te verwerven. Dat aanbod was afgeslagen. De directie was in paniek geraakt. Er dreigde een strijd. Maar hij wilde geen slag leveren, hoewel Peter Heilbron daarop aandrong. Het hoofd van zijn aankoopteam in New York moedigde hem aan door te gaan, voorspelde dat hij zou winnen, dat hij uiteindelijk als grote winnaar uit de bus zou komen.
Maxim zette de kraag van zijn jas op, stak zijn handen in zijn zakken en liep door, volkomen in gedachten verzonken, een van zijn betere eigenschappen die deel uitmaakte van zijn talent.
Toen hij Seventy-Second Street overstak en Fifth Avenue verder afliep, nam hij een besluit. Hij zou pàssen. Morgenochtend zou hij de president van Palmyra bellen, zijn overnamebod intrekken en aanbieden zijn aandelen in het bedrijf aan hen terug te verkopen. Hij had ongeveer vijfhonderd miljoen dollar geïnvesteerd. Hij zou er waarschijnlijk een gigantische winst op maken, misschien wel negentig miljoen, en hij zou er mogelijk van worden beschuldigd dat hij de aandelen schijnbaar had opgekocht om het bedrijf over te nemen, terwijl het hem in werkelijkheid alleen maar om de winst te doen was. Nou èn. Hij ging verkopen. Hij wilde het bedrijf niet hebben. Peter zou teleurgesteld zijn, maar daar kon hij niets aan doen. Graeme zou opgelucht zijn. Ze ging hierin met hem mee en ze begreep zijn aarzeling om op dit moment verder in Amerika te investeren.
Hij had een vreemd onrustig gevoel over de economie hier. Bedrijfsovernames met geleend geld en obligaties van verdachte debiteuren begonnen hem de neus uit te komen; die obligaties bleken niet meer dan vodjes papier die op termijn waardeloos waren. West International was stabiel, de Allandale Groep was stabiel, en de twee enorme conglomeraties waren winstgevend; rode cijfers kwamen niet voor. Hij wilde niet nog meer uitbreiden.
Maxim dacht aan zijn persoonlijke investeringen op de Ameri-

kaanse aandelenmarkt. Hij had honderden miljoenen dollars in aandelen van andere bedrijven geïnvesteerd. Morgen zou hij beginnen die te verkopen. Langzaam en voorzichtig. Hij wilde geen paniek zaaien. Hij zou zijn aandelenverkopen spreiden over een periode van maanden en dan zou hij er tegen augustus of september van af zijn. Hij had er een sterk vermoeden van dat de economie in de Verenigde Staten in de herfst van dit jaar plotseling zou kunnen inzakken. Hij wist niet waarom hij dat vermoedde, omdat hij nooit wist waar zijn voorgevoelens over zaken vandaan kwamen. Puur instinct misschien. En zijn instinct zei hem dat hij moest verkopen. Hij wilde niet verrast worden als de aandelenmarkt echt inzakte, wat God verhoede.

Hij voelde zich plotseling lichter; het zware gevoel in zijn borst verdween. Dat kwam niet als een verrassing. Meestal voelde hij zo'n golf van opluchting als hij een definitieve beslissing had genomen over zaken die hem wekenlang hadden beziggehouden.

Hij hief zijn hoofd op en zag tot zijn verrassing dat hij op de kruising van 57th Street en Fifth stond. Hij ging naar de dichtstbijzijnde telefoon, liet er een kwartje in vallen en draaide snel een nummer.

'Hallo?'

'Met mij schat.'

'Waar ben je, Maxim?'

'Op de hoek van 57th en Fifth. Ik kom eraan.'

'Ik kan haast niet wachten. Tot over een paar minuten.'

'Maak er maar twintig van. Ik wil naar Sutton Place lopen. Tot zo, schat.'

Blair Martin liet de hoorn op de haak vallen en draaide zich om. Haar ogen namen elk detail van de zitkamer met uitzicht op de tuin, op de East River en een stukje van 59th Street Bridge in zich op.

Ze knikte, zowel opgelucht als tevreden dat de kamer er perfect uitzag. Maxim was zo'n pietlut, maar alles stond precies op zijn plaats; ze hoefde zich geen zorgen te maken. Het was een rustige, veilige haven met zachte pasteltinten en met prachtig Frans meubilair, en het zag er vanavond bijzonder mooi uit omdat het volstond met bloemen die hij haar verscheidene keren per week

stuurde sinds ze geliefden waren geworden. Alle lampen met zijden kappen brandden, in de haard vlamde een helder vuur en de atmosfeer was warm en aangenaam.
Blair liep over het Aubussontapijt en draaide zich om, teneinde achterom te kijken voor ze de zitkamer uitliep, terwijl ze eraan dacht wat een geluk ze had dat ze in dit huis kon wonen. Maxim had het twee jaar geleden voor zijn dochter Alix gekocht, als zoenoffer na hun ruzie in 1985, in de hoop het te kunnen bijleggen. Anastasia en Maxim hadden het huis toen samen ingericht; ze hadden beiden een uitstekende smaak, daarom was het huis aan Sutton Place van beneden tot boven zo prachtig ingericht.
Maar Alix had het huis versmaad; ze had het niet willen accepteren. Dom kind, dacht Blair, en schudde haar hoofd, zoals altijd wat verbijsterd door de domheid en onhandigheid van anderen. Zelf was ze nogal zakelijk ingesteld.
Een tijdlang had er een huishoudster voor het huis gezorgd, maar die was uiteindelijk vertrokken omdat ze het een te eenzaam bestaan vond, had Maxim haar uitgelegd. Tien maanden geleden, niet lang nadat ze hun affaire waren begonnen, had hij voorgesteld dat zij erin zou trekken. Hij had erop gewezen dat, afgezien van het feit dat er om veiligheidsredenen iemand moest wonen, hij er de voorkeur aan gaf dat ze in een particulier huis woonde waar hij vrij en ongestraft kon komen en gaan. De nieuwsgierige blikken van portiers in appartementengebouwen schrokken hem af. 'Het is veel discreter, beter voor mij als je in mijn huis aan Sutton Place woont,' had hij opgemerkt. Toen ze het huis had gezien, had ze dat onmiddellijk geaccepteerd. Het gebouw waar zij woonde, werd door de gezamenlijke huurders gekocht en ze kon zich niet veroorloven haar appartement te kopen. Ze had eigenlijk in tweestrijd gestaan over waar ze moest gaan wonen.
Dus was het zo voor beiden perfect geregeld.
Toen ze naar boven holde, dacht Blair aan Maxim. Ze was weg van hem en hij was gek op haar. Raar dat ze hem al min of meer sinds 1982 had gekend en dikwijls een afspraakje met hem had gehad, maar dat hij pas een relatie met haar was aangegaan na zijn huwelijk met Adriana Macklin. Een prachtig mens, zo mooi, het toppunt van bekoorlijkheid. Maar een kreng van een

vrouw, werkelijk afschuwelijk, en agressief, met af en toe opzichtige neigingen. Blair kon vrouwen die behangen waren met diamanten niet uitstaan.
Blair liep de slaapkamer in, trok haar broek en zijden blouse uit en snelde de badkamer in. Nadat ze zich had geparfumeerd borstelde ze haar korte roodblonde krullen tot een krans om haar hartvormige gezichtje, deed nieuwe roze lippenstift op en bracht wat lichtgrijze oogschaduw aan op haar oogleden. Deze kleur deed haar ogen blauwer lijken. Toen ze haar blonde wimpers met mascara had aangestipt, ging ze terug naar de slaapkamer.
Ze opende de kast en haalde een bleekgroen zijden pyjamapak van Trigère te voorschijn, schoot in de wijde flodderbroek, trok het lange jasje aan, strikte de brede ceintuur en stapte in een paar bijpassende zijden schoentjes.
Na een vluchtige blik in de spiegel deed ze de kast dicht en liep de slaapkamer uit, met de bedoeling naar de keuken te gaan. Daar stond genoeg champagne koel en ze had eerder die dag verse salade en groente gekocht. Ze kon goed koken; hij was dol op haar spaghetti primavera. Dat ging ze maken en dan konden ze kaas en fruit toe nemen. Maxim was geen veeleisende eter, hij was niet kieskeurig wat eten betrof en dat maakte haar leven een stuk gemakkelijker, want ze was een werkende vrouw, ze had haar eigen public-relationsbedrijf.
Halverwege de trap dacht Blair opeens aan haar anticonceptiepillen. Zwanger worden was wel het allerlaatste wat ze wilde. Ze draaide zich om en rende de trap op en de slaapkamer in. Ze rukte de la van het nachtkastje open, pakte de pillen eruit en liet er een in haar hand vallen. Hij was al halverwege haar mond toen ze stopte en met een bedachtzame uitdrukking op haar gezicht naar Maxims foto staarde die op tafel stond. Waarom wil ik eigenlijk niet zwanger worden? vroeg ze zich licht fronsend af. Ik ben al bijna dertig. Eigenlijk zou ik wel zwanger moeten worden. En er was geen goede reden waarom niet. Ze wilde eigenlijk best een baby. Ze wilde ook best een echtgenoot. Maxim West om precies te zijn. Ze kreeg er langzamerhand genoeg van zijn minnares te zijn, of om een ouderwetsere uitdrukking te gebruiken, zijn maîtresse.
Met vastberaden tred ging Blair Martin naar beneden naar de keuken en gooide de anticonceptiepillen in de afvalvernietiger.

Ze ging terug naar de slaapkamer, liep naar het nachtkastje en schoof de la dicht.
Ze stond lang naar Maxims foto in de zilveren lijst te staren, een foto die vorige zomer hier in de tuin was genomen. Toen krulde ze drie vingers in de palm van haar hand en drukte haar duim en wijsvinger samen in de vorm van een pistool.
Ze lachte inwendig en richtte haar duim en wijsvinger op zijn foto.
'*Ik heb je, Maxim. Ik heb je, ik heb je, ik heb je!*'

Deel 7

MAXIMILIAN

LONDEN – BERLIJN

1989

Een man van vele levens. Een man die zijn eigen middelpunt had, die iets ongrijpbaars had, iets dat hij zelf niet eens wist…
(*Rich: The Life of Richard Burton*, Melvyn Bragg)

57

'Ik ben zo blij dat u vrij was, pap,' zei Alix lachend tegen Maxim.
'Ik ook.' Hij lachte terug, gaf een klopje op haar hand en pakte een van de menu's die Joseph net op het tafeltje had gelegd. Ze zaten met z'n tweeën op een bankje in de Mark's Club waar hij haar mee naar toe had genomen voor de lunch nadat ze kort tevoren in zijn kantoor in Grosvenor Square was opgedoken.
'En, Alix, weet je al wat je wilt hebben?'
'Niets vooraf, dank u. Dan wil ik graag de lever met bacon.'
'Ik doe met je mee.' Maxim wenkte Joseph, bestelde en wendde zich toen weer tot zijn dochter. 'Nou, ik moet zeggen dat het bij jou wel altijd uitersten zijn, een feestmaal of een hongermaaltje, *Schatzi*,' merkte hij op, terugvallend op zijn koosnaampje uit haar kindertijd.
'Wat bedoelt u?' vroeg Alix die hem verwonderd aanstaarde.
'Je hebt me vier jaar lang op een afstand gehouden en je gedragen of ik Attila de Hun was. En nu schijn ik je niet meer kwijt te kunnen raken. Waar ik ook ben, ben jíj ook; je duikt overal ter wereld naast me op. Ga maar na, maandag was je in New York, net als ik, en nu, woensdag, ben je hier in Londen. Ik begin haast te geloven dat je me achterna zit, Alix.'
Ze deinsde even van hem terug en keek hem met half dichtgeknepen lichtgroene ogen scherp aan. 'Ben ik een lastpost? Bedoelt u dat?'
'Natuurlijk niet,' lachte hij. 'En kijk niet zo bezorgd. Ik plaag je maar. Je moet nu toch weten dat ik het heerlijk vind dat ik de afgelopen zes maanden zoveel aandacht van je heb gekregen. Je verwent me. Dat zal ik missen, weet je, als je ooit trouwt en me aan mijn lot overlaat.'
Ze lachte ook. 'Dat zit er niet in hoor. Op het moment zijn er geen mannen in mijn leven.'
'Wat is er gebeurd? Is de hele mannelijke bevolking blind geworden?'
Alix schudde haar hoofd. 'Ik heb gewoon de juiste man nog niet gevonden, pap.'
'Dat komt nog wel, Alix, als je er het minst op verdacht bent. Zo gaat dat meestal.'

'Over mannen gesproken. Ik heb dat nooit eerder toegegeven, maar u had wel gelijk wat Jeremy Vickers betrof, hij zat echt achter mijn geld aan. Dat zag ik natuurlijk niet. U moet wel bedenken dat ik toen pas drieëntwintig was.'
'Hij zat ook achter jou aan, lieve meid. Je bent een nogal aantrekkelijke combinatie. Jong, mooi, intelligent en rijk. Ik kan het geen man kwalijk nemen als hij achter je aan gaat. Het probleem was dat Vickers de ergst mogelijke soort playboy was, en een gokker bovendien. Wat je noemt een smeerlap. Het was zijn slechte reputatie die me dwars zat... de reputatie dat hij een ruwe klant was, gewelddadig. Ik kon het niet verdragen dat je een relatie had met zo'n... waardeloze nul.'
'Hij heeft me nooit met een vinger aangeraakt, pap. U en Michael zouden het als eersten hebben geweten als hij me ooit had gekwetst. Maar ik ben blij dat u zo onverzettelijk was over hem en mij, en dat u echt de strenge vader uithing. Als ik eraan terugdenk, besef ik dat ik vier jaar geleden niet echt stuk was van uw houding, maar nu wel, en dat ben ik al eeuwen. Bedankt pap.'
Maxim gaf een kneepje in haar hand. 'Ik heb je altijd vertrouwd, Alix. Ik wist dat je uiteindelijk niet iets onverstandigs of overijlds zou doen, of je dom zou gedragen. Maar ik moest je wel laten weten hoe ik erover dacht en je zeggen hoe afkeurend ik tegenover de man stond, op gevaar af dat ik je tegen me in het harnas zou jagen.'
'Dat weet ik, en uw goedkeuring is altijd belangrijk voor me geweest. Ik zou niet tegen uw zin in met Jeremy zijn getrouwd. En eigenlijk zou ik nog steeds niet trouwen als u er niet achter stond, hoewel ik nu achtentwintig ben.'
'Ssst! Je maakt dat ik me oud voel,' zei Maxim.
'O, ga weg! U oud! Helemaal niet.'
'Ben je vergeten dat ik afgelopen juni vijfenvijftig ben geworden?'
'Nou, daar ziet u niet naar uit! U ziet er eigenlijk geweldig goed uit. Lang, donker, knap, gebruind, en barstensvol energie. En dat is dan mijn oude vader,' plaagde ze lachend.
Hij lachte mee, pakte haar hand en kuste haar vingertoppen. 'Je doet het hart van je oude vader goed, eerlijk waar.'
Alix boog zich naar hem toe, kuste hem zacht op zijn wang en fluisterde hem in: 'Die twee mannen daarginds zijn heel nieuws-

gierig naar ons. Ik geloof echt dat ze denken dat ik uw maîtresse ben.'

'Ik voel me gevleid dat ze zouden denken dat een ouwe vent als ik een prachtig mooi blondje als jij zou verdienen, dochter. Maar ik heb liever dat je het woord maîtresse even niet gebruikt. Daar ben ik tegenwoordig nogal allergisch voor.'

'O, sorry pap.' Alix keek hem behoedzaam aan, en zei met een zachte, voorzichtige stem: 'Als ik zit te vissen, zegt u maar dat ik mijn mond moet houden, maar ik ben heel nieuwsgierig naar wat er met Blair Martin gebeurt.'

'Niet veel.'

'Ik bedoel, hoe maakt ze het? Wat is haar houding tegenover u?'

'Vijandig. Natuurlijk. Ze wil dat ik van Adriana scheid en met haar trouw. Ze wil natuurlijk dat de baby mijn naam krijgt; ze speelt de onschuldige partij, de gekrenkte vrouw, en staat erop dat ik haar recht doe.'

'Gekrenkte vrouw! Hoe durft ze! Eerlijk pap, niemand hoeft tegenwoordig nog zwanger te raken. Niet als je niet wilt... neem dat maar van mij aan.'

Maxim keek zijn dochter kalm in haar lieve ogen en knikte langzaam. 'Dat weet ik wel, Alix, ik ben niet gek. En Blair en ik hadden vanaf het begin van onze verhouding een afspraak. Dat dacht ik tenminste. Zij beloofde voorzorgsmaatregelen te nemen. Ze wist echt heel goed hoe ik erover dacht. Toen ze me in de zomer van 1987, toen ik uit Londen in New York terugkwam, vertelde dat ze zwanger was, was ik er vreselijk door in de war, ik ben zelfs behoorlijk tegen haar tekeergegaan.'

'Wat was haar verklaring voor haar zwangerschap, als zij geacht werd voorzorgsmaatregelen te nemen?'

'Ze antwoordde dat je zoiets met z'n tweeën doet.'

Alix' heldere lichtgroene ogen begonnen boos te gloeien. 'Maar er zijn geen twee nodig om anticonceptiepillen te slikken! Of een ander voorbehoedmiddel te gebruiken. Ik denk dat Blair u erin heeft geluisd, pap, echt.'

Me erin heeft geluisd, dacht Maxim. Er kwam een vreemde uitdrukking op zijn gezicht en in zijn ogen kwam een wazige blik toen hij in de verte staarde, een ogenblik verloren voor Alix.

'Wat is er? Is er iets?' vroeg ze.

'Nee.' Maxim lachte vaag. 'Ik moest ineens aan Camilla den-

ken. Zij heeft mij er ooit van beschuldigd dat ik haar erin luisde. Uiteraard op een andere manier dan waar wij het over hadden.'
'En was dat zo?'
'O ja, heel erg zelfs. Maar daar had ik zo mijn redenen voor.'
'En Blair Martin luisde ú erin, en zij had daar zo háár redenen voor.'
'Ik geloof dat je absoluut gelijk hebt, Alix... Ik kan je niet zeggen hoe dikwijls ik mezelf de laatste tijd heb afgevraagd waarom ik me met haar heb ingelaten... Ik denk misschien omdat ze me aan Camilla deed denken. Blair heeft dezelfde teint, ze is net zo'n type, hè?'
'Maar ze is niet half zo aardig als Camilla! Camilla was een schat van een vrouw.'
'Wat vreselijk tragisch dat ze is gestorven. Voor ons allemaal,' mompelde hij, hardop denkend, en er viel een schaduw over zijn gezicht.
'Goddank bent u niet gestorven, pap. Zolang u leeft, zal ik nooit vergeten hoe ik me voelde toen u op het randje van de dood in Mount Sinai lag nadat u was neergeschoten. Dat was een marteling. Ik besefte hoe dom ik me had gedragen wat dat geval met Jeremy Vickers betrof en ik begreep dat u alleen maar het beste met me voorhad. Het enige wat ik wilde, was dat u beter zou worden zodat ik het weer kon goedmaken.'
'En dat heb je gedaan, liefste meisje van me.'
Ze lachte hem toe en boog zich naar hem over. 'Goddank. En u ziet er fantastisch uit. Deze zomer op het jacht heeft u erg goed gedaan, hè?' zei Alix.
'Ik geloof dat het echt een ommekeer voor me heeft betekend,' antwoordde Maxim knikkend. 'Ik voelde me heel zwak toen ik in februari uit het ziekenhuis kwam, hoewel ik niets tegen jou of je moeder heb gezegd, zelfs niet tegen Teddy. Maar ik kom uit een sterk geslacht, en ik had mijn veerkracht snel weer terug. Ik ben nu weer zo goed als nieuw. Heb me eigenlijk nooit beter gevoeld. O, daar is onze lunch, Alix. Ik weet niet hoe het met jou zit, maar ik rammel.'

Na de lunch liep Alix met Maxim terug naar de kantoren van West International aan Grosvenor Square. Ze stak haar arm door de zijne, dook dieper weg in haar dikke tweed mantel en mom-

pelde: 'Jeetje, wat is het koud voor oktober. Ik hoop niet dat we een strenge winter krijgen.'
Hij keek op haar neer. 'Je klinkt of je van plan bent in Londen te blijven. Ik dacht dat Manhattan tegenwoordig je thuis was. Al die rijke cliënten die je hebt, die graag hopen geld aan je kwijt willen voor kunstvoorwerpen en schilderijen, en oud Frans meubilair.'
Alix kreunde en ze schudde haar hoofd. 'Niet meer. Nou ja, ik heb natuurlijk mijn vaste klanten, de topklasse binnenhuisarchitecten, het oude geld. Maar veel van mijn andere klanten, de nieuwelingen, zijn afgevallen door die crash van Wall Street in oktober 1987 en door nog wat andere economische problemen. Yuppies geven tegenwoordig aanzienlijk minder geld uit.'
'Dat ben ik met je eens.'
'En u, pap? Bent u de komende maanden in Londen?'
'Dat is zeer waarschijnlijk. Misschien wip ik snel een paar keer naar New York, maar ik blijf er niet lang. Eigenlijk ben ik van plan Kerstmis in Londen door te brengen. Zin om het bij me te vieren, *Schatzi*?'
'Lijkt me enig, pap.'
'Afgesproken,' zei hij en gaf haar een stralende glimlach toen ze stilhielden voor zijn kantoorgebouw.
Alix lachte terug, met een stralend gezicht. Ze ging op haar tenen staan, kuste hem op zijn wang en gaf hem een stevige knuffel. 'Ik houd van u, pappa van me.'
'En ik van jou, dochter.'

'Goedemiddag, sir Maximilian,' zei de geüniformeerde portier die de deur voor hem openhield toen Maxim zich naar binnen haastte nadat hij afscheid had genomen van Alix.
'Middag, Jim. Alles goed met je? En met je gezin?'
'Heel goed, dank u vriendelijk, sir Maximilian.'
Maxim knikte en liep snel door naar de liften. Hij stapte in en ging naar zijn kantoor op de elfde verdieping.
Zijn secretaresse, Faye Miller, keek op toen hij de deur in kwam stuiven en riep uit: 'O, sir Maxim! Graeme Longdon heeft net gebeld. Zal ik haar terugbellen?'
'Nee hoor, Faye, laat maar,' zei Maxim. 'New York kan wel even wachten... tot later vanmiddag.' Hij liep naar zijn heilig-

dom, bleef staan en vroeg: 'Het was toch niets belangrijks, hè? Heeft ze gezegd waar het over ging?'
Faye schudde haar hoofd. 'Nee, alleen dat u haar kon terugbellen wanneer u dat uitkwam, dat het niets van belang was.'
'Mooi.' Maxim ging naar binnen, sloot de deur, trok zijn zwarte regenjas uit en hing die in de garderobekast.
Toen hij eenmaal achter zijn bureau zat, keek hij vluchtig naar twee folders op zijn vloeiblad, nam toen de telefoon op en draaide het nummer van zijn zoon.
'Met Michael West.'
'Ik ben het, Michael.'
'Ja, pa?'
'Kun je even naar mijn kantoor komen?'
'Ik kom eraan.'
Kort daarna liep zijn zevenentwintigjarige zoon de kamer binnen, met als altijd een ernstig gezicht en met ogen die net zo donker, glanzend en dwingend waren als die van Maxim. Hij gaat met de dag meer op me lijken, dacht Maxim terwijl hij Michael goed in zich opnam toen hij de kamer doorliep en zich in de stoel tegenover het bureau liet zakken.
Michael sloeg zijn lange benen over elkaar, ging achteruit in de stoel zitten en keek zijn vader strak aan. 'Waar wilde u me over spreken?'
'Hierover,' zei Maxim; hij nam de folders op en liet ze aan Michael zien, waarna hij ze weer op het bureau legde.
Met een donkere wenkbrauw opgetrokken, een gebaar waarmee hij onwillekeurig zijn vader nadeed, staarde Michael Maxim strak aan. 'Wat is dat?'
'Dat doet er even niet toe. Daar zullen we het zo dadelijk over hebben. Eerst wil ik met je over iets anders praten.'
'Goed, pa.'
'De laatste paar jaar ben je boos op me geweest, je was ontevreden, vijandig...'
'Pa, hoe kunt u dat nou zeggen!' onderbrak Michael hem met stemverheffing en gloeiende ogen.
'Dat kan ik zeggen omdat het waar is,' kaatste Maxim terug; hij leunde voorover en vestigde zijn krachtige, vaste blik op zijn zoon. 'Eigenlijk ging het behoorlijk beroerd tussen ons, hoewel we allebei de schijn van vriendelijkheid ophielden. Tot ik eerder

dit jaar werd neergeschoten. En toen ik bijna doodging, veranderde je houding tegenover mij; iets van je woede scheen weg te zakken, te verdwijnen. Waar of niet?'

Michael zweeg even.

De twee mannen keken elkaar diep in de ogen.

Ten slotte zei Michael: 'Ja, dat is waar.'

'Maar er zit nog wat vijandigheid in je, Michael... vijandigheid jegens mij. En dat is een van de dingen waar ik het met je over wil hebben, die ik nu met je wil bespreken.'

'Ik ben niet vijandig, pa!' protesteerde Michael. 'God, ik was verpletterd toen je daar bewusteloos in New York lag, toen we niet wisten of je in leven zou blijven of zou sterven. Ik was zo wanhopig bezorgd over je dat ik niet wist wat ik deed!'

Er viel een korte stilte. Michael schraapte zijn keel en zei toen zacht: 'Ik houd van u, pa.'

'Dat weet ik, Michael, en ik houd ook van jou. Kijk eens, ik wil geen kritiek op je hebben, hoewel het misschien wel zo klinkt. Het was maar een inleiding op wat ik wilde zeggen... en dat is dat ik best begrijp waarom je in het verleden boos, ontevreden en vijandig bent geweest.' Maxim plantte zijn ellebogen op het bureau, spitste zijn vingers en keek eroverheen naar Michael.

Michael zat doodstil op zijn stoel te wachten tot zijn vader verder zou gaan, en vroeg zich af wat er zou komen. Hij zweeg. Hij wist dat hij zich beter heel stil kon houden als zijn vader die intense, geconcentreerde blik in zijn ogen had.

Ten slotte sprak Maxim weer. Hij zei: 'Je had het volste recht op die emoties, omdat ik je in zekere zin niet altijd eerlijk heb behandeld. Ik heb je in ieder geval niet genoeg verantwoordelijkheid, niet genoeg macht gegeven.' Maxim slaakte een diepe zucht en schudde zijn hoofd. 'Ik heb de touwtjes altijd stevig in handen gehouden, maar zonder me dat echt te realiseren. Onbewust, als je wilt. Te veel met mijn gedachten bij mijn zaken, dat is jarenlang mijn grootste probleem geweest. Ik ging er zo in op dat ik heel wat dingen waar ik aandacht aan had moeten besteden, heb verwaarloosd. Eigenlijk ben ik egoïstisch geweest, vooral ten opzichte van sommige mensen. Maar dat is een ander verhaal, daar zullen we nu niet op ingaan. Ik heb je gevraagd hier te komen om je te vertellen dat er dingen gaan veranderen, Michael. Als mijn enige zoon en erfgenaam van dit reusachtige

imperium denk ik dat het zo langzamerhand tijd wordt dat je wat van de werkdruk, van de verantwoordelijkheid en de macht met me deelt.'
Michael was overdonderd. Op zijn gezicht stond verbazing te lezen. Hij bleef zijn vader ongelovig aanstaren.
'Wilde je niet iets zeggen?' vroeg Maxim ten slotte met een kort lachje.
'Meent u dat echt, pa?' hijgde hij uiteindelijk.
'Zeg ik ooit iets wat ik niet meen, als het op zaken aankomt?'
'Nee. Maar pa... Ik bedoel, jeetje, pa, bedankt.' Toen het tot hem doordrong verscheen er een brede glimlach op Michaels gezicht. 'Dat is fantastisch nieuws. Ik wil zeker graag meer in het bedrijf doen, en ik zal u niet teleurstellen.'
'Dat weet ik, Michael. En laat ik er alleen aan toevoegen dat je een briljant zakenman bent. Het probleem is dat je in mijn schaduw moest werken. Nu krijg je de kans naar buiten te treden en uit te blinken.'
'Waar naar buiten?'
'New York. Ik wil graag dat je naar New York gaat en daar West International voor mij bestuurt. En met mij, natuurlijk.'
Michael stond versteld, maar hij slaagde erin te zeggen: 'Pa, dat is geweldig, fantastisch.'
Maxim tikte op de twee folders. 'Hierin staan de bijzonderheden van twee kleine transacties waar ik met Grae en Peter aan heb gewerkt, en er zit een aantal memo's van mij over het kantoor in New York in – wat je van bepaalde mensen kun verwachten.'
Michael fronste. 'Maar u bent er toch, hè?' vroeg hij snel en staarde zijn vader aan.
Maxim schudde zijn hoofd.
'Bedoelt u dat u me in het diepe gooit? Alleen? Zwemmen of verzuipen?'
'Je verzuipt niet, je kunt prima zwemmen. Je bent mijn zoon. Wij slagen altijd. Ik maak me over jou geen zorgen. En kijk niet zo bezorgd, het is toch wat je altijd hebt gewild?'
'Maar pa...'
Maxim stak zijn hand op. 'Dat is alles, Michael. Mijn besluit staat vast. Je hebt altijd macht gewild, en het kantoor in New York. Neem beide. Grae en Peter zullen helemaal achter je staan. Hen kun je vertrouwen, ze zullen je niet de verkeerde kant

op laten gaan. Trouwens, ik zit aan de andere kant van de telefoon.'
'Maar waar?' vroeg Michael. 'Waar zit u dan?'
'Hier, in Londen. Of op het jacht. Misschien zelfs in New York, twee deuren van mijn kantoor af. Het punt is dat ik graag wil dat jij voortaan de Amerikaanse kant van West International leidt. Wil je dat doen?'
'Ja, natuurlijk wil ik dat, pa. Ik was alleen even geschrokken. U lijkt opeens zoveel op te geven, en zo onverwacht.' Er was enige aarzeling van Michaels kant, toen zei hij: 'Mag ik vragen waarom?'
'Natuurlijk. Ten eerste omdat West International op een dag van jou zal zijn. Je kent het Londense bedrijf door en door; ik denk dat het tijd wordt dat je de Amerikaanse kant ervan net zo goed leert kennen. Ik zal je begeleiden, ik zal er altijd voor je zijn als je me nodig hebt. Maar ik wil dat je het nu begint te leiden, Michael. Simpel gezegd: nu is het jouw beurt.'
Michael knikte. 'Ik begrijp het.'
'Ten tweede wil ik het een beetje rustiger aan gaan doen. Ik heb mezelf jarenlang tot het uiterste gedreven. Eigenlijk al sinds mijn achttiende. Ik vind dat ik het wat kalmer aan moet doen.' Maxim lachte een beetje wrang en hij vertrouwde hem rustig toe: 'Toen ik bijna ben gestorven, ben ik me gaan realiseren dat er meer dingen in het leven zijn dan belangrijke transacties.'
'Dat is zo, en ik ben blij dat u het wat rustiger aan wilt doen, pa. Maar ik hoop dat u er nog niet aan denkt eruit te stappen. U bent pas vijfenvijftig.'
'Daar is geen kans op, Michael,' riep Maxim grinnikend. 'Dan zou ik de opwinding van het gesjacher missen. Maar ik hoef geen vierentwintig uur per dag te werken... dat ben ik gaan inzien.'
'Wanneer wilt u dat ik naar New York ga?'
'Zodra je je bureau hier kunt leegmaken. Zullen we zeggen, onmiddellijk?'
'Ik kan dit weekend gaan. Er zit hier niet veel meer in de portefeuille. Gaat u met me mee?'
'Nee, maar Graeme en Peter verwachten je, die zitten verlangend naar je uit te kijken. Ik ga trouwens volgende week naar Berlijn. Ik ga met Teddy tante Irina opzoeken.'

'Is het niet een beetje vreemde tijd om te gaan, pa?'
'Hoezo?'
'Met al die demonstraties, de onrust in Oost-Berlijn, in Oost-Duitsland, in alle Oostbloklanden.'
'Ik denk dat het een fascinerende tijd is. We zullen de komende paar maanden buitengewone veranderingen te zien krijgen, Michael, let op mijn woorden. Rusland heeft economische problemen, en dat is gedeeltelijk wat er achter Gorbatsjovs toenadering tot het Westen zit. Hij wil op het ogenblik niet zozeer de communistische partij redden, als wel zijn land en zijn volk. En zijn houding ten opzichte van de Oostblokregeringen maakt de weg vrij voor heel wat hervormingen, dat zul je zien.'
'Toen ik drie jaar geleden met u in Berlijn was, zei u me dat de Berlijnse Muur moest worden afgebroken en dat dat op een dag ook zou gebeuren. Denkt u dat het nu zover is?'
Maxim haalde zijn schouders op. 'Ik weet het niet. Maar hij moet wel weg, het is een gruwel.'
'En wat dan, denkt u dat er dan een verenigd Duitsland zal komen?'
'Dat weet ik niet, dat is niet zo gemakkelijk als het klinkt. Het is nogal ingewikkeld om zoiets tot stand te brengen.'
Er kwam een peinzende uitdrukking op Michaels gezicht. 'Een verenigd Duitsland? Hoe zullen mensen daarop reageren?'
'Ik weet het niet. Maar je moet niet vergeten dat de Duitsers zich tegenwoordig als Europeanen beschouwen, en in 1992 zullen er in Europa geen grenzen meer zijn. In zekere zin worden we dan een eenheid. Een soort Gemenebest.'
'Ik begrijp wat u bedoelt... maar er zullen veel mensen zijn die daar heftig op zullen reageren, omdat ze een verenigd Duitsland als een bedreiging zullen zien.'
Maxim lachte. 'Dat weet ik, maar wie zo denkt, begrijpt eenvoudig de Europese politiek niet en heeft bovendien geen idee van de Europese economische situatie van tegenwoordig. Trouwens, de Duitsers hebben de afgelopen vierenveertig jaar hun uiterste best gedaan om te boeten voor hun misdaden. Ze zullen heel voorzichtig te werk gaan. Ze willen de goedkeuring van de wereld.'
'Een nieuwe generatie, nieuwe waarden. Is dat wat u bedoelt, pa?'

‘Ik geloof het wel.’ Maxim stond op, nam de folders op en liep naar de andere kant van zijn bureau.
Michael sprong op en pakte de folders van zijn vader aan toen hij ze hem gaf. ‘Bedankt voor deze enorme motie van vertrouwen, pa. Ik zal u niet teleurstellen.’
‘Dat weet ik, Michael. Je bent mijn zoon, en de appel valt niet ver van de stam.’ Maxim legde zijn arm om Michaels schouders en liep samen met hem naar de deur.

‘Meneer Trenton komt een drankje halen voor we gaan dineren, Marco,’ zei Maxim tegen de butler die zijn huis in Mayfair bestierde.
‘Zal ik de gebruikelijke Roederer Cristal serveren, sir Maxim?’
‘Ja, graag, Marco. Meneer Trenton komt om ongeveer halfacht. We zullen de drankjes beneden in de bibliotheek gebruiken.’
Marco neigde zijn hoofd. ‘Wilt u nu iets gebruiken, sir Maxim? Misschien een kop thee?’
‘Nee, dank je,’ mompelde Maxim en hij liep naar een stoel, ging zitten en pakte de *Evening Standard*.
‘Heel goed, meneer.’ Marco verliet geruisloos Maxims studeerkamer op de verdieping die deel uitmaakte van de suite die ook zijn slaapkamer omvatte, en deed de deur zachtjes achter zich dicht.
Maxim liet zijn blik over de voorpagina gaan en legde de krant toen neer, niet in de stemming om te lezen. Hij leunde achterover in de stoel, sloot zijn ogen en dacht na over de gebeurtenissen van die dag. De plotselinge aankomst van zijn dochter in Londen was een verrassing en een verrukking geweest. Een van de dingen die hem in de negen maanden sinds hij werd neergeschoten de meeste voldoening had gegeven, was dat de kloof tussen hen was overbrugd. Dat kwam door toedoen van Alix die voortdurend aan zijn zijde was geweest, zowel tijdens zijn verblijf in het ziekenhuis als daarna. Aan het begin van het jaar, toen hij naar New York was gevlogen om haar op te zoeken, alleen om tot de ontdekking te komen dat ze aan de kust was, had hij op het punt gestaan zelf een poging tot verzoening te doen. Ze waren nu weer echt goede vrienden en ze stonden elkaar meer na dan ooit tevoren. En nu kon hij misschien eenzelfde soort relatie met zijn zoon krijgen. Zijn gedachten gingen naar

Michael, wiens overrompelende schok de moeite waard was geweest om te zien. Hij was vanmiddag echt totaal overdonderd geweest. Maxim glimlachte inwendig, blij dat hij eindelijk iets van zijn macht en verantwoordelijkheid had overgedragen. Afgezien van al het andere verdiende Michael het. Hij zal het prima doen, zei Maxim bij zichzelf. Hij zal echt krijgen wat hem toekomt als hij het kantoor in New York leidt.
New York. De gedachte aan de netelige situatie daar vervulde hem met afschuw en bezorgdheid. Maar vroeger of later zou hij toch schoon schip moeten maken. Plotseling schoot hem iets te binnen wat Camilla hem jaren geleden had verteld. 'We schrijven ons eigen script, en daar acteren we dan naar,' had ze gezegd, en ze had gelijk gehad. Hij had al die scènes in New York zelf geschreven. Hij kon echt niemand anders de schuld geven, en uiteindelijk moest hij zelf de verantwoordelijkheid dragen.
Volgende week ging hij met Teddy naar Berlijn. Vandaar zou hij naar New York vliegen. Hij voelde een intense opluchting toen hij tot dat besluit was gekomen. Eenmaal in New York zou hij de zaken rechtzetten. Hij had geen alternatief, hij moest wel; er waren zoveel levens mee gemoeid.
Hij had de schotwond overleefd, maar ook maar net, en hij had zichzelf beloofd dat hij, als hij helemaal genezen was, orde op zaken zou stellen in zijn onconventionele privé-leven. En daar was hij nu langzaam mee bezig. Zijn herstel had langer in beslag genomen dan hij had verwacht, en toen was er in juni de inhuldiging in Buckingham Palace geweest, waar hij was geridderd. Daarna had hij op doktersadvies in juli en augustus met zijn jacht een lange cruise op de Middellandse Zee gemaakt met zijn naaste familie: Alix, Michael en Anastasia, Teddy en Mark, de Derevenko's, Stubby en Marcia... degenen die hem het meest na stonden, van wie hij het meest hield, om wie hij het meest gaf, en die van hem hielden. In september was hij voor dringende zaken naar Japan gevlogen, en voor hij terugging naar Londen had hij in Australië en Japan tussenstops gemaakt.
De hele maand oktober was hij hier geweest om de aankoop van het Franse parfum- en cosmeticabedrijf te leiden. Toen was hij aan zijn plannen gaan werken voor Michaels uiteindelijke opvolging als hoofd van West International als hij zich over een paar jaar definitief terugtrok. Maar het lag voor de hand dat het

nu tijd werd om de zaken in New York op een rijtje te zetten.
Maxim stond op, liep naar de open haard en ging er met een afwezige uitdrukking op zijn gezicht met zijn rug naar toe staan. Hij werd nog net zo door innerlijke conflicten en twijfels verscheurd als aan het begin van het jaar, voor hij werd neergeschoten. Zijn vluchtige ontmoeting met de dood had hem er alleen maar steviger met zijn neus op gedrukt. Hij lag de meeste nachten wakker, en dan sloop hij door het donkere doolhof van zijn ziel, op zoek naar de betekenis van zijn leven en de betekenis van alles wat er met hem was gebeurd. Hij had nog geen antwoorden gevonden, geen nieuw soort wijsheid.
Hij had al jaren last van een diepgewortelde droefheid, al sinds zijn kindertijd. Toen Anastasia uit zijn leven was verdwenen had dat zijn droefheid, het enorme gevoel van verlies dat hij in zich droeg, alleen maar onderstreept.
Die droefheid zou er altijd zijn, dat was hij gaan begrijpen en accepteren. Hij kon alleen maar hopen dat hij op een dag de rust zou vinden die hem al zo lang was ontgaan en dat hij dan eindelijk met zichzelf en met zijn leven tevreden zou kunnen zijn.
Maxim hoorde dat er aan de deur werd gebeld, dus schudde hij zijn gedachten van zich af en liep zijn studeerkamer uit. Hij rende lichtvoetig de trap af toen Marco de deur opende om Stubby binnen te laten.
Hij is al zevenenveertig jaar mijn vriend, dacht Maxim. Mijn bèste vriend. Loyaal, betrouwbaar, toegewijd en wijs. Wat had ik zonder hem moeten beginnen?

58

'Hoe laat verwacht tante Irina ons op haar flat?' vroeg Maxim toen hij de slaapkamer van zijn suite in het Kempinski Hotel in Berlijn uitkwam.
'Pas over een paar uur,' antwoordde Teddy.
Hij keek op zijn horloge. 'Het is net vijf uur. Ik heb je vast verkeerd begrepen. Ik had in mijn hoofd dat we zo dadelijk met haar hadden afgesproken.'
'Je hebt het helemaal niet verkeerd begrepen, Maxim,' zei Ted-

dy. 'Ik heb je wel gezegd dat we om vijf uur klaar moesten zijn, maar we gaan nog niet naar Irina... Ik verwacht een gast.'
'Wie?'
'Een vriendin van... een vriendin van *Mutti*,' begon Teddy en toen zweeg ze. Ze staarde hem aan terwijl ze hem plotseling, één keer in haar leven, heel objectief bekeek. Ze kon er niets aan doen dat ze hem een opvallende en knappe man vond en dat ze van mening was dat hij er na zijn beproeving heel goed uitzag. Toen hij was neergeschoten, was ze buiten zichzelf geweest van bezorgdheid. En hoewel ze haar geloof was kwijtgeraakt, was ze weer gaan bidden; ze had elke nacht voor hem gebeden en toen hij herstelde, was haar geloof in God ook hersteld. Maxim zei: 'Je kijkt zo vreemd, Teddy. Wat is er aan de hand?'
'Niets. Om je de waarheid te zeggen, ik bedacht net hoe prima je er op het moment uitziet. Zo kerngezond.'
Hij glimlachte naar haar. 'Dat komt door de zongebruinde kleur. Maar zonder gekheid, ik voel me ook heel goed, Teddy. Maar wie verwacht je dan?'
'Ik zei je toch, een vroegere...' Teddy zweeg; ze stond abrupt op toen er geklopt werd en ging snel de deur opendoen voor Maxim de kans kreeg dat te doen. 'Goedemiddag. Wat lief dat u gekomen bent,' zei ze en toen ze de deur verder opendeed, liet Teddy haar gast de suite binnen.
Maxim stond midden in de kamer, enigszins verbaasd toen hij de vrouw zag die Teddy had binnengelaten. Het was een non met een donkerbruin habijt en een zwarte sluier. Hij was verwonderd en wierp Teddy een snelle en vragende blik toe.
Teddy zei: 'Zuster Constanza, ik wil u graag Maximilian West voorstellen. Maxim, dit is zuster Constanza van de Armenzusters van St.-Franciscus.'
Maxim neigde het hoofd en vroeg zich af wat het mogelijke verband tussen *Mutti* en een katholieke non kon zijn geweest.
De non liep glimlachend met uitgestoken hand op hem af.
Maxim nam haar hand, lachte terug en dacht dat hij nog nooit in zijn hele leven iemand had gezien met zo'n vredig gezicht.
'Prettig kennis met u te maken, zuster Constanza.'
De non was klein en tenger, met warme ogen en een vriendelijke stem, en ze zei: 'Ik vind het heerlijk je eindelijk te ontmoeten.

Teddy heeft me al zoveel jaren geschreven, en ze heeft me zoveel over je verteld.'
Maxims verbijstering groeide en hij staarde Teddy afwachtend aan.
Teddy deed net of ze zijn vragende uitdrukking niet zag, wendde zich tot de non en zei: 'Gaat u alstublieft zitten, zuster Constanza.'
'Dank u,' antwoordde de zuster en liet zich in een stoel zakken.
'Mag ik u iets te drinken aanbieden? Koffie of thee?' vroeg Maxim die eerst naar de non keek en toen naar Teddy.
'Nee, dank je,' zei de non.
'En jij, Teddy?'
'Voor mij niets, dank je, Maxim. Kom eens hier bij me zitten.'
Teddy klopte op de sofa waar hij bij haar ging zitten, met een lichte frons omdat hij zich afvroeg wat dit allemaal te betekenen had.
Teddy schraapte haar keel en zei: 'Er is iets wat ik je al heel lang heb willen vertellen. Al jarenlang, Maxim.' Ze hield zijn blik gevangen en ging een ogenblik later verder: 'En ik hàd het je ook moeten vertellen... eigenlijk lang geleden al. Maar ik heb het niet gedaan.' Ze haalde diep adem. 'In 1939, voor we uit Parijs weggingen, gaf Ursula me een brief voor je...'
'Ja, die heb ik nog steeds,' onderbrak hij haar, en er kroop iets van ongeduld in zijn stem.
'En Ursula gaf mij ook een brief, die ik alleen mocht openmaken als ze zou sterven. Dat was het eerste wat ik deed toen ik in 1945 uit Berlijn terugkwam. Er stond informatie in die brief waarvan ze wilde dat ik daarover beschikte, iets waarvan ze wilde dat ik het wist. Ze zei dat ik je dat naar eigen goeddunken wel of niet moest vertellen, als je oud genoeg zou zijn om het te begrijpen. Maar ik heb het je nooit verteld, en ik heb je die brief nooit laten zien.'
'Wat stond erin?' vroeg Maxim die nu heel nieuwsgierig was geworden.
'Dat zal ik je zo vertellen,' antwoordde Teddy. 'Toen je eerder dit jaar bijna stierf, had ik er spijt van dat ik je de brief nooit had gegeven. Ik realiseerde me opeens dat ik er heel verkeerd aan had gedaan om... nou ja, om in zekere zin voor God te spelen. Je had er alle recht op te weten wat er in de brief stond.'

'Wat stònd er dan in?' wilde hij weten.
Teddy stak haar hand uit, greep de zijne en hield die stevig vast. Ze zei zachtjes: 'Ursula Westheim was niet je natuurlijke moeder, Maxim. Ze heeft je geadopteerd… zij en Sigmund hebben je geadopteerd toen je een dag oud was.'
Maxim ging wat achteruit zitten en staarde Teddy aan. Hij was verdoofd door haar vreemde woorden. Er kwam een geschokte uitdrukking in zijn ogen. Hij was een ogenblik niet in staat iets te zeggen, omdat hij probeerde in zich op te nemen wat ze zojuist had gezegd, en hij probeerde haar woorden te begrijpen.
Maar uiteindelijk slaagde hij erin met onvaste stem te zeggen: 'Wie was mijn moeder dan wel?'
Teddy keek hem doordringend aan, maar gaf hem geen antwoord.
Plotseling hing er een pijnlijke stilte in de kamer.
Heel zachtjes, met diezelfde vriendelijke stem, zei zuster Constanza: 'Ik ben je moeder, Maxim, ik heb je het leven geschonken.'
Maxims mond viel open. Hij richtte zijn blik op de non en zijn ogen bleven op haar gevestigd. Het duizelde hem door de schok; hij was nog niet in staat de dingen die hij hoorde te verwerken.
'Maar hoe kunt u mijn moeder zijn?' hijgde hij hees. 'U bent non.' Hij keek met glazige blik van zuster Constanza naar Teddy.
Zuster Constanza zei: 'Ik ben niet altijd non geweest, en ik ben echt je natuurlijke moeder, Maxim, eerlijk waar.'
'Maar dat begrijp ik niet!' riep hij uit. 'U bent katholiek en de Westheims waren joden. Hoe konden ze me dan adopteren?'
'Dat verhaal wil ik je graag vertellen,' antwoordde de non. 'Mag ik?'
'Natuurlijk. Ik móet het weten… het hele verhaal!'
'Voor ik non werd, was mijn naam Dorothea Schubert. Ik ging in 1931, toen ik zestien was, voor Ursula Westheim werken als haar privé-secretaresse. Ze mocht me erg graag en ze was altijd heel aardig voor me. Toen ik in 1933 ongewild zwanger raakte, onterfden mijn ouders me en zetten ze me het huis uit. Zie je, zij waren zwaar katholiek, heel godsdienstig, en ze vonden dat ik een vreselijke schande over hen had gebracht.'
Zuster Constanza ging even verzitten, streek met een hand over

haar habijt en ging verder: 'Ik had niemand bij wie ik kon aankloppen in mijn grote nood, geen echte vrienden die me konden helpen, en de rest van de familie was beslist ook tegen me. Toen ontfermde Ursula zich over me en stond me toe een paar maanden in het huis aan de Tiergartenstrasse te komen wonen. In die periode begon ik te beseffen dat ik mijn kind niet kon houden, dat ik de baby zou moeten laten adopteren. Ik wist dat Ursula geen kinderen kon krijgen. Op een dag ben ik naar haar toe gegaan en heb ik haar gevraagd of zij mijn baby wilde adopteren.'
'En stemde mijn moeder daarmee in?' zei Maxim.
'Niet meteen,' antwoordde zuster Constanza. 'Ze zei dat ze daar heel goed over moest nadenken... voornamelijk omdat ik katholiek was en zij joods. Ik wees haar erop dat we het niet over godsdienst hadden maar over liefde. Ik zei haar dat ik wist dat zij en Herr Westheim mijn kind de grootst mogelijke liefde en hartelijkheid konden geven, en dat ik dat niet kon.'
'En ten slotte gaven ze dus toe?'
'Ja. Frau Westheim huurde een klein appartement voor me, vlak bij de Ku'damm, zodat ik mijn privacy zou hebben en weg kon uit het grote huis. Zij liet Herr Westheim naar de villa in Wannsee verhuizen. Het was belangrijk dat we geen van beiden in het huis in de stad zouden zijn, vanwege het personeel.'
'En toen gaf u me direct na mijn geboorte aan de Westheims... Teddy zei net dat ik geadopteerd werd toen ik een dag oud was,' stelde Maxim vast.
Zuster Constanza knikte en keek hem lang en peinzend aan. 'Het was voor iedereen beter om dat snel te doen. Je was zo'n mooi jongetje dat ik wist dat ik je niet meer zou kunnen afstaan als ik je te lang in mijn armen hield. Ze kwamen je op 13 juni halen en namen je mee naar huis. Ze waren zo gelukkig. Ik zei hun dat ik liever had dat zij je kregen dan enig ander echtpaar ter wereld... omdat ik wist wat een goede en fijne mensen zij waren. Ik wist dat ze je met liefde en hartelijkheid zouden opvoeden en je alles zouden geven wat je hartje begeerde.'
'Dat deden ze ook,' zei Maxim zacht, die zich zijn moeder en vader met de grootste liefde herinnerde.
Het viel Teddy op dat zuster Constanza er bleek en uitgeput uitzag, en zij vervolgde haar verhaal en zei tegen Maxim: 'Zuster Constanza ging weg uit Berlijn, Maxim. Ze had besloten toe te

treden tot een religieuze orde, een verpleegstersorde van nonnen, en ze ging naar Aken, naar het moederhuis van de Armenzusters van St.-Franciscus, waar ze novice werd.'

'Aken,' mompelde Maxim. 'Wat een vreemde samenloop van omstandigheden. Dat was de grensplaats waar we stopten toen we in 1938 Duitsland ontvluchtten.'

'Ja,' zei Teddy, en ze ging langzaam verder: 'In Ursula's brief aan mij vertelde ze me dat allemaal, daarin gaf ze me de naam en het adres van zuster Constanza en vroeg ze me contact met haar te houden en haar nieuws over jou te schrijven. Natuurlijk op een discrete manier.'

'En dat heeft ze gedaan... al die jaren,' voegde de non eraan toe, terwijl ze in haar stoel naar voren leunde en haar handen samenkneep. 'Ik besef dat je veel geleden hebt, en dat er een diepe droefheid in je leven is door de manier waarop je van Ursula en Sigmund bent gescheiden. En door de manier waarop je ouders in de kampen zijn omgekomen. Maar desondanks geloof ik dat ik heb gedaan wat voor jou het beste was.'

'Ja, dat ben ik met u eens,' zei hij met een nauwelijks hoorbare stem, en hij meende ieder woord ervan. 'U deed het enige wat toen mogelijk was. U kon niet weten wat er zou gebeuren.'

'Ik hoop dat je het over je hart kunt verkrijgen het me te vergeven,' zei de non.

'Maar er valt niets te vergeven.' Maxim wierp haar een snelle blik toe. 'Ik hield van mijn ouders en zij hielden heel veel van mij, en dat is uiteindelijk het enige wat telt.'

'Ja,' zei ze. 'Dat is absoluut waar.'

'Wie was mijn natuurlijke vader?' vroeg hij.

'Zijn naam was Karl Neuwirth.'

'Was hij ook katholiek?'

'Ja.'

'Waarom is hij niet met u getrouwd?'

Het was heel even stil voor ze zei: 'Hij was een getrouwd man.'

'Leeft hij nog?'

'O nee, hij is in de oorlog gesneuveld. Hij was soldaat aan het Russische front. En zijn vrouw en twee kinderen kwamen om bij een bombardement.'

'Ik begrijp het.' Maxim staarde Teddy aan. 'Waarom heb je me dat niet al jaren geleden verteld?'

'Dat was ik ook van plan... heel wat keren zelfs, Maxim. Maar ik verloor steeds de moed... Ik was bang, ik wilde je geen pijn doen.' Ze schraapte haar keel. 'Ik moest het je ten slotte wel vertellen, omdat ik vond dat het verkeerd was deze informatie voor je achter te houden, zoals ik je net heb uitgelegd. En trouwens, ik vond dat je op je vijfenvijftigste wel volwassen genoeg bent om alles te begrijpen.'
Voor het eerst kwam er een vage glimlach in zijn ogen. 'Ja, ik denk dat ik oud genoeg ben om het te begrijpen, Teddy.'
'Op dit punt stond zuster Constanza plotseling op. 'Ik moet nu gaan,' kondigde ze aan. 'Ik heb plichten in het klooster die ik niet kan negeren of verzaken.'
Maxim sprong op. 'Maar kunnen we u geen thee aanbieden, of iets anders, voor u weggaat, zuster Constanza?'
Ze schudde haar hoofd. 'Je bent heel vriendelijk, maar ik moet echt terug. Men heeft mij nodig.'
'Moet u ver?'
'Nee. Maar ongeveer anderhalf uur met de trein. Het klooster ligt net buiten de stad.'
'Mag ik u met mijn auto...'
'Nee, nee,' onderbrak ze hem snel, en ze raakte vluchtig zijn arm aan. 'Ik moet mijn leven leiden zoals ik dat altijd heb gedaan. Maar bedankt voor je vriendelijkheid.' Ze stak haar hand uit.
Maxim greep hem en hield hem in de zijne.
Zuster Constanza staarde hem aan. Haar donkerbruine ogen straalden liefde uit. 'Heb vrede met jezelf, Maxim. En moge God je altijd behoeden.'
Hij voelde dat deze vriendelijke, godsdienstige vrouw die hem het leven had geschonken zijn hart had geraakt, en impulsief boog hij zich voorover en kuste haar op de wang.
Haar ogen vulden zich met tranen en toen lachte ze hem toe met een stralend gezicht.

59

'Ben je boos op me?' vroeg Teddy even later toen Maxim Ursula's brief had gelezen, die zo lang geleden was geschreven, en nadat hij hem weer aan haar had teruggegeven.

'Hoe kan ik ooit boos zijn op jou, mijn liefste Teddy?'
'In de war dan?'
'Nee.' Hij keek nog net zo liefdevol en toegewijd als altijd.
'Wat voel je dan wel?' drong Teddy aan, omdat ze bezorgd over hem was en over het effect dat de ontboezemingen van de non op hem hadden gehad.
'Verrast, verdoofd, geschokt. Ik denk dat iedereen zich onder de gegeven omstandigheden zo zou voelen, denk je niet?'
'Ja,' beaamde Teddy rustig, en ze bleef hem opnemen.
'Je had me die brief jaren geleden kunnen laten lezen, weet je,' zei Maxim terwijl hij haar rustig in de ogen keek, met een neutrale uitdrukking op zijn gezicht.
'De voornaamste reden dat ik dat niet heb gedaan, Maxim, is omdat ik dacht dat het je pijn zou doen.'
'Wat ik net van zuster Constanza heb gehoord verandert niets in mijn leven, Teddy. *Mutti* zal altijd mijn prachtige blonde *Mutti* blijven, de sprookjesmoeder uit mijn kinderjaren. Ik zal altijd van haar blijven houden, en de herinnering die ik aan haar heb, zal me dierbaar blijven tot de dag van mijn dood. En ongeacht wiens mannelijke genen ik in me draag, Sigmund Westheim is nog steeds mijn vader. Voor mij zal hij altijd mijn vader zijn. Hij is degene die me liefde gaf en me mijn normen en mijn erecode bijbracht. Ik heb zo goed mogelijk, naar beste kunnen, mijn hele leven geleefd naar de regels die hij me heeft gesteld toen ik een kind was.'
Hij zweeg, gaf Teddy een bijna verlegen glimlachje en vertrouwde haar toe: 'Die stukjes papier die hij me gaf toen ik vier was heb ik nog steeds. Ik heb ze al die jaren bewaard. Ik heb de woorden zelfs op witte kaartjes overgeschreven om ze te bewaren, samen met mijn uit hout gesneden paardje. Overigens heb ik mijn vaders normen, zijn gedragsregels, aan Michael en Alix doorgegeven.'
'O Maxim, wat leuk dat je dat hebt gedaan. Dat heb je me nooit verteld!' riep Teddy uit.
'Ik moet toch een paar geheimpjes voor je hebben,' antwoordde hij plotseling plagerig, met lichtere stem. Teddy keek hem een ogenblik aandachtig aan. 'Wel, nu weet je tenminste wie je werkelijk bent, Maxim, nu weet je dat je als katholiek bent geboren uit katholieke ouders.'

‘Nee, Teddy, mijn ouders waren joden. En ik ben een jood. Ik ben opgevoed als jood, ik voel me een jood, daarom ben ik een jood.’
Teddy staarde hem aan, even van haar stuk gebracht, en gaf geen commentaar. Langzaam begon ze met haar hoofd te knikken. ‘Ja, Maxim, je hebt gelijk. Je bent een jood.’
Maxim kwam overeind en liep naar de sofa, waar hij naast haar ging zitten. Hij nam haar handen in de zijne en keek haar diep in haar ogen. Ze was nog steeds een mooie vrouw, hoewel ze nu zeventig was. Er stonden dunne lijntjes om haar groene ogen en rond de hoeken van haar lieve mond gegrift, en haar haar was sneeuwwit geworden. Maar ze had een kalme waardigheid en aantrekkelijkheid die nooit door haar leeftijd konden verminderen. Op dit moment hield hij zoveel van haar dat zijn hart ervan opzwol. Ze had elke dag van zijn leven voor hem klaargestaan, zijn lieve en liefhebbende, trouwe Teddy.
Hij zei heel zachtjes: ‘Er is nog iets wat ik je wil zeggen.’
‘Ja, wat is dat, lieverd?’
‘Zuster Constanza mag me dan het leven hebben geschonken en *Mutti* zal altijd heel bijzonder voor me blijven, maar jíj bent mijn moeder, Teddy.’
Ze staarde hem sprakeloos aan. Haar ogen vulden zich plotseling met tranen.
Hij streelde heel teder haar gerimpelde wang en dacht terug aan alles wat ze voor hem had gedaan in de vierenvijftig jaar van zijn leven. Hij zei tegen haar: ‘Je hebt voor me gezorgd sinds ik een jaar oud was. Je hebt voor me gezorgd toen ik klein was, je hebt me naar Engeland en in veiligheid gebracht. Je hebt me met gevaar voor eigen leven beschermd, je hebt me opgevoed, me grootgebracht tot de man die ik nu ben. Wat er voor goeds in me is, heb ik aan jou te danken, Teddy. Jij bent het beste deel van mij. Ja, liefste, allerliefste Teddy, jij bent mijn echte moeder. Ik houd heel veel van je en ik dank je van ganser harte voor alles wat je voor me hebt gedaan.’
Teddy was diep geroerd en de tranen biggelden haar over de wangen. Ze hield Maxims hand stevig vast en haar stem trilde van emotie toen ze zei: ‘Ik heb van je gehouden als van een eigen kind. Ik heb nooit op een andere manier aan je gedacht. Diep in mijn hart bent jij altijd mijn eerstgeborene geweest.’

Maxim sloeg zijn armen om Teddy heen en trok haar tegen zich aan. 'Ja, dat weet ik. Ik denk dat ik dat altijd heb geweten.'
Zo zaten ze dicht tegen elkaar en dachten terug aan zoveel kleinigheden die de afgelopen vijftig jaar waren voorgevallen, ieder een poosje verzonken in zijn eigen gedachten, emotioneel verbonden als moeder en zoon.
En toen zei Maxim met zijn mond tegen haar sneeuwwitte haar: 'Het is vreemd, maar de laatste paar dagen is me zoveel duidelijk geworden. Ik ging zo in mezelf op, ik voelde me zo verscheurd, ik zat zo vol twijfels... over mezelf, over mijn leven. Ik zag het allemaal niet meer zo zitten. En op een nacht, voor die schietpartij, had ik me liggen afvragen wie ik was, waarom ik hier op deze planeet was, waar het in het leven eigenlijk allemaal om draaide.'
'Ik weet dat je al heel erg lang iets dwars zat,' zei ze.
'En toen, vorige week, een dag of twee voor we uit Londen weggingen, had ik een plotselinge ingeving, een openbaring... Je zou kunnen zeggen dat het mijn Epifanie was. Ik begreep plotseling zoveel over mezelf, ik begreep dat ik het grootste deel van mijn leven naar *Mutti* had gehunkerd, dat ik haar misschien zelfs in andere vrouwen had gezocht. Ja, op dat ogenblik begreep ik mezelf volkomen... en besefte ik dat ik het kwijtgeraakte jongetje Hans was.'
Teddy maakte zich voorzichtig van hem los en keek op in zijn vertrouwde, knappe gezicht. 'Wat bedoel je?'
'Toen ik nog klein was, in Berlijn, nu al zo lang geleden, heb je me eens een verhaaltje voorgelezen over een jongen die Hans heette. Herinner je je dat verhaal?'
'Vaag.'
'Zijn moeder raakte hem kwijt en ze kon hem nooit meer vinden, dus was hij voor altijd verloren en zwierf hij de wereld rond, en er was niemand die van hem hield. Toen we in 1939 in Parijs waren, vroeg ik *Mutti* me niet kwijt te raken. En toen gebeurde dat toch. Tenminste, dat dacht ik, omdat ik haar nooit meer terugzag.' Hij keek haar in de ogen en eindigde: 'Ik ben altijd dat verloren jongetje geweest.'
Verdriet verduisterde Teddy's gezicht en haar hart ging naar hem uit. Maar ze zei zo vriendelijk mogelijk: 'Jij en verloren? Nooit van mijn leven.' Ze schudde haar hoofd ontkennend. 'Je

bent in de war geweest, ja, en je leven is nu een behoorlijke puinhoop, maar ik vertik het je ooit als verloren te beschouwen.'

'Maar diep van binnen is dat wel hoe ik me voelde, hoewel ik denk dat ik dat pas onlangs herkende, toen ik met Stubby in Londen at. Hij maakte een opmerking die alles in mijn hoofd losmaakte.'

'Wat zei hij dan tegen je?' vroeg Teddy, terwijl haar ogen zoekend over zijn gezicht gleden.

'Hij zei dat de vrouwen in mijn leven me erg hadden gekwetst, me in de steek hadden gelaten, of ze dat nu expres hadden gedaan of niet. Ik vroeg hem wat hij bedoelde, en hij wees me erop dat *Mutti* op jonge leeftijd van me was weggerukt, dat Anastasia me tegen mijn wil in de steek had gelaten en dat Camilla van me was heengegaan… omdat ze stierf. Toen voegde hij eraan toe dat Adriana me had teleurgesteld en dat Blair Martin me had bedrogen.'

'Dat is allemaal waar,' gaf Teddy toe, terwijl ze bedacht dat Stubby toch nog wijs was geworden op middelbare leeftijd. Ze had al sinds zijn jongensjaren een warm plekje voor Stubby gehad en was heel erg op hem gesteld.

Maxim legde uit: 'Het kwam bij me op dat alle vrouwen in mijn leven me op de een of andere manier hebben verlaten, net zoals *Mutti* van me werd weggerukt.'

'Daar kan ik niets tegenin brengen.'

'En diezelfde nacht begreep ik dat jij de enige vrouw was die me nooit pijn had gedaan, die me nooit in de steek had gelaten. Jij bent er altijd geweest als ik je nodig had, en je bent een rots voor me geweest. Ik herinner me toen ik in New York af en toe bij bewustzijn was, in januari, in het ziekenhuis, dat ik op een gegeven moment mijn ogen opsloeg. En weet je wat ik zag?'

Ze schudde verward haar hoofd.

'Ik zag mijn eerste vrouw, mijn derde vrouw, mijn maîtresse, mijn dochter. En mijn moeder. Dat is wat ik dacht toen ik jou zag, móeder. En toen zakte ik weer weg in bewusteloosheid en jij, zoals je tegenwoordig bent, zoals je er nu uitziet, verdween. In plaats van de zeventigjarige Teddy met haar zilvergrijze haar zag ik de Teddy uit mijn kinderjaren. Ik bleef maar denken dat Teddy gauw zou komen om me te redden, zoals ze dat deed toen ik nog een kind was.'

'Ik zou altijd proberen je te redden, Maxim, maar er zijn momenten in het leven dat we onszelf moeten redden als niemand dat voor ons kan doen, en zo staat het nu met jou.'
'Wat bedoel je?'
'Ik denk dat je jezelf moet redden door orde te scheppen in die vreselijke, ontstellende warboel in New York. Die vrouwen, Maxim, Adriana, Blair. De baby, Viveca. Je moet die toestand niet zo laten voortkabbelen zoals dat het geval is geweest sinds je werd neergeschoten. Het is gewoon niet juist.'
'O, dat weet ik wel. Ik ben van plan zo snel mogelijk wat orde in de chaos van mijn leven te scheppen. Ik houd niet van Adriana. En zij houdt niet van mij, alleen van mijn status. Ik ben van plan van haar te scheiden, haar alles te geven wat ze wil als dat nodig is. We zijn op huwelijkse voorwaarden getrouwd, maar wat mij betreft ben ik bereid tot onderhandelen als ik daar mijn vrijheid door terugkrijg.'
'En wat ga je dan doen? Met Blair en haar kind?'
'Ik ga beslist niet met haar trouwen, als je dat bedoelt, Teddy. Ik vind het jammer dat er een onschuldig kind bij betrokken is, maar ik zal me niet opofferen, ik loop niet nog eens in de val van een huwelijk met de verkeerde vrouw. Zie je, van Blair houd ik ook niet. En ze houdt ook niet van mij, alleen van mijn geld.'
'Ga je wel voorzieningen voor de baby treffen, hoewel je er niet absoluut zeker van bent dat ze van jou is?'
'Waarom niet? Ik ben een rijk man. En als het kind nou eens wel van mij is? Ik moet er niet aan denken dat een nakomeling van mij gebrek zou lijden of behoeftig zou zijn.'
'Je hebt kennelijk de afgelopen week heel wat zitten nadenken. Toen we veertien dagen geleden samen lunchten, Maxim, zag je de dingen nog niet zo helder. Je klonk zo verward, en ik maakte me zorgen over je, ik was ongerust.'
'Ik zei je toch, Stubby heeft me laatst zoveel begrip gegeven... dat was mijn Epifanie.'
Plotseling werd er kort op de deur geklopt.
Maxim keek geschrokken op, en toen naar Teddy.
'Ik vraag me af wie dat kan zijn?' mompelde hij terwijl hij opstond.
Teddy zei: 'O hemel, dat vergat ik je te zeggen, ik verwacht nog een gast.'

‘Wie?’ vroeg hij.
Ze deed net of ze zijn vraag niet hoorde. ‘Ik ben bang dat ik weer God aan het spelen was,’ zei ze.
Maxim beende naar de deur en trok hem open. En voor de tweede keer die dag viel zijn mond open van verbazing. Maar hij herstelde zich opmerkelijk snel en kreeg al spoedig zijn zelfverzekerdheid weer terug.
Er gleed een verblindende glimlach over zijn gezicht. ‘Anastasia!’ riep hij uit; hij stapte naar voren, nam haar bij de arm en trok zijn ex-vrouw de suite in.

60

Prinses Irina Troubetzkoy groette hen opgewonden toen Maxim, Teddy en Anastasia diezelfde avond haar appartement binnenkwamen.
‘Het spijt me dat we zo laat zijn,’ begon Teddy, maar Irina’s opgestoken hand legde haar meteen het zwijgen op.
‘Jullie weten het nog niet, hè? Hebben jullie het nog niet gehoord?’ riep Irina terwijl ze hen strak aankeek.
Teddy keek verward, Anastasia nieuwsgierig. Maxim zei: ‘Wat gehoord, tante Irina?’
‘Het nieuws uit Oost-Berlijn!’
‘Nee,’ antwoordde hij.
Anastasia nam de leiding. ‘Laten we naar de zitkamer gaan, tante Irina, dan kunt u ons er alles over vertellen.’ Ze gleed uit haar mantel van marterbont en legde die op de bank in de hal.
‘Natuurlijk! Wat onbeleefd van me om jullie hier in de foyer te laten staan. Doe alsjeblieft je jas uit, Teddy, en geef me je nerts en Maxim, hang je jas in de kast,’ gelastte Irina die om hen heen fladderde.
Een paar tellen later zaten ze alle drie voor het vuur in Irina’s woonkamer en keken haar vol verwachting aan.
Irina was veel te opgewonden om te gaan zitten; ze stond naast de open haard, met één hand op de schouw en zei op dezelfde gespannen, opgewonden toon: ‘Eerder vandaag heeft Günther Schabovski, hoofd van de communistische partij van Oost-Berlijn, een persconferentie gegeven. Hij zei dat vanaf middernacht,

vannacht, Oostduitsers het land uit mogen als ze dat willen.' Irina's stem trilde en de tranen sprongen haar in de ogen. 'Ze mogen weg zonder speciale toestemming... een paar uur, een paar dagen, voor altijd als ze dat willen. Ze zijn vrij! Eindelijk vrij, ze zijn niet meer verplicht te blijven!' Ze was zo onder de indruk dat ze begon te huilen en in de zak van haar jasje naar een zakdoek grabbelde.

Maxim ging naar haar toe en legde zijn arm om haar schouders. Even later zei ze tegen hem: 'Je hebt altijd gelijk gehad. De Berlijnse Muur gaat ècht afgebroken worden, zoals jij altijd hebt voorspeld.'

'Ik had nooit gedacht dat ik dat nog zou meemaken!' riep Teddy uit.

'Ik ook niet,' mompelde Irina, terwijl ze haar ogen stond te deppen en zich probeerde te beheersen.

Maxim was echt verrast. Hij zei tegen Irina: 'Teddy en ik zijn een paar uur in gesprek geweest met een vroegere vriendin van... van Teddy, en daarna hadden Teddy en ik dingen te bespreken, en toen stond Anastasia opeens voor de deur. Ik heb het avondnieuws op de televisie gemist. Daarom wisten we van niets toen we hier aankwamen. Maar wat een heerlijk nieuws is dat.'

'Ik heb de tafel in het restaurant afgezegd,' zei Irina. 'We eten hier, en later, om een uur of elf, moeten we naar buiten. We moeten erbij zijn als ze de doorgangen in de Berlijnse Muur openstellen.'

'U hebt gelijk!' riep Maxim. 'Dit mogen we niet missen... deze historische gebeurtenis. Nee maar, op dit ogenblik wordt er geschiedenis gemaakt en wij zitten er met onze neus bovenop. We zíen zelfs hoe die geschiedenis wordt gemaakt. Niets zal ooit meer hetzelfde worden...'

'Wat bedoel je?' vroeg Anastasia.

Omdat hij begiftigd was met een uitzonderlijke visie, had Maxim onmiddellijk de implicaties begrepen, de toekomst voorzien, en hij zei met een stem die net zo opgewonden klonk als die van Irina: 'Ik geloof dat we op het punt staan getuige te zijn van de val van een paar communistische regimes in Europa. Jullie zullen het zien... één voor één zullen ze allemaal instorten. Vrijheid en democratie zijn in opmars.'

'Denk je dat echt?' vroeg Teddy. Maar hij zat er zelden naast. Tenminste als het zaken en politiek betrof.
'Ja zeker,' antwoordde Maxim. 'En dat is te danken aan Michael Gorbatsjov. Hij heeft de weg gebaand met zijn perestrojka en zijn hervormingsideeën. Geloof me, zonder hem was dit niet gebeurd.'
'Het rad van de geschiedenis,' zei Irina zachtjes. 'draait heel vreemd, soms langzaam, soms snel. Ik ben nu achtenzeventig, en ik heb mijn hele leven onder de dreigende schaduw van het communisme geleefd. De bolsjewieken hebben mijn familie afgeslacht – mijn vader, mijn Romanov-oom tsaar Nicolaas, zijn vrouw tsarina Alexandra, mijn neven en nichten. Toen ik nog maar een kind was, ben ik met mijn moeder Rusland ontvlucht.' Ze zuchtte. 'Meer dan zeventig jaar heb ik gewacht op en gebeden om de val van het communisme... dat het volk op de een of andere manier zou opstaan en dat het uiteindelijk toch zou overwinnen door zijn verlangen naar vrijheid en gerechtigheid.'
'Ze zíjn aan het overwinnen,' vertelde Maxim haar. 'Er zijn al maanden demonstraties, in Leipzig en in heel Oost-Duitsland. En de Oostduitsers zijn in stromen gevlucht, via Hongarije en Tsjechoslowakije naar West-Duitsland, in verbazingwekkende aantallen. Het kon alleen maar een kwestie van tijd zijn voor de Berlijnse Muur werd neergehaald. Maar hoor eens, wat dacht u van een drankje, tante Irina? We moeten een toost uitbrengen op deze historische gebeurtenis.'
'Wat dom van me! Hilde heeft champagne koud gezet voor jullie kwamen. Hij staat hier, Maxim, op het kastje bij de glazen. Wil jij hem openmaken?'
Hij beende de kamer door, trok de fles open en schonk de champagne in. Anastasia kwam naar hem toe, nam twee glazen op toen ze waren volgeschonken en bracht ze naar Teddy en Irina.
'Op de vrijheid!' riep Irina, en hief haar glas hoog op.
'Vrijheid!' zeiden Teddy, Maxim en Anastasia tegelijk, en hieven hun glas.
'Het is vandaag 9 november!' zei Teddy en er daagde haar plotseling iets. '9 november 1989. Vandaag is het eenenvijftig jaar geleden dat Henrietta Mandelbaum eenentwintig werd... dat was de nacht dat de nazi's de grote synagoge in brand staken. 9 november 1938 was de *Kristallnacht.* Dat zal ik nooit verge-

ten... een race door de straten achter op Willy Herzogs motorfiets, op de vlucht voor de woedende bende SA'ers. Vannacht is het de eenenvijftigste verjaardag van de *Kristallnacht*!'
'Wat buitengewoon dat de Muur vannacht opengaat,' zei Maxim. 'Voor de geschiedenis is de cirkel rond.'
Irina knikte instemmend. 'Als Hitler niet aan de macht was gekomen, zou er nooit een oorlog zijn geweest. Dan zou Berlijn nooit zijn opgesplitst in Oost- en Westzones. En dan zou het land ook niet verdeeld zijn geweest; er zou geen communistisch regime in Oost-Duitsland zijn geweest. Het werd allemaal door de nazi's opgeroepen, nietwaar? Pas nu, nu de Berlijnse Muur instort, zien we de ware erfenis van het Derde Rijk.'

'*Tor auf! Tor auf! Tor auf!*' brulde de menigte om kwart voor twaalf. 'Open de poort!' herhaalden ze steeds maar weer. Ze bleven de Oostduitse grenswachten nog vijftien minuten uitjouwen, terwijl ze bij Checkpoint Charlie in de Amerikaanse sector van West-Berlijn stonden te wachten tot het middernacht zou slaan.
Maxim stond met zijn arm om Teddy heen; Anastasia had haar arm door die van Irina gestoken. Ze stonden met z'n vieren op straat tussen duizenden krioelende mensen die ongeduldig op klokslag middernacht wachtten.
Om precies twaalf uur begon de menigte wild te juichen, te roepen en te schreeuwen toen de Oostberlijners door het hek van Checkpoint Charlie kwamen stromen; velen van hen zetten voor het eerst van hun leven voet in de westelijke zone. Het gefluit en het gejuich gingen onverminderd door en West- en Oostberlijners omhelsden en kusten elkaar; ze huilden, overmand door vreugde. Ze dansten op straat en deelden in de champagne en het bier dat de Westberlijners hadden meegebracht. Het was een grootse en heerlijke nacht waarin zij de vrijheid vierden.
Maxim werd meegesleept door allerlei gemengde gevoelens toen hij stond te kijken hoe de Berlijners om hem heen gek van vreugde werden. Velen van hen klommen nu op de Muur, waar zo velen waren omgekomen bij hun pogingen de vrijheid te bereiken; anderen waren begonnen erop in te hakken met hamers en beitels, vastbesloten hem af te breken, deze vreselijke schandmuur.
Berlijn. Zijn geboortestad en de stad van zijn kindertijd. Hier was

hij steeds weer heen getrokken, en hij had altijd gedacht dat de stad een geheim voor hem bewaarde. En dat was ook zo; vandaag was het geheim onthuld. Hij dacht aan Ursula en Sigmund Westheim die altijd zijn *Mutti* en papa zouden zijn, en er welde droefheid in hem op toen hij dacht aan hun vervolging en de manier waarop ze in de concentratiekampen waren omgekomen. Er kwam woede bij hem boven, maar die onderdrukte hij. Dat had nu geen nut meer. In plaats daarvan hield hij vast aan hun beeltenis in zijn herinnering: hij zag Ursula's prachtige, blonde schoonheid en Sigmunds donkere hoofd over de piano gebogen; hij hoorde haar lachen en hij hoorde de prachtige muziek die het huis aan de Tiergartenstrasse had gevuld. Ze zouden altijd in zijn hart leven; zijn herinnering aan hen bleef helder, heel puur, intact, onveranderd door wat hij vandaag had gehoord. Zijn gedachten gingen naar zuster Constanza. Hij dacht niet dat hij haar ooit zou terugzien. Hij was er zeker van dat zij er geen behoefte aan had en dat ze hem niet voor een tweede keer zou willen ontmoeten. Ze was vandaag alleen maar gekomen omdat Teddy haar dat had gevraagd. De non had haar God en leefde in vrede met zichzelf. Dat had hij begrepen op het moment dat hij haar had ontmoet. Dat onschuldige, lieve gezicht kende absolute vrede.

Vandaag had hij Teddy veel dingen verteld. *Hij had de waarheid gesproken. Zij was zijn moeder. Hij was haar zoon. Hij was een jood.*

Het kwam plotseling bij hem op hoe vreemd het was dat Teddy erop had aangedrongen dat ze deze week naar Berlijn zouden gaan om Irina op te zoeken; dat vandaag, nu de Berlijnse Muur werd afgebroken, ook de muren in zijn geest waren neergehaald.

'Het lijkt wel oudejaarsavond!' riep Teddy boven het lawaai uit, hangend aan zijn arm.

'Of de dag van de Bastille!' merkte Anastasia op.

'Feest... revolutie... hoe je het ook noemt, dit is een gedenkwaardige nacht!' riep Irina. 'De vorige keer dat we in zo'n geweldige menigte stonden was in 1963 toen we president Kennedy hoorden spreken voor het Schöneberg-stadhuis.'

'*Ich bin ein Berliner*,' zei Anastasia die John Kennedy aanhaalde en onderwijl naar Maxim keek.

'Had hij dit nog maar kunnen meemaken,' mompelde Maxim, toen drukte hij Teddy stevig tegen zich aan en omarmde Irina en

Anastasia. Hij dacht aan de nacht dat hij was neergeschoten en hij dankte God dat hij het had overleefd, dat hij nog leefde.

Het was bijna twee uur in de morgen tegen de tijd dat Maxim, Teddy en Anastasia terugkwamen bij het Kempinski Hotel, nadat ze Irina hadden thuisgebracht.
Bij de deur van haar suite kuste hij Teddy welterusten, en Anastasia deed dat ook.
'Het was me het dagje wel,' zei Teddy terwijl ze zich omdraaide op de drempel van haar kamer. 'Een gedenkwaardige dag en een gedenkwaardige nacht.'
'Ja, Teddy, dat was het zeker,' beaamde hij.
Teddy ging naar binnen en deed zonder verder een woord te zeggen de deur dicht.
Maxim en Anastasia stonden alleen in de gang en staarden elkaar aan. 'Waar is jouw suite?' vroeg hij.
'Hier vlak bij, niet ver van de jouwe,' antwoordde ze.
Ze liepen zwijgend samen de gang door. Toen ze bij haar suite kwamen, stak ze de sleutel in het slot, opende de deur en draaide zich naar hem om. 'Wil je nog een slaapmutsje, Maxim?'
'Waarom niet?' antwoordde hij, en liep achter haar aan naar binnen.
Toen ze hun jas hadden uitgetrokken, ging Anastasia naar de kleine bar. 'Wat wil je hebben?'
'Geen champagne meer,' zei Maxim. 'Dat komt me mijn oren uit.'
'Wat dacht je van cognac?'
'Goed idee. Neem jij ook?'
'Ja.'
Ze schonk twee glazen in, bracht ze naar hem toe, gaf hem er een en ging in de stoel tegenover de zijne zitten.
Ze hieven hun glas maar zeiden niets.
Even later merkte Anastasia op: 'Michael vertelde me hoe gul je voor hem bent geweest, Maxim. Om hem zoveel macht en verantwoordelijkheid te geven, en het kantoor in New York. Hij is opgetogen. Dank je.'
'Ik denk dat ik af en toe ook wel eens iets goed doe.'
'Ik geloof niet dat ik je helemaal kan volgen.'
'Let maar niet op mij, vergeet het maar,' mompelde hij. Hij

stond op, liep de kamer door en keek uit het raam naar de straat beneden. Onder hem was de Ku'damm nog vol krioelende, feestvierende mensen. Hij voelde dat ze naar hem keek en draaide zich langzaam om, om naar haar te kijken.
Ze zat met haar cognacglas in de hand en met een vragende uitdrukking op haar gezicht.
Hij voelde zich geroepen zijn laatste opmerking te verduidelijken en zei: 'Ik schijn tegenwoordig van de meeste dingen een zooitje te maken. In New York heb ik er in ieder geval een puinhoop van gemaakt... van mijn privé-leven.'
Anastasia gaf geen commentaar.
Hij zei langzaam: 'Hoe heb ik me in godsnaam klem kunnen laten zetten door die twee vrouwen?'
'Ik denk dat het mijn schuld was,' antwoordde ze zonder aarzeling.
'Nu kan ik jóu niet volgen.'
'Ik had nooit van je moeten scheiden, Maxim.'
'Dat ben ik met je eens, Anastasia.'
'Het was de grootste vergissing van mijn leven.'
'Dat is waar.' Zijn ogen lieten haar gezicht niet los. 'Ik heb nooit van een andere vrouw gehouden dan van jou.'
'En ik heb nooit van een andere man gehouden.'
'Er is er voor mij maar één zoals jij, Anastasia.'
'Voor mij is er maar één zoals jij, Maxim.'
'Ik krijg net een geweldig idee, Peachy,' zei Maxim.
'En dat is?'
Hij begon naar haar toe te lopen. 'Ga met me mee...'
'Waarheen?' vroeg ze.
'Venetië.'
'Wanneer?'
'Morgen. Mijn vliegtuig staat op het vliegveld Tempelhof te wachten.'
Anastasia stond op. 'Ja,' zei ze, en liep zijn gespreide armen in. 'Ja, ja, ja.'
Ze keek naar hem op en lachte haar sprankelende lach.
Het vulde de lege plekjes van zijn hart. De droefheid diep in hem gleed weg. En hij wist dat die nooit meer zou terugkomen.

Bronnen

Bielenberg, Christabel, *The Past is Myself* (Corgi)
Bolton, Cecil (ed.), *I'll Be Seeing You: Songs of World War II* (EMI Music Publishing Co.)
Burrough, Bryan and John Helyar, *Barbarians at the Gate* (Harper & Row)
Cannadine, David (ed.), *Blood, Toil, Tears and Sweat: The Speeches of Winston Churchill* (Houghton Mifflin)
Clare, George, *Berlin Days 1946-1947* (Macmillan, London)
Collins, Larry and Dominique Lapierre, *Is Paris Burning?* (Simon & Schuster)
Everett, Susan, *Lost Berlin* (Gallery Books)
Fallon, Ivan and James Strodes, *Takeovers* (Hamish Hamilton, London)
Gilbert, Martin, *Winston S. Churchill, Vol. VI, Finest Hour 1939-1941* (Heinemann, London)
– *Winston S. Churchill, Vol. VII, Road to Victory 1941-1945* (Heinemann, London)
Irving, David, *Göring* (Macmillan, London)
Johnston, Moira, *Takeover: The New Wall Street Warriors* (Arbor House)
Kaplan, Philip and Richard Collier, *Their Finest Hour: The Battle of Britain Remembered* (Abbeville Press, New York)
Manchester, William, *The Death of a President* (Harper & Row)
Metternich, Tatiana, *Tatiana: Five Passports in a Shifting Europe* (Century, London)
Morrow, Edward R., *This is London* (Schocken Books, New York)
Rosten, Leo, *The Joys of Yiddish* (Pocket Books)
Ryan, Cornelius, *The Last Battle* (Simon & Schuster)
Schlesinger Jr, Arthur M., *A Thousand Days* (Houghton Mifflin)
Scott, David L., *Wall Street Words* (Houghton Mifflln)
Shirer, William L., *The Rise and Fall of the Third Reich* (Ballantine Books)
Simmons, Michael, *Berlin: The Dispossessed City* (Hamish Hamilton, London)
Solmssen, Arthur R.G., *A Princess in Berlin* (Ballantine Books)
Taylor, James and Warren Shaw, *Dictionary of the Third Reich* (Grafton Books, London)

Toland, John, *Adolf Hitler* (Doubleday)
Vassiltchikov, Marie, *Berlin Diaries 1940-1945* (Random House)
Wasserstein, Bernard, *Britain and the Jews of Europe 1939-1945* (Oxford University Press)
Whelan, Richard, *Robert Capa: A Biography* (Ballantine Books)
Wyndham, Joan, *Love Lessons: A Wartime Diary* (Heinemann, London)
– *Love is Blue: A Wartime Diary* (Heinemann, London)

Verklarende woordenlijst

Asjkenazi(m) Uit Midden- en Oost-Europa afkomstige joden; deze naam werd in de zestiende eeuw al gebruikt.

Bar Mitsjwo Een ceremonie in de synagoge waarin een jongen aan het eind van zijn dertiende levensjaar meerderjarig wordt en daarom de plicht heeft de geboden na te komen.

Bissel Een beetje, een klein stukje.

Bubeleh Koosnaampje zoals lieverdje of schatje, afgeleid van *buba*, het Russisch-Jiddische woord voor pop.

Chanoeka Het joodse feest van het licht ter herinnering aan de inwijding van de tempel; wordt meestal vlak voor Kerstmis gevierd.

Chuppa De overkapping waar de bruid en bruidegom tijdens de huwelijksceremonie onder staan.

Gal Een gevlochten zacht brood, glanzend gemaakt met eiwit.

Gannef Dief, schelm.

Gotspe Brutaliteit.

Gelt Geld

Goj Benaming voor een niet-jood.

Gojim Idem, meervoud.

Haimisher Een huiselijk, hartelijk, warm persoon.

Kaddisj Gebed dat bij begrafenissen door de zoon wordt uitgesproken ter nagedachtenis aan de overledene.

Kiddusj Gebed en ceremonie voor de sabbat en joodse feestdagen.

Kinder Kinderen.

Kop Hoofd.

Koosjer Volgens de orthodox-joodse godsdienstige voorschriften geschikt en bereid, geoorloofd ritueel voedsel. Ook in een bredere betekenis gebruikt, bijvoorbeeld: Is dit een koosjere overeenkomst? Is dit een betrouwbare overeenkomst? Is hij koosjer? Is hij te vertrouwen?

Landsleit Meervoud van landsman.

Landsman Een landgenoot.

Macher Een hoge piet, een groot man.

Mama-loshen Mama's taal; 'Laten we Mama-loshen' betekent: 'Laten we er niet omheen draaien.'

Megillah Geraaskal, een onsamenhangend verhaal.

Mensch Kerel, moedig, bewonderenswaardig man.

Mesjogge Stom, idioot; kan zowel gebruikt worden voor een persoon als voor een gedachte.

Misjpoge Familie of 'geslacht'.
Oy vey is mir Wee mij.
Sjabbat, sjabbes Sabbat, bij de Israëlieten de laatste dag van de week, de aan God gewijde rustdag.
Sjadchen Een professionele koppelaarster, huwelijksmakelaar.
Sjammes Koster van de synagoge.
Sjaskelen Pimpelen, zuipen.
Sjaygets Een niet-joodse jongen.
Sjikse Christenmeisje (vaak als dienstmeisje).
Sjiva De zevendaagse rouw voor de doden, die direct na de begrafenis begint.
Sjoel Synanoge.
Smous Scheldwoord voor jood.
Sores Problemen.
Thora Hebreeuwse naam voor het boek waarin de Mozaïsche Wet staat; ook: de vijf boeken van Mozes: Genesis, Exodus, Leviticus, Numeri en Deuteronomium.
Trayf Niet-koosjer voedsel.

Vertaling van het Hebreeuwse gebed: Zegening van de sabbatkaarsen op pagina 123:
Gezegend zijt Gij, Here, Heerser van het heelal, die ons heeft geheiligd door Uw geboden en ons heeft bevolen het sabbatlicht te ontsteken.